国家社科基金项目“清人之唐诗注释研究”成果之一

主持人　郭芹纳

# 古代诗歌注释元素

## ——基于四家注杜的研究

杨永发◎著

中国社会科学出版社

**图书在版编目(CIP)数据**

古代诗歌注释元素：基于四家注杜的研究／杨永发著．—北京：中国社会科学出版社，2015.1

ISBN 978－7－5161－5932－3

Ⅰ.①古… Ⅱ.①杨… Ⅲ.①杜诗－注释－研究 Ⅳ.①I222.742

中国版本图书馆 CIP 数据核字(2015)第 075057 号

出 版 人 赵剑英
责任编辑 任 明
责任校对 王 斐
责任印制 何 艳

出 版 中国社会科学出版社
社 址 北京鼓楼西大街甲 158 号
邮 编 100720
网 址 http://www.csspw.cn
发 行 部 010－84083685
门 市 部 010－84029450
经 销 新华书店及其他书店

印刷装订 北京市兴怀印刷厂
版 次 2015 年 1 月第 1 版
印 次 2015 年 1 月第 1 次印刷

开 本 710×1000 1/16
印 张 30
插 页 2
字 数 507 千字
定 价 88.00 元

# 内容提要

本书以钱谦益、仇兆鳌、浦起龙、杨伦四家注本为主，通过对自宋代以来的多种杜诗注本的细致梳理，对杜诗注释的各个注释项目的内容、术语、方式方法进行了分类整理，通过大量的例证，归纳出了诗歌注释的内容系统和功能系统。这是对前人不同角度、不同领域的研究和针对诗歌注释的大量零碎探讨的一个整合，完全着眼于诗歌注释，有意识地加强了系统性和全面性。本书从语言学、文章学、文献学、文艺学四个方面来归纳诗歌注释的元素体系。这一元素体系，基本覆盖了杜诗注释的项目，也基本包含了诗歌注释绝大多数项目，为将来建立中国传统诗歌注释学铺垫了一个坚实的底子，立起了一个基本的框架。

第一章和第三章的内容大多是前人和当代的训诂学家已经提及的，本书只是对这些内容进行了系统化和完整性方面的处理。第二章释诗法的内容，是前人未曾重视的，属本书的发现。第四章文艺学内容中传统诗歌的方法论和诗歌批评也是经常不当作注释学的内容来看待的，而事实上注释者把大量的精力放在这些内容上面，所以理所当然地要作为注释的元素来看待，而不是仅仅当作文学研究的内容。

杜甫诗歌注释的功能元素，即术语和方法的元素，也分别在语言学、文章学、文献学、文艺学四大块之中相应的项目元素之后予以论列，同样列举了大量的注释例证。本书基本全面地整理出了不同注释对象的不同术语和方法，挖掘出了不少现有的训诂研究中不曾提及的术语和未曾注意的方法，具有较大的实践价值和创新意义。如解释短语和句子的术语和方法、释通假的术语、释语法的方法、释方言俗语的术语和方法；第二章文章学的方法中释旨意的术语方法、释章法的术语、释层次结构的“代句法”；第三章文献学的方法中辨编年的方法；第四章处理误说的方式和方法、功效描述法、境界表示法、原理分析法、欣赏赞叹法、影响揭示法、批评指正法等，都包含着创新成分。

本书还有一个理论贡献，那就是创立了“施体”、“受体”两个概念，前者表示用以解释的内容，后者表示被解释的内容。较之传统的“被释词”等术语，这两个概念大大增强了对两个方面内容的概括力。

**关键词：**杜甫，诗歌注释，元素，体系

# 序

上个世纪八十年代以来，曾经被打入冷宫而沉寂多年的训诂学重获新生，迅速发展，日益兴盛。随着社会形势的飞速发展，“盛极”之后的训诂学如何与时俱进，如何发展完善，如何变革创新，便成为摆在我们面前的一个重要问题。我在从事训诂学的教学和编写教材的过程中，力图增强其实用性、趣味性、可读性，于是，视线便延伸到唐诗的注释，并将一些有关内容写入拙著《训诂学》之中。

黄侃先生说：“小学之于群籍，由经史以至词曲，皆不能离之。而或以治小学仅为读周秦两汉之书，误矣。”（《文字声韵训诂笔记·治小学门径》）在阅读了仇兆鳌的《杜诗详注》之后，我感到，从当代读者的阅读需求来看，仇氏之注固然有许多优点，同时，也存在一些不足。而后，便指导我的一位硕士研究生对仇注展开研究。由此扩展，我深深地感到有必要对清人所作的诗歌注释进行全面的考察和研究，这样，便形成了“清人唐诗注释研究”这一课题，并且顺利地通过了国家社科项目的审批。

要完成“清人唐诗注释研究”这一课题，杜诗之注自然是一个重点。可是，如何攻克这个重点，又是一个令人忡忡忧心的问题。正在这个时候，从教多年的杨永发成为我的博士研究生。从我们的交谈以及接下来的邮件往来中，我发现他不仅长于古体诗词的写作，而且知识全面，涉猎广泛，曾获得兰州市师范院校青年教师教学新秀、甘肃省青年教师教学能手、甘肃省骨干教师等多种称号，正是完成这项工作的合适人选。于是，便征求他的意见，问他是否愿意将“杜诗四家注研究”作为博士论文题目，同时也告诉他，这项研究的工作量大，单是阅读量就相当繁重，需要付出艰苦的劳动，需要涉及许多相关的学科，学习许多相关的理论。杨永发爽快地同意了这一选题，并且从入学的第一天起，就投入到研究工作之中。

我在写作这篇序言的时候，又一次浏览了保存在电脑中的杨永发博士论文写作过程的全部资料：修改了多次的开题报告、重要章节的初稿，论文的第一稿、第二稿、第三稿，还有大量的邮件等等，这不禁使我回想起他当年的学习与研究的刻苦情状。三年来，除了完成博士课程的学习之外，杨永发勤勉发奋，认真阅读四家的注文，学习相关的知识和理论，不断地探索、思考、发现、归纳、提炼、升华……修改，再修改；充实，再充实，经历了无数个日日夜夜，终于取得了可喜收获，赢得了评委们的一致好评——他的论文不仅被评为陕西师范大学优秀学位论文，而且准备推荐为全国优秀博士论文，遗憾的是，因为他已获得了副教授职称而无缘参与。然而，《抱朴子·黄白》篇中所云“非穷理尽性者，不能知其指归；非原始见终者，不能得其情状也。”岂非永发之谓乎！

尤其令人喜慰的是，永发的学术敏感和理论思维是惊人的，在完成博士论文的同时，他还写出了《注释的心理机制》《注释内容的系统和注释的层次》《杜诗注释中生僻义的释义研究》《杜诗注释的推释法》《杜诗方言俗语的清人注释研究》《杜诗注释史通说》等多篇相关论文，相继在《中国诗歌研究》《杜甫研究学刊》《社会科学家》《小说评论》《陕西师范大学学报》《兰州大学学报》发表。现在，展现在读者面前的，就是在其博士论文的基础上，又加以补充、扩展、提炼之后的成果。

唐诗是“文学作品”，其注释自当属于“文学注释”，这自然与传统的“经文注释”有所不同。虽然以往将诗歌注释纳入训诂学的范畴，但是，如若完全依据训诂学的传统模式、框架来处理，则不足以反映出清人唐诗注释的全貌。例如杜诗四家注，既有释词解句等传统训诂学的内容，又有发明诗题诗旨、剖析章法结构、指点诗眼照应、揭示写作方法、体味着笔立意、考释创作背景和人物事件、赏析诗作意境、艺术特色，评论艺术成就及其影响、批评诗病等诸多内容，这些内容大多不为训诂学所涉及，但都是适应诗歌的特点，特别是唐诗的特点而施为的，自然应当纳入“注释”的范畴。可是，此前对杜诗注本的研究，或者是纯“文学”的，或者是纯“训诂学”的：论者或从文学的角度出发，探讨其是非成败、对杜诗学的贡献及注者的思想等等；或从语言学的角度出发，研究其声律、语汇、语法、修辞和语言风格等等。从注释学角度予以研究者，亦是关注某一方面，尚未及统观总览。

杨永发的研究，能够从清人唐诗注释的客观实际出发，全面关注注本的所有内容。统观总览之后，他将清人注释杜诗的丰富内容，统统视为“注释元素”。通过对四家注的详细梳理，参考四家之外的诸多杜诗注本，归纳出了诗歌注释的内容系统和功能系统。并且以这两个“系统”为依据，将这些注释区分为语言学、文章学、文献学、文艺学四大板块，然后逐一条析解剖。其中于文章学和文艺学内容的增加，不是主观随意的，而是在认真梳理古代注释的基础工作之上总结和归纳的客观结果。这种全方位、立体化的研究，客观如实、全面系统地反映了清人唐诗注释的全貌，不仅对我们全面认识了解“文学注释”，特别是“诗歌注释”的内容、方法与特点有着重要的意义，而且为唐诗注释的研究提供一个新的角度，丰富并完善了注释学的内容。这是对传统诗歌注释研究的一大突破，也是论文最大的创新点。“内容系统”和“功能系统”的创立，语言学、文章学、文献学、文艺学四大板块的设置，是传统的训诂学未曾有过的，这也为训诂学的研究拓展一个新的领域，使得训诂学对注释实践的观照力和概括力大为加强，对于建立富有中国特色的诗歌注释学是很有理论价值和实践意义的。

为了适应对清人唐诗注释表达的需要，论文作者还尝试创设了一些必要的概念、名称。如将“被解释的内容”称为“受释体”，简称“受体”；将“用以解释的内容”称为“施释体”，简称“施体”。这样就突破了“被释词”、“训释词”之类的“词”的局限，而可以包括各种被注释或用以作注的对象。他如“定调法”、“互成法”、“代句法”、“置换法”、“境界标示法”、“情感体验法”等，皆为其新创。这些概念、名目的设置，方便了论文对注释事实的阐说，提高了文章的理论概括力。

我们在“清人唐诗注释之研究”这一课题的论证中写道：“意欲通过对清人唐诗注释的研究，拓展传统训诂学的应用范围，将传统训诂学与唐诗研究相结合，为诗歌注释的研究奠定良好的基础，以促进唐诗注释研究的全面展开，并为进一步的原创性研究《诗歌注释学》奠定基础。”现在看来，永发的论文应该说是很好的完成了这一任务，达到了预期的目的。

毋庸讳言，清代四家杜注的研究，诗歌注释元素的论析，特别是以四个板块来整理注释的内容系统和功能系统以及一些新概念、名称的提出，毕竟是一件首创性的工作，自然难免存在许多不足。但愿海内方家，多为指教；更愿永发以此作为新的起点，对这一极具价值的课题，继续深入研究，以期取得很多、很好的成绩。至若结合时代的发展及当代读者的需求，充分吸收前人诗歌注释之优点特长，克服其不足，而致力于《诗歌注释学》之新创，亦于永发寄厚望矣。

是为序。

郭芹纳

写于陕西师范大学诗词曲赋楹联研究中心

2015年元月30日

# 目　录

# 绪　论

杜甫是唐代著名诗人，杜诗的数量之多，艺术成就之巨大，对后世影响之广泛，是古代诗人中格外引人注目的。杜诗的注释自宋代以来日渐繁荣，到了清末，积累了大量的注本，注本数量之多，在古代诗人中是首屈一指的。从历代注释情况来看，杜甫所获得的重视是绝无仅有的。张忠纲等编著的《杜集叙录》搜集了古今中外或存或佚杜集文献1261种，其中宋以前文献14种，宋代文献124种，金元时期28种，有明一代171种，清代416种，现当代文献350种，国外文献158种。在中国文学史上，一个作家及其作品引起如此之多的研究，有如此之多的集本、注本，是空前的。可以说，一部杜诗注释史，就是一部中国诗歌传播史。因此研究杜诗注释，可以窥见古代诗歌注释的基本轮廓，可以归纳诗歌注释元素。而现有的研究角度都倾向于具体注释内容的是非功过，从训诂学的角度，探讨古代诗歌注释的内容、术语、方法、体例、原则的，还十分匮乏。

## 一　注释元素研究的意义

写作过程如自溪归海，虽然也有险滩暗堆，急湾猛漩，但顺流而下，未觉道路识别之难。而注释过程如舟船上航，多遇岔道分流，如非精研慎思，详磨细琢，辨清方向，难免会走错路径。诗歌尤其如此，杜诗又是诗歌之典型代表。注释者是认识到杜诗注释的难处的。黄生《杜诗概说》序言："夫古人在百世之上，我在百世之下，虽以志形之于言，而欲从纸上探微索隐，使作者肺腑如揭，不亦难乎？余以为说诗者譬若出户而迎远客，彼从大道而来，我趣小径而近之，不得也；彼从中道而来，我出其左右以近之，不可也。宾主相失而欲与之班荆而语、周旋揖让于阶庭几席之间，岂可得哉?”① 朱珪在给杨伦的《杜诗镜铨》所作的序言中说：“杜之奥博，有非训诂不显。治乱之迹，与国史相证，近于变风雅之义。注家徵实，病其支虚则凿，章比句栉则固，治杜之倍难于诸家也。”② 张溍也强调：“大抵诸家注杜有二病，曰摭实之病、曰凿空之病。……摭实者疑误后生，凿空者矫诬前贤。其病则均。故曰：注诗难，注杜诗尤难。”③ 毕沅在给杨伦《杜诗镜铨》作序时说：“杜拾遗集诗学大成，其诗不可注，亦不必注。公原本忠孝，根柢经史，沉潜于百家六艺之书，穷天地民物古今之变，历山川兵火治乱兴衰之迹；一官废黜，万里饥驱，平生感愤愁苦之况，一一托之诗歌，以涵泳其性情，发挥其才智；后人未读公所读之书，未历公所历之境，徒事管窥蠡测，穿凿附会，刺刺不休，自矜援引浩博，真同痴人说梦，于古人以意逆志之义，毫无当也。此公诗之不可注也。……”④ 遍览诸家注本，其名家序文，几乎无不涉及注杜之难。此处不一一摘引。可见对杜诗的注释，需要倾注研究者毕生的学养，包括文学理论认识、美学标准、艺术价值系统等等，而不仅是对一首一首的诗歌的理解问题。越是像杜甫这样混涵浩瀚的诗人，越要求注诗者高深的文学素养。此其一。其二，注杜难，研究杜诗的注释更不是一件容易的事。正因为杜诗注释的艰难，才使得诸多注本饱含着更加丰富的注释学矿藏。从这座富矿中挖掘、采撷、锻炼，一定能获得注释体系的珍贵元素。杜诗注本浩如烟海，这里面包含着历代注释者的丰富的注释思想，将这些散金碎玉联络补缀，必然会总结出诗歌注释的普遍规则和基本体式，构建起部门齐全、配置合理、功能优良的诗歌注释学系统。因此杜诗注释有特殊的研究价值。

具体说来，研究杜诗古代注释的意义如下：

（1）有利于“重建有民族特色的中国文论话语体系”。诠释学作为理解和解释的学科，在人文科学中具有普遍的方法论意义。典籍的注释很大程度上也是理解和解释的学科，因此兴起于西方的诠释学与典籍注释的关

① （清）黄生：《杜诗概说》，《杜工部诗说》（清康熙三十五年一木堂刻本）《四库全书存目丛书》，齐鲁书社 1997 年影印本，集 5—335 页。

② （清）杨伦：《杜诗镜铨》，上海古籍出版 1962 年版，朱序。

③ （清）张溍：《读书堂杜工部诗集注解》，《四库全书存目丛书》本，齐鲁书社 1997 年影印本，集 5—511 页。

④ （清）杨伦：《杜诗镜铨》，上海古籍出版 1962 年版，毕序。

系密切。诠释学广泛运用于哲学、文学、历史等人文学科，其中文学中的诗歌是诠释学的重要研究对象。依托中国自己优秀的丰富而独特的诗歌注释材料，以现代诠释学理论为参照，总结完善诠释技术、理论，无论对中国诠释学的理论建设还是实践要求，都意义重大。“中国古代诗学解释学……所蕴含的极为丰富、极为深刻、极为智慧、极有价值的解释学思想不仅具有鲜明的民族文化特色，而且完全可以同西方现代的解释学理论相媲美。在目前国内文学理论批评界普遍不满中国文论的‘失语’而呼唤重建有民族特色的中国文论话语体系的时候，对包括中国古代诗学解释学在内的传统文学理论批评进行认真的挖掘和总结，并且将其早日整合到富有鲜明民族特色的中国当代文论话语体系中去，进而对全球化进程中来自西方文化霸权的挑战作出积极的应答，无疑具有重要的现实意义。”①

诗歌是中国文学史上成熟最早、使用最普遍、产品最丰富的文学样式，历代诗话著作浩如烟海，理论探索积累丰富，系统完备。诗歌注释，是文艺批评领域的一部重头戏，也是文学理论研究开采不尽的宝藏。而中国诗歌的鲜明的民族特色以及由汉语汉字特征带来的独有形制，具有唯我独尊不可替代的主阵地作用。中国诗歌的艺术原则、艺术规则和艺术方法所阐说的，应该是人类文化现象中最深奥最精彩的美学思想。关注和研究诗歌注释，正是要挖掘中国传统诗歌从创作到鉴赏全程中包含的“文论话语”及其运行法则。

（2）有利于扩大古籍注释学的研究范围，进一步丰富古籍注释学的理论、方法，为古籍注释学的建立提供理论和事实依据，更好地为古籍整理服务。诗歌内容丰富，形式短小，极富艺术审美性，既有一般典籍的共性，又具有不同于一般典籍的特点。诗歌是古代典籍的重要组成部分，在诗歌的注释过程中，由于注释者所处的时代环境、学术背景，注释者自身的思想观念、知识储备、对语言的感悟能力、对潜在读者的判断能力、注释目的以及文本本身等因素的影响，注释的结果呈现出主观性、释义的多元性，甚至互相矛盾的情况，这为诗歌研究在品评、批评、接受诸方面留下了广大的空间，也为注释本身诸元素的分布状态、功能效用、表现形式、运用个性提供了宽阔的舞台。

因此，研究诗歌的注释，将扩大古籍注释学的研究范围，进一步丰富

① 邓新华：《中国古代诗学解释学研究》，中国社会科学出版社2008年版，第203页。

古籍注释学的理论、方法，为古籍注释学的建立提供理论和事实依据，更好地为古籍整理服务。对诗歌本身和注释成就都较高的杜诗注本的注释内容、体例、方法以及学术思想和学术风范等方面进行全面的研究，提炼出诗歌注释的规律和特点，总结出诗歌注释的思想，概括出诗歌注释的普遍理论，对建立古代诗歌注释学以及研究诗歌注释史无疑具有重要的意义。研究的成果也可为注释古代诗歌提供指导，从而有利于中华优秀文化的继承和传播。唐诗成就辉煌，是中国优秀文化典籍的重要组成部分，“古代经典的当代诠释，就不仅是通过完善的诠释技术尽可能准确地解释出经典文本的‘原义’，而且也是基于现实生活对经典的重新理解与解释。我们同时还要反思现代的诠释理论”。[①] 这一认识，可以代表目前训诂学界的见解方向，也显示出诗歌注释研究的当代价值指归和方法域界。

（3）有利于充分认识诠释的多样性、作者与文本和读者之间的复杂关系、诠释的限度、诠释学中的一些重要的理论及实践问题，丰富中国古代诗歌诠释学的理论内蕴。古代注释本各有特点。如清代注杜影响较大的钱、仇、浦、杨四家，就是本书重点关注的对象。钱谦益《钱注杜诗》二十卷，前十八卷共收杜诗 1472 首，后二卷为文和赋。钱氏重在以史证诗，通过对历史事实的钩稽考核，阐明杜诗的思想内涵。对交游、地理、职官、典章制度之笺释，也资料翔实，论证精当。又因其所据之底本吴若本今已散佚，所以在杜诗版本校勘上，《钱注杜诗》有极大价值。但钱注因过于求深，故有穿凿附会的缺点。仇兆鳌《杜诗详注》二十五卷，前二十三卷收诗 1439 首，后二卷为文和赋。作者耗费 20 余年之精力，资料宏富，带有集注集评性质。仇注于词语注释尤为详尽，力求囊括前人及当世注家之真知灼见。《四库全书总目》对《杜诗详注》的评价是：“援据繁富，而无千家诸注伪撰故实之陋习，核其大要，可资考证者为多。”[②] 但因其力求详备，故有烦琐冗沓误引错记之弊。浦起龙《读杜心解》六大卷二十四分卷，收杜诗 1458 首。浦起龙虽亦以史证诗却不作烦琐的引征和考证，但重视历史背景和杜甫生平经历之考核，多正前人之非，时出新见，注释简明扼要。但《读杜心解》寓编年于分体之中的编排方式带

---

① 潘德荣：《文字・诠释・传统：中国诠释传统的现代转化》，上海译文出版社 2003 年版，第 157 页。

② （清）纪昀等：《钦定四库全书总目》卷一百四十九，中华书局 1997 年版，第 1997 页。

来了体例上的驳杂繁碎，是其不足。杨伦《杜诗镜铨》二十卷，收杜诗1451首。以朱鹤龄本为底本，以编年为序。其编年在诸本中属最善者。对诸家注释择善而从，剪裁允当，考证典实，不为臆说，平正通达。

因此对古代注释的研究，正可以理其侧重，标其所长，互补未备，从而高效地筛择梳理，构建起中国诗歌注释学元素体系。

（4）对训诂学发展的意义。为训诂学寻找新的发展空间。经学衰微之后，训诂学的性质、功用以及它的发展方向就成为学者们重新思考的重要问题。训诂之本质在于解释古代典籍中所蕴含的意义，长期以来形成了许多行之有效的解释方法，诠释学的方法论与本体论就隐含于具体的注释过程中。诗歌的文学性强，阐释空间大，学术内蕴丰富。将训诂学和诗歌注释结合研究，可以充分提炼和总结诗歌注释的独到内容和特殊方法、术语，给训诂学注入新的内容，丰富训诂学的内涵。这样既可为训诂学的现代化提供一块新的领地，积极开拓训诂学的发展空间，也可为中国特色的诠释学的建立作出有益的探索。将传统训诂学和诗歌注释研究相结合，对杜诗古代注释的内容、方法、体式、术语、理论、学术思想等方面进行全面研究，找出共性和规律，既能大大拓展传统训诂学的研究广度，也增加训诂学的研究深度，提升训诂学研究的价值，从而丰富训诂学的内涵，完善训诂学的体系，优化训诂学的功能。

从较为开阔的学术视野来看，训诂学解决的是文本的解读问题，只要存在文本，就存在训诂学，不管是古代的还是现代的甚至是当代的。在一些学者看来，学习诗歌是与读经相矛盾的。可是，实际上不少研习经学的人也都在写诗。这种情况值得我们深思，一方面说明二者的不同，另一方面似乎又说明它们存在着统一性。在古代学者们看来，诗歌甚至一切文学都是日常性的，是基础性的，不是一门学术或学问。扬雄就说赋是雕虫小技，壮夫不为。诗歌，对于学者尤其是对传统知识分子而言，确实是基本素质之一而不是学问，但诗歌的注释却不能不说是一门学问，而且是一门大学问。对《诗经》的注释就足以说明问题。拨开蒙在上面的经学面纱，我们看到的就是诗歌文本和对诗歌的注释。自《诗经》之后，训诂学家们在长期的学术实践中，已经把目光投向了历朝历代的诗作。古代大量的注诗著作，应该是训诂学的珍贵遗产和丰富宝藏。杜诗内容丰富，涉及社会生活的方方面面，既展示广阔的客观社会现实，又曲尽个人的主观感受；中国诗歌具有特殊的形式和丰富的内容，在内容和形式的关系上，又有着多姿多彩的艺术技法，有充分的阐释空间。杜诗注释的内容既有基础性的注释，如注音、释词、语词出处溯源、用典解释、解句、阐明语法、辨明字形或词形、校勘等，也有大量文学性注释，如交代创作背景、揭示题旨、点明言外之意、概括主要内容、品评艺术审美、论析诗风、诗境及诗文格调等。此外还有诗歌特有的内容，如格律、押韵、对仗、诗歌形式等。这些方面，与经、史、子等文献注释相比，具有明显的个性，显现出许多不同的内容和特征。《四库全书总目》评卢元昌《杜诗阐》时说："前有自序，称杜诗有因注而显者，有因注反晦者，一晦于训诂之太杂，一晦于讲解之太凿，一晦于援引之太繁……其注如四书讲章，其评亦如时文批语，说诗不当如是，说杜诗尤不当如是也。"① 由此可见诗歌注释的特殊性。研究诗歌注释中的训诂学的理论方法，总结其异彩纷呈的训诂内容，整理其个性鲜明的学术元素，可以在一个拓展的格局下丰富训诂学的内涵，为训诂学的发展作出贡献。这样，训诂学在古籍整理、词典编纂、教育教学中将会具有更加强大的功能。

## 二 该课题的研究现状及趋势

### （一）传统杜诗研究

杜诗研究的著作和论文数量巨大，从杜甫去世至清末，对杜诗的研究表现为三项内容：

首先是杜集的编纂与注释。据胡可先先生推论，《旧唐书·杜甫传》和《新唐书·艺文志》涉及的《杜甫集》六十卷是杜甫自己所编。如这一推断成立，则第一种杜集当为杜甫自编的六十卷。杜甫离世次年润州刺史樊晃编订了《杜工部小集》，后晋开运二年（945 年）编出了最早的官书本，五代时有孙光宪本、郑文宝《少陵集》，宋代有孙仅本，王洙编于宋仁宗宝元二年（1039 年）的诗文二十卷本是现存最早的杜本。皇祐五年（1053 年），王安石编了《杜工部诗后集》，此后一直到清末，杜集的编纂逐渐退居其次，注本则日趋丰富。较早的注者当属黄庭坚，杨士奇《文渊阁书目》、叶盛《菉竹堂书目》皆著录有其《杜诗笺》九册。郑印编过《杜少陵诗音义》，赵次公有《新定杜工部古诗近体诗先后并解》五十九卷，鲁訔修订的《草堂诗笺》，杜田、鲍彪等都是较早的注者。还有

① （清）纪昀等：《钦定四库全书总目》卷一百四十九，中华书局 1997 年版，第 2358 页。

《门类增广集注杜诗》、《王状元集百家注编年杜陵诗史》等。仅从“九家注”、“十五家注”、“二十家注”、“六十家注”、“千家注”等名目来看，明代以前注杜著作已非常丰富。元代以后，充分抒发个人见解的注本层出不穷，元好问的《杜诗学》、范梈的《杜工部诗范德机批选》、张性《杜律演义》、赵汸的《杜工部五言赵注》。明代单复的《读杜诗愚得》、邵宝的《分类集注杜诗》、张綖的《杜工部诗通》、王嗣奭的《杜臆》、卢世漼《杜诗胥抄》。清代注杜更是名家如簇，钱谦益、萧云从、朱鹤龄、顾宸、金圣叹、顾炎武、卢元昌、申涵光、张溍、吴见思、黄生、张远、吴瞻泰、仇兆鳌、浦起龙、边连宝、杨伦、梁运昌、施鸿保等，此不一一列举。总之，据胡可先统计，各种目录著作及其他书中著录的杜甫诗集和注本大约在500种以上，现在传世的各种版本当也不下200种。[①]

其次是杜甫诗话和诸家评杜著作，数量巨大。从刘辰翁开始评点杜诗，后人或赞同（如明李东阳（《麓堂诗话》）、明黄芳（《集千家注杜工部集序》）、清阮元（《杜诗集评序》）），或反对（如明宋濂（《杜诗举隅序》）、明单复（《读杜愚得序》）、清钱谦益（《读杜诗略例》）、清黄生（《杜诗说》）、清吴焯（《绣谷亭薰习录》集部）、清陈式（《读杜漫识》）），或毁誉参半（如清杨绍和（《楹书偶录》）），或另开言路（如明代李梦阳（《批杜诗》）、郑善夫（《批点杜诗》）、杨慎（《朱批杜诗》）、王慎中（《批点杜工部集》）、徐渭（《批点杜工部集》）、孙矿（《批选杜律》）、郭正域（《批点杜工部七言律》）、郝敬（《批选杜工部诗》））。清代批点著作甚丰，周采泉《杜集书录》所录就有70余家。著名的如金圣叹（《唱经堂杜诗解》、《贯华堂评选杜诗》、《杜诗通元》）、朱彝尊（《朱竹垞先生杜诗评本》）、何焯（《批杜工部集》）等。

再次是传记与年谱的撰制。樊晃《杜工部小集》序中第一次对杜甫作了简介，唐宪宗元和八年（813年），元稹撰写了《唐故工部员外郎杜君墓系铭并序》，《旧唐书·文苑传》的《杜审言传》后附有杜甫传，《新唐书·文苑传》中欧阳修、宋祁单列了《杜甫传》，宋人孙洙、黄震也有《杜甫传》，元人辛文房编《唐才自传》，于卷二列《杜甫传》，明清亦有数人作杜甫传，大都剪裁两唐书和元稹所撰墓志，无甚价值。年谱之作，据周采泉先生《杜集书录》卷三卷四所载，自宋以来有50种之

---

① 胡可先：《杜甫诗学引论》，安徽大学出版社2003年版，第32页。

多。第一部是宋人吕大防的《子美诗年谱》（又名《杜诗年月》、《杜甫年谱》），此后不久，赵子栎针对吕谱的讹误又编一谱。后来宋人编谱相继有蔡兴宗的《重编杜工部年谱》、鲁訔《杜工部诗年谱》（又名《杜工部草堂诗年谱》）、黄鹤《杜工部年谱》（又名《年谱质疑》、《年谱辩疑》）、计有功《杜工部年谱》、吴若《杜工部年谱》、鲍彪《少陵诗谱》、梁权道《杜工部年谱》、吴仁杰《杜工部年谱》、徐宅《杜工部年谱》、佚名《杜工部年谱》等。元明以来，校注杜诗者大多随著附有年谱，率相祖述，如出一手。较有特色的是以下几种：钱谦益《少陵先生年谱》、朱鹤龄《杜工部年谱》、浦起龙《杜少陵编年诗目谱》等。

（二）现代杜诗学研究

现代杜诗研究经过了几代人的努力，取得了辉煌的成就。

在有关资料之整理方面，哈佛燕京学社编《杜诗引得》（1940 年），万曼《杜集叙录》（1962 年）、中华书局《古典文学研究资料汇编》之《杜甫卷》（唐宋之部）（1964 年）、台湾学者黄永武主编《杜诗丛刊三十五种》（1974 年）、郑庆笃等编《杜集书目提要》（1986 年）、周采泉《杜集书录》（1986 年）、钟夫与陶钧《杜诗五种索引》（1993 年）、张忠纲先生有《杜甫诗话六种校注》（2002 年）、成都杜甫纪念馆所编《馆藏杜集目录》，自 1981 年至 1984 年，在《草堂》杂志连载七期，对馆藏古今中外的众多杜集版本逐一作了介绍，为杜甫研究提供了极大方便。张忠纲先生与其弟子编著的《杜集叙录》（2008 年）是杜学书目最为完备的一种。

在杜甫生平研究方面，有闻一多《少陵先生年谱会笺》、四川省文史研究馆《杜甫年谱》、冯至《杜甫传》（1952 年）、陈贻焮《杜甫评传》（上卷 1982 年、中卷 1988 年、下卷 1988 年）、金启华与胡问涛《杜甫评传》、莫砺锋《杜甫传》、傅光《杜甫研究（卒葬卷）》（1997 年）、邓红梅《乱世流萍——杜甫传》（1999 年）等。

杜诗学理论研究方面，先后出版或发表了许总《杜诗学发微》（1989 年）、谢思炜《杜诗解释史概述》（《文学遗产》1991 年第 3 期）、廖仲安《杜诗学》（1994 年）、胡可先《杜诗学论纲》（1995 年）、林继中《杜诗学——民族的文化诗学》（1995 年）、胡可先《杜诗学年表（唐）》（1996 年）。赵晓兰《四库馆臣与杜诗学》（1996 年），还有许总《杜甫论的新构想》（1996 年）、许总《杜诗学通论》（1997 年）、胡可先《杜诗史料学论纲》(1997年)及《杜甫诗学引论》(2003年)、孙微《清代杜诗学史》(2004年)、《清代杜诗学文献考》(2007年)。

对杜甫及其诗歌的研究，专著和论文都很多，因与注释元素的研究关联性不是很强，所以不一一列举。

综上材料可见：杜诗注释的研究还没有一人一作是以诗歌注释元素系统的总结归纳为目的的。本书则试图进入杜诗注释的训诂学研究，立足古代注释的基本内容，整理古代注释的诗歌注释诸元素，总结诗歌注释的体例、方法、内容、术语，最终形成中国诗歌注释学的元素体系和功能系统。

## 三　研究目标、研究内容和拟解决的关键问题

本书的研究目标主要是以四家注释为主，全面考查古代注杜的内容，总结归纳其注释的理论、方法、术语、体例，整理出诗歌注释学的元素系统。

本书的具体研究内容是杜诗古代注释的对象、术语、方法。

解决的关键问题有两个：注什么？怎么注？

古人对注释内容的理解是简单的和概括的。如浦起龙就认为注释的内容是古事、古语、时事三项。①

王力认为“注解常见的情况有下列四种：第一，释词。第二，串讲。第三，释词并串讲。第四，通释全章大义”②。陆宗达总结保存在注释书和训诂专书中的训诂内容为：解释词义、分析句读、阐述语法、说明修辞手段、阐明表达方法、串讲大意、分析篇章结构。③ 郭芹纳先生把训诂学的内容总结为：一是释词；二是解句；三是解释语法现象；四是说明修辞手法；五是发凡起例；六是注音、校勘及其他。郭先生归纳的内容，说的

---

① (清)浦起龙：《读杜心解》，中华书局1961年版，卷首发凡：“凡注之例三：曰古事，曰古语，曰时事。古事、古语，自鲁訔、王洙师氏、梦弼之徒，援据已略备矣。其谬者，牧斋、长孺驳正特多，近时仇本搜罗更富。集中节采，大率本此三书。间有参易论著，十得二三耳。至时事则例等于注，而意通于解。所引用诸书如新旧二史、《通鉴》、《会要》、《国史补》、《明皇杂录》、《禄山事迹》之类，出入比附，先后主奴。自钱朱以后，诸家依傍黄鹤旧本，互相违反，其谬又与宋人等。兹焉或仍或改，务使本文主意与当年若符节之合，水乳之投。此中颇费苦心，异同殆参半焉。”

② 王力：《古代汉语》，中华书局1999年版，第614页。

③ 陆宗达：《训诂简论》，北京出版社2002年版，第18—98页。

是训诂学，实际上也是注释要涉及的内容。作为一种体例完备的集大成的训诂学著作，其所作的概括代表了此前研究者关于注释内容的认识高度。然而要从专门针对注释的著作中寻找更加细致的注释内容分类，董洪利的《古籍的注释》、汪耀楠的《注释学纲要》应该说是比较有代表性的。董将注释内容平列为六种：解释语言文字；考证和介绍作者的生平、思想、创作意图和书籍写作的历史背景；分析、评价和发挥作品的思想意义；考证、说明、补充历史事实和名物典故，文学艺术作品的赏析与评价，各种资料的补辑与辨析。[①] 汪从三个方面划分注释的类型：第一，从注释的内容上划分；第二，从注释性质上划分；第三，从注释提供的知识量上划分。其中从内容上划分，就包括如下内容：（1）文字注释类：辨字、注音、释义；（2）章句类：分析句意，划分章次，分析结构；（3）义理类：对于被注释文字不仅解释它的语言本身外露的意义，还要深入发掘其隐含的精蕴，也就是微言大义；（4）综合类：从文字训诂到句意的说明，篇章的研究直至思想内容和社会意义的分析无所不有。[②] 汪先生从分类的角度来讨论注释的内容，形式上很细致，而其所概括的内容，反倒是不全面的。像发凡起例就没有被纳入注释的范围。

上述对注释内容的列举，都仍然在一个平面上，既显得缺乏系统性，又难免相互交叉。如汪的四大类，就很难有一个明确的界限。汪先生在文中自己也说明了这种情况。郭先生和陆先生所列举的界限倒相对分明，从训诂这个名称下去理解是清晰准确的，但要依据它来分析注释的层次问题，显然不够理想。郭绍虞对注释的看法具有非常珍贵的启发性："我所谓注，是包括注和解和评三方面的。注以明其义，解以通其旨，评以阐其志和论其艺。所以注则重在学，解则重在才，而评则于才学之外，更重在识。"[③] 这是很有启发意义的。本书把各种注释元素归纳为语言学的、文章学的、文献学的、文艺学的四类。

采取的研究方法：

主要采取文献归纳的研究方法。同时依据中国古代诗学理论，在诗学理论的指导下理解诗歌注释在处理文字音义、词语、语法训诂与诗歌语

---

① 董洪利：《古籍的注释》，辽宁教育出版社 1993 年版，第 83 页。

② 汪耀楠：《注释学纲要》，语文出版社 1997 年版，第 46—59 页。

③ （清）杨伦：《杜诗镜铨》，上海古籍出版社 1962 年版，郭绍虞前言。

言、诗歌的表现方法的解释之间关系的各种策略和技法。全面考察杜诗古代注释的情况，归纳总结其注释的内容、形式、方法、原则等，概括出诗歌注释的共性成分及其构造。具体的做法是：

一是对钱、仇、浦、杨四家注释的详细检索，概括出四家注释的基本内容。这些内容可能不尽一致，但从注释元素整合的目的来看，他们应该处于互补状态，而不是对立。四家的相互补充，就是杜诗注释的内容和功能的基本框架。广泛阅读各家注本，以期对杜诗本身的思想内容作尽量接近杜甫原意的理解。只有对杜诗有了深入的、尽可能正确的理解，才能具备对古代注释进行比较、甄别、厘定是非、开掘价值的能力。

二是与其他紧密相关的优秀注本比较，如蔡梦弼、鲁訔《草堂诗笺》、郭知达《九家集注杜诗》、黄鹤《集千家注分类杜工部诗》、朱鹤龄《杜工部诗集辑注》、张远《杜诗会粹》等，从其引用和参考、批判关系中发现其训诂理论的渊源和诗歌注释学构架的形成脉络，从更大范围考察诗歌注释的元素体系。在此基础上全面思考训诂学的一般规律和方法，紧密联系训诂学的规律、方法和原则，在训诂学的框架之内，思考诸训诂元素在古代注释本中的呈现和运行情况。

## 四　本题目的独特之处

本书的主要独特之处是：

1. 建立了诗歌注释的内容系统与功能系统。本书完全在训诂学的框架下研究杜诗注本。此前对杜诗注本的研究都是在文学的角度上探讨其是非成败和对杜诗学的贡献及注者的思想，虽亦有从语言学领域进行研究的，但也只局限于声律、语汇、语法、修辞和语言风格。即使声明从注释学角度研究的论文，也只关注某个方面，或仍谈其得失，本书则不在注本的是非功过上纠缠，而是全面关注注本的训诂学元素，通过对四家注的详细梳理，参考四家之外的大量杜诗注本，归纳出了诗歌注释的内容系统和功能系统。这一成果，为杜诗学的研究提供一个新的角度，为训诂学的研究拓展一个新的领域。为整理我国传统训诂学遗产，建立富有中国特色的诗歌注释学或诗歌解释学夯筑一个重要的基础，有很高的理论价值和实践价值。

2. 提出并实施了用语言学、文章学、文献学、文艺学四大板块来归纳诗歌注释内容和诗歌注释功能的理论模式。这是此前的训诂学研究未曾尝试过的。此一理论模式的创立，使得训诂学对注释实践的观照力和概括力大为加强。

3. 完善了注释学的内容。此前的注释学研究局限于语言学和文献学的传统范围，本书则在语言学内容中增加了短语、句子的注释，在文献学内容中增加了发凡起例等注释。尤其是增加了文章学和文艺学的内容。这些增加，不是主观随意的，而是在认真梳理古代注释的基础工作之上总结和归纳的客观结果。

4. 创设了一些必要的概念名称。如以“施体”、“受体”表示“用以解释的内容”和“被解释的内容”。再如语言学、文章学、文艺学的方法中还有一定数量的初设名目，如“定调法”、“互成法”、“代句法”、“置换法”、“境界标示法”、“情感体验法”等。这些概念、名目的设置，大大方便了文章对注释事实的阐说，提高了文章的理论概括力。

## 五 杜甫及古代主要注本简介

### 1. 杜甫诗歌的阐释情况

杜甫（712—770年），字子美，自号少陵野老，唐代大诗人，被后世称作“诗圣”。祖籍湖北襄阳，生于河南巩义市。是初唐诗人杜审言之孙。曾在唐肃宗时做过叫“左拾遗”的官。入蜀后，在好友严武的举荐下，做了剑南节度府参谋，又挂加检校工部员外郎的虚衔。所以又称杜拾遗、杜工部。从元稹撰写的墓志铭和杜甫自己的诗歌中都可以看出，杜甫和李白在世时声名同显，世称“李杜”。杜甫有“致君尧舜上，再使风俗淳”的政治抱负。刚正忠君，疾恶如仇，朝廷的腐败、社会生活的黑暗，在其诗作中都给予了深刻的批评和揭露。这与他关心民瘼的儒家思想有关，也是杜氏祖上多年来“奉儒守官”的积累结果。

杜甫一生创作丰厚。他生前自编的诗集有六十卷，现存亡佚之余有一千四百多首。杜甫离世后，其自编的六十卷诗集，也便散佚了。据他死后不久为他编行诗集的润州刺史樊晃说：“文集六十卷，行于江汉之南。……江左词人所传诵者，皆公之戏题剧论耳，……今采其遗文，凡二百九十篇，各以事类，分为六卷，且行于江左。”（樊晃《杜工部小集序》）可见杜甫的诗作数量是十分巨大的。但这里有一个疑问，依据胡可先《杜甫诗学引论》之“杜诗学年表”，樊晃编订《杜工部小集》是在大历六年（771 年），也就是杜甫辞世的第二年。[1] 那么既然杜甫生前就编订了六十卷的《杜甫集》，为什么其诗中从未提及诗集之事？杜甫在给唐玄宗的自荐书中提到四十岁以前“自七岁所缀诗笔，向四十载矣，约千有余篇”（《进雕赋表》）。书法作品“有作成一囊”（《壮游》），可见杜甫并不讳言自己的创作，怎么竟然不提六十卷如此重大的事情呢？即便是有文集六十卷行于江汉之南，怎么人刚去世，就只能收集到不足三百篇的数量了呢？而且既然宗文宗武“近知所在”，樊晃并有“求其正集，续当论次”的计划，为什么不找到杜甫二子，刊行六十卷杜集呢？这里面的问题，凭现有资料，是无法讨论清楚的。但《旧唐书·杜甫传》认为杜甫“有集六十卷”，《新唐书·艺文志》也著录“《杜甫集》六十卷”。宋代王应麟的《玉海·艺文略》著录云：“《杜甫集》六十卷，《小集》六卷，樊晃集。”不知是见过该书，还是仅据樊晃序言，姑且存疑。但既然如此多的说法存在，杜甫可能自己编订过六十卷诗文集，而没有刊行。按照吴若《杜工部集序》、蔡梦弼《草堂诗笺序》，后晋开运二年（945 年）有一种官方刊行的《杜甫集》，但卷数不详，也不见公私书目著录。又据王洙《杜工部集记》、王彦辅《增注杜工部诗序》，五代时还有孙光宪的杜集和郑文宝的《少陵集》。到了宋代，第一个编纂杜集的是孙仅。后经苏舜卿、黄庭坚、王洙、王安石、王琪、裴煜、薛苍舒（一作仓舒，字梦符）、黄伯思、郑卬、吴若、鲍彪、杜田、赵次公、鲁訔、郭知达、黄希、黄鹤父子、徐居仁、蔡梦弼、刘辰翁等多人努力，杜诗收集和注释的工作基本完成了。到了金、元、明时期，杜诗的传播相对低落，但仍有元好问、范梈、张性、赵汸、单复、邵宝、张綖、邵勋、王嗣奭、卢世㴶、邵傅等延续了杜诗的注释，但元、明时已不同于宋代的集注，趋向于选集、评论、鉴赏、择类研究，这是宋代所不及的。

到了清代，杜诗的整理和传习又掀起高潮。钱谦益《钱注杜诗》可以算是有清第一部注杜力作。随后各种注本铺天盖地而来，既继承了宋代的全本注释，又延续了明代对部分进行细解的趋向，可以说是杜学的全面繁荣。清代影响较大的解杜著作有：贾开宗《秋兴八首偶论》、萧云从《杜律细》、朱鹤龄《杜工部诗集辑注》、顾宸《辟疆园杜诗注解》、金圣叹《唱经堂杜诗解》《贯华堂评选杜诗》《沉吟楼借杜诗》、顾炎武《杜

[1] 胡可先：《杜甫诗学引论》，安徽大学出版社 2003 年版，第 337 页。

子美诗注》、卢元昌《杜诗阐》（又名《思美庐杜诗阐全集》）、申涵光《说杜》、张溍《读书堂杜工部诗集注解》、吴见思《杜诗论文》、黄生《杜诗说》、潘柽章《杜诗博议》、张远《杜诗会稡》、邵长蘅《邵长蘅评杜诗钞》、吴瞻泰《杜诗提要》、仇兆鳌《杜诗详注》、浦起龙《读杜心解》、边连宝《杜律启蒙》、杨伦《杜诗镜铨》、梁运昌《杜园说杜》、施鸿保《读杜诗说》、赵星海《杜解传薪》等。清代杜诗选本的编辑日益增加，集杜研究呈现出繁荣景象。

现当代的杜诗注释则仅仅成了杜诗研究的一个方面，全集校注本较少，著作屈指可数，如李景溁的《杜诗新解》、王世菁的《杜诗便览》、《杜诗今注》、高仁标点的《杜甫全集》（以《钱注杜诗》为底本，只保留部分题注）、秦亮点校的《杜甫全集》（以《杜诗详注》为底本，删去了正文中的异文和注音）、王学泰校点的《杜工部集》（以《宋本杜工部集》为底本）、韩成武与张志民的《杜甫诗全译》、张志烈《杜诗全集》（以《杜诗镜铨》为底本）、李寿松与李翼云的《全杜诗新释》等。

现当代的杜甫及其诗歌研究还有其他拓展趋向：一是杜集选本和类选研究、散点研究空前繁荣，尤以类选研究为有特色。杜诗的类选研究自明代谢省的《杜诗长古注解》发端，到明清的五、七律专书、清人王以中的《杜陵长律注》等，再到清人贾开宗的《秋兴八首偶论》，日益专门化。1966 年台湾中华丛书编审委员会出版了叶嘉莹《秋兴八首集说》，于 1988 年和 1997 年两次再版，这是杜甫类选研究的标志性成果，其他如区静飞的《杜甫咏怀古迹五首集说》、郭绍虞《杜甫戏为六绝句集解》、廖美玉《杜甫连章诗研究》、许应华《杜甫夔州诗研究》、简恩定《杜甫咏物诗研究》、郑元准《杜甫长安期之诗研究》、李济阻、王德全、刘秉臣《杜甫陇右诗注析》、方瑜《杜甫夔州诗析论》、方秋停《杜甫秦州诗研究》、林家英《杜甫陇右诗研究》、林瑛瑛《杜甫成都时期诗歌研究》、洪素香《杜甫荆湘诗初探》、吴韦琏《杜甫妇女诗研究》、林雅韵《杜甫山水记游诗研究》、陶先淮、陶剑《杜甫长沙诗笺注》、鲜于煌《诗圣杜甫三峡诗新论》、谭文兴《杜甫夔州诗研究》、蒋先伟《杜甫夔州诗论稿》，等等。

二是杜甫传记和年谱研究作品丰收。在前人的基础上，杜甫生平日益清晰。首先是闻一多撰成《杜甫》《少陵先生年谱会笺》，嗣后李书萍编成《杜甫年谱新编》，紧接着有李春坪《少陵新谱》、义君左《杜甫传》、章衣萍《杜甫》、朱偰《杜少陵评传》、冯至《杜甫传》、四川省文史研究馆《杜甫年谱》、刘维崇《杜甫评传》、孟瑶（杨宗珍）《杜甫传》、香港上海书局《杜甫》、李辰冬《杜甫作品系年》、汪中《杜甫》、卉君《杜甫》、李森南《杜甫诗传》、林玉瑛《杜甫》、朱东润《杜甫叙论》、陈香《杜甫评传》、陈贻焮《杜甫评传》、周蒙、冯宇《杜甫》、金启华、胡问涛《杜甫评传》、萧丽华《杜甫——古今诗史第一人》、毕万忱《杜甫》、万曼《杜甫传》、徐小龙《杜甫行迹》、罗宗强《杜甫》、莫砺锋《杜甫评传》、毛炳汉《九州诗圣杜甫》、郭永榕《杜甫文学游历——杜少陵传》、马昭《杜甫传》、刘新生《诗圣杜甫》、还珠楼主著、周清霖、李观鼎编校《杜甫》、张健《大唐诗圣——杜甫》、孟修祥《诗圣杜甫》、邓魁英《杜甫》、邓红梅《乱世流萍——杜甫传》、江希泽《少陵诗传》、韩成武《诗圣——忧患世界中的杜甫》、莫砺锋、童强《杜甫传》、杜炳旺《杜甫世系考》、杨义、郭晓鸿《杜甫》、陈才智《杜甫》、陈冠明、孙愫婷《杜甫亲眷交游行年考》、张华松《杜甫》等，国外如日本和韩国还有一些杜甫传记类著作，兹不罗列。

三是资料和工具性成果也成为杜甫研究新的方向。第一种是洪业《杜诗引得》，接下来有周君南《杜甫在长安时期的史料》、万曼《杜集叙录》、中华书局《杜甫研究论文集》三辑、华文轩《古典文学研究资料汇编・杜甫卷》、黄永武《杜诗丛刊》、郑庆笃等人的《杜集书目提要》、周采泉《杜集书录》、钟夫与陶钧《杜诗五种索引》、张忠纲《杜甫大辞典》、《杜集叙录》。

四是杜甫与其他诗人的比较研究也被众多杜学家属意，如汪静之《李杜研究》、郭沫若《李白与杜甫》、吴天任《中国两大诗圣：李白与杜甫》、燕白《简论李白和杜甫》、黄国彬《中国三大诗人新论》、简恩定《李杜诗中的生命情调》、谭文兴等人的《李白杜甫与三峡》、张经宏《杜甫七律与李商隐七律之比较研究》、陈丽铃《安东尼・马恰洛与杜甫诗中对景物诠释之概述》、朝鲜半岛许世旭《李杜比较研究》、李丙畴《杜甫与李白》、日本高岛俊男《李白与杜甫——其生平与文学》等。

五是杜诗及其注释的研究已经从文学的领域向语言学的阵地扩展，如王三庆《杜甫诗韵考》、朱任生《杜诗句法举隅》、黄启源《杜诗虚字研究》、林春兰《杜诗修辞艺术之研究》、刘明华《杜诗修辞艺术》、朱梅韶《杜甫七律诗句中“虚词”运用之研究》、周能昌《杜甫七律的语法风格》、于年湖《杜诗语言艺术研究》等。

可以看出，杜甫从一去世就得到了世人的关注，整个关注史是一千多支。一干是指杜甫诗集的完善与注释，这一内容贯串了从古到今的杜甫及其诗歌研究。从宋代开始，有了集杜、和杜、选杜的研究支流，金、元、明又有了演杜、评杜、考杜（甄别杜诗的真伪）、书杜，至清代注杜已臻极致，其他研究路线也都达到一定程度，赏杜研究日渐加强。至现当代，则选杜和考杜继续发展，其他综合研究和专门研究突飞猛进，空前繁荣。如书杜又进而为写杜（杜甫诗意美术作品），演杜由杂剧到电影、电视剧本等。这是中国历史上所有诗人中谁都无法与之相比的。

2. 钱谦益的生平、著述及注释思想

钱谦益，常熟人。生于1582年，卒于1664年。字受之，号牧斋。还有很多别号。晚号蒙叟、东涧老人，学者称之为虞山先生。明万历三十八年（1610年）一甲进士。钱谦益是清初诗坛的盟主，也是明末东林党的领袖之一。曾任礼部侍郎，因与同僚争权失败而被革职。马士英、阮大铖拥立福王在南京登基时钱谦益为礼部尚书。降清后仍官礼部侍郎，但与反清势力保持联系，并很快借病辞归。

钱谦益是明清之际有名的诗人，开创了一代诗风。多抒发反对清朝、恢复故国的心愿。因此乾隆时他的诗文集遭到禁毁。钱谦益又是一个史学家。早年撰《太祖实录辨证》，立志以一人之力完成国史。弘光元年和顺治三年他曾两次欲修明史，虽未如愿，但人们认为“虞山尚在，国史犹未死也”。钱谦益号称“当代文章伯”。黄梨洲在《忠旧录》中称他为王弇州（世贞）之后文坛最负盛名之人。钱氏喜欢收藏书籍，有机会获得几家藏书，还不惜高价购求古本，修建“绛云楼”，收藏宋元孤本，数量十分可观。

钱谦益的一生，也是顺逆落差很大的起伏跌宕的一生。二十九岁时以一甲第三名中进士，授翰林院编修，可谓顺矣。可不久即以父丧归里，十年后才“诣阕补官”，天启时典试浙江，不久转右春坊中允。魏忠贤罗织东林党案又牵连到钱，削籍归里。明思宗朱由检即位后，他被重新召回任职，出任礼部右侍郎，但三个月后，又以争权之事被削籍遣归。钱谦益从中进士到明亡长达三十五年的时间内，三起三落，全部任职时间加在一起也就五六年时间。崇祯自缢，明福王即位于南京后，钱谦益利用夫人柳如是，通过阮大铖谋就了礼部尚书的职位。降清后，北上充修明史副总裁，不久辞归南京。旋即因谢陛案、黄毓祺起义案被牵连两次入狱，两次获释。乾隆四十四年（1779 年），钱谦益的著述被列为“悖妄著书人诗文”，已载入县志的都被删削。1664 年，八十三岁的钱谦益病殁于杭州，葬于虞山南麓。

钱谦益的著作有《初学集》（110 卷）、《有学集》（50 卷）、《投笔集》（2 卷）、《苦海集》（1 卷）及外集等多种，《钱注杜诗》（20 卷）。另编选《列朝诗集》（77 卷，顺治间刊本作 81 卷）、《吾炙集》（1 卷）、《列朝诗集小传》（钱陆灿节录钱谦益所作诗人小传而成）、《开国群雄事略》、《内典文藏》等。

钱谦益的审美理念：

钱谦益遍览子、史、文籍与佛藏，学问淹博。诗文理论上，他有自己对文学审美的认识，他注重时和境。反对明代“复古派”的模拟行为、“竟陵派”的狭窄境界，也不满“公安派”的肤浅状况。倡导“情真”、“情至”，倡导学问。他在《周孝逸文稿序》中认为：“文章者，天地英淑之气，与人之灵心结系而成者也。”又说：“根于志，溢于言，经之以经史，纬之以规矩，而文章之能事备矣。”认为写作必须兼具“独至之性，旁出之情，偏诣之学”（见《冯定远诗序》），要“深情蓄积于内，奇遇薄射于外，轮囷结，朦胧萌析”（见《虞山诗约序》），然后可以言艺术之高低。郭绍虞曾指出：钱谦益诗“不重在韵与趣，而重在时和境。必须通过时和境来表现的性情，才是真性情”①。丁功谊 2006 年出版了他研究钱谦益的《钱谦益文学思想研究》，其结论是：“钱谦益的文学思想是性灵思想与复古思想的有机整合，……走的也是一条师心与师古相结合的路子，他有意识地对学问与性情、灵心与学问之间的关系做到理论上的平衡。更重要的是钱谦益找到了联结师心与师古的纽带，那就是世运，他复古思想的核心是返经救世，体现的是经世致用的精神，他的灵心与性情思想都指向当时历史以及作者本人，而不是向古诗中求性情。”② 杨连民对钱谦益的诗歌理论进行了系统的研究，对其中的诗歌评价观点，他归纳道：“在评价诗人的诗歌时，多是从艺术史的角度着眼，即把具体诗人的诗歌放到特定的历史背景下加以考察，知人论世，给以客观的评价；同时

① 郭绍虞：《中国诗歌批评史》，中华书局上海编辑所 1961 年版，第 400 页。

② 丁功谊：《钱谦益文学思想研究》，上海古籍出版社 2006 年版，第 251 页。

注意诗歌的社会伦理功能，把诗人的诗歌同国家的命运、时代的要求结合起来论述，在这样的表述中即透出了他对传统诗论的回归和依从，这些都可以看作是他的政治生涯对他的诗论的影响。”① 钱谦益主张“诗有本”，这个“本”，按照杨连民的理解，是指诗有本源、诗有实物、诗有真情，“将诗有本源、诗有实物、诗讲真情三者结合起来，亦即将灵心、学问和世运三者联系起来，使之成为一个不可分割的理论整体”②。尽管杨连民用“亦即”将前三者和后三者联系起来有些费解，但此六者构成钱谦益论诗的标准，是完全可以成立的。

就杜诗注释而言，钱谦益是十分审慎的。他的《读杜小笺》卷前自识曰：“注诗之难，陆放翁言之详矣。放翁尚不敢注苏，予敢注杜哉?”在给朱鹤龄《杜工部诗集辑注》作序时又声明：“昔人谓不行万里途，不读万卷书，不能读杜诗，吾谓少陵胸次殆不止如此。今欲以椰子之方寸，针孔之两眸，雕锼穿穴，横钩竖贯，曰杜诗之解在是，不为坎井之蛙所窃笑乎?”正是这种思想，使得他始因朱鹤龄对杜诗的注释“发凡起例小异大同”而高兴，将自己的注本“敝麓蠹纸，悉索举示”，毫不保留地交给朱鹤龄，“命之合抄，益广搜罗”（《杜工部诗集辑注》钱序之后朱鹤龄附记）。终因发现“其学问繁富，心思周折，成书之后，绝非吾本来面目”（《钱牧斋先生尺牍》卷二）而建议“两行其书”，并坚决拒绝在朱鹤龄注本上署名。钱谦益《草堂诗笺元本序》亦曰：“吴江朱长孺……请为余摭遗决滞……再三削稿，余定其名为朱氏补注，举陆务观注诗诚难之语，以为之序。而并及天西采玉门求七祖二条以道吾所以不敢轻言注杜之意。……盖注杜之难，不但如务观所云也。……颜之推言：观天下书未遍，不得妄下雌黄。何况注诗，何况注杜！……以申道余始终不敢注杜之意。”再三申明注杜之难，和自己不敢注杜的内心，也可见对朱鹤龄的注本，钱谦益是不满意甚至反对其所采取的注法的。钱谦益委婉地批评道：“今师鲁訔黄鹤之故智，钩稽年月，穿穴琐碎，尽改樊吴之旧而后已。”并把这种注释方法比作“鼷鼠之食牛角”，说“其啮愈专，其入愈深，其穷而无所出也滋甚。此鲁訔辈之善喻也”。

钱谦益的注杜思想，表现在《钱注杜诗》中，有如下数端：

---

① 杨连民：《钱谦益诗学研究》，社会科学文献出版社 2007 年版，第 151 页。

② 同上书，第 320 页。

（1）反对系年过细。钱并不是一味地反对编年，他赞同吕大防“略见其为文之时，得以考其辞力”的做法，而“后之为年谱者，纪年系事，互相排缵。梁权道、黄鹤、鲁訔之徒，用以编次先后，年经月纬，若亲与子美游从，而籍记其笔札者。其无可援据，则穿凿其诗之片言只字而曲为之说，其亦近于愚矣”。所以钱谦益则依据吴若本，仅“识其大略”，按卷大致标明创作期限或创作地域，有关时地的前人曲说，一概削而不录。有编排错误的，一并改正。

（2）反对伪托古人、伪造故实、伪撰人名。如伪苏注，钱谦益认为就是宋人所撰《东坡事实》，原为闽中郑昂假造。还有东方朔《与友人书》，也引洪迈观点予以否定，《唐史拾遗》，也是“诸人伪撰”，前代并没有这样一本书。对旧注中“本无是事，反用杜诗见句，增减为文，而傅以前人之事”的做法，钱氏极其反感。如“碧山学士”、“一钱看囊”、“昏黑上头”等都被分别错误地安在张褒、阮孚、常琮名下。“王翰卜邻”被造杜华母命华与翰卜邻之事，“焦遂五斗”则杜撰焦遂口吃而酒后雄辩之事，诸如此类。还有给卫八处士造了个“卫宾”的名字，将韦使君事串到韦宙身上等，均遭钱谦益讥笑。“宋人词话以蜀人《将进酒》为少陵作者，蔡梦弼诗注载为王维画子美骑驴醉图，并子美断句诗，至于郑虔愈疟之说，宗文斧臂之戏，李观坟土之辨，韩愈摭遗之诗，皆尾巷小人流传之语，君子所不道也，饭颗山头一诗，虽出于孟棨本事，而以谓讥其拘束，非通人之谈也，吾亦无取焉。”①

（3）反对附会前史、颠倒事实、改窜古书。如王羲之未尝作永嘉太守，却附以庭列五马之事，“此类如盲人瞽说，不知何所自来。”对引用古文而妄加添改的现象如慕容宝摴蒲之事，添上“袒跣大叫”四字，还有改动前人诗句如改庾信“蒲城桑叶落”为“蒲城桑落酒”之类，以及注家所用史实与杜甫诗句前后错误的如《白丝行》被注为讥刺窦真、《悲青坂》被注为邺城兵败等，皆为钱氏所痛加刊削。

（4）反对强释文意、妄加比托。“如‘掖垣竹埤梧十寻’，解之曰：垣之竹、埤之梧，皆长十寻。有是句法乎？如‘九重春色醉仙桃’，解之曰：入朝饮酒，其色如春。有此文理乎？”对于宋人解杜时每字每句皆有比托的现象，钱氏也痛加讥斥。“尤为可笑者，黄鲁直解《春日忆李白》

① （清）钱谦益：《钱注杜诗》，上海古籍出版社1979年版，第5页略例。

诗曰：庾信止于清新，鲍照止于俊逸，二家不能互兼所长；渭北地寒，故树有花少实，江东水乡多蜃气，故云色驳杂；文体亦然。欲与白细论此耳。”①

（5）反对主观臆断。这一点突出地反映在他对黄庭坚和刘辰翁的批评上。黄庭坚曾将杜甫两川夔峡诗亲笔书写并刻石藏于大雅堂，作《大雅堂记》。还撰写《杜诗笺》一部，载在《豫章黄先生别集》。其作注态度是“随欣然会意处，笺以数语”。在诗歌创作上，黄庭坚以杜为尊，极力学杜。而钱受之批评他“学杜诗者，莫不善于黄鲁直……不知杜之真脉络……而拟议其横空排奡，奇句硬语，以为得杜衣钵”②。刘须溪是开创了杜诗注释评点法的学者，《四库全书总目提要》谓“辰翁评所见至浅，其标举尖新字句，殆於竟陵之先声。王士祯乃比之郭象注庄，殆未为笃论。至编中所集诸家之注，真赝错杂，亦多为后来所抨弹”③。然“须溪评点虽未尽当，而足使灵悟处要自不乏，亦读杜诗不容废也”④。钱谦益十分不满刘辰翁的批点，“评杜诗者，莫不善于刘辰翁。……不识杜之大家数，……点缀其尖新俊冷，单词只字，以为得杜骨髓。此所谓一知半解也”⑤。

在这种思想支配下，钱氏笺杜不求全备，确然有据者，于文中作注，而许多诗篇，则仅录原诗，一字不加。结合钱氏与朱鹤龄合作的破裂来看，这位明清之际的文坛领袖严肃客观的风范是一目了然的。

3. 仇兆鳌的生平、著述及注释思想

仇兆鳌，浙江人，字沧柱，自号章溪老叟，晚号知几子，人称甬上先生或称仇少宰，清朝著名文士。明崇祯十一年（1638 年）生于浙江鄞州区。二十七岁时师从黄宗羲受学。清康熙二十四年（1685 年），四十八岁时举进士。利用在京师之便，广搜秘要，始读《参同契悟真篇》，后撰成《参同契悟真篇集注》。清康熙三十一年（1692 年），其师黄宗羲的《明儒学案》刊行，五十五岁的仇兆鳌为其作序，四库馆臣对此序颇加赞许。清康熙三十二年（1693 年），《杜诗详注》脱稿，奏进康熙帝御览。清康

① （清）钱谦益：《钱注杜诗》，上海古籍出版社 1979 年版，第 4 页略例。

② 同上。

③ （清）纪昀等：《钦定四库全书总目》卷一百四十九，中华书局 1997 年版，第 1997 页。

④ 周采泉：《杜集书录》，上海古籍出版社 1979 年版，第 102 页。

⑤ （清）钱谦益：《钱注杜诗》，上海古籍出版社 1979 年版，第 4 页略例。

熙四十九年（1710 年）农历四月，七十三岁的仇兆鳌出任吏部右侍郎，次年正月辞职南归故里，在归途舟中继续完善《杜诗详注》。清康熙五十六年（1717 年）农历十月初五去世，卒年八十岁。《杜少陵集详注》是他耗费二十多年的时间，几易其稿编成的书，几乎包括了前代的一切著作，其搜罗之广，引证之富有目共睹，是一部集注集评性质的鸿篇巨制，具有极高的学术价值。

仇兆鳌对诗歌的认识是达到了一定高度的。他没有仅仅把诗歌看成语言的艺术。尤其对于杜诗，他并不完全赞同前人的推崇意见。元稹在杜工部墓志铭中盛赞杜甫及其作品“上薄风骚，下该沈宋，铺陈终始，排比声韵，词气豪迈而风调清深，属对律切而脱弃凡近”。韩愈也激赏杜诗，说杜诗“天光晴射洞庭秋，寒玉万顷清光流”，但仇兆鳌认为他们都不算是深刻地了解杜甫及其诗歌的。他的见解是：“论他人诗，可较诸字句之工拙，独至杜诗，不当以词句求之。”（《杜诗详注·原序》）为什么呢？因为仇兆鳌觉得杜诗有“实”和“本”两方面的更重要的东西。“盖其为诗也，有诗之实焉，有诗之本焉。”什么是“实”？“实”就是孟子所说的“颂其诗，读其书，不知其人，可乎？是以论其世也。”文学作品与世运的相关性，就是作诗的“实”。“本”则指孔子所说的诗教，就是“可以兴观群怨，迩事父而远事君”所蕴含的文学与社会秩序、社会和谐的相关性。

有了这样的认识，仇兆鳌便形成了自己的注释思想。体现在他的注释实践中，可归纳为如下几点：

（1）注重诗歌特点。仇兆鳌善于依据诗歌的律法勘正坊本的讹误，如认为“异花开绝域”是“异花来绝域”，就是依据不与同诗“开拆”犯重的道理。认为“白头吟望苦低垂”是“白头今望苦低垂”，依据的是与“彩笔昔曾干气象”对仗的原理。当然仇兆鳌在重视诗律的同时，并不排斥其他勘误方法。如依据内容的一致性，断定“东堂早见招”当为“东床早见招”，因为这样才“与‘河汉’、‘夫人’等语相合。”①《古柏行》“君臣已于时际会”二句，应该在“云来”、“月出”之下，诸如此类的错简，改过来之后“文意方顺”。再如依据自然事物的规律，认为《遣意》诗“宿雁聚圆沙”当是“宿鹭”，《草堂即事》之“宿鹭起圆沙”

① （清）仇兆鳌：《杜诗详注》，中华书局 1979 年版，第 21 页杜诗凡例。

当为“宿雁”，因为“鹭雁各有时候”。

（2）注重诗歌的结构分析。仇兆鳌继承了从《诗经》古注到朱熹《集传》分章分句的传统，认为“杜诗古律长篇，每段分界处，自有天然起伏，其前后数句，必多寡匀称，详略相应。……兹集于长篇既分段落，而结尾则总括各段句数，以见制格之整严”①。仇兆鳌的注本对每首诗都进行了结构解说，组诗阐述总旨，同时对每首诗旨也予以阐发。对长篇歌行，先进行分节，于每节解说旨意。每首注释结尾处，还要申明起多少句，中多少句，几句收尾。注释中还不忘解释结构关系。虽然杨伦说：“仇本分段处，最多割裂难通。”② 但仇注注重诗歌结构分析，其意义仍然是长远的。

（3）仇注追求鲜明醒目。尽管我们感觉到仇注内容十分纷繁，但在仇兆鳌广取博收力求全备的同时，他还是十分注重注本的简明性的。仇兆鳌在《凡例》中申明：“欧公说诗，于文本只添一二字，而语意豁然。朱子注诗，得其遗意。兹于圈内小注，先提总纲，次释句义，语不欲繁，意不使略，取醒目也。”“圈外所引经史诗赋，各标所自来，而不复载某氏所引，恐冗长烦琐，致厌观也。”③

（4）重视诗法渊源。仇兆鳌具有诗歌的历史继承观念，深切地体会到诗体流变的古今脉络。杜甫之所以在众多鉴赏家看来“五古、七律入圣，五律、七古入神”，就是因为杜甫善于总结和继承前人的诗歌创作经验。仇兆鳌显然是注意到了这一点的，所以他表示：“盖其体制之精，上自风骚汉魏，下及六朝四杰，各有渊源脉络也。”仇兆鳌在《杜诗详注》中的做法是“兹于每体之后，备载名家议论，以见诗法所自来，而作者苦心亦开卷晓然矣”④。

（5）以尊杜为原则。仇氏深谙杜学史上历代诸人抑扬褒贬之情形。自杜甫去世讫清朝，元稹、王安石、秦少游、郑尚明、黄鲁直、罗景纶、杨诚斋、王元美等都服膺杜子美，其他注家注本也都以褒扬的态度对待杜甫。宋代杨大年则污蔑杜甫是村夫子，后又有王慎中、郑继之、郭子章、杨用修等，皆讥刺杜诗之劣，无所顾忌。仇兆鳌力挺杜诗，旗帜鲜明地表

① （清）仇兆鳌：《杜诗详注》，中华书局1979年版，第22页杜诗凡例。

② （清）杨伦：《杜诗镜铨》，上海古籍出版社1962年版，第13页凡例。

③ （清）仇兆鳌：《杜诗详注》，中华书局1979年版，第23页杜诗凡例。

④ 同上。

示："兹集取其羽翼杜诗，凡与杜诗为敌者，概削不存。"①

（6）以全备为目的。仇注在分类千家注的基础上，又博采千家注所未收的宋、元、明、清注本、诗话、笔记等多种。仅《凡例》所列就有洪迈《容斋随笔》、叶梦得《石林诗话》、张性《杜律演义》、张綖《杜工部诗通》、王嗣奭《杜臆》及清代钱谦益、朱鹤龄、卢元昌、吴见思、卢世、申涵光等44家。仇兆鳌在《杜诗详注》序中也指出："臣于是集，矻矻穷年，先挈领提纲，以疏其脉络，复广搜博征，以讨其典故。汰旧注之楦酿丛脞，辩新说之穿凿支离。"② 然而仇兆鳌并不以标榜己见为尚。其《悟真篇集注》说："彼此重复者，则删一存一，或彼此互一者，则折中归当，勿使分歧以混心目。间复参以补注，欲阐诸说之所未详，亦止据群书而会通，非敢创立臆见也。"③

4. 浦起龙的生平、著述及注释思想

浦起龙，无锡县上福乡（今无锡市厚桥乡）前洞村人。生于公元1679年，卒于1762年，字二田，号孩禅，自署东山外史。晚年号三山伧父，人称山伧先生。幼时口不善言，唯好读书。康熙三十七年秀才，翌年乡试落第。此后屡试不中，科场困顿三十余年，靠做馆教师维持生计。科场的挫折使他对八股文渐感厌倦，而喜爱并潜心研究杜甫诗作。康熙六十年夏，浦起龙开始撰写《读杜心解》。雍正二年（1724年），终于写成了这部积十多年的研究成果的著作。这是杜诗研究著述中一部创新力作。注重从历史背景的考证入手去解释杜诗，疏释比较中肯，并纠正了一些注释的疏舛。乾隆间刊布的《唐宋诗醇》就多处采用《读杜心解》的解释。这部书也给作者带来了好运，雍正七年浦起龙中举，次年登进士第，三年后被委以扬州府学教授。因父病故，浦起龙未能赴任。居丧之后，浦起龙应邀于雍正十二年赴云南昆明，任五华书院山长（即院长）。他于工作之余继续收集古籍评注本的不同版本，奠定了后来《古文眉诠》的撰写的基础。三年后回到家乡无锡，时为乾隆二年（1737年）。后又出任苏州府学教授（乾隆四年），主持紫阳书院。清代著名学者钱大昕、经史学家王鸣盛等均为其门下诸生。讲学的同时他着手进行对古籍的历代评注的校

① （清）仇兆鳌：《杜诗详注》，中华书局1979年版，第23页杜诗凡例。

② 同上书，原序。

③ 张伯端撰，仇兆鳌集注：《悟真篇集注》，上海古籍出版社1989年版，第27页。

勘，补脱去衍，修正错谬。集各家注释之后，自己又详加评注。历时十七年，汇集成《古文眉诠》79卷。

乾隆十年辞职回家，着手《史通》的校勘、研究，历时七年，五易其稿而成。乾隆十五年，参与《无锡县志》的修订。乾隆二十七年八十三岁的浦起龙去世。其著作尚有《酿蜜集》和《三山老人不是集》等。

关于浦起龙的《读杜心解》，研究者普遍认为：

“浦起龙着重于主题思想和章节大意的讲解，在考订历史背景、写作年代上还有一定长处。”（《读杜心解》第二页校点说明）作者相当注意历史背景，结合历史事实的考核，对杜诗作了比较具体的分析。

至于《读杜心解》的缺点，该书校点说明指出：“该书的缺点主要是片面地强调了杜甫的忠君思想，借以宣扬封建伦理。……其次是偏重形式。他在讲解段落大意时往往用八股文的套子来分析杜诗，分所谓‘接’‘顶’‘提’‘应转’等等，甚至把一首诗割裂得支离破碎，曲解作者原意。……最后是沿袭旧注。前人错误的地方未能完全改正。注中疏略之处很多，引旧注往往删节得意思都不完整，使人很难理解。”①

浦起龙的注释思想：

（1）区别注与解。浦氏认为：“注与解体各不同：注者其事辞，解者其神吻也。神吻由事辞而出，事辞以神吻为准。故体宜勿混，而用贵相顾。”② 浦氏所说的注就是针对“辞”的解释活动，凡是属于文句的内容，即语言及其组织方面的解说，都可称作“注”。而诗歌艺术方面的解说，在浦起龙看来都属于“解”。而且浦起龙认为，对语言的解释，要服从解释诗歌艺术的需要。或许由于这样的认识，给浦起龙的注释实践带来了一些求深求新的趋向，因而有了穿凿附会之嫌。所以杨伦说“浦解好为异说，故多穿凿支离”③。

（2）重时事。“凡注之例三：曰古事，曰古语，曰时事。古事、古语，自鲁訔、王洙、师氏、梦弼之徒，援据已略备矣。其谬者，牧斋、长孺驳正特多，近时仇本搜罗更富。集中节采，大率本此三书。间有参易论著，十得二三耳。至时事则例等于注，而意通于解。所引用诸书如新旧二

① （清）浦起龙：《读杜心解》，中华书局1961年版，第2页校点说明。

② 同上书，第5页发凡。

③ （清）杨伦：《杜诗镜铨》，上海古籍出版社1962年版，第12页凡例。

史、《通鉴》、《会要》、《国史补》、《明皇杂录》、《禄山事迹》之类，出入比附，先后主奴。自钱朱以后，诸家依傍黄鹤旧本，互相违反，其谬又与宋人等。兹焉或仍或改，务使本文主意与当年若符节之合，水乳之投。此中颇费苦心，异同殆参半焉。”①

（3）以尊杜为主导思想。“老杜天姿惇厚，伦理最笃。诗凡涉君臣、父子、兄弟、夫妇、朋友之间，都从一副血诚流出，而语及君臣者尤多。虞山轻薄人，每及明皇晚节、肃宗内蔽、广平居储诸事迹，率以私智构习，揣量周内，因之编次失伦，指斥过当。继有作者，或附之以扬其波，或纠之而不足关其口。使蔼然忠厚之本心，千年负疚，得罪此老不少。愚不惜剜精尽气，疏通证明者，于此益力。”② “自昔有以攻杜为快者，在宋惟杨大年，在明则有王遵岩慎中、郑善夫继之、郭相奎子章、杨用修慎、谭友夏元春。之数人者，吾不责之而哀之。即看翡翠，谁掣鲸鱼；可笑蚍蜉，争撼大树。南华老人云：‘朝菌不知晦朔，蟪蛄不知春秋。’唯不知，故不嘿也。”③

（4）重视以全诗整体意义确定句意和词义。“解之为道，先篇意，次节义，次语义。语失而节紊，节紊而篇晦；紊斯舛，晦斯畔矣。而说者每喜摘一句、两句，甚或一两字，别出新论。不顾篇幅宗主如何归宿，上下文势如何连缀。此最害事，凡是必痛削之。盖每读一诗，必疏观前后数册而刱通其大致。”④ 这是十分珍贵的思想，注家常有字斟句酌而忘全篇之弊。就现在的注释来看，这一条应该是我们完全吸收借鉴的。

（5）崇尚简洁鲜明。“其诗词明了，初学悉能通晓，则不赘一语。”⑤ “则有同时各体诗，须彼此参看者，即互注云：有某篇见卷几之几。又恐不能悉备，特于卷首另列编年诗目谱一册，仍序诗不叙体，使身事世事，先后犁然。”⑥ “书有圈点勾勒，始自前明中叶选刻时文陋习。然行间字里，触眼特为爽豁，故仿而用之。”⑦ “唐宋元明以来，序记、题咏及诗

① （清）浦起龙：《读杜心解》，中华书局 1961 年版，第 6 页。

② 同上书，卷首第 6 页。

③ 同上书，卷首第 10 页。

④ 同上书，卷首第 7 页。

⑤ 同上书，卷首第 7 页。

⑥ 同上书，卷首第 9 页。

⑦ 同上书，卷首第 10 页。

话，积册盈寸，不复赘录。”①

（6）强调篇法变化的灵活性。“篇法变化，至杜律而极。后人执成法以绳杜，如欲惩中四排比之患，而为前解后解之说者，又欲矫两截判隔之失，而为七转八收之说者，概乎未有当也。夫杜一片神行而已，乌乎执！”② 这种对篇法的灵活认识，可以帮助我们以全新的视角来分析杜诗的结构。

5. 杨伦的生平、著述及注释思想

杨伦，字敦五，一字西河，或作西木（一作西禾），号罗峰。江苏阳湖（今江苏武进）人。清高宗乾隆十二年（1747 年）生，仁宗嘉庆八年（1803）辞世，时年五十七岁。杨伦博览群书，早年声誉甚著。公元 1781 年（乾隆四十六年）考中进士，任广西荔浦县知县。晚岁主讲江汉书院，弟子门人多尊信之。杨伦诗歌得力于少陵，与诗友孙星衍、洪亮吉、徐书受来往频繁，唱酬不少。著有《九柏山房集》，《杜诗镜铨》二十卷，皆载《清史稿》文苑传，并传于世。

铅字版《杜诗镜铨》郭绍虞前言：“大抵自诗史之说兴，而注杜者遂多附会史事之论；自杜诗无一字无来处之说兴，而注杜者遂又多征引典实之作。杜诗反映了当时的现实，以史证诗当然无可非议，但强加附会，则失之凿，甚至捏造史实，则更近于妄。杜甫‘读书破万卷’，没有杜甫之学当然也不易理解杜甫之诗，但字字求解，都要找出来处，甚至搜罗僻典而与诗意无关，则将以眩博，也适形其陋而已。”杨伦则没有郭绍虞先生所言诸弊，而以简明为特色。

杨伦的注释思想：

（1）一切从诗歌文本出发，以诗知人，以人论世。这其实就是孟子所主张的“知人论世”。杨伦自谓：“窃谓昔之杜诗，乱于伪注，今之杜诗，汩于谬解，多有诗意本明，因解而晦，所谓万丈光焰化作百重云雾者，自非摧陷廓清，不见庐山真面。惟设身处地，因诗以得其人，因人以论其世，虽一登临感兴之暂，述事咏物之微，皆指归有在，不为徒作。”③ 杨伦又曰：“诗教主于温柔敦厚，况杜公一饭不忘，忠诚出于天性。后人

① （清）浦起龙：《读杜心解》，中华书局 1961 年版，卷首第 11 页。

② 同上书，卷首第 9 页。

③ （清）杨伦：《杜诗镜铨》，上海古籍出版社 1962 年版，自序。

好以臆度，遂乃动涉刺讥，深文周内，几陷子美为轻薄人，于诗教大有关系，如是者概从刊削。”①

（2）注重结构分析，但遵从自然。“朱子谓杜诗佳处，有在用事造语之外者，惟虚心讽咏，乃能见之。元遗山谓读杜诗当如九方皋相马，得天机与磨灭存亡之间，原不须屑屑分疏。然公自言：法自儒家有，心从弱岁疲。又云：晚节渐于诗律细。又杜集凡连章诗，必通各首为章法，最属整齐完密，此体千古独严。兹于转接照应脉络贯通处，一一指出，聊为学诗者示以绳墨彀率。大雅君子，幸勿哂兔园习气。”② 杨伦还说：“古律长篇固有段落，然亦何必拘拘句数如今贴括之为。仇本分段处，最多割裂难通。兹于长篇界画，悉顺其文势之自然，其句数有限者，不复强为分截。”③

（3）实事求是，不溢美，不护短。“少陵诗昔人比之周孔制作，后世莫能拟议。乃好为攻杜者，章掎句摭，俨然师资，是亦妄人也已矣。然间有拙句累句，不害其为大家，偶然指出，唯恐误学者之祈响耳。”④ 要做到实事求是，杨伦是从考证编年入手的。杨伦特重编年，他坚信“诗以编年为善，可以考年力之老壮，交游之聚散，世道之兴衰。”所以“是本详加校勘，使编次得则诗易明”。⑤

（4）采用多元审美标准。杨伦重视个人的领悟，承认人各有见，他强调：“诗贵不着圈点，取其浅深高下，随人自领。然画龙点睛，正使精神愈出，不必以前人所无而废之。”⑥ 朱珪给《杜诗镜铨》的序中也说：“虽其沉着独绝，殷殷乎正得失、动天地、感鬼神者，仍必待其人自领之。”在承认读者的个性化审美的基础之上，杨伦总结历代的审美旨趣，力求不拘一隅，而以多元标准观照杜诗，“宋人一代之诗，多讲性情，而不合于体格，是委巷之歌谣也。明人一代之诗，专讲体格，而不能自达其性情，是优孟之衣冠也。试观少陵诗，宪章汉魏，取材六朝，正无一语不自真性情流出；无论意笃君臣，不忘忠爱，凡关及兄弟夫妇朋友诸作，无

---

① （清）杨伦：《杜诗镜铨》，上海古籍出版社 1962 年版，第 12 页凡例。

② 同上书，第 12—13 页凡例。

③ 同上书，第 13 页凡例。

④ 同上书，第 16 页凡例。

⑤ 同上书，第 11 页凡例。

⑥ 同上书，第 15 页凡例。

不切挚动人，所以能继迹《风雅》，知此方可与读杜诗。”① 可见杨伦既考虑体格，也关注性情。既瞩目继承，也重视创新。

（5）着眼诗歌的整体意蕴，不在一字一句上纠缠。“孟子说诗贵于以意逆志，但通前后数十卷参观，自能见作者立言之意。”② 其自序云：“至于妙取荃蹄弃，高宜百万层，知诗外自有事在，而但索之于语言文字间，尤其浅也。今也年经月纬，句栉字比，以求合于作者之意，殆尚所云镜象未离铨者。”③ 因此杨伦不主张杜诗无一字无来出，“自山谷谓杜诗无一字无来处，注家繁称远引，惟取务博矜奇，如天棘乌鬼之类，本无关诗义，遂至聚讼纷纭。至近时仇注，月露风云，一一俱烦疏解，尤为可笑。”④

## 六 本书的体例

受研究目的的约束，本书采用元素加例证的写作体例，即尽可能全面地列出各种注释元素，于每个元素下列举古代注本中的用例。每个注释元素之下的例句按钱、仇、浦、杨的顺序排列，四家之外的例句均按时代置于适当位置。对前人注释有所辩论，又不便另列的，即随用例发挥，以彰己见。

本书将被释内容称为受释体，简称受体，将用以解释的内容称为施释体，简称施体。这样就可以包括各种被注释或用以作注的对象。前人侧重于词语的注释，所以称被释部分为“被释词”，本书为照顾其他解释对象，没有采用。

如果我们把注释形式化，也就是说将各种各样的注释归纳为一个式子，如将被注释的内容用 A 代替，将用以注释的内容用 B 代替，那么一条注释就可以表示为：

A：B

式中 A 是被注文本中的内容，不是注者可以改变的。我们给它一个专名，叫作受释体，简称受体。式中 B 是注者用以解释 A 的内容，完全是注者所选择使用的，注者对它有充分的处置权。我们也给它一个专名，叫作施释体，简称施体。在通常的注释中，受体 A 与施体 B 的关系是单

① （清）杨伦：《杜诗镜铨》，上海古籍出版社 1962 年版，第 14 页凡例。

② 同上书，第 12 页凡例。

③ 同上书，第 8—9 页凡例。

④ 同上书，第 11 页凡例。

向的，即受释体 A 的意义的明确依赖于施释体 B，反过来说，因为施释体 B 的成立，使得受释体 A 的可解得以实现。通常的注释中，A 与 B 大致存在如下关系：

（1）A＝B，即受体 A 与施体 B 是对等关系。这是最常见的所释与所以释的关系。如杜甫《故武卫将军挽词三首》其二："铦锋行惬顺，猛噬失跻腾。"仇注："跻腾：壮跃之貌。"注中的 A 就是"跻腾"，B 就是"壮跃之貌"。在此句中，"跻腾"和"壮跃之貌"意义相当。

（2）A⊃B，即受体 A 与施体 B 是"包含"关系。这一种关系适用于以种概念解释属概念，或以词的某一个义项解释该词，或以下位词解释上位词。如杜甫《有感五首》其五："胡灭人还乱，兵残将自疑。"仇注："残，乃残少之残，非残害之残。""残"的意义范围广大，注中"残少之残，非残害之残"的意义范围狭小。"残少之残"只是"残"的一个义项。

（3）A⊂B，即受体 A 与施体 B 是"包含于"关系。这种关系常出现于以概念的属解释概念的种，或以一个词来解释该词的一个义项，或以上位词解释下位词。如杜甫《鸂鶒》题注："陈藏器《本草》：鸂鶒，水鸟。"注中"鸂鶒"是"水鸟"中的一种，"鸂鶒"包含于"水鸟"之中，此即以属概念解释种概念。

（4）A←B，即受体 A 与施体 B 是"逆蕴含"关系。可以是假设条件关系（如果 B 那么 A）也可以是充分条件关（只要 B 就 A）。例如杜甫《哀江头》："黄昏胡骑尘满城，欲往城南忘南北。"钱谦益注："陆游笔记：欲往城南忘南北，言惶惑避死，不能记孰为南北也。"这是因果关系（亦即逻辑学上的充分条件关系）。

（5）A⇔B，施体 B 依赖于受体 A 而存在，是从受体 A 推导出来的。而且这一推理所得无法得到验证——至少在注者当时并无材料支撑。例如杜甫《观李固请司马弟山水图三首》其一："易简高人意，匡床竹火炉。寒天留远客，碧海挂新图。虽对连山好，贪看绝岛孤。群仙不愁思，冉冉下蓬壶。"诗中所见之画是什么内容？该画是画家什么时候画的？这些问题已经难以解决。浦注："著一请字，当是新画者。"一个"当"字，说明浦起龙并无证据，但他根据诗题中的用字，推断出该画不是多年前所作，而是新作。

这一条是诗歌注释特有的施受关系。

# 第一章

# 语言学元素

## 第一节　释字

### 一　释音

本书不用“注音”而使用“释音”，一是本书所有注释内容均用“释”，“释音”与全书术语一致；二是“注”是注明读音，“释”还有相关解说，古代注释中除了注明读音，还有大量辨析解说的内容。用“释”更符合古代注释本实际。如《重过何氏五首》其五：“到此应常宿，相留可判年。”朱鹤龄注：“旧注：《礼记》注云：判，半也。按：古音多四声互用，唐人犹知此法，如‘判’字本去声，亦读平声。《吴越春秋》‘一士判死兮而当百夫’，王筠《行路难》‘含情蓄怨判不死’，是也。音义与‘拚’同。杜诗‘拚’字多作‘判’。此诗‘可判年’，犹云可拚却一年耳。又孙愐《唐韵》，拚字收入二十三阮，《玉篇》：拚，一音伴。则拚字正可从仄声叶，非半年之解。”① 就不是简单地注明读音，而是解释和分析。

释音是一切注释行为都无法绕行的内容。一切文学作品、宗教经典、史书论著，都首先涉及诵读的问题，那么注释第一步要解决的，就是文字的音形义。形义关系的本质是音义关系。清代学者非常重视突破汉字书写形式的束缚，而通过词的语音形式追溯词在具体的句子中的意义。对音义关系的广泛探讨，就成了诸多大家取得辉煌成就的不二法门，如高邮王氏父子、沈氏、段氏等一大批著名学者都是如此。我师郭芹纳先生指出：

---

① 韩成武等：《朱鹤龄杜工部诗辑注》，河北大学出版社2009年版，第368页。

“在格律诗中，读音还直接关系到诗作是否合律的问题。因此注诗者对此尤为重视，往往要注明字的音义关系。”① 杜诗的注释，首当其冲的也就是对字音的注释。因为语言这一信号系统是不断发展、不断完善的，存在变化性，加上信号组合形式与信号意义的关联并不是唯一的，造成了信号使用的个性化因素。语言又是逐渐习得的，那么对信号形式和意义所有链接的掌握存在着个性化差异。故而无论作者（信号发出者）与读者（信号接收者）时代多么切近，总有部分链接需要注解。当然因为信号约定的永久性，作者与读者不管时代相悬多久，相通的部分总是多于不通的部分。所以注释者通常并不会对每一个字都加以注音。杨伦就声明：“字有一字数音者，每至混读，兹随四声圈出，使得一览了然。”②

杜诗古代注释本中的释音可分以下数种情况：

**一是注明难字的读音，方便读者认识难字**

《三川观水涨二十韵》：“翕匒川气黄，群流汇空曲。”浦注“匒口答切”③ 匒，今音 gē，《汉语大词典》注作 kē。《广韵》有二切：一是口荅切，一是古沓切，都是入声，按浦起龙注文中用“答”字，《广韵》用“荅”字，当因“荅”后作“答”。

《法镜寺》浦解：“朱甍半光炯，户牖粲可数。”浦注：“甍音门。”④

《月》：“斟酌姮娥寡，天寒奈九秋。”浦注：“姮音恒，即常之义也。杨慎《丹铅录》：月中嫦娥，说始于《淮南》，其实因常仪而误也。古者羲和占日，常仪占月，皆官名。《周礼》注：仪娥二字，古皆音俄。汉碑蓼莪，皆作蓼仪。”⑤ “嫦娥”是一个习见的词，“姮娥”则少见。所以“姮”就是一个难字。浦注不仅注明了字音，而且指明了“嫦娥”一词的本源。

**二是注出多音字在诗句中的读音，帮助读者辨别多音字**

《将适吴楚留别章使君留后兼幕府诸公得柳字》：“有使即寄书，无使长回首。”⑥ 浦注第一个“使”为“去声”，第二个“使”为“如字”。根

① 郭芹纳：《训诂学》，高等教育出版社 2005 年版，第 26 页。

② （清）杨伦：《杜诗镜铨》，上海古籍出版社 1962 年版，第 15 页凡例。

③ （清）浦起龙：《读杜心解》，中华书局 1961 年版，第 27 页。

④ 同上书，第 76 页。

⑤ 同上书，第 507 页。

⑥ 同上书，第 110 页。

据四声别义的特点，读者就会明白，诗句中的前一个“使”是“使者”之义，后一个“使”表示“使令”之义。浦起龙的这个释音避免了因“有”和“无”造成的将“使”看作同一个词的误解，明确了意义。

《远游》：“尘沙连越嶲，风雨暗荆蛮。”浦起龙于“嶲”下注：“音水。”① 按《汉语大词典》嶲有三种读音：guī、xí、juàn。无“水”音。越嶲为地名，音 xí。浦氏此注不知何据，大概浦氏方音“嶲”与“水”同音。然强调为上声却是必要的。因为出句末字当为仄声。

**三是注释有疑义字词的音义**

《秋兴八首》其五：“一卧沧江惊岁晚，几回青琐点朝班。”仇注：“楼钥曰：点，与玷同，古诗多用之。束皙《补亡》诗：‘鲜侔晨葩，莫之点辱。’左思《二唐兄弟赞》：‘二唐洁己，乃点乃污。’陆厥《答内兄希叔》诗：‘既叨金马署，复点铜龙门。’沈约《奏弹王源》：‘点世家声，将被比屋。’子美正承诸贤用字例也。焦竑云：王建诗：‘殿前传点各依班，召对西来入诏蛮。’盖唐人屡用之，亦可证杜诗之不音玷矣。”② 此注用列举前人用例的方法归纳出杜诗此句中“点”并非“玷”之通假，从而明确了音义。

《孟仓曹步趾领新酒浆二物满器见遗老夫》：“籍糟分汁滓，瓮酱落提携。”浦注“籍”：“此对瓮言，当读如字，疑是盛糟之器。”③ “籍”通“藉”时读 jiè，是垫着的意思。浦注解决了此字理解上的疑难。

《青阳峡》：“超然侔壮观，已为殷寥廓。”杨注：“此句殷字旧作上声读，于义难通。按《史记·天官书》：衡殷南斗。《索隐》注：宋均曰：殷，当也，似当用此义。殷寥廓，犹云其高及天。”④ 杨注通过否定“殷字旧作上声读”讲清了“殷”的音义，排除了疑义。

**四是为明确诗律而注明字音**

古代的杜诗注本在释音时，着眼于字义在诗中的切合性，同时更多地考虑了诗律的要求。诗律对字音的限制，集中表现在平仄上。这一方面是对诗人用字的束缚，一定程度上影响诗人表达的自由度；另一方面却为后人解释诗歌留下了方便，尤其对于诗歌的注释特别是字义的注释提供了工

---

① （清）浦起龙：《读杜心解》，中华书局 1961 年版，第 572 页。

② （清）仇兆鳌：《杜诗详注》，中华书局 1979 年版，第 1492 页。

③ （清）浦起龙：《读杜心解》，中华书局 1961 年版，第 545 页。

④ （清）杨伦：《杜诗镜铨》，上海古籍出版社 1962 年版，第 292 页。

具。例如：

《暂入临邑至𡽫山湖亭奉怀李员外率尔成兴》：“鼍吼风奔浪，鱼跳日映山。”浦注：“跳音迢。”① 这一注音的目的是注明声调以合律。上句仄仄平平仄，下句当为平平仄仄平，如跳读去声则不合平仄。此字今读去声，但是，中古却读平声。《广韵》正作“徒聊切”。因古今的读音不同，所以浦氏特为注音。

《喜达行在所三首》其三：“今朝汉社稷，新数中兴年。”杨注：“朱注：按中兴本读平声，或作去声。《东皋杂录》：毛公《诗序》：《烝民》，任贤使能，周室中兴焉。陆德明《释文》：中，张仲反。故老杜此诗及万里伤心严遣日，百年垂死中兴时，皆作去声读。古人留意音训如此。”② 此处之所以要将本读平声之字读作去声，与律诗平仄有关。此诗末二句为平平平仄仄，仄仄仄平平，如果中字读平声，就成了仄仄平平平，这就是所谓的三平调，是诗之大病。“万里伤心严遣日，百年垂死中兴时”一联也是如此道理。

## 二　释形

字形的注释起因有三：其一是汉字音形义之间的相互依存关系；其二是汉字形近字较多，使得流传过程中可能出现而且事实存在讹误现象；其三是汉字发展过程中字形演变的复杂性。

就其一来说，汉字音、形、义之间存在着复杂的关系。一个字形可以表示一个词，也可能表示几个词。如杜诗《遣兴》之“兴”，既可以表示名词“兴致”，也可以表示动作“起”。即便是表示一词，一词多义的现象又非常普遍，而一个诗句中可能几个意义都讲得通。但我们通常只能承认诗人所表达的意义是唯一的，这就需要注释者准确地作出解释。就其二来说，因为汉字由点画构成，字形相近者非常多。加上传抄和刻版过程不可避免的错误，书写印刷材料的自然或人为的破损，都会带来后人所见的文字与作者当初使用的文字的差异和变化，如己亥三豕之谬，已是学者通谈。这就给注释者增加了注释的必要性。杜甫《丽人行》“慎莫近前丞相瞋”，仇兆鳌不厌其烦地解释说：“瞋怒之瞋，从目，音称人切。《陈余

① （清）浦起龙：《读杜心解》，中华书局1961年版，第342页。

② （清）杨伦：《杜诗镜铨》，上海古籍出版社1962年版，第139页。

传》：瞋目张胆。嗔字从口。音田，盛气貌。《诗》：‘振旅嗔嗔’。二字音义本异，杜却通用。”① 正是这个道理。就其三而言，汉字经过了甲骨文、金文、篆文、隶书、楷书的形体变化，又因造字时的复杂情况，存在着大量的异体字、古今字、通假字、繁简字。因此，有必要对这类用字加以注释。仇兆鳌对字形是十分重视的，他在《送裴二虬尉永嘉》注语中引黄生语曰：“杜诗传刻，有音近而讹者，如‘异花来绝域’，误作‘开绝域’，遂与开拆犯重。有形近而讹者，如‘扁舟吾已僦’，误作‘吾已就’，遂与就此犯重。又如‘巫觋缀蛛丝’，误‘缀’为‘醉’，亦音近而讹。‘况复传宗匠’，误‘匠’为‘近’，亦形近而讹也。”②

正因为此，诗歌注释中对字形的注释是十分必要的。古代注释解释字形有如下几种情况：

**释形近字**

《寄赞上人》：“近闻西枝西，有谷杉桼稠。”桼下仇注：“古漆字，他本作黍，非。”③ 此注在说明“桼”与“漆”的古今字关系的同时，又区分了形近字“桼”与“黍”。

《送王侍御往东川放生池祖席》：“况复传宗匠，空然惜别离。”仇注：“诸本皆作传宗近，意不可解。张远指放生池，以佛家有南北宗也。此说牵强。邵注作传踪，谓音信相通，此亦无据。按近字犯重，恐是匠字，乃字形相似而讹耳。公《八哀诗》云：‘宗匠集精选。’宗匠二字，本袁宏书。初欲改近为匠，尚无确据，偶阅《诗纪》载晋时仙识‘匠不足虑忧远危’，冯惟讷云，‘匠疑作近’。今按：彼是误近为匠，此则误匠为近，可以互证。”④

《八哀诗·赠司空王公思礼》：“疲苶竟何人，洒泪巴东峡。”“苶”字浦注：“乃结切。作薾，非。”⑤ 苶，疲倦貌。“薾”俗写作“苶”，与“茶”形近，故浦氏认为是形近而误，所以注曰：“作薾，非。”

《沙苑行》：“隅目青荧夹镜悬，肉骏碨礨连钱动。”“骏”下注：“旧

---

① （清）仇兆鳌：《杜诗详注》，中华书局 1979 年版，第 161 页。

② 同上书，第 202 页。

③ 同上书，第 597 页。

④ 同上书，第 1201 页。

⑤ （清）浦起龙：《读杜心解》，中华书局 1961 年版，第 146 页。

作骏，非。”[①] 骔音 zōng，亦作“鬃”，马鬃。骏音 jùn 是“骏”的繁体。浦起龙认为旧本作“骏”是混淆了形近字。所以注明“旧作骏，非”。

《三川观水涨二十韵》：“浮生有荡汩，吾道正羁束。”浦注：“音聿从曰。”[②] 注中虽未提及“汩”字，但浦本意是在区分“汩”“汩”二字，因二者形近易混。

**释正俗字**

《桃竹杖引赠章留后》：“风尘澒洞兮豺虎咬人，忽失双杖兮吾将何从。”仇注：“《前汉·食货志》：罢夫羸老：易子而齩其骨。《六书正》：俗作咬，非。齩音五考切，咬音居肴切。”[③] 现代汉语齩咬一字一音，咬的“居肴切”已废。仇引《六书正》认为写作“咬”是错误的，可以看出仇兆鳌对俗字是持反对态度的。

《高柟》浦起龙题注：“俗作楠。”[④] 据浦注，“柟”是正字，“楠”是俗字。

《奉同郭给事汤东灵湫作》：“复归虚无底，化作长黄虬。”杨注：“《玉篇》：蚪，无角龙也，俗作虬。”[⑤]

**释古今字**

《阌乡姜七少府设鲙戏赠长歌》仇兆鳌题注：“阌，古闅字。”[⑥] 浦注：“（阌）音文，古作闅。”[⑦]

《赠李八秘书别三十韵》：“触目非论故，新文尚起予。”仇注：“朱注：《韵会》予本无余音。《匡谬正俗》曰：《曲礼》‘予一人’，郑康成注：余、予，古今字。”[⑧]

《驱竖子摘苍耳》：“乱世诛求急，黎民糠籺窄。”浦注：“籺，古作覈。《陈平传》：亦食糠覈耳。”[⑨]

---

① （清）浦起龙：《读杜心解》，中华书局 1961 年版，第 242 页。

② 同上书，第 27 页。

③ （清）仇兆鳌：《杜诗详注》，中华书局 1979 年版，第 1063 页。

④ （清）浦起龙：《读杜心解》，中华书局 1961 年版，第 420 页。

⑤ （清）杨伦：《杜诗镜铨》，上海古籍出版社 1962 年版，第 107 页。

⑥ （清）仇兆鳌：《杜诗详注》，中华书局 1979 年版，第 502 页。

⑦ （清）浦起龙：《读杜心解》，中华书局 1961 年版，第 254 页。

⑧ （清）仇兆鳌：《杜诗详注》，中华书局 1979 年版，第 1457 页。

⑨ （清）浦起龙：《读杜心解》，中华书局 1961 年版，第 135 页。

《画鹰》："扨身思狡兔，侧目似愁胡。"浦注："晋灼曰：攫，古竦字。"①

《夜》："步檐倚杖看牛斗，银汉遥应接凤城。"浦注："檐，即古簷字。"② 按：字今作檐。

《七月三日，亭午以后校热退，晚加小凉，稳睡有诗，因论壮年乐事，戏呈元二十一曹长》："前圣脊焚巫，武王亲救暍。"杨注："（脊）古慎字。"③

有时候注者并不明确区分，而只是说二形同。如：

《赠李八秘书别三十韵》："对敭抚士卒。"仇注"敭扬同"④，"敭"是"扬"的古字。

《数陪李梓州泛江有女乐在诸舫戏为艳曲二首赠章》："白日移歌褎，清宵近笛床。"浦注："褎袖同。"⑤

**释异体字**

《偶题》："两都开幕府，万寓插军麾。"仇注"（寓）同宇"⑥。

《同窦卢峰贻主客李员外贤子棐知字韵》："炼金欧冶子，喷玉大宛儿。"仇注："杜定功曰：穆天子东游黄泽，使宫乐谣曰：'黄之泽，其马喷玉，皇人寿谷。'歕、喷同。"⑦ 又：《醉为马坠，群公携酒相看》："安知决臆追风足，朱汗骖驔犹喷玉。"杨注："（喷）本作歕，普问切。"⑧

《赠司空王公思礼》："金城贼咽喉，诏镇雄所搤。"杨注"搤与扼通"⑨。

《夜听许十一诵诗爱而有作》："紫燕自超诣，翠駮谁剪剔。"浦注"駮同驳"⑩，"駮"是"駁（简化为驳）"的异体字。

《即事》："百宝装腰带，真珠络臂鞲。"浦注："同韝。《通鉴》注：

---

① （清）浦起龙：《读杜心解》，中华书局1961年版，第336页。

② 同上书，第650页。

③ （清）杨伦：《杜诗镜铨》，上海古籍出版社1962年版，第617页。

④ （清）仇兆鳌：《杜诗详注》，中华书局1979年版，第1458页。

⑤ （清）浦起龙：《读杜心解》，中华书局1961年版，第447页。

⑥ （清）仇兆鳌：《杜诗详注》，中华书局1979年版，第1544页。

⑦ 同上书，第2058页。

⑧ （清）杨伦：《杜诗镜铨》，上海古籍出版社1962年版，第753页。

⑨ 同上书，第673页。

⑩ （清）浦起龙：《读杜心解》，中华书局1961年版，第13页。

臂捍也。”[①]

**释通假字**

诗歌注释中对通假现象的注释是十分常见的。到唐代，通假的使用应该较上古少，多是沿袭古人。当然，也有一些新的通假现象。《大字典》改称“用同某”（见其凡例）。可以反映今人的观点。

《赠司空王公思礼》：“贯穿百万众，出入由咫尺。”仇注：“（由）古与犹通。”[②] 杨注亦同[③]。

《风疾舟中伏枕书怀三十六韵奉呈湖南亲友》：“叨陪锦帐坐，久放白头吟。”仇序：“放吟，仿古而吟。”[④] 意指放仿通假。《汉语大词典》、《汉语大字典》皆未有通假之说，但《墨子·法仪》孙诒让诂：“放与仿同。”《说文·子部》段玉裁注：“放仿古通用。”《资治通鉴·汉纪十二》胡三省注：“放读曰仿。”《仪礼·聘礼记》胡培翚正义：“放与仿同。”[⑤]

《营屋》：“洗然顺所适，此足代加餐。”浦注“洗洒通”[⑥]，“洗”与“洒”（xǐ）《汉语大词典》认为是古今字，“洗”是“洒”的今字。但读 xiǎn 时情况不同，《汉语大字典》认为“同洒。恭肃貌；寒貌”。《说文·水部》段玉裁注：“今人借洗为洒，非古字。”《广雅·释诂二》王念孙引李贤注云：“洗与洒同。”《说文·水部》朱骏声《说文通训定声》训：“洗，假借为洒。”杜诗此句中当读 xiǎn，所以浦注“洒通”。

《重过何氏五首》其五：“到此应尝宿，留别可判年。”浦注“尝常通”[⑦]。

《鸂鶒》：“六翮曾经剪，孤飞卒未高。”浦注“卒猝通”[⑧]，此字《汉语大词典》释曰：“突然。后多作‘猝’。”似乎未认为是通假字。《汉语大字典》也未释为通假，而《古训汇纂》收集了九条以通假来训释的释例，那么浦注“猝通”就可以认为是解释通假。

---

① （清）浦起龙：《读杜心解》，中华书局 1961 年版，第 825 页。

② （清）仇兆鳌：《杜诗详注》，中华书局 1979 年版，第 1374 页。

③ （清）杨伦：《杜诗镜铨》，上海古籍出版社 1962 年版，第 672 页。

④ （清）仇兆鳌：《杜诗详注》，中华书局 1979 年版，第 2094 页。

⑤ 宗福邦等：《故训汇纂》，商务印书馆 2003 年版，第 956 页。

⑥ （清）浦起龙：《读杜心解》，中华书局 1961 年版，第 119 页。

⑦ 同上书，第 352 页。

⑧ 同上书，第 430 页。

《初月》："庭前有白露，暗满菊花团。"杨注："团当与漙通。毛诗：零露漙兮。《说文》：漙，露多貌。谢惠连诗：团团满叶露。谢朓诗：犹沾余露团。皆作团字用。"①《汉语大字典》、《汉语大词典》都没有通假之说，《诗·郑风·野有蔓草》陆德明释文："漙，本亦作团。"②

《又观打鱼》："大鱼伤损皆垂头，屈强泥沙有时立。"浦注"屈倔通"③。

## 三 音、形、义兼释

许多情况下，注释者在注音的同时顺便解释字形和字义。不同的字有不同的注释情况和顺序，有音、形、义全解释的，有解释其中两项的。例如：

1. 音、形、义全释

《丽人行》："翠微㔩叶垂鬓脣。"钱注：《玉篇》：彩，妇人头花髻饰也。赵注：翠微一作翠为，一作匎。㔩音罨，匎音洽，与匒字连而曰匒匎，匒音答，重叠貌。《海赋》云："磊匒匎而相连。翠微㔩叶，则翡翠微布于彩之叶。翠为㔩叶，以翠为匎匝之叶也。"④《三川观水涨二十韵》："蓊匎川气黄。"钱注："匎音閤，又音溘。"⑤钱氏之所以如此作注，就是由于他在解释字音时还要解释字的形、义。"一作匎"用以辨字形，"㔩音罨，匎音洽"用以说字音，"与匒字连而曰匒匎，匒音答，重叠貌。……翠微㔩叶，则翡翠微布于彩之叶。翠为㔩叶，以翠为匎匝之叶也"。用以解说意义。

《七月三日亭午已后校热退晚加小凉稳睡有诗因论壮年乐事戏呈元二十一曹长》："晚风爽乌匼，筋力苏摧折。"浦注："薛梦符曰：乌匼，乌巾也。吴若注：匼当作帢，音恰，殆是今字。《博物志》：魏武作白帢。《礼部韵略》：帽也，亦作帢。"⑥此例义、形、音并及。

---

① （清）杨伦：《杜诗镜铨》，上海古籍出版社1962年版，第256页。
② 黄焯：《经典释文汇校》，中华书局2006年版，第150页。
③ （清）杨伦：《杜诗镜铨》，上海古籍出版社1962年版，第409页。
④ （清）钱谦益：《钱注杜诗》，上海古籍出版社1979年版，第25页。
⑤ 同上书，第40页。
⑥ （清）浦起龙：《读杜心解》，中华书局1961年版，第132页。

2. 解释音、义两项

《同诸公登慈恩寺塔》："仰穿龙蛇窟，始出枝撑幽。"黄希注："郑曰：撑抽庚切，邪柱也。"① 先释音，后释义。

《赠李八秘书别三十韵》："对敭抏士卒，乾没费仓储。"钱注："《吴曾漫录》：《上林赋》：抏，挫也。五官切。"② 此注是释义兼释音。

《放船》："江市戎戎暗，山云淰淰寒。"浦注："淰读念上声，水流浊也。"③ 先释音再释义。

《奉赠韦左丞丈二十二韵》："主上顷见徵，欻然欲求伸。"浦注"欻"曰"许勿切，忽也"④，先释音后释义。

《寄彭州高三十五使君适、虢州岑二十七长史参三十韵》："何太龙钟极，于今出处妨。"杨注："《青箱杂记》：古语有二声合为一字者，盖起于西域二合之音，如龙钟切为癃，潦倒切为老。谓人之癃老，以龙钟潦倒目之，音义取此。"⑤ 此亦释音兼释义。

《除草》杨伦题注："原注：去蕁草也，蕁，音潜。《益部方物赞》：焞麻自剑以南处处有之，或触其叶，如蜂螫人，以尿灌之，即解，善治风肿。考杜诗当作蕁。"⑥ 释音兼释义。

《杨监又出画鹰十二扇》："疾禁千里马，气敌万人将。"杨伦注："（禁）平声，当也。"⑦ 释音兼释义。

3. 释音、形二项

《三川观水涨二十韵》："浮生有荡汩，吾道正羁束。"浦注"汩"曰"音聿，从曰"⑧，此例先释音兼释形。

《大云寺赞公房四首》："泱泱泥污人，听听国多狗。"浦注"听"曰："当作狺，与狺通，音银。"⑨ 此例先释形后释音。

《昔游》："晨溪响虚驶，归径行已昨。"注："（驶）音快。溪流之疾

① （宋）黄希、黄鹤：《补注杜诗》，四库珍本，卷一，五十三页。

② （清）钱谦益：《钱注杜诗》，上海古籍出版社 1979 年版，第 523 页。

③ （清）浦起龙：《读杜心解》，中华书局 1961 年版，第 490 页。

④ （清）杨伦：《杜诗镜铨》，上海古籍出版社 1962 年版，第 25 页。

⑤ 同上书，第 272—273 页。

⑥ 同上书，第 554 页。

⑦ 同上书，第 630 页。

⑧ （清）浦起龙：《读杜心解》，中华书局 1961 年版，第 27 页。

⑨ 同上书，第 31 页。

也。一作驶。《尸子》：黄河龙门驶流如竹箭。"[1] 先释音，再辨形。

4. 释形、义两项

《荆南兵马使太常卿赵公大食刀歌》："妖腰乱领敢欣喜，用之不高亦不庳。"钱笺："《射雉赋》：如轋如轩，不高不庳。注曰：埤，短也。埤与庳，古字通用。"[2] 释义后辨明形体。

《三川观水涨》："何时通舟车，阴气不黪黩。"杨注："按黪当作墋，楚锦切。陆机《高祖功臣赞》：芒芒宇宙，上墋下黩。注：墋，不澄清貌。黩，媟也。"[3] 辨形而后释义。

《秋行官张望督促东渚耗稻向毕，清晨遣女奴阿稽、竖子阿段往问》："丰苗既已穊，云水照方塘。"注："（穊）几利切。一作溉。《汉书》：深耕穊种。注：穊，稠也。"[4] 先辨形，再释义。

## 四 音义分离现象的注释

音义分离是中国传统诗歌的独有现象，也是常见的现象。唐人就已谈论韵与意的关系问题了。白居易《和微之诗序》："大凡依次用韵，韵同而意殊；约体为文，文成而理胜。"[5] 但这还不是同一个字在句中此音而彼意的现象。真正正视多音多义字在诗中音义分离使用现象，并正面进行解释的，还是清代学者为多。

音义分离的注音主要目的有两个方面，一是合律，二是为押韵。

（一）为了合律

《陪李北海宴历下亭》："贵贱俱物役，从公难重过。"仇注"重"："义从平声，读依去声。"[6]《王竟携酒高亦同过》："故人能领客，携酒重相看。"仇注："（重）义从平声，读用去声。"[7]《伤春五首》其五："君臣重修德，犹足见时和。"浦注："'重修'，犹云增修。重字读从去，义

① （清）杨伦：《杜诗镜铨》，上海古籍出版社 1962 年版，第 860 页。

② （清）钱谦益：《钱注杜诗》，上海古籍出版社 1979 年版，第 230 页。

③ （清）杨伦：《杜诗镜铨》，上海古籍出版社 1962 年版，第 119 页。

④ 同上书，第 773 页。

⑤ （清）张玉书等：《佩文韵府》，上海古籍书店 1983 年版，第 3304 页。

⑥ （清）仇兆鳌：《杜诗详注》，中华书局 1979 年版，第 37 页。

⑦ 同上书，第 864 页。

从平。”①《泛江送客》：“烟花山际重，舟楫浪前轻。”仇兆鳌注：“黄生云：重即平声深字，言望去非一重也。”②

第一条出句之“俱”中古为平声，第四字拗，用对句之第三字救（当仄而平）这是一个异位联中拗救。故“重”读作去声才能合乎要求。《诗韵合璧》上平声二冬：“又肿宋韵并异。按：重训如再，重见之类平去亦同。”③《诗韵》曰：“又肿宋韵并异。按：重训如再，重见之类平去亦通。”④ 二者只是“同”与“通”用字之别。上声二肿“重”下注明：“轻重也。冬宋韵并异。”⑤ 去声二宋“重”下注：“与冬肿韵异。又再也，如重见之类，与东韵同。”⑥ 第二条“重”是“重新、又一次”的意思，本该是平声，改读去声后合律。第三条“修”字是平声，拗，将“重”字读成去声，就可以起到本句自救的作用。第四条义为“又一层、深”，但平仄须用去声。

《奉赠韦左丞丈二十二韵》：“赋料扬雄敌，诗看子建亲。”仇注：“（料）义从平声，读用去声。”“汉扬雄尝作《甘泉》等赋，魏曹子建七步成诗，公谓扬雄之赋与己敌体，子建之诗与己相近也。考字书：物料之料从去声，料度之料从平声。”⑦ 此二句的平仄格式为“仄仄平平仄，平平仄仄平”，所以“料”字意义是平声之料度即《广韵》之“落萧切”，而须读成去声，即《广韵》之“力弔切”。

《秦州杂诗二十首》其四：“秋听殷地发，风散入云悲。”仇注：“（殷）义从上声，读用平声。”⑧ 殷读上声时有两义：（1）雷声；震动声。（2）震；震动。诗中当是第二义“震；震动”，所以仇注曰“义从上声”。“读用平声”的原因是受到“平平平仄仄，仄仄仄平平”的限制。“殷”在删韵时表示红色，与此诗句无关，所以仇注指出句中的“殷”采用上声的意义，而读音采取平声。

---

① （清）浦起龙：《读杜心解》，中华书局 1961 年版，第 740 页。

② （清）仇兆鳌：《杜诗详注》，中华书局 1979 年版，第 987 页。

③ （清）汤文璐：《诗韵合璧》，上海书店出版社 1982 年版，第 16 页。

④ 《诗韵》，上海古籍出版社 1983 年版，卷一第 8 页。

⑤ （清）汤文璐：《诗韵合璧》，上海书店出版社 1982 年版，第 258 页。

⑥ 同上书，第 361 页。

⑦ （清）仇兆鳌：《杜诗详注》，中华书局 1979 年版，第 74—75 页。

⑧ 同上书，第 575 页。

《端午日赐衣》："意内称长短，终身荷圣情。"浦注："（称）音平意仄。"①《陪李金吾花下饮》："细草偏称坐，香醪懒再沽。"浦注："称字，义作去声，读作平声。"② 两例上句应当是"仄仄平平仄"所以"音平"，诗意为"相当；符合"，今音 chèn，故曰"意仄"。按照常规，"称"为第三字，可以不论，尽管对句的"荷"为去声而未救，也当无所谓。浦氏曾任五华书院山长和苏州府学教授，一生主要职业是教书，所以其注杜目的之一是便于初学，因此如此重视。后一条"称"字的位置有所不同：上条中在第三字，而此条中在第四字。如果说上例中可以不论的话，此句则是非论不可的：用仄声则拗，而对句未救。故必用平声。

《巴山》："盗贼还奔突，乘舆恐未回。""乘"下浦注："义从去，读从平。"③ 乘有二音，一是 chéng，《广韵》食陵切，平声蒸韵，动词。一是名词，去声。此注之所以要"义从去"，是因为"乘舆"与"盗贼"对，须同为两个名词并列；之所以要"读从平"是因为上句是仄仄平平仄，此句须是平平仄仄平，"乘"字改读之后此句就不犯孤平了。

《秋日夔府咏怀奉寄郑监审李宾客之芳一百韵》："色好梨胜颊，穰多栗过拳。""胜"下杨注："音平义仄。"④ 胜读 shèng 时意为："胜过，超过。"若读平声则义不可通。用去声义而读平声，是为了合乎格律的要求。若不改读，就需对句中的"栗"来救，而"栗"为仄声字（入声字），无法补救。

（二）为了押韵

《秋日夔府咏怀奉寄郑监审李宾客之芳一百韵》："敕厨唯一味，求饱或三鳣。"钱注："《杨震传》：冠雀衔三鳣鱼，飞集讲堂前。注：鳣音善。臣贤按《续汉》及谢承书，鳣字皆作鳝。然则鳣鳝古字通。《颜氏家训》：孙卿云：鱼鳖鳅鳣。《韩非》、《说苑》皆曰鳣似蛇，蚕似蠋，并作鳣字。假鳣为鳝，其来久矣。按《杨震传》三鳣音善，所谓假鳣为鳝者也。《尔雅·释鱼》：音知然反。陆德明《音义》：张连反，即黄鱼也。此鳣鲔之鳣。杜诗所谓三鳣也，盖用《杨震传》三鳣而兼取郭、陆音释，未知当否。吴曾曰：以杨震碑考之，则云贻我三鱼，以辨懿德。则称鳣称鳝，皆

① （清）浦起龙：《读杜心解》，中华书局 1961 年版，第 373 页。

② 同上书，第 353 页。

③ 同上书，第 465 页。

④ （清）杨伦：《杜诗镜铨》，上海古籍出版社 1962 年版，第 805 页。

未必得其真也。”[①] 浦解：“钱笺：鳣、鳝、鳝古字通。《韩非》《说苑》皆曰：鳝似蛇。《尔雅·释鱼》音知然反，即黄鱼也。杜盖用杨震三鳣而兼取郭音。”[②] “取郭音”，即采用郭璞《尔雅注》之音“知然反”，押平声韵。

《柴门》：“足了垂白年，敢居高士差。”仇注：“义从差等之差，韵从本音。”又注：“差，是差肩。”[③] 浦注引仇注[④]。杜甫此诗佳麻通押，但意义与佳麻韵无关。若不用本音，则不押韵。所以浦主张“义从差等之差，韵从本音”。

《寄峡州刘伯华使君四十韵》：“张兵挠棘矜。”杨注：“矜字韵同意异。”[⑤] 全诗押蒸韵，而“矜”字《广韵》有二音，表示“戟柄”之义是在文韵。与“蒸韵”不同。故杨伦特别强调。

“音义相离”是清人注释唐诗时专用于解释多音多义字在诗中的特殊使用现象的。多音多义是这种用词现象和注释现象存在的先决条件。如果不是多音多义字，或虽是多音多义字但诗句中的意义与读音一致，就不会有这种注释现象了。清人使用“音义相离”的方法，有效地解决了诗歌用词的形式和内容的矛盾问题，也就是词的语音、意义与诗歌格律三者之间的关系，使多音多义词既能满足诗句表意的需要，又能满足格律的要求。这是诗人作诗的智慧，也是古人注释的智慧。但宋亚云先生研究《读杜诗说》时发现仇兆鳌在使用此法时不能兼顾拗救。如《送李卿晔》：“暮景巴蜀僻，春风江汉清。”仇注：“蜀，当作西。《杜臆》：阆州旧名巴西，而嘉陵在阆，亦名汉江。”[⑥] 施鸿保就指出：“今按巴蜀正对江汉，注盖以蜀字不叶，故云；不知此亦拗句，惟蜀字宜平用仄，故下句江字宜仄用平也。”[⑦] 此联属拗救（出句第四字拗，对句第三字救）。仇氏改“蜀”为“西”，虽然出句是合律了，但对句“江”的救却不合适了。再如《题张氏隐居二首》第一：“涧道余寒历冰雪，石门斜日到林丘。”仇注：“冰

① （清）钱谦益：《钱注杜诗》，上海古籍出版社 1979 年版，第 521 页。
② （清）浦起龙：《读杜心解》，中华书局 1961 年版，第 773 页。
③ （清）仇兆鳌：《杜诗详注》，中华书局 1979 年版，第 1645 页。
④ （清）浦起龙：《读杜心解》，中华书局 1961 年版，第 172 页。
⑤ （清）杨伦：《杜诗镜铨》，上海古籍出版社 1962 年版，第 811 页。
⑥ （清）仇兆鳌：《杜诗详注》，中华书局 1979 年版，第 1069 页。
⑦ （清）施鸿保：《读杜诗说》，中华书局 1962 年版，第 120 页。

雪，犹言冻雪，冰读去声。”① 施鸿保：“今按此拗句也；公诗七律拗句，凡第六字应仄而用平者，其第五字必用仄。”② 五律为“平平仄平仄”，七律为“仄仄平平仄平仄”的律句是一种特定的平仄格式。王力先生认为：“这种格式在唐宋的律诗中是很常见的，它和常规的诗句一样常见，……也可以认为拗句之一种，但是，它被常用到那样的程度，自然就跟一般拗句不同了。”③ 蒋绍愚先生认为：“这种‘平平仄平仄’的句子，从道理上讲是拗句，但从唐诗的实际情况看，它出现的频率比所谓的正体要多。所以王力《汉语诗律学》称之为‘特种拗救’。”④ 我师郭芹纳《诗律》认为：“‘平平平仄仄’句式的拗救，其本质是第四字拗，用本句第三字救。”⑤ 有人猜测仇兆鳌不懂此类拗救，这倒不合实际。仇氏说：“七律中，有平仄未谐而句中自调者。贾幼邻诗：‘剑佩声随玉墀步’，‘玉墀’二字仄平互换；杜少陵诗：‘西望瑶池降王母’，‘降王’二字，亦仄平互调。此偶用变通之法耳。”⑥ 互调的本质其实就是第六字拗第五字救。

## 第二节　释音的术语和方法

### 一　术语

释音的术语在训诂学著作中似乎已经不是什么需要探讨的问题了。我师郭芹纳先生在其著作《训诂学》第六章第四节中总结拟音的术语为：读若、读如、声、如字等，著名训诂学家洪诚、陆宗达、王宁、齐佩瑢等人都有过归纳。但钱、仇、浦、杨四家的杜诗注释中，释音的术语远非诸位学者所总结的那样简单明了，而是存在着相当多样的情况。此节将立足注本的实际，作基本全面的归纳，以期显示古代注杜释音术语的真实面貌。

此节以钱注、仇注、浦注、杨注四家为主，适当参考其他注本，发现

① （清）仇兆鳌：《杜诗详注》，中华书局1979年版，第9页。
② （清）施鸿保：《读杜诗说》，中华书局1962年版，第3页。
③ 王力：《诗词格律》，中华书局1997年版，第31页。
④ 蒋绍愚：《唐诗语言研究》，中州古籍出版社1990年版，第46页。
⑤ 郭芹纳：《诗律》，商务印书馆2004年版，第26页。
⑥ （清）仇兆鳌：《杜诗详注》，中华书局1979年版，第431页。

注文中涉及释音的术语有：音×、读×、读作×、读如×、读若×、叶×、叶××切、××声、××切、××反、×声、读×声、与×同音、音同×、如字、音（韵、读）从×。下文分别举例以证其实。

**音×**

这是杜诗注释中最常用的释音术语，用于以同音字解释诗中字音。多数情况下解释单字的读音，有时一次解释联绵词两个字的读音。

大多数条目我们可以肯定是同音字互注，但须明白，四家使用的语音标准不是《广韵》系统的古音，而是清代实际语音，所以有不合《广韵》的情况。如：

《望岳》："荡胸生层云，决眥入归鸟。"浦注："眥，音恣。"[①] 眥，《广韵》疾智切，从母寘韵去声，又在诣切，从母霁韵去声。恣，《广韵》资四切，精母至韵去声。二字声韵在《广韵》中并不相同。

《昔游》："晨溪响虚駃，归径行已昨。"浦注"駃"："音快，溪流之急也。一作驶。"[②] 快，《广韵》苦夬切，溪母夬韵去声，駃，《广韵》苦夬切，溪母夬韵去声。此二字在《广韵》中同音。

《枯楠》："冻雨落流胶，冲风夺佳气。"浦注："冻，音东。"[③] 冻，《广韵》德红切，端母东韵平声。东，《广韵》德红切，端母东韵平声。二字同音。

《喜雨》："谷根小苏息，沴气终不灭。"浦注："沴，音戾。"[④] 戾，《广韵》郎计切，来母霁韵去声。沴，《广韵》郎计切，来母霁韵去声。

《奉赠太常张卿垍二十韵》："健笔凌鹦鹉，铦锋莹鸊鹈。"杨注"鸊鹈，音匹题"[⑤]。鸊，《广韵》扶历切，并母锡韵入声。匹，《广韵》譬吉切，滂母质韵入声。只是音近。鹈，《广韵》杜奚切，定母齐韵平声。题，《广韵》杜奚切，定母齐韵平声。音同。

《石笋行》："自古虽有厌胜法，天生江水向东流。"杨注："（厌）音压。"[⑥] 厌，《广韵》于叶切，影母叶韵入声。《集韵》乙甲切，影母狎韵

---

① （清）浦起龙：《读杜心解》，中华书局1961年版，第1页。

② 同上书，第63页。

③ 同上书，第94页。

④ 同上书，第106页。

⑤ （清）杨伦：《杜诗镜铨》，上海古籍出版社1962年版，第84页。

⑥ 同上书，第324页。

入声。压，《广韵》乌甲切，影母狎韵入声。此注释音与《集韵》同。

有些条目中，注者用"X，音X"所释之字，施体和受体按《汉语大词典》并不同音。是不是注者另有依据，尚不能确定。也不像是注释通假。可能性较大的是注家所掌握的字音有时代、地域、诗歌吟诵等方面的特殊性。例如：

《奉先刘少府新画山水障歌》："貌得山僧及童子。"钱注："貌音邈。"①《汉语大词典》：邈 miǎo，"用同'貌'。描绘，摹写"。貌有二音：mào、mò，读后一音时意为描绘。此条注释中难以确定有指明通假的意思。

《八哀诗·赠秘书少监武功苏公源明》："不要悬黄金，胡为投乳贙。"浦注："（贙）音畎。"②《寄刘峡州伯华使君四十韵》："乳贙号攀石，饥鼯诉落藤。"钱注："胡犬切。有力也。"③ 今按：杜诗贙与鼯对，恐是名词，而非形容词。畎，今音 quǎn，《广韵》姑泫切，见母铣韵上声。贙今音 xuàn《广韵》"胡畎""黄练"二切，匣母，前一切上声铣韵，后一切去声霰韵。贙畎并不同音。

《送重表侄王砅评事使南海》浦起龙注："砅音冰。"④ 清钱谦益《钱注杜诗》："砅，力制切。《说文》引《诗》'深则厉'。"⑤ 仇兆鳌《杜诗详注》"砅"下注："力制切，一作殊。"题下注："杨德周曰：水深至心曰砅，即《诗》'深则厉'厉字也。"⑥ 今按：此诗杨伦《杜诗镜铨》目录题为"送王砅评事使南海"，正文中题与浦同。王评事之名，浦作"砅"，杨作"砅"。故浦注音冰，杨注力制切。《汉语大词典》：砅 pīng《广韵》披冰切，象声词。形容水激岩石声。砅 lì《广韵》力制切，义项有：1. 履石渡水。2. 渡水用的踏脚石。3. 质地较粗的磨石。宋郭知达《九家集注杜诗》直接作"王殊"。⑦ 宋刘辰翁批点元高楚芳编《集千家

---

① （清）钱谦益：《钱注杜诗》，上海古籍出版社 1979 年版，第 38 页。

② （清）浦起龙：《读杜心解》，中华书局 1961 年版，第 154 页。

③ （清）钱谦益：《钱注杜诗》，上海古籍出版社 1979 年版，第 524 页。

④ （清）浦起龙：《读杜心解》，中华书局 1961 年版，第 210 页。

⑤ （清）钱谦益：《钱注杜诗》，上海古籍出版社 1979 年版，第 251 页。

⑥ （清）仇兆鳌：《杜诗详注》，中华书局 1979 年版，第 2042 页。

⑦ （宋）郭知达：《九家集注杜诗》，黄永武杜诗丛刊本，台湾大同书局 1976 年影印，第 1073 页。

注杜诗集》题注："郑曰：砅，理罽切，水深至心曰砅，今作厉。砅字奇，此古'深则厉'厉字也，非今作厉。"[①] 今按："罽"字疑是"罽"字之误。罽音 jì，《广韵》居例切，去祭，见。罽《汉语大词典》未收。朝鲜李植《纂注杜诗泽风堂批解》就作"罽"[②]。徐居仁、黄鹤《集千家注分类杜工部诗》释音同刘本[③]。宋阙名《分门集注杜工部诗》："郑曰：砅，理罽切，水深至心曰砅，今作厉。"[④] 宋鲁訔、蔡梦弼《草堂诗笺》"砅"字无音释[⑤]。明邵宝《刻杜少陵先生诗分类集注》则注曰："水深至心曰砅，即读曰厉。"[⑥] 明傅振商《杜诗分类》注与邵宝同[⑦]。明单复《读杜愚得》："砅，理罽切，水深至心曰砅，即古'深则厉'字。"[⑧] 明邵勋《唐李杜诗集》无注[⑨]。明唐元竑《杜诗攟》无音释[⑩]。清张溍《读书堂杜诗注解》注作："原注：郑曰：水深至心曰砅，此古'深则厉'厉字也。"[⑪] 清张远《杜诗会粹》注："砅，力制切。"[⑫] 清黄生《杜诗概说》"砅"字无注[⑬]。朱鹤龄《杜工部诗集辑注》题中注曰："力制切，郭作殊。"题下又注："《集韵》：砅，履石渡水，今作厉。《说文》引《诗》：'深则砅'。"[⑭] 综合各家，当以"砅"为是。

---

① （宋）刘辰翁、（元）高楚芳：《集千家注批点补遗杜工部诗集》，黄永武杜诗丛刊本，大同书局 1976 年版，第 1572 页。

② ［朝鲜］李植：《纂注杜诗泽风堂批解》，黄永武杜诗丛刊本，台湾大同书局 1976 年版，第 1710 页。

③ （宋）徐居仁、黄鹤：《集千家注分类杜工部诗》，黄永武杜诗丛刊本，台湾大同书局 1976 年版，第 602 页。

④ （宋）阙名：《分门集注杜工部诗》，黄永武杜诗丛刊本，台湾大同书局 1976 年版，第 696 页。

⑤ （宋）鲁訔、蔡梦弼：《草堂诗笺》，台湾广文书局 1980 年版，第 972 页。

⑥ （明）邵宝：《刻杜少陵先生诗分类集注》，黄永武杜诗丛刊本，台湾大同书局 1976 年版，第 779 页。

⑦ （明）傅振商：《杜诗分类》，四库全书存目丛书本，齐鲁书社 1997 年版，集 5、158 页。

⑧ （明）单复：《读杜诗愚得》，黄永武杜诗丛刊本，台湾大同书局 1976 年版，第 1269 页。

⑨ （明）邵勋：《唐李杜诗集》，黄永武杜诗丛刊本，台湾大同书局 1976 年版，第 688 页。

⑩ （明）唐元竑：《杜诗攟》，黄永武杜诗丛刊本，台湾大同书局 1976 年版，第 271 页。

⑪ （清）张溍：《读书堂杜工部诗集注解》，四库全书存目丛书本，齐鲁书社 1997 年版，第 6—195 页。

⑫ （清）张远：《杜诗会粹》，四库全书存目丛书本，齐鲁书社 1997 年版，第 6、684 页。

⑬ （清）黄生：《杜诗概说》，四库全书存目丛书本，齐鲁书社 1997 年版，第 5、368 页。

⑭ 韩成武等：《朱鹤龄杜工部诗辑注》，河北大学出版社 2009 年版，第 818 页。

《范二员外邈吴十侍御郁特枉驾，阙展待，聊寄此作》："暂往比邻去，空闻二妙归。"杨注："比音皮。"① 《汉语大词典》收有 pí 一音，但未释义。适合"比邻"的"近；靠近"和"相连接"二意音 bǐ，与"皮"并不同音。

**不音×**

用于强调正音。

《新安吏》："送行勿泣血，仆射如父兄。"仇注："（射）如字，不音夜。"②

《秋兴八首》其五仇注："楼钥曰：点，与玷同，古诗多用之。束晳《补亡》诗：'鲜侔晨葩，莫之点辱。'左思《二唐兄弟赞》：'二唐洁己，乃点乃污。'陆厥《答内兄希叔》诗：'既叨金马署，复点铜龙门。'沈约《奏弹王源》：'点世家声，将被比屋。'子美正承诸贤用字例也。焦竑云：王建诗：'殿前传点各依班，召对西来入诏蛮。'盖唐人屡用之，亦可证杜诗之不音玷矣。"③

**读×**

用于以音近字解释诗中字音。

《八哀诗·故著作郎贬台州司户荥阳郑公虔》："百年见存殁，牢落吾安放。"浦注："放读仿。"④ 依《汉语大词典》，"放"有 fàng、fǎng、fāng 三种读音，其第二种读音意为仿效；模拟。《书·尧典》："曰若稽古，帝尧曰放勋。"孔颖达疏："能放效上世之功。""仿"音 fǎng，有"比拟、模仿"的义项。此二字音义皆相合，非通假。

《送王十五判官扶侍还黔中得开字》："大家东征逐子回，风生洲渚锦帆开。"浦注："家读姑。"⑤

《章梓州橘亭饯成都窦少尹得凉字》："主人送客何所作，行酒赋诗殊未央。"浦注"作读做"⑥ 今按："作"旧音有二：1. zuò，《广韵》则箇切，去箇，精。又则落切，入铎，精。2. zǔ，《集韵》庄助切，去御，

---

① （清）杨伦：《杜诗镜铨》，上海古籍出版社 1962 年版，第 375 页。

② （清）仇兆鳌：《杜诗详注》，中华书局 1979 年版，第 524 页。

③ 同上书，第 1492 页。

④ （清）浦起龙：《读杜心解》，中华书局 1961 年版，第 156 页。

⑤ 同上书，第 630 页。

⑥ （清）仇兆鳌：《杜诗详注》，中华书局 1979 年版，第 1492 页。

庄。“做”旧音 zuò，《字汇》子贺、臧祚二切。浦释“读做”是要标明此处“作”是行为动词。

**读作×**

解释单字在诗中的读音。

《秋雨叹三首》其三：“老夫不出长蓬蒿，稚子无忧走风雨。”钱注“走”：“读作奏。”①

《自京赴奉先县咏怀五百字》：“忧端齐终南，澒洞不可掇。”仇注：“许慎注：‘澒，读作项。’”②

《戏笺郑广文虔兼呈苏司业源明》：“赖有苏司业，时时乞酒钱。”浦注“乞读作气”③。

**读如×**

解释单字在诗中的读音。“读如”、“读若”主要是用于注音的，四家注中也沿用这一术语。

《自京赴奉先县咏怀五百字》：“澒洞不可掇。”钱注：“许慎注《淮南子》：澒，读如项羽之项，洞，读如同游之同。”④

《乐游园歌》：“阊阖晴开詄荡荡，曲江翠幕排银榜。”仇注：“《汉·礼乐志》：‘天门开，詄荡荡。’《汉书注》：‘詄，读如迭。’”⑤

《巴西驿亭观江涨呈窦十五使君二首》：“孤亭凌喷薄，万井逼舂容。”仇注：“《学记》：‘待其从容。’注：‘从，读如舂，谓击也。’击钟者每一舂为一容，然后尽其声，此借言水势冲击之状。”⑥

《送重表侄王砅评事使南海》：“我之曾老姑，尔之高祖母。尔祖未显时，归为尚书妇。”浦注“母读如某”“妇读如缶”⑦依据《广韵》，母 mǔ 莫厚切，某 mǒu 亦莫厚切，完全同音。妇 fù，方久切，非母。缶 fǒu 也是房久切，奉母。二字是轻唇重唇之别。

《阌乡姜七少府设鲙戏赠长歌》：“无声细下飞碎雪，有骨已剁觜春

---

① （清）钱谦益：《钱注杜诗》，上海古籍出版社 1979 年版，第 14 页。

② （清）仇兆鳌：《杜诗详注》，中华书局 1979 年版，第 274 页。

③ （清）浦起龙：《读杜心解》，中华书局 1961 年版，第 14 页。

④ （清）钱谦益：《钱注杜诗》，上海古籍出版社 1979 年版，第 37 页。

⑤ （清）仇兆鳌：《杜诗详注》，中华书局 1979 年版，第 102 页。

⑥ 同上书，第 1004 页。

⑦ （清）浦起龙：《读杜心解》，中华书局 1961 年版，第 211 页。

葱。”浦注“觜读如锥”①。觜 zuǐ，《广韵》即委切，精母纸韵上声。锥 zhuī，《广韵》职追切，章母脂韵平声。二者并非同音字。可能浦起龙所使用的口语中二字同音。

《绝句漫兴九首》其二：“恰似春风相欺得，夜来吹折数枝花。”浦注“相读如率”，又注：“陆游云：白乐天用相字，多作入声，如‘为问长安月，如何不相离’。是也。此亦从入。”② 诗中的“相”，音 xiāng，《广韵》息良切，率 shuài，是多音字，此处所言入声是所律切。可以看出，“读如”所注的大多是因诗歌吟诵的需要临时改读的近似音。

**读若×**

段玉裁对“读若”和“读为”有过辨正。《说文》：“毳，数祭也。从示，毳声。读若舂麦为之。”段玉裁注：“读若”是拟其音，“读为”是易其字。换句话说，“读若”是注音，“读为”是说明通假。“读若”有时叫“读如”，“读为”有时叫“读曰”。段氏还对传注与字书进行了比较：“凡言读若者，皆拟其音也，凡传注言读为者，皆易其字也，注经必兼兹二者，故有读为，有读若……字书但言其本字本音，故有读若，无读为也。读为读若之分，唐人作正义已不能明，为与若两字，注中时有讹乱。”③ 杜诗注释中，“读若”也是注音。

《奉寄河南韦尹丈人》：“尸乡馀土室，难说祝鸡翁。”钱注：“《风俗通》：呼鸡朱朱。俗说鸡本朱公化为之，而今呼鸡皆朱朱也。《说文解字》：㖞㖞二口为讙，州，其声也，读若祝，祝者，诱致禽畜和顺之意。㖞与朱音相似耳。”④ 今中原官话呼鸡音周周，即㖞㖞。

《回棹》：“衡岳江湖大，蒸池疫疠偏。”仇注：“《汉·地理志》：承阳县属长沙国，在承水之阳，故名。读若蒸。”⑤ 此注中解释的是“承水”之“承”的读音。

**叶×、叶读×、叶音×、叶×声**

叶音之说已被训诂学界否定，但就本书来说，目的不在论证叶音说的是非功过，而在归纳古代杜诗注释的功能系统，客观地将注本中解释读音

① （清）浦起龙：《读杜心解》，中华书局1961年版，第254页。

② 同上书，第835页。

③ 段玉裁：《说文解字段注》，成都古籍书店1981年版，第6—7页。

④ （清）钱谦益：《钱注杜诗》，上海古籍出版社1979年版，第290页。

⑤ （清）仇兆鳌：《杜诗详注》，中华书局1979年版，第2086页。

的实际情况呈现给读者。因此仍然列举有关叶音的条目。杜诗注释的叶音，其目的在于为说明押韵而注诵读之音。但从严格意义上说，叶音说所注之音，是注释者心目中其字在此诗中的临时读音，而不是该字的正音。

《绝句漫兴九首》其九："隔户杨柳弱嫋嫋。"仇注："《杜臆》：嫋字叶平声。"[①] 此诗押"腰"、"条"，皆在下平声二萧。"嫋"在上声十七筱，改成平声读，则入韵。

《南池》："独叹枫香林，春时好颜色。""高皇亦明王，魂魄犹正直。"浦注"色叶速""直叶蜀"[②] 此诗押入声"一屋"，"色"读成"速"属屋韵，"直"读成"蜀"虽属沃韵，但《诗韵合璧》韵目下注："古通沃觉，时本作通沃转觉。"[③]

《三川观水涨》："枯查卷拔树，礧魄共充塞。"杨注"塞叶粟"[④]。此诗押入声一屋韵，"塞"去声十一队、入声十三职两属，叶读为粟，则属入声二沃，与屋韵通押。

《承沈八丈东美除膳部员外郎阻雨未遂驰贺奉寄此诗》仇兆鳌注："事字叶读时。"[⑤] 事今音 shì，《广韵》鉏吏切，崇母志韵去声，又有古音 zì，侧吏切，庄母志韵去声。而时音 shí，《广韵》市之切，禅母之韵平声。二字无同音关系。

《奉送郭中丞兼太仆卿充陇右节度使三十韵》："人频坠涂炭，公岂忘精诚。"仇注："《史记·龟策传》：涂，叶读杜。"[⑥] 涂虽有 dù 音，今作镀，但与诗意无关。杜音 dù，《广韵》徒古切，上声。涂的诗中意义音 tú，《广韵》同都、宅加（今按：《汉语大词典》作加，当为如）二切，平声。二字也无同音关系。

《石壕吏》："老翁逾墙走，老妇出门看。"仇序："苏润公本作出看门，叶音民。"[⑦] 门为十三元韵，仇氏言叶音民，是为了与上面的"人"押韵：同在真韵。

---

① （清）仇兆鳌：《杜诗详注》，中华书局 1979 年版，第 792 页。

② （清）浦起龙：《读杜心解》，中华书局 1961 年版，第 111 页。

③ （清）汤文璐：《诗韵合璧》，上海书店出版社 1982 年版，韵目 4 页。

④ （清）杨伦：《杜诗镜铨》，上海古籍出版社 1962 年版，第 118 页。

⑤ （清）仇兆鳌：《杜诗详注》，中华书局 1979 年版，第 213 页。

⑥ 同上书，第 375 页。

⑦ （清）仇兆鳌：《杜诗详注》，中华书局 1979 年版，第 528 页。

《石犀行》："但见元气常调和，自免洪涛恣凋瘵。"杨注："（瘵）叶音祭。"① 此诗换韵频繁，此段下平声十一尤四句，换为去声八霁四句，下平声七阳二句。"瘵"读成"祭"才合韵。

《赤霄行》："孔雀未知牛有角，渴饮寒泉逢抵触。"杨注"角"："叶谷。"② "角"在入声三觉，叶读之后，"谷""触"屋沃通押。

《郑典设自施州归》："刺史似寇恂，列郡宜竞借。"注："（借）叶入声，音迹。"③ "借"去声祃韵，又入声陌韵，互注义同。

《故秘书少监武功苏公源明》："报兹劬劳愿。"杨注"愿叶上声"④。此章押兗、典、巘、泫，皆属上声十六铣，而"愿"在去声十四愿，故杨伦作如上注。

**叶××切**

此亦叶音说之另一表述方式。

《石壕吏》："暮投石壕村，有吏夜捉人。"仇注："村、人与门叶，古入真韵。"⑤ 此诗首段"村、人、门"相押，第三段首四句"人、孙、裙"相押。"村、门、孙"在十三元，"人"在十一真，"裙"在十二文。而"真文元寒删先六韵通转"⑥。

《上水遣怀》："中间屈贾辈，谗毁竟自取。"浦注"取，叶此苟切"⑦。此诗押上声二十五有，而"取"在七麌。故用叶音。

《舟中苦热遣怀奉呈阳中丞通简台省诸公》："声节哀有余，夫何激衰懦。"浦注"懦，叶奴乱切"⑧。此诗押去声十五翰，而"懦"在二十一箇，故浦起龙注"叶奴乱切"。

《天边行》："天边老人归未得，……十年骨肉无消息。"浦注"得叶笃"、"息叶苏六切"。⑨ 按《诗韵》，此诗韵脚字"哭"在一屋，"蜀、鹄"在二沃，"得、息"在十三职，不合韵，按叶音来读，"笃、（苏）

① （清）杨伦：《杜诗镜铨》，上海古籍出版社1962年版，第325页。

② 同上书，第562页。

③ 同上书，第877页。

④ 同上书，第687页。

⑤ （清）仇兆鳌：《杜诗详注》，中华书局1979年版，第528页。

⑥ （清）汤文璐：《诗韵合璧》，上海书店出版社1982年版，韵目1页"真"下注。

⑦ （清）浦起龙：《读杜心解》，中华书局1961年版，第196页。

⑧ 同上书，第219页。

⑨ 同上书，第284页。

六（切）”在二沃，屋沃通押，就合韵了。《诗韵合璧》：“屋古通沃觉，时本作‘通沃转觉’。”①

《李潮八分小篆歌》：“岂如吾甥不流宕，丞相中郎丈人行。”杨注：“叶下浪切。”② 行辈之“行”在七阳，但也在二十三漾，《诗韵》注云：“辈行也。”③ 杨伦其实不必以叶音来注。

**××切**

《王录事许修草堂赀不到聊小诘》：“为瞋王录事，不寄草堂赀。”仇注：“瞋，音称人切。”④ 此与《广韵》“昌真切”、《集韵》“痴邻切”上下字有异，“瞋”在《诗韵》属十一真，仇氏所据当为平水韵。

《火》：“薄关长吏忧，甚昧至精主。”仇注：“蔡梦弼注：薄读伯各切，谓迫近郊关，未合。”⑤ 仇注引蔡梦弼，认为此“薄关”是“紧密相关”而非“迫近郊关”。薄，《广韵》傍各切，与蔡氏异，而上字“伯、傍”在《广韵》中分别属旁母和并母。依《诗韵》，“薄”在入声十药，它韵未见。

《雨》：“冥冥翠龙驾，多自巫山台。”仇注：“胡夏客曰：多当读章移切。《论语》：‘多见其不知量也。’古音如是。今按：多乃大都之意、恐不必解作衹。”⑥《广韵》“得何切”，胡夏客的“章移切”其实是要说明此处“多”当理解为“衹（只）”，按《诗韵》“章移切”的读音在四支，“衹”即在四支。

《太平寺泉眼》：“招提凭高冈，疏散连草莽。”浦注：“莽，莫补切。”⑦ 此例中的“莽”《广韵》有此一切。此诗韵脚“莽、古、府、侮、睹、雨、土、乳、缕、趣、圃、羽”，除“趣”在去声七遇外，其余皆在上声七麌。“莽”，《诗韵》七麌“莽”：“养韵同，草深也。”⑧ 浦注是强调此处的读音。

---

① （清）汤文璐：《诗韵合璧》，上海书店出版社1982年版，韵目4页。

② （清）杨伦：《杜诗镜铨》，上海古籍出版社1962年版，第717页。

③ 《诗韵》，上海古籍出版社1983年版，卷四去声，第四十四页。

④ （清）仇兆鳌：《杜诗详注》，中华书局1979年版，第1133页。

⑤ 同上书，第1299页。

⑥ 同上书，第1324页。

⑦ （清）浦起龙：《读杜心解》，中华书局1961年版，第62页。

⑧ （清）汤文璐：《诗韵合璧》，上海书店出版社1982年版，第289页。

《题衡山县文宣王庙新学堂呈陆宰》："耳闻读书声，杀伐灾髣髴。"浦注"髴方未切"①，髣髴即仿佛，约略的形迹。但《诗韵》注髣髴之"髴"为"芳味切，髣髴，物韵同"②。《广韵》作"芳未"切，韵部同。此诗五未四寘通押，浦注叶音不必。

《堂成》："桤林碍日吟风叶，笼叶和烟滴露梢。"浦注："桤，丘宜切。"③"桤"，《字汇》作"牵奚切"，在齐韵，《诗韵》"桤"在四支。此非韵脚字，也非多音字，浦起龙之所以作注，是因为此字不常用，怕读者误读。

《今夕行》："咸阳客舍一事无，相与博塞为欢娱。"杨注："塞，苏代切。"④"塞"是个多音字，杨伦注明读音以确定词义。

《西枝村寻置草堂地，夜宿赞公土室二首》其二："数奇谪关塞，道广存箕颖。"杨注"奇"："所其切。""《史记》：李广数奇。孟康曰：奇，只，不偶也。"⑤今按："奇"表单数时音 jī，《广韵》居宜切，见母支韵平声，所是生母。"所其切"费解，恐是"斤其切"之误。

**××反**

《丽人行》："头上何所有？翠微匐叶垂鬓脣。"钱注字："乌合反。一作匌。"⑥

《赴青城县出成都寄陶王二少尹》："文章差底病，回首兴滔滔。"仇注："底音丁兒反。"⑦"底"上声八荠，又四纸，互注同。四纸"底"："音指。平也，柔石也，又至也。"⑧八荠"底"："下也，止也，又'底须'代'何用'字。"⑨

《因崔五侍御寄高彭州一绝》："为问彭州牧，何时救急难？"杨注："《诗》：兄弟急难。注如字，又乃旦反。"⑩难，《广韵》"那干""奴案"

---

① （清）浦起龙：《读杜心解》，中华书局 1961 年版，第 217 页。

② 《诗韵》，上海古籍出版社 1983 年版，卷四去声，第十一页。

③ （清）浦起龙：《读杜心解》，中华书局 1961 年版，第 624 页。

④ （清）杨伦：《杜诗镜铨》，上海古籍出版社 1962 年版，第 18 页。

⑤ 同上书，第 250 页。

⑥ （清）钱谦益：《钱注杜诗》，上海古籍出版社 1979 年版，第 24 页。

⑦ （清）仇兆鳌：《杜诗详注》，中华书局 1979 年版，第 825 页。

⑧ （清）汤文璐：《诗韵合璧》，上海书店出版社 1982 年版，第 271 页。

⑨ 同上书，第 290 页。

⑩ （清）杨伦：《杜诗镜铨》，上海古籍出版社 1962 年版，第 330 页。

二切，平去两读。浦注表明此处音义为“如字”（即平声），另有读音“乃旦反”，即去声。

上述两种术语，注者所用反切上下字多与《广韵》不同，也不知有无根据。但有一点须明确，那就是注者都立足于平水韵来注释字音。尤其是韵脚字，注音的结果都是要符合该诗的押韵的。

**×声**

此术语用于以说明声调的方法给多音字的诗中读音作注。也有强调改变某字的声调以合韵的。

《阌乡姜七少府设鲙戏赠长歌》：“无声细下碎飞雪，有骨已剁觜春葱。”钱注“觜平声”①。觜，《广韵》有平上两读，平声义为“1. 猫头鹰头上的毛角。2. 指形状像毛角。”上声义为“鸟嘴、啄”。钱氏指出此处读平声，是为了确定意义。

《奉简寄高三十五使君》仇注“使去声”②，这是注明多音字的诗中音义。

《恨别》：“洛城一别四千里，胡骑长驱五六年。……忆弟看云白日眠。闻道河阳近乘胜，司徒急为破幽燕。”仇注“骑去声”“看平声”“道去声”“为去声”“燕平声”③，诸字皆多音字。

《戏作花卿歌》：“李侯重有此节度，人道我卿绝代无。”浦注“重平声”④。

《王兵马使二角鹰》：“悲台萧瑟石巃嵷，哀壑杈枒浩呼汹。”浦注“嵷上声”，浦注“汹上声”⑤。《广韵》“嵷”“汹”皆有平上两读。

《赠特进汝阳王二十韵》：“服礼求毫发，推思忘寝兴。”杨注“忘去声”⑥，《广韵》“忘”有去平两读。

《宿赞公房》：“放逐宁违性？虚空不离禅。”杨注“离去声”⑦，“离”是个多音字。

---

① （清）钱谦益：《钱注杜诗》，上海古籍出版社1979年版，第70页。

② （清）仇兆鳌：《杜诗详注》，中华书局1979年版，第763页。

③ 同上书，第772页。

④ （清）浦起龙：《读杜心解》，中华书局1961年版，第273页。

⑤ 同上书，第306页。

⑥ （清）杨伦：《杜诗镜铨》，上海古籍出版社1962年版，第19页。

⑦ 同上书，第248页。

《送顾八分文学适洪吉州》："赠子猛虎行，出郊载酸鼻。"浦注"鼻去声"①，这是改变声调使之合韵的。

**读×声、音×声**

这两种术语也是通过强调声调来达到注音的目的的。

《南邻》："秋水才深四五尺，野航恰受两三人。"钱笺："山谷云：航，方舟也，当以艇为正，音平声。"②《广韵》徒鼎切，上声。钱笺强调"音平声"是为了合乎平仄。

《病后过王倚饮赠歌》："老马为驹信不虚，当时得意况深眷。"仇注："《杜臆》：近世人情，当时得意，过则忘之，况肯如王生之深眷乎。一说：平时意气相得，况今日又深加眷注，此王生情义之过人也。前说，'当'字读去声；后说，'当'字读平声。"③ 此注反映出对于不在必究平仄的位置上的字，不同的意义理解决定不同的读音。

《因崔五侍御寄高彭州一绝》："为问彭州牧，何时救急难？"仇注："《诗》'兄弟急难'，叶'况也永叹'，俱读平声。"④ 这是注明多音字在诗中的声调。

《韦讽录事宅观曹将军画马图歌》："可怜九马争神骏，顾视清高气深稳。借问苦心爱者谁，后有韦讽前支遁。"仇注："《杜臆》：遁读上声，与稳相叶。"⑤ 这一条不但注明读音，而且说明了缘由。

《莫相疑行》："寄谢悠悠世上儿，不争好恶莫相疑。"仇注："（好恶）并读去声。"⑥ 这是定音别义。

《赠左仆射郑国公严武》："开口取将相，小心事友生。"仇注："（将相）并读去声。"⑦ 也是定音别义。

《八哀诗并序》序："伤时盗贼未息，兴起王公、李公……"浦注："兴，读去声。《诗序疏》：起发己心也。"⑧ 此条所注为序中内容，只是

① （清）浦起龙：《读杜心解》，中华书局1961年版，第192页。

② （清）钱谦益：《钱注杜诗》，上海古籍出版社1979年版，第376页。

③ （清）仇兆鳌：《杜诗详注》，中华书局1979年版，第201页。

④ 同上书，第763页。

⑤ 同上书，第1155页。

⑥ （清）仇兆鳌：《杜诗详注》，中华书局1979年版，第1214页。

⑦ 同上书，第1384页。

⑧ 同上书，第144页。

因音制义。

《秋日夔府咏怀奉寄郑监审李宾客之芳一百韵》："堑抵公畦稜，村依野庙堧（音 ruán）。"杨注："原注：京师农人指田远近多云几稜。稜，岸也，音去声。"① 稜有平去两读，此处无论意义还是格律，皆当"音去声"。

**××声**

前一×表示一个同声韵字，后一×表示声调类型。这是用同音字注音时的变通办法：没有一个完全同音的字，就选一个声韵相同而声调不同的字，接着说明是这个字的哪一种声调。

《陪郑广文游何将军山林十首》其八："忆过杨柳渚，走马定昆池。"杨注"定，丁去声"②。

**×（人名）音×**

这一术语是引前人对字音的解说。

《后出塞五首》其二："借问大将谁，恐是霍嫖姚。"仇注："胡仔曰：《汉书》嫖姚，服虔音飘飖，师古音嫖，频妙切；姚，羊召切。荀悦《汉纪》又作票飖，杜诗每作平声用，盖取服音耳。"③

《题郑十八著作丈》："可念此翁怀直道，也沾新国用轻刑。"杨注"也，卜音夜"④。卜是卜圜，宋人，编有杜集。按：夜 yè《广韵》羊谢切，去声，祃韵。也，上声，马韵，《广韵》羊者切。二字声调不同。今方言音亦如此。但中原官话"也"发作 yà，与《广韵》的"去声祃韵"似有关联。

**与×同音、音同×**

《李鄠县丈人胡马行》题注："鄠县，属长安，即有扈氏之国，与扈同音。"⑤

《八哀诗·故著作郎贬台州司户荥阳郑公虔》："贯穿无遗恨，荟蕞何

① （清）杨伦：《杜诗镜铨》，上海古籍出版社 1962 年版，第 805 页。

② 同上书，第 66 页。

③ （清）仇兆鳌：《杜诗详注》，中华书局 1979 年版，第 288 页。

④ （清）杨伦：《杜诗镜铨》，上海古籍出版社 1962 年版，第 192 页。

⑤ （清）浦起龙：《读杜心解》，中华书局 1961 年版，第 256 页。

技痒。”浦注“蕞音同稡”[①]。杨注：“按稡与蕞同音，皆释聚字之意。”[②]稡今音 zuì，《集韵》祖外切，精母夳韵去声。“聚集、会集”的意思。蕞今音 zuì，《广韵》才外切，从母泰韵去声。丛聚貌。可见此二字中古音接近，至清代不仅音同，而且意义亦有重合。

**如字**

适用于注释多音字的常用音义。此术语强调读如本音，不破读。遇多音字时，音异则义异，注释者为了表明自己的态度，即强调其本音，乃用“如字”出注。

《茅屋为秋风所破歌》：“娇儿恶卧踏里裂。”仇注：“（恶）如字。蔡读乌卧切。”[③]

《将适吴楚留别章使君留后兼幕府诸公得柳字》：“有使即寄书，无使长回首。”浦注“使如字”[④]。

《莫相疑行》：“寄谢悠悠世上儿，不争好恶莫相疑。”浦注“好恶俱如字”[⑤]。

《上兜率寺》浦注“率如字”，又题注：“按：《成道记》注：梵云兜率陀，或云睹史陀，此云知足，即欲界第四天也。愚尝闻一老堂头曰：率，当读如字。凡梵语之不译者，只取此方字音相近。睹史、兜率，音相近也。译手不一，故各见。读如律音者非。”[⑥]

**音（韵、读）从×**

此术语适用于注释诗中音义不一致的字的读音。

《柴门》：“足了垂白年，敢居高士差。”浦注：“仇注：义从差等之差，韵从本音。”[⑦]

《雨过苏端》仇注：“义从去声，读从上声。”[⑧]

《巴山》：“盗贼还奔突，乘舆恐未回。”浦注“乘义从去，读从

① （清）浦起龙：《读杜心解》，中华书局 1961 年版，第 155 页。

② 同上书，第 691 页。

③ （清）仇兆鳌：《杜诗详注》，中华书局 1979 年版，第 832 页。

④ 同上书，第 110 页。

⑤ 同上书，第 292 页。

⑥ 同上书，第 445 页。

⑦ 同上书，第 172 页。

⑧ 同上书，第 339 页。

平"[①]。乘有二音，其一读 chéng，《广韵》食陵切，船母蒸韵平声，动词。其二读 shèng，《广韵》实证切，船母证韵去声，名词。此注之所以要"义从去"，是因为"乘舆"与"盗贼"对，须同为两个名词并列；之所以要"读从平"是因为上句是仄仄平平仄，此句须是平平仄仄平。舆字有平声一读，乘字改读之后，此句就不犯孤平了。

《伤春五首》其五："君臣重修德，犹足见时和。"浦注："'重修'，犹云增修。重字读从去，义从平。"[②] 按：此二句应是"平平平仄仄，仄仄仄平平"。而"修"字是平声，拗，将重字读成去声，就可以起到救的作用。

## 二　方式

古代注本中释音的方式有三种：字下释音、注中释音、解中释音。

1. 字下释音

杜诗注本中常见的释音方式是字下注音。即使后来重排出版的清人注本，虽然将注文编号移于正文之外，注释字音的内容仍然保留在正文中。这显然是一个重要的注释传统。将注音内容置于被释字之下，是为了方便读者诵读。中国传统诗歌是用来诵读的，吟诵是中国诗歌的命脉，也是中国诗歌美学特征之一，而且只有在吟诵之中，诗歌的艺术魅力才能充分地得以显现。因此几乎所有的注本都将有关字音的注释内容放在最靠近被释字的位置。在此认识基础上，我们还看到，并非每个注本对释音的注意力都是一样强烈。就四家注而言，钱、杨释音的内容相对少一些，而仇注、浦注则相对多一些。

下面是字下注音的例子：

《送高三十五书记》："男儿功名遂，亦在老大时。""大"字下钱注："唐佐切。夜归诗：明星当空大，同。"[③]

《秋雨叹三首》其二："阑风长雨秋纷纷，四海八荒同一云。"钱于"长"下注："去声。一作伏，荆公作仗。"[④]

《忆昔行》："玄圃沧州莽空阔，金节羽衣飘婀娜。"仇注"婀，於可

① （清）浦起龙：《读杜心解》，中华书局 1961 年版，第 465 页。

② 同上书，第 740 页。

③ （清）钱谦益：《钱注杜诗》，上海古籍出版社 1979 年版，第 2 页。

④ 同上书，第 13 页。

切”、“娜，奴可切”①。

《暮归》：“霜黄碧梧白鹤栖，城上击柝复（仇注‘扶又切’）乌啼。客子入门月皎皎，谁家捣练风凄凄。南渡桂水阙舟楫，北归秦川多鼓鼙。年过（仇注‘平声’）半百不称（仇注‘去声’）意，明日看云还杖藜。”②

《夔州歌十绝句》其四：“赤甲白盐俱刺天，闾阎缭绕接山巅。”浦注：“（刺）音切。”③

《营屋》：“洗然顺所适，此足代加餐。”杨注“洗音洒”④。

2. 注中释音

这里说的注，指的是仇兆鳌所谓内注。仇兆鳌“杜诗凡例”中总结前代注释方式并申明自己的注释体式说：“内注解意。欧公说诗，于本文只添一二字，而语意豁然。朱子注诗，得其遗意，兹于圈内小注，先提总纲，次释句义，语不欲繁，意不使略，取醒目也。”⑤ 在解释字词句意时，注明字音，是各注本中普遍采取的释音方式。

《高都护骢马行》：“青丝络头为君老，何由却出横门道。”钱笺：“《水经注》：北出西头第一门，本名横门。如淳曰：音光。故名光门。”⑥

《乾元中寓居同谷县作歌七首》钱于“狙公”条注：“庄子狙公赋芧注：芧，音序，橡子也。”⑦

《八哀诗并序》序：“伤时盗贼未息，兴起王公、李公……”浦于题注中曰：“兴，读去声。”⑧

《孟仓曹步趾领新酒浆二物满器见遗老夫》：“籍糟分汁滓，瓮酱落提携。”浦注“籍糟”出处后曰：“此对瓮言，当读如字，疑是盛糟之器。”⑨

---

① （清）仇兆鳌：《杜诗详注》，中华书局 1979 年版，第 1888 页。

② 同上书，第 1915 页。

③ （清）浦起龙：《读杜心解》，中华书局 1961 年版，第 851 页。

④ （清）杨伦：《杜诗镜铨》，上海古籍出版社 1962 年版，第 554 页。

⑤ （清）仇兆鳌：《杜诗详注》，中华书局 1979 年版，第 22 页凡例。

⑥ （清）钱谦益：《钱注杜诗》，上海古籍出版社 1979 年版，第 10 页。

⑦ 同上书，第 105 页。

⑧ （清）浦起龙：《读杜心解》，中华书局 1961 年版，第 144 页。

⑨ 同上书，第 545 页。

《阻雨不得归瀼西甘林》："虚徐五株态，侧塞烦胸襟。"杨注："《诗》：其虚其邪。音徐，《尔雅》作徐。"[①]

3. 解中释音

此处所言"解"，就是浦起龙所说"注列句下，解附篇末"的"解"，也就是仇兆鳌所谓"外注"[②]，注中引用的他人注语涉及字音的，和本注在引文之后顺便解释字音的，都属此种方式。

《临邑舍弟书至苦雨黄河泛溢隄防之患簿领所忧因寄此诗用宽其意》仇注："鳌按：杜诗排律，如'螺蚌满近郭'满可读平声，如'人频坠涂炭'涂可读上声，'此生任春草'任可读平，春可读上，'心微傍鱼鸟'傍可读平，鱼可读上，知杜句失严处仍是谨严也。"[③]

《溪涨》："马嘶未敢动，前有深填淤。"仇注："黄希曰：《沟洫志》：淤，音于庶反，此作平声用。"[④]

《韦讽录事宅观曹将军画马图歌》仇注："《杜臆》：遁读上声，与稳相叶。"[⑤]

《除草》浦解："蓛，音潜。"[⑥]

## 三　方法

1. 反切法

反切法是传统的注音方法。

《野望因过常少仙》："入村樵径引，尝果栗皱开。"仇注："《西溪丛语》：《集韵》：'皱，侧尤切，革文蹙也。'"[⑦]

《八月十五日夜月二首》："此时瞻白兔，直欲数秋毫。"仇注"数，所主切"[⑧]。

《遭田父泥饮美严中丞》："叫妇开大瓶，盆中为吾取。"浦注"取此

---

① （清）杨伦：《杜诗镜铨》，上海古籍出版社1962年版，第774页。

② （清）仇兆鳌：《杜诗详注》，中华书局1979年版，第23页。

③ 同上书，第26页。

④ 同上书，第909页。

⑤ 同上书，第1155页。

⑥ （清）浦起龙：《读杜心解》，中华书局1961年版，第118页。

⑦ （清）仇兆鳌：《杜诗详注》，中华书局1979年版，第826页。

⑧ 同上书，第1751页。

苟切”[①]。

《八哀诗·故右仆射相国张公九龄》：“相国生南纪，金璞无留矿。”浦注“矿古猛切”[②]。

《因崔五侍御寄高彭州一绝》：“为问彭州牧，何时救急难?”杨注：“《诗》：兄弟急难。注如字，又乃旦反。”[③]

《即事》：“暮春三月巫峡长，皛皛白云浮日光。”杨注“皛胡了切”[④]。

2. 直音法

直音法也是一种传统的注音方法，就是用同音字来注音。

《春陵行》：“前贤重守分，恶以祸福移。”仇注“分音问”[⑤]。

《东屯月夜》：“抱病飘萍老，防边旧谷屯。”仇注“屯音豚”[⑥]。

《秋日荆南述怀三十韵》：“休为贫士叹，任受众人咍。”浦注“咍音台”[⑦]。

《暂如临邑至䃭山湖亭，奉怀李员外，率尔成兴》杨注“䃭音宅”[⑧]。

《今昔行》：“冯陵大叫呼五白，袒跣不肯成枭卢。”杨注“冯音凭”[⑨]。

3. 谐音法

与直音法本质上是一样的，但表达方式不同。直音法用“音某”，而谐音法则有多种表达方式。直音法斩截确定，而谐音法有一种临时性的感觉。

《李鄠县丈人胡马行》题注：“鄠县，属长安，即有扈氏之国，与扈同音。”[⑩]

《八哀诗·故著作郎贬台州司户荥阳郑公虔》：“贯穿无遗恨，荟蕞何

① （清）浦起龙：《读杜心解》，中华书局1961年版，第96页。

② 同上书，第157页。

③ （清）杨伦：《杜诗镜铨》，上海古籍出版社1962年版，第330页。

④ 同上书，第741页。

⑤ （清）仇兆鳌：《杜诗详注》，中华书局1979年版，第1696页。

⑥ 同上书，第1769页。

⑦ （清）浦起龙：《读杜心解》，中华书局1961年版，第795页。

⑧ （清）杨伦：《杜诗镜铨》，上海古籍出版社1962年版，第14页。

⑨ 同上书，第18页。

⑩ （清）浦起龙：《读杜心解》，中华书局1961年版，第256页。

技痒。”浦注“蕞音同稡”[①]。

《送王十五判官扶侍还黔中得开字》：“大家东征逐子回，风生洲渚锦帆开。”浦注“家读姑”[②]。

《章梓州橘亭饯成都窦少尹得凉字》：“主人送客何所作，行酒赋诗殊未央。”浦注“作读做”[③]。

4. 叶音法

无论叶音学说是否合理，以叶音的方式释音的情况则是古代注杜中客观存在的现象。叶音法注释的是该字在本诗中的诵读音。

《石壕吏》：“老翁逾墙走，老妇出看门。”仇注：“苏润公本作出看门，叶音民。”[④]

《种莴苣并序》：“终朝纡飒沓，信宿罢潇洒。”浦注“洒，叶洗”[⑤]。

《石犀行》：“但见元气常调和，自免洪涛恣凋瘵。”浦注“瘵，叶祭”[⑥]。

《天边行》：“天边老人归未得，……十年骨肉无消息。”浦注“得，叶笃”“息，叶苏六切”[⑦]。

5. 定调法

以指明声调的方式解说多音字在当前文本中的读音的释音方法。

《晓望》：“白帝更声尽，阳台曙色分。”仇注“更，平声”[⑧]。

《自平》：“蓬莱殿前诸主将，才如伏波不得骄。”仇注“将，去声”[⑨]。

《八哀诗并序》序：“伤时盗贼未息，兴起王公、李公……”浦注：“兴，读去声。《诗序疏》：起发己心也。”[⑩]

《从驿次草堂复至东屯茅屋二首》其二：“短景难高卧，衰年强此

① （清）浦起龙：《读杜心解》，中华书局1961年版，第155页。

② 同上书，第630页。

③ 同上书，第630页。

④ （清）仇兆鳌：《杜诗详注》，中华书局1979年版，第528页。

⑤ （清）浦起龙：《读杜心解》，中华书局1961年版，第138页。

⑥ 同上书，第271页。

⑦ 同上书，第284页。

⑧ （清）仇兆鳌：《杜诗详注》，中华书局1979年版，第1753页。

⑨ 同上书，第1809页。

⑩ （清）浦起龙：《读杜心解》，中华书局1961年版，第144页。

身。”浦注“强，去声”①。

《暂如临邑至𡺥山湖亭，奉怀李员外，率尔成兴》：“鼍吼风奔浪，鱼跳日映山。”杨注“跳，平声”②。

《槐叶冷淘》：“路远思恐泥，兴深终不渝。”杨注“泥，去声”③。

## 第三节 释通假的术语

对通假的研究成果甚是丰硕。但对解释通假所使用的术语的归纳和整理还没有系统而成熟的结论。所以此节专门针对术语来观察古代注杜时的情况。经过对钱谦益《钱注杜诗》、仇兆鳌《杜诗详注》、浦起龙《读杜心解》和杨伦《杜诗镜铨》对通假现象的注释实际的检索，本书归纳出十一种术语：同×；×同；×通；通×；通作×；××同；××通用（写）；×与×通；读为（曰）×；作×字用。下文逐项举证。所举例证，钱注较少。原因有二：一是钱注的注释重点在史实的考证，不重视对字词的语言学解释；其二是钱注中通假字全部淹没在异文之中，并没有有意识地进行析解。

### 一 同×

《咏怀二首》其二：“衣食相拘阂，朋知限流寓。”浦注“阂同碍”④。

《云安九日郑十八携酒陪诸公》：“地偏初衣袷，山拥更登危。”浦注“袷同袷”⑤。今按：袷袷二字，《广韵》皆为古洽切，入洽，见。袷有“夹衣”、“指夹层的（衣服）”两义，与“帢”是异体字。袷有“夹衣”、“次，副贰”两义，袷袷在此诗句中可否认为是通假字，值得讨论。

《阻雨不得归瀼西甘霖》：“旷绝同曾阴。”杨注“曾阴同层阴”⑥。“曾”与“层（層）”是通假字。

① （清）浦起龙：《读杜心解》，中华书局1961年版，第554页。

② （清）杨伦：《杜诗镜铨》，上海古籍出版社1962年版，第14页。

③ 同上书，第766页。

④ （清）浦起龙：《读杜心解》，中华书局1961年版，第203页。

⑤ 同上书，第490页。

⑥ （清）杨伦：《杜诗镜铨》，上海古籍出版社1962年版，第774页。

## 二　××同、与×同

《桔柏渡》："急流鸨鹢散。"仇注"鹢音溢，与鶂同"[①]。今按：鶂鹢《广韵》皆五历切，入锡，疑。皆水鸟名。前者形似鸬鹚，善高飞。后者形如鹭而大，羽色苍白，善高飞。《谷梁传·僖公十六年》："六鶂退飞，过宋都。"《左传·僖公十六年》作"鹢"。后者还指"古代在船首以彩色画鹢鸟之形，后借指船"，二字似当为声符不同的异体字。

《七月三日亭午已后校热退晚加小凉稳睡有诗因论壮年乐事戏呈元二十一曹长》浦注"校较同"[②]。

《敬寄族弟唐十八使君》："一失不足伤，念子孰自珍。"浦注"疏，蔡云熟同"[③]。

《故右仆射相国张公九龄》："金璞无留矿。"杨注："古猛切，与釯同。"[④] 今按：矿釯义项有交叉，在"矿石、矿床"义上，二字应该是异体字。

可以看出"×同"与"同×"完全同义。如同一个"景"字，仇兆鳌用"同影"，杨伦既用"同影"又用"影同"；同一个"袷"字，浦在《云安九日郑十八携酒陪诸公》中用"同袷"，在《茅堂检校收稻二首》中用"袷同"。

## 三　××通

《同李太守登历下古城员外新亭》："迹籍台观旧，气冥海岳深。"浦注"籍藉通"[⑤]。

《石笋行》："古来相传是海眼，苔藓食尽波涛痕。"浦注"食蚀通"[⑥]。

《又观打鱼》："大鱼伤损皆垂头，屈强泥沙有时立。"浦注"屈倔

① （清）仇兆鳌：《杜诗详注》，中华书局 1979 年版，第 718 页。

② （清）浦起龙：《读杜心解》，中华书局 1961 年版，第 131 页。

③ 同上书，第 191 页。

④ （清）杨伦：《杜诗镜铨》，上海古籍出版社 1962 年版，第 693 页。

⑤ （清）浦起龙：《读杜心解》，中华书局 1961 年版，第 4 页。

⑥ 同上书，第 270 页。

通”①。

《八哀诗·赠秘书监江夏李公邕》：“争名古岂然，关楗欻不闭。”浦注“楗键通”②。

《李潮八分小篆歌》：“蛟龙盘拏肉屈强。”杨注“屈倔通”③。

《醉歌行》：“春光潭沲秦亭东，渚蒲牙白水荇青。”浦注“牙芽通”④。

## 四　通×、通作×

《草堂》：“焉知肘腋祸，自及枭獍徒。”浦注：“《汉书》：枭，鸟名，食母。破镜，兽名，食父。按：镜，通作獍。”⑤

《八哀诗·赠司空王公思礼》：“贯穿百万众，出入由咫尺。”浦注“由，古通犹”⑥。

《岳麓山道林二寺行》：“塔劫宫墙壮丽敌，石厨松道清凉俱。”浦注“劫通级”⑦。

## 五　××通用（写）、与×通

《崔氏东山草堂》：“饭煮青泥坊底芹。”仇注“（坊）音防，与防通”⑧。

《赠司空王公思礼》：“贯穿百万众，出入由咫尺。”仇注：“（由）古与犹通。”⑨

《西阁三度期大昌严明府同宿不到》：“问子能来宿，今疑索故要。”仇注：“《韵会》：故与固，古字通用。”⑩

《不离西阁二首》其二：“西阁从人别，人今亦故亭。”浦注：“《复

① （清）浦起龙：《读杜心解》，中华书局1961年版，第275页。

② 同上书，第151页。

③ （清）杨伦：《杜诗镜铨》，上海古籍出版社1962年版，第716页。

④ （清）浦起龙：《读杜心解》，中华书局1961年版，第236页。

⑤ （清）浦起龙：《读杜心解》，中华书局1961年版，第112页。

⑥ 同上书，第144页。

⑦ 同上书，第823页。

⑧ （清）仇兆鳌：《杜诗详注》，中华书局1979年版，第492页。

⑨ 同上书，第1374页。

⑩ 同上书，第1473页。

古篇》云：亭停通用。”①

《醉为马坠诸公携酒相看》：“骑马忽忆少年时，散蹄迸落瞿唐石。”浦注“（唐）塘、唐通写”②。

《故著作郎贬台州司户荥阳郑公虔》：“荟碎何技痒。”杨注：“《射雉赋》：徒心烦而技懩。……按：懩与痒通。”③

### 六　读为（曰）×、作×字用

《投简梓州幕府兼简韦十一郎官》：“幕下郎官安隐无，从来不寄一行书。”仇注：“朱注：《说文》：‘隐，安也。’又与稳通。《通鉴》：玄宗遣中使至范阳，禄山踞床不拜，曰：‘圣人安隐。’注：隐读曰稳。又唐帖多写稳为隐，作隐正得之。”④

《往在》：“微躯忝近臣，景从陪群公。”仇注：“（景）读为影。”⑤

《荆南兵马使太常卿赵公大食刀歌》：“妖腰乱领敢欣喜，用之不高亦不庳。”浦注：“《射雉赋》：揆悬刀，骋绝技，如如轩，不高不埤。按：埤、庳俱作卑字用，此读上声。”⑥

《初月》：“庭前有白露，暗满菊花团。”杨注：“团当与漙通。毛诗：零露漙兮。《说文》：漙，露多貌。谢惠连诗：团团满叶露。谢朓诗：犹沾余露团。皆作团字用。”⑦

## 第四节　释词

词是句子的材料，句子是文章的材料。文章的旨意要凭借句子来表达，句子的意义要词汇来承载组构。天下为文之法，莫不属词以成句，积句以成篇。所以一切意义的阐释，最终要落实到词上面。古今训诂学家都

---

① （清）浦起龙：《读杜心解》，中华书局1961年版，第517页。

② 同上书，第307页。

③ （清）杨伦：《杜诗镜铨》，上海古籍出版社1962年版，第646页。

④ （清）仇兆鳌：《杜诗详注》，中华书局1979年版，第1011页。

⑤ 同上书，第1430页。

⑥ 同上书，第306页。

⑦ （清）杨伦：《杜诗镜铨》，上海古籍出版社1962年版，第256页。

承认这一事实，也都因此而十分重视词语的注释。可以说，词语的注释是所有注释活动的关键，也是所有注释最基本的工作之一。词语的注释，主要解决词义、词性、词用的问题。

## 一 释词义

汉语词义有很强的系统性，词与词义不是简单的一一对应的关系。一词多义是所有语言都存在的现象，而且多种意义并没有各自独立存在，而是以结构形式存在，是相互联系、相互依赖、相互制约的。然而词在既定的句子中却只有一个词义，或者说众多的词义必然不会同时适用于一个句子。尽管有几个意义可能都具有解释力，但只有一个意义是作者写作时想要表达的。词语使用者只在句中寄寓了一个具体的意义，但一个句子一旦成立，就会同时蕴含多重意义。作者创作时只考虑词语能否表达心意，并不刻意推想句子还会表达什么。而理解者则有可能理解为另一种意义。对于注释者来说，这就是要着力解决的问题。作者有时使用词语的基本意义，有时使用引申意义，有时候使用修辞，有时候弦外有音。注释者须分辨清楚，准确作注。当然我们作如下的分类，并不是说四家乃至清代其他注杜学者有这样的主观意图，我们只是就其注释实际作分析和归纳。后面涉及的短语、句子的注释分类也是如此，都是我们对古代的注释结果的分析和讨论，而不是对注释者意图的猜测。

### 1. 释常用义

**第一种情况是释基本义**

词语中有不少是表示概念的，有些注释涉及概念的内涵。内涵是揭示概念本质属性和核心价值的意义，是对该概念所反映的事物、动作、性状的最恰当的概括意义，具有最大的切合性和适用性。对于表达概念的词语来说，内涵义解释清楚了，其他相关义项的解释就顺理成章了。当然注释有别于字书的解释。字书的解释可以只解释主要意义或核心意义，也可以罗列“所有”义项。但诗歌的注释则只寻求适用于当前文本的一项意义。以下例子所解释的都是词语的内涵义：

《潼关吏》：“士卒何草草，筑城潼关道。”浦注：“《诗疏》：草草，劳苦貌。”①

---

① （清）浦起龙：《读杜心解》，中华书局1961年版，第53页。

《桔柏渡》："无以洗心胸，但登前山椒。"浦注："《广雅》：土高四堕曰椒。"①

《扬旗》："庭空六马入，駊騀扬旗旌。"浦注："《说文》：駊騀，马摇头也。"②

《毒热寄简崔评事十六弟》："开襟仰内弟，执热露白头。"浦注："《白帖》：舅子为内兄弟。"③

《昔游》："桑柘叶如雨，飞藿去徘徊。"浦注："《广韵》：藿，大豆叶。"④

《槐叶冷淘》："愿随金腰褭，走置锦屠苏。"浦注："朱注：本作廜麻，《通俗文》：屋平曰廜麻。又《广韵》：廜麻，酒名，元日饮之，可除温气。又大帽名。晋谣曰：'屠苏障日覆两耳。'仇云：此言驰贡，当用前说。"⑤ 杨伦注："谓天子之屋。屠苏本作廜麻，服虔《通俗文》：屋平曰廜麻。萧子云《雪赋》'没屠苏之高影'是也。《广韵》：又酒名，元日饮之，可除温气。又大帽，形类屋，亦名屠苏。《晋志》：谣曰：'屠苏障日覆两耳。'此言驰贡，当用屠苏本义。"⑥ 屠苏的本义，就是指中高围下、有覆蔽作用的物品。而杨注所谓"本义"，是指天子之屋。

《行官张望补稻畦水归》："芊芊炯翠羽，剡剡生银汉。"浦注："《玉澡》注：剡剡，起貌。"⑦

《醉歌行》："头白眼暗坐有胝，肉黄皮皱命如线。"浦注"胝"："《说文》：皮厚貌。"⑧

《呀鹘行》题解："呀，张口貌。"⑨

《闻斛斯六官未归》："荆扉生蔓草，土锉冷疏烟。"浦注："《篇海》：小釜曰锉。"⑩

---

① （清）浦起龙：《读杜心解》，中华书局 1961 年版，第 86—87 页。

② 同上书，第 115 页。

③ 同上书，第 130 页。

④ 同上书，第 163 页。

⑤ 同上书，第 173 页。

⑥ （清）杨伦：《杜诗镜铨》，上海古籍出版社 1962 年版，第 766 页。

⑦ （清）浦起龙：《读杜心解》，中华书局 1961 年版，第 175 页。

⑧ 同上书，第 237 页。

⑨ 同上书，第 323 页。

⑩ 同上书，第 421 页。

《冬日洛城北谒玄元皇帝庙》："风筝吹玉柱，露井冻银床。"杨注："《乐府》淮南王篇：后园凿井银作床。《名义考》：银床乃辘轳架也。"①又杜甫《驱竖子摘苍耳》："登床半生熟。"杨伦注："床谓食床。"②杜甫《数陪章梓州泛江有女乐在诸舫戏为艳曲二首赠章》："白日移歌袖，青霄近笛床。"仇兆鳌注："《蜀都赋》：'干青霄而秀出。'齐《南郊乐歌》：'紫芬霭青霄。'顾宸注：此言响遏行云，觉青霄若与笛床相近。《释名》：'床，装也，凡所以装载者皆谓之床，如糟床、食床、鼓床、笔床，皆此义。'《树萱录》云：南朝呼笔管为床。笛床当即其类。"③

《寄彭州高三十五使君适、虢州岑二十七长史参三十韵》："心微傍鱼鸟，肉瘦怯豺狼。"杨注："（微）幽也。"④

《丁香》："丁香体柔弱，乱结枝犹垫。"杨注："《说文》：垫，下也。凡物之下堕，皆可云垫。"⑤

《贻华阳柳少府》："老少多暍死，汗逾水浆翻。"杨注："《汉纪》：元封四年夏大旱，民多暍死。暍，伤暑也。"⑥

有些注释涉及概念的外延。外延所揭示的是概念所表示的事物的具体存在形态。杜诗注释中解释外延义的也屡有所见：

《送高三十五书记十五韵》："崆峒小麦熟，且愿休王师。"浦注"崆峒"："黄希云：山名崆峒者三：一在临洮，一在安定，一在汝州。此指临洮。"⑦

《夜听许十一诵诗爱而有作》："许生五台宾，业白出石壁。"浦注：

---

① （清）杨伦：《杜诗镜铨》，上海古籍出版社1962年版，第27页。

② 同上书，第624页。

③ （清）仇兆鳌：《杜诗详注》，中华书局1979年版，第997页。综合"床"的义项，不管是人的坐具、卧具、灵坐（座）、辘轳架，其基本义当为"基架"。"井栏"一义，恐非。上述解作"井栏"的句子，皆可解作"辘轳架"。其中的"井上辘轳床上转"，细审之，"井栏"义之误立见。辘轳怎么会在井栏上"转"动呢？即便是笼统地指井栏上方，也不当。因为见过井的人都知道，大凡汲引之井，大多设有围栏，设围栏的目的是防止儿童靠近而不慎落井，其高度不宜太低。而辘轳的高度是下距井口略大于一个水桶的高度，上不超过中等身高的人的肩膀，否则人就无法摇动辘轳取水。所以辘轳并不比围栏高出多少。因此，凡与井相关之"床"，不当解作井栏，而应当一律解作"辘轳架"。

④ （清）杨伦：《杜诗镜铨》，上海古籍出版社1962年版，第273页。

⑤ 同上书，第385页。

⑥ 同上书，第612页。

⑦ （清）浦起龙：《读杜心解》，中华书局1961年版，第10页。

"《翻译名义集》：五戒、十善、四禅、四定，此属于善，名为白业。"①

《奉同郭给事汤东灵湫作》题注："汤，骊山汤泉也。"②

《次空灵岸》："毒瘴未足忧，兵戈满边徼。"浦注"边徼"："如幽、蓟、河、湟皆是。"③

《魏将军歌》："五年起家列霜戟，一日过海收风帆。"浦注："海，指吐蕃之青海。"④

《题李尊师松树障子歌》："握发呼儿延入户，手提新画青松障。"浦注："障，步障也。"⑤

《望兜率寺》："树密当山径，江深隔寺门。"浦注："（江）涪江也。"⑥

《江边星月二首》其二："江月辞风槛，江星别雾船。"浦注："槛，船槛也。"⑦

《风疾舟中伏枕书怀三十六韵奉呈湖南亲友》："疑惑樽中弩，淹留冠上簪。"浦注："仇注：谓朝簪。"⑧

《又示两儿》："浮生看物变，为恨与年深。"杨注："物谓节物。"⑨即与节令相关之物。

有时候是区别同音词：

此与前释字形中的"释同音字"不同，前者是就文字的角度，考察注本分析字形关系的情况，此处是从词的角度观察注本解释词义时对"同形词"（即同音词）的区别。

《同李太守登历下古城员外新亭》仇注："同，和诗也。"⑩"同"是一形三词，"异同"之同为一词，"和诗"之同为另一词，连词之同又为一词，属于同音词。此注解释"同"在此语境中是"和诗"之义，而非

① （清）浦起龙：《读杜心解》，中华书局1961年版，第14页。

② 同上书，第19页。

③ 同上书，第200页。

④ 同上书，第239页。

⑤ 同上书，第250页。

⑥ 同上书，第446页。

⑦ 同上书，第576页。

⑧ 同上书，第816页。

⑨ （清）杨伦：《杜诗镜铨》，上海古籍出版社1962年版，第748页。

⑩ （清）仇兆鳌：《杜诗详注》，中华书局1979年版，第39页。

连词“与”之义。

《铜瓶》：“蛟龙半缺落，犹得折黄金。”浦注：“杨慎曰：折，当也。”① 就是“换算”、“兑换”的意思。《汉语大词典》：折合；抵当。“折”作为“折断；摘取”义时为另外一词，注文进行了选择。

《漫成二首》其一：“只作披衣惯，常从漉酒生。”浦解：“按‘生’字作生涯之生解，与‘惯’字对。”② 是表明生字不是李生、张生、服务生等表人的“生”，而是生活、生命、生涯等表抽象物的生。

《送蔡希鲁都尉还陇右因寄高三十五书记》：“汉水黄河远，凉州白麦枯。”浦注：“汉字，作中华字用，非江汉之汉。”③ 也是区别了民族之“汉”与河流之“汉”。

《十二月一日三首》其二：“新亭举目风景切，茂陵著书消渴长。”杨注：“（切）凄切也。”④“切”有“切近”之切、“切割”之切、“凄切”之切，此注作了区分。

**第二种情况是释引申义**

词语发展到唐代，已经有了很大变化。因此杜甫在使用这些词语的时候，更多的情况是用其引申义，对此，注释者也往往加以注明。例如：

《十二月一日三首》：“春花不愁不烂漫，楚客唯听棹相将。”钱注：“将，送也。”⑤“将”《段注说文》：“帅也。帅当作衛。行部曰：衛，将也。二字互训。”又说：“后人谓将、帅二字去声与平声之将、入声之帅别者，古无是说也。毛诗将字故训特多，大也，送也，行也，养也，齐也，侧也，愿也，请也。”⑥ 既然“将”“衛”互训，那么其本义当是“带领”，引申出“送行”。所以钱注解释的是“将”的引申义。

《江畔独步寻花七绝句》其一：“江上被花恼不彻，无处告诉只癫狂。”仇注：“彻，尽也。”⑦《段注说文》“通也”。⑧“通”是由此至彼无

① （清）浦起龙：《读杜心解》，中华书局1961年版，第400页。

② 同上书，第413页。

③ 同上书，第705页。

④ （清）杨伦：《杜诗镜铨》，上海古籍出版社1962年版，第579页。

⑤ （清）钱谦益：《钱注杜诗》，上海古籍出版社1979年版，第472页。

⑥ （清）段玉裁：《说文解字段注》，成都古籍书店1990年版，第127页。

⑦ （清）仇兆鳌：《杜诗详注》，中华书局1979年版，第817页。

⑧ （清）段玉裁：《说文解字段注》，成都古籍书店1990年版，第129页。

碍，引申为“到达”，再引申为“尽”。

《八哀诗·赠秘书少监武功苏公源明》：“不要悬黄金，胡为投乳赞。”浦注：“投，投鼠忌器之投，抵也。”①

《敬寄族弟唐十八使君》：“除名配清江，厥土巫峡邻。”浦注：“仇注：配，谓流配。”②“配”的本义是“酒色”，借作配偶之配，引申为发配、流配。

《水上遣怀》：“我衰太平时，身病戎马后。”浦注：“我衰，废弃之意。”③是说“衰”在句中的意思是“废弃”、“不被重用”。《临邑舍弟书至苦雨黄河泛溢隄防之患簿领所忧因寄此诗用宽其意》：“吾衰同泛梗，利涉想蟠桃。”浦注：“吾衰，非衰老之谓，盖谓运蹇不遇也。湖南诗‘我衰太平时。’亦同此意。公年甫三十余耳。”④可见此处之衰不是身体之衰，而是官运之衰。

《送窦九归成都》：“非尔更苦节，何人符大名。”浦解：“‘苦节’，犹云苦志也。”⑤《易·节》首见“苦节”：“节，亨。苦节，不可贞。”唐孔颖达解释：“节须得中。为节过苦，伤于刻薄。物所不堪，不可复正。故曰‘苦节，不可贞’也。”意思是俭约过甚。后来用以指坚守节操，矢志不渝。

杜集附李邕《登历下古城员外孙新亭》：“高兴泊烦促，永怀清典常。”杨注“泊，蠲也”⑥。按：泊，栖止；停留。蠲，清除，疏通，引申为治愈。《方言》第三：“南楚病愈者……或谓之蠲。”以“蠲”释“泊”，是解释“泊”在句中的意义。这意义是由“泊”的止留意引申而来的。高昂的兴致止留了烦促，使不随人，亦即从人身上清除了烦促。免除、清除义，《汉语大词典》未收，可以补充。

《陪郑广文游何将军山林十首》其二：“百顷风潭上，千章夏木清。”

---

① （清）浦起龙：《读杜心解》，中华书局1961年版，第154页。按：诗中“投”为“至、到”，投鼠忌器之“投”，意当为投击，投物以击之。抵，“至，到”之意，二意两不相当。浦注盖以“抵”为“触击”也。

② 同上书，第191页。

③ 同上书，第196页。

④ 同上书，第682—683页。

⑤ 同上书，第454页。

⑥ （清）杨伦：《杜诗镜铨》，上海古籍出版社1962年版，第14页。

杨注："《史记·货殖传》：山居千章之萩。注：大树曰章。"[①] 章，古可指大木材，引申为计量大树的量词。

《大历二年九月三十日》："草敌虚岚翠，花禁冷蕊红。"杨注："禁，耐也。"[②] "禁"读平声时有"耐；经得起"一义，但宾语都是具体的对象，诗句中的宾语却是冷蕊之"红"。

2. 释生僻义

**一种情况是指出特别的用义**

《铜官渚守风》诗："早泊云物晦，逆行波浪悭。"仇注："悭，阻滞难行也。"[③] 此义《汉语大词典》已收为一个义项，最早例句收的正是杜诗此句及仇注，可见词义发展的轨迹。

《课伐木并序》："宾客齿害马之徒，苟活为幸，可默息已。"浦注："齿，谈及也。"[④] 检索《故训汇纂》，未收此义项。与此似乎接近的用例是《诗·鄘风·蝃蝀序》："国人不齿也。"郑玄笺："不齿者，不与相长稚。"《汉语大词典》收有"提到，说及。引申为重视"一条，例举《陈书·任忠传》："少孤微，不为乡党所齿。"相加比较，杜诗之"齿"颇不同于后二例，最明显的特征是后二例"齿"前有否定词"不"，其次是杜诗"齿"带宾语，后二例则是非及物状态。所以后二例虽然意义解释不同，实则是同一种情况。而且郑玄解释得好，"不与相长稚"就是不与他一起按年龄大小排座位，也就是"不与之同列"的意思。不和他同列，就是把他当作另类，非同类。《汉语大词典》还有一条："清邵长蘅《熊经略》诗：'抚臣庸愚何足齿，奈何经略也惜死。'"则是带有疑问词"何"的句子，与杜诗用法不类。通过对比可见，杜诗此句，注作"谈及"，可以说是一个特别的用例。

《长沙送李十一衔》："久存胶漆应难并，一辱泥涂遂晚收。"浦注："收者，相存相恤之义。"[⑤] 浦注"相存相恤之义"《汉语大词典》就未收录。

---

① （清）杨伦：《杜诗镜铨》，上海古籍出版社 1962 年版，第 64 页。

② 同上书，第 864 页。

③ （清）仇兆鳌：《杜诗详注》，中华书局 1979 年版，第 1975 页。

④ （清）浦起龙：《读杜心解》，中华书局 1961 年版，第 126 页。

⑤ 同上书，第 681 页。

《偶题》："不敢要佳句，愁来赋别离。"浦注："要，自期也。"[①]"自期"与《汉语大词典》"想；希望"的义项也不完全相同。

《大历三年春，白帝城放船出瞿唐峡，久居夔府，将适江陵，漂泊有诗，凡四十韵》："伊吕终难降，韩彭不易呼。"浦注："呼字，与'轩盈势可呼'同解，盖驯服之谓。"[②] 解"呼"为"驯服"，也够特别的。

《绝句漫兴九首》其四："二月已破三月来，渐老逢春能几回。"浦注："破，残也。"[③] 作为一个月份，是无所谓"残破"的，诗中是指二月"已过完"。民间有"破五"之说，是正月初五鸣炮仗、大扫除，以破除"五穷"的习俗。"五穷"也叫"五鬼"。韩愈的《送穷文》认为指"智穷、学穷、文穷、命穷、交穷"五种穷鬼。所以以"残"释"破"，是解释"破"在句中的特别用义。

**一种情况是解释已不常用的意义**

《雷》："气暍肠胃融，汗湿衣裳污。"浦注："仇注：融，谓腹泻。"[④]

《种莴苣并序》："植物半蹉跎，嘉生将已矣。"浦注："《史记》：神降之嘉生。注：嘉，谷也。按：此处泛指谷物之嘉者。"[⑤]

《佐还山后寄三首》其三："葳蕤秋叶少，隐映野云多。"浦注："司马相如《封禅书》注：葳蕤，委顿也。"[⑥] 葳蕤的常用义是"草木茂盛枝叶下垂貌"和"华美貌；艳丽貌"。"委顿"义并不常用。

《日暮》："日落风亦起，城头乌尾讹。"浦注："《诗传》讹，动也。"[⑦] 讹作动讲也不常见。

《伤春五首》其一："殷复前王道，周迁旧国容。"浦注："迁字，作还字义看。"[⑧]"还"不是"迁"字的经常用义。

《赠卫八处士》："夜雨剪春韭，新炊间黄粱。"杨注："旧注：《招魂》：稻粢穱麦，挐黄粱些。注：挐，糅也。此诗间字即挐字之义。"[⑨]

---

① （清）浦起龙：《读杜心解》，中华书局1961年版，第762页。

② 同上书，第789页。

③ 同上书，第835页。

④ 同上书，第128页。

⑤ 同上书，第138页。

⑥ 同上书，第390页。

⑦ 同上书，第393页。

⑧ 同上书，第737页。

⑨ （清）杨伦：《杜诗镜铨》，上海古籍出版社1962年版，第208页。

《玉台观二首》其二："浩劫因王造，平台访古游。"杨注："朱注：《度人经》：惟有原始浩劫之家，部制我界。《广异记》：儒谓之世，释谓之劫，道谓之尘。按：浩劫，无穷之劫，犹言万古也。又《广韵》：浩劫，宫殿大阶级也。杜田云：俗谓塔级为劫，故《岳麓行》曰：塔劫宫墙壮丽敌。"① 以"浩劫"指"台阶"，也是已不常见的意义。

如上诸例因为意义不常用，所以给读者带来理解上的困难，如果不作注释，往往引起读者的误解，甚至无法读懂作品。清人的这些注释有效地解决了杜诗诗句解读的难题，为全诗的理解和杜诗整体意义的理解创造了条件。

3. 释"即时性意义"

"即时性的意义"与具体的语境联系十分紧密。语境的概念有诸多解释。本书所说的语境，指的是一个具体的诗句所显示的全诗意义范围。语境就是全诗意义投射到词语所在句子的区域，是对词语诸多义项的限制性选择，是词义得以显现的可能性环境，也是由句子所使用的众多词语的相互联系所结成的表意构架。词语在这个构架中，只能表达与某个义项接近的意义，而这个意义有一定灵活性。"即时性意义"的注释有两类：

（1）指明词义的具体义谓

一种是动词、形容词意义的具体化，解释谓词性词语的即时意义。从方法上讲，谓词性词语表意的具体化多表现为"增字足义"：

《对雨走邀许主簿》题解："走，走笔也。"② "走"并无"走笔"的义项，句中只是具体为飞快地书写。

《奉陪郑驸马韦曲二首》其二："谁能与公子，薄暮欲俱还。"浦注："还，还归城郭也。"③ 指明了"还"的目的地。

《初冬》："干戈未偃息，出处遂何心。"浦注："遂字，作遂意解。"④

《冬日洛城北谒玄元皇帝庙》："谷神如不死，养拙更何乡。"杨注："《老子》：谷神不死，是谓元牝。注：谷，养也。神，五脏之神。"⑤

① （清）杨伦：《杜诗镜铨》，上海古籍出版社 1962 年版，第 506 页。

② （清）浦起龙：《读杜心解》，中华书局 1961 年版，第 335 页。

③ 同上书，第 347 页。

④ 同上书，第 480 页。

⑤ （清）杨伦：《杜诗镜铨》，上海古籍出版社 1962 年版，第 28 页。

《种莴苣》：“翻然出地速，滋蔓户庭毁。”杨伦注：“毁谓遮塞路径。”①

《同窦卢峰知字韵》：“炼金欧冶子，喷玉大宛儿。”浦注：“按：儿，儿驹也。”②

一类是名词意指的具体化：

解释名词所指称的人、事、物。

《咏怀二首》其二：“逆行值吉日，时节空复度。”仇题解：“吉日，谓清明令节。”③“吉日”本身并无“清明令节”的义项，只是“清明令节”具有“吉日”的特征，是“吉日”中的具体一日。

《北征》：“东胡反未已。”浦注：“谓安庆绪。”④

《留花门》：“胡尘逾太行，杂种抵京室。”浦注：“胡尘谓安、史。”“杂种，指回纥。旧注非。”⑤

《观薛稷少保书画壁》：“画藏青莲界，书入金牓悬。”浦注“青莲界”：“谓佛寺。”⑥

《阆州东楼筵奉送十一舅往青城得昏字》：“游目俯大江，列筵慰别魂。”浦注：“谓嘉陵江。”⑦此句中“大江”谓嘉陵江。

《八哀诗·赠司空王公思礼》：“未甚拔行间，犬戎大充斥。”浦注“犬戎”：“谓吐蕃。”⑧

《晚登瀼上堂》：“雉堞粉如云，山田麦无陇。”浦注：“雉堞，指夔城。”⑨

《园官送菜并序》：“清晨送菜把，常荷地主恩。”浦注：“地主，指柏都督。”⑩

《敝庐遣兴奉寄严公》：“府中瞻暇日，江上忆词源。”杨注：“词源谓

① （清）杨伦：《杜诗镜铨》，上海古籍出版社1962年版，第625页。

② （清）浦起龙：《读杜心解》，中华书局1961年版，第814页。

③ （清）仇兆鳌：《杜诗详注》，中华书局1979年版，第1980页。

④ （清）浦起龙：《读杜心解》，中华书局1961年版，第41页。

⑤ 同上书，第51页。

⑥ 同上书，第104页。

⑦ 同上书，第108页。

⑧ 同上书，第145页。

⑨ 同上书，第170页。

⑩ 同上书，第171页。

严公。”①

（2）讲明指涉目标

指涉不同于修辞中的借代。借代是以部分代整体，或以相关物代本物，或以原材料代产品，形式多样。指涉义同样具有这些特点，但借代的借体和本体可以互换而句意不变（不包括色彩上的变化），指涉义则只可以此解句，不可替换原句成分。为了使读者更好地理解诗意，仇氏等人往往对诗中词语的指涉多加说明。例如：

常见的是解释词语指代的对象。此条全与代词有关：

《四松》：“览物叹衰谢，及兹慰凄凉。”浦解：“‘及兹慰’者，及‘故林’‘始归’而自慰。”② 以“兹”代表“敢为故林主，黎庶犹未康。避贼今始归，春草满空堂”四句。

《岁晏行》：“楚人重鱼不重鸟，汝休枉杀南飞鸿。”浦解：“‘汝’，即指‘达官’。”③

《寄张十二山人彪三十韵》：“群雄弥宇宙，此物在风尘。”浦注：“朱注：此物，蒙屐巾言。”④ 等于说“此物”代表的是上联提到的“屐”、“巾”。

有时解释被缩略的词语的原始内容：

《禹庙》：“早知乘四载，疏凿控三巴。”仇注：“《书传》：四载，水乘舟，陆乘车，泥乘辅，山乘樏。”⑤

《八哀诗·赠秘书监江夏李公邕》：“论文到崔苏，指尽流水逝。”浦注：“（崔苏）钱笺：崔融、苏味道也。”⑥

《八哀诗·故右仆射相国张公九龄》：“敢忘二疏归，痛迫苏耽井。”浦注“二疏”：“汉疏广及兄子疏受。”⑦

《八哀诗·故右仆射相国张公九龄》：“散帙起翠螭，倚薄巫庐并。”

---

① （清）杨伦：《杜诗镜铨》，上海古籍出版社1962年版，第553页。

② （清）浦起龙：《读杜心解》，中华书局1961年版，第113页。

③ 同上书，第325页。

④ 同上书，第726页。

⑤ （清）仇兆鳌：《杜诗详注》，中华书局1979年版，第1226页。

⑥ （清）浦起龙：《读杜心解》，中华书局1961年版，第152页。

⑦ 同上书，第158页。

浦注“巫庐”：“巫山、庐阜也。”[①]

《晚登瀼上堂》：“凄其望吕葛，不复梦周公。”浦注：“吕望、诸葛。”[②]

《赠太子太傅汝阳郡王琎》：“晚年务置醴，门引申白宾。”杨注：“《汉书》：楚元王少与鲁穆生、白生、申公，俱受诗于浮邱伯。元王敬礼申公等，穆生不嗜酒，元王尝为设醴。”[③]

还有一类是对截词的解释：

《湘江宴饯裴二端公赴道州》：“盛名富事业，无取愧高贤。”浦注：“无取，谓一无足取，盖自谓。《杜臆》之说牵强。”[④]此注说明“无取”是“一无足取”的截缩语。

《题忠州龙兴寺所居院壁》：“淹泊仍愁虎，深居赖独园。”浦注：“《弥陀经》：祇树给孤独园。按：独园字截用，可议。”[⑤]

《即事》：“多病马卿何日起，穷途阮籍几时醒。”杨注：“朱注：公诗葛亮马卿或疑不当截字用，然六朝人已有之。庾信碑文：渡泸五月，葛亮有深入之兵。薛道衡碑文：尚寝马卿之书，未允梁松之奏。”[⑥]马卿即司马长卿。

这里也是讨论“截字”是否允当的问题。上例有“可议”字眼。今人也指出这种做法欠妥，不宜提倡。

## 二　释词性

至清代，学者们对词性的认识较前深刻。他们对词性已多所感悟，如袁仁林的《虚字说》、刘淇的《助字辨略》，将没有实在意义的词都称作“语助”、“虚字”、“助字”，王引之的《经传释词》、近人杨树达的《词诠》则将现在看来是虚词的都用一个“词”表示了。这一节不以整理古代对词性的分类为目的，而是将诗歌词性注释的大致情况作一个例示。

---

① （清）浦起龙：《读杜心解》，中华书局1961年版，第158页。

② 同上书，第170页。

③ （清）杨伦：《杜诗镜铨》，上海古籍出版社1962年版，第682页。

④ （清）浦起龙：《读杜心解》，中华书局1961年版，第205页。

⑤ 同上书，第489页。

⑥ （清）杨伦：《杜诗镜铨》，上海古籍出版社1962年版，第854页。

1. 指明活用

诗家在注释“活用”时，多采用“活字”之说，其中也有一部分是指词语的“活用”。活用之说，通常认为是陈承泽首先提出的。诗家所说的“活字”，与“活用”并不完全等同，但其本质是一样的，即改变词的属性和功能。“活字”指临时的改变，有些用法并没有被固定下来。而“活用”则是语法上已经固定下来，并被广泛地承认和使用的规律和规则。

《宿府》：“永夜角声悲自语，中天月色好谁看。”仇注：“角声惨栗，悲哉自语，月色分明，好与谁看，此独宿凄凉之况也。……按《杜臆》：悲自语，好谁看，下三字连读。悲字、好字，作活字用。《测旨》将角声悲、月色好连读于下两字，未妥。”① 仇注的意思是说当依《杜臆》的“作活字用”，《杜诗测旨》的后五字连读说是不对的。

《陪郑公晚秋北池临眺》：“异方初艳菊，故里亦高桐。”仇注：“《杜臆》：菊开花而吐艳，桐脱叶而枝高，艳高二字，死字活用。”②

《驱竖子摘苍耳》：“放筐亭午际，洗剥相蒙幂。”浦注：“旧注：洗其土，剥其毛。按：‘相蒙幂’，乃信手堆放之谓，不必依旧注，以幂字作覆食巾实用。”③“幂”是覆食巾，名词。将洗剥好的苍耳一层盖一层地堆加上去。“蒙”“幂”连用有两种结构，一种是动宾结构，一种是并列结构。这里二字共用一“相”字，就不能是动宾结构，所以“幂”用作动词，而不是名词（覆食巾）“实用”。

《阌乡姜七少府设鲙戏赠长歌》：“无声细下飞碎雪，有骨已剁觜春葱。”浦注：“《说文》：觜，鸱雚头上角也。今按：觜与飞字对，当属虚用，借言断骨芒露，如春葱之锐也。”④ “觜”用作动词，有了“尖露”的意义。

《前苦寒行二首》浦注：“苦寒，犹云严寒、盛寒，苦字不作活字用。公诗凡言热处，多用执热，执字亦不作活字用，与此同。”⑤ 意思是不能解作“以寒为苦”、“苦于严寒”之类的动用意义。

---

① （清）仇兆鳌：《杜诗详注》，中华书局 1979 年版，第 1173 页。

② 同上书，第 1178 页。

③ （清）浦起龙：《读杜心解》，中华书局 1961 年版，第 135 页。

④ 同上书，第 254 页。

⑤ 同上书，第 318 页。

《骊山》：“地下无朝烛，人间有赐金。”浦注：“赵注：朝烛，当音朝觐之朝。凡朝在早，则秉烛受朝，地下无之也。按：朝与赐对，宜活用。赵说是。”[①] 此说“朝”为动词。

2. 解说词性

（1）解释实词

解释实词大多涉及的是动词，例如：

《宿青草湖》：“寒冰争倚薄，云月递微明。”仇注：“倚薄之薄，即风雷相薄之薄，言迫也。”[②] 此注是说“薄”是动词。

《渼陂西南台》：“劳生愧严郑，外物慕张邴。”浦注：“‘外物’，欲自外于物。”[③] 通过解释短语的语意指明“外”的词性是动词，外物是支配关系而非修饰关系。

《楠树为风雨所拔叹》：“野客频留惧雪霜，行人不过听竽籁。”浦注：“不过，犹言延伫。”[④] 通过解释短语的意思，说明“不过”不是一个副词，而是一个短语。其中的“过”是动词。

《画鹰》：“素练风霜起，苍鹰画作殊。”浦注：“画作二字平用，犹所谓工作、耕作之类。”[⑤] 这是说“画”和“作”是并列关系，动词。

《人日二首》其二：“樽前柏叶休随酒，胜里金华巧耐寒。”浦注：“《四民月令》：元日进椒柏酒。按：休，停也，非戒词。”[⑥] 依注，此句中“休”字是动词，不是否定副词。

《上韦左相二十韵》：“聪明过管辂，尺牍倒陈遵。”杨注：“倒即倾倒之倒。”[⑦] 也是说“倒”是动词。

涉及名词、形容词等的较少，如：

《题衡山县文宣王庙新学堂呈陆宰》：“我行洞庭野，欻得文翁肆。”浦注：“《朱注》：肆，即讲肆之肆。”[⑧] 即谓“肆”是名词而非形容词或

① （清）浦起龙：《读杜心解》，中华书局 1961 年版，第 514 页。

② （清）仇兆鳌：《杜诗详注》，中华书局 1979 年版，第 1954 页。

③ （清）浦起龙：《读杜心解》，中华书局 1961 年版，第 11 页。

④ 同上书，第 269 页。

⑤ 同上书，第 336 页。

⑥ 同上书，第 675 页。

⑦ （清）杨伦：《杜诗镜铨》，上海古籍出版社 1962 年版，第 87 页。

⑧ （清）浦起龙：《读杜心解》，中华书局 1961 年版，第 217 页。

数词。

《风雨看舟前落花戏为新句》："蜜蜂蝴蝶生情性，偷眼蜻蜓避伯劳。"仇注："生性情，乃生熟之生。"① 强调"生"是形容词。

（2）解释虚词

《泛溪》："童戏左右岸，罟弋毕提携。"仇注："毕字作尽字解，不作掩禽之毕。"② 是说"毕"是副词而非名词。

《自瀼西荆扉且移居东屯茅屋四首》其一题注："且者，不常止之词。"③ 这是注明"且"字是副词，"暂"的意思。

《寄彭州高三十五使君适、虢州岑二十七长史参三十韵》："故人何寂寞，今我独凄凉。"杨注："（何寂寞）何尝寂寞也。"④ 何是表疑问的副词"何尝"，而不是表程度的副词"何等"。

诗中使用虚词本不多，杜诗中亦然。所以，解释虚词的情况当不多见。但是，却有必要。

## 三 释词用

词用指词语的使用及效用，是该词被使用后显现的物象、事理，包括作者主观的使用目的和客观的使用效果，还包括词语与词语搭配后产生的新的附加意义。语言不仅要依靠词语的基本意义来表达思想，还要靠词语之间的相互关系来确定所表达的思想。结构本身具有对意义的选择功能和加工功能，所以词在使用中往往会使意义发生一些变化，甚至产生一些丰富的效果意义。这些意义有些是作者的主观意图，有的是句子的客观效果。

解释主观意图的词用义。有的带有感情色彩。如第一例：

《洗兵马》："汝等岂知蒙帝力，时来不得夸身强。"钱笺："斥之曰汝等，贱而恶之之词也。"⑤ 注语表明"汝等"在句中传达的是诗人"贱而恶之"的主观态度。

《后出塞五首》其一："招募赴蓟门，军动不可留。"浦注："'赴蓟

---

① （清）仇兆鳌：《杜诗详注》，中华书局 1979 年版，第 2051 页。

② 同上书，第 770 页。

③ （清）浦起龙：《读杜心解》，中华书局 1961 年版，第 552 页。

④ （清）杨伦：《杜诗镜铨》，上海古籍出版社 1962 年版，第 271 页。

⑤ （清）钱谦益：《钱注杜诗》，上海古籍出版社 1979 年版，第 64 页。

门'，点眼。"[①] 之所以说"赴蓟门"是"点眼"，是因为此三字起的作用是点明全诗眼目，因为"赴蓟门"的词汇意义并不是"点眼"，所以这个注释所表明的是诗人使用此词语的主观意图。

《遣兴三首》其二浦解："此愤安史时秦陇属羌皆东征。'已茅土'，激之之词。"[②] 注明"激之"是诗人的主观意愿。

《留花门》："中原有驱除，隐忍用此物。"杨注："张溍云：此物二字言不得比于人类也。"[③] 解释"此物"二字的主观用意是"不得比于人类"。

客观效果类的词用义：

客观效果的词用义注释大多表现为：施体（用以解释的内容）所表达的意义并非受体（被解释的内容）的义项之一，但二者却存在着必然联系，或互为因果、或互为条件、或互为背景、或相互印证，是相伴而生的，具有连带关系。

《奉赠李八丈曛判官》："讨论实解颐，操割纷应手。"仇注："解颐谓博通典故，应手谓练达时务。"[④] "解颐""应手"本身并无"博通典故""练达时务"之义，但在此句中，能"解颐"说明"博通典故"，能"应手"即知"练达时务"。

《奉同郭给事汤东灵湫作》："初闻龙用壮，擘石摧林丘。"浦解："'龙用壮'而曰'闻'，是与否未可知之词也。"[⑤] "闻"字的使用效果是"是与否未可知"。

《宗武生日》："自从都邑语，已伴老夫名。"浦注："伴，谓其器可以比配也。"[⑥]

《哭韦大夫之晋》："悽怆郇瑕邑，差池弱冠年。"浦解："'差池'，肩相随也。"[⑦] "差池"有多音多义：读 chāchi 是差错、意外。读 chàchi 是差劲。读 cīchi 犹参差，不齐貌。《诗·邶风·燕燕》："燕燕于飞，差

① （清）浦起龙：《读杜心解》，中华书局 1961 年版，第 16 页。

② 同上书，第 67 页。

③ （清）杨伦：《杜诗镜铨》，上海古籍出版社 1962 年版，第 201 页。

④ （清）仇兆鳌：《杜诗详注》，中华书局 1979 年版，第 2021 页。

⑤ （清）浦起龙：《读杜心解》，中华书局 1961 年版，第 19 页。

⑥ 同上书，第 759 页。

⑦ 同上书，第 804 页。

池其羽。”马瑞辰通释：“差池，义与参差同，皆不齐貌。”《左传·襄公二十二年》：“谓我敝邑，迩在晋国，譬诸草木，吾臭味也，而何敢差池？”杜预注：“差池，不齐一。”唐杜甫《白沙渡》诗：“差池上舟楫，杳窕入云汉。”浦解“肩相随也”是 cīchi 的语用义。

古代注释还有涉及词语色彩的，但注者对词语色彩的注释没有统一的样式，例证也不是很多。例如：

《诸将五首》其三：“稍喜临边王相国，肯销金甲事春农。”钱注：“曰稍喜者，盖深致不满之意，非褒词也。”①

《戏为六绝句》其六浦解：“‘祖述’字本《曲台记》，是好字眼。”②

## 第五节 注释字词的术语和方法

字词的注释是古代文学文献研究的基本工作，从古到今训诂学者致力最勤的也要算字词的解释了。就杜诗注释来说，每个注本都不可回避的内容也非字词的解释莫属。文献解释的漫长历史，形成了一系列成熟的术语，也积累了一些行之有效的方法。本节所总结的诗歌注释中字词解释的术语和方法，大多与其他文献所用一致。

### 一 术语

可以说注释学中最成熟的部分就要算字词的释义了。因而各种注本使用的术语也是较为一致的。许多著名训诂学者对此已经有充分的总结了，本书因写作目的的需要，不避重复，再次予以归纳。

**×，×（也）**

用于直接解释词义。先列被释词，后随注释语。

《奉赠韦左丞丈二十韵》：“纨袴不饿死，儒冠多误身。”钱注：“《前书·叙传》：‘班伯与王许子弟为群，在于绮襦纨绔之间，非其好也。’师

① （清）钱谦益：《钱注杜诗》，上海古籍出版社1979年版，第516页。按：诗句还有“稍喜长沙向延阁，疲兵敢犯犬羊锋”。与此同一色彩。稍喜是差可慰意的意思，对于整个局势，是“深致不满”，对于王相国、向延阁，仍是褒词。

② （清）浦起龙：《读杜心解》，中华书局1961年版，第842页。

古曰：纨，素也，绮，今之细绫也。"①

《营屋》："东偏若面势，户牖永可安。"钱注："鲜于注：若，顺也。"②

《早起》："帖石防隤岸，开林出远山。"仇注："隤，下坠也。"③

《少年行》："马上谁家白面郎，临阶下马坐人床。"仇注："床，胡床也。"④

《望岳》："荡胸生层云，决眥入归鸟。"浦起龙注："《广韵》：眥，目睫也。"⑤

《秋日夔府咏怀奉寄郑监审李宾客之芳一百韵》："即今陇厩水，莫带犬戎膻。"浦解："莫，得毋也。"⑥

《暮冬送苏四郎徯兵曹适桂州》："尔贤埋照久，余病长年悲。"浦注："长，剩也。"⑦

《同窦卢峰知字韵》："炼金欧冶子，喷玉大宛儿。"浦注："按：儿，儿驹也。"⑧

附李邕《登历下古城员外孙新亭》："高兴泊烦促，永怀清典常。"杨注："泊，斶也。"⑨

---

① （清）钱谦益：《钱注杜诗》，上海古籍出版社 1979 年版，第 1 页。

② 同上书，第 163 页。

③ （清）仇兆鳌：《杜诗详注》，中华书局 1979 年版，第 802 页。

④ 同上书，第 884 页。

⑤ （清）浦起龙：《读杜心解》，中华书局 1961 年版，第 1 页。

⑥ 同上书，第 772 页。根据诗意，解作"莫不"更恰当。

⑦ 同上书，第 811 页。此句中"长"音 zhàng，《广韵》直亮切，澄母漾韵去声。意为多、多余。《孟子·告子下》："交（曹交）闻文王十尺、汤九尺，今交九尺四寸以长，食粟而已。"《吕氏春秋·观世》："此治世之所以短，而乱世之所以长也。"高诱注："短，少；长，多也。"唐高彦休《唐阙史·杨尚书补吏》："有夕道于丛林间者，聆群跖评窃贿之数，且曰：'人六匹则长五匹，人七匹则短八匹。'不知几人复几匹？"明周梦旸《常谈考误·长音仗》："长字三音：平声在阳韵，上声在养韵；平上二声人多知之，去声鲜有不误者。《韵会·漾韵》注：'长音仗。度长短曰长，一曰馀也。'《广韵》：'多也，冗也，剩也。'"《说文·长部》段玉裁注："又为多余之长，度长之长。"（说文段注第 480 页）《一切经音义》卷六十七"盈长"条："长，乘（剩）也。"（《正续一切经音义》第 2690 页）卷七十"长取"条："谓赢长也。"（《正续一切经音义》第 2768 页）《中说·事君》："无长物焉。"阮逸注："剩也。"

⑧ 同上书，第 814 页。

⑨ （清）杨伦：《杜诗镜铨》，上海古籍出版社 1962 年版，第 14 页。

《投赠哥舒开府二十韵》："茅土加名数，河山誓始终。"杨注："《汉书》：徒名数于长安。注：名数，户籍也。"①

《三川观水涨》："自多穷岫雨，行潦相豗蹙。"杨注："豗，水相击。""枯查卷拔树，礌魂共充塞。"杨注："查，水中浮木。礌魂，沙石也。"②

《悲青坂》："安得附书与我军，忍待明年莫仓促？"杨注："（忍）坚也。"③

**为**

用于解释名词性词语的意义。"为"前是施体，即释语，"为"后是受体，即被释词。

《雨不绝》："阶前短草泥不乱，院里长条风乍稀。"仇注："朱注：《增韵》：室有垣墙者为院。"④

《游龙门奉先寺》："已从招提游，更宿招提境。"仇注："朱鹤龄注：《唐会要》：官赐额为寺，私造者为招提兰若。"⑤

《九日曲江》："缀席茱萸好，浮舟菡萏衰。"仇注："洙曰：莲，茎为茄，叶为荷，花为菡萏，莲根为藕。"⑥

《重经昭陵》："草昧英雄起，讴歌历数归。"仇注："应劭《人物志》：草之秀者为英，兽之特者为雄。"⑦

《赠韦七赞善》："尔家最近魁三象，时论同归尺五天。"浦注："原注：斗魁下两两相比为三台。"⑧

《青阳峡》："冈峦相经亘，云水气参错。"杨注："经言纵，亘为横。"⑨

**谓之**

用以解释事物的名称或性状。被释词在"谓之"后。

---

① （清）杨伦：《杜诗镜铨》，上海古籍出版社1962年版，第72页。

② 同上书，第118页。

③ 同上书，第125页。

④ （清）仇兆鳌：《杜诗详注》，中华书局1979年版，第1331页。

⑤ 同上书，第1页。

⑥ 同上书，第163页。

⑦ 同上书，第412页。

⑧ （清）浦起龙：《读杜心解》，中华书局1961年版，第679页。

⑨ （清）杨伦：《杜诗镜铨》，上海古籍出版社1962年版，第292页。

《野老》：“渔人网集澄潭下，估客船随返照来。”仇注：“梁元帝《纂要》：日西落，光返照于东，谓之返景。”①

《寒食》仇兆鳌题注：“《岁时记》：去冬至一百五日，有疾风甚雨，谓之寒食。”②

《琴台》：“野花留宝靥，蔓草见罗裙。”仇注：“朱注：唐时妇女多贴花钿于面，谓之靥饰。”③

《即事》：“笑时花近眼，舞罢锦缠头。”仇兆鳌注：“《通鉴注》：旧俗赏歌舞人以锦彩，置之头上，谓之锦缠头。”④

《寄董卿嘉荣十韵》：“闻道君牙帐，防秋近赤霄。”仇兆鳌题注：“王洙曰：兵家书：牙旗，将军之旗，立于元帅帐前，故谓之牙旗。”⑤

**之谓**

也用以解释事物的名目或性状。被释词可以在“之谓”前，也可在“之谓”后。就杜诗解释实践来看，在前的情况多一些。

《独酌》：“本无轩冕意，不是傲当时。”仇兆鳌题注：“《庄子》：今之所谓得志者，轩冕之谓也。”⑥

《四松》：“别来忽三岁，离立如人长。”仇注：“《记》：‘离坐离立。’注：两相丽之谓离。”⑦

《到村》：“蓄积思江汉，疏顽惑町畦。”浦解：“町畦，犹言畛域，乃冠服形骸之谓也。旧俱作田畔为农解，未合。”⑧

《大历三年春，白帝城放船出瞿唐峡，久居夔府，将适江陵，漂泊有诗凡四十韵》：“伊吕终难降，韩彭不易呼。”浦注“呼字，与‘轩盈势可呼’同解，盖驯服之谓”。⑨

**谓**

解释形容、描写性词语的内涵。受体在前，“谓”后是施体。

---

① （清）仇兆鳌：《杜诗详注》，中华书局1979年版，第748页。

② 同上书，第806页。

③ 同上书，第808页。

④ 同上书，第885页。

⑤ 同上书，第1167页。

⑥ 同上书，第805页。

⑦ 同上书，第1117页。

⑧ （清）浦起龙：《读杜心解》，中华书局1961年版，第744—745页。

⑨ 同上书，第789页。

《西郊》："傍架齐书帙，看题检药囊。"仇序："齐，谓整书使齐。题，谓药上标题。"①

《遭田父泥饮美严中丞》题解："饮，谓强留使饮，即诗所云'欲起时被肘'也。"②

《渼陂行》："半陂以南纯浸山，动影袅窕冲融间。"杨注："袅窕谓山影动摇。冲融谓水波溶漾。"③

《骢马行》："隅目青荧夹镜悬，肉骙硍礧连钱动。"杨注："连钱谓马纹点缀。"④

《大云寺赞公房四首》："醍醐长发性，饮食过扶衰。"杨注："过谓相待礼意有加。"⑤

《行次昭陵》："旧俗疲庸主，群雄问独夫。"杨注："疲谓凋敝。"⑥

《山寺》："上方重阁晚，百里见秋毫。"杨注："邵注：上方谓方丈，在山顶也。"⑦

**谓（以）×为×**

前一个×是施体，后一个×是受体。

《与鄠县源大少府宴渼陂》："饭抄云子白，瓜嚼水晶寒。"杨注："仇注：北人谓匕为抄，公诗'尝稻雪翻匙'可以互证。"⑧ 今按：抄与嚼对，显然是动词。仇、杨二人解为名词饭匙明显不当。以手或片状物插入液体或散粒物中以取其部分皆可谓之抄，如抄面粉、抄米饭、抄粪等。《说文》无抄字，《汉语大词典》指合掌成勺形以取物。曹慕樊云："仇注：'北人谓匙为抄，乃抄转也。'欠明白。按，抄是说以匙送食物入口。韩愈《赠刘师服》：'匙抄烂饭稳送之。'敦煌出《目连救母文》：'见饭未能抄入口。'又，'右手抄水良由贪'。是饮、食都可说'抄'。盖唐时俗语。"⑨ 今中原官话抄有插取的意思，恐此处即是此义。

---

① （清）仇兆鳌：《杜诗详注》，中华书局 1979 年版，第 780 页。

② 同上书，第 890 页。

③ （清）杨伦：《杜诗镜铨》，上海古籍出版社 1962 年版，第 76 页。

④ 同上书，第 93 页。

⑤ 同上书，第 133 页。

⑥ 同上书，第 164 页。

⑦ 同上书，第 254 页。

⑧ 同上书，第 75 页。

⑨ 曹慕樊：《杜诗杂说》，四川人民出版社 1981 年版，第 154 页。

《拨闷》："长年三老遥怜汝，捩舵开头捷有神。"杨注："蔡注：峡中以篙师为长年，柂工为三老。""邵注：三老，捩柂者；长年，开头者。"①

《重过何氏五首》："花妥莺捎蝶，溪喧獭趁鱼。"仇兆鳌注："苏氏云：关中人谓落为妥。"②

**即**

用于同物异名之间的解释，或以今名释古名，或以通名释方俗，或以专名释代称。

《赠司空王公思礼》："洗剑青海水，刻铭天山石。"仇注："青海，即西海。"③

《白小》题注："即今面条鱼。"④

《上白帝城二首》其二："白帝空祠庙，孤云自往来。"浦注："《方舆览胜》：白帝庙，在奉节县东旧城内。按：奉节，即夔州首县。旧城，即白帝城。"⑤

《奉同郭给事汤东灵湫作》："东山气鸿濛，宫殿居上头。"杨注："东山即骊山也。"⑥

《哀王孙》："花门剺面请雪耻，慎勿出口他人狙。"杨注："花门即回纥。剺，割也，谓割面流血以示信。"⑦

**如（即、乃）××之×**

通过双音节词或短语以限定或指示多义词在诗中的义项，或同形词在诗中的词义。

《宿青草湖》："寒冰争倚薄，云月递微明。"仇注："倚薄之薄，即风雷相薄之薄，言迫也。"⑧

《朝献太清宫赋》："将攄大礼以相藉。"仇注："藉，乃蹈藉之藉。"⑨

《望岳》："濄日绝壁出，漾舟清光旁。"浦注："旧注：濄日，如濄虹

① （清）杨伦：《杜诗镜铨》，上海古籍出版社1962年版，第567页。

② （清）仇兆鳌：《杜诗详注》，中华书局1979年版，第167页。

③ 同上书，第1374页。

④ （清）浦起龙：《读杜心解》，中华书局1961年版，第526页。

⑤ 同上书，第750页。

⑥ （清）杨伦：《杜诗镜铨》，上海古籍出版社1962年版，第106页。

⑦ 同上书，第122页。

⑧ （清）仇兆鳌：《杜诗详注》，中华书局1979年版，第1954页。

⑨ 同上书，第2106页。

渴雨之渴。"①

《八月十五夜月二首》其二仇注："朱注：倚，即'长剑倚天外'之倚。"浦解亦引此语②。

《诸将五首》其三："沧海未全归禹贡，蓟门何处尽尧封。"浦注："朱注：尽，如北不尽恒山，南不尽衡山之尽。"③

《空囊》："囊空恐羞涩，留得一钱看。"杨注："《杜臆》：看乃看守之看。"④

《晚秋陪严郑公摩诃池泛舟，得溪字》："坐触鸳鸯起，巢倾翡翠低。"杨注："坐字即'黄鹂并坐'之坐。"⑤

《戏作俳谐体遣闷二首》其一："旧识能为态，新知已暗疏。"杨注："态即交态之态，谓虚意周旋也。"⑥

《羌村三首》："妻孥怪我在，惊定还拭泪。"仇注："我在，如《论语》子在之在。"⑦

**曰**

此术语用于解释词语的内涵。"曰"前是施体，"曰"后是受体。

《北邻》："明府岂辞满，藏身方告劳。"仇兆鳌注："《后汉·张湛传注》：郡守所居曰明府。府者，尊高之称。"⑧

《遭田父泥饮美严中丞》仇兆鳌题注："柔言索物曰泥。"⑨

《涪城县香积寺官阁》："诸天合在藤萝外，昏黑应须到上头。"仇兆鳌注："佛书有三界诸天，自欲界以上皆曰诸天。"⑩

《桃竹杖引赠章留后》仇兆鳌题注："《尔雅》释草：竹四寸有节曰桃枝。"⑪

---

① （清）浦起龙：《读杜心解》，中华书局1961年版，第204页。

② 同上书，第543页。

③ 同上书，第648页。

④ （清）杨伦：《杜诗镜铨》，上海古籍出版社1962年版，第263页。

⑤ 同上书，第544页。

⑥ 同上书，第858页。

⑦ （清）仇兆鳌：《杜诗详注》，中华书局1979年版，第391页。

⑧ 同上书，第759页。

⑨ 同上书，第890页。

⑩ 同上书，第986页。

⑪ 同上书，第1062页。

《陪诸公上白帝城头宴越公堂之作》："柱穿蜂留蜜，栈缺燕添巢。"浦注："朱注：阁木曰栈。"①

《寄赞上人》："柴荆具茶茗，径路通林邱。"杨注："《神农食经》：早收曰茶，晚收曰茗。"②

《咏怀古迹五首》之三："千载琵琶作胡语，分明怨恨曲中论。"杨注："《释名》：琵琶本胡中马上所鼓也，推手前曰琵，引却曰琶。"③

《上后园山脚》："勿谓地无疆，劣于山有阴。"杨注："山北曰阴。"④

**言**

"言"所解释的，大多不是词语的本有意义，而是词语在作品语境中的语用义，这个意义离开当前句子就不存在了。

《送路六侍御入朝》："剑南春色还无赖，触忤愁人到酒边。"仇兆鳌注："无赖，言其狼籍。"⑤

《泛江送客》："烟花山际重，舟楫浪前轻。"仇兆鳌注："黄生云：重即平声深字，言望去非一重也。"⑥

《观公孙大娘弟子舞剑器行并序》："大历二年十月十九日，夔州别驾元持宅，见临颍李十二娘舞剑器，壮其蔚跂。"浦注："蔚跂，言其光彩蔚然，而有举足凌厉之势。"⑦

《南极》："睥睨登哀柝，蝥弧照夕曛。"杨注："《古今注》：女墙，城上小墙也，亦名睥睨。言于城上睥睨人也。"⑧

《西阁曝日》："毛发具自和，肌肤潜沃若。"杨注："《诗》注：沃若，润泽貌。赵曰：言暖如汤沃然。"⑨

**犹**

用于以同义词解释受体，"犹"前面是被释词，后面是读者相对熟悉的同义词，或是口语词，或是当时通行的词。注释者使用此术语时，有时

---

① （清）浦起龙：《读杜心解》，中华书局1961年版，第751页。

② （清）杨伦：《杜诗镜铨》，上海古籍出版社1962年版，第251页。

③ 同上书，第652页。

④ 同上书，第767页。

⑤ （清）仇兆鳌：《杜诗详注》，中华书局1979年版，第985页。

⑥ 同上书，第987页。

⑦ （清）浦起龙：《读杜心解》，中华书局1961年版，第314页。

⑧ （清）杨伦：《杜诗镜铨》，上海古籍出版社1962年版，第719—720页。

⑨ 同上书，第725页。

候指出其同义词即可，有时候还要接着作进一步的解说。

《军中醉歌寄沈八刘叟》：“数杯君不见，都已遣沉冥。”仇兆鳌注：“李轨注：沉冥，犹玄寂，泯然无迹之貌。”①

《风疾舟中伏枕书怀三十六韵奉呈湖南亲友》：“春草封归恨，花源费独寻。”仇注：“封，犹增也。”②

《赠李白》：“痛饮狂歌空度日，飞扬跋扈为谁雄。”杨伦注：“按《说文》：扈，尾也。跋扈，犹大鱼之跳跋其尾也。”③

《奉同郭给事汤东灵湫作》：“鲛人献微绡，赠祝沉豪牛。”杨注：“《穆天子传》：……文山之人归遗，乃献良马十四，天子与之豪马豪牛龙狗豪羊，以三十祭文山。注：豪，犹髭也。”④

《避地》：“神尧旧天下，会见出腥臊。”杨注：“出犹逐也。”⑤

《北征》：“君诚中兴主，经纬固密勿。”杨注：“汉《刘向传》引《诗》：密勿从事，不敢告劳。师古曰：密勿，犹黾勉也。”⑥

**犹言**

用于类比解释。常见的是以同类事物相比照以增进理解，或以近义词

---

① （清）仇兆鳌：《杜诗详注》，中华书局1979年版，第1147页。

② 同上书，第2095页。

③ （清）杨伦：《杜诗镜铨》，上海古籍出版社1962年版，第15页。今按：跋扈当为联绵词，骄横、勇壮、恃强擅行的意思。拆开理解，恐未当。《文选·张衡〈西京赋〉》：“迾卒清候，武士赫怒，缇衣韎韐，睢盱跋扈。”张铣注：“跋扈，勇壮貌。”唐玄奘《大唐西域记·室罗伐悉底国》：“横行邑里，跋扈城国。”宋苏轼《代张方平谏用兵书》：“上则将帅拥众，有跋扈之心；下则士众久役，有溃叛之志。”明孙柚《琴心记·归途遇寇》：“蔽海之虾跋扈，争如白虎临头。”清昭梿《啸亭杂录·论三逆》：“国初既定云贵，因命吴三桂、耿继茂、尚可喜等世守边圉，以为藩镇，后渐跋扈，拥兵自重。”清阮文藻《观毒鱼》诗：“小鱼戢戢波面浮，大鱼跋扈高一丈。”

④ （清）杨伦：《杜诗镜铨》，上海古籍出版社1962年版，第107页。以豪为髭，则髭马髭牛髭羊皆为何物？恐非。豪马豪牛豪羊与龙狗并列，肯定有共同之处。龙，《说文·犬部》：“龙，犬之多毛者。”《尔雅·释畜》：“龙，狗也。”郝懿行《义疏》：“龙茸，谓多长毛，即今之狮敲狗也。”豪，《汉语大词典》：通“毫”。长而细的毛。《孟子·公孙丑上》：“思以一毫挫于人。”焦循《正义》引《文选注》引《声类》：“豪，长毛也。”《资治通鉴·汉纪二》：“审毫厘之小计。”胡三省注：“豪，长毛也。”《仪礼·既夕礼记》：“白狗帧”郑玄注：“未成豪狗。”胡培翚正义：“豪，谓长毛也。”那么豪当解作长毛，比解作髭为优。

⑤ 同上书，第120页。

⑥ 同上书，第159页。

相比照来作解释。

《宾至》："竟日淹留佳客坐，百年粗粝腐儒餐。"仇兆鳌题注："百年，犹言终身。"①

《和裴迪登蜀州东亭送客逢早梅相忆见寄》："东阁官梅动诗兴，还如何逊在扬州。"仇兆鳌注："官梅，官种之梅，犹言官柳。"②

《散愁二首》其二："几时通蓟北，当日报关西。"浦注："当日犹言即日。"③

《课小竖锄斫舍北果林枝蔓荒秽净讫移床三首》："山雉防求敌，江猿应独吟。"浦注："《射雉赋》注：雉见敌必战，不容他杂。按：求敌，犹言索战。"④

《阁夜》："岁暮阴阳催短景，天涯霜雪霁寒宵。"浦注："阴阳，犹言阴晴。"⑤

《哭台州郑司户苏少监》："会取君臣合，宁诠品命殊。"浦注："宁诠，犹言宁论。"⑥

《又上后园山脚》："平原独憔悴，农力废耕桑。"杨注："平原犹言中原。"⑦

**犹云**

用法同"犹言"，因为"云"、"言"义同。适用于两种表意形式之间互作解释。

《建都十二韵》："穷冬客江剑，随事有田园。"仇兆鳌注："《杜臆》：随事，犹云随便有之。"⑧

《远游》："似闻胡骑走，失喜问京华。"仇兆鳌注："不觉失喜，犹云失声失笑。"⑨

《前苦寒行二首》浦注："苦寒，犹云严寒、盛寒，苦字不作活字用。

---

① （清）仇兆鳌：《杜诗详注》，中华书局1979年版，第742页。

② 同上书，第781页。

③ （清）浦起龙：《读杜心解》，中华书局1961年版，第408页。

④ 同上书，第549页。

⑤ 同上书，第660页。

⑥ 同上书，第748页。

⑦ （清）杨伦：《杜诗镜铨》，上海古籍出版社1962年版，第775页。

⑧ （清）仇兆鳌：《杜诗详注》，中华书局1979年版，第777页。

⑨ 同上书，第969页。

公诗凡言热处，多用执热，执字亦不作活字用，与此同。"①

《秋日寄题郑监湖上亭三首》其三："赋诗分气象，佳句莫频频。"浦解："莫，犹云得毋。"②

《重游何氏五首》其五："到此应常宿，相留可判年。"杨注："顾注：判与拚通，可判年犹云可卒岁也。"③ 浦注："《礼记注》：判，半也。"④

《渼陂西南台》："身退岂待官，老来苦便静。"杨注："浦注：苦便犹云苦爱，言深便此寂静之境也。"⑤

**（乃）×字义、（乃）×之义**

用于以同义词作释。

《季秋江村》："素琴将暇日，白首望霜天。"浦注："将，消遣之义。"⑥

《简吴郎司法》："古堂本买藉疏豁，借汝迁居停宴游。"杨注："停乃留字义。"⑦

《桥陵诗三十韵因呈县内诸官》："坡陀因厚地，却略罗峻屏。"杨注："赵曰：却略乃退身之义，言山之退而在后，其势亦然。"⑧

《桥陵诗三十韵因呈县内诸官》："永与奥区固，川原纷眇冥。"杨注："眇冥乃仿佛可见之义，即指上四句言。"⑨

**×者，×之义**

《伤春五首》："蒙尘清路急，御宿且谁供。"仇兆鳌注："《汉书注》：御宿苑在长安城南。羞宿声相近，故或云御羞，或云御宿，羞者珍羞所

① （清）浦起龙：《读杜心解》，中华书局1961年版，第318页。

② 同上书，第542页。

③ （清）杨伦：《杜诗镜铨》，上海古籍出版社1962年版，第69页。

④ （清）浦起龙：《读杜心解》，中华书局1961年版，第352页。《汉语大词典》：半，一分为两。《周礼·考工记·玉人》："琰圭九寸，判规，以除慝，以易行。"孔颖达疏："判，半也。"《公羊传·定公八年》："璋判白。"何休注："判，半也。半规曰璋，白藏天子，青藏诸侯。"按：拚，《汉语大词典》无"判"音，有一音fān，通"翻"。"翻年"中原官话是过了年底到下年春的意思。然而此游在春，焉有留客一年之理？两说相较，浦注较优。留客可达半年，这显然是夸张之词，意在表现主人的热情好客。

⑤ （清）杨伦：《杜诗镜铨》，上海古籍出版社1962年版，第78页。

⑥ （清）浦起龙：《读杜心解》，中华书局1961年版，第551页。

⑦ （清）杨伦：《杜诗镜铨》，上海古籍出版社1962年版，第843页。

⑧ 同上书，第99页。

⑨ 同上书，第100页。

出，宿者止宿之义。”①

**×字意、×之意、犹×意**

使用此术语时，或取现成的诗句解释同诗中某词，或直接解说词语在诗中的语境义。

《自阆州领妻子却赴蜀山行三首》仇兆鳌题注：“首章言‘不成向南国，复作游西川’，即却字意也。”②

《舍弟观归蓝田迎新妇送示二首》：“衣裳判白露，鞍马信清秋。”仇注：“判，是拚着之意。信，是任他之意。”③

《将别巫峡赠南卿兄瀼西果园四十亩》：“残生逗江汉，何处狎渔樵。”浦注：“《说文》：逗，投合也。按：诗是逗留之意。”④ 杨注：“朱注：《芥隐笔记》：残生逗江汉，出阴铿诗‘行舟逗远树’，非逗遛之逗。”⑤

《赠韦左丞丈济》：“君能微感激，亦足慰榛芜。”杨注：“榛芜，犹埋没意。”⑥

《春日梓州登楼二首》：“身无却少壮，迹有但羁栖。”杨注：“顾注：却犹重字意。”⑦

《送元二适江左》：“经过自爱惜，取次莫论兵。”杨注：“黄生注：取

① （清）仇兆鳌：《杜诗详注》，中华书局1979年版，第1082页。

② 同上书，第1101页。

③ 同上书，第1679页。

④ （清）浦起龙：《读杜心解》，中华书局1961年版，第786页。

⑤ （清）杨伦：《杜诗镜铨》，上海古籍出版社1962年版，第903页。两说相较，浦注太实，谓因逗留江汉，不得安享渔樵之乐。《枯椶》：“嗟尔江汉人，生成复何有?”浦注：“嘉陵水，兼江汉之名，全注于蜀，故谓蜀为江汉人。”（浦93页）杨伦赞同朱注，认为人已老病，仍在以余生远投江汉，哪得安享渔樵之乐？杜甫《送李卿晔》仇注：“《杜臆》：阆州旧名巴西，而嘉陵在阆，亦名汉江。《寰宇记》：一曰西汉水，亦曰阆江。”（仇1069页）《江汉》杨注：“仇注：杜诗言江汉有二：未出峡以前所谓江汉者，乃西汉之水注于涪江，如‘江汉忽同流’、‘无由出江汉’是也；既出峡以后，所谓江汉者，乃东流之水入于长江，如‘江汉思归客’，及‘江汉山重阻’是也。”（杨935页）按：此注中华书局《杜诗详注》五卷皆未见，四部精要本亦无［（清）仇兆鳌《杜诗详注》，四部精要本，上海辞书出版社，集部二，第17—925页］不知杨伦所依何本。诗人当时在巫峡作诗，若“残生逗江汉”所指属后者，则汉水尚远，不得言逗留江汉。据后一首诗《大历三年春，白帝城放船出瞿唐峡，久居夔府，将适江陵，漂泊有诗，凡四十韵》看，杜甫的目的地是江陵，正是江水与汉水汇合处，故杨、朱二说空灵较胜。

⑥ 同上书，第24页。

⑦ 同上书，第435页。

次亦当时方言，犹从容之意。”①

**×貌**

用于解释形容词。

《狂夫》：“风含翠篠娟娟净，雨裛红蕖冉冉香。”仇解：“娟娟，美好貌。”②

《徐卿二子歌》：“吾知徐公百不忧，积善衮衮生公侯。”仇兆鳌注：“衮衮，多貌。”③

《寄高适》：“定知相见日，烂漫倒芳樽。”仇注：“烂漫，醉貌。”④

《上牛头寺》：“青山意不尽，衮衮上牛头。”仇兆鳌注：“衮衮，连步登陟貌。”⑤

《喜雨》：“农事都已休，兵戎况骚屑。”仇注：“骚屑，不安貌。”⑥

《春远》：“肃肃花絮晚，菲菲红素轻。”仇兆鳌注：“吴论：肃肃，落声。菲菲，落貌。”⑦

《漫成一首》：“沙头宿鹭联拳静，船尾跳鱼拨剌鸣。”仇解：“联拳，群聚貌。拨剌，跳跃声。”⑧

《玉腕骝》：“骖驔，与趁趩同。《吴都赋》：趁趩狚猭。《善注》：相随驱逐貌。”⑨ 骖驔，读 cāndiàn，狚猭读 lātà。《汉语大词典》无趁趩。

《奉赠韦左丞丈二十二韵》：“焉能心怏怏，只是走踆踆。”杨注：“踆踆，走貌。”⑩

《大云寺赞公房四首》：“侧塞被径花，飘飖委墀柳。”杨注：“侧塞，花多貌。”⑪

---

① （清）杨伦：《杜诗镜铨》，上海古籍出版社 1962 年版，第 463 页。

② （清）仇兆鳌：《杜诗详注》，中华书局 1979 年版，第 743 页。

③ 同上书，第 844 页。

④ 同上书，第 944 页。

⑤ 同上书，第 989 页。

⑥ 同上书，第 1019 页。

⑦ 同上书，第 1210 页。

⑧ 同上书，第 1267 页。

⑨ （清）浦起龙：《读杜心解》，中华书局 1961 年版，第 568 页。

⑩ （清）杨伦：《杜诗镜铨》，上海古籍出版社 1962 年版，第 25 页。

⑪ 同上书，第 135 页。

**状×、××之状（致）**

亦用于解释形容、描写性的词语。

《通泉县署壁后薛少保画鹤》："低昂各有意，磊落如长人。"仇兆鳌注："低昂，飞伏之致。磊落，英奇之状。"①

《惠义寺送王少尹赴成都》："苒苒谷中寺，娟娟林表峰。"仇注："《杜臆》：苒苒，状寺之幽蔚。娟娟，状山之高秀。"②

《四松》："勿矜千载后，惨澹蟠穹苍。"仇注："惨澹，萧森之状。"③

《雨二首》："片片水上云，萧萧沙中雨。"仇兆鳌题注："片片，秋云之状。萧萧，秋雨之声。"④

《桥陵诗三十韵因呈县内诸官》："坡陀因厚地，却略罗峻屏。"浦注："古乐府：却略再拜。仇注：却略，状山背后拥。"⑤

《放船》："江市戎戎暗，山云淰淰寒。"杨注："淰淰，大约言蔽掩日光，合散不定之状。"⑥

**作×字用（看、解）**

用于解释同形词，区别同音同形的词语在句中的意义。

《泛溪》："童戏左右岸，罟弋毕提携。"仇兆鳌注："毕字作尽字解，不作掩禽之毕。"⑦

《送蔡希鲁都尉还陇右因寄高三十五书记》："汉水黄河远，凉州白麦枯。"浦注："汉字，作中华字用，非江汉之汉。"⑧

《伤春五首》："殷复前王道，周迁旧国容。"浦注："迁字，作还字义看。"⑨

《解闷十二首》第十一章："可怜先不异枝蔓，此物娟娟长远生。"浦解："长字作常字解。"⑩

---

① （清）仇兆鳌：《杜诗详注》，中华书局1979年版，第962页。

② 同上书，第1002页。

③ 同上书，第1118页。

④ 同上书，第1326页。

⑤ （清）浦起龙：《读杜心解》，中华书局1961年版，第707页。

⑥ （清）杨伦：《杜诗镜铨》，上海古籍出版社1962年版，第571页。

⑦ （清）仇兆鳌：《杜诗详注》，中华书局1979年版，第770页。

⑧ （清）浦起龙：《读杜心解》，中华书局1961年版，第705页。

⑨ 同上书，第737页。

⑩ 同上书，第854页。

**××之词**

用于解释词语在句中的作用或用途。

《病柏》："客从何乡来，伫立久吁怪。"仇注："孔安国《尚书传》：吁，疑怪之词。"①

《喜雨》："安得鞭雷公，滂沱洗吴越。"仇注："孙季昭曰：杜诗结语，每用安得二字，皆切望之词。"②

《承沈八丈东美除膳部员外郎阻雨未遂驰贺奉寄此诗》仇兆鳌题注："题首承字，乃谦已尊人之词，后承闻故相房公诗题，亦然。"③

《送蔡希鲁都尉还陇右，因寄高三十五书记》："因君问消息，好在阮元瑜？"杨注："朱注：好在乃存问之词。"④

**所以**

用于解释词语的功用。

《赠特进汝阳王二十二韵》："樽罍临极浦，凫雁宿张灯。"仇注："《周礼》：'司尊彝，再献用两象尊，皆有罍。'注：罍，所以副贰其尊也。"⑤ 此注中"所以"虽然在引文中，但属于仇注的组成部分，所以仍在此处采用。

《赠翰林张四学士垍》："翰林逼华盖，鲸力破沧溟。"仇注："《晋·天文志》：大帝上九星曰华盖，所以蔽覆大帝之座也，盖下九星曰杠，盖之柄也。"⑥

《苦雨奉寄陇西公兼呈王征士》："奋飞既胡越，局促伤樊笼。"仇注："《庄子》：'泽雉不蕲，畜乎樊中。'注：樊，所以笼雉也。"⑦

《潼关吏》："连云列战格，飞鸟不能逾。"仇注："战格，即战栅，所以捍敌者。"⑧

《荆南兵马使太常卿赵公大食刀歌》："镌错碧罂鹈鹕膏，铓锷已莹虚

① （清）仇兆鳌：《杜诗详注》，中华书局1979年版，第852页。

② 同上书，第1020页。

③ 同上书，第211页。

④ （清）杨伦：《杜诗镜铨》，上海古籍出版社1962年版，第98页。

⑤ 同上书，第64页。

⑥ 同上书，第99页。

⑦ 同上书，第215页。

⑧ 同上书，第526页。

秋涛。”杨注：“罂，长颈瓶，所以盛膏。”①

**×是也**

用于以熟知的概念解释生僻的概念，或以今名解释古名。

《建都十二韵》：“光辉照北原。”仇注：“按：梦弼云：北原，河北之地，时史思明据东京及河北怀卫等州是也。”②

《送梓州李使君之任》题注：“按：梓州，今四川潼川州是也，地在绵州之南。”③

《白盐山》：“白牓千家邑。”杨注：“白牓以白为牓，今悬额是也。”④

以上注释术语，多数系沿用前代注释术语而来，多与训诂术语相同，可以看出诗歌注释与训诂学之间存在着十分密切的关系。研究诗歌注释，对训诂学的开拓和发展，无疑具有十分重要的意义。

## 二　方法

### （一）释词性的方法

杜诗注释中，对词性的说明还很粗糙，而且没有一套现成的表示词性的概念。所以注文中对词性的解释，大多采用一种描述或比较、举例的办法，使读者从注者所提供的线索或环境中体会到词性的区别。此节内容结合现时的词性认识习惯对古代解释词性的方法予以总结。因为古今对词性的认识的差异，难以归纳出一套系统的方法，但可以尽量将注者释词性的方法作如实的呈现。

1. 通过解释语意表明词性

《严氏溪放歌》：“东游西还力实倦，从此将身更何许。”仇注：“更何许，言此身更往何所乎。时解谓将身更许何人者，未然。”⑤仇兆鳌的注释说明时人将“许”解为动词，与“何”是状中关系，而句中实则与“何”构成一个定中关系的偏正短语，即“何许（何所、何处）”。

《又上后园山脚》：“肺萎属久战，骨出热中肠。”仇注：“久战，

① （清）杨伦：《杜诗镜铨》，上海古籍出版社1962年版，第730页。

② （清）仇兆鳌：《杜诗详注》，中华书局1979年版，第777页。

③ 同上书，第917页。

④ （清）杨伦：《杜诗镜铨》，上海古籍出版社1962年版，第634页。

⑤ （清）仇兆鳌：《杜诗详注》，中华书局1979年版，第1043页。

病咳而身战也。公《过王倚》诗‘寒热时交战’可证，旧注作世乱战伐者非。”① 说明“战”不是及物动词征讨，而是不及物动词颤抖。

《天宝初南曹小司寇舅于我太夫人堂下垒土为山一匮盈尺以代彼朽木承诸焚香瓷瓯瓯甚安矣旁植慈竹盖兹数峰嵚崟婵娟宛有尘外数致乃不知兴之所至而作是诗》浦注：“盖，竹丛盖覆也。”② 这一解释明确了“盖”的词性——动词。

《冬晚送长孙渐舍人归州》：“参卿休坐幄，荡子不还乡。”浦注：“休，罢也。”③ 明确了此处之“休”不是否定副词，而是动词。

《至日遣兴，奉寄北省旧阁老、两院故人二首》：“麒麟不动炉烟上，孔雀徐开扇影还。”杨注：“上谓腾上。”④ 意思是“上”在这里是动词。按此联对仗，下联末字为动词“还”，可知“上”为动词无误。

《柴门》：“足了垂白年，敢居高士差。”注：“差，辈也。”⑤

《寄裴施州》：“尧有四岳明至理，汉二千石真分忧。”注：“（理）治也。”⑥ 标明“理”在句中是动词“治理”，而非名词“道理”。

2. 通过双音节词、组织短语、造句或引用成句显示词性

《十二月一日三首》其二：“新亭举目风景切，茂陵著书消渴长。”仇注：“切，乃悽切之切。”⑦

《上巳日徐司录林园宴集》：“薄衣临积水，吹面受和风。”仇注：“卢注谓：薄衣与吹面相对，是侵薄之薄，非单薄之薄，又引高适诗‘水气薄行衣’为证。今按：上巳御单袷之衣，故云薄衣。若说水气薄衣，更不得用临字矣。还依旧解为当。”⑧

---

① （清）仇兆鳌：《杜诗详注》，中华书局1979年版，第1662页。

② （清）浦起龙：《读杜心解》，中华书局1961年版，第338页。

③ 同上书，第810页。

④ （清）杨伦：《杜诗镜铨》，上海古籍出版社1962年版，第206页。

⑤ 同上书，第765页。

⑥ 同上书，第876页。

⑦ （清）仇兆鳌：《杜诗详注》，中华书局1979年版，第1245页。

⑧ （清）仇兆鳌：《杜诗详注》，中华书局1979年版，第1877页。薄作动词为是，只不过其主语不是卢氏所谓水气，而是和风。此二句写和风，所以上句“薄衣临积水”蒙后省略了主语。用现代汉语散文语句说，就是“掀动我的衣服，拂过水面，和风吹到我的脸颊上，我感受到了它的温暖”。

《八月十五夜月二首》其二浦解："朱注：倚，即'长剑倚天外'之倚。"①

《秋日夔府咏怀奉寄郑监审李宾客之芳一百韵》："金篦空刮眼，镜像未离铨。"浦注："朱注：铨，铨量也。"②

《塞芦子》题解："塞字当作壅塞解。"③。

《移居夔州作》："春知催柳别，江与放船清。"浦解："'与'是付与之与。"④ 杨伦照搬此解⑤。

《种莴苣》："堂下可以畦，呼童对经始。"杨伦注："对谓对堂下。"⑥此例组织了"对堂下"这样一个短语，说明了"对"的词性。

《秋野五首》其四："潜鳞输骇浪，归翼会高风。"注："仇注：输如输送之输，是逐浪而去；会如际会之会，是顺风而回。"⑦

《次晚洲》："摆浪散帙妨，危沙折花当。"钱注："俞舜卿云：危沙既险，无他标识，插花以当之。非玉卮无当之当字也。《广韵》：当，底也。今体诗云'常恐沙崩损药栏'，危沙易崩，故折花以为之当。此亦偶写近江之景色也。"⑧

3. 标明活用

这里的"活用"，指诗人用词时临时改变词性，使之具有动词性质的情况，虽不同于语法中的"活用"，但也有着密切的关系。

---

① （清）浦起龙：《读杜心解》，中华书局 1961 年版，第 543 页。

② （清）浦起龙：《读杜心解》，中华书局 1961 年版，第 774 页。浦起龙引用朱注，意在说明"铨"在句中是动词。但此二句是对仗，上句同位置"眼"是名词，下句字不当为动词。朱鹤龄注原话："而执镜象以为实有，则犹未离铨量之间也。"（朱 595 页）铨（quán，《广韵》此缘切，清母平声仙韵）亦作"硂"。衡量轻重的器具。即秤。作动词用时意为衡量、鉴别。此句中解作动词不当。

③ （清）杨伦：《杜诗镜铨》，上海古籍出版社 1962 年版，第 131 页。

④ （清）浦起龙：《读杜心解》，中华书局 1961 年版，第 496 页。

⑤ （清）杨伦：《杜诗镜铨》，上海古籍出版社 1962 年版，第 591 页。

⑥ 同上书，第 624 页。

⑦ 同上书，第 814 页。

⑧ （清）钱谦益：《钱注杜诗》，上海古籍出版社 1979 年版，第 259 页。钱注似有臆测之嫌，沿江之人，有折花插于危险江岸以示警的习惯吗？恐须考虑。仇注："花发沙前，舟近则折之为便。以当对妨，乃便当之当。《杜臆》说是。旧注以花当为花根，误。"（仇 1968 页）然而仇注也有疑点：沙岸既危，而行船之人驶近摘花，恐亦有违情理。此须咨诸桨行水宿之人，方得正解。浦注、杨注皆引《杜臆》，以对仗判别"当"之词义为"便当之当"。

《寄越州贾司马六丈巴州严八使君两阁老五十韵》："弟子贫原宪，诸生老伏虔。"仇注："此贫字活用。"① 是说此句"贫"字动用。

《江亭送眉州辛别驾升之》："沙晚低风蝶，天晴喜浴凫。"仇注："五六低喜二字，虚字实用。"② 此例所称"虚字"，是指二字非动词。所谓"实用"，是说句中有使动的意思，即"使风蝶低"、"使浴凫喜"。

《宿府》："永夜角声悲自语，中天月色好谁看。"仇注："按《杜臆》，悲自语，好谁看，下三字连读。悲字、好字，作活字用。《测旨》将角声悲、月色好连读于下两字，未妥。"③

《课小竖锄斫舍北果林枝蔓荒秽净讫移床三首》其二："青虫悬就日，朱果落封泥。"仇注："以封对就，俱系活字。"④

《白帝城楼》："江度寒山阁，城高绝塞楼。"仇注："《杜臆》：高与度对，皆作活字用，言楼之高，由城高之也，如白帝城最高楼可见。"⑤

《自瀼西荆扉且移居东屯茅屋四首》其三："子能渠细石，吾亦沼清泉。"仇注："赵汸云：渠之沼之，实字作活字用。"⑥ 杨注亦引赵汸此语⑦。

《晓望白帝城盐山》："日出清江望，暄和散旅愁。"浦解："'清'字活用，与'散'字对。"⑧ 说明此处"清"是动词。

4. 通过说明用法指出词性

《送蔡希鲁都尉还陇右因寄高三十五书记》："因君问消息，好在阮元瑜。"仇注："朱注：好在，乃存问之辞。"⑨ 问候人的词都是谓词性词语，那么"好在"是动词或形容词。

《秋日夔府咏怀奉寄郑监审李宾客之芳一百韵》："困学违从众，明公

① （清）仇兆鳌：《杜诗详注》，中华书局1979年版，第651页。
② （清）仇兆鳌：《杜诗详注》，中华书局1979年版，第999页。
③ 同上书，第1173页。
④ 同上书，第1736页。
⑤ 同上书，第1840页。
⑥ 同上书，第1748页。
⑦ （清）杨伦：《杜诗镜铨》，上海古籍出版社1962年版，第834页。
⑧ （清）浦起龙：《读杜心解》，中华书局1961年版，第497页。
⑨ （清）仇兆鳌：《杜诗详注》，中华书局1979年版，第240页。

各勉旃。”仇注：“旃，语助词。”①

《往在》：“合昏排铁骑，清晓散锦幪。”仇注：“合昏，本是草名，至夜则合。陆倕铭：‘合昏夜卷，蓂荚朝开。’此处借用作黄昏。”② 此例在注明词义的同时，透露出此处“合昏”非表事物的名词，而是表时间的名词。

《热三首》其一：“雷霆空霹雳，云雨竟虚无。”浦注：“霹雳，作响声用。”③

《雨不绝》：“舞石旋应将乳子，行云莫自湿仙衣。”杨伦注：“莫，疑词。”④ 所谓疑词是说“莫”是表示不定语气的虚词。

《自瀼西荆扉且移居东屯茅屋四首》题注：“且者，不常止之词。”⑤ 是说且是时间副词，暂且。

5. 通过添加宾语表明动词

《陪李北海宴历下亭》：“云山已发兴，玉佩仍当歌。”仇注：“当歌，当筵而歌也。杨慎曰：此是对当之当，非合当之当，与魏武乐府‘对酒当歌’不同。”⑥

《卜居》：“云嶂宽江北，春耕破瀼西。”仇注：“破，是破土。”⑦ 杨注：“破，破土也。”⑧

《暝》：“正枕当星剑，收书动玉琴。”浦注：“正，正之也。”⑨

6. 通过词性明确的上下位概念来解释词性

《自京赴奉先县咏怀五百字》：“河梁幸未坼，枝撑声窸窣。”杨注：“窸窣，声。不安也。”⑩ “声”是“窸窣”的上位概念。

《大雨》：“则知润物功，可以贷不毛。”杨注：“（贷）施也。”⑪ 贷是

---

① （清）仇兆鳌：《杜诗详注》，中华书局1979年版，第1712页。

② 同上书，第1429页。

③ （清）浦起龙：《读杜心解》，中华书局1961年版，第500页。

④ （清）杨伦：《杜诗镜铨》，上海古籍出版社1962年版，第628—629页。

⑤ 同上书，第833页。

⑥ （清）仇兆鳌：《杜诗详注》，中华书局1979年版，第37页。

⑦ 同上书，第1610页。

⑧ （清）杨伦：《杜诗镜铨》，上海古籍出版社1962年版，第745页。

⑨ （清）浦起龙：《读杜心解》，中华书局1961年版，第563页。

⑩ （清）杨伦：《杜诗镜铨》，上海古籍出版社1962年版，第111页。

⑪ 同上书，第403页。

施的下位概念。

《山寺》:“思量入道苦，自哂同婴孩。”杨伦注:“（苦）犹难字意。”① 苦是难的上位概念。“难”是形容词，“苦”当然也是形容词。

《别苏徯》:“赠尔秦人策，莫鞭辕下驹。”杨伦注:“（鞭）犹为字意。”②“鞭”是名词，也是动词。《说文》: 鞭，驱也。《汉语大词典》引此例，释为“打马”。“为”是动词“鞭”的上位概念，注文表明此处的“鞭”是动词。

（二）辨析词义的方法

1. 直训

《太子张舍人遗织成褥段》: “客云充君褥，承君终宴荣。”仇注:“充，供也。承，奉也。”③

《咏怀古迹五首》之三:“一去紫台连朔漠，独留青冢向黄昏。”浦注:“邵注：紫台，汉宫名。”④

《客堂》:“别家长儿女，欲起惭筋力。……具物对羁束。”杨注:“起谓起去。”“具谓供用之物，即下芽笋等。”⑤

《荆南兵马使太常卿赵公大食刀歌》:“鬼物撇捩辞坑壕，苍水使者扪赤条。”杨注:“撇捩，奔逸也。”⑥

2. 增字足义

《大历三年春，白帝城放船出瞿唐峡，久居夔府，将适江陵，漂泊有诗，凡四十韵》:“恶潭宁变色，高卧负微躯。”注:“负字当作自负解，即忠信涉波涛意。旧注非。”⑦

《遣闷》:“妖孽关东臭，兵戈陇右疮。”杨注:“何云：臭即桓温所谓遗臭。”⑧

《舟中》:“漂泊南庭老，只应学水仙。”杨注:“朱注：南庭即边庭之

① （清）杨伦:《杜诗镜铨》，上海古籍出版社 1962 年版，第 479 页。

② （清）杨伦:《杜诗镜铨》，上海古籍出版社 1962 年版，第 792 页。

③ （清）仇兆鳌:《杜诗详注》，中华书局 1979 年版，第 1159 页。

④ （清）浦起龙:《读杜心解》，中华书局 1961 年版，第 658 页。

⑤ （清）杨伦:《杜诗镜铨》，上海古籍出版社 1962 年版，第 585 页。

⑥ 同上书，第 730 页。

⑦ 同上书，第 904 页。

⑧ 同上书，第 923 页。

庭，公在南方，故曰南庭。”①

3. 以用例归纳词义

诗中词义不明时，借助其他诗句对该词的使用例句，或其他文献中对该词的使用情况，进行归纳，得出结论。

《进艇》其一：“茗饮蔗浆携所有，瓷罂无谢玉为缸。”仇注：“《抱朴子》：日月无谢于精明。鲍照诗：无谢尧为君，何用知柏皇。无谢，皆作不让解。”②

《醉为马坠诸公携酒相看》：“安知决臆追风足，朱汗骖驔犹喷玉。”仇注：“唐卢照邻诗：琱弓夜宛转，铁骑晓骖驔。崔液诗：骖驔始散东城曲，倏忽还来南陌头。以骖驔对宛转、倏忽，乃飞腾迅疾之貌。”③

《宴戎州杨使君东楼》：“重碧拈春酒，轻红擘荔枝。”杨注：“赵曰：元微之《元日》诗：羞看稚子先拈酒。白乐天《岁假》诗：岁酒先拈辞不得。则拈酒乃唐人语也。”④

《拨闷》：“闻道云安曲米春，才倾一盏即醺人。”杨注：“《东坡志林》：退之诗：且可勤买抛青春。《国史补》：酒有荥阳之土窟春，富平之石冻春，剑南之烧春。子美亦云云安曲米春。乃知唐人名酒多以春也。”⑤

4. 以翻译显示词义

不便直接解释词义时，采用翻译该词为当代常用词语或短语，或翻译诗句为散文句式的方法，来显示词义。

《紫宸殿退朝口号》仇注：“顾注：口号，言随口号吟。”⑥

《渼陂西南台》：“劳生愧严郑，外物慕张邴。”浦注：“‘外物’，欲自外于物。”⑦ 通过解释短语的语意指明‘外’的词性是动词。

《武侯庙》：“犹闻辞后主，不复卧南阳。”浦解：“朱氏……其疏

① （清）杨伦：《杜诗镜铨》，上海古籍出版社1962年版，第925页。

② （清）仇兆鳌：《杜诗详注》，中华书局1979年版，第820页。

③ 同上书，第1591页。

④ （清）杨伦：《杜诗镜铨》，上海古籍出版社1962年版，第566页。

⑤ 同上书，第566—567页。

⑥ （清）仇兆鳌：《杜诗详注》，中华书局1979年版，第436页。

⑦ （清）浦起龙：《读杜心解》，中华书局1961年版，第11页。

‘犹闻’二字云：空山精爽，如或闻之。却有味。”① 朱氏将“犹闻”译作“如或闻之”，表示“犹”是“如”的意思。“犹”作“如”解，虽系常用意义，但此例中浦氏所引朱鹤龄并没有使用像《助字辨略》“犹，似也，如也”那样的解释方法。

5. 以对仗明词义

这是充分利用中国近体诗对仗的特点来辨别词义的方法。对仗最本质的特点是字数相等、平仄相反、词性相同。那么利用一联中词性较明确的词来推定另一联中相同位置的词之词性，是基本可靠的。所谓“对文义同”，依据的正是这个原理。

《次晚洲》：“摆浪散帙妨，危沙折花当。”注：“《杜臆》：以当对妨，乃便当之当。谓花发沙前，舟近折之为便也。”② 解释为便当之当，是形容词，若依旧解堵当（挡）之当则为动词。

《宿盘石浦》：“阙月殊未生，青灯死分翳。”浦注：“殊，《说文》云：死也。《左传》：斩其木而弗殊。月殊，书所云死魄也。正与下灯死对。”③

《复愁十二首》其七：“贞观铜牙弩，开元锦兽张。”浦注：“弓以手开者曰臂张。以足蹋者曰蹶张。旧说良是。盖张与弩对，当作实字用。曰锦兽者，或是弓饰，或是弓服之饰耳。仇主师氏张设射侯之说，非。”④ 此注即以“弩”“张”相对确认“张”是名词。

如果不是对仗句，且该词不是一个常见的多义词，也可以通过考察词语在其他作品中的对仗句来推定。例如：

《醉为马坠诸公携酒相看》：“安知决臆追风足，朱汗骖驔犹喷玉。”仇注：“唐卢照邻诗：琱弓夜宛转，铁骑晓骖驔。崔液诗：骖驔始散东城曲，倏忽还来南陌头。以骖驔对宛转、倏忽，乃飞腾迅疾之貌。”⑤

---

① （清）浦起龙：《读杜心解》，中华书局 1961 年版，第 828 页。

② （清）杨伦：《杜诗镜铨》，上海古籍出版社 1962 年版，第 964 页。沙岸欲崩而危，却以折花为便，很不近情理。还是理解为“水摇浪摆，打开书帙时受到妨碍；沙岸危险，欲近岸折花颇受阻挡（当）”为妥。

③ （清）浦起龙：《读杜心解》，中华书局 1961 年版，第 199 页。

④ 同上书，第 830 页。

⑤ （清）仇兆鳌：《杜诗详注》，中华书局 1979 年版，第 1591 页。

6. 以释音别词义

对于多音多义词，确定了读音，也就基本确定了词义。所以清人也常常通过考定词语在句中的读音来确定词义。以音别义前文已经有所涉及，这里不再多说。

《赴青城县出成都寄陶王二少尹》：“文章差底病，回首兴滔滔。”浦注（差）：“楚懈切。”①“差”字是个多音多义字，一音 chā，《广韵》初牙切，系初母麻韵平声。一音 chà，《集韵》楚嫁切，系初母祃韵去声。一音 chāi，《广韵》楚皆切，属初母皆韵平声。浦注之音是 chài，《广韵》楚懈切，初母卦韵去声。意为病除。《方言》第三：“差，愈也。南楚病愈者谓之差。”晋王羲之《十七帖》：“冀病患差，末秋初冬，必思与诸君一佳集。”宋范仲淹《与韩魏公书》：“儿子致疾由此也，近却肯服药，有差望耳。”清王士禛《池北偶谈·谈异五·治鸟伤》：“凡鸟翅足折，喂以芝麻，仍嚼烂，敷患处，即差。”

《绝句四首》其一：“堂西长笋别开门，堑北行椒却背村。”浦解：“‘长’，读上声。笋高而欲长养之，故门‘别开’。‘行’，读如字，如行春之行。为欲看椒，故‘背村’而往。”②

《从驿次草堂复归东屯茅屋二首》其二：“短景难高卧，衰年强此身。”注：“强字旧俱作去声读，颇无义理。今按当读其两切，即‘苦遭白发不相放’意。”③

7. 以追溯渊源解释词义

此法源于刘熙《释名》，是追讨语源的一种尝试。杜诗注释与此小异，还包括传说故事在内。

《陪郑广文游何将军山林十首》其七：“棘树寒云色，茵陈春藕香。”钱注：“茵陈：陈藏器《本草》：茵陈蒿类，经冬不死，更因旧苗而生，故名茵蔯。”④

《田舍》：“草深迷市井，地僻懒衣裳。”仇注：“《风俗通》：‘古者二十五亩为一井，因为市交易，故称市井。’”⑤

---

① （清）浦起龙：《读杜心解》，中华书局 1961 年版，第 421 页。

② 同上书，第 846 页。

③ （清）杨伦：《杜诗镜铨》，上海古籍出版社 1962 年版，第 862 页。

④ （清）钱谦益：《钱注杜诗》，上海古籍出版社 1979 年版，第 301 页。

⑤ （清）仇兆鳌：《杜诗详注》，中华书局 1979 年版，第 745 页。

《寄董卿嘉荣十韵》："闻道君牙帐，防秋近赤霄。"仇注："《南部新书》：近代通谓府庭为公衙，即古之公朝也。字本作牙。《诗》曰：'祈父，予王之爪牙。'祈父，司马，掌武备，象兽以爪牙为卫，故军前大旗谓之牙旗。出师而有建牙祃牙之事。军中听号令，必至牙旗之下，与府朝无异。近俗尚武，是以通呼公府门为牙门，字讹变转为衙。"①

《故右仆射相国曲江张公九龄》："波涛良史笔，芜绝大庾岭。"仇注："鹤注：《南康记》：汉兵击吕嘉，众溃，有神将戍是岭，以其姓庾，因谓之大庾。又以其上多梅而先发，亦曰梅岭。"②

《两当县吴十侍御江上宅》题解："《唐书》：凤州两当县，取水名。"③ 是说两当之名取自水名。

《九成宫》题注："《唐书》：九成宫在凤翔麟游县西五里，本隋仁寿宫，贞观间修之，以避暑更名焉。宫周垣千八百步，并置禁苑及府库官寺等。太宗高宗尝临幸，山有九重，故曰九成。"④

《解闷二十首》其十二："京华应见无颜色，红颗酸甜只自知。"注"荔枝原名离枝，言其离枝则色味香气俱变也。"⑤

《千秋节有感二首》其一："宝镜群臣得，金吾万国回。"注："言禁军不复侍卫，故散而回万国也。《后汉书·百官志》：执金吾缇骑二百人。应诏注：执金革以御非常，吾犹御也。亦以玄宗改御林军为龙武军，故云。"⑥

## 第六节 释方言俗语及其术语和方法

诗歌使用方言，自古而然。唐人善以口语入诗，世所共识。杜甫作为一代诗圣，更是善于巧妙地运用方言。论者指出："杜甫对绝句的创新还

① （清）仇兆鳌：《杜诗详注》，中华书局1979年版，第1167页。

② 同上书，第1419页。

③ （清）浦起龙：《读杜心解》，中华书局1961年版，第72页。

④ （清）杨伦：《杜诗镜铨》，上海古籍出版社1962年版，第156页。

⑤ 同上书，第818页。

⑥ 同上书，第984页。

表现在对语言进行了大胆的革新，大量采用议论、方言俚语、重言迭字入诗，丰富了绝句的表现手法。”① 可见，自觉地学习、吸收并运用方言词语，是杜诗形象鲜明、句法活泛的原因之一。仇兆鳌在《病后过王倚饮赠歌》后评论说：“此章赠王倚，后有《赠姜七少府》诗，皆用方言谚语，盖王、姜二子，本非诗流，故就世俗常谈，发出恳至真情，令其晓然易见。文章浅深，随人而施，此其所以有益也。”对于杜诗中的方言口语，前人已经作了不少颇有价值的探索。例如，宋彭乘撰《墨客挥犀》云：“诗人多用方言，南人谓象牙为白暗，犀为黑暗，故老杜诗曰‘黑暗通蛮货’。”②

杜诗使用方言俗语的用例随处可见，古代注本对方言的解释也甚为普遍。

## 一　释方言

《秋日夔府咏怀奉寄郑监审李宾客之芳一百韵》：“阵图沙北岸，市暨瀼西巅。”钱注：“市暨音既。峡人目市井处曰市暨。八阵图、市暨，夔人语也。江水横通山谷处，方人谓之瀼。”③。

《巳上人茅斋》：“枕簟入林僻，茶瓜留客迟。”仇注引用朱鹤龄：“朱注：簟，竹席也。自关以西谓之簟，或谓之籧篨。”④

《送孔巢父谢病归游江东兼呈李白》：“惜君只欲苦死留，富贵何如草头露。”仇注：“苦死留，虽用方言，然亦有所本。《庄子》：苦死者。《世说》：羊孚食毕便退，遂苦相留。”⑤

《送韦十六评事充同谷防御判官》：“羌父豪猪靴，羌儿青兕裘。”仇注：“《山海经》：豪彘，状如豚而白毛。注：能以脊上豪射物，江东呼为豪猪。”⑥

《北征》：“天吴及紫凤，颠倒在裋褐。”仇注：“《方言》：关西谓襜

---

① 蒲惠民：《论杜甫绝句的创新》，《陕西师范大学学报》（哲学社会科学版）1997 年第 2 期，第 106—109 页。

② 张忠纲：《杜甫佚句摭拾》，《文献季刊》2007 年第 1 期，第 38 页。

③ （清）钱谦益：《钱注杜诗》，上海古籍出版社 1979 年版，第 519 页。

④ （清）仇兆鳌：《杜诗详注》，中华书局 1979 年版，第 17 页。

⑤ 同上书，第 56 页。

⑥ 同上书，第 356 页。

褕短者为裋褐。”①

《洗兵行》：“田家望望惜雨干，布谷处处催春种。”仇注：“《尔雅》：鸤鸠鴶鵴。注：今之布谷也。江东人呼为获谷。”②

《鹿头山》：“纡余脂膏地，惨澹豪侠窟。”仇注：“《华阳国志》：蜀人称郫繁曰膏腴，绵洛为浸沃。”③

《堂成》：“桤林碍日吟风叶，笼竹和烟滴露梢。”仇注：“黄山谷曰：笼竹，蜀人名大竹云。蔡氏曰：蜀有竹名笼籦。朱注：竹有数种，节间容八九寸者曰笼竹，一尺者曰苦竹，弱梢垂地者曰钓丝竹。”④

《又观打鱼》：“日暮蛟龙改窟穴，山根鳣鲔随云雷。”仇注：“《尔雅注》：鳣，大鱼，似鱏（xún）而鼻短，口在颔下，甲无鳞，肉黄，大者长二三丈，江东呼为黄鱼。”⑤

《山寺》：“山僧衣蓝缕，告诉栋梁摧。公为顾宾从，咄嗟檀施开。”仇注：“《字林》：南楚人贫衣被敝丑，谓之蓝缕。”⑥

《客堂》：“石暄蕨芽紫，渚秀芦笋绿。”仇注：“《尔雅注》：‘葭，一名芦菼，一名薍。薍，或谓之荻。’郭云：今江东人呼芦笋为虇。”⑦

《四松》：“终然抳拨损，得令千叶黄。”浦注：“谢惠连文：以物抳拨之。注：南人以触拨为抳。”⑧

《今夕行》：“君莫笑刘毅从来布衣愿，家无儋石输百万。”浦注：

① （清）仇兆鳌：《杜诗详注》，中华书局1979年版，第401页。

② 同上书，第519页。

③ 同上书，第723页。

④ 同上书，第735页。

⑤ 同上书，第921页。

⑥ 同上书，第1059页。

⑦ 同上书，第1269页。

⑧ （清）浦起龙：《读杜心解》，中华书局1961年版，第113页。

“《汉书注》：齐人名罂为儋。”①

《玄都坛歌寄元逸人》：“子规夜啼山竹裂，王母昼下云旗翻。”浦注：“《禽经》：江介曰子规，蜀右曰杜宇，夜啼达旦，血渍草木。”②

《三绝句》其三：“会须上番看成竹，客至从嗔不出迎。”杨注“番”：“朱注：斩新、上番，皆唐人方言。元稹诗：飞舞先春雪，因依上番梅。独孤及诗：旧日霜毛一番新，皆作去声读。”③

《枯楠》：“冻雨落流胶，冲风夺嘉气。”杨注：“《楚辞》：使冻雨兮洒尘。《尔雅》注：江东呼夏月暴雨为冻雨。”④

《送元二适江左》：“经过自爱惜，取次莫论兵。”杨注：“黄生注：取次亦当时方言，犹从容之意。”⑤

---

① （清）浦起龙：《读杜心解》，中华书局1961年版，第224页。此注继承了郭知达注，只是用语简略而已。郭注：“《前汉·蒯通传》：守儋石之储者，阙卿相之位。应邵曰：齐人名小罂为儋。石，受斛。师古曰：儋，都滥反。或曰，儋者一人所负儋也。《杜补遗》：《明帝纪》：家靡儋石之储。注：《前汉音义》曰：儋，丁滥反，言一石之储。《方言》作儋，云：齐东海岱之间谓之儋。郭璞云：所谓家无儋石之储者也。《埤仓》曰：大罂也。或作甔，丁甘切。新添：《魏书》：华歆清贫，家无儋石之储。”（郭知达47—48）宋代阙名《分门集注杜工部诗》引文与此小异。其于应劭语后是这么写的：“石，受二斛（此按：据此可知郭注受斛之间有阙文）晋灼曰：石，斗石也。师古曰：儋者，一人之所负担也。《扬雄传》：家无儋石之储。郑曰：儋，独甘切，担同。《说文》：负荷也。师曰：儋石言一担石。储无儋石，家至贫也。……”（阙名362）若依郭注，则“儋”为齐东方言，依阙名注，则“儋”为古俗语。

② （清）浦起龙：《读杜心解》，中华书局1961年版，第228页。

③ （清）杨伦：《杜诗镜铨》，上海古籍出版社1962年版，第369—370页。

④ 同上书，第372页。

⑤ 同上书，第463页。原注之语是这样的：“取次二字乃当时方言，犹从容之意。唐宫人题叶诗：荡漾中流取次行。”（黄生《杜诗概说》（四库全书存目丛书本）齐鲁书社1997年版，集第5—第498页）邵长蘅注：“取次，犹言即次之处。”仇注亦引黄生此说，持否定态度。又不赞同邵说，认为“当是次第之意”。施鸿保反驳说：“（仇）注：取次，当是次第之意。引北齐乐歌、白乐天诗证。又引邵长蘅说：犹言即次之处。黄生说：是当时方言，犹从容之意。今按取次疑即造次，急遽仓促意也。言其经过之处，不得其人，莫便造次论兵，自取祸辱，故云自爱惜也。注作次第解，与经过意不合，邵说即次之处，则复上经过字，黄生说即从容，亦与经过不合。北齐乐府：‘日日饮酒醉，国计无取次’正当作造次解，与诗意同。”（施鸿保《读杜诗说》中华书局1962年版，第116页）施说甚是。

## 二 释俗语

《瀼西寒望》钱注："《入蜀记》：土人谓山间之流通江者曰瀼。"①

《丽人行》："绣罗衣裳照莫春，蹙金孔雀银麒麟。"仇注："卢肇《柘枝舞赋》：'靴瑞锦以云匝，袍蹙金而雁欹。'赵曰：杜牧自谓其诗'蹙金结绣'，知蹙金乃唐人常语。"②

《丽人行》："紫驼之峰出翠釜，水精之盘行素鳞。"仇注："洙曰：《汉书》：大月氏，本西域国，出一封橐驼。注云：脊上有一封，高也，如封土然。今俗呼为䍧。"③

《赠陈二补阙》："皂雕寒始急，天马老能行。"仇注："《埤雅》：鹰，似雕而大，黑色，俗呼皂雕。《唐书》：王志愔除左台御史，时人呼为'皂雕'，言其顾瞻人吏，如皂雕之视燕雀也。"④

《琴台》："野花留宝靥，蔓草见罗裙。"仇注："《酉阳杂俎》：近代妆尚靥如射月，曰黄星靥。靥钿之名，盖自孙和邓夫人始。朱注：唐时妇女多贴花钿于面，谓之靥饰。李贺诗'花合靥朱红'是也。"⑤

《赴青城县出成都寄陶王二少尹》："东郭沧江合，西山白雪高。"仇注引用王洙："洙曰：蜀城之东，二水合流而南下，土人谓之合水。"⑥

《送梓州李使君之任》："老思筇竹杖，冬要锦衾眠。"仇注："《竹记》云：邛州多生竹，俗谓之扶老竹。"⑦

《观打鱼歌》："徐州秃尾不足忆，汉阴槎头远遁逃。"仇注："襄阳俗谓鱼椮谓槎头，言所积柴木槎枒然也。"⑧

《薄游》："遥空秋雁灭，半岭暮云长。"仇注："杜审言诗：迸水落遥空。宋之问诗：还乡秋雁飞。杨慎《丹铅录》：衢州烂柯桥断碑诗，有句云'薄烟幂远郊，遥峰没归翼'。盖六朝人语。"⑨

---

① （清）钱谦益：《钱注杜诗》，上海古籍出版社1979年版，第483页。

② （清）仇兆鳌：《杜诗详注》，中华书局1979年版，第157页。

③ 同上书，第159页。

④ 同上书，第197页。

⑤ 同上书，第808页。

⑥ 同上书，第824页。

⑦ 同上书，第917页。

⑧ 同上书，第919页。

⑨ 同上书，第1041页。

《玉台观二首》："浩劫因王造，平台访古游。"仇注："杜田云：俗谓塔级为劫。"①

《种莴苣并序》题解："《本草》：莴苣，江东人谓之苣笋。"序："伊人苋青青"；浦注："《颜氏家训》：河北俗人呼人苋为人荇。"②

《忆昔行》："辛勤不见华盖君，艮岑青辉惨么麽。"浦注："艮，东北方。《通俗文》：不长曰么，细小曰麽。"③

注者在注释方言俗语时也会有所辨正：

《巳上人茅斋》："江莲摇白羽，天棘蔓青丝。"仇注："郑侯升《秕言》曰：《冷斋诗话》以天棘为杨柳。蔡梦弼注以天棘为天门冬。罗大经《鹤林玉露》则引佛书云：终南长老入定，梦天帝赐以青棘之丝，故云'天棘梦青丝'。其说牵合难从。考郑渔仲《通志》：柳名天棘，南人谓之杨柳。庾信诗：'岸柳被青丝。'亦一证也。杨慎升庵曰：郑樵之说无据。柳可言丝，只在初春。若茶瓜留客之日，江莲白羽之辰，必是深夏，柳已老叶阴浓，不可言丝矣。若夫蔓云者，可言兔丝、王瓜，不可言柳。天棘非柳明矣。按《本草索隐》云：'天门冬，在东岳名淫羊藿，在南岳名百部，在西岳名管松，在北岳名颠棘。'颠与天，声相近而互名也。此解近之。朱注：杜田《正谬》：梦当作蔓。《抱朴子》及《博物志》皆云：天门冬一名颠棘，以其刺故也。然不载天棘之名，疑是方言。"④

《促织》仇兆鳌题解引用黄希："黄希曰：《尔雅》释：蟋蟀，一名蛬，今促织也。陆玑疏云：似蝗而小，正黑有光泽，一名蛬，一名蜻蛚，楚人谓之王孙，豳人谓之趋织。里语云'趋织鸣，懒妇惊'，是也。《古今注》：促织，一名梭机、莎鸡，一名络纬。"⑤

《南邻》："秋水才深四五尺，野航恰受两三人。"仇注引用钱笺："山谷云：航，方舟也，当以艇为正，音平声。《方言》云：小舟也。杨慎云：古乐府：'沿江引百丈，一濡多一艇。上水郎担篙，何时至江陵。'杜诗正用此音也。按《方言》云：舟自关而西谓之船，自关而东或谓之舟，或谓之航。又云：小艒艚，谓之艇。《释名》云：二百斛以上谓之

① （清）仇兆鳌：《杜诗详注》，中华书局1979年版，第1092页。

② （清）浦起龙：《读杜心解》，中华书局1961年版，第138页。

③ 同上书，第321页。

④ （清）仇兆鳌：《杜诗详注》，中华书局1979年版，第17页。

⑤ 同上书，第611页。

艇。鲁直之改，用修之证，皆臆说也。"①

《野望因过常少仙》仇兆鳌题注："洪容斋《随笔》：杜诗《过常少仙》，蜀本注云：应是言县尉也。县尉谓之少府。昔梅福为尉，有神仙之称。少仙者，犹今俗呼为仙尉。"②

## 三 释方言俗语的术语和方法

古代尤其是明、清的杜诗注本，对杜诗中的方言俗语也颇为重视，常有认真的解说。因此，总结他们注释杜诗方言俗语的术语和方法，应是我们研究古代唐诗注释的内容之一，这不仅能完善杜诗注释的内容和功能系统，而且有助于考察唐代至清代的语言演变，对现今的方言研究有所助益；对今人的诗歌注释，也将产生更多的启迪。

### （一）古代注释杜诗方言俗语的方法

直训法：

直训法就是注者自出注语，说明对被注内容的理解。直训法适用于注者确信且首创的注解，或为读者熟知却在此诗句中有可能存在理解困难或误解的注释内容。

《闻斛斯六官未归》题注："今俗呼平人曰几官，想唐时已然。"③"官"作为对男子的尊称，《汉语大词典》有此解释，但未有明代以前的书证。"官"有时也作"官人"。《汉语大词典》："对男子的敬称。据清赵翼《陔馀丛考》卷三七载，唐以前唯有官者方称官人，至宋已为时俗通称，明代以后遍及士庶，奴仆称主及尊长呼幼，皆可称某官人。"注者用一"今"字、一"想"字，足见直出胸臆，表达个人的见解。

《书堂饮既夜复邀李尚书下马月下赋绝句》："久拚野鹤如双鬓，遮莫邻鸡下五更。"注："遮莫，犹云仅教，唐时方言也。岑参《原头送范侍御诗》：别君只有相思梦，遮莫千山与万山。"④ 遮莫，亦作"遮末"。这里用的是尽管、任凭之意。杨伦注语"仅教"就是"仅管教"，也就是任凭。也是直接表达自己的见解。

引用法：

---

① （清）仇兆鳌：《杜诗详注》，中华书局1979年版，第761页。

② 同上书，第825页。

③ （清）浦起龙：《读杜心解》，中华书局1961年版，第421页。

④ （清）杨伦：《杜诗镜铨》，上海古籍出版社1962年版，第912页。

1. 引用杜诗以外其他文献的注释

有时候某方言词的解释，不见于杜诗的其他注本，而其词义使用与杜诗以外其他文献中的一致性较明显，因此引用该文献中的注释来注解当前文本。这一方法在杜诗注释中十分常见。看下例：

《即事》："笑时花近眼，舞罢锦缠头。"仇注："《通鉴注》：旧俗赏歌舞人以锦彩，置之头上，谓之锦缠头。"①

《戏作俳谐体遣闷二首》其二："於兔侵客恨，粔籹作人情。"浦注："《左传》：楚人谓乳，穀。谓虎，於兔。"② 张远注得较详细："《左传》：斗伯比淫于䢵子之女，生子文焉。䢵夫人使弃诸梦中，虎乳之。楚人谓乳，穀；虎，於菟。故命之曰斗穀於菟。"③

2. 引用杜诗其他注家的注释

杜诗自樊晃编辑之后，扩大了影响。到宋代，即有许多人对它进行补充和注释，如王洙《宋本杜工部集》、薛苍舒《补注杜工部集》、鲁訔《编次杜工部诗》、吴若《杜工部集》、师尹《杜工部诗注》、郭知达《新刊校定集注杜诗》、黄希与黄鹤《黄氏补千家集注杜工部诗史》、蔡梦弼《杜工部草堂诗笺》、刘辰翁《须溪批点选注杜工部诗》等，不计选本，只就全集校刊笺注本而言，仅周采泉《杜集书录》所著录的就有四十二家。元、明两朝虽是杜诗研究相对冷清的时期，全集校注本也有单复《读杜愚得》、张溍《杜少陵集》、邵宝《杜少陵先生分类集注》、胡震亨《杜诗通》等十三家。清代更是杜诗注释的高潮，各类注本层出不穷，优秀注本各具特色。所以许多研究者能够多方面获得其他人的研究成果。引用、比较、批判、更正其他注本的情况比其他诗人作品的注释更为突出。这种方法既是对其他注本的斟酌使用，减少了注者的劳动量，又是对其他注本的批评，从某种程度上完善、推广了其他注本中的正确解释。

例如《重过何氏五首》："花妥莺捎蝶，溪喧獭趁鱼。"钱注："吴若本注：刊作堕，音妥。妥又音堕。关中人谓落为妥。三山老人曰：花妥，

① （清）仇兆鳌：《杜诗详注》，中华书局1979年版，第885页。

② （清）浦起龙：《读杜心解》，中华书局1961年版，第566页。

③ （清）张远：《杜诗会稡》，四库全书存目丛书本，齐鲁书社1997年影印，集6，第626页。

即花堕也。《曲礼正义》云：妥，下也。毛苌《诗传》：妥，安坐也。"①

《南邻》："秋水才深四五尺，野航恰受两三人。"钱笺："山谷云：航，方舟也，当以艇为正，音平声。《方言》云：小舟也。近时杨慎云：古乐府：'沿江引百丈，一濡多一艇。上水郎担蒿，何时至江陵。'杜诗正用此音也。按《方言》云：舟自关而西谓之船，自关而东或谓之舟，或谓之航。又云：小艒，谓之艇。《释名》云：二百斛以上谓之艇。鲁直之改，用修之证，皆臆说也。"②

《赴青城县出成都寄陶王二少尹》："东郭沧江合，西山白雪高。"仇注引用王洙："洙曰：蜀城之东，二水合流而南下，土人谓之合水。"③

3. 引用辞书

古代字书、韵书、政书、药典是具有权威性的注释工具。所以注家经常引用其中的条目来注解当前文本。尤其是对古方言词的注释，这种方法是饱含雄厚的说服力的。

《赴青城县出成都寄陶王二少尹》："文章差底病，回首兴滔滔。"钱注："《匡谬正俗》：俗谓何物为底。此本言何等物，其后遂省何，但直云等物耳。底音丁兒反，等字本音都在反，转音丁兒反，今吴越之人呼齐等皆丁兒反。应璩诗云：用底称才学，往往见叹誉。此言讥其用何等才学，

① （清）钱谦益：《钱注杜诗》，上海古籍出版社1979年版，第302页。仇兆鳌注："黄希曰：《曲礼正义》云：妥，下也。苏氏云：关中人谓落为妥。三山老人曰：花妥，即花堕也。捎，取也，掠也。"（仇167）其辗转引用是十分明显的。王启涛辩曰："仇氏之注，有些沾边，但不准确。考今之四川方言，还广泛使用'妥'字，如'花儿妥在地上'，'衣裤太长，妥在地上啦'，'妥'的确切意思是：'垂到地上，但还是与上端连着。'并不是指断落在地上。杜甫此诗之'妥'，正应当'下垂'讲。……'妥'表示'下垂至地上'，大概首先在西北方言中。宋胡仔《苕溪渔隐丛话》前集卷十引《三山老人语录》'西北方言以堕为妥'，这个词后来被传播到四川方言里。"（王启涛：《杜诗疑难词语考辨》，《杜甫研究学刊》1997年第2期，第26—31页）其实仇氏之注是十分到位的。无论考证多么精密，最终要诗句来说话。王启涛的理解是："请看：'那些花儿垂在地上，招来莺蝶飞舞。'如果讲为'那些花儿掉落在地上'则凋落无生机，与整首诗的意蕴相抵触，故不取。"这个理解很不恰当。捎是掠取，仇注甚明。莺类体小，善捕食昆虫，见于花园、林地及沼泽地。蝴蝶是昆虫，莺可捕食。此两句诗各为一个因果复句，意思是：有花落下，是因为莺在掠食蝴蝶；溪涧传来喧闹声，是因为水獭在捉鱼。仇解"花妥溪喧，林中见闻，二句倒装，本言莺捎蝶而花堕，獭趁鱼而溪喧耳"甚是。那么"妥"就是堕，就是落，而不是垂下。

② （清）钱谦益：《钱注杜诗》，上海古籍出版社1979年版，第376—377页。

③ （清）仇兆鳌：《杜诗详注》，中华书局1979年版，第824页。

见叹誉而为官乎？是以知去何而言等，其言已旧。今人不详根本，乃作底字，非也。旧注云：差底病，犹云差得何病也。”①

《观打鱼歌》：“绵州江水之东津，鲂鱼鱍鱍色胜银。”仇注：“《尔雅注》：江东呼鲂鱼为鳊，一名魾（pí）。陆玑《疏》：鲂鱼广而薄，肌肥甜而少肉，细鳞之美者也。”②

《种莴苣并序》题解：“《本草》：莴苣，江东人谓之苣笋。”③

4. 引用笔记杂说和方志

历代笔记杂说杂训、方志往往收录一些时代性和地域性很强的语言与民俗材料，虽然其内容具有一定的随意性，但常常记录了个人独到之见，而非人云亦云，故而也是十分珍贵的注释材料，为注家注释者所征引。

《巳上人茅斋》：“江莲摇白羽，天棘蔓青丝。”仇注：“郑侯升《秕言》曰：《冷斋诗话》以天棘为杨柳。蔡梦弼注以天棘为天门冬。罗大经《鹤林玉露》则引佛书云：终南长老入定，梦天帝赐以青棘之丝，故云‘天棘梦青丝’。其说牵合难从。考郑渔仲《通志》：柳名天棘，南人谓之杨柳。庾信诗：‘岸柳被青丝。’亦一证也。杨慎升庵曰：郑樵之说无据。柳可言丝，只在初春。若茶瓜留客之日，江莲白羽之辰，必是深夏，柳已老叶阴浓，不可言丝矣。若夫蔓云者，可言兔丝、王瓜，不可言柳。天棘非柳明矣。按《本草索隐》云：‘天门冬，在东岳名淫羊藿，在南岳名百部，在西岳名管松，在北岳名颠棘。’颠与天，声相近而互名也。此解近之。朱注：杜田《正谬》：梦当作蔓。《抱朴子》及《博物志》皆云：天门冬一名颠棘，以其刺故也。然不载天棘之名，疑是方言。”④

---

① （清）钱谦益：《钱注杜诗》，上海古籍出版社1979年版，第391页。浦注：“（差）楚懈切。”（浦421）“差”字是个多音多义字，一音chā，《广韵》初牙切，初母麻韵平声。一音chà，《集韵》楚嫁切，初母祃韵去声。一音chāi，《广韵》楚皆切，初母皆韵平声。浦注之音是chài，《广韵》楚懈切，初母卦韵去声。意为病除。《方言》第三：“差，愈也。南楚病愈者谓之差。”晋王羲之《十七帖》：“冀病患差，末秋初冬，必思与诸君一佳集。”宋范仲淹《与韩魏公书》：“儿子致疾由此也，近却肯服药，有差望耳。”清王士禛《池北偶谈·谈异五·治鸟伤》：“凡鸟翅足折，喂以芝麻，仍嚼烂，敷患处，即差。”钱注略同此意，皆与诗意不合。杨注：“朱注：谓差在何病？差字乃差错之差。”（杨359）所言近是。因为从后句“回首兴滔滔”来看，前句不应是愁苦无奈之词，而是自信昂扬之言。杜诗大概是想说文章无所差欠，故而兴致滔滔。

② （清）仇兆鳌：《杜诗详注》，中华书局1979年版，第918页。

③ （清）浦起龙：《读杜心解》，中华书局1961年版，第138页。

④ （清）仇兆鳌：《杜诗详注》，中华书局1979年版，第17页。

《琴台》："野花留宝靥，蔓草见罗裙。"仇注："《酉阳杂俎》：近代妆尚靥如射月，曰黄星靥。靥钿之名，盖自孙和邓夫人始。朱注：唐时妇女多贴花钿于面，谓之靥饰。李贺诗'花合靥朱红'是也。"①

《往在》："俎豆腐羶肉，罘罳行角弓。"仇注："段成式《酉阳杂俎》称：上林间，多呼殿榱桷护雀网为罘罳。"②

《种莴苣》序："伊人苋青青"浦注："《颜氏家训》：河北俗人呼人苋为人荇。"③

（二）古代注释杜诗方言俗语的术语

古代的杜诗注本中，解释方言俗语的术语并不统一。综合各种表达，可以发现，有的是注明某时方言，有的是注明某地方言，有的只是笼统地指明是方言。三类中大多数是按地域来注释的。按地域注释，又有两种情况：说明具体地名、说明地域方位。下面归纳出 12 种术语，一是对现有注本中的术语做一个整理，二是为以后文学作品注释中方言的注释术语的规范化做一个基础。

**当日（时）方言**

这一术语适用于注释历史方言。"当日（时）"指的是作品产生的时代，也就是作者生活的时代。

《戏赠阌乡秦少府短歌》："今日时清两京道，相逢苦觉人情好。"仇注："苦觉好，乃当时方言。"④

《陪王使君晦日泛江就黄家亭子二首》："非君爱人客，晦日更添愁。"仇注："洪仲云：公诗'问知人客姓'，王建诗'人客少能留我屋'，人客字，盖当日方言。"⑤

《元日寄韦氏妹》："郎伯殊方镇，京华旧国移。"浦注："朱注：妇人称其夫曰郎、曰伯。按：二字叠用，或是当日方言。"⑥

**XX 间语（呼）**

术语中的 X 有时候代表一个朝代，如：

---

① （清）仇兆鳌：《杜诗详注》，中华书局 1979 年版，第 808 页。
② 同上书，第 1432 页。
③ （清）浦起龙：《读杜心解》，中华书局 1961 年版，第 138 页。
④ （清）仇兆鳌：《杜诗详注》，中华书局 1979 年版，第 505 页。
⑤ 同上书，第 1076 页。
⑥ （清）浦起龙：《读杜心解》，中华书局 1961 年版，第 360 页。

《杜位宅守岁》："守岁阿戎家，椒盘已颂花。"仇注："《通鉴注》：晋宋间，人多呼弟为阿戎。"①

《逢唐兴刘主簿弟》："剑外官人冷，关中驿骑疏。"浦注："《博议》：官人乃隋唐间语。《旧书》：高祖即位，官人百姓，赐爵一级。"②

X有时候代表一个地域，如：

《秋雨叹三首》其一："雨中百草秋烂死，阶下决明颜色鲜。"仇注："宋人史铸《百菊集谱》云：注杜者，以为《本草》决明子。此物乃七月作花，开如白扁豆，叶极稀疏，焉得有翠羽盖与黄金钱耶？彼盖不知甘菊一名石决，为其明目去翳，与石决明同功，故吴楚间呼为石决，子美所叹，正指此花。"③

**俗云（曰）**

《李监宅二首》："屏开金孔雀，褥隐绣芙蓉。"仇注："杨慎《丹铅录》云：《集韵》：缝衣曰缌，今俗云缌线。杜诗'褥隐绣芙蓉'，字作隐而意同。"④

《初冬》："渔舟上急水，猎火著高林。"仇注："《杜臆》：著，火炎起也，犹俗云火著。"⑤

《七月三日亭午已后校热退晚加小凉稳睡有诗因论壮年乐事戏呈元二十一曹长》："退藏恨雨师，健步闻旱魃。"仇注："《神异经》：南方有人，长二三尺，裸身而目在顶上，走行如风，名曰魃，俗曰旱魃，所见之国大旱，赤地千里。"⑥

**俗谓**

《戏作寄上汉中王二首》："谢安舟楫风还起，梁苑池台雪欲飞。"仇注："《汉书》：梁孝王筑东苑，方三百里，广睢阳城七十里，大治宫室，为复道，自宫连属于平台，三十余里。晋灼曰：或说平台在城中东北角，亦或言兔园在平台侧。如淳曰：今城东二十里有台，宽广而不甚高，俗谓

① （清）仇兆鳌：《杜诗详注》，中华书局1979年版，第109页。

② （清）浦起龙：《读杜心解》，中华书局1961年版，第423页。

③ （清）仇兆鳌：《杜诗详注》，中华书局1979年版，第217页。

④ 同上书，第31页。

⑤ 同上书，第1196页。

⑥ 同上书，第1317页。

之平台。”①

《冬日洛城北谒玄元黄帝庙》：“风筝吹玉柱，露井冻银床。”仇注：“或曰：风筝，檐铃也，俗谓呼风马儿。”②

《石龛》：“我后鬼长啸，我前狨又啼。”仇注：“《埤雅》：狨，猿狖之属，轻捷善缘木，生川峡深山中。又云：尾作金色，俗谓金线狨，中矢毒即自齿断其尾以掷之。”③

《近闻》：“似闻赞普更求亲，舅甥和好应难弃。”仇注：“薛梦符曰，《吐著传》：其俗谓强雄者曰赞，丈夫曰普，故号君长曰赞普。”④

**俗呼（为）**

《赠别贺兰铦》：“我恋岷下芋，君思千里莼。”仇注：“《一统志》：千里湖溧阳县东南一十五里，至今产美莼，俗呼千里莼。”⑤

《赤霄行》：“江中淘河吓飞燕，衔泥却落羞华屋。”仇注：“《尔雅》：鹈，鴮鸅。注：今之鹈鹕也。好群飞，入水食鱼，故名鴮鸅，俗呼为淘河。”⑥

《陪郑广文游何将军山林十首》仇兆鳌题注：“《通志》：少陵原，乃樊川北原，自司马村起，至何将军山林而尽，其高三百尺，在杜城之东，韦曲之西，俗呼为塔陂。”⑦

**俗名**

《沙苑》仇兆鳌题解：“《水经注》：洛水东经沙阜北，俗名沙苑。”⑧

《寄左省杜拾遗附岑参诗》：“联步趋丹陛，分曹限紫微。”仇注：“《初学记》：唐改中书省曰紫微省。《花木谱》：紫薇花，俗名怕痒。唐省中植此，取其花久也。微当作薇。”⑨

《将适吴楚留别章使君留后兼幕府诸公》：“不意青草湖，扁舟落吾手。”仇注：“《元和郡县志》：巴丘湖，又名青草湖，在巴陵县南，周围

---

① （清）仇兆鳌：《杜诗详注》，中华书局1979年版，第1029页。
② 同上书，第93页。
③ 同上书，第687页。
④ 同上书，第1284页。
⑤ 同上书，第1072页。
⑥ 同上书，第1215页。
⑦ 同上书，第147页。
⑧ 同上书，第228页。
⑨ 同上书，第454页。

二百六十五里，俗名，即古云梦泽。”[①]

**×谓之×**

前×是地域，后×是方言词

《秋日夔府咏怀奉寄郑监审李宾客之芳一百韵》：“阵图沙北岸，市暨瀼西巅。”钱注：“江水横通山谷处，方人谓之瀼。”[②]“方人”就是“当地人”。

《渼陂西南台》：“况资菱芡足，庶结茅茨迥。”仇注：“《说文》：菱，楚谓之芰，秦谓之薢茩。《武陵记》：三角四角曰芰、两角曰菱。芡，鸡头也。《方言》：南楚谓之鸡头。”[③]

《破船》：“故者或可掘，新者亦易求。”仇注：“船去头尾者，江南谓之掘头船。”[④]

《赠李八秘书别三十韵》：“杜陵斜晚照，潏水带寒淤。”仇注：“《方言》：水中可居者曰洲，三辅谓之淤。”[⑤]

**×人谓（以、名、呼、目）×曰（为、云）×**

此术语中的前一个×代表地名，中间的×代表施释体，即用来解释的通语词语，最后一个×代表受释体，即诗文中被注释的词语。例：

《秋日夔府咏怀奉寄郑监审李宾客之芳一百韵》：“阵图沙北岸，市暨瀼西巅。”钱注：“市暨音既。峡人目市井处曰市暨。八阵图、市暨，夔人语也。”[⑥]

《江畔独步寻花七绝句》其五：“黄师塔前江水东，春光懒困倚微风。”仇注：“陆游《老学庵笔记》：余以事至犀浦，过松林甚茂，问驭卒，此何处？答曰：‘师塔也。’蜀人呼僧为师，葬所为塔，乃悟少陵‘黄师塔前’之句。”[⑦]

《奉酬寇十侍御锡见寄四韵复寄寇》：“南瞻按百越，黄帽待君偏。”仇注：“黄长明《诗话》：南方人谓水为黄帽，谓云为炮车，非遐征远涉，

---

① （清）仇兆鳌：《杜诗详注》，中华书局1979年版，第1065页。

② （清）钱谦益：《钱注杜诗》，上海古籍出版社1979年版，第519页。

③ （清）仇兆鳌：《杜诗详注》，中华书局1979年版，第184页。

④ 同上书，第1122页。

⑤ 同上书，第1461页。

⑥ （清）钱谦益：《钱注杜诗》，上海古籍出版社1979年版，第519页。

⑦ （清）仇兆鳌：《杜诗详注》，中华书局1979年版，第818页。

不能知也。"①

《秋日荆南述怀三十韵》："休为贫士叹，任受众人咍。"浦注："咍音台。"又注："《楚辞》注：楚人谓相啁笑曰咍。"②

有时候第一个 × 表示地名，第二个 × 表示施释体，第三个 × 表示受体。

《四松》："终然枨拨损，得令千叶黄。"浦注："谢惠连文：以物枨拨之。注：南人以触拨为枨。"③

《驱竖子摘苍耳》："黎民糠籺窄。"杨注："京师人谓粗屑为纥头。"④

有时"×人"直接表示为某一类人或某地域，或某时代，如：

《数陪章梓州泛江有女乐在诸舫戏为艳曲二首赠章》其二："白日移歌袖，青霄近笛床。"仇注："《树萱录》云：南朝呼笔管为床。笛床当即其类。"⑤

《晚秋陪严郑公摩诃池泛舟得溪字》仇兆鳌题解："《通鉴注》：《成都记》云：摩诃池在张仪子城内，隋蜀王秀取土筑广子城，因为池。有一僧见之曰：'摩诃宫毗罗。'盖胡僧谓摩诃为大宫，毗罗为龙，谓此池广大有龙，因名摩诃池。"⑥

《枯楠》："冻雨落流胶，冲风夺嘉气。"杨注："《楚辞》：使冻雨兮洒尘。《尔雅》注：江东呼夏月暴雨为冻雨。"⑦

**×呼为（云、曰、名曰）**

此术语前面是地名，后面是受释体及其在其他方言中的同义词语。变量是地名或其简称。例如：

《逼侧行赠毕四耀》："辛夷始花亦已落，况我与子非壮年。"仇注："《韩诗辩证》云：辛夷花，江南地暖，正月开。北地寒，二月开。初发如笔，北人呼为木笔。其花最早，南人呼为迎春。"⑧

---

① （清）浦起龙：《读杜心解》，中华书局 1961 年版，第 2066 页。

② 同上书，第 796 页。

③ 同上书，第 113 页。

④ （清）杨伦：《杜诗镜铨》，上海古籍出版社 1962 年版，第 642 页。

⑤ （清）仇兆鳌：《杜诗详注》，中华书局 1979 年版，第 997 页。

⑥ 同上书，第 1185 页。

⑦ （清）杨伦：《杜诗镜铨》，上海古籍出版社 1962 年版，第 372 页。

⑧ （清）仇兆鳌：《杜诗详注》，中华书局 1979 年版，第 468 页。

《进艇》："茗饮蔗浆携所有，瓷罂无谢玉为缸。""俱飞蛱蝶元相逐，并蒂芙蓉本自双。"仇注："《尔雅》：荷，芙蕖。注：别名芙蓉，江东呼为荷。"①

《阆水歌》："巴童荡桨欹侧过，水鸡衔鱼来去飞。"仇注："朱注：尝闻一蜀士云，水鸡，其状如雄鸡而短尾，好宿水田中，今川人呼为水鸡翁。"②

《玄都坛歌寄元逸人》："子规夜啼山竹裂，王母昼下云旗翻。"浦注："《禽经》：江介曰子规，蜀右曰杜宇，夜啼达旦，血渍草木。"③

《乾元中寓居同谷县作歌七首》其二："长镵长镵白木柄，我生托子以为命。"浦注："《说文》：镵，仕衫切，吴人云犁铁。"④

**×人方言（语）**

此术语分两种情况，一种情况是×代表地域范围。如：

《秋日夔府咏怀奉寄郑监审李宾客之芳一百韵》："阵图沙北岸，市暨瀼西巅。"钱注："八阵图、市暨，夔人语也。"⑤

《可叹》："近者抉眼去其夫，河东女儿身姓柳。"浦注："赵注：东北人方言，不喜见者，每云'抉眼'。按：犹俗云拔去眼中钉。"⑥

《闻斛斯六官未归》："荆扉生蔓草，土锉冷疏烟。"杨注"锉粗卧切"又注："朱注：《说文》：锉，鍑也。按：鍑音副，釜大者曰鍑，土锉是甗甑之属，即今行锅也。《困学纪闻》：土锉乃黔蜀人语。"⑦ 钱注："吴若本注：蜀人呼釜为锉。《困学纪闻》：潏水李氏云：老杜多用方言，如岸溉土锉，皆黔蜀人语。"⑧ 仇注："《御览》：《说文》云：锉，鍑也。《纂文》云：鍑，音副，釜大者曰鍑。《困学记闻》：土锉，乃黔蜀人语。黄鹤云：锉。瓦锅也。"⑨

第二种情况是×代表朝代。如：

---

① （清）仇兆鳌：《杜诗详注》，中华书局 1979 年版，第 820 页。

② 同上书，第 1075 页。

③ （清）浦起龙：《读杜心解》，中华书局 1961 年版，第 228 页。

④ 同上书，第 263 页。

⑤ （清）钱谦益：《钱注杜诗》，上海古籍出版社 1979 年版，第 519 页。

⑥ （清）浦起龙：《读杜心解》，中华书局 1961 年版，第 301 页。

⑦ （清）杨伦：《杜诗镜铨》，上海古籍出版社 1962 年版，第 359 页。

⑧ （清）钱谦益：《钱注杜诗》，上海古籍出版社 1979 年版，第 389 页。

⑨ （清）仇兆鳌：《杜诗详注》，中华书局 1979 年版，第 823 页。

《自京赴奉先县咏怀五百字》："河梁幸未拆，枝撑声窸窣。"仇注："枝撑，注见《慈恩寺塔》诗。枝撑，河梁交柱。窸窣，桥动有声也。李贺《神弦曲》：海神山鬼来座中，纸钱窸窣鸣飙风。窸窣，盖唐人方言也。"①

《哭李尚书之芳》："秋色凋春草，长安若个边。"仇注："若个，唐人方言。"②

《三绝句》其三："会须上番看成竹，客至从嗔不出迎。"杨注"番"："朱注：斩新、上番，皆唐人方言。元稹诗：飞舞先春雪，因依上番梅。独孤及诗：旧日霜毛一番新，皆作去声读。"③

**凡×曰（谓）×**

此术语中的前一个×代表释施释体，后一个×代表受释体，即诗文中被注释的方言词语。

《曲江对酒》："纵饮久判人共弃，懒朝真与世相违。"仇注："《方言》：楚人凡挥弃物谓之判。俗作拚。"④

《船下夔州郭宿雨湿不得上岸别王十二判官》："依沙宿舸船，石濑月娟娟。"仇注："《方言》：江湖凡大船曰舸。"⑤

《最能行》："富豪有钱驾大舸，贫穷取给行艓子。"仇注："《方言》：南楚江湖湘，凡船大者谓之舸。"⑥

**方言**

此术语适用于既无时间段，也无地域区间，只笼统地说是方言的：

《送蔡希鲁都尉还陇右因寄高三十五书记》："马头金匼匝，驼背锦模糊。"仇注："赵曰：驼背蒙以锦帕，故云模糊。匼匝、模糊，皆方言。"⑦

《风雨看舟前落花戏为新句》："赤憎轻薄遮入怀，珍重分明不来接。"仇注："鹤注：公尝云'生憎柳絮白于棉'，赤憎犹云生憎，皆方

① （清）仇兆鳌：《杜诗详注》，中华书局1979年版，第272页。

② 同上书，第1918页。

③ （清）杨伦：《杜诗镜铨》，上海古籍出版社1962年版，第369—370页。

④ （清）仇兆鳌：《杜诗详注》，中华书局1979年版，第450页。

⑤ 同上书，第1266页。

⑥ 同上书，第1286页。

⑦ 同上书，第239页。

言也。”①

《解忧》：“向来云涛盘，众力亦不细。”浦注：“赵注：言云涛之间盘转未出，方言所谓盘滩也。旧以为滩名，恐是附会。”②

## 第七节　释短语

短语是由词构成的表意单位。我们这里所说的短语，是两个以上的词的多层次组合，它的所指范围大于传统语言学所说的词组。短语是由词组合而成的，所以词的多义性被带进短语之中，加上短语本身的结构意义，造成了短语注释的复杂性，也增加了短语解释的困难。

短语意义的解释，是杜诗注释中非常庞大的内容。但以前的注释研究对此讨论得很少。故本书予以较多的关注。

从四家注的情况来看，清人对短语的注释也可以分为不同的层次和种类：

### 一　释基本意义

短语的基本意义是指构成短语的词语的常用义（包括基本义和引申义）组合成的新的意义和该意义的引申意义。短语的基本意义是相对于短语的“语境意义”而言的。短语的语境义较之词语的语境义更加灵活随意，注释者对短语语境义的解释也随之获得较多的自由，说解用语也活泼随意。而且这些解说常常对读者容易误解之处作出准确的提示，解说效果往往使人有“原来如此”之感。但如何认定基本意义与语境意义？如果要用注家所使用的术语来区分基本意义和语境意义，就会遇到困难，因为本书发现古代注释解释基本意义和语境意义没有在术语上体现明显的区别。区别一条注释解释的是短语的基本意义还是语境意义，主要是看它所反映的是与短语成分的常用义所合成的意义相接近，还是更进一层或非常合成（非常合成即不是常用意义的合成或意义组合关系不是常见的顺序）的意义，若是相接近，就可称之为基本意义，若是更进一层或特殊合成的

---

① （清）仇兆鳌：《杜诗详注》，中华书局1979年版，第2051页。

② （清）浦起龙：《读杜心解》，中华书局1961年版，第198页。

意义，即可称之为语境意义。但口语和方言不在此限，因为方言和口语的一些固定搭配有了固定的意义。如下面要举到的“苦便”、“满眼”、“不争好恶”等，就不能同一般的短语同等衡量，对它们的解释，应该看作是释基本意义。例句如下：

《秋雨叹三首》其二：“阑风伏雨秋纷纷，四海八方同一云。”仇兆鳌注曰：“赵子栎曰：阑珊之风，沉伏之雨，言其风雨之不已也。阑，如谢灵运‘阑暑’之阑；伏，如《左传》‘夏无伏阴’之伏。旧引《楚辞》‘光风泛崇兰’，以‘伏’为三伏，非是。朱注：谢灵运诗‘述职期阑暑’，又张协《苦雨》诗‘阶下伏泉涌’，用字皆出《文选》。阑风、伏雨，大抵是风过雨来之状，秋深时，往往有之。胡仔谓‘长雨’如‘长物’之长，亦未安。荆公本作‘仗雨’，当即伏字之讹耳。”① 浦注：“赵云：阑珊之风，沉伏之雨，言风雨不已也。”② 诸家围绕短语“阑风伏雨”的讨论，虽然有人（如《杜诗言志》）涉及了其象征意义，但最后都归结到短语的基本意义，就是如何如何的风，怎样怎样的雨。

《遭田父泥饮美严中丞》：“名在飞骑籍，长番岁时久。差科死则已，誓不举家走。”仇兆鳌注引张远曰：“旧兵一万五千，分为六番，以次更代。今曰长番，长在籍，无更代也。”③ 浦解“差科”：“谓杂色差科，非指长番。”④ 此注中“长番”是唐代府兵制中无更代的长期兵役。浦起龙对“差科”的解释就是针对其基本意义的。但说“差科”“非指长番”，不确。田父的意思是一家人为国家服役至死不悔，故“差科”当泛指差

① （清）仇兆鳌：《杜诗详注》，中华书局1979年版，第218页。

② （清）浦起龙：《读杜心解》，中华书局1961年版，第238页。“伏雨”，注家争讼颇多，浦起龙、杨伦皆引赵注。（清）无名氏《杜诗言志》：“此第二首，言一小人作慝于上，众小人阿附于下，以是朝廷之纲纪无闻，而奸邪之播弄反成风俗。正如淫雨之时，其风不辨东西南北，而曰‘阑风’，谓四方围阑之风也。其雨不定朝夕长短，而曰‘伏雨’，谓更番迭起之雨也。”［（清）无名氏《杜诗言志》，江苏人民出版社1983年版，第28页］郑文《杜诗檠诂》曰：“窃以‘阑风’者，残风也；‘伏雨’，沉积而为云，将下未下之雨也。以其为将下未下而藏伏于云中之雨也，故曰‘伏雨’。伏者，藏也，匿也。二字言将下而尚未下含雨之云而非言（雨）也，故下句足之曰‘四海八方同一云’，点出云字以清眉目。然则‘阑风伏雨’者，言风过势余，玄云密布，即将疾降大雨之象耳，非形容风雨不停也。”（郑文《杜诗檠诂》，巴蜀书社1992年版，第80页）诸说相引，并无大异，赵注是也。

③ （清）仇兆鳌：《杜诗详注》，中华书局1979年版，第890页，《汉语大词典》“长番”条误张远为“张远之”，“今曰”误为“今日”。

④ （清）浦起龙：《读杜心解》，中华书局1961年版，第96页。

役之事，包括“长番”，否则其子既为长番，与死于“杂色差科”两不相关，何言“无悔”？

《绝句四首》其一：“堂西长笋别开门，堑北行椒却背村。”仇注：“行椒，椒之成行者。”①

《渼陂西南台》：“身退岂待官，老来苦便静。”浦注：“‘苦便’犹云苦爱，与‘岂待’对，言深便此寂静之境也。旧解俱失。”② 此解以“犹云”为标志，是使用替代法，揭示“苦便”的基本意义就是“深爱”。

《昔游》：“白日赤寂寞，暮升艮岑顶。”浦注：“远注：艮岑，东北之岑。”③ 后天八卦的艮卦位在东北，所以解释“艮岑”为“东北之岑”是解释了该短语的基本意义。

《述古三首》其二：“舜举十六相，身尊道何高。”浦注“十六相”：“八元、八恺。”④“八元、八恺”是“十六相”的基本内容。

《入奏行赠西山检察使窦侍御》：“肯访浣花老翁无？为君酤酒满眼酤。”浦注：“满眼酤，犹言尽量酤也。”⑤ 也是使用替代法，表明“满眼沽”等同于“尽量沽”。“满眼”可能是唐人口语，根据浦注，其基本意义大概就是“尽量”，所以释“满眼沽”为“尽量沽”是解释其基本义。今中原官话说液体装得满用“溦眼眼的”，是指器中液波平齐于器口，眼即器口。

《莫相疑行》：“寄谢悠悠世上儿，不争好恶莫相疑。”浦解：“‘不争好恶’犹言不与汝斗高低也。”⑥ “不争好恶”估计也是唐人口语，浦氏用“不与汝争高低”来替换，表明其基本意义就是不争高低。也就是“无论如何”的意思，现代汉语许多方言都有“好歹”一词，作副词时就是“不管怎样”、“无论如何”的意思。“好歹”与“好恶”相当。

《风雨看舟前落花戏为新句》：“赤憎轻薄遮入怀，珍重分明不来接。”浦注：“鹤注：赤憎，犹云生憎。”⑦ 今按：“赤”当指花色，句意是讨厌

---

① （清）仇兆鳌：《杜诗详注》，中华书局1979年版，第1143页。

② （清）浦起龙：《读杜心解》，中华书局1961年版，第11页。

③ 同上书，第63页。

④ 同上书，第106页。

⑤ 同上书，第279页。

⑥ 同上书，第293页。

⑦ 同上书，第332页。

轻薄的红色落花被风卷入怀中。而“生憎”是一个词，意为“最恨、偏恨”、“特讨厌”。唐卢照邻《长安古意》诗：“生憎帐额绣孤鸾，好取门帘帖双燕。”宋晏几道《木兰花》词：“生憎繁杏绿阴时，正碍粉墙偷眼觑。”清赵翼《秋燕》诗：“生憎燕子炎凉甚，春便飞来秋便归。”陈子范《有感》诗：“自笑惊弓如野鸟，生憎逐臭是青蝇。”杜诗亦有“不分桃花红似锦，生憎柳絮白于棉”之句。

《子规》：“峡里云安县，江楼翼瓦齐。”浦注：“弼注：翼瓦，谓檐宇飞扬，如鸟之张翼。”① 由“如翼之瓦”稍变为“如翼之檐上的瓦”，仍是基本意义。

《船下夔州郭宿雨湿不得上岸别王十二判官》题注：“仇注：郭宿，宿于云安郭外。”②

《寒雨朝行视园树》：“爱日恩光蒙借贷，清霜杀气得忧虞。”浦注：“爱日，言可爱之日；《左传》：冬日可爱。”③

《高都护骢马行》：“五花散作云满身，万里方看汗流血。”杨注：“仇注：《名画录》：开元内厩有飞黄、照夜、浮云、五花之乘。《李白集》注：五花，马毛色也。又郭若虚云：五花者，剪鬃为辫，或三花或五花。白乐天诗所谓‘马鬣剪三花’是也。此另一说。”④

## 二 释语境意义

和基本意义相比，短语的语境意义更加贴近诗人的真实意图。所以，对语境意义的解说，对于读者准确理解诗意有直接的帮助。而且语境意义是在基本意义的基础上更进一层的意义，在普通读者的阅读过程中，存在的理解困难也较大。所以历代注家都非常关注。四家注也将大量精力置于语境意义的注释上：

---

① （清）浦起龙：《读杜心解》，中华书局1961年版，第495页。

② 同上书，第496页。

③ 同上书，第821页。

④ （清）杨伦：《杜诗镜铨》，上海古籍出版社1962年版，第29页。今民间“五花”、“三花”皆马笼头（络头）之名。皮索交叉点多者为五花，大致绕鼻嘴一圈，眼部以下绕颊一圈，绕眼部以上至项下一圈，耳后一索自颈顺两颊至马勒口两端，顺鼻梁一索连接眼部上下二环，凡相交处打结。三花笼头则省眼部以下一环与顺鼻梁一索。由于农业机械和军事结构的发展，军民用马渐趋消亡，笼头形制亦随而渐少知者，顺志于此以备一说。

《可叹》："古往今来共一时，人生万事无不有。"浦注："共一时，犹言古今一辙。"[①]"共一时"的基本意义是"同在一个时间"，此条注释所揭示的"古今一辙"是短语"共一时"的语境意义。

《送张十二参军赴蜀州因呈杨五侍御》："皇华吾善处，与汝定无嫌。"浦解："吾善处，言是吾往年游处之人，极相好者也。"[②]短语"吾善处"在此句中是指我相处甚好之人，而非"我的优点"。

《元日寄韦氏妹》题解："韦氏妹，妹嫁韦氏也。"[③]注明本句中"韦氏妹"非姓韦之妹，而是自己之妹嫁于韦家者。

《得舍弟消息二首》其二："生理何颜面，忧端且岁时。"浦解："何颜面，言作何状貌，不说惭。"[④]是认为这里"何颜面"不表示基本意义"羞惭"，而是语境意义"作何状貌"。

《春望》："烽火连三月，家书抵万金。"浦解："此云'连三月'者，谓连逢两个三月。"[⑤]把句中的意义与常见的"连着三个月"或"连着三月份"区别开了。

《漫成二首》其二："读书难字过，对酒满壶频。"浦解："'难字过'，正见懒趣，五柳先生不求甚解，意亦犹是。夏客云：经眼之字，难于轻过。仇云：难于字过，老年眼钝也。谓恐以粗心涉猎，枉屈少陵。愚谓如此回护，都成死句矣。"[⑥]浦起龙的解释虽然否定了胡夏客和仇兆鳌，但三人都试图解释"难字过"的语境义。

《有感五首》其三："日闻红粟腐，寒待翠华春。"浦解："'日闻'，言近日有闻。"[⑦]"日闻"常用为"平日听说"或"每天听说"，作"近日有闻"就是本句中的语境意义。

《警急》："青海今谁得，西戎实饱飞。"浦注："谁得，犹云奚似。"[⑧]

《峡中览物》："形胜有余风土恶，几时回首一高歌。"浦解："'回

---

① （清）浦起龙：《读杜心解》，中华书局1961年版，第301页。

② 同上书，第356页。

③ 同上书，第360页。

④ 同上书，第362页。

⑤ 同上书，第363页。

⑥ 同上书，第414页。

⑦ 同上书，第456页。

⑧ 同上书，第461页。

首’，作回去意会。”① 相对于基本意义“回头”，“回去”是语境义。

《答杨梓州》：“闷到杨公池水头，坐逢杨子镇东州。”浦解：“‘坐逢’者，正值其为州长，非逢于池头也。俗解作游池而逢，则下句说不去矣。又郭知达改杨公作房公。房池在汉州，汉与梓各为一州，不得云‘坐逢’矣。”②

《冬末以事之东都，湖城东遇孟云卿，复归刘颢宅宿，宴饮散因为醉歌》：“疾风吹尘暗河县，行子隔手不相见。”杨注：“隔手谓以手遮目。”③“隔手”不是常见组合，二词基本的合成意义是“隔开手”，但杨注表明其意义是“以手遮目”，应当是语境义。

《送人从军》：“弱水应无地，阳关已近天。”杨注：“应无地，谓当地尽处。”④

《寄彭州高三十五使君适、虢州岑二十七长史参三十韵》：“诸侯非弃掷，半刺已翱翔。”杨注：“《职原》：别驾、长史、司马通谓之上佐。庾亮《答郭豫书》：别驾旧与刺史别乘，其任居刺史之半。”⑤ 用“半刺”表示别驾、长史、司马，显然不是恒常的意义。

有些短语在句子中含义较为深婉，注者也作出解释：

《去秋行》：“遂州城中汉节在，遂州城外巴人稀。”浦解：“‘汉节在’，虽死犹生也。”⑥

《萤火》：“幸因腐草出，敢近太阳飞。”浦解：“黄鹤云：指李辅国辈。良为不凿。盖以‘腐草出’比刑余也。”⑦

## 三 释语用意义

西方近年来语用学发展很迅速。语用学解决的是“意会大于言传”的问题，实际上就是分析语言实际蕴含的一些意义，这些意义是说话者没有想要表达的。本书使用语用这一概念，是针对杜诗注释的实际，较为全

① （清）浦起龙：《读杜心解》，中华书局1961年版，第644页。

② 同上书，第843—844页。

③ （清）杨伦：《杜诗镜铨》，上海古籍出版社1962年版，第208页。

④ 同上书，第266页。

⑤ 同上书，第272页。

⑥ （清）浦起龙：《读杜心解》，中华书局1961年版，第278页。

⑦ 同上书，第396页。

面地总结诗歌注释的元素。本书所说的语用义，与前面说的词用是一脉相承的，指短语在句子中被使用时体现的作者的用意，和被使用后产生的客观表达力和客观表达结果。

语用意义与语境意义的区别是：语境义不脱离短语的字面，是字面意义的引申、重构或深化，而语用意义则脱离了与字面的联系，是短语或句子意义所呈现的表象表明或显现的因果关系或逻辑后果。短语的语用意义往往不是用以构成短语的词语的基本意义，而往往是短语使用后产生的客观作用和语义效果。注释者将短语在句子中实际具有的表达作用传达出来，明示读者，达到对句子的正确理解和深度理解。例如：

《奉同郭给事汤东灵湫作》："东山气濛鸿，宫殿居上头。君来必十月，树羽临九州。"浦解："'濛鸿'，淫气也。'宫殿'，荒制也。'必十月'，频也。'临九州'，夸也。"① "东山濛鸿"显示出淫气之盛，"宫殿居上头"显示规格之荒淫。"君来必十月"显示游幸之频繁，"树羽临九州"的效果是夸张、炫耀。

《八哀诗·赠秘书少监武功苏公源明》："不要悬黄金，胡为投乳贙。"浦注："按：不要悬金，即疏意。"② "不要悬金"本身没有"疏"的意义，"要悬黄金"是拥有大量金钱，用苏秦典故表示得到重用。而腰间不悬黄金，这一表象背后的是被疏远。

《八哀诗·故右仆射相国张公九龄》浦解："'碣石峥嵘'陪起'天池蛙黾'，指出当时外内蘖芽，语意只作'当是时'三字解。"③ "碣石峥嵘"、"天池蛙黾"都不是表示时间的短语，但浦起龙认为可理解为"当是时"，指的就是其语用意义。

《冬晚送长孙渐舍人归州》："匣里雌雄剑，吹毛任选将。"仇注："吹毛可断，言剑锋之利。"④ 锋利是"吹毛（可断）"这一现象所显示的剑锋的状态。

《贻华阳柳少府》："火云洗月露，绝壁上朝暾。"浦解："'火云'为'月露'所'洗'，宿暑方清也；'绝壁'而'朝暾'甫'上'，初日未高

① （清）浦起龙：《读杜心解》，中华书局1961年版，第19页。

② 同上书，第154页。

③ 同上书，第159页。

④ （清）仇兆鳌：《杜诗详注》，中华书局1979年版，第2034页。

也。"①"火云洗月露"句意是月亮的露华洗去了火云，"绝壁上朝暾"句意是早晨的阳光照上了悬崖。浦解"宿暑方清也"、"初日未高也"是句子使用后产生的效果意义。

《八哀诗·赠太子太师汝阳郡王琎》："虬髯似太宗，色映塞外春。"浦注："状其眉宇蔼然，非汝阳尝至塞外也。"② 通过否定一种效果意义的方式明确了句子正确的语用义。

《过宋员外之问旧庄》："枉道秖从入，吟诗许更过？"杨注："朱注：秖从入，言一任过客之人，见庄已无主也。许更过，言他日可更过此乎？见重来未有期也。皆极叹其零落，故下接以淹留寂寞二语。"③ 注语中"一任过客之入"、"他日可更过此乎"是解释"秖从入"和"许更过"二短语的基本意义。"庄已无主"、"重来未有期"，是解释二短语的使用效果，即语用意义。"皆极叹其零落"是解释此两句的语用意义。

《送高司直寻封阆州》："初闻伐松柏，犹卧天一柱。"浦注："谓大木。"④"犹卧天一柱"的使用效果是展现了树木之大。

## 四　释指涉意义

指涉意义是短语指代或描写的对象。有以下几种情况：

1. 指谓

解释名词性短语所指称的内容：

《蜀相》："三顾频烦天下计，两朝开济老臣心。"仇注："两朝，指先主、后主。"⑤

《江村》："清江一曲抱村流，长夏江村事事幽。"仇注："清江，指浣花溪。"⑥

《野老》："王师未报收东郡，城阙秋生画角哀。"仇注："朱注：东郡，概指京东诸郡，非专指滑州灵昌郡也。"⑦

---

① （清）浦起龙：《读杜心解》，中华书局1961年版，第131页。

② 同上书，第150页。

③ （清）杨伦：《杜诗镜铨》，上海古籍出版社1962年版，第7页。

④ （清）浦起龙：《读杜心解》，中华书局1961年版，第190页。

⑤ （清）仇兆鳌：《杜诗详注》，中华书局1979年版，第736页。

⑥ 同上书，第746页。

⑦ 同上书，第749页。

《云山》："神交作赋客，力尽望乡台。" 仇注："《杜臆》谓作赋客指相如，伤时无同调而心切思乡耳。按：作赋用蜀人，望乡用蜀地，此说较稳。"①

《建都十二韵》："恐失东人望，其如西极存。" 仇注："东人，指吕諲建都之议，西极，指上皇幸蜀之地。"②

《野望因过常少仙》："落尽高天日，幽人未遣回。" 仇兆鳌题注："朱注：诗末幽人，指常少仙也。"③ 此语见朱本题注朱鹤龄按语④。

《送韩十四江东省觐》："此别应须各努力，故乡犹恐未同归。" 仇注："《杜臆》：故乡，指洛阳。"⑤

《广州段功曹到得杨五长史谭书功曹却归聊寄此诗》："汉节梅花外，春城海水边。" 浦注 "梅花外"："梅岭之南。"⑥

《同豆卢峰知字韵》："谢庭瞻不远，潘省会于斯。" 浦注："吴论：谢庭，指李员外。潘省，指豆卢家。"⑦ 谢庭，谢安的门庭。喻指子弟优秀之家。宋张孝祥《鹧鸪天·为老母寿》词："明年今日称觞处，更有孙枝满谢庭。" 此注用 "谢庭"、"潘省" 表现李员外和豆卢峰二家。

2. 指代

解释代词短语的指代内容。指代与指谓的区别是：指代用代词替代，而指谓用名词称说。

《出郭》："故国犹兵马，他乡亦鼓鼙。" 仇注："他乡，指成都。"⑧

《得家书》："今日知消息，他乡且旧居。" 仇注："他乡，指鄜州。"⑨

《殿中杨监见示张旭草书图》："斯人已云亡，草圣秘难得。及兹烦见示，满目一凄恻。" 仇注："斯人指张，及兹指杨。"⑩

《至德二载甫自京金光门出间道归凤翔乾元初从左拾遗移华州掾与亲

① （清）仇兆鳌：《杜诗详注》，中华书局 1979 年版，第 749 页。

② 同上书，第 775 页。

③ 同上书，第 825 页。

④ 韩成武等：《朱鹤龄杜工部诗辑注》，河北大学出版社 2009 年版，第 312 页。

⑤ （清）仇兆鳌：《杜诗详注》，中华书局 1979 年版，第 829 页。

⑥ （清）浦起龙：《读杜心解》，中华书局 1961 年版，第 429 页。

⑦ 同上书，第 814 页。

⑧ （清）仇兆鳌：《杜诗详注》，中华书局 1979 年版，第 771 页。

⑨ 同上书，第 361 页。

⑩ 同上书，第 1339 页。

故别因出此门有悲往事》：“此道昔归顺，西郊胡正繁。”仇注：“此道，指金光门之路。”①

《秋笛》：“他日伤心极，征人白骨归。”仇注：“《杜臆》：他日，指昔日。”②

《鹿头山》：“斯人亦何幸，公镇逾岁月。”浦注：“斯人，谓蜀人。”③

《复愁十二首》其七：“花门小箭好，此物弃沙场。”浦注：“此物指弩与张。”④

3. 关涉

解释短语所表现或涉及的人、事、物。此条与“指代”条不同。“指代”条施体与受体之间是代换关系，此条则是描写或叙述关系。

《自京赴奉先咏怀五百字》：“中堂有神仙，烟雾蒙玉质。”浦注：“朱注：指贵妃诸姨。”⑤ 注释“烟雾蒙玉质”所表现的对象。

《八哀诗·赠左仆射郑国严公武》：“郑公瑚琏器，华岳金天晶。”浦注：“《旧书》：先天二年，封华岳为金天王。《新书》：武，华阴人。”⑥此注表明：“华岳金天晶”表现的对象就是严武。

《茅堂检校收稻二首》其一：“红鲜终日有，玉粒未吾悭。”浦注：“李百药诗：落日照红鲜。盖谓稻也。”⑦ “红鲜”、“玉粒”描写的是稻。

《郑驸马宅宴洞中》：“主家阴洞细烟雾，留客夏簟青琅玕。”杨注：“言簟也。”⑧“青琅玕”描写的是“簟”。

《上巳日徐司录林园宴集》：“款倒衰年废，招寻令节同。”注：“欹倒，谓醉也。”⑨“欹倒”描写醉态。

---

① （清）仇兆鳌：《杜诗详注》，中华书局1979年版，第481页。

② 同上书，第618页。

③ （清）浦起龙：《读杜心解》，中华书局1961年版，第88页。

④ 同上书，第830页。

⑤ 同上书，第22页。

⑥ 同上书，第148页。

⑦ 同上书，第555页。

⑧ （清）杨伦：《杜诗镜铨》，上海古籍出版社1962年版，第16页。

⑨ 同上书，第911页。

# 第八节　解句

因为诗歌语言的特殊性，诗歌注释与其他文体的注释相比，对句子的解说显得尤为突出。注释者解句都采用串讲的形式。解句的内容包括如下几项：解释内容、阐发意思、说明语法、指明功能、指点读法、揭示诗人心理、提示逻辑关系。

## 一　解释内容

看清楚句子的抒写内容，是读者理解诗歌的第一步，也是注释者解释句子含义的第一步。因此注者往往将句子所表现的内容作一复述，或用注者的语言重新表述诗句内容，或以简明的词语概括诗句的内容。这类注释体现注释者丰富的想象能力和严密的逻辑思维能力以及简捷的概括能力。例如：

《喜观即到复题短篇二首》其一："意答儿童问，来经战伐新。"浦解："五、六，黄生云：开书之时，其子在旁，询叔动定，且答且读。"[①] 这一注释推想了诗人创作时的情景，这情景正是诗句反映的内容。

《喜观即到复题短篇二首》其二："应论十年事，捻绝始星星。"浦解："直至结尾收转云：想其到此之时，见我毛发皓白，应论我十年前，捻须索句，才星星数茎耳。"[②] 此注复述了受体的内容。

《春夜峡州田侍御长史津亭留宴得筵字》："北斗三更席，西江万里船。"浦解上句："'三更'，举席终而言。散步仰观，见斗柄所指，而识更次也。"[③] 施体所表达的是上句陈述的事物。

《狂夫》："欲填沟壑唯疏放，自笑狂夫老更狂。"浦解："五、六，露意，公自以为已涉狂夫之言，故急以自笑刹住。"[④] 此施体是逆料诗人下句所反映的当时情事。

---

① （清）浦起龙：《读杜心解》，中华书局1961年版，第535页。

② 同上书，第536页。

③ 同上书，第573页。

④ 同上书，第616页。

《王阆州筵奉酬十一舅惜别之作》："良会不复久，此生何太劳。穷愁但有骨，群盗尚如毛。"浦解："'别酒'，王之饯。'太劳'，舅之行。'穷愁'，身之苦。'群盗'，世之乱。"① "别酒""太劳""穷愁""群盗"表现的内容分别是"王之饯""舅之行""身之苦""世之乱"。

《天池》第二段："鱼龙开辟有，菱芡古今同。闻道奔雷黑，初看浴日红。飘零神女雨，断续楚王风。欲问支机石，如临献宝宫。"浦解："'鱼龙'……四句就池之功用实写。'神雨'……四句皆迷离惝懭之景，是就池境虚写。"② 注文表明：前四句写的是"池之功用"，后四句写的是"迷离惝懭"的"池境"。这是对诗句内容的概括。

《夏夜李尚书筵送宇文石首赴绵联句》浦解："此八句，一线穿下，俱言李饯宇文事也。"③ 总结了"爱客尚书重，之官宅相贤。酒香倾座侧，帆影驻江边。翟表郎官瑞，凫看令宰仙。雨稀云叶断，夜久烛花偏"八句的内容。

《房兵曹胡马》："所向无空阔，真堪托死生。"杨注："上写骨相，二句并及性情。"④ 杨言"上写骨相"指前"锋稜瘦骨成"至"风入四蹄轻"数句。是说此数句写的是马的骨相，"所向"二句写的是马的性情。

《白水崔少府十九翁高斋三十韵》："崇冈相枕带，旷野回咫尺。"杨伦眉批："此高斋远景。""危阶根青冥，曾冰生淅沥。上有无心云，下有欲落石。泉声闻复息，动静随所激。鸟呼藏其身，有似惧弹射。"杨伦眉批："此高斋近景。""为我炊彫胡，逍遥展良觌。"杨伦眉批："此记舅氏款待之情。"⑤

## 二　阐发意思

意思是一切注释活动的核心。不管是释音、解词还是说明语法、揭示修辞手段，最终的着眼点都是为了解说意思。西方诠释学侧重于对经典的整体意义的追讨，是一种哲学思辨的过程和结果，这与中国经学的解释学

---

① （清）浦起龙：《读杜心解》，中华书局 1961 年版，第 735 页。

② 同上书，第 779 页。

③ 同上书，第 794 页。

④ （清）杨伦：《杜诗镜铨》，上海古籍出版社 1962 年版，第 6 页。

⑤ 同上书，第 116 页。

是一致的。但从施莱尔马赫的一般诠释学、狄尔泰的体验诠释学到海德格尔的此在诠释学、伽达默尔的语言诠释学，尽管越来越多地强调文本的独立性和读者在解释过程中的作用，但都还不反对经典文本的“原义”的基础作用。中国经学虽然更重视“原义”，但从汉代到唐代再到明代，在意义阐释上的“与时俱进”是十分明显的。中国的古典诗歌注释学对意义的阐释，是建立在对“原义”的追求上的，但也并不排斥读者的个性化理解。这么看来，中国的注释学与西方诠释学并不存在实质性的矛盾，二者的区别仅仅是对文本在新的时代、在新的社会意识结构中有可能产生的“新义”的肯定额度、分寸。实际上“新义”的产生，往往蕴含在对“原义”探讨之中。如果说注释者或诠释者从一开始就从时代的需要出发为某个“新义”去从经典中挖掘依据，那一定是存在深刻的政治功利的。但功利的不一定就会被消灭，有时候还会产生深远的影响。如董仲舒对经典的解释，就从功利中获得了巨大的成功。然而一旦解释的工程启动了，就仍然要从求索“原义”的道路上走出来。所以探求“原义”是一切解释的必由之路。

杜诗注本中解释句子常用串讲的方法。串讲属于“解”，尽管清人认为“注”和“解”是有区别的①，但同时也注意到了二者的紧密联系：“神吻由事辞而出，事辞以神吻为准。”② 故串讲仍属于注释范畴，而不是注释之外的另一种处理文本释义事宜的技术。所以本书不刻意区分内容的串讲和词语注释，而是全都纳入“注释”这一总的视域之下，进行统一的论述。

（一）释基本意思

所谓基本意思，是指句子所使用的词语的常用意义在一般而不是特殊的语法组织中所显示的表层意思。句子基本意思的理解是从文本中释放全部意义的基础。下面是注释基本意义的例子：

《佐还山后寄三首》其三：“几道泉浇圃，交横幔落坡。”仇兆鳌作“落幔坡”并标明异文：“（幔）一作蔓，一作幔落。”注曰：“《杜臆》：浇圃之泉，即前侵篱之水。旧说谓泉水交横而落坡，其坡上青翠如幔。汪

---

① 如浦起龙就认为：“注与解体各不同：注者其事辞，解者其神吻也。神吻由事辞而出，事辞以神吻为准。故体宜勿混，而用贵相贯顾。”（浦发凡5页）

② （清）浦起龙：《读杜心解》，中华书局1961年版，发凡第5页。

瑗、顾宸皆云：泉浇圃、幔落坡，乃平对之词。设幔于坡，以防鸟雀，是为瓜果而设者，交横乃坡上幔影，此另一说。”① 这是解释诗句的基本意思。

---

① （清）仇兆鳌：《杜诗详注》，中华书局1979年版，第630页。浦注：“《后汉书注》：落，藩也。《字书》：落与笼络之络同。《庄子》‘落马首’是也。观此，知诗盖言以幔络坡，如今人编箔以防鸡骛之类。注俱未合。”（浦390页）顾注：“设幔于坡以防鸟雀，是为瓜果而设者。”梁运昌《杜园说杜》：“幔当作蔓，落同络。”（梁566页）杨伦则全引顾注：“顾注：设幔于坡以防鸟雀，是为瓜果而设者。交横乃坡上幔影。”（杨267页）所见接近。所谓“未合”者，如郭知达《九家集注杜诗》作“落慢坡”，当然解“落”为叶落了。［（宋）郭知达《九家集注杜诗》，黄永武杜诗丛刊本，台湾大同书局1976年影印，第1492页］刘辰翁《集千家注批点补遗杜工部集》：“注曰：分引泉以灌园，故交横而落。幔坡言坡中青草如幔也。”［（宋）刘辰翁（元）高楚芳《集千家注批点补遗杜工部诗集》，黄永武杜诗丛刊本，台湾大同书局1976年影印，第530页］徐居仁、黄鹤《集千家注分类杜工部集》同刘辰翁，只是将句末“也”字移到了“落”字后。［（宋）徐居仁、黄鹤《集千家注分类杜工部诗》，黄永武杜诗丛刊本，台湾大同书局1976年影印，第545页］鲁訔、蔡梦弼《草堂诗笺》（千家注杜诗）注：“分引泉水灌园，故交横而落。幔坡言坡翠如绿幔也。”［（宋）鲁訔，蔡梦弼《草堂诗笺》，台湾广文书局1980年影印，第347页］佚名《分门集注杜工部诗》与徐本全同。［（宋）阙名《分门集注杜工部诗》，黄永武杜诗丛刊本，台湾大同书局1976影印，第587页］邵宝《刻杜少陵先生诗分类集注》作“落幔坡”，并解释道：“‘几道’‘交横’谓分引泉水而灌园而泉之来路多也。‘幔坡’，坡上之菜青翠如幔也。”［（明）邵宝《刻杜少陵先生诗分类集注》，黄永武杜诗丛刊本，台湾大同书局1976年影印，第2983页］单复《读杜诗愚得》作“落慢坡”，注：“言浇圃之泉落慢坡，故秋叶少而野云多。”［（明）单复：《读杜诗愚得》，黄永武杜诗丛刊本，台湾大同书局1976年影印，第455页］此注离谱，不像学者所作，即便是泉落于空中，冲刷了秋叶而致其少，可以牵强言之，泉落能增加野云的数量吗？朝鲜李植《纂注杜诗泽风堂批解》与郭知达本接近，只是将“坡中青草如幔”简化成了“坡翠如幔”。［（朝鲜）李植《纂注杜诗泽风堂批解》，黄永武杜诗丛刊本，台湾大同书局1976年影印，第587页］吴见思曰：“几道浇圃之泉，交横落于幔坡之上，故种蔬为便也。”吴见思《杜诗论文》［（清）吴见思《杜诗论文》，四库全书存目丛书本，齐鲁书社1997年影印，集7，第63页］卢元昌《杜诗阐》：“分泉引水，自涧而下者，定有几道。几道泉则交横落矣，坡中之植，泉水一浇，青翠如幔。……坡，即秦州诗中所称阳坡可种瓜者是也。幔坡谓坡上青葱，一望如幔。”［（清）卢元昌《杜诗阐》，四库全书存目丛书本，齐鲁书社1997年影印，集7，第637页］今人李寿松、李翼云注：“几道泉水环绕菜圃，纵横交错的地幔插在山坡。幔，菜圃周围的地幔。”（李寿松、李翼云《全杜诗新释》，中国书店2002年版，第482页）既然是用来围菜圃的，又怎么纵横交错地插？既是地幔，怎么不是铺而是插？甚难理解。各家所言，可归纳为两方，关键在“交横”所指：浦起龙一方认为“交横”指的是“幔”（围幔）或“落”（篱笆），郭知达一方认为指的是“泉”，经比较，指篱笆为优。因为山坡地浇

《江上值水如海势聊短述》："老去诗篇浑漫与，春来花鸟莫深愁。"仇注："赵注：将愁字属花鸟说，盖诗人形容刻露，花鸟亦应愁怕，犹崔日用诗'朝来花鸟若有情'也。钱笺：春来花明鸟语，酌景成诗，莫须苦索，愁句不工也。若指花鸟莫须愁，岂知花鸟得佳咏，则光彩生色，正须深喜，何反深愁耶?"① 引用他人观点解释"春来花鸟莫深愁"的基本意思。不管"愁"的主语是人还是花鸟，所表达的都是与词语常用意义直接联系的意思，而不是言下之意或隐晦的象征意义。

《秋雨叹三首》："着叶满枝翠羽盖，开花无数黄金钱。"浦解上句："'着叶满枝'不平，言所'着'之'叶'，但见'满枝'如'羽盖'也。与下句对。"② 注释说着满了叶子的树枝就像翠绿的羽盖，这是被释句子的基本意思。

《曲江三章章五句》其二："即事非今亦非古，长歌激越捎林莽。"杨注上句："杜臆：谓即事吟诗，五句成章，似古体七言成句，又似今体也。"③ 解释了上句的基本意思。

《奉送郭中丞兼太仆卿充陇右节度使三十韵》："安边仍扈从，莫作后功名。"杨注下句："言勿使功名在人后也。"④ 此注对下句的解释虽涉及"后功名"的特殊结构，但句子的意思也不是深层的或言外的，仍是基本意思。

---

灌时，渠水是不会"交横"的。至于"幔"和"落"的词性、词义，下面加以讨论：《汉语大词典》：落通"络"。羁勒；联络。《庄子·秋水》："落马首，穿牛鼻。"成玄英疏："牛鼻可穿，马首可络。"《汉书·西域传赞》："兴造甲乙之帐，落以随珠和璧。"颜师古注："落与络同。"又释为网。《汉书·李广传》："上召禹，使刺虎，悬下圈中，未至地，有诏引出之。禹从落中以剑斫绝累，欲刺虎。"又释为经络。《汉书·李寻传》："王道公正修明，则百川理，落脉通。"颜师古注："落谓经络也。"又释为篱笆。《汉书·晁错传》："要害之处，通川之道，调立城邑，毋下千家，为中周虎落。"颜师古注："虎落者，以竹篾相连遮落之也。"《文选·张衡〈西京赋〉》："揩枳落，突棘藩。"李善注："杜预《左氏传》注曰：'藩，篱也。落，亦篱也。'"可见交错编织皆可称落，材料硬者为篱落，软者为网络，其道理是一致的。"幔"，刘熙《释名·释床帐》："漫也，漫漫相连缀之言也。"引申一下，这里的幔就是"相连而在"的意思。这样分析，我们发现杜甫此句当为"落幔坡"，句中"落"是名词，"幔"是动词，句意是：几道山泉流入菜圃，篱笆围布在山坡上。

① （清）仇兆鳌：《杜诗详注》，中华书局1979年版，第810—811页。

② （清）浦起龙：《读杜心解》，中华书局1961年版，第237页。

③ （清）杨伦：《杜诗镜铨》，上海古籍出版社1962年版，第44页。

④ 同上书，第150页。

（二）释深层意思

诗歌在表意上与其他文体有很大的不同。从毛传对《诗经》的解释可以看出汉以前的诗歌表意是十分深邃的。自从朱熹把《诗经》当作普通的表达来对待，到如今几乎所有的研究者都基本上否定了毛传对《诗经》章旨的概括，而作了浅近的解释，并皆以为揭去了蒙在《诗经》上面的神秘的面纱，从而得到了《诗经》的真解。却没有深思这么浅显的作品怎么在古人眼里那么深奥，没有思考古人为什么喜欢把“神秘的面纱”蒙在上面。这显然忽视了古代人类的独特的思维方式和表达方式。往后看，“诗亡然后有楚骚”，从屈原的作品来看，香草美人以譬君子的特征是谁也否认不了的。再从被认为是早期五言诗的汉代的《古诗十九首》来看，所用意象的象征意味仍然存在。那么《诗经》不是简单地表现个人情感应该是不容怀疑的。只是在《诗经》的时代，诗的诗面意义与象征意义之间的距离很大，大到使我们觉得难以在其间建立起有说服力的联系。然而这个距离随着诗歌的发展在缩小，那些清新晓畅的山水诗作，就是象征意义与诗面意义之间距离无限小的例子。尽管如此，诗歌表意有别于其他文体的事实是难以掩盖的，诗歌的本相一定不是浅显的表意文体，而是各有寓意。那么有诗面意，有深层意，应该就是“诗”这种文学体裁的特质之一。唐五代的诗格理论著作是肯定诗格的“象外之致”的，如郑谷《国风正诀》、旧题贾岛所撰《二南密旨》、僧虚中撰的《流类手鉴》就十分强调诗中物象的象征意义。那么，对诗歌深意的诠释，就是诗歌注释的重要内容。杜甫继承前人，其诗歌多有深层含义，而古代的杜诗注释中也没有忘记对诗歌深意的解说。例如：

《奉同郭给事汤东灵湫作》：“陂陀金蛤蟆，出现盖有由。至尊顾之笑，王母不肯收。”浦解：“考‘金蛤蟆’乃月中蚀月之物，月，贵妃象也。禄山通宵禁中，宫闱浊乱，帝以宠贵妃故不问，‘蛤蟆’亦举其类欤？又《通鉴》：国忠言：‘禄山必反，陛下试招之，必不来。’禄山闻命即至，上益亲信之。续遣归范阳。禄山惊喜，疾驱出关。明年遂反。今诗曰：‘至尊顾笑，’‘王母不收。’意举朝议收之，妃阴劝上纵遣之欤？噫，词旨微矣。”[①] 既然注家自己声称“词旨微矣”，说明诗句表意具有十分突出的隐蔽性，这个隐蔽性就是表层意思与深层意思的辩证联系，古代注释

① （清）浦起龙：《读杜心解》，中华书局1961年版，第20页。

都在尽力发掘这一联系。

《晦日寻崔戢李封》："威凤自高翔，长鲸吞九州。"浦解："'威凤高翔'，喻言治运既远，亦隐寓己与崔、李辈不得事权意。"① 此注揭示了诗句所隐喻的含义：治运既远，不愿事权。

《玉华宫》："不知何王殿，遗构绝壁下。"浦解："明是唐时所建，而曰'不知何王'，正以先世卑宫遗意，子孙有愧敬承。若明言贞观之俭，则显形天宝之奢矣。而况本朝旧物，一旦荒凉，又有不忍言者也。"② 浦起龙揭出诗人之"不忍言者"，那就是先王节俭而后君奢靡，导致王朝衰落。这些都是言外深意。

《课伐木并序》浦解："或云，亦隐讽柏公宜检核酷吏，此在言外。"③ 注者明言"隐讽"、"此在言外"，可见"柏公宜检核酷吏"确实是杜诗的深层意思。

《八哀诗·赠秘书监江夏李公邕》："呜呼江夏姿，竟掩宣尼袂。"浦注："谓直笔难再矣。"④ "江夏姿"指李邕的风采，"掩宣尼袂"是孔子的典故，《公羊传》：西狩获麟，孔子反袂拭面，涕泣沾袍。而浦注"直笔难再"，则是结合李邕被害，又联想古代秉笔直书的良史的品行所作的更加深层的解释。

《苏大侍御涣静者也旅于江侧凡是不交州府之客人事都绝久矣肩舆江浦忽访老夫舟楫而已茶酒内余请诵近诗肯吟数首才力素壮词句动人接对明日忆其涌思雷出书箧几杖之外殷殷留金石声赋八韵记异亦见老夫倾倒于苏至矣》："入幕未展才，秉钧孰为偶。"浦注下句："谓可大用。"⑤ 此注与诗句字面没有任何联系，完全是言外之意。

《洗兵马》："隐士休歌紫芝曲，词人解撰清河颂。"浦注上句："四皓歌也。休歌者，有道则现也。"⑥ "有道则现"是"休歌紫芝曲"表层所没有的意思。

《风疾舟中伏枕书怀三十六韵奉呈湖南亲友》："家世丹砂诀，无成涕

① （清）浦起龙：《读杜心解》，中华书局1961年版，第24页。
② 同上书，第39页。
③ 同上书，第127页。
④ 同上书，第151页。
⑤ 同上书，第207页。
⑥ 同上书，第258页。

作霖。”浦解：“结联语妙，思之失笑。家事只靠‘丹砂’，则将登仙乎？况又‘无成’也。‘作霖’乃活人之本，而以‘涕’为之，则是饮泣待毙耳。言外若曰：亲友亦念之否？”① 浦氏经过一番推论，得出“亲友亦念之否”的本意，一个“言外若曰”，足以证明此非诗句表层的基本意义。

《三川观水涨》：“普天无船梁，欲济愿水缩。”杨注上句：“寓言拯溺无人。”② 杨伦说“寓言”，是说“拯溺无人”这一意思是诗句所寄寓的深意。

《喜晴》：“顾惭昧所适，回首白日斜。”杨注：“言己年已暮。”③“己年已高”与诗句字面毫无关系，只是“惭”、不知“所适”、“白日斜”等意象的文化含义加上诗人当时的境遇共同合成的深层含义。

（三）语用意思

语用意思是指由句子所描述的物象、事象所表明或显示的意义。语用意思不同于上条“深层意思”，深层意思大多具有象征性，是弦外之音、言外之意；而语用意义却是显现性，是与语句所呈现的表象相联系的原因、结果、条件、实质、连带事物等，即通常所说的言下之意。深层意思与诗句表面意思之间是一种抽象关系，或与词语色彩相关，如用明镜高悬象征清廉，或与文化传统相关，日月龙凤象征帝室王权等；语用意思则注重与诗句字面意思的推理关系，如通过“家徒四壁”可推出贫穷，通过“流血漂橹”可推出战争的残酷等。杜诗注释中解释句子语用意思的例子很多。下列就是典型的语用意思注释：

《诸将五首》其一：“汉朝陵墓对南山，胡虏千秋尚入关。昨日玉鱼蒙葬地，早时金碗出人间。见愁汗马西戎逼，曾闪朱旗北斗殷。多少材官守泾渭，将军且莫破愁颜。”钱笺：“昔日玉鱼，才蒙葬地，早时金碗，已出人间。曰昔日，曰早时，言变乱倏忽，不可常保也。指西戎入犯之促数，故曰见愁汗马；指胡虏焚宫之烟焰，故曰曾闪朱旗。所以告诫长安之诸将者如此。”④ 钱注指出：陪葬的玉鱼、金碗的异常出现，反映出变乱无常；“见愁汗马”是西戎入犯的结果，“曾闪朱旗”是胡虏焚宫的影像。

---

① （清）浦起龙：《读杜心解》，中华书局 1961 年版，第 818 页。

② （清）杨伦：《杜诗镜铨》，上海古籍出版社 1962 年版，第 119 页。

③ 同上书，第 137 页。

④ （清）钱谦益：《钱注杜诗》，上海古籍出版社 1979 年版，第 514 页。

这些意思都是从诗句中推理而来的，所以属于语用意思。

《遣闷奉呈严公二十韵》："浪簸船应坼，杯干瓮即空。藩篱生野径，斤斧任樵童。"仇注："船应坼，不暇修。瓮即空，不暇酿。生野径，听人行。任樵童，凭人采矣。"① "不暇修"是"船应坼"的原因；"瓮即空"是"不暇酿"的结果；"听人行"是"生野径"的条件；"任樵童"是"凭人采"的表象。所以说是语用意思。

《陪诸公上白帝城头宴越公堂之作》："落构垂云雨，荒阶蔓草茅。柱穿蜂溜蜜，栈缺燕添巢。"仇兆鳌小序："垂云雨，言其高。蔓草茅，言其荒。蜂溜蜜，春气融。燕添巢，新入堂也。"② "垂云雨"是"高"的表征，"蔓草茅"是"荒"的表征，"蜂溜蜜"是"春气融"的显像，"燕添巢"是"新入堂"的特征。都是诗句所描述的景象所显示的意思。

《舟中夜雪有怀卢十四侍御弟》："烛斜初近见，舟重竟无闻。"仇注："舟重，雪厚也。"③ "雪厚"是"舟重"的直接原因，这一语用意思是以果显因。

《荆南兵马使太常卿赵公大食刀歌》："鬼物撇捩辞坑壕，苍水使者扪赤绦。"浦注上句："逃遁也。"④ 诗句描写的物象显示的实质是"逃遁"。

《秦州杂诗二十首》其十七："鸬鹚窥浅井，蚯蚓上深堂。"浦解："五、六，见人迹罕到。"⑤ 浦氏用一"见"表明"人迹罕到"是诗句意境所显现的意思。

《曲江对雨》："林花着雨燕支湿，水荇牵风翠带长。龙武新军深驻辇，芙蓉别院漫焚香。"浦解："'花着雨'，见苑中车马阒然。'荇牵风'，见江上彩舟绝迹。上皇平韦氏，改龙武军，今曰'深驻辇'，不自临阅矣。又常从夹城达芙蓉园，今曰'漫焚香'，无复游幸矣。"⑥ 浦注解释了诗句所述现象展示的实质，两个"见"表明了这种表象和判断之间的关系。

《寄韦有夏郎中》："归楫生衣卧，春鸥洗翅呼。"浦解："'楫卧生

---

① （清）仇兆鳌：《杜诗详注》，中华书局 1979 年版，第 1180 页。

② 同上书，第 1275 页。

③ 同上书，第 2032 页。

④ （清）浦起龙：《读杜心解》，中华书局 1961 年版，第 306 页。

⑤ 同上书，第 387 页。

⑥ 同上书，第 610 页。

衣’，出峡无期也。”①“楫卧生衣”表明船久闲置，船久闲置表明“出峡无期”这一意思不是比喻或象征或隐喻带来的，所以属语用意思。

《秦州杂诗》其十五：“檐雨乱淋幔，山云低度墙。”杨注上句：“见雨之骤。”下句：“见云之浓。”② 两个“见”字，揭示“雨骤”、“云浓”是“乱淋幔”“低度墙”两种现象所反映的实质。

《寄张十二山人彪三十韵》：“鼓角凌天籁，关山倚月轮。”杨注下句：“句言地势之高。”③“凌天籁”、“倚月轮”是“高”的表现。

《又雪》：“冬热鸳鸯病，峡深豺虎骄。”杨注：“文禽偏病，猛兽偏骄，见地恶不可久居也。”④ 诗句描述的是“地恶”之现象。

《不寐》：“瞿塘夜水黑，城内改更筹。”杨注：“言月落也。”⑤ 因为“月落”光暗，所以“夜水黑”；因为“月落”时晚，所以“改更筹”。

（四）指涉意思

前面讨论过词的指涉义、短语的指涉意义，此处讨论句子的指涉意思。句子的指涉意思是句子所要描写的对象或所关联的事件、人物、时间、地点。对指涉意思的解释，就是要指明句子内容是针对何人、何事、何物的，使读者明了句意指向。

《阆州东楼筵奉送十一舅往青城得昏字》：“高贤意不暇，王命久崩奔。”浦注“谓二十四舅。”⑥ 二十四舅是全句表达的对象。

《八哀诗·赠司空王公思礼》：“太子入朔方，至尊狩梁益。”浦注：“肃宗至灵武。”“玄宗幸蜀。”⑦ 是注明诗句所反映的事件。

《八哀诗·故著作郎贬台州司户荥阳郑公虔》：“神农或阙漏，黄石愧师长。”浦注上句曰：“药。”注下句曰：“兵。”⑧“神农”，传说中的太古帝王。传说他曾尝百草，发现药材，教人治病。“黄石”指黄石公。授予张良兵书《黄石公三略》。浦氏以药兵二字释二句，只是解释关涉的

① （清）浦起龙：《读杜心解》，中华书局 1961 年版，第 751 页。

② （清）杨伦：《杜诗镜铨》，上海古籍出版社 1962 年版，第 245 页。

③ 同上书，第 281 页。

④ 同上书，第 580 页。

⑤ 同上书，第 663 页。

⑥ （清）浦起龙：《读杜心解》，中华书局 1961 年版，第 108 页。

⑦ 同上书，第 144 页。

⑧ 同上书，第 156 页。

事物。

《秦州见敕目，薛三據授司议郎，毕四曜除监察，与二子有故，远喜迁官，兼述索居，凡三十韵》："俗态犹猜忌，妖氛忽杳冥。"杨注上句"指李林甫"，下句"指安禄山"。[①] 分别是两句描写的对象。

《牵牛织女》："亭亭新妆立，龙驾具曾空。"杨注上句："指织女。"[②]

《暮春江陵送马大卿公恩命追赴阙下》："玉符标孤映，霜蹄去不疑。激扬音韵徹，籍甚众多推。潘陆应同调，孙吴亦异时。"每句分别旁批："品质、意气、言论、声名、诗文、谋略。"[③] 也都是每句关涉的对象。

### 三　说明语法

在传统注释实践中，注释语法没有一种成形的模式。前人不是没有语法的概念，而是汉语的表意特点使得语法的作用不够突出，尤其是诗歌，句子往往与平常的语句有别。汉语没有形态时态的变化，是因为汉语采用全息表达、组合见意的表意方式。所谓全息表达，就是句中使用一个词时，尽管作者只使用该词的一个义项，但这个词的全部意义都蕴含其中。所谓组合见意，是说词语的多种意义在与其他词语的关联中只显示适合本句的意义，义项的择取依靠词语的相互暗示。也就是说每个词的各个义项之间的选择主要不靠语法，而靠义项之间的自动匹配。这个匹配不通过时、格、形、态的变化来表达，而是通过读者（听者）大脑对各个词语能够"相合"的义项的提取和瞬间组合，组合的依据不是语法规则，而直接来自客观事物规律和自然生活逻辑。被组合（也就是被理解）的意义从全息结构中凸显出来，而未被选择的意义退隐。因为汉语的全息表达、组合见意，语法的作用被淡化。但这并不意味着汉语不讲语法，或汉语没有语法。在匹配过程中，有时候会有两种以上的意义显现，这时候就依靠词语的组合顺序等属于语法范畴的方式来解决，自动匹配与语法规范相辅相成。杜诗注释中有一些是对语法的说明。举例如下：

#### （一）说明语句结构

《留花门》："北门天骄子，饱肉气勇决。"浦注"天骄子"："谓天之

① （清）杨伦：《杜诗镜铨》，上海古籍出版社 1962 年版，第 269 页。

② 同上书，第 618 页。

③ 同上书，第 913 页。

骄子，出《汉书》。"[①] 此注说明"天"是"骄子"的定语。

《遣兴五首》其一浦解："'不得死'，不得其死也。"[②] 注明"不得死"是述宾结构，而不是状中结构。

《七月三日亭午已后校热退晚加小凉稳睡有诗因论壮年乐事戏呈元二十一曹长》："长铍逐狡兔，突羽当满月。"浦注："赵曰：突羽，言羽箭奔突。"[③] 可见此句中的"突羽"是一个状中结构，这个结构的中心词实际上是全句的逻辑主语。

《有感五首》其三："日闻红粟腐，寒待翠华春。"浦解："'日闻'，言近日有闻。此二字直贯两句，谓传闻驾将东幸也。"[④] 此注说明"闻"的宾语是"红粟腐、寒待翠花春"。

《晓望白帝城盐山》："日出清江望，暄和散旅愁。"浦解："'暄和'字侧下，与'日出'对，非散体也。"[⑤] "侧下"是说"暄和"非平行并列关系，而是主谓关系。因为"与'日出'对，非散体"，"日出"是主谓关系，那么"暄和"也是主谓关系。

《白露》："圃开连石树，船渡入江溪。"浦解："'连石树'，连石之树，隔溪已见也。"[⑥] 非"连"与"石树"的动宾关系，而是"连石"与"树"的偏正关系。仇注："连石之树，开圃而见。入江之溪，乘船而渡。连字，属树不属圃。入字，属溪不属船。"[⑦] 即两句主干为"圃开树"、"船渡溪"而非"圃连石树"、"船入江溪"。

《缆船苦风戏题四韵奉笺郑十三判官泛》："因声置驿外，为觅酒家垆。"浦解："因声，因而寄声也。"[⑧] 说明上句当理解为"因而寄声于置驿之外"。原来是"置驿外"作"声（寄声）"的补语，而不是"因声"作"置"的状语。

《赠比部萧郎中十兄》："有美生人杰，由来积德门。"浦解："'生人

① （清）浦起龙：《读杜心解》，中华书局1961年版，第51页。
② 同上书，第68页。
③ 同上书，第132页。
④ 同上书，第456页。
⑤ 同上书，第497页。
⑥ 同上书，第540页。
⑦ （清）仇兆鳌：《杜诗详注》，中华书局1979年版，第1674页。
⑧ （清）浦起龙：《读杜心解》，中华书局1961年版，第583页。

杰’者，生人之杰也。勿依《杜阐》作‘从姑笃生人杰’解。”[①] 浦起龙的意思是如果理解为“从姑笃生人杰”，是错解了句子结构，正确的理解应该是“从姑乃现世人杰”。后世的李清照就有“生当作人杰”的句子，较近杜诗之意。

《陪章留后侍御宴南楼得风字》：“朝廷烧栈北，鼓角漏天东。”浦解：“‘烧栈北’在烧栈之北也。”[②] 浦解认为上句的结构是“朝廷在烧栈之北”。

《赠李八秘书别三十韵》：“往时中补右，扈跸上元初。”浦注：“上元初者，谓扈跸于主上之初元。非如《寄题草堂》所云：‘经营上元始’也。”[③] 此解解释下句的结构是“扈跸于主上之初元”，避免了把“上元”理解为年号。

《江畔独步寻花七绝句》其一：“走觅南翁爱酒伴。”浦解：“‘爱酒伴’谓爱酒之伴。上一字连读。”[④] 即说“爱酒伴”是偏正结构，“爱酒”是定语，“伴”是中心语。“上一字连读”一定有误，当为“上二字连读”或“与上一字连读”。

《赤霄行》：“江中淘河吓飞燕，衔泥却落羞华屋。”杨注：“羞，羞向也。”[⑤] 杨伦对“羞”的解释，实质上是表明此句保留状中结构的修饰成分而省略了动词中心。

《柳司马至》：“霜天到宫阙，恋主寸心明。”上句注：“谓心到宫阙。”[⑥] 是用添加成分的方法指明主语非“霜天”，而是蒙后省略的“心”。

（二）说明倒装

诗句中的倒装，有多种原因，或为合律，或为押韵，也有为追求句子的奇峭而倒装的。读者对这些情况未必都能够理解，因此需要注出。其具体情况如下：

注明为押韵而倒装的：

---

① （清）浦起龙：《读杜心解》，中华书局1961年版，第688页。

② 同上书，第733页。

③ 同上书，第756页。

④ 同上书，第838页。

⑤ （清）杨伦：《杜诗镜铨》，上海古籍出版社1962年版，第562页。

⑥ 同上书，第886页。

《宿白沙驿》："驿边沙旧白，湖外草新青。" 仇注："白沙，驿名。青草，湖名。拆开用之，倒装以协韵耳。"①

《玩月呈汉中王》："欲得淮王术，风吹晕已生。" 杨注："《淮南子》：画芦灰而月韵晕阙，许慎注：有军士相守则月晕。以芦灰环月，阙其一面，则月晕亦阙于上。……二句系倒文，言风吹晕生，正可验淮王画灰之术也。"② 此诗押庚韵，若不倒装，则无法押韵。

《寄韩谏议注》："羌人胡为隔秋水，焉得置之贡玉堂。" 注："谓焉得贡玉堂而置之朝廷之上耶！亦系倒句法。"③ 此诗押阳韵，下句若作"焉得贡玉堂置之"，既不押韵，也非诗句节律。

注明为合律而倒装的：

《渼陂行》："主人锦帆相为开，舟子喜甚无氛埃。" 浦解："'主人开帆'、'舟子喜甚'，二句倒装。"④ 若按常式作"锦帆相为主人开，无尘埃舟子喜甚"，则下句音步散乱，不具备诗句的节奏。

《哭韦大夫之晋》："丈人叨礼数，文律早周旋。" 浦解："'叨礼数'，言叨礼于丈人，是倒找句法。"⑤ 浦的意思是说"丈人"不是"叨"的主语，而是叨扰的对象，句法是补语前置。如果将"丈人"置于"叨"后，则不合"平平平仄仄"，且节奏难调。

《南楚》："杖藜妨跃马，不是故离群。" 杨于上句旁批："倒句。"⑥ 若作"跃马杖藜妨"，则不合"平平平仄仄"的格式。

有的是为奇峭而倒装的：

《野望》："野树侵江阔，春蒲长雪消。" 仇序："五岭在南，三苗在北，江涨直侵野树，雪消始长春蒲。五六倒装句法。"⑦ 若作"江阔侵野树，雪消长春蒲"则过于平常，难以达到杜甫"惊人"的出语标准。

《三川观水涨二十韵》："枯查卷拔树，礌磈共充塞。" 浦解："'枯

① （清）仇兆鳌：《杜诗详注》，中华书局 1979 年版，第 1954 页。

② （清）杨伦：《杜诗镜铨》，上海古籍出版社 1962 年版，第 419 页。

③ 同上书，第 799 页。

④ （清）浦起龙：《读杜心解》，中华书局 1961 年版，第 234 页。

⑤ 同上书，第 804 页。

⑥ （清）杨伦：《杜诗镜铨》，上海古籍出版社 1962 年版，第 581 页。

⑦ （清）仇兆鳌：《杜诗详注》，中华书局 1979 年版，第 1973 页。

查’句倒装。言卷去之拔树，浮若枯查也。”① 若作“拔树卷枯差”，则平而不奇。

（三）说明句法

这里说的句法是指诗歌语言的结构方法，有的涉及复句的关系。但注释者注杜时没有一套成熟的术语和方法系统，而且有些说的是结构关系方面的问题，有些说的是用词特殊性方面的问题。本节从古代注释中涉及句法的例子来分析其解说句子组织方法时实际上涉及了哪些内容。

注明结构关系的：

《东楼》：“传声看驿使。”仇注：“闻驿使传呼之声而往看也。”② 是说此句是个紧缩的因果复句。

《火》：“风吹巨焰作，河掉腾烟柱。”浦解：“‘河掉’对‘风吹’，‘腾烟柱’对‘巨焰作’，仍以下句足上句，言风焰上冲，一若天‘河’欲‘掉’，而‘腾’高‘烟’以撑拄者。”③ 浦注实际上在说明这是一个复杂的复句。上句是“河掉”的原因，即因为风焰上冲，所以给人天河要掉下来的错觉。“河掉”又是“腾烟柱”的原因，因为银河要掉下来，所以地面腾起烟来柱（支撑）。

《郑驸马宅宴洞中》：“自是秦楼压郑谷，时闻环佩声珊珊。”浦解：“此联又是倒装法，以‘佩声’作点醒语也。”④ 注明此联两个分句是因果倒置，闻环佩而神回，始悟身在郑家阴洞。

《上白帝城二首》其二：“勇略今何在，当年亦壮哉！”杨注：“蒋云：子瞻于此脱出，固一世之雄也，而今安在哉！毕竟此二句倒装尤有味。”⑤ 杨注示意此联是一个转折关系的复句，虽然当年雄壮，但如今在哪里呢？

《白凫行》：“君不见，黄鹄高于五尺童，化为白凫似老翁。”浦注：“朱注：黄鹄化为白凫，犹五尺童化为老翁。”⑥ 杨注：“自是五尺童高于黄鹄，化为老翁似白凫耳，公诗每有此倒句，朱注非。”⑦ 浦杨二人虽不

---

① （清）浦起龙：《读杜心解》，中华书局 1961 年版，第 27 页。

② （清）仇兆鳌：《杜诗详注》，中华书局 1979 年版，第 601 页。

③ （清）浦起龙：《读杜心解》，中华书局 1961 年版，第 129 页。

④ 同上书，第 599 页。

⑤ （清）杨伦：《杜诗镜铨》，上海古籍出版社 1962 年版，第 595 页。

⑥ （清）浦起龙：《读杜心解》，中华书局 1961 年版，第 328 页。

⑦ （清）杨伦：《杜诗镜铨》，上海古籍出版社 1962 年版，第 1004 页。

一致，但都揭示了此句前后错综的词语关系。

《别常征君》："白发少新洗，寒衣宽总长。"仇注："白发少，寒衣宽，此上三字下二字句法。"① 是说此联两句皆是前三字一个意义单位，后二字一个意义单位。

《放船》："青惜峰峦过，黄知橘柚来。"仇注："赵汸注：青字黄字略读，乃上一字，下四字格。"② 是说两句皆前一字一个意义单位，后四字一个意义单位。

此二例也涉及停连的问题，但注语中用了"句法""格"这样的词语，所以放在句法中讨论。

《独坐二首》其一："水花寒落岸，山鸟暮过庭。"仇注："黄生曰：水花二句，抽换可得八联，此辘轳句也。"③ 意思是调换顺序皆可成句，总共有八种调换法。④

《更题》："群公苍玉佩，天子翠云裘。"仇注："黄生云：五六句中，不用虚字，谓之实装句。"⑤ 仇注指出此联是"实装句"，就是完全由实词构成的诗句。

（四）其他

解释语法的其他内容，包括构词法、语词比较、句子成分等，因为例子较零散，故放在一处列举。

《瞿唐两崖》："羲和冬驭近，愁畏日车翻。"仇注："黄生曰……愁畏本一意，特连用之以助句法，唐人诗中多有之。《杜集》如人客、信使、眠卧、车舆、书疏、重叠、稀少、凉冷、熏黑、暄暖、晨朝、徒空、更复之类，不可胜数。"⑥ 此例涉及的是构词法。

《秋清》仇注："秋清，与清秋不同。清秋者，秋气肃清也；秋清者，

---

① （清）仇兆鳌：《杜诗详注》，中华书局1979年版，第1232页。

② 同上书，第1040页。

③ 同上书，第1785页。

④ 其实若不管平仄格律，岂止八种。如："水花寒岸落，山鸟暮庭过。""水花落寒岸，山鸟过暮庭。""水落花岸寒，山过鸟庭暮。""水岸寒花落，山庭暮鸟过。""岸花落水寒，庭鸟过山暮。""寒花水岸落，暮鸟山庭过。""花落水岸寒，鸟过山庭暮。""寒花落水岸，暮鸟过山庭。""岸花落寒水，庭鸟过暮山。""花落岸水寒，鸟过庭山暮。""岸寒水花落，庭暮山鸟过。""寒水落花岸，暮山过鸟庭。""寒落水花岸，暮过山鸟庭。"等等。

⑤ （清）仇兆鳌：《杜诗详注》，中华书局1979年版，第1678页。

⑥ 同上书，第1558页。

谓身逢秋候，得以清爽也。”[1] 此例涉及词语的比较。

《信行远修水筒》：“行诸直如笔，用意崎岖外。”浦注：“‘行诸’，犹行乎，呼其名也。”[2] 此注意在说明“行诸”是称呼语，在语法上属独立成分，叫作独立语。此注涉及句子的独立语。

## 四　指明功能

对句子功能的解说不同于对句子语用义的解说。语用义是语句使用后产生的效果意义，功能是句子在诗意表达中所起的作用。句子的功能分两种类型，一是诗歌结构功能，一是表达功能。

释结构功能例：

《严公仲夏枉驾草堂兼携酒馔得寒字》：“看弄渔舟移白日，老农何有罄交欢。”仇注：“末作自谦之语，与起处宾主相应，此虚实相间格。”[3] 此处“虚实相间格”指的不是一个句子，而是整首诗的结构特征。“与起处宾主相应”则指明所释二句在结构上的功能。

《送元二适江左》：“晋室丹阳尹，公孙白帝城。”仇注：“自白帝而丹阳，乃江左经过处，此与‘白狗黄牛峡，朝云暮雨祠’，同是起下语。”[4] “白狗黄牛峡，朝云暮雨祠”是《奉送崔都水翁下峡》中诗句。仇注认为这些句子在诗中发挥着“起下”的结构作用。

《遣闷呈路十九曹长》：“晚节渐于诗律细，谁家数去酒杯宽。”浦解：“五、六，递下之词。言晚年失路，琐事成吟，渐觉细碎矣。而杯酒往来，人情疏数，殊多冷淡也。今日爱客情长，孰有如君者乎？”[5] 先指明此二句的功能是“递下”，再解释是如何“递下”的。

《奉汉中王手札》：“已觉凉宵永，何看骇浪翻。”浦解：“‘已觉’二句，幸‘宵永’而交酬，倏‘浪翻’而将去。是过接语。”[6] “过接语”就是“过渡句”，点明此联的功能是承上启下，是过渡。

释表达功能例：

---

① （清）仇兆鳌：《杜诗详注》，中华书局1979年版，第1724页。

② （清）浦起龙：《读杜心解》，中华书局1961年版，第134页。

③ （清）仇兆鳌：《杜诗详注》，中华书局1979年版，第904页。

④ 同上书，第1033页。

⑤ （清）浦起龙：《读杜心解》，中华书局1961年版，第664—665页。

⑥ 同上书，第754页。

《谒文公上方》末章仇注："上六作悔语，下六作悟语。"[①] 仇氏注明上六句在表达上的功能是"悔"，下六句在表达上的功能是"悟"。

《牵牛织女》："明明君臣契，咫尺或未容。"仇注："君臣句，特比语耳。"[②] 是说这两句的表达功能是"比"，就是类比。

《奉寄河南韦尹丈人》浦解："惟末段'盘错'二句，意专颂扬。"[③] 浦注的意思是说末段的"盘错神明惧，讴歌德义丰。"两句的表达功能是"颂扬"。

《建都十二韵》："衣冠空穰穰，关辅久昏昏。"浦解："'穰穰'，括朝议情状。'昏昏'，括寇逼情形。"[④] 注明此二句的功能是"括"，即概括。

《王阆州筵奉酬十一舅惜别之作》："吾舅惜分手，使君寒赠袍。""沙头暮黄鹤，失侣自哀号。"浦解："'舅惜分'，点清留诗。'使君赠'，带表主宜。'沙头''失侣'，自比酬别。"[⑤] 浦注指出："吾舅惜分手，使君寒赠袍。"上句的表达功能是"点清留诗"，下句的表达功能是"带表主宜""沙头、失侣"二句"自比酬别"。

《偶题》："缘情慰漂荡，抱疾屡迁移。"浦解："'屡迁移'，括入蜀历年事。"[⑥] 功能是概括。

《暮春江陵送马大卿公恩命追赴阙下》浦解："'激扬'、'籍甚'，其才华也。此为赞词。"[⑦] 指出"激扬音韵彻，籍甚众多推"的表达功能是"赞"。

### 五　解释读法

读法所解释的，实际上是诗句的韵律节奏和意义节奏。近年来语言学研究致力于汉语韵律研究，取得了丰硕的成果。韵律现象研究分别涉及韵律单元、时长、韵律边界、停延、节奏、重音等六方面。中国台湾"中

---

① （清）仇兆鳌：《杜诗详注》，中华书局 1979 年版，第 951 页。

② （清）仇兆鳌：《杜诗详注》，中华书局 1979 年版，第 1322 页。

③ （清）浦起龙：《读杜心解》，中华书局 1961 年版，第 686 页。

④ 同上书，第 729 页。

⑤ 同上书，第 735—736 页。

⑥ 同上书，第 762 页。

⑦ 同上书，第 791 页。

央研究院”语言学所的郑秋豫2005年提出的韵律架构说，包括四个声学模块：基频框架、节奏样版、能量分布趋势以及停延与停顿结构。[①] 其中的节奏、停延、停顿结构在中国诗歌中是表意的基本手段，历代注杜文献中早就注意到了韵律的表意作用。这一方面是诗歌这种文体与韵律的先天联系的必然结果，另一方面与语言本身的节奏与表意之间的相关度分不开。古代的杜诗注释中通过分析韵律揭示诗句内涵是常用的方法。节奏的缓急顿续，直接导致意义的变化。所以古代注者十分注重诗歌的读法阐释，借以彰显诗语的意义本真。四家诗歌注释关注语言的韵律是从以下几个方面着手的。

（一）说明停连

此节内容其本质上与注家对句子结构的理解相关联，但注释文字表达上的出发点是如何读句子，也就是说其侧重点在指明停顿和连接，所以不与语句结构合并，而在此单独讨论。解释停连的最终目的还是意义的正确理解。

1. 交代题目中的停连

《暮秋枉裴道州手札率尔遣兴寄递呈苏涣侍御》浦起龙于“递”字后用小字注：“句”[②] 标明“寄递”后须作停顿。

《船下夔州郭宿雨湿不得上岸别王十二判官》[③] 浦起龙于“夔州”后用小字“句”标明“夔州”后有较大停顿。

《燕子来舟中作》题注：“详观诗体，知题句‘来’字须读，盖六句只是咏燕子来，不黏舟也，七、八，乃贴舟中作。”[④] 浦解甚善，后一首题曰“小寒食舟中作”，即与此同构。

2. 单句读法

《诸将五首》其二：“韩公本意筑三城，拟绝天骄拔汉旌。”仇注：“天骄拔汉旌，五字连读。言回纥本欲拔去汉旌，自三城既筑，则绝其拔旌之路矣。”[⑤]

《遭田父泥饮美严中丞》：“叫妇开大瓶，盆中为吾取。”浦解：“‘叫

① 刘俐李：《近八十年汉语韵律研究回望》，《语文研究》2007年第2期，第5—12页。

② （清）浦起龙：《读杜心解》，中华书局1961年版，第326页。

③ 同上书，第496页。

④ 同上书，第680页。

⑤ （清）仇兆鳌：《杜诗详注》，中华书局1979年版，第1366页。

妇’二字一读，如闻其声。”[①] 浦氏的意思是说：“叫妇”两字后作一停顿，那么田父的话“开大瓶!”就声情毕现了。

《秋风二首》其一：“中巴不得消息好，暝传戍鼓长云间。”浦解：“结言‘长云’之间，鼓声远递。自蜀夔一带多警也。旧以‘云间’二字连读，非。”[②]

《短歌行赠王朗司直》：“王郎酒酣拔剑斫地歌莫哀，我能拔尔抑塞磊落之奇才。”浦解：“首句‘莫哀’二字另读，斫剑而歌，哀情发矣，故劝之‘莫哀’也。”[③]

《秦州杂诗二十首》其二十：“唐尧真自圣，野老复何知。”浦解：“‘真自’二字连读。”[④]

《逢唐兴刘主簿弟》：“轻舟下吴会，主簿意如何?”浦解：“末句‘主簿’字，须一读，呼而就商之，以定行止也。”[⑤]

《巫峡敝庐奉赠侍御四舅别之澧朗》：“江城秋日落，山鬼闭门中。”浦解：“‘闭门’字连读，见满庐阴惨气。”[⑥] 既然连读，可见“闭门”指“封闭着的门”。如果不作此注，读者很可能会将“闭门中”理解为“关闭在门内”。

《有叹》：“天下兵常斗，江东客未还。”浦解：“‘江东’，谓吴楚也。吴楚为公旧游，今又思往其地，故曰‘还’。朱卢诸家，将‘江东客’三字连读，生几许穿凿。”[⑦]

《登楼》浦解：“西山盗寇四字浑读，只当吐蕃二字用，勿黏定蜀边看，恐与‘北极朝廷’拍合不上也。”[⑧]

《崔评事弟许相迎不到应虑老夫见泥雨怯出必衍佳期走笔戏简》：“江阁邀宾许马迎，午时起坐到天明。”浦解：“‘午时’二字一读。”[⑨]

《江雨有怀郑典设》：“谷口子真正忆汝，高岸瀼滑限西东。”浦解：

---

① （清）浦起龙：《读杜心解》，中华书局1961年版，第96页。

② 同上书，第299页。

③ 同上书，第320页。

④ 同上书，第388页。

⑤ 同上书，第423页。

⑥ 同上书，第508页。

⑦ 同上书，第570页。

⑧ 同上书，第638—639页。

⑨ 同上书，第664页。

“‘谷口子真’一读，呼之也，此句声口神情俱现。”①

《见萤火》：“巫山秋夜萤火飞，疏帘巧入坐人衣。”浦解：“‘坐人’二字连读，盖自谓也。”② 这是说，不是飞萤坐在人的衣服上，而是钻入坐着的人的衣服下面。

3. 联句读法

有时候注者也解说一联或数联的内部停顿。

《赠别郑錬赴襄阳》：“把君诗过日，念此别惊神。”仇注：“把君诗、念此别，各三字另读。”③ 仇注主张此联读法是：“把君诗～过日，念此别～惊神。”

《丽春》：“少须颜色好，多漫枝条剩。”仇注：“卢注：……少字、多字略读，句意自明。须，应须也。漫，徒然也。”④ 仇兆鳌说少多二字“略读”，就是说须在此二字后略作停顿。

《对雨》：“雪岭防秋急，绳桥战胜迟。”仇注：“五六句，上四字连读，下一字另读。”⑤ 按注释，应读作：“雪岭防秋～急，绳桥战胜～迟。”

《绝句六首》其一：“日出篱东水，云生北舍泥。”仇注：“日出云生，微读。”⑥“微读”即“略读”。

《庭草》：“旧低收叶举，新掩卷牙重。”仇注：“此将旧低新掩略读是也，朱注将低收、掩卷连说，非是。”⑦ 指明读作“旧低收～叶举，新掩卷～牙重”是错误的，而应当读作：“旧低～收叶举，新掩～卷牙重。”

《喜观即到复题短篇二首》其一仇注：“黄生曰：杜诗有两句断续看者，‘两京三十口，虽在命如丝’，上七字连说，下三字另住，‘病中见吾弟，书到汝为人’亦然。”⑧ 仇氏的意思是依据黄生，此二联当读作“两京三十口虽在，命如丝”“病中见吾弟书到，汝为人”。

《复愁十二首》末章：“病减诗仍拙，吟多意有余。莫看江总老，犹

---

① （清）浦起龙：《读杜心解》，中华书局1961年版，第666页。

② 同上书，第669页。

③ （清）仇兆鳌：《杜诗详注》，中华书局1979年版，第875页。

④ 同上书，第877页。

⑤ 同上书，第1035页。

⑥ 同上书，第1141页。

⑦ 同上书，第1599页。

⑧ 同上书，第1618页。

被赏时鱼。”浦注：“下二，一直读，作歇后语。盖谓莫看我老被赏鱼，以为尚堪用世也。正见颓废意。如旧解，则身份低。”① 浦起龙的“一直读”就是说中间不停顿，注中的“歇后语”，就是藏着诗人没说出来的话。那么浦氏是要读者解读成“别看我像江总一样老了还被赏赐鱼袋，(其实正是衰废的人生啊!)”

《义鹘行》：“飘萧觉素发，凛欲冲儒冠。”浦解：“‘飘萧’十字作一句读。”② 是说要把下联与素发连起来读，这样中间就没有停顿了。

《夜雨》：“天寒出巫峡，醉别仲宣楼。”浦解：“结联十字一气读，出峡不停顿，一径别楼北归也。”③

《公安送韦二少府匡赞》：“念我常能数字至，将诗不必万人传。”浦解：“三、四，以寥落之感，为送别之词，俱上两字一读。”④

《官池春雁二首》其二：“翅在云天终不远，力微矰缴绝须防。”浦解：“‘翅在’‘力微’，须一读。”⑤

《一室》：“正愁闻塞笛，独立见江船。巴蜀来多病，荆蛮去几年?”“愁”字下杨注“二字一读”“来”字下杨注“三字一读”⑥ 仇注：“远注：巴蜀来，荆蛮去，各三字一读。”⑦

《闻官军收河南河北》：“却看妻子愁何在？漫卷诗书喜欲狂。”“子”字下杨注：“四字一读。”⑧

4. 整篇读法

《送从弟亚赴河西判官》浦解：“此篇起四结四，中只作一片读。”⑨

《催宗文树鸡栅》浦解：“开首四句一顿，以畏动而少休，反提篇末意。”“‘课奴’二字，略读作提。”⑩

《雨》（峡云行清晓）浦解：“一片读。”《雨》（行云递崇高）浦解：

---

① （清）浦起龙：《读杜心解》，中华书局 1961 年版，第 832 页。

② 同上书，第 48 页。

③ 同上书，第 539 页。

④ 同上书，第 677 页。

⑤ 同上书，第 844 页。

⑥ （清）杨伦：《杜诗镜铨》，上海古籍出版社 1962 年版，第 358 页。

⑦ （清）仇兆鳌：《杜诗详注》，中华书局 1979 年版，第 821 页。

⑧ （清）杨伦：《杜诗镜铨》，上海古籍出版社 1962 年版，第 433 页。

⑨ （清）浦起龙：《读杜心解》，中华书局 1961 年版，第 38 页。

⑩ 同上书，第 136 页。

“亦一片读。”[①] 浦氏是说此诗不分段，一气读下。

《乐游原歌》浦解：“‘青春’六句，一气读。”[②]

《曲江三章章五句》其一浦解：“在第三句顿。”[③] 其二浦解：“亦三句顿。”[④] 其三浦解：“首句顿，第三又顿。诗只五句，凡作三截。如歌曲之有歇头，历落可喜。‘自断此生’一读，‘休问天’另粘。”[⑤]

《可叹》浦解：“‘无不有’三字，已暗逗作诗大意，见人生异变，不足丑也。……此段一气读，勿断。”[⑥]

《能画》浦解：“上四，一气读下，见携恩滥赏之失。”[⑦]

《不离西阁二首》其一浦解：“即景起，四句连读。”[⑧]

《哭李常侍峄二首》浦解：“下四句一气读，以他人之情，形出己情。”[⑨]

《送杨六判官使西番》浦解：“结四，连读方得解。”[⑩]

《寄彭州高三十五使君适虢州岑二十七长史参三十韵》浦解：“四句一片读，方见其佳。”[⑪]

《岳麓山道林二寺行》浦解：“洋洋洒洒，如翻水成。诗境愈老愈熟，只作一篇读也可。”[⑫]

5. 组诗读法

对于杜集中一题数首的组诗，注者在注释时也指明联系起来阅读的方法。

《西枝村寻置草堂地夜宿赞公土室二首》浦解：“二诗与后寄赞一首

---

① （清）浦起龙：《读杜心解》，中华书局1961年版，第137页。

② 同上书，第230页。

③ 同上书，第231页。

④ 同上书，第232页。

⑤ 同上书，第232页。

⑥ 同上书，第302页。

⑦ 同上书，第511页。

⑧ 同上书，第517页。

⑨ 同上书，第579页。

⑩ 同上书，第712页。

⑪ 同上书，第722页。

⑫ 同上书，第824页。

连看。"[①]"寄赞"指后一首《寄赞上人》。

《又示两儿》浦解："此当与上篇连读，亦不须诠解。"[②]"上篇"指前一篇《熟食日示宗文宗武》。

（二）语气

杜诗注释中常有解释语气的现象。因为诗歌字数和格律的局限，又没有标点符号，有些语气种类难以直观显现，如感叹语气和疑问语气。在诗歌中只有出现了感叹词或疑问词，该语气才是清晰的。而就诗歌实际来看，并非每个感叹句和疑问句、反诘句都使用能够标志语气的词语或句式，这就要求读者诵读领会了。四家之注，也于此多所关注。只是注本并未使用现代标点符号，后世使用新式标点排印的古代注本和今人注本，除一般疑问句外，像本书列举的反问句多数也没有标为问号，且各本也不一致。如《三绝句》中的"群盗相随剧虎狼，食人更肯留妻子"句末，中华书局1979年版的仇本、上海古籍出版社1979年版钱注本、河北大学出版社2009年版的朱鹤龄本、中国书店2002年出版的李寿松李翼云的《全杜诗新释》使用的是句号，中华书局1961年版的浦本、上海古籍出版社1962年版杨伦本使用的是问号。

古代注本解说语气是通过对句意的解释实现的。例如：

《十二月一日三首》其三："即看燕子入山扉，岂有黄鹏历翠微。"仇注："岂有，岂不有也。"[③] 这是注明反问语气。

《送殿中杨监赴蜀见相公》："况子已高位，为郡得固辞。"仇注杨注均言："得固辞，言不得固辞也。"[④] 杨伦注同。既然"得固辞"的实际意思是"不得辞"，那么此句一定是反问语气。

《柴门》："足了垂百年，敢居高士差。"仇注："敢，犹岂敢。"[⑤] 注文表明是反诘语气。

《秋日夔府咏怀奉寄郑监审李宾客之芳一百韵》："即今陇厩水，莫带

① （清）浦起龙：《读杜心解》，中华书局1961年版，第60页。

② 同上书，第530页。

③ （清）仇兆鳌：《杜诗详注》，中华书局1979年版，第1245页。

④ 同上书，第1343页。

⑤ 同上书，第1645页。

犬戎羶。”仇注：“莫带，莫不尚带余羶也。”[①] 杨注：“莫，得无也。”[②]说明此句是推测语气，而不是否定语气。莫，即“莫不”的合音。

《寄刘峡州伯华使君四十韵》：“筋力交雕丧，飘零免战兢。”仇注：“免战兢，不免战兢也。”[③] 仇注表明此句是轻微的反诘语气。

《大历三年春，白帝城放船出瞿唐峡，久居夔府，将适江陵，漂泊有诗，凡四十韵》：“丘壑曾忘返，文章敢自诬。”仇注：“曾忘，谓不曾忘。”[④] 依注当是反问语气。

《送重表侄王砅评事使南海》：“凤雏无凡毛，五色非尔曹。”仇注：“非尔曹，凤种非尔曹而谁。”[⑤] 按照这个注释，此句是反诘语气。

《次晚洲》：“中原未解兵，吾得终疏放。”浦注：“吾得，吾岂得也。”[⑥] 浦起龙的意思是此句应当读成反问语气。

《青丝》“不闻汉主放妃嫔，近静潼关扫蜂蚁。”浦注上句：“朱注：不闻，岂不闻也。”[⑦]

《警急》：“才名旧楚将，妙略拥兵机。玉垒虽传檄，松州会解围。”浦解：“上四，援高公旧略，冀警檄之或解，不可必之词也。”[⑧] 此注旨在说明上四句是一种祝愿，语气是推测性的，而不是必然出现“解围”的结果。

《第五弟丰独在江左近三四载寂无消息觅使寄此二首》其二：“闻汝依山寺，杭州定越州。”浦解：“‘定’，不定也，即上章水宽难觅意。”[⑨]

《三绝句》其一：“群盗相随剧虎狼，食人更肯留妻子？”浦解：

---

① （清）仇兆鳌：《杜诗详注》，中华书局1979年版，第1704页。

② （清）杨伦：《杜诗镜铨》，上海古籍出版社1962年版，第802页。

③ （清）仇兆鳌：《杜诗详注》，中华书局1979年版，第1722页。

④ 同上书，第1871页。

⑤ 同上书，第2045页。

⑥ （清）浦起龙：《读杜心解》，中华书局1961年版，第201页。

⑦ 同上书，第294页。

⑧ 同上书，第461页。

⑨ 同上书，第509页。依据此注，可知句子语气为选择问，“只听说你在山寺附近，如不是在杭州，那一定是在越州吧？”此解大多数注本一致。只有邵傅《杜律集解》唐元竑《杜诗攟》等几种无。佚名《集千家注杜工部诗集》则注曰：“情素悬切，开口便是。”认为是一种急切的语气。

“‘更肯’，岂更肯也。”① 是解释此句的反诘语气。

《江涨》：“渔人萦小楫，容易拔船头。”杨注：“容易，言不容易也，此亦言急流之势，仇注非。”② 仇注是：“‘容易拔船头’，亦见江水宽而渔人乐。”③ 可见仇兆鳌认为容易就是容易。杨伦认为他错了，错就错在没有正确理解杜诗此处的反诘语气。

《戏韦偃为双松图歌》：“已令拂拭光凌乱，请君放笔为直杆。”杨注：“《杜臆》：韦之画松以屈曲见奇，直便难工。匹绢幅长，汝能放笔为直杆乎？戏之也。”④ 杨注认为此处是一种玩笑的语气。

《四松》：“终然枨拨损，得愧千叶黄。”杨注：“谓人触损藩篱，有伤松枝，致其叶萎黄。得愧，得不愧也。”⑤ 依据注释，此处当是悬疑的语气。

《十二月一日三首》其三：“即看燕子入山扉，岂有黄鹂入翠微?”杨注：“岂有言岂不有也。”⑥ 可见是反问语气。

《秋日寄题郑监湖上亭三首》其三：“赋诗分气象，佳句莫频频。”杨注：“赵曰：莫频频，言莫不频频有之乎?”⑦ 注文认为此句是揣测语气。

顺便提及的是：上述例句中不少注文是在原语上加上了一个否定词。有些人在讨论“反训”时也把类似的例子拿来作为例证，将古人诗文中那些属于语气范畴的解释一并称作反训，这是不科学的，应当区别对待。

## 六 揭示心理

诗言志，而志与心紧密相连。陈良运把诗歌的审美系统总结为言志、缘情、立象、创境、入神的五元构架。他借用西方心理学理论和精神分析，分析言志向缘情的演进，把认识过程的思维称作“有指向思维”，把审美思维称作“我向思维”，认为从魏晋开始，诗歌的前一种思维向后一种思维转化。“先是‘情’‘志’并提，后来又发展到‘情志’合一而称

① （清）浦起龙：《读杜心解》，中华书局 1961 年版，第 848 页。

② （清）杨伦：《杜诗镜铨》，上海古籍出版社 1962 年版，第 320 页。

③ （清）仇兆鳌：《杜诗详注》，中华书局 1979 年版，第 747 页。

④ （清）杨伦：《杜诗镜铨》，上海古籍出版社 1962 年版，第 328 页。

⑤ 同上书，第 517—518 页。

⑥ 同上书，第 579 页。

⑦ 同上书，第 671 页。

‘意’……但此‘意’为一己之意，并具有强烈的感情色彩，于是‘意’成为一个内涵更丰富、适应面更广、并可表现一定审美兴趣的诗学新观念。”[①] 心理活动是“意”的重要构成成分，诗要表现“意”，又忌直露，那么诗人的情感倾向一定隐含在诗章的字里行间，杜诗尤其如此。注释者披文以入情，捕捉“意”的倾向性，展示给读者，使读者很快了解诗意。这就是揭示心理的意义所在。古代注释有些地方正是通过诗歌整体所表达的思想感情把握诗句所反映的诗人的情绪、情感、情意、心理变化等诸方面的倾向。例如：

《上白帝城二首》仇兆鳌小序：“公流落风尘，方与故乡人饮酒登眺，忽见输饷赴京者，不觉触目生愁，因叹云我非厌烦此间形胜，特以愁来之故，怕损神而却步耳。”[②] 这个注释不是挖掘诗歌的意蕴，而是揣测诗人的心理反应。

《晓望白帝城盐山》仇兆鳌小序：“见此佳景而始拟进舟，有不忍恝然之意。”[③]“不忍恝然”是诗歌语句所透漏的作者的心理现象。

《滟滪堆》仇兆鳌小序：“《杜臆》：行则忧险，止则忧乱，皆有垂堂之虑。”[④] 此注仇兆鳌引用《杜臆》，认为有“垂堂之虑”，“虑”是诗人的心理动作。

《题张氏隐居》：“乘兴杳然迷出处，对君疑是泛虚舟。”浦解：“公故志存用世者，今见张君恬退如此，不觉心为之移，欲出焉而有愧斯人，欲处焉而乖宿愿，是以飘摇无着，如‘泛虚舟’，不知系泊谁边耳。”[⑤] 注释揭示了杜甫“心为之移，欲出焉而有愧斯人，欲处焉而乖宿愿”的两难心理。

《题郑县亭子》浦解：“本以凭高发兴，而眼底迢遥，瞥见‘雀欺’、‘蜂趁’，不觉触‘幽独’而‘伤神’矣。”[⑥]“伤神”是诗人的情绪变化。

《遣兴三首》：“诸将已茅土，载驱谁与谋？”杨伦眉批：“申凫盟云：

① 陈良运：《中国诗学体系论》，中国社会科学出版社 1992 年版，第 4—5 页。

② （清）仇兆鳌：《杜诗详注》，中华书局 1979 年版，第 1273—1274 页。

③ 同上书，第 1281 页。

④ 同上书，第 1281 页。

⑤ （清）浦起龙：《读杜心解》，中华书局 1961 年版，第 598 页。

⑥ 同上书，第 611 页。

末二句言恩宠太过，恐将骄不可用也。"①"恐"是诗人的心态。

《梦李白二首》："故人入我梦，明我长相忆。"杨注："仿佛欣慰。""恐非平生魂，路远不可测。"杨注："旋又惶惑。""今君在罗网，何以有羽翼?"杨注："二句又疑其非。""落月满屋梁，犹疑照颜色。"杨注："二句又信其是。""水深波浪阔，无使蛟龙得。"杨注："末二句忧其远谪而遭患也。"② 杨伦的注释完整地勾画了杜甫从梦见李白到梦醒的全部心理过程："欣慰"→"惶惑"→"疑"→"信"→"忧"。

《泛溪》："浊醪自初熟，东城多鼓鼙。"杨注："成都城在草堂之东。浦注：末句正喜身超事外也。"③

《狂歌行赠四兄》："吾兄吾兄巢许伦，一生喜怒常任真。"杨注："正自伤其不得任真也。"④

## 七 提示逻辑

诗歌的文体特质是要用最少的文字表现最丰富的内容，所以日常语句中许多成分都无法如数置入诗句之中。面对诗的语言，人们常有意义丛生，难择路径的感觉。这都是诗句的简约性造成的。古代注释常常诊断词语之间的表意关系，断明逻辑，为读者扫平理解障碍。

《薄暮》仇解："晚花隐色，喻己之混迹。夕鸟归林，方己之避乱。此虽写景，而兼属寓言。故国生悲，仍与流水相应。白头兴叹，又与暮云相关。脉理之精细如此。"⑤ 仇兆鳌这一段分析，诗句间的逻辑关系被清晰地呈现出来了。

《丽春》浦解："有'最胜'之姿，而能自保，'少'故也。少则不能近玩，故莫夺其'好'也。彼'多'而炫美者，只'剩枝条'耳。"⑥解释了句子、句子成分之间的逻辑关系。

《白帝城最高楼》："峡拆云霾龙虎卧，江清日抱鼋鼍游。扶桑西枝对断石，弱水东影随长流。"浦解："'云霾'中，能收'龙虎'使不动，

① （清）杨伦：《杜诗镜铨》，上海古籍出版社1962年版，第229页。

② 同上书，第231页。

③ 同上书，第334页。

④ 同上书，第565页。

⑤ （清）仇兆鳌：《杜诗详注》，中华书局1979年版，第1036页。

⑥ （清）浦起龙：《读杜心解》，中华书局1961年版，第95页。

故曰‘卧’。‘日抱’处，能烛‘鼋鼍’使不昏，故曰‘游’。‘扶桑’出海外，故曰‘断’。‘弱水’言‘影’，影能回耀，故曰‘随’。”①解释完全是句中词语之间意义的逻辑关系，而不是句子的语法结构。

《桥陵诗三十韵因呈县内诸官》：“石门霜露白，玉殿莓苔青。”杨注：“石门冷，故霜露常凝。玉殿空，故莓苔常绿。”②说的是逻辑联系。

《不寐》：“气衰甘少寐，心弱恨容愁。”杨注：“弱字是抵他不过，故恨。容字谓寸心几何，能装得许多愁也。”③

《草阁》：“久露晴初湿，高云薄未还。”杨注：“久晴之露，故下久而初沾湿。”④

《夔府书怀四十韵》：“豺遘哀登桀，麟伤泣象尼。”杨注：“王粲《七哀诗》：西京乱无象，豺虎方遘患。登桀谓登楼之粲。”“赵注：传载孔子之首象尼山。”⑤杨伦通过指明典故，注明了词语之间的意义逻辑。

《晓望》：“天清木叶闻，荆扉对麋鹿。”注：“天清无风雨，故木叶声落可闻。”⑥阐明了“天清”与“木叶闻”之间的意义关系。

《寄柏学士林居》：“乱代飘零予到此，古今成败子如何？”注：“朱注：因学士载书而隐，故问以观古今成败之事，今当何如也。”⑦若非此注，读者定会理解为“你怎么样”而不会理解为“你认为怎么样”。

《刈稻了咏怀》：“寒风疏草木，旭日散鸡豚。”注：“张溍注：稻刈觉草木少，故疏。鸡豚争食遗穗，故散。”⑧

《水宿遣兴奉呈群公》：“杖策门阑邃，肩舆羽翮低。”杨注：“仇注：杖策步行，则阍者不纳，故门阑邃；肩舆往拜，则穷途乏费，故羽翮低；此与残杯冷炙二句，曲尽干人之状。”⑨

---

① （清）浦起龙：《读杜心解》，中华书局1961年版，第644页。

② （清）杨伦：《杜诗镜铨》，上海古籍出版社1962年版，第99页。

③ 同上书，第664页。

④ 同上书，第666页。

⑤ 同上书，第710页。

⑥ 同上书，第835页。

⑦ 同上书，第846页。

⑧ 同上书，第864页。

⑨ 同上书，第922页。

## 第九节 解释短语和句子的术语和方法

### 一 术语

解释短语和句子的术语与解释字词的术语大多相类，但还是有明显的不同。看下表：

| 术语核心 | 解释字词的术语 | 解释语句的术语 |
| --- | --- | --- |
| 者，也。 | ×，×也； | （曰）×（者）×（也、耳）； |
| 为 | 为； | |
| 是 | 是也 | 是 |
| 谓 | 谓之；之谓；谓；谓（以）×为×； | 谓；句谓；所谓；所谓……指……；×之谓； |
| 曰 | 曰； | 若曰； |
| 即 | 即；即（如、乃）××之×； | 即；即×意； |
| 言、云、犹 | 言；犹；犹言；犹云； | 言；犹言；犹云；犹、犹之； |
| 义 | ××之义；×乃×字义、 | 乃×之义； |
| 意 | ×是×之意；××之意、犹××意； | ×之意；有×意； |
| 状 | 状×、言××之状；×貌； | ×（之）状；状×； |
| 况 | | 况× |
| 作 | 作× | 作×意会、作×解； |
| 指 | | 指； |
| 词、语 | | ×词、×之词；×语、×之语； |

通过上表可以看出：解释字词的术语与解释短语和句子的术语有以下几点区别：

（1）解释字词的术语多用“义”，解释语句的术语多用“意”；

（2）语句术语中基本不用“为”，字词术语中基本不用“指”；

（3）解释字词用“曰”解释语句用“若曰”；

（4）共有的“者，也”“谓、言、云、犹、即、是、意、状、作”在具体使用时也存在细微的差异。

下面逐项观察解释短语和句子的术语使用情况：

**犹、犹之**

用以解释句子的比喻意义，或引用其他作品中的同义语句来解释本句，或用同义的散文句式来译解诗句。

《泛溪》：“吾村蔼暝姿，异舍鸡亦栖。萧条欲何适，出处庶可齐。”仇注：“日暝返棹，犹之身老息机，故曰出处可齐。”①

《绝句漫兴九首》：“眼见客愁愁不醒，无赖春色到江亭。”仇注：“人当适意时，春光亦若有情；人当失意时，春色亦成无赖，犹所谓‘感时花溅泪，恨别鸟惊心’也。”②

《收京》：“克复诚如此，安危在数公。”仇注：“安危，犹荀子言安国之危。”③

《三韵三篇》：“辱马马毛焦，困鱼鱼有神。”仇注：“毛焦，犹《诗》言‘我马玄黄’。”④

《塞芦子》：“迥略大荒来，崤函盖虚尔。”浦解：“‘盖虚尔’者，犹俗言此是空帐，非无备之谓。时已为贼所有也。”⑤

**言**

用于直接阐释短语或句子的意蕴。

《楠树为风雨所拔叹》：“虎倒龙颠委榛棘，泪痕血点垂胸臆。”仇兆鳌注：“虎倒、龙颠，言仆踣之状。”⑥“虎倒”、“龙颠”分别代表两句诗。注谓此二句表现颓倒的样子。

《赠虞十五司马》：“伫鸣南岳凤，欲化北溟鲲。”仇兆鳌注：“南风、北鲲，言能变化飞腾。”⑦以“南风、北鲲”代表二句并作解释。

《王竟携酒高亦同过共用寒字》：“自愧无鲑菜，空烦卸马鞍。”仇兆

---

① （清）仇兆鳌：《杜诗详注》，中华书局1979年版，第770页。

② 同上书，第788页。

③ 同上书，第1078页。

④ 同上书，第1211页。

⑤ （清）浦起龙：《读杜心解》，中华书局1961年版，第29页。

⑥ （清）仇兆鳌：《杜诗详注》，中华书局1979年版，第831页。

⑦ 同上书，第850页。

鳌注："《齐书》：庾杲之清贫自业，食唯有韭葅、瀹韭、生韭杂菜。任昉戏之曰：'谁谓庾郎贫，食鲑尝有二十七种。'二十七，言三九也。"①"三九"即"三韭"。

《酬别杜二附严武诗》："峰树还相伴，江云更对谁。"仇兆鳌题："峰树江云，言身去而境寂矣。"②

《牵牛织女》："称家随丰俭，白屋达公宫。"仇注："称家句，言贫富皆然。白屋句，言朝野皆然。"③

《送从弟亚赴河西判官》浦解："结四，神龙掉尾。言远地小官，非所以屈'异人'。即日成功归国，乃勋当在王室耳。"④

《除草》浦解："起四句总领。'曾何生阻修'言何尝尽在辽远，虽肘腋间亦有之。"⑤

《后苦寒行二首》其二浦解："'天兵'三句，作意绝奇，言此殆天心厌乱，厉威杀贼，寒气激而南行乎？不尔，何寒之酷若此！"⑥

《春水生二绝》其二："一夜水高二尺强，数日不可更禁当？"浦解："'更禁当'，言若水涨不止，怎当得起？"⑦

《投赠哥舒开府二十韵》："几年春草歇，今日暮途穷。"杨注上句："言虚掷景光。"⑧

《奉同郭给事汤东灵湫作》："东山气鸿濛，宫殿居上头。"杨注："气鸿濛，言高入云际。"⑨

**犹言、犹云**

引用其他作品语句来解释本语本句，或换一种表达来指示本语本句的意义。

《北征》："微尔人尽非，于今国犹活。"钱注："余谓'微尔人尽非'

---

① （清）仇兆鳌：《杜诗详注》，中华书局1979年版，第864页。兹按：三九即三韭。

② 同上书，第913页。

③ 同上书，第1321页。

④ （清）浦起龙：《读杜心解》，中华书局1961年版，第38页。

⑤ 同上书，第118页。

⑥ 同上书，第319页。

⑦ 同上书，第836页。

⑧ （清）杨伦：《杜诗镜铨》，上海古籍出版社1962年版，第72页。

⑨ 同上书，第106页。

犹言‘微管仲，吾其披发左衽矣’。”①

《宾至》：“竟日淹留佳客坐，百年粗粝腐儒餐。”仇注：“百年，犹言终身。”②

《建都十二韵》：“穷冬客江剑，随事有田园。”仇注：“《杜臆》：随事，犹云随便有之。”③

《王阆州筵奉酬十一舅惜别之作》：“穷愁但有骨，群盗尚如毛。”仇注：“但有骨，犹云贫到骨。”④

《春远》题注：“顾注：春远，犹言春深也。”⑤

《长江二首》其一：“朝宗人共挹，盗贼尔谁尊。”仇注：“黄注：共挹，犹言共饮其德。”⑥

《夏夜叹》：“何由一洗濯，执热互相望。”浦注：“钟惺曰：‘执热’犹云‘热不可解’。此古文用字奥处。”⑦

《咏怀二首》其二：“终当挂帆席，天意难告诉。”浦注后句：“犹云：天实为之，谓之何哉。”⑧

《送杨六判官使西番》：“绝域遥怀怒，和亲愿结欢。”浦注：“怀怒犹言义愤。”⑨

《奉贺阳城郡王太夫人恩命加邓国太夫人》：“紫诰鸾回纸，晴朝燕贺人。”浦注：“清朝，犹言清晨。”⑩

《奉赠萧十二使君》：“不达长卿病，从来原宪贫。”浦注上句：“不达，犹云不复出头。”⑪

《绝句漫兴九首》其六：“懒慢无堪不出村，呼儿日在掩柴门。”浦

---

① （清）钱谦益：《钱注杜诗》，上海古籍出版社1979年版，第59页。

② （清）仇兆鳌：《杜诗详注》，中华书局1979年版，第742页。

③ 同上书，第777页。

④ 同上书，第1038页。

⑤ 同上书，第1210页。

⑥ 同上书，第1233页。

⑦ （清）浦起龙：《读杜心解》，中华书局1961年版，第59页。

⑧ 同上书，第203页。

⑨ 同上书，第712页。

⑩ 同上书，第782页。

⑪ 同上书，第812页。

注："'日在'，犹言日逐。"①"日逐"就是"逐日"，亦即"日日"。

《赠比部萧郎中十兄》："宁纡长者辙，归老任乾坤。"杨注："纡辙，犹言枉驾。"②

《秦州见敕目，薛三璩授司议郎，毕四耀除监察，与二子有故，远喜迁官，兼述索居，凡三十韵》："法驾初还日，群公若会星。"杨注："（会星）犹云聚星。"③

**谓**

与训诂学术语的不同处在于：解释短语或句子的陈述对象，或概括句子的意旨。

《奉赠李八丈曛判官》："垂白辞南翁，委身希北叟。"仇注："委身，谓脱身。"④

《遣闷奉呈严公二十韵》："胡为来幕下，只合在舟中。"浦注下句："谓宜作渔翁。"⑤

《哭台州郑司户苏少监》："胜决风尘际，功安造化炉。"浦注："二句谓肃宗恢复。"⑥

《太岁日》："散地逾高枕，生涯脱要津。"浦注："谓与朝宁相违。"⑦

《观薛稷少保书画壁》："又挥西方变。"浦注"谓画诸佛变相。"⑧

《题张氏隐居二首》其一："乘兴杳然迷出处，对君疑是泛虚舟。"杨注上句："谓如入桃源。"下句："谓无心与化。"⑨

《故武卫将军挽词三首》其二："铦锋行惬顺，猛噬失跻腾。"杨注上句："谓投之所向，无不如意。"⑩

《秋雨叹》三首："城中斗米换衾裯，相许宁论两相直?"杨注上句：

---

① （清）浦起龙：《读杜心解》，中华书局1961年版，第835页。

② （清）杨伦：《杜诗镜铨》，上海古籍出版社1962年版，第22页。

③ 同上书，第270页。

④ （清）仇兆鳌：《杜诗详注》，中华书局1979年版，第2021页。

⑤ （清）浦起龙：《读杜心解》，中华书局1961年版，第747页。

⑥ 同上书，第748页。

⑦ 同上书，第785页。

⑧ 同上书，第104页。

⑨ （清）杨伦：《杜诗镜铨》，上海古籍出版社1962年版，第3页。

⑩ 同上书，第54页。

"《诗》：抱衾与裯。谓结婚也，旧注非。"[①] 其实此句是说雨多伤稼，城中乏粮，物贵人贱，贫者以女换粮，仅能换得一斗。

解释整句，有时候用"句谓"：

《酬高使君相赠》："双树容听法，三车肯载书。"仇注："落句谓文字习气未尽，故下有草《玄》作赋之言。"[②]

《十二月一日三首》其二："新亭举目风景切，茂陵著书消渴长。"杨注："（上句）句谓中原未平。""（下句）句指肺病留蜀。"[③]

《种莴苣》："指挥赤白日，澒洞青光起。"，杨伦注："句谓日光藏匿。"[④]

**指**

解释短语或句子的申说对象。

《蜀相》："三顾频繁天下计，两朝开济老臣心。"仇注："两朝，指先主、后主。"[⑤]

《酬别杜二附严武诗》："独逢尧典日，再睹汉官仪。"仇注："尧典，指受终之日。汉官，指朝会之仪。"[⑥]

《早发射洪县南途中作》："寒日出雾迟，清江转山急。"仇注："黄希曰：清江指射洪水。"[⑦]

《岁暮》题注："鹤注：诗云'边隅还用兵，烟尘犯雪岭'，当指广德元年吐蕃陷松、维、保三州，雪岭近维州也。"[⑧]

《送韦讽上阆州录事参军》："挥泪临大江，高天意凄恻。"仇注："高天，指秋时。"[⑨]

《昔游》仇注："'商山议得失'，指李泌周旋太子事。'蜀主脱嫌猜'，指泌易表章请上皇还京。'吕尚封国邑'，指灵武功臣叨封爵邑者。

① （清）杨伦：《杜诗镜铨》，上海古籍出版社1962年版，第82页。

② （清）仇兆鳌：《杜诗详注》，中华书局1979年版，第728页。

③ （清）杨伦：《杜诗镜铨》，上海古籍出版社1962年版，第579页。

④ 同上书，第625页。

⑤ （清）仇兆鳌：《杜诗详注》，中华书局1979年版，第737页。

⑥ 同上书，第913页。

⑦ 同上书，第955页。

⑧ 同上书，第1067页。

⑨ 同上书，第1158页。

‘傅说已盐梅’，指扈从大臣晋阶宰相者。”①

《兵车行》：“况复秦兵耐苦战，被驱不异犬与鸡。”杨注：“此指今点行者。”②

**所谓**

解释短语或句子所表述的内容。此术语使用时先安排施体，后以“所谓”引出受体。

《蜀相》：“丞相祠堂何处寻？锦官城外柏森森。”仇注：“顾注：《儒林公议》曰：成都先主庙侧，有诸葛武侯祠，祠前有大柏，系孔明手植，围数丈，唐相段文昌有诗刻存焉。唐末渐枯，历王建、孟知祥二伪国不复生，然亦不敢伐。皇宋乾德五年丁卯夏五月，枯柯再生。余于皇祐初守成都，又八十年矣，新枝耸云，枯干存者若老龙之形，正所谓柏森森也。”③

《江村》：“清江一曲抱村流，长夏江村事事幽。”仇注：“梁燕属村，水鸥属江，棋局属村，钓钩属江，所谓事事幽也。”④

《奉和严中丞西城晚眺十韵》：“辞第输高义，难图忆古人。”仇注：“晋裴秀《禹贡九州地域图序》：文皇帝乃命有司，撰吴蜀地图。蜀土既定，六军所经地域远近，山川险易，征路迂直，校验图记，罔有或差。此所谓忆古人也。”⑤

《陪李北海宴历下亭》：“修竹不受暑，交流空涌波。”杨注：“《三齐记》：历水出历祠下，众源竞发，与泺水同入鹊山湖。所谓交流也。”⑥

《遣愤》：“闻道花门将，论功未尽归。”杨注：“《通鉴》：永泰元年十月，郭子仪使白光元帅精骑与回纥将药葛罗追吐蕃于灵台原，大破之，又破之于泾州东。于是回纥胡禄都督等二百余人入见，前后赠赉缯帛十万匹，府藏空竭，税百官俸以给之。所谓论功未尽归也。”⑦

《听杨氏歌》：“满堂惨不乐，响下情虚里。”杨注：“卢注：老壮智

---

① （清）仇兆鳌：《杜诗详注》，中华书局1979年版，第1437页。

② （清）杨伦：《杜诗镜铨》，上海古籍出版社1962年版，第34页。

③ （清）仇兆鳌：《杜诗详注》，中华书局1979年版，第737页。

④ 同上书，第746页。

⑤ 同上书，第894页。

⑥ （清）杨伦：《杜诗镜铨》，上海古籍出版社1962年版，第12页。

⑦ 同上书，第577页。

愚，即满堂中人，听若疲而心欲死，所谓惨不乐也。”①

**所谓×（者）指×也**

此术语“所谓”后是受体，与上条不同。

《赠李八秘书别三十韵》：“玄朔回天步，神都忆帝车。”仇解：“所谓‘万骑略姚墟’者，指上皇也；‘玄朔回天步’者，指肃宗也。”②

《客居》：“峡开四千里，水合数百源。”仇注：“公所谓‘峡开四千里’，盖统论江山之大势，非专指峡山也。”③

《瘦马行》题注：“按：黄鹤以为至德二载为房琯罢相而作，则诗中所谓去年者，指至德元载也。”④

**×之谓**

术语中“×”代表施体，受体在前一分句，以话题的身份出现。

《驱竖子摘苍耳》：“放筐亭午际，洗剥相蒙幂。”浦注：“旧注：洗其土，剥其毛。按：‘相蒙幂’，乃信手堆放之谓，不必依旧注，以幂字作覆食巾实用。”⑤

《水上遣怀》：“善知应触类，各藉颖脱手。”浦注：“善知，深识事机之谓。”⑥

《赠特进汝阳王二十韵》：“自多亲棣萼，谁敢问山陵。”浦解：“‘谁敢问’者，不敢僭拟之谓。”⑦

《行次昭陵》：“万方频送喜，毋乃圣躬劳。”杨注：“浦注：晋杨祜既请伐吴，乃曰：正恐吴平之后，方劳圣虑耳。意与此同，非无使君劳之谓。”⑧

**×词、×之词**

“×词”和“×之词”就是“……的话”，常用于总结一句或几句诗的语义及功用。

---

① （清）杨伦：《杜诗镜铨》，上海古籍出版社1962年版，第654页。

② （清）仇兆鳌：《杜诗详注》，中华书局1979年版，第1455页。

③ 同上书，第1253—1254页。

④ 同上书，第472页。

⑤ （清）浦起龙：《读杜心解》，中华书局1961年版，第135页。

⑥ 同上书，第197页。

⑦ 同上书，第685页。

⑧ （清）杨伦：《杜诗镜铨》，上海古籍出版社1962年版，第171页。

《散愁二首》其一钱注：“所谓司徒下燕赵，喜而望之之词也。”①

《别张十三建封》浦解：“此四句叙辞职，下皆劝词。”②

《奉送魏六丈佑少府之交广》浦解：“详诗意，魏为名勋之胄，才高位下，远客殊俗，而其年或尚少壮，奢淫易惑。故前半多惜词，后半多戒词。……此上皆惜词。……以上皆戒词。末两句，另笔收住，与前文似不相属，然动以临歧叹息之声，一以见远离之苦，一欲其念别语之悲，盖亦言中之惜词，言外之戒词也与。”③

《洗兵马》浦解：“时庆绪围困，官军势张，公在东都，作《洗兵马》以鼓舞其气，皆忻喜愿望之词。”④

《楠树为风雨所拔叹》浦解：“大段前八叙事，后八叹词。”⑤

《寄常征君》：“楚妃堂上色殊众，海鹤阶前鸣向人。”浦解：“二句申明‘傍风尘’之故，皆慨词也。”“万事纠纷犹绝粒，一官羁绊实藏身。”浦解：“此则朱氏所谓虽仕而非风尘之吏，乃赞词也。”⑥

《雨不绝》：“舞石旋应将乳子，行云莫自湿仙衣。”浦解：“五、六，望晴之词。祝其止舞而携子以游，停云而振衣适志，已引动欲归意。”⑦

《留别公安大易沙门》浦解：“上四，叙别时事，客中得遇诗僧，乃深喜之词。”⑧

《寄峡州刘伯华使君四十韵》浦解：“‘免战兢’，愤词。言以飘零之故，反得远谗口也。今也官休身斥，几如‘六安郡丞’，直自忧客死矣。”⑨

《白丝行》：“缫丝须长不须白，越罗蜀锦金粟尺。”杨注：“首句乃有激之词。”⑩

---

① （清）钱谦益：《钱注杜诗》，上海古籍出版社1979年版，第382页。

② （清）浦起龙：《读杜心解》，中华书局1961年版，第196页。

③ 同上书，第209页。

④ 同上书，第258页。

⑤ 同上书，第269页。

⑥ 同上书，第643页。

⑦ 同上书，第667页。

⑧ 同上书，第678页。

⑨ 同上书，第779页。

⑩ （清）杨伦：《杜诗镜铨》，上海古籍出版社1962年版，第47页。

**×语、×之语**

用法同上书条术语，也是概括诗句大意或用途的。

《谒文公上方》："甫也南北人，芜蔓少耘锄。久遭诗酒污，何事忝簪裾。王侯与蝼蚁，同尽随丘墟。愿闻第一义，回向心地初。金篦刮眼膜，价重百车渠。无生有汲引，兹理傥吹嘘。"仇注："上六作悔语，下六作悟语。"①

《水上遣怀》浦解："'苍苍'八句，喻言世途险恶，而衰年远涉，故将'吞声混'俗，不敢相犯也。此更历世态语，亦正与'后生血气'相关照。"②

《遣遇》浦解："此篇中间大半，皆目击民穷、规切当事语。"③

《最能行》浦解："后四句，因其见小而鄙，特致激励之语也。"④

《谒先主庙》浦解："后段，从谒字生感。纯是对像抚膺，借古伤今之语。"⑤

**×之意**

用于总结短语或句子的含意。

《奉简高三十五使君》："天涯喜相见，披豁对吾真。"仇注："披豁，即开心见诚之意。"⑥

《送王十五判官扶侍还黔中得开字》："黔阳信使应稀少，莫怪频频劝酒杯。"仇注："频劝酒杯，欲别不忍之意。"⑦

《赠司空王公思礼》："洗剑青海水，刻铭天山石。"仇注："刻铭，犹窦宪勒功燕然之意。"⑧

《送卢十四弟侍御护韦尚书灵榇归上都二十四韵》："简约前王体，风流后代希。"浦解："垂法后来之意。"⑨

**是**

---

① （清）仇兆鳌：《杜诗详注》，中华书局1979年版，第951页。

② （清）浦起龙：《读杜心解》，中华书局1961年版，第197页。

③ 同上书，第197页。

④ 同上书，第297页。

⑤ 同上书，第755页。

⑥ （清）仇兆鳌：《杜诗详注》，中华书局1979年版，第763页。

⑦ 同上书，第1018页。

⑧ 同上书，第1374页。

⑨ （清）浦起龙：《读杜心解》，中华书局1961年版，第810页。

用于直接解释短语或句子的表现对象（时间、地点、原因、理由等）或表达意图。有时候表面上解释句中一词，实则针对整个句子。

《琴台》仇注：“酒肆二句，写茂陵生前之事，是昔日琴台。野花二句，想文君殁后之容，是今日琴台。”①

《放船》：“青惜峰峦过，黄知橘柚来。”仇注：“青是雨后色，黄是秋深色。”②

《遣遇》：“闻见事略同。”杨注：“闻是平日，见是当下。”③

**即**

《出郭》：“远烟盐井上，斜景雪峰西。”仇注：“远烟，即煮盐之烟也。”④

《春夜喜雨》：“润物细无声。”仇注：“细无声，即《盐铁论》所谓雨不破块也。”⑤

《绝句漫兴九首》其一：“眼见客愁愁不醒，无赖春色到江亭。”浦解：“‘眼见’，即俗所云眼见得也。仇谓众眼共见，非。”⑥

《小园》：“问俗营寒事。”杨注：“寒事，即培果修岸之类。”⑦

《冬深》：“物色生态能几时。”杨注：“即指径草园葵之类，今已凋落也。”⑧

《上水遣怀》：“低颜下色地，故人知善诱。后生血气豪，举动见老丑。”杨注：“四句即所谓‘旧识能为态，新知已暗疏’也。”⑨

**即（乃）×之义（意）**

“×”有时候代表受体，有时候代表施体。

《江畔独步寻花七绝句》其二：“稠花乱蕊裹江滨，行步攲危实怕

---

① （清）仇兆鳌：《杜诗详注》，中华书局1979年版，第808页。

② 同上书，第1040页。

③ （清）杨伦：《杜诗镜铨》，上海古籍出版社1962年版，第959页。

④ （清）仇兆鳌：《杜诗详注》，中华书局1979年版，第771页。

⑤ 同上书，第799页。

⑥ （清）浦起龙：《读杜心解》，中华书局1961年版，第835页。

⑦ （清）杨伦：《杜诗镜铨》，上海古籍出版社1962年版，第852页。

⑧ 同上书，第948页。

⑨ 同上书，第957页。

春。”仇兆鳌注：“钱笺：白乐天诗‘方愁须恶春’，即怕春之意。”①

《奉留赠集贤院崔国辅于休烈二学士》：“青冥犹契阔，凌厉不飞翻。”仇兆鳌注：“今云青冥契阔，乃阔绝之义。”②

《散愁二首》其二仇注：“朱鹤龄曰：……又云：诸将中，独属望王、李者，公意思明在东都，范阳必空虚可图，欲光弼乘河阳之捷，长驱燕赵，倾其根本。思礼以潞泽之兵会之，即前诗‘斩鲸辽海波’意也。”③

《游修觉寺》：“禅枝宿众鸟，漂转暮归愁。”仇注：“宿众鸟，即陶诗‘众鸟皆有托’意。”④

《严公仲夏枉驾草堂兼携酒馔得寒字》：“非关使者征求急，自识将军礼数宽。”仇兆鳌注：“杨慎曰：使者征求，乃征聘之义。”⑤ 今按：征求在此处是派人来请的意思，征求急，是不止一次地催请。

《解忧》浦解：“此上水遇险，侥幸得脱，而举为前事之鉴，为处世者告也。朱云：即安不忘危，存不忘亡意。”⑥

《前苦寒行二首》其二浦解：“‘蛟龙缩’，即虎豹号意。‘刮肌肤’，即冰入怀意。”⑦“虎豹号”、“冰入怀”是上一首的句子。

《遣兴三首》其三：“春苗九月交，颜色同日老。”杨注下句：“即日至皆熟意。”⑧

《小至》：“教儿且覆掌中杯。”杨注：“覆杯乃尽饮之义。”⑨

**有×意**

此术语常用以阐释诗句的深层意义，所阐发的意义对全篇的依赖性很强，不是一词一句字面显在的意义。

《江村》：“但有故人供禄米，微躯此外更何求？”仇注：“末则江村自

---

① （清）仇兆鳌：《杜诗详注》，中华书局1979年版，第817页。按：仇所据何本未详，今本《钱注杜诗》无此语，当是小笺、二笺中语。

② 同上书，第132页。

③ 同上书，第774页。

④ 同上书，第786页。

⑤ 同上书，第904页。

⑥ （清）浦起龙：《读杜心解》，中华书局1961年版，第199页。

⑦ 同上书，第318页。

⑧ （清）杨伦：《杜诗镜铨》，上海古籍出版社1962年版，第230页。

⑨ 同上书，第885页。

适，有与世无求之意。”①

《棕拂子》：“三岁清秋至，未敢阙缄縢。”仇注：“公之三岁缄藏，有不弃蓄簪之意。”②

《收京》：“衣冠却扈从，车驾已还宫。”仇注：“《杜臆》：衣冠自然扈从，用一却字，有不满诸臣意。”③

《春归》：“此身醒复醉，乘兴即为家。”仇注：“乘兴为家，则路梗且付不问，此有随寓而安之意。”④

《人日二首》其一：“此日此时人共得，一谈一笑俗相看。”浦注：“共得，有遇节相乐意。”⑤

《续得观书迎就当阳居止正月中旬定出三峡》：“天旋夔子国，春近岳阳湖。”浦注：“有坐待行资意。”⑥

《人日二首》：“直道无忧行路难。”杨注：“直道，有浩然一往意。”⑦

《宿白沙驿》：“的的近南溟。”杨注：“的的有惊认意，非止言的华。”⑧

**作×意会、作×解**

用于分辨、确定多意短语在当前文本中的意义。

《峡中览物》：“形胜有余风土恶，几时回首一高歌。”浦解：“‘回首’，作回去意会。”⑨

《又呈窦使君》：“向晚波微绿，连空岸却青。”仇注：“波微绿对岸却青，不必作脚青解。”⑩

《故右仆射相国曲江张公九龄》：“退食吟大庭，何心记榛梗。”仇注：“上古有大庭氏，公诗‘大庭终返朴’。或引《韩非子》：‘议于大庭而后

① （清）仇兆鳌：《杜诗详注》，中华书局1979年版，第746页。

② 同上书，第1031页。

③ 同上书，第1078页。

④ 同上书，第1111页。

⑤ （清）浦起龙：《读杜心解》，中华书局1961年版，第783页。

⑥ 同上书，第783页。

⑦ （清）杨伦：《杜诗镜铨》，上海古籍出版社1962年版，第899页。

⑧ 同上书，第956页。

⑨ （清）浦起龙：《读杜心解》，中华书局1961年版，第644页。

⑩ （清）仇兆鳌：《杜诗详注》，中华书局1979年版，第1006页。

言’，作庭宇解者，非。”①

**×（者），×也**

这是注释意义的术语中最基本的术语。前一×代表受体，即被释对象，后一×代表施体。

《石壕吏》：“老翁逾墙走，老妇出看门。”仇注：“看门，守门也。”②

《武侯庙》：“犹闻辞后主，不复卧南阳。”仇注：“朱注：……曰犹闻者，空山精爽，如或闻之也。”③ 杨注：“曰犹闻者，空山精爽，如或闻之。”④

《赠李八秘书别三十韵》：“莫话清溪发，萧萧白映梳。”仇解：“莫话者，自惭衰老也。”⑤

《后苦寒行二首》其一：“蛮夷长老畏苦寒，昆仑天关冻应折。”浦解：“曰‘长老’者，见年老之人，尚未经此也。‘冻应折’者，苦寒若此，想是关柱折去，寒气无从捍蔽耳。”⑥

《奉寄高常侍》：“总戎楚蜀应全未，方驾曹刘不啻过。”浦解：“朱注：‘应全未’，未尽其长也。”⑦

《寄峡州刘伯华使君四十韵》：“会期吟讽数，益破旅愁凝。”浦注：“会期，将期也。”⑧

《大历三年春，白帝城放船出瞿唐峡，久居夔府，将适江陵，漂泊有诗，凡四十韵》：“劳心依憩息，朗咏划昭苏。”浦解：“‘划昭苏’，心胸且为之一旷也。”⑨

《故司徒李公光弼》：“异王册崇勋，小敌信所怯。”杨注：“异王，异姓封王也。”⑩

《赠司徒王公思礼》：“马鞍悬将首，甲外控鸣镝。”杨注：“邵注：鸣

---

① （清）仇兆鳌：《杜诗详注》，中华书局 1979 年版，第 1416 页。

② 同上书，第 529 页。

③ 同上书，第 1278 页。

④ （清）杨伦：《杜诗镜铨》，上海古籍出版社 1962 年版，第 597 页。

⑤ （清）仇兆鳌：《杜诗详注》，中华书局 1979 年版，第 1459 页。

⑥ （清）浦起龙：《读杜心解》，中华书局 1961 年版，第 319 页。

⑦ 同上书，第 638 页。

⑧ 同上书，第 778 页。

⑨ 同上书，第 790 页。

⑩ （清）杨伦：《杜诗镜铨》，上海古籍出版社 1962 年版，第 15 页。

镝，髐箭也。”①

**×之状**

解释语句的描写对象，释语在“状”字前。

《乐游园歌》：“阊阖晴开昳荡荡。”钱笺：“昳荡荡，天体坚清之状也。”②

《暮登四安寺钟楼寄裴十迪》：“暮倚高楼对雪峰，僧来不语自鸣钟。”仇注：“顾注：僧来不语，写出彼此落落，漫不相顾之状。”③

《江畔独步寻花七绝句》：“稠花乱蕊裹江滨，行步欹危实怕春。”仇注：“行步欹危，老年之状。”④

《酬别杜二附严武诗》：“最怅巴山里，清猿恼梦思。”仇注：“最怅二句，乃别时凄惨之状。”⑤

《光禄坂行》：“马惊不忧深谷坠，草动只怕长弓射。”仇注：“马惊草动，中途恐惧之状。”⑥

《奉赠韦左丞丈二十二韵》：“焉能心怏怏，只是走踆踆。”浦注：“‘怏怏’‘踆踆’，心口问答，进退徘徊之状。”⑦

《秦州见勅目薛三据授司议郎毕四耀除监察与二子有故远喜迁官兼述索居凡三十韵》：“唤人看腰袅，不嫁惜聘婷。”浦注：“唤人，马长鸣状。”⑧

**状×、形×、况×**

此术语也解释受体所描写或表现的对象，释语在“状”“形”“况”字后。

《游龙门奉先寺》：“阴壑生虚籁，月林散清影。”仇解：“张綖注：三四，状风月之佳。”⑨

《送孔巢父谢病归游江东兼呈李白》：“深山大泽龙蛇远，春寒野阴风

---

① （清）杨伦：《杜诗镜铨》，上海古籍出版社 1962 年版，第 672 页。
② （清）钱谦益：《钱注杜诗》，上海古籍出版社 1979 年版，第 26 页。
③ （清）仇兆鳌：《杜诗详注》，中华书局 1979 年版，第 783 页。
④ 同上书，第 817 页。
⑤ 同上书，第 914 页。
⑥ 同上书，第 925 页。
⑦ （清）浦起龙：《读杜心解》，中华书局 1961 年版，第 5 页。
⑧ 同上书，第 720 页。
⑨ （清）仇兆鳌：《杜诗详注》，中华书局 1979 年版，第 1 页。

景暮。”仇序：“龙蛇山泽，况其归隐之迹。”①

《春夜喜雨》：“随风潜入夜，润物细无声。”仇兆鳌注：“潜入、细润，正状好雨发生。”②

《琴台》：“酒肆人间世，琴台日暮云。”仇注：“按赵汸注云：玩人世于酒肆之中，思暮云于琴台之上，状其不羁而多情。此说得之。”③

《远游》：“竹风连野色，江沫拥春沙。”仇序：“风竹江沙，自况飘摇流荡。”④

《忆昔》二首其一：“张后不乐上为忙，至令今上犹拨乱，劳心焦思补四方。”仇注：“后不乐，状其骄恣。上为忙，状其跼蹐。”⑤

《夏日叹》：“朱光彻厚地，郁蒸何由开。”浦解：“‘郁蒸’以况中心之烦闷。”⑥

《病橘》浦解：“前十二，状其病，谓宜停贡矣。”⑦

《郑驸马宅宴洞中》：“误疑茅堂过江麓，已入风磴霾云端。”杨注：“朱注：草堂疑过江麓，风磴窅入云端，二句极状洞中之阴，解者都谬。”⑧

《同诸公登慈恩塔》：“七星在北户，河汉声西流。”杨注：“二句总是

---

① （清）仇兆鳌：《杜诗详注》，中华书局1979年版，第55页。

② 同上书，第799页。

③ 同上书，第809页。黄希、黄鹤只解释了司马相如卖酒的典故和琴台的变革（黄《补注杜诗》卷二十二），郭知达《九家集注杜诗》亦注相如卖酒事，及“日暮云”出处（丛刊本第1601页），徐居仁《集千家注分类杜工部诗》与黄鹤本类，宋代《分门集注杜工部诗》亦同，无名氏《集千家注杜工部诗集》则于诗句下注云：“长卿怀抱，俯仰见之。”（吉林出版集团2005影印四库荟要本第139页），刘辰翁、高楚芳同此；明单复《读杜诗愚得》引王洙，只注临邛事；梁运昌《杜园说杜》未解此二句；赵次公曰：“言以酒肆为营生之具尔。”（林继中《杜诗赵次公先后解辑校》第450页），元代赵汸《杜律赵注》则曰：“此联谓付人间之世于酒肆，寄暮云之思于琴台，状其不羁而多情也。”（丛刊本第141页）明邵宝《刻杜少陵先生诗分类集注》类此，明邵傅《杜律集解》相类，唯改“多情”为“情荡”；明代汪瑗《杜诗五言补注》认为“四句言当时之事，寓讽刺之意。”（丛刊本第164页）［朝鲜］李植《纂注杜诗泽风堂批解》引蔡梦弼曰：“伤不见其人也。”（丛刊本第690页）

④ （清）仇兆鳌：《杜诗详注》，中华书局1979年版，第969页。

⑤ 同上书，第1161页。

⑥ （清）浦起龙：《读杜心解》，中华书局1961年版，第58页。

⑦ 同上书，第92页。

⑧ （清）杨伦：《杜诗镜铨》，上海古籍出版社1962年版，第16页。

极形其高。”①

《赠秘书监江夏李公邕》：“风流散金石，追琢山岳锐。”杨注：“山岳锐，状碑势之巍峨。”②

**喻**

解说句子的象征意义或比喻意义。

《奉简高三十五使君》：“骅骝开道路，鹰隼出风尘。”仇注：“骅骝致远，鹰隼高骞，喻才人得位，可以大行其志。”③

《薄暮》：“寒花隐乱草，宿鸟探深枝。”仇注：“晚花隐色，喻己之混迹。夕鸟归林，方己之避乱。”④

《除草》：“顽根易滋蔓，敢使依旧丘。”仇注：“綖注：此喻屏去小人，有不与同中国意。”⑤

《朱凤行》浦注：“‘侧身’‘垂翅’，喻不遇时。文势得此一曲。‘鸟雀’‘蝼蚁’俱喻困征敛之民。‘鸱枭’喻剥民之凶人。”⑥

《白丝行》：“缫丝须长不须白，越罗蜀锦金粟尺。”杨注：“喻奔竞之徒，但希荣进，不须名节也。”⑦

**若曰**

此术语相当于词语注释中的“犹云”，但因针对的是短语或句子，所以带有一定的翻译的意味。例如：

《后苦寒行二首》其二浦解：“‘人得知’，若曰：天意盖可知矣，借寒威杀气，一畅殄寇之怀，思人非有想天。”⑧

《风疾舟中伏枕书怀三十六韵奉呈湖南亲友》：“家世丹砂诀，无成涕作霖。”浦解：“结联语妙，思之失笑。家事只靠‘丹砂’，则将登仙乎？况又‘无成’也。‘作霖’乃活人之本，而以‘涕’为之，则是饮泣待毙耳。言外若曰：亲友亦念之否？”⑨

---

① （清）杨伦：《杜诗镜铨》，上海古籍出版社1962年版，第35页。

② 同上书，第683页。

③ （清）仇兆鳌：《杜诗详注》，中华书局1979年版，第763页。

④ 同上书，第1036页。

⑤ 同上书，第1204页。

⑥ （清）浦起龙：《读杜心解》，中华书局1961年版，第329页。

⑦ （清）杨伦：《杜诗镜铨》，上海古籍出版社1962年版，第47页。

⑧ （清）浦起龙：《读杜心解》，中华书局1961年版，第319页。

⑨ 同上书，第818页。

《诸将五首》其四：“炎风朔雪天王地，只在忠良翊圣朝。”杨注：“结句意若曰：奈何令刀锯之余掌天下兵柄乎？而语自浑含不露。”①

## 二　方法

### 1. 直表法

直接表述注者对短语或句子的理解。

《八阵图》：“江流石不转，遗恨失吞吴。”仇解：“江流石不转，此阵图之垂名千载者。所恨吞吴失计，以致三分功业，中遭跌挫耳。”②

《聂耒阳以仆阻水书致酒肉疗饥荒江诗得代怀兴尽本韵至县呈聂令陆路去方田驿四十里舟行一日时属江涨泊于方田》：“崔师乞已至，澧卒用矜少。”仇注：“矜少，矜惜而兵少。”③

《寄狄明府博济》浦解：“‘荼苦如荠’，唱叹中宗复辟，以归功不世之才也。‘又宜’者，不特文才宜贵，在勋德之后，又宜裂鼎也。”④

《从驿次草堂复至东屯茅屋二首》其二：“短景难高卧，衰年强此身。”浦解：“‘难高卧’，不得安寝也，‘强’，犹俗云装强，‘强此身’，打熬气力也。二句质言之，只是穷健而老苦。”⑤

《秋日夔府咏怀奉寄郑监审李宾客之芳一百韵》：“他日辞神女，伤春怯杜鹃。”浦注：“定期于来春。”⑥

《行次古城店泛江作不揆鄙拙奉呈江陵幕府诸公》：“老年常道路，迟日复山川。”浦注“迟日，春日也。”⑦

《暮冬送苏四郎徯兵曹适桂州》：“尔贤埋照久，余病长年悲。”浦注：“长，剩也。”解：“‘长年悲’，悲老而无用也。”⑧

直表用于全篇时，也就是常说的串讲。清人称之为顺解。仇兆鳌云：“朱子《诗经集传》多顺文解义，词简意明。唐汝询解唐诗，亦用此法，

---

① （清）杨伦：《杜诗镜铨》，上海古籍出版社1962年版，第642页。

② （清）仇兆鳌：《杜诗详注》，中华书局1979年版，第1278页。

③ 同上书，第2083页。

④ （清）浦起龙：《读杜心解》，中华书局1961年版，第310页。

⑤ 同上书，第554页。

⑥ 同上书，第774页。

⑦ 同上书，第787页。

⑧ 同上书，第811页。

但恐敷衍多而断制少耳。今注杜诗，间用顺解，欲使语意贯穿融洽。此章赵汸注云：‘此因闻砧而托为捣衣戍妇之词曰：我亦知夫之远戍，不得遽归，方秋至而拂拭衣砧者，盖以苦寒之月近、长别之情悲，亦安得辞捣衣之劳，而不一寄塞垣之远。是以竭我闺中之力，而不自惜也。今夕空外之音，君其听之否耶？音字，含一诗之意。’唐仲言极称斯注。今标此以发顺解之例。”①

2. 置换法

置换法是用其他语句对换被释语段来说明当前语句的方法。通常是用所注文本作者表意近似的另一诗句或他人作品中意义相近的诗文语句来解释本句：

《秋兴八首》其一仇注：“首章，对秋而伤羁旅也。……钱笺：丛菊两开，即公《客舍》诗‘南菊再逢人病卧’。孤舟一系，即公《九日》诗‘系舟身万里’。”②

《西阁二首》其一仇兆鳌小序：“王粲过荆而赋《七哀》，公之哀世者不止此，故曰非王粲，即所谓‘未许七哀诗’也。庄舄仕楚而作越声，犹公在夔而动乡思，故曰‘学楚吟’，即所谓‘吟同楚执珪’也。”③

《醉时歌》浦解：“《杜臆》：公《咏怀诗》云：‘沉醉聊自遣，放歌破愁绝’即可移作此诗之解。”④

《出郭》浦解：“下四，与‘万方声一概’同旨。”⑤

《十二月一日三首》其一：“明光起草人所羡，肺病几时朝日边。”浦注上句：“赵大纲云：公诗‘翰林学士如堵墙，观我落笔中书堂”，即此句意。⑥

《夔府书怀四十韵》：“楚贡何年绝，尧封旧俗疑。”浦注：“《有感》诗‘诸侯春不贡’‘兵残将自疑’，即此意。”⑦

《千秋节有感二首》其一：“宝镜群臣得，金吾万国回。”浦解下句：

① （清）仇兆鳌：《杜诗详注》，中华书局1979年版，第609页。

② 同上书，第1484页。

③ 同上书，第1474页。

④ （清）浦起龙：《读杜心解》，中华书局1961年版，第235页。

⑤ 同上书，第408页。

⑥ 同上书，第642页。

⑦ 同上书，第765页。

“与‘金吾不禁夜’同意。”①

《岳麓山道林二寺行》：“莲池交响共命鸟，金榜双回三足乌。”浦注下句：“黄生注：犹云日射黄金牓。”②

《承闻河北诸节度入朝欢喜口号绝句十二首》第四首：“拥兵相学干戈锐，使者徒劳百万回。”浦注：“与《有感》诗‘诸侯春不贡，使者日相望’同意。”③

《寄高三十五书记》：“美名人不及，佳句法如何？”杨注下句：“即欲与细论文意。”④ 按杜甫有“谁与细论文”句。

《天河》：“常时任显晦，秋至转分明。”杨注：“二句即‘士穷见节义’意。”⑤

《夔府书怀四十韵》：“楚贡何年绝，尧封旧俗疑。”杨注：“即《诸将》诗：沧海未全归禹贡，蓟门何处尽尧封也。”⑥“万里烦供给，孤城最怨思。”杨注上句：“即前《上白帝城》诗所谓‘赋敛强输秦’也。”⑦

《哭王彭州抡》：“解龟生碧草。”杨注：“生碧草，谓印涩生苔也。柳宗元诗‘印文生绿经旬合’即此意，旧注非。”⑧

《偶题》：“法自儒家有，心从弱岁疲。”杨注：“张远注：公祖审言以诗名家，故云。儒家有，即所谓诗是吾家事也。”⑨

《课小竖锄斫舍北果林，枝蔓荒秽净讫，移床三首》其一：“山雉防求敌，江猿应独吟。”注：“《射雉赋》：伊义鸟之应敌。徐爰注：雉见敌必战，不容他杂。顾注：防求敌，即下首‘薄俗防人面’意，公自幸与世无争也。”其二：“薄俗防人面，全身学马蹄。”注：“即所谓‘治生且耕凿，只有不关渠’也。”⑩

《独坐二首》：“暖老须燕玉，充饥忆楚萍。”注：“注见十六卷。从饥

① （清）浦起龙：《读杜心解》，中华书局1961年版，第806页。

② 同上书，第824页。

③ 同上书，第855页。

④ （清）杨伦：《杜诗镜铨》，上海古籍出版社1962年版，第53页。

⑤ 同上书，第255页。

⑥ 同上书，第708页。

⑦ 同上书，第709页。

⑧ 同上书，第712页。

⑨ 同上书，第714页。

⑩ 同上书，第814—815页。

寒无聊中，忽发妄想，即‘翠柏苦犹食，明霞高可餐’意。”①

《冬至》：“江上形容吾独老，天涯风俗自相亲。”注：“即古诗‘入门各自媚，谁肯相为言’意。”②

3. 溯源法

溯源法是通过解释短语或句子的源头来说明其在诗中的意义。

《得家书》：“熊儿幸无恙，骥子最怜渠。”仇注：“《风俗通》：噬虫曰恙，古者人多露宿，为恙所啮，故早相见必相劳问曰：无恙乎?”③

《冬狩行》：“春蒐冬狩侯得用，使君五马一马骢。”仇注：“朱注：《潘子真诗话》：礼，天子六马，左右骖。三公九卿驷马，左骖。汉制，九卿二千石右骖，太守驷马而已，其加秩中二千石乃右骖，故太守以五马称之。《遁斋闲览》及《学林》云：汉时朝臣出使为太守，增一马，故为五马。或曰《毛诗》‘良马五之’，以为州长建旟，后遂作太守事。程大昌曰：郑玄注《诗》以州长比方汉州，大小绝远，周之州乃统隶于县，比汉太守秩殊不侔，未足为据。按古乐府有‘使君从南来，五马立踟蹰’。则太守五马，必起于汉。但其说不一。次公云：出应劭《汉官仪》，今亦无从考证。若类书所称王羲之守永嘉，庭列五马，此乃无稽之言，不可引为故实。”④

《寄彭州高三十五使君适虢州岑二十七长史参三十韵》：“诸侯非弃掷，半刺已翱翔。”浦注“半刺”：“庾亮书：别驾旧与刺史别乘，其任居刺史之半。”⑤

《赠太子太师汝阳郡王琎》：“好学尚贞烈，义形必沾巾。”杨注：“《公羊传》：义形于色。”⑥ 意思是说“义形”截自“义形于色”。

4. 译解法

直接将受体翻译成注者所在时代的通俗文句，以显示语句意义。

《送贾阁老出汝州》：“人生五马贵，莫受二毛侵”仇注：“张远注：

---

① （清）杨伦：《杜诗镜铨》，上海古籍出版社1962年版，第855页。

② 同上书，第884页。

③ （清）仇兆鳌：《杜诗详注》，中华书局1979年版，第361页。

④ 同上书，第1057—1058页。

⑤ （清）浦起龙：《读杜心解》，中华书局1961年版，第722页。

⑥ （清）杨伦：《杜诗镜铨》，上海古籍出版社1962年版，第682页。

人生得为刺史，亦不贱矣，莫以一麾出守，感愤而生二毛。”[①]

《宿江边阁》：“薄云岩际宿，孤月浪中翻。”仇序：“云过山头，停岩似宿。月浮水面，浪动若翻。”[②]

《陪章留后侍御宴南楼得风字》：“朝廷烧栈北，鼓角漏天东。”浦解：“‘烧栈北’在烧栈之北也。”[③]

《奉送蜀州柏二别驾将中丞命，赴江陵起居卫尚书太夫人，因示从弟行军司马位》：“楚宫腊送荆门水，白帝云偷碧海春。”杨注：“毛奇龄云：……言楚宫腊月，冻释流迅，快看舟下荆门；白帝云晴，天水一色，早觉春生碧海。”[④]

《宿盘石浦》：“早宿宾从劳，仲春江山丽。”杨注上句：“言以早宿故，劳宾从之过访。”[⑤]

《不离西阁二首》其一：“不知西阁意，肯别定留人。”杨注：“赵曰：言西阁之意肯令我别乎？抑定留人也？”[⑥]

因工作量很大，本节对解释短语和句子的术语和方法的总结还不是全面的，但主要的项目还是发掘出来了。这项工作属于初创性质，此前的研究者还没有做过类似的工作，所以可资参考的成果几乎为零。因此，本节内容虽未完备，但其开拓价值是应当重视的。

## 第十节　释语法的方法

注者在杜诗注释中常有说明语法的内容。但其目的不是研究语法，不是探讨诗歌语言在语法上的特点，而是通过解剖句子结构，指导读者正确理解诗歌。所以还没有一套健全的有关语法的术语和方法。本书仅就现存的注杜事实进行归纳，以期揭示注者对诗歌语法与诗歌表达之间关系的认识状况。注者在注诗时采用的语法解说方法还处在比较粗糙简单的状态，

---

① （清）仇兆鳌：《杜诗详注》，中华书局 1979 年版，第 443 页。

② 同上书，第 1469 页。

③ （清）浦起龙：《读杜心解》，中华书局 1961 年版，第 733 页。

④ （清）杨伦：《杜诗镜铨》，上海古籍出版社 1962 年版，第 729 页。

⑤ 同上书，第 960 页。

⑥ 同上书，第 725—726 页。

本书初步总结为三种：直表法、补足法、解意法。

### 一 直表法

注释者直接表明对句子特征的见解，引导读者正确认识诗句的结构关系，进而正确理解句子所表达的意义。

《得广州张判官叔卿书使还以诗代意》："却寄双愁眼，相思泪点悬。"仇注："公所寄者诗，而云却寄双眼，出语甚奇，盖写诗时，泪点沾纸，则泪眼与诗同去矣，此十字句法。"① 十字句法见前第二章第六节"释对仗"。

《别常征君》："白发少新洗，寒衣宽总长。"仇注："白发少，寒衣宽，此上三字下二字句法。"②

《贻华阳柳少府》："火云洗月露，绝壁上朝暾。"仇注："月下之露，洗出火云。朝起之暾，上于绝壁。此言夏时早景，句法倒装。"③

《暮春题瀼西新赁草屋五首》其三："身世双蓬鬓，乾坤一草亭。"仇注："三四，乃藏头句法，若申言之，则'悠悠身世双蓬鬓，落落乾坤一草亭'耳。"④ 意思是两个五言句子句首暗藏着"悠悠"、"落落"二意。

《书堂饮既夜，复邀李尚书下马月下，赋绝句》："久拚野鹤如双鬓，遮莫邻鸡下五更。"上句旁批："倒句。"⑤ 是说双鬓如鹤。鹤白色，句子表达的意义是鬓发已白。

### 二 补足法

补足因诗歌语言的跳跃性而导致的省略成分，或增加限定词来确定短语或句子的意义，或者将紧缩的复句还原为分句形式来指明句子的意义。通过这种方法将句子现有语词的意义关系和结构关系显示出来，起到令读者理解诗意的作用。

《九日》："酒阑却忆十年事，肠断骊山清路尘。"仇注："清路尘，辇

---

① （清）仇兆鳌：《杜诗详注》，中华书局 1979 年版，第 871 页。

② 同上书，第 1232 页。

③ 同上书，第 1314 页。

④ 同上书，第 1612 页。

⑤ （清）杨伦：《杜诗镜铨》，上海古籍出版社 1962 年版，第 912 页。

出而清道也。”① 酒阑而忆十年前骊山辇出清道之事，有“肠断”之悲情。仇注补充了“辇出”、“道”，使“清＋路尘”这一动宾结构十分清晰。

《别常征君》：“故人忧见及，此别泪相望。”仇注：“黄注：见及，恐大命之见及也。”② 注文补出“大命”，使上句“忧”的宾语成了“大命见及”，全句的结构和意义明晰了。

《法镜寺》：“拄策忘前期，出萝已亭午。”仇注：“前期，谓前路程期。”③

《述古三首》其一：“悲鸣泪至地，为问驭者谁。”仇注：“为问，为此而问也。”④

《送李校书三十二韵》：“李舟名父子，清俊流辈伯。”浦注“名父子”：“名父之子也。《汉萧育传》：以育名父子，除为功曹。”⑤ 注文的意图在于说明“名父子”是定中关系的名词短语，“名父”乃“子”的限制成分，“子”是名词中心。

《复愁十二首》其十二：“莫看江总老，犹被赏时鱼。”注：“赏时鱼，谓当时所赏之鱼袋。”⑥ 这样一注，不仅“赏时鱼”的语法关系明确，而且“被”字的词性也得到了确认，即动词而非介词。

《赠秘书监江夏李公邕》：“论文到崔苏，指尽流水逝。”杨注：“指尽谓屈指数尽。”⑦

《夔府书怀四十韵》：“高枕须眠昼，哀歌欲和谁。”杨注：“言欲和者谁人乎？”⑧

《缆船苦风，戏题四韵，奉简郑十三判官》：“涨沙埋草树，舞雪渡江湖。”注：“涨沙，谓沙如涨也。”⑨ 今按：涨当是吹涌之意。此联涨舞相对，直接解为动词即可通晓句意。

《奉送魏六丈佑少府之交广》：“穷途仗神道，世乱轻土宜。”注：“言

---

① （清）仇兆鳌：《杜诗详注》，中华书局1979年版，第1034页。

② （清）仇兆鳌：《杜诗详注》，中华书局1979年版，第1232页。

③ 同上书，第683页。

④ 同上书，第1021页。

⑤ （清）浦起龙：《读杜心解》，中华书局1961年版，第46页。

⑥ （清）杨伦：《杜诗镜铨》，上海古籍出版社1962年版，第822页。

⑦ 同上书，第685页。

⑧ 同上书，第711页。

⑨ 同上书，第952页。

轻去乡土也。”①

《送重表侄王砅评事使南海》：“秦王时在座，真气惊户牖。”注：“真气谓真人气象。”② 补出“人、象”二字，将此“真气”与道家养身之“真气”区分开来。

## 三　解意法

解意法就是以释意明语法。对不便解说的意义关系和结构关系，通过解释句子或短语的意义表明该语言单元的语法。

《泛江送客》：“离筵不隔日，哪得易为情。”仇注：“离筵，祖席也。”③ 通过解释短语的意义，客观上表明“离筵”是偏正结构而不是述宾结构。

《王命》：“血埋诸将甲，骨断使臣鞍。”仇解：“诸将之血埋入于甲中，使臣之骨几断于鞍上。”④ 仇氏的释意增一“于”字，遂使此二句的意义结构明确了：诸将血埋（于）甲，使臣骨断（于）鞍。

《晚晴》：“时闻有余论，未怪老夫潜。”仇兆鳌小序：“言时闻蜀人之论，未尝怪此一潜夫也。……洪注：老夫潜，只是说老潜夫，特倒拈以协韵耳。旧注因后汉王符有《潜夫论》，遂将论字属自己，其说难通。”⑤

注释者解释语法主要采用的是以释义明语法。这反映出古代的杜诗注本对语法的解释还没有从诗意的解说中脱离出来，因而缺乏专门性。注者所谓的“句法”，其实仅仅是句子的意义节奏，是一种从意义出发对句子这一词语连续体的线性分割。如上述例句中的“十字句法”，就是将形式上的两个句子看作一个整体，用现在的句子成分理论来看，也就是说这两个五字句在意义上是互作成分的。“却寄双愁眼，相思泪点悬。”如果用散文句式来表达，可以说成“却寄上我的一双愁眼中悬滴的相思的泪点。”“上三字下二字句法”其实只是表明上三字为一个意义单元，下二字一个意义单位。这种分割的意义就在于把诗句的正确意义从多种歧义中确定下来。诗句的多种歧义是诗歌语言的跳跃性和节约性带来的。如

---

① （清）杨伦：《杜诗镜铨》，上海古籍出版社1962年版，第999页。

② 同上书，第1009页。

③ （清）仇兆鳌：《杜诗详注》，中华书局1979年版，第987页。

④ 同上书，第1044页。

⑤ 同上书，第815页。

“白发少新洗，寒衣宽总长。”上句“白发少”是一个意义单位，“新洗”是一个意义单位。下句“寒衣宽”是一个意义单位，“总长”是一个意义单位。全联的意义是：“白发稀疏，新近洗过（因洗发而对头发稀少的感觉很切近）。寒衣宽松，且老是觉着有点长（常觉衣宽衣长，正是老年独特的感受）。”假如不是这个注释，此联可能会被理解为：“白发新近不常洗，寒衣总是又宽又长。”这显然与本来要表达的意义有距离。

可以承认，也必须认识到：注者对语法的体会并不比我们浅薄，而是比我们更加深刻，只是缺乏我们现在所采用的分析方法和表达术语。事实上清人已经开始系统地探讨汉语语法了，如袁仁林的《虚字说》、刘淇《助字辩略》、王引之《经传释词》等，尤其是《助字辩略》，这是继元代语言学家卢以纬《语助》以来最厚重的虚词著作，全书收有不同音义的虚词近五百个。而且清人对汉语语法的有些讨论已经相当深入，如俞樾、近现代的杨树达等人对古书疑义的辨正，有许多就属于语法范畴，可惜的是这些方面的成果在杜诗注释中体现的并不是很全面。一部分当然是时代前后的原因，更多的还是注释重解意而不有意识地解释语法的传统决定的。但杜诗注释中有些语法认识已经十分成熟了。如“倒装”这个概念，几乎已经就是现在意义上的了。不管注者表述为“句法倒装”，还是“倒句”，意思是十分清楚的。总之，杜诗注释中解说语法的方法有它自己的意义和价值，有必要作进一步的研究。

# 第二章

# 文章学元素

## 第一节　释诗旨

题名王昌龄的《诗格》对诗旨的表述是："诗本志也，在心为志，发言为诗，情动于中而形于言，然后书之于纸也。"① 诗旨是诗歌表达的完整意义，这个意义具有强烈的个性指向。在作品与读者接触之前，这个意义是独一无二的，是确定而真切的。这个唯一而实在的意义，就是诗旨。说诗无达诂，不是意味着一首诗有许多意义，无穷无尽，无法全数捕捉，而是说读者要准确理解作者灌注到作品中的意义是有困难的。自古文不尽言，言不尽意，语言作为表达的工具并不像十字路口的红绿灯那样简单明了。语言的多义性和时代差异、地域差异、个人表达习惯的差异使表达永远陷于深深的困境。对于读者，这个困境突出地显现于解读的过程之中。当作者用文字完成了表达的时候，表达的具体情境已经消失，跟着消失的，还有那些能够指引读者正确理解的诸多因素。作品创作的时间和空间离读者越久越远，这些因素就消亡得越多。注释者从纷繁复杂的"可能"的意义中极力筛选同样"可能"是作者想要表达的意义，透露给更加迟到的读者。还有，因为语言的发展，作者使用的语句形式在后代可能蕴含了新的意义，甚至是与创作时代相矛盾的意义，这都是不可避免的。那么，如果我们不承认西方还有现今我们身边的"读者中心主义"的观点，就必须承认我们所作的注释必然存在误读。尽管如此，对作品旨意的把握，即使无法完全坚持"作者中心主义"，也至少要立足作品，体察作者，尽可能对诗旨作接近"原义"的理解和推测。

① 张伯伟：《全唐五代诗格汇考》，凤凰出版社 2002 年版，第 161 页。

古代的杜诗注释也是这么做的。吴若《杜工部集后记》有言："子美诗如五谷六牲，人皆知味，而鲜不为异馔所移，故世之出异意，为异说，以乱杜诗之真者甚多。此本虽未必皆的其真，然求不为异者也。"① 朱鹤龄《辑注杜工部集序》强调："才有区分，见有畛域，以求其是则一也。……贤者识其大，不贤识其小，总以求遇子美之性情于句钩字索之外。"② 杨伦《杜诗镜铨》自序云："至于妙取荃蹄弃，高宜百万层，知诗外自有事在，而但索之于语言文字间，尤其浅也。今也年经月纬，句栉字比，以求合于作者之意，殆尚所云镜象未离铨者。"③

自《诗经》注释以来，十分注重诗旨的挖掘。从毛诗序产生到宋代朱熹《诗集传》创立了"章句"法，诗歌注释都采用以"诗序"的方式解说章旨、诗旨。这一传统在仇兆鳌注杜诗时得到了典型的发展和运用。四家之中，除了钱谦益注本，其他三家都是这样的。尽管杨伦注本中存在着更多的方式，比如旁批、眉批、加圈、加点之类，但题下有序，章后有小序，最后有集解，仍然保持大序小序的样式。古代注杜著作中，对诗旨的注释存在于以下地方：一是题解中，一是小序中，一是外注中。题解一般置于诗题下，小序是仇兆鳌喜用的方法，短章则在诗后用小字标注旨意，长篇则先分章，于每章后用小字标明章旨。外注是全诗注释完毕后的解说和评论内容。本节分章旨、总旨两部分列举。

## 一　释章旨

章，是诗歌或乐曲的段落，章旨是一段的主旨。章旨也写作章指，是经籍注释的一种形式。清代钱大昕《十驾斋养新录·孟子章指》："赵岐注《孟子》，每章之末括其大旨，间作韵语，谓之章指，《文选》注所引赵岐《孟子章指》是也。"本书章旨指诗歌的意旨，对于短章来说，章旨就是全诗的意指，对于长篇来说，章旨是其中一个段落的意指。

《绝句漫兴九首》仇注：其一"此因旅况无聊而发为恼春之词"。其二"此章借春风以寄其牢骚，承首章花开"。其三"此章借燕子以寓其感慨，承首章莺语"。其四"此章言春不暂留，有及时行乐之意"。其五

---

① 韩成武等：《朱鹤龄杜工部诗辑注》，河北大学出版社2009年版，第11页。

② 同上书，第5页。

③ （清）杨伦：《杜诗镜铨》，上海古籍出版社1962年版，自序第8—9页。

“此见春光欲尽，有傲睨万物之意”。其六“此是酌酒留春，有物外逍遥之意”。其七“此借景物以自娱，乃将夏之候也”。其八“此与四章相应，前是逢春而饮，此则遇夏而饮”。其九“此与二章相应，折花断柳，皆叹所遭之不幸”。① 此注分别总结了每章的诗旨。

《自阆州领妻子却赴蜀山行三首》仇注：“题曰‘领妻子赴蜀’，故首章结出尽室畏途。”“次章领妻。”“末章领子。”② 仇注的意思是首章写了全家赴蜀的艰辛，次章写了妻的苦况，末章写了子的苦况。

《将赴成都草堂途中有作先寄严郑公五首》仇注：“首章，重赴成都之故。”“次章，想春归景事。”“三章，写故园荒芜之状。”“四章，言故园虽芜，而严公可依。”“末章总结，叙草堂前后情事。”③

《寄李十二白二十韵》仇注：第一节“首叙太白诗才，能倾动于朝宁”。第二节“此叙白辞归后，两相交契之情”。第三节“此伤其高卧庐山而见污永王也”。第四节“此痛其抱枉莫伸，而流落浔江也”。④

《前出塞九首》其九：“内地且将致乱，还宜大度包荒。远志不妨固穷，自是收心妙诀。此正明皇躁急中一服清凉散也。旧说谓为冒功者发，尚是皮相。至诧云行伍中安得有此人，直痴人说梦耳。”⑤ 浦注总结了第九首的旨意。

《雨二首》其二浦解：“此对雨念远行将士，又兼峡中之盗。”⑥

《诸将五首》题注：“顾宸曰：首章忧吐蕃，责诸将之防边者，次章愤回纥，责诸将之用胡者，三章责大臣之出将者，四章刺中官之出将者，末章则身在蜀中而婉刺镇蜀之将，故其命题总曰诸将。”⑦

## 二　释总旨

对于短章来说，章旨就是总旨。但杜诗中大量的长篇、组诗，每章有每章的旨意，全（组）诗有全诗的诗旨。所以注者在归纳每章的意旨的

① （清）仇兆鳌：《杜诗详注》，中华书局1979年版，第788—792页。

② 同上书，第1101—1103页。

③ 同上书，第1105—1107页。

④ 同上书，第661—664页。

⑤ （清）浦起龙：《读杜心解》，中华书局1961年版，第8—9页。

⑥ 同上书，第140页。

⑦ （清）杨伦：《杜诗镜铨》，上海古籍出版社1962年版，第638页。

同时，还注意总结全（组）诗的总旨。钱注因不求全面，所以重在史实的考证和词语的诠解，较少涉及诗旨。仇、浦二家释总旨，或在题解，或在小序，或在外注。杨伦在字句基本注释的基础上偏重章法解说和艺术批评，直接解释诗歌主题的也不多见，只涉及存在误解的篇章和不易把握的篇章。

《诸将五首》仇解："黄生曰：《有感》五首与《诸将》相为表里，大旨在于忠君报国，休兵恤民，安边而弭乱。"① "大旨"就是总的意旨。

《奉陪郑驸马韦曲二首》仇解："按此诗所云，若以二语括之，即'剑南春色浑无赖，触忤愁人到酒边'。再以一语该之，即是'胜绝警身老'。大旨只在'白发禁春'四字。"②

《散愁二首》仇解："朱鹤龄曰：……诸将中，独属望王、李者，公意思明在东都，范阳必空虚可图，欲光弼乘河阳之捷，长驱燕赵，倾其根本。思礼以潞泽之兵会之，即前诗'斩鲸辽海波'意也。以'散愁'命题，深旨可见。"③ 此处用"深旨"，仍是总旨，注家强调这是较深层的意旨。

《桃竹杖引赠章留后》仇解："朱鹤龄曰：此诗盖借竹杖规讽章留后也。既以踊跃为龙戒之，又以忽失双杖危之，其微旨可见。"④ "微旨"是此诗较隐微的旨意。

《同诸公登慈恩寺塔》浦解："说是诗者，三山谓讥切时事。邵长蘅非之，谓只是登高警语。愚则以为忧危所迫也。讥切则轻薄，忧危则忠厚。毫芒之辨，心术天渊矣。若泛作登高写景，则语意又太涉荒淼。楚既失之，齐亦未为得也。"⑤ 不管是"讥切时事"、"登高警语"，还是"忧危"，都是注者对全诗意旨的归纳。

《彭衙行》浦解："疑亦还鄜时路经彭衙之西，回忆去岁孙宰周旋之谊，不克枉道相访，聊作此志感。"⑥ 浦注认为此诗的总旨是感念孙宰。

《观公孙大娘弟子舞剑器行并序》浦解："'感时抚事'句，逗出作诗

① （清）仇兆鳌：《杜诗详注》，中华书局1979年版，第1372页。
② 同上书，第166页。
③ 同上书，第774页。
④ 同上书，第1063页。
⑤ （清）浦起龙：《读杜心解》，中华书局1961年版，第10页。
⑥ 同上书，第45页。

本旨。‘先帝’六句，往事之慨，此本旨也。”① 此用“本旨”表示此诗总旨是慨叹往事。

《岁晏行》浦解：“《岁晏行》，哀民之困于征敛也。”②

《即事》杨解：“朱鹤龄曰：此诗言和亲之无益也。”③ 提出和亲无益的观点，是杨伦对此诗总旨的归纳。

《促织》、《萤火》、《蒹葭》、《苦竹》题下各注云：“感客思也”、“刺阉宦也”、“此伤贤人之失志者”、“此嘉君子之守节者”。④

《三韵三首》杨伦题解：“黄鹤注：此诗刺广德永泰间朝士之趋附元载、鱼朝恩者。”⑤

《诸将五首》题注：“俞玚曰：自禄山背叛，天下军兴，久而未定，公故作此诗以讽刺诸将也。”⑥

## 第二节　释诗旨的方法

仇兆鳌解说诗旨，仿照朱熹诗经集传。“杜诗先有题而后有诗，即不须再标诗柄矣。唯一题而并列三五首，或多至一二十首者，每首各拈大旨，又有题属托物寓言，亦须提明本意，仿《集传》例也。”⑦ 故每首诗按章以小序形式说明章旨。诗不分章的，直接以小序形式解说诗旨。以小序言说诗旨的，多直书见解，部分作品引用他人议论解释难点。有较深寓意的作品，则于外注中引用众说加以讨论。钱注并不着意于诗旨的解说，而是重在一些具体概念、事件、人物、地名的考释。浦起龙则认为“解之为道，先篇义，次节义、次语义。语失而节紊，节紊而篇晦；紊斯舛，晦斯畔矣”⑧。反对以一两句别出新意的做法，而要“每读一诗，必疏观

① （清）浦起龙：《读杜心解》，中华书局1961年版，第316页。

② 同上书，第324页。

③ （清）杨伦：《杜诗镜铨》，上海古籍出版社1962年版，第255页。

④ 同上书，第257—259页。

⑤ 同上书，第562页。

⑥ 同上书，第638页。

⑦ （清）仇兆鳌：《杜诗详注》，中华书局1979年版，凡例四22页。

⑧ （清）浦起龙：《读杜心解》，中华书局1961年版，发凡第7页。

前后数册而创通其大致”[1]。至于体例，“注列句下，解附篇末，……其篇后总解，则低一格分书”[2]。其大致同于仇兆鳌体例。

解释诗旨的术语较为简单，一般都用“旨意”“诗旨”“词旨”“大旨”“诗意”“本意”等几种表达方式，不再详作举例。此节重点讨论注释诗旨的方法，有：直表法、驳正法、互成法、引证法、互证法。

## 一　直表法

直表法是在注解中直接表明注者对诗旨的认识和见解。

《曲江三章章五句》仇小序：“按：诗旨乃自叹失意，初无忧乱之词，当是天宝十一载献赋不遇后，有感而作。”[3]

《石犀行》仇注：“《石犀行》，讽庙堂无匡救之人也。首段，讥厌胜之谬。江水东流，非关厌胜，目击灌口冲决，则知神不能为力矣。蜀人向夸此犀，尽诞妄耳。”[4]

《寄高三十五书记五十韵》浦注：“送高入哥舒幕也。送幕客而带及主将，入手得体。且设为商榷之词，以讽穷兵之失，其味油然而长。”[5]

《秋日夔府咏怀奉寄郑监审李宾客之芳一百韵》浦解：“久稽夔府，空想京华。喜郑、李侨居峡外。故于阻归坐困之余，思与共游。虽祝彼登朝，而仍约就访。因以投老空门，为此生归宿。此通首大旨也。”[6]

《春日江村五首》其三杨注：“此首追忆重归草堂所见。”[7]

《诸将五首》其四杨评：“此因南荒不靖，而讽朝廷不当使中官为将也。开元中，中官杨思勖将兵讨安南五溪，残酷好杀，而越裳不贡矣。代宗初，中官吕太一收珠广南，阻兵作乱，而南海不靖矣。李辅国以中官判元帅行军司马，专掌禁兵，又拜兵部尚书，所谓殊锡也。鱼朝恩以中官为天下观军容宣慰处置使，程元振加镇军大将军右监门卫大将军充宝应军使，所谓总戎也。若谓责诸将以不能绥远，公前后诗中并无此意。五六但

① （清）浦起龙：《读杜心解》，中华书局1961年版，发凡第7页。

② 同上书，发凡第8页。

③ （清）仇兆鳌：《杜诗详注》，中华书局1979年版，第137页。

④ 同上书，第835页。

⑤ （清）浦起龙：《读杜心解》，中华书局1961年版，第10页。

⑥ 同上书，第774—775页。

⑦ （清）杨伦：《杜诗镜铨》，上海古籍出版社1962年版，第556页。

言名位益崇，亦与上首究职句犯复。”①

《诸将五首》其五杨评：“此言蜀中将帅也。是时崔旰、柏茂林等交攻，杜鸿渐唯事姑息，奏以节度让崔旰，茂林等各为本州刺史，上不得已从之。鸿渐以三川副元帅兼节度，主恩尤重，然军令分明，有愧严武远矣。公故感今而思昔，谓必如武出群之材，方可当安危重寄，而惜鸿渐之非其人矣。又鸿渐入蜀，以军政委崔旰，日与僚属纵酒高会，故曰军令分明数举杯；追思严武之军令，实暗讥鸿渐之日饮不事事，有愧主恩也。《八哀诗》于严武云：岂无成都酒，忧国只细倾。可以互相证明。”②

## 二　驳正法

针对一些注解失当的条目，列出误解，指点其非，标明正解。

《冬日洛城北谒玄元皇帝庙》仇注：“毛先舒曰：此篇钱氏以为皆属讽刺，不知诗人忠厚为心，况于子美耶。即如明皇失德致乱，子美于《洞房》、《宿昔》诸作，及《千秋节有感》二首，何等含蓄温和。况玄元致祭立庙，起于唐高祖，历世沿祀，不始明皇，在洛城庙中，又五圣并列，臣子入谒，宜何如肃将者。且子美后来献《三大礼赋》，其《朝献太清宫》，即老子庙也。赋中竭力铺扬，若先刺后颂，则自相矛盾亦甚矣，子美必不出此也。”③

《一室》仇注：“公在蜀而怀楚也。……襄阳本公祖居，故欲留迹其地。旧注谓留井于蜀者非。岘山遗井，在荆不在蜀也。”④

《鸡》仇注：“咏鸡，叹其当鸣而不鸣也。上六叙事，是案。末二归结，是断。德常标五，鸣必度三，此鸡之职也。今在殊方，听之则异，夜鸣失次矣，比晓能无惭乎？乃问之习俗，人情皆云如是，彼既不能司晨，亦但堪充庖已耳。当子半亭育之时，而巫峡漏声，早有司南之报，鸡鸣果安在哉？顾注将问俗二句，作借鸡警人，言人情无德无信，与鸡相似，而充庖则独用鸡乎？《杜臆》谓刺巫峡之人可杀。皆非也。”⑤

《同诸公登慈恩寺塔》浦解：“说是诗者，三山谓讥切时事。邵长蘅

---

① （清）杨伦：《杜诗镜铨》，上海古籍出版社1962年版，第642页。

② 同上书，第643页。

③ （清）仇兆鳌：《杜诗详注》，中华书局1979年版，第94页。

④ 同上书，第821页。

⑤ 同上书，第1534页。

非之，谓只是登高警语。愚则以为忧危所迫也。讥切则轻薄，忧危则忠厚。毫芒之辨，心术天渊矣。若泛作登高写景，则语意又太涉荒淼。楚既失之，齐亦未为得也。”①

《自平》浦解：“钱笺、朱注，俱主蛮方有警，中官喜兵，殊未得旨。详诗意，当由太一既平，朝廷不以为鉴，仍遣中使攘利市舶而发。”②

## 三　互成法

列举多种说法，互补而成全解。

《杜鹃行》仇注：“洪迈《随笔》云：明皇为辅国劫迁西内，肃宗不复定省，子美作《杜鹃行》以伤之。黄鹤曰：上元元年七月，李辅国迁上皇，高力士及旧宫人皆不得留，寻置如仙媛于归州，出玉真公主居玉真观。上皇不怿，成疾。诗曰：‘虽同君臣有旧礼，骨肉满眼身羁孤。’盖谓此也。卢元昌曰：蜀天子，虽指望帝，实言明皇幸蜀也。禅位以后，身等寄巢矣。劫迁之时，辅国执鞚，将士拜呼，虽存君臣旧礼，而如仙、玉真一时并斥，满眼骨肉俱散矣。移居西内，父子睽离，羁孤深树也。罢元礼，流力士，彻卫兵，此摧残羽翮也。上皇不茹荤，致辟谷成疾，即哀痛发愤也。当殿群趋，至此不复可见矣。此诗托讽显然。鹤注援事证诗，确乎有据。张綖疑‘羞带羽翮伤形愚’句，谓非所以喻君父，亦太泥矣。盖托物寓言，正在隐跃离合间，所谓言之者无罪也。”③ 此注以洪迈、黄鹤、卢元昌三家之说互补，合成一个完整而有说服力的解释。

《垂白》仇注：“此章乃老去悲秋之意。……《杜臆》：公年老为郎，有似冯唐。当秋而悲，复如宋玉。少睡无聊，故起立移时。‘多难身何补’，作愤语，‘无家病不辞’，作苦语。赵注：公妻孥在蜀，而云无家，盖以故乡为家也。”④ 将王嗣奭、赵次公二家综合起来，此诗表现的乃是作者去国离乡的“老去悲秋之意”。

《无家别》浦注：“《无家别》，亦行者之词也。……元昌云：先王以六族安万民，今《新安》无丁，《石壕》遣妪，《新婚》怨旷，《垂老》决绝。至败归者又不免，几于靡有孑遗矣。夏客云：国家不幸多事，犹幸

---

① （清）浦起龙：《读杜心解》，中华书局 1961 年版，第 10 页。

② 同上书，第 313 页。

③ （清）仇兆鳌：《杜诗详注》，中华书局 1979 年版，第 838—839 页。

④ 同上书，第 1462 页。

有缮兵中兴之主，上能用其民，下能应其命。至杀身弃家不顾，以成恢复之功。故娓娓言之，义合风雅。仇云：唐人作诗，多言遣戍从军之苦，宋以下无闻焉。"① 以卢元昌、胡夏客、仇兆鳌三家表面上看并不一致的观点，暗示此诗是既表现"杀身弃家不顾，以成恢复之功"的精神，又表现"遣戍从军之苦"的"行者之词"。

《诸将五首》杨注："俞玚曰：自禄山背叛，天下军兴，久而未定，公故作此诗以讽刺诸将也。顾宸曰：首章忧吐蕃，责诸将之防边者，次章愤回纥，责诸将之用胡者，三章责大臣之出将者，四章刺中官之出将者，末章则身在蜀中而婉刺镇蜀之将，故其命题总曰诸将。"② 此注兼采俞玚、顾宸二说以明诗旨。

## 四　引证法

引证法是直接引用他人观点及论证以说明诗旨。或表明注者的个人见解，然后引用前代文献予以证明。所引用的文献主要有两种，一是史书，一是前人注本。

《有感五首》仇注："黄生曰：七律之《诸将》，责人臣也。五律之《有感》，讽人君也。然此虽讽人君，未尝不责其臣，以强圉国事，败坏至此，皆人臣之罪也。公平日谆谆论社稷忧时事者，大指尽此五首。又曰：此五首，在公生平为大抱负，即全集之大本领，从来读杜诗者，并未拈出。又曰：末首，通结数章之意，而归本于主德。所谓君仁莫不仁，君正莫不正，而惟务格君之心者，具于此见之。读此五章，犹以诗人目少陵者，非惟不知人，兼亦不知言矣。"③ 引用黄生之说证明自己的观点。

《种莴苣并序》仇解："朱注：莴苣，公借以自喻，序有'晚得微禄'句，词旨甚明。"④ 直接引用朱鹤龄说。

《古柏行》仇注："王嗣奭曰：公生平极赞孔明，盖窃比之意。孔明才大而不尽其用，公尝自比稷契，而人莫之用，故篇终结出材大难用，此作诗本旨发兴于古柏者。"⑤ 引用王嗣奭说。

---

① （清）浦起龙：《读杜心解》，中华书局 1961 年版，第 57 页。

② （清）杨伦：《杜诗镜铨》，上海古籍出版社 1962 年版，第 638 页。

③ （清）仇兆鳌：《杜诗详注》，中华书局 1979 年版，第 977—978 页。

④ 同上书，第 1347 页。

⑤ 同上书，第 1361 页。

《秋兴八首》其七仇注："七章，思长安昆明池，而叹景物之远离也。……旧说将中四句作伤感其衰，《杜臆》作追溯其盛，此独分出一盛一衰，何也？曰：织女鲸鱼，亘古不移，而菰米莲房，逢秋零落，故以兴己之漂流衰谢耳。穿昆明以习水战，其迹起于武帝，此云旌旗在眼，是借汉言唐。若远谈汉事，岂可云在眼中乎？公《寄岳州贾司马》诗：'无复云台仗，虚修水战船。'则知明皇曾置船于此矣。身阻鸟道，而迹比渔翁，以见还京无期，不复睹王居之盛也。"① 引《寄越州贾司马》诗句作证。

《解闷十二首》其十二仇注："王嗣奭曰：公因解闷而及荔枝，不过一首足矣，一首之中，其正言止'荔枝还复入长安'一句。正言不足，又微言以讽之。微言不足，又深言以刺之。盖伤明皇以贵妃召祸，则子孙于其所酿祸者，宜扫而更之，以亟苏民困。公于《病橘》亦尝及之，此复娓娓不厌其烦，可以见其忧国之苦心矣。"②

## 第三节　释修辞

### 一　使事用典

使事用典是中国古代诗歌的特色，也是古典诗歌常用的修辞和表达方法。使事和用典本来不是一回事，使事指采用前朝往事来类比或暗示当前创作所要表达的思想或事理，用典则侧重于引用前代经典语词以增进当前表达。但事与语难以断然分开，语中有事，事中有语，时间长了，就分不清用典与用事了，只笼统地概括为使事用典。事实上古代诗人在创作时，也并没有刻意区分两种方法。

古代诗人非常重视使事用典，传统诗学把引用典故看作诗文作者有无才学或才学高下的标志。尽管有许多没有使用典故的诗也有很高的美学价值和艺术水准，如王维的不少诗作就没有堆砌典故，同样收到了卓著的审

---

① （清）仇兆鳌：《杜诗详注》，中华书局 1979 年版，第 1494—1495 页。今按：借汉言唐之言甚是，但依据不是'在眼中'，诗人作诗时，汉之旌旗固然不在眼中，但唐之旌旗就一定'在眼中'吗？这种理解是呆板的。"在眼中"是一种修辞手法，叫作"示现"。

② 同上书，第 1519 页。

美效果，但更多的诗人还是选择了使用典故来帮助表达。既然使事用典被大多数诗人频繁而且成功地运用，且使用的具体技巧又日益精密，有时候点铁成金、脱胎换骨，其原事原辞已涣然融释于诗文语句之中，几令后人难以分辨，那么对使事用典的注释就显得十分重要。杜甫以才学为诗，诗中事语琳琅，被公认为“无一字无来处”，迫使注杜者在使事用典方面颇费功力。但是，过分地重视杜诗的用典，有时候也会出现牵强附会的注释弊端，刘明华指出：这类注释，除了显示注家的“读书破万卷”外，对于领会作品真谛完全是多余的。[①] 当然大多数注释者不是这样无中生有的，而是在确实用典的地方作出了恰当的注释。对正常使用、暗用、翻用甚至误用都作出了解说。下面分别举例：

**正常用典**

对于正常用典，了解典源的读者能较容易地感觉到所使用的典故。诗人使用典故时没有作特殊的处理，比如感情色彩的改变、事典情节的变化、语言结构关系的重构等，而且注释者没有特意指出杜甫对典故有什么新变。例如：

《送孔巢父谢病归游江东兼呈李白》：“罢琴惆怅月照席，几岁寄我空中书。”钱笺：“《西溪丛语》：空中书，用史宗引小儿腾空觉脚下有波涛寄书事。乃蓬莱仙人也。洪庆善云空中书乃雁足书，非也。”[②] 诗中表达对友人的思念，想得到神奇的书信，故用“空中书”，是正常用典。

《得舍弟消息》：“风吹紫荆树，色与春庭暮。花落辞故枝，风回反无处。”浦注：“《续齐谐记》：田广、田真、田庆兄弟欲分财。其夜庭前三荆便枯。兄弟叹之，却合，树还荣茂。”[③] 诗歌表达的是兄弟之情，自然联系到田氏兄弟的典故，是正常用典。

《夏夜叹》：“昊天出华月，茂林延疏光。”浦注：“江淹诗：华月照芳草。”[④] 杜诗之“华月”与江淹诗之“华月”意蕴一致，故属正常用典。

有时候注释给读者的印象是仅仅指明词语出处，其实标明用语和标明用事都是用典，没有必要细加区分。如：

《与任城许主簿游南池》：“晨朝降白露，遥忆旧青毡。”浦注：“《世

① 刘明华：《杜诗修辞艺术》，中州古籍出版社1991年版，第18页。

② （清）钱谦益：《钱注杜诗》，上海古籍出版社1979年版，第21页。

③ （清）浦起龙：《读杜心解》，中华书局1961年版，第45页。

④ 同上书，第59页。

说》：王献之夜卧，有盗入室，献之语曰：‘青毡我家旧物，可特置之。’”①

《秋野五首》其五：“儿童解蛮语，不必作参军。”浦注：“《世说》：郝隆为蛮府参军，作诗曰：‘娵隅跃清池。’蛮名鱼为‘娵隅’。桓温问曰：‘何为作蛮语！’隆曰：‘千里投公，始得蛮府参军，那得不蛮语也’。”② 杨伦于“作诗”前加“上巳日”，“清池”后加“桓温问何物，答曰”，改“桓温问曰”为“温曰”。③

《遣兴》：“鹿门携不遂，雁足系难期。”浦注下句：“用苏武雁足系书事。苏武事本属假托，前人多习用。”④

《回棹》：“灌园曾取适，游寺可终焉。”浦解上句：“於陵子仲事。”⑤

杜集附严武《寄题杜二锦江野亭》：“腹中书籍幽时晒，肘后医方静处看。”杨注：“《世说》：郝隆七月七日出日中仰卧，人问其故，曰：我晒书。”⑥

**暗用**

暗用是使用典故较为隐蔽，稍有疏忽或对典源不甚熟悉，不易看出句中使用了典故。古代注释实践中常常是用“暗用”（有时用“暗使”）标明。

《郑驸马宅宴洞中》：“自是秦楼压郑谷，时闻杂佩声珊珊。”仇解：“朱瀚曰：末句暗用《毛诗》‘杂佩以问之’。”⑦

《江村》：“但有故人供禄米，微躯此外更何求？”仇注：“分禄米，亦指裴冕。此暗用公孙弘给俸禄于故人事。”⑧

《谢严中丞送青城山道士乳酒一瓶》：“鸣鞭走送怜渔父，洗盏开尝对马军。”仇注：“卢注：末句暗用羊祜饮陆抗酒事。”⑨

《冬狩行》：“禽兽已毙十七八，杀声落日回苍穹。”仇注：“金氏曰：

① （清）浦起龙：《读杜心解》，中华书局1961年版，第335页。

② 同上书，第548页。

③ （清）杨伦：《杜诗镜铨》，上海古籍出版社1962年版，第814页。

④ （清）浦起龙：《读杜心解》，中华书局1961年版，第708页。

⑤ 同上书，第805页。

⑥ （清）杨伦：《杜诗镜铨》，上海古籍出版社1962年版，第391页。

⑦ （清）仇兆鳌：《杜诗详注》，中华书局1979年版，第47页。

⑧ 同上书，第747页。

⑨ 同上书，第896页。

回苍穹，暗用鲁阳挥戈返日。"①

《屏迹三首》其一："独酌甘泉歌，歌长击樽破。"浦注："赵曰：暗使王敦酒后击缺唾壶事。"②

《冬日有怀李白》："未因乘兴去，空有鹿门期。"杨注上句："暗用子猷雪夜访戴事。"③

《偶题》："南海残铜柱，东风避月氏。"杨注："谓吐蕃数寇。月氏，西域国名，注见二卷。亦暗用《左传》南风不竞语意。"④

**指出翻用**

翻用是所使用的典故意义在某方面与诗句意义相反，或用典句子在表达上与典源中相反。古代注往往直接指出"翻用"。翻用不同于化用，化用是淡化典故原本语言和事体的痕迹，使人不易从诗句中一眼看出典故；而翻用是改变了典故原来的语义或事实，使之出现相反的结果。

《刘九法曹郑瑕丘石门宴集》："秋水清无底，萧然净客心。"仇注："卢思道诗：秋江见底清。首句翻用之。"⑤ 由"见底"翻成了"无底"。

《九日蓝田崔氏庄》："羞将短发还吹帽，笑遣傍人为正冠。"仇注："赵大纲曰：羞将短发，未免老去伤情。笑倩傍人，仍见兴来雅致。二句分承，却取孟嘉事而翻用之。"⑥

《赠太子太师汝阳郡王琎》："虬髯似太宗，色映塞外春。"仇注："武陵王纪诗：'塞外无春色。'此翻用其语，乃极状器宇之温和也。"⑦

《洗兵马》："东走无复忆鲈鱼，南飞觉有安巢鸟。"浦注："（上句）

① （清）仇兆鳌：《杜诗详注》，中华书局1979年版，第1056页。

② （清）浦起龙：《读杜心解》，中华书局1961年版，第95页。

③ （清）杨伦：《杜诗镜铨》，上海古籍出版社1962年版，第31页。

④ 同上书，第715页。

⑤ （清）仇兆鳌：《杜诗详注》，中华书局1979年版，第13页。

⑥ 同上书，第490页。孟嘉，东晋大将桓温的参军，《晋书》有传。陶渊明《晋故征西大将军长史孟府君传》载九月九日游龙山，有风吹孟嘉帽堕落。孟嘉初不自觉，良久如厕，温命取以还之。并命廷尉太原孙盛设语嘲之，以著坐处。孟嘉归，见嘲笑而不愠，请笔作答，了不容思，文辞超卓，四座叹之。孟嘉落帽而不知，杜诗知而请人为正，故曰翻用。

⑦ （清）仇兆鳌：《杜诗详注》，中华书局1979年版，第1390页。

翻用张翰语。（下句）翻用魏武诗。”①

《寄彭州高三十五使君适虢州岑二十七长史参三十韵》：“老去才难尽，秋来兴甚长。”浦注：“翻用江淹才尽语。”②

《曲江三章章五句》其三：“自断此生休问天，杜曲幸有桑麻田。”杨注上句：“翻用楚辞天问语。”③

**指出误用**

误用是作者用典时仅在字面上保持了与典源的一致性，而内容存在误解或其他不当的地方。注者用“误用”指明，有时称“用事之误”。但注者对误用典故是采用宽容的态度，指出误用时，并没有讥刺之语。

《杜位宅守岁》：“守岁阿戎家，椒盘已颂花。”仇注：“朱注：《南史》：齐王思远，小字阿戎，王晏从弟也，明帝废立，尝规切晏。及晏拜骠骑，谓思远兄思微曰：‘隆昌之际，阿戎劝吾自裁，若如其言，岂得有今日？’思远曰：‘如阿戎所见，尚未晚也。’诗用阿戎，盖出此耳。胡严曰：阿戎，注家改为阿咸，不知阿咸乃叔侄事，与兄弟不相当。东坡与子由诗‘欲唤阿咸来守岁，林乌枥马正喧哗’，亦一时误用耳，不必据以为证。”④

上例是由杜诗引出其他诗人的误用。下面是杜甫误用的情况：

《寄李十二白二十韵》：“五岭炎蒸地，三危放逐臣。”浦注：“三危，当作三苗。盖三危在今肃州外，三苗乃夜郎地也。以三危为三苗放处，故误用耳。”⑤

《寄岳州贾司马六丈、巴州严八使君两阁老五十韵》：“弟子贫原宪，诸生老伏虔。”杨注：“《后汉书》：服虔字子慎，少入太学受业，有雅才，著《春秋左氏传解》行于世。《诚斋诗话》：诗有实字而虚用之者，老服虔，盖用赵充国请行，上老之。顾炎武《日知录》：古人经史皆是写本，

① （清）浦起龙：《读杜心解》，中华书局1961年版，第257页。《晋书·文苑列传》卷九十二：张翰字季鹰，齐王冏辟为大司马东曹掾。因见秋风起，乃思吴中菰菜、莼羹、鲈鱼脍，曰：“人生贵得适志，何能羁宦数千里以要名爵乎！”遂命驾而归。魏武帝《短歌行》诗：“月明星稀，乌鹊南飞。绕树三匝，何枝可依？”而杜诗曰“无忆”、“有巢”，故曰翻用。

② （清）浦起龙：《读杜心解》，中华书局1961年版，第721页。

③ （清）杨伦：《杜诗镜铨》，上海古籍出版社1962年版，第45页。

④ （清）仇兆鳌：《杜诗详注》，中华书局1979年版，第109页。

⑤ （清）浦起龙：《读杜心解》，中华书局1961年版，第718页。

子美久客四方，未必能携，一时用事之误，自所不免。诗云诸生老伏虔，本用济南伏生事，伏生名胜非虔，后汉有服虔，非伏也。”①

注者有时候会指出其他用典情况如“熟事生用”，但例子不是很多。所谓熟事生用，是指所用典故虽为读者熟知，但在句中却改变了通常的使用方法或习惯，采用特殊的表达句式，或存在与典源不同的表达意图。

《送赵十七明府之县》：“山雉迎舟楫，江花报邑人。”旁批：“邵云：二句孰事生用法。”② 按：二句所用之典是：《续汉书》载鲁恭为中牟令，有驯雉之异。江花是潘岳事。

## 二 修辞格

古代注释中对修辞格的注释不少，但没有统一的名目。本书中所使用的辞格名目，都是借用当前对辞格的研究成果。借用今名的依据是传统注释所解说的修辞现象与今名所概括的修辞现象的一致性。今辞格中没有的修辞手法，则用注文所用名称，不再另为取名。

① （清）杨伦：《杜诗镜铨》，上海古籍出版社 1962 年版，第 277 页。伏常与服通用。伏，並母、职部；服，並母、职部。並母双声，职部叠韵，属双声叠韵通假。《史记・项羽本纪》：“有一人不得用，自言于梁。梁曰：‘前时某丧使公主某事，不能办，以此不任用公。’众乃皆伏。”伏是佩服、服气。唐韩愈《考功员外卢君墓铭》：“愈之宗兄故起居舍人君，以道德文学伏一世。”伏谓使人佩服。汉荀悦《汉纪・哀帝纪下》：“故北狄不伏，中国不得高枕也。”伏是降服、屈服、服从。唐韩愈《黄家贼事宜状》：“比者所发诸道南讨兵马，例皆不谙山川，不伏水土。”伏是习惯、适应。《诗・小雅・雨无正》：“舍彼有罪，既伏其辜。”《左传・庄公十四年》：“傅瑕贰，周有常刑，既伏其罪矣。”伏是承受、承当。《西游记》第二七回：“若过此山，西下四十里，就不伏我所管了。”伏是归属、隶属。《文选》陆机《为吴王郎中时从陈梁作》：“谁谓伏事浅，契阔踰三年。”伏事，即服侍。清袁仁林《古文周易・参同契注》二：“伏食三载，轻举远游。”伏食，即服食，吃、服用。服通伏的例子也很多：《礼记・曲礼上》：“孝子不服闇。”服是潜伏、窜伏。俞樾《群经平议・礼记一》：“不服闇者，不伏闇也，谓不潜伏于闇冥之中也。”《庄子・说剑》：“于是文王不出宫三月，剑士皆服毙其处也。”服是倒伏。陆德明释文引司马彪曰：“忿不见礼，皆自杀也。”《史记・项羽本纪》：“当时诸侯皆慑服，莫敢枝梧。”慑服又作“慑伏”。同书同篇：“一府中皆慑伏，莫敢起。”然而作姓氏时，二字未见相混。伏姓，据《元和姓纂》，本风姓，伏羲之后，望出太原、高阳。服姓，据《路史》，亦是伏羲后，望出西平。据《风俗通》，周内史叔服之后，以字为氏，也姓服。《五代史》载，后唐明宗赐契丹将裕勒古宜姓服，名怀远。虙、伏、宓三字古时相通，服字未明。不知唐时作姓氏是否也通用。

② （清）杨伦：《杜诗镜铨》，上海古籍出版社 1962 年版，第 1016 页。

1. 释衬托

注释者用“作衬”、“衬”、“托”、“反”、“形”、“剔”等词语表示这种修辞。因为衬托与传统诗歌的“兴”多有渊源，所以注本中解说“兴”的内容多与衬托有关。但本书后面有专门考察注释者对赋、比、兴进行注释的章节，故此处讨论不涉及释“兴”的内容。

《上牛头寺》：“花浓春寺静，竹细野池幽。何处啼莺切，移时独未休。”仇注：“花竹之下，寺静池幽，反觉莺啼太切，真是巧于形容。”① 仇兆鳌指明此处是以寺静、池幽衬托莺啼。

《斗鸡》：“斗鸡初赐锦，舞马既登床。帘下宫人出，楼前御曲长。仙游终一閟，女乐久无香。寂寞骊山道，清秋草木黄。”仇解：“上四，铺张盛事，见生前之乐。下四，追惟遗迹，致没后之悲。远注：仙游句，反上御曲长。女乐句，反上宫人出。”② 仇氏认为此句是以宫人满长廊的热闹反衬女乐杳然的仙游寂寞。

《孤雁》：“野鸦无意绪，鸣噪亦纷纷。”仇解：“末联，借鸦形雁，乃题之外象。”③ 仇注觉得这是以鸭衬雁。

《水会渡》浦解：“愚按：前篇写薄暮，此篇写向晓。前写江行之趣，此写江势之险。前用正笔写，此多旁笔写。如‘篙师’二句，从反面写出风势。‘迥出’二句，从过后剔出水势是也。”④ 浦起龙的认识是“篙师暗理楫，歌笑轻波澜”一联，是以篙师的歌笑反衬风势，“迥出积水外，始知众星干”两句是以驶出险境之后“始知众星干”反衬未出时的波浪滔天。

《又上后园山脚》浦解：“特以少年日观之游，引衬今日后园之上。”⑤

《奉酬薛十二判官见赠》浦解：“‘老病为农’，自言衰废，与薛之壮志反对。”⑥ 所指实际上就是反衬关系。

《李鄠县丈人胡马行》浦解：“又次四，就‘胡骝’实写，仍以‘驽

① （清）仇兆鳌：《杜诗详注》，中华书局 1979 年版，第 989 页。

② 同上书，第 1523 页。

③ 同上书，第 1530 页。

④ （清）浦起龙：《读杜心解》，中华书局 1961 年版，第 84 页。

⑤ 同上书，第 178 页。

⑥ 同上书，第 182 页。

骀’作衬。”[①] 依注，驽骀是用来衬托胡骝的。

《韦讽录事宅观曹将军画马图》浦解：“此以将军所画他马作衬，以一匹衬九匹，是少衬多。”[②]

《陪裴使君登岳阳楼》浦解：“黄生云：一、二，目前景，所以兴三、四。……愚按：兴三、四者，反兴也。境阔势孤，而乃有彼加此接之情，是以寥落兴亲热。”[③] 浦意为“湖阔兼云雾，楼孤属晚晴”所显现的“寥廓”反衬“礼加徐孺子，诗接谢宣城”所表现的“亲热”。

《寒雨朝行视园树》：“衰颜动觅藜床坐，缓步仍须竹杖扶。”浦解：“‘藜床’、‘竹杖’，以坐衬行。”[④]

2. 释反语

古代注释中用“反言”、“反云”、“反语”等术语。

《江畔独步寻花七绝句》其二仇兆鳌小序：“《杜臆》：前云花恼，此云怕春，皆用反语。”[⑤]

《旅夜书怀》：“名岂文章著，官应老病休。”仇解：“顾注：名实因文章而著，官不为老病而休，故用岂应二字，反言以见意，所云书怀也。”[⑥]

《奉陪郑驸马韦曲二首》：“韦曲花无赖，家家恼杀人。绿樽须尽日，白发好禁春。”仇注：“上四，惜花之情，反言以志胜。”[⑦] 是说“无赖”、“恼”等实际上表达的是“可爱”、“喜”的情感。

《夏日李公见访》：“巢多众鸟斗，叶密鸣蝉稠。苦遭此物聒，孰谓吾庐幽。”仇注：“《杜臆》：此物聒，承蝉鸟，反言以见其幽。”[⑧]

《冬末以事之东都湖城东遇孟云卿复归刘颢宅宿宴饮散因为醉歌》：“向非刘颖为地主，懒回鞭辔成高宴。”仇注：“下二，反言以见刘之贤。”[⑨]

《青州杂诗二十首》其十八：“西戎外甥国，何得迕天威。”仇注：

① （清）浦起龙：《读杜心解》，中华书局1961年版，第256页。

② 同上书，第292页。

③ 同上书，第584页。

④ 同上书，第821页。

⑤ （清）仇兆鳌：《杜诗详注》，中华书局1979年版，第817页。

⑥ 同上书，第1229页。

⑦ 同上书，第165页。

⑧ 同上书，第251页。

⑨ 同上书，第501页。

“吐蕃外甥之国，何得迕犯天威，盖反言以见和亲之无益。”①

《牵牛织女》浦解：“本言会合之诬，反而云灵且常逢，正剔醒不可信。”②

《去蜀》：“安危大臣在，何必泪长流。”杨注：“结用反言见意，语似自宽，正隐讽大臣也。”③

3. 释比喻

古代注文在解释比喻时，常用“喻”、“比”，也有径作“比喻”的。有时候不用标志词语。此节也有意回避六义之“比”，尽管六义之比也与比喻有千丝万缕的关系。

《野老》：“长路关心悲剑阁，片云何事傍琴台。”仇解：“长路关心，既伤入蜀，片云何事，又嫌留蜀。下句作比喻语。”④

《赠蜀僧闾丘师兄》：“凤藏丹霄暮，龙去白水浑。”仇注：“凤藏龙去，比闾丘之殁。”⑤

《枯楠》：“犹含栋梁具，无复霄汉志。良工古昔少，识者出涕泪。种榆水中央，成长何容易。截承金露盘，袅袅不自畏。”仇兆鳌小序：“未用比喻作结，慨用舍之失宜。栋梁，伤大才莫用。种榆，比力小任重。”⑥

《奉同郭给事汤东灵湫作》：“阊风入辙迹，旷原延冥搜。”浦解：“‘阊风’‘旷原’借喻深切。”⑦

《成都府》：“初月出不高，众星尚争光。”浦注：“钱笺引《困学纪闻》云：比肃宗初立，盗贼未息也。”⑧

《病柏》浦解：“‘凤领’‘雏翔’，携家漂荡。‘鸱枭’‘穿穴’，鼠辈得时。”⑨

《八哀诗赠秘书少监武功苏公源明》：“不要悬黄金，胡为投乳赟。”

---

① （清）仇兆鳌：《杜诗详注》，中华书局1979年版，第587页。

② （清）浦起龙：《读杜心解》，中华书局1961年版，第134页。

③ （清）杨伦：《杜诗镜铨》，上海古籍出版社1962年版，第564页。

④ （清）仇兆鳌：《杜诗详注》，中华书局1979年版，第748页。

⑤ 同上书，第766页。

⑥ 同上书，第857页。

⑦ （清）浦起龙：《读杜心解》，中华书局1961年版，第19页。

⑧ 同上书，第89页。

⑨ 同上书，第92页。

浦注："乳贙，比当时近幸，意谓不附近幸，以致贫困。"①

《赤霄行》浦解："连设四喻，两以物，两以古，结语付之不复记忆，绝高。"②

《除架》："秋虫声不去，暮雀意如何?"杨于两句下分别注曰："喻穷交犹在。""喻势交已离。"③

《别赞上人》："杨枝晨在手，豆子雨已熟。"杨注："《华严疏钞》：譬如春月，下诸豆子，得暖气色，寻便出土。句喻言禅行已成。"④

《凤凰台》："恐有母无雏，饥寒日啾啾。"杨注："谓贤人未得主者。"⑤ 按：正是此意。"母无雏"，无名氏《集千家注杜工部诗集》作"无母雏"⑥，遍检他本，皆作"无母雏"，盖杨伦本排印误。

《赠崔十三评事公辅》杨伦眉批："从崔叙起，开首叠用三喻。"⑦

《毒热寄简崔评事十六弟》："楚材择杞梓，汉苑归骅骝。"杨伦于两句下分别注曰："喻崔使夔。""喻崔还京。"⑧

《又上后园山脚》："蓐收困用事，玄冥蔚强梁。"杨注："蓐收，金神西方也。玄冥，水神北方也。穷秋之时，蓐收方退，而玄冥方来，喻长安渐凋敝，而禄山方强梁于范阳也。"⑨

4. 释类比

类比是基于两种不同事物间的类似，借助比体的特征，通过联想来表现本体的一种修辞手法。其本质是借助类似的事物的特征突出本体事物特征，帮助对本体的反映，或加强感情，烘托气氛，引起联想。古代注文常用"比"（类比也与六义之"比"多有关系，此节同样不涉六义）。

《寄题杜二锦江野亭》："莫倚善题《鹦鹉赋》，何须不著鵔鸃冠。"仇注："《鹦鹉赋》，以祢衡之才比少陵，非刺其恃才傲物。旧注误解。曹操

① （清）浦起龙：《读杜心解》，中华书局1961年版，第154页。

② 同上书，第293页。

③ （清）杨伦：《杜诗镜铨》，上海古籍出版社1962年版，第260页。

④ 同上书，第284页。

⑤ 同上书，第295页。

⑥ 无名氏：《集千家注杜工部诗集》，钦定四库全书荟要影印本，吉林出版有限责任公司2005年版，第121页。

⑦ （清）杨伦：《杜诗镜铨》，上海古籍出版社1962年版，第610页。

⑧ 同上书，第620页。

⑨ 同上书，第775页。

送祢衡于江夏太守黄祖，祖长子射为章陵太守，大会宾客。人有献鹦鹉者，衡揽笔而作，词采甚丽。”① 此注表明诗章是以杜甫与祢衡相类比。

《题玄武禅师屋壁》：“似得庐山路，真随惠远游。”仇注：“沈氏曰：陶渊明与惠远游，从结白莲社，公盖以陶自比也。”② 仇氏引用沈氏语，认为此诗是杜甫自己类比于陶渊明。

《北征》：“周汉获再兴，宣光果明哲。”浦注：“周宣、汉光武，比肃宗。”③ 浦注认为诗中以周宣王和汉光武帝与肃宗类比。

《八哀诗·赠左仆射郑国严公武》：“匡汲俄宠辱，卫霍竟哀荣。”浦注：“匡衡为丞相，坐免。汲黯数切谏，不久留内。”“卫青拜大将军，尚公主，合葬起冢。霍去病秩与大将军等。薨，上悼之。按：此比武除罢频数，竟以节度殁。”④ 注文是拿卫青和霍去病类比严武。

《哀江头》：“昭阳殿里第一人，同辇随君侍君侧。”浦注：“《汉书》：飞燕女弟绝幸，为昭仪，居昭阳殿。按：此以比贵妃。”⑤ 飞燕女弟与杨贵妃相类比。

《章梓州水亭》：“荆州爱山简，吾醉亦长歌。”浦注：“荆比梓，山比章。”⑥ 以荆州类比梓州，以山简类比章梓州。

5. 释象征

《诸将五首》：“胡来不觉潼关隘，龙起犹闻晋水清。”其二仇兆鳌小序：“是秋，合关河清，此真主龙兴之象也。”⑦ 仇兆鳌的注释是说诗句中的“合关河清”象征着真龙兴起。

《寄韩谏议柱》：“玉京群帝集北斗，或骑骐驎翳凤凰。”仇兆鳌小序：“北斗象君，群帝指王公。”⑧ 依注，“北斗”是君王的象征。

《山寺》浦解：“愚按：起八句，述山寺倾毁，隐然描出至尊蒙尘之

① （清）仇兆鳌：《杜诗详注》，中华书局1979年版，第885—886页。

② 同上书，第930页。

③ （清）浦起龙：《读杜心解》，中华书局1961年版，第42页。

④ 同上书，第148页。今按：哀荣，《论语·子张》：“其生也荣，其死也哀。”何晏集解：“故能生则荣显，死则哀痛。”后因指生前死后皆蒙受荣宠。

⑤ 同上书，第248页。

⑥ 同上书，第453页。

⑦ （清）仇兆鳌：《杜诗详注》，中华书局1979年版，第1366页。

⑧ 同上书，第1509页。

象。"[①] 浦起龙的注释说明"山寺倾毁"是"至尊蒙尘"的象征。

《鸡》:"纪德名标五，初鸣度必三。"浦注:"《韩诗外传》:头戴冠，文也;足傅距，武也;见敌而斗，勇也;得食相呼，义也;鸣不失时，信也。"[②] 是说鸡象征着"文、武、勇、义、信"五种德性。

6. 释互文和错综

《寄越州贾司马六丈巴州严八使君两阁老五十韵》:"贾笔论孤愤，严诗赋几篇。"浦注:"按:贾笔严诗，亦分贴以谐律耳。贾非不能诗者，勿泥。"[③] 浦注解释此处使用了互文的修辞手法。

《北征》:"不闻夏殷衰，中自诛褒妲。"杨伦眉批:"李云:不闻夏殷衰，中自诛褒妲。不言周，不言妹喜，此古人互文之妙，正不必作误笔，自八股兴，无人解此法矣。"[④]

《韦讽录事宅观曹将军画马图歌》:"今之新图有二马，复令识者久叹嗟。……其余七匹亦殊绝，迥若寒空杂霞雪。"仇解:"二马七马，用错综叙法。"[⑤] 仇注意谓写"二马"的句子所表现的内容其实适用于"七马"，写七匹马的也适用于两匹马，诗人故意分开来写，是为了行文错综。

《秋兴八首》其一:"江间波浪兼天涌，塞上风云接地阴。丛菊两开他日泪，孤舟一系故园心。"仇解:"王维桢曰:江间承峡，塞上承山，菊开山际，舟系江中，四句错综相应。"[⑥]

《述古三首》其一题解:"愚按:'为问驭者谁?'一篇之主。连用两喻，而主意逗在前喻之末，错综入古。"[⑦]"两喻"是:"凤凰从东来，何意复高飞。竹花不结实，念子忍朝饥。"

《登岳阳楼》:"吴楚东南坼，乾坤日夜浮。"杨注:"顾注:湖在吴之南，楚之东。"[⑧] 此注是说"吴楚东南"即"吴南楚东"。

---

① (清)浦起龙:《读杜心解》，中华书局 1961 年版，第 109 页。

② 同上书，第 525 页。

③ 同上书，第 725 页。

④ (清)杨伦:《杜诗镜铨》，上海古籍出版社 1962 年版，第 163 页。

⑤ (清)仇兆鳌:《杜诗详注》，中华书局 1979 年版，第 1154 页。

⑥ 同上书，第 1484 页。

⑦ (清)浦起龙:《读杜心解》，中华书局 1961 年版，第 106 页。

⑧ (清)杨伦:《杜诗镜铨》，上海古籍出版社 1962 年版，第 952 页。

7. 释委婉（包括讳饰、避讳）

解释诗歌中因避讳或某种特殊情感的需要而造成的特殊表达。古代注本中常用"讳"、"婉"、"隐"等词语以揭示委婉表达的内涵。

《忆昔二首》钱笺："《忆昔》之首章，刺代宗也。肃宗朝之祸乱，成于张后、辅国。代宗在东朝，已身履其难。少属乱离，长于军旅，即位以来，劳心焦思，祸犹未艾，亦可以少悟矣。乃复信任程元振，解郭子仪兵柄，以召匈奴之祸，此不亦童昏之尤乎？公不敢斥言，而以'忆昔'为词，其意婉而切矣。"①

《遣忧》："隋氏留宫室，焚烧何太频。"仇兆鳌小序："末二亦借隋形唐，盖讳言也。"②

《寄董卿嘉荣十韵》："猛将宜尝胆，龙泉必在腰。"仇注："《越绝书》：取铁英作铁剑三枚，一曰龙渊。风胡子曰：'欲知龙渊，观其状如登高山、临深渊。'诗避唐讳，改称龙泉。"③

《历历》："无端盗贼起，忽已岁时迁。"仇序："天宝之乱，皆明皇失德所致。此云'无端盗贼起'，盖讳言之耳。"④

《曲江对雨》："龙武新军深驻辇，芙蓉别殿漫焚香。"仇解："黄生曰：公感玄宗知遇，诗中每每见意。五六指南内之事，盖隐之也。"⑤

《杜鹃行》浦解："结四，凌空寄慨，致其哀痛。但只在蜀言蜀，就鹃言鹃，故曰'蜀天子'，疑似之称也。曰'四月五月'，为七月讳也。"⑥

《秦州杂诗二十首》其六："那堪往来戍，恨解邺城围。"浦解："'围'不曰溃而曰'解'，讳之也。"⑦

《曲江对雨》："龙武新军深驻辇，芙蓉别殿漫焚香。"浦解："《雍录》：唐讳虎，故曰龙武。"⑧

---

① （清）钱谦益：《钱注杜诗》，上海古籍出版社1979年版，第156页。

② （清）仇兆鳌：《杜诗详注》，中华书局1979年版，第1055页。

③ 同上书，第1168页。

④ 同上书，第1525页。

⑤ 同上书，第452页。

⑥ （清）浦起龙：《读杜心解》，中华书局1961年版，第265页。

⑦ 同上书，第383页。

⑧ 同上书，第610页。

《送杨六判官使西番》："归来权可取，九万一朝抟。"浦解："不曰权可否，而曰'权可取'，婉词也。"①

《课伐木并序》："萧萧理体净，蜂虿不敢毒。"注："理体，治体也，治字避高宗讳。"②

8. 释双关

杜诗中常常使用"双关"的修辞手法，四家对此也多作说明。术语有双关、兼喻、借映、带指、也指等。例如：

《春日登梓州城楼二首》其一仇序："新燕巢楼，而旅人无定，对景伤情，语意双关。"③

《大云寺赞公房四首》其二："细软青丝履，光明白氎巾。"仇注："细软、光明，用释氏语，双关法也。"④

《草堂即事》："寒鱼依密藻，宿雁聚圆沙。"仇序："寒鱼、宿雁，兼自喻穷冬旅泊，故落句有赊酒销愁之慨。"⑤

《古柏行》浦解："结语一吐本旨，而'材大'两字，仍与'古柏'双关。"⑥ 既指人说，也指柏树说。

《奉送严公入朝十韵》："阁道通丹地，江潭隐白蘋。"浦注："《晋书》：阁道六星，飞道也。按：诗又借映剑阁栈道。"⑦

《秋兴八首》其五："一卧沧江惊岁晚，几回青琐点朝班。"注："岁晚本言年老，亦带指秋深。"⑧

《舟中出江陵南浦奉寄郑少尹审》："鸣螀随泛梗，别燕起秋菰。"注："二句即景双关。"⑨

9. 释借代

借代也是杜甫常用的修辞手法，古代注释同样将一定的注意力放在对借代的解说上。见例：

① （清）浦起龙：《读杜心解》，中华书局1961年版，第712页。

② （清）杨伦：《杜诗镜铨》，上海古籍出版社1962年版，第764页。

③ （清）仇兆鳌：《杜诗详注》，中华书局1979年版，第970页。

④ 同上书，第335页。

⑤ 同上书，第860页。

⑥ 同上书，第298页。

⑦ 同上书，第731页。

⑧ （清）杨伦：《杜诗镜铨》，上海古籍出版社1962年版，第646页。

⑨ 同上书，第939页。

《夜听许十一诵诗爱而有作》：“陶谢不枝梧，风骚共推激。”浦于“陶谢”下注：“渊明、灵运。”① 是以姓代人。

《后出塞五首》其四：“越罗与楚练，照耀舆台躯。”浦注：“《左传》：士臣皂，皂臣舆，舆臣隶，隶臣僚，僚臣仆，仆臣台。”② 以“台、舆”指代“士、皂、舆、隶、僚、仆、台”这一类下层工作人员。

《北征》：“伊洛指掌收。”浦注“指东京。”③ 以水名代城市。

《北征》：“旋瞻略恒碣。”浦注“恒山、碣石，俱属燕，指安贼巢穴。”④ 以山名代地域。

《毒热寄简崔评事十六弟》：“大火运金气，荆扬不知秋。”浦注：“荆扬二字作南方用。”⑤ 是以两个地名代整个南方。

《洗兵马》：“只残邺城不日得，独任朔方无限功。”浦注：“朔方，谓郭子仪。子仪官朔方节度使也。”⑥ 以官职代人。

《李潮八分小篆歌》：“岂如吾甥不流宕，丞相中郎丈人行。”浦注丞相：“斯。”中郎：“邕。”⑦ 是以李斯和蔡邕的官职代二人。

10. 其他

古代注释中还涉及其他修辞格，如层递、比拟、反对等。如：

《公安送韦二少府匡赞》：“时危兵革黄尘里，日短江湖白发前。古往今来皆涕泪，断肠分手各风烟。”注：“仇注：言时逢兵革，老泛江湖，此景此情，乃古今所同悲者；况故人分手于风烟之际，能不为之断肠乎？四语层递，意极惨悽。”⑧ 此注解释层递。

《绝句漫兴九首》：“眼见客愁愁不醒，无赖春色到江亭。”仇注：“按：无赖本属人，杜诗借以指物，前云‘花无赖’，此云‘无赖春色’是也。”⑨ 此释比拟。

《诸将五首》其一：“见愁汗马西戎逼，曾闪朱旗北斗殷。”仇注：

① （清）浦起龙：《读杜心解》，中华书局1961年版，第14页。

② 同上书，第17页。

③ 同上书，第42页。

④ 同上书，第42页。

⑤ 同上书，第130页。

⑥ 同上书，第257页。

⑦ 同上书，第303页。

⑧ （清）杨伦：《杜诗镜铨》，上海古籍出版社1962年版，第944页。

⑨ （清）仇兆鳌：《杜诗详注》，中华书局1979年版，第788页。

“张希良曰：注家以少陵父名闲，因改闲为殷，非也。上云西戎逼，下云北斗闲，二字反对，言戎马之急如此，而我军旗帜高并北斗者，悠扬闪烁，如此闲暇，则其逗留玩寇可知矣。”① 此释反对。注者所言“反对”，就是反向对比。

《古柏行》浦解：“末段，因咏古柏，显出自负气概，暗与‘君臣际会’反对。”② 此条亦释反对。

## 第四节　释构造

诗歌虽然是一种独特的文体，但作为语言运用的产品，跟其他文体一样具有自己的结构。一般作品的开头、结尾、段落、层次、过渡、照应等结构要素诗歌中同样存在。随着诗歌题材的日趋丰富，诗歌的结构也随之复杂化。但诗歌语句字数有限，即使表现内容不再受到局限，在结体构篇时仍有其特殊性，提法也不同于其他文体。如律诗的首联、颔联、颈联、尾联，就是其他文体不可能使用的结构表述方式。到了清代，随着科举考试的程式化，八股文的结构模式被广泛地用于诗歌的谋篇和解释，仇兆鳌尤其习惯于用八股文的起、承、转、合来阐述诗歌的结体实践。

古代注释是从以下几个方面来解释诗歌的结构的。

### 一　释段落与层次

古代注杜表示段落的概念是“解”、“节”、“截”、“段”、“幅”、“中（前、后、上、下、起、首、次、末）N”、“N句”（“N”一般是偶数数字）、“N”（句数）。表示层的方法是以首句中一词加句数“XX句”“XX几句”（如“‘蝮蛇’四句”）、“XX以下几句”等。表示分层的术语是“析言”，这与词语训诂的“析言”是不同的。词语训诂的“析言”是“单独理解”的意思，分层的“析言”是“分析开来”、“分层来看”的意思。在文面形式上，钱、杨没有段落标志，仇兆鳌用小序和注释将段落分开，1961年中华书局出版的浦起龙注本则用空一字的方法显示。表

① （清）仇兆鳌：《杜诗详注》，中华书局1979年版，第1365页。

② （清）浦起龙：《读杜心解》，中华书局1961年版，第298页。

示划分的术语是“截”，如《短歌行赠王朗司直》浦解：“王郎将游西蜀，干诸侯，酒酣哀歌，公乃当筵赠此也。上下各五句，依转韵截。”① 下面是解释段落与层次的例子：

《冬日洛城北谒玄元皇帝庙》钱笺：“配极四句，言玄元庙用宗庙之礼，为不经也。碧瓦四句，讥其宫殿逾制也。‘世家遗旧史’，谓史记不列于世家，开元中敕升为列传之首，然不能升之于世家，盖微词也。‘道德付今王’，谓玄宗亲注道德经及置崇玄学，然未必知道德之意。亦微词也。”②

《陪李北海宴历下亭》浦解：“起四叙事，中四写宴，末四惜别。”③

《苦雨奉寄陇西公兼呈王征士》浦解：“四句起，四句结，中间一大段。”④

《自京赴奉先咏怀五百字》浦解：“通篇只是三大段。首明赍志去国之情，中慨君臣耽乐之失，末述到家哀苦之感。”⑤

《白水崔少府十九翁高斋三十韵》浦解：“粗分之，凡四段：首从来踪说到赠斋为寓，虚合崔翁。次从斋景说到设飧相待，明点崔翁。又次从‘坐久’境迁，写出感发深情。末则就情悲徹宴，反顾崔翁见款。”⑥

《北征》浦解：

通首但分五大段。归省家人，本事也。同念国家，本心也。第一段，叙清还鄜事迹。先以“问家室”三字提出省家，随以“遭艰虞”三字提出念国，复申之以“拜辞”十二句。盖内“顾”则思家，陛“辞”则恋主，私谊公忠，一时迸露，遂为一诗之纲领。第二段，详叙归途之景物。所值之境，好恶不齐。所触之怀，伤残满目。所以节末就“月”中“白骨”追愤“潼关”一败。见近畿“残害”，皆由于此。然此尚属带笔。此处主意，只是铺写途景也。第三段，备述到家景况。于篇法为中腹，于题目为正面。俗情妙语，时以诙谐破涕。而节末“翻思”四句，忽然借径搭入国事，是下半转关处。第四段，拨家计而忧国恤，为当时反正之急

① （清）浦起龙：《读杜心解》，中华书局1961年版，第320页。

② （清）钱谦益：《钱注杜诗》，上海古籍出版社1979年版，第278页。

③ （清）浦起龙：《读杜心解》，中华书局1961年版，第3页。

④ 同上书，第12页。

⑤ 同上书，第22页。

⑥ 同上书，第26页。

务。深以速收京阙，直捣贼巢为望。其云“此辈少为贵，时议气欲夺”。在叙借助“回纥”处，须下此分寸语，其实不重。文势直赶到“蓄锐可俱发”，仍以“回纥”“官军”总统言之。盖此时所急，尤在克复，不与《留花门》诗同旨。朱、仇诸家忒煞版看，遂使文气纵缓。节末数语，犹岳少保所谓“与诸君痛饮”者也。第五段，追颂上皇圣断，预卜新主中兴，亟反神京，重开治象。直欲追盛业于贞观之初。为通篇大归宿。[①]

《毒热寄简崔评事十六弟》浦解：“前十二，极言毒热难堪，千室闭关，行人绝迹也。仇氏解作卧地，稚甚。‘蝮蛇’四句，逐层逼下。畏蛇则须‘烛’，对‘烛’又增烦，如此则不成寐矣，况更扰之以怀归之念耶。所谓‘旅次百忧’者以此。中八，期以热退晤言，是寄简本意。‘接居成阻’，仇氏所谓‘寸步难相就’者也。崔必长于《易》《诗》之学，论《易》诵《诗》，以相启发，所谓‘开襟仰弟’者以此。后八，赞美而申订之。崔必奉使来夔，故有‘皇皇’二句；崔必回京在迩，故有‘楚才’二句；然则相会无几矣，故亟兴‘达心’，而待其筹理也。如上所云‘兼忧’、‘怀旧’、‘闻《易》’、‘咏《诗》’，皆是‘待筹’处。”[②]

此段解说中，“前十二”、“中八”、“后八”将此诗分为三段。“蝮蛇”四句是第一段的第三层。并说明了与第二层“旅次百忧”的因果关系。“接居成阻”句总结了第二段的第一层，并说明了与第二层“开怀仰弟”的关系。“达心”是第三段第二层，与第一层赞美内容是因果关系。

《催宗文树鸡栅》浦解：“开首四句一顿，以畏动而少休，反提篇末意。”“束尾八句，零星收缴。”[③]

《雨二首》浦解：“中段叙事。”[④]

《殿中杨监见示张旭草书图》浦解：“起四，总提，次六，叙其书法神妙，又六，赞其书学精深，末六，以玩赏结。”[⑤]

《杨监又出画鹰十二扇》浦解：“首八，释画鹰健旺，中八，从鹰生感，却有先朝旧事，供其援据，便不落空。末四，反以‘真骨’既

---

① （清）浦起龙：《读杜心解》，中华书局1961年版，第42—43页。

② 同上书，第130页。

③ 同上书，第136—137页。

④ 同上书，第140页。

⑤ 同上书，第140页。

‘老’，望画影之飞‘翻’。”[①]

《送殿中杨监赴蜀见相公》浦解：“首段兴起别意。中幅言杜必急得子，子亦须就职。……末段告诫简当，盖拒费则病军，渔夺则病民，不拒而不渔，交济之术也。”[②]

《八哀诗·赠太子太师汝阳郡王琎》浦解：“此篇十句起，十句结，中以陪猎、下交二意分详略叙次。”“析言之，则前八，言天子思猎。中八，言王射邀眷。后八，归于谏猎止辇。”[③] 前引文是分段。后引“析言”句，是分析第二段的层次。

《壮游》浦解：“首段，叙少年之游。次段，叙吴越之游。三段，叙齐赵之游。以上皆在开元时。四段，叙长安之游，此系天宝间。五段，叙京陷赴凤翔及收京从入朝事，此在肃宗初。末段，叙去官以后，久客之迹，此兼肃、代两朝。”[④]

《赠特进汝阳王二十韵》第七、八两句杨伦旁批：“八句先言其才，次言其忠。”第十五、十六句旁批：“次八言其礼遇谦谨。”第二十三、二十四句旁批：“次八言其能文爱客。上皆颂汝阳，以下自叙。”末二句旁批：“末用宾主兼收，各见品格。”[⑤]

《赠郑十八贲》杨注：“起四总摄下意。”“此段表郑才品，应上‘温温士君子’。”“此段述与郑往还游处之迹，应上‘安得阙亲近’。”“末用自叹作结，亦是怀抱尽中语。”[⑥]

《故秘书少监武功苏公源明》杨解：“首段叙其孤贫好学，次段叙其壮而出仕，三段言其不污伪命，四段叙文才兼表直节，末段言其穷老以死而已不得归奠以致哀也。”[⑦]

## 二　释过渡与衔接

古代注本解释过渡与衔接的标志性语词没有统一形式，常见的有

---

① （清）浦起龙：《读杜心解》，中华书局1961年版，第141页。

② 同上书，第142页。

③ 同上书，第150页。

④ 同上书，第162页。

⑤ （清）杨伦：《杜诗镜铨》，上海古籍出版社1962年版，第19—21页。

⑥ 同上书，第587—588页。

⑦ 同上书，第690页。

“过峡”、“撤上提下”、“勾上搭下”、“申上引下”、“顾上起下”、“蒙上渡下”、“蒙上拖下”、“牵上搭下”、“蒙上陪下”、“上下关键”等。甚至有用词曲中的概念来解释杜诗的过渡者。例如：《前出塞九首》其五：“此章乃九诗之适中，为前后之过峡，如曲谱之有赚。”[①] 按“赚”是宋代歌曲之一种。散板与定板交错应用，一般用于大型曲式之中。后之南曲中保存颇多。宋·吴自牧《梦粱录·妓乐》：“绍兴年间，有张五牛大夫，因听动鼓板中有《太平令》或赚鼓板，即今拍板大节抑扬处是也，遂撰为‘赚’。赚者，误赚之之义也，正堪美听中，不觉已至尾声，是不宜为片序也。”清·查继佐《九宫谱定总论·赚论》：“‘赚’即‘不是路’，多有异名，亦多异体，各宫皆有之。”

古代注中有关过渡与衔接的例子有：

《三川观水涨二十韵》：“不有万穴归，何以尊四渎？及观泉源涨，反惧江海覆。”浦注：“‘不有’四句，撤上提下。”[②]

《四松》浦解：“‘及兹慰’者，及‘故林’‘始归’而自慰。二句勾上搭下，又是提掇。”[③]

《赠李十五丈别》浦解：“‘苦为’、‘生事’申上引下。”“‘北回’，顾夔峡。‘南入’，起汧公。”[④] “夔峡”即首句“峡人鸟兽居，其室附层巅。”之“峡”。“汧公”即下句“汧公制方隅，迥出诸侯先。”之“汧公”。

《舟中苦热遣怀奉呈阳中丞通简台省诸公》浦解：“‘吾非’四句，蒙上‘愤’乱，渡下苦热。”[⑤]

《丽人行》题解：“其束处‘宾从’句，又是蒙上拖下之文。”[⑥]

《乐游原歌》浦解：“‘长生’四句，牵上搭下。”[⑦]

《送窦九归成都》浦解：“‘读书’句，蒙上陪下。”[⑧]

---

① （清）浦起龙：《读杜心解》，中华书局1961年版，第7页。

② 同上书，第27页。

③ 同上书，第114页。

④ 同上书，第143页。

⑤ 同上书，第220页。

⑥ 同上书，第229页。

⑦ 同上书，第230页。

⑧ 同上书，第454页。

《夜雨》·浦解："三、四，本属写景，然以'凉侵户'申'早秋'，'江带舟'引后半，实为上下关键。"①

## 三　释伏笔与照应

解释伏笔与照应也没有统一的词语标志，常见的有"呼应"、"伏"、"相关照"、"引下"、"激射"、"伏脉"、"应"等。例如：

《游龙门奉先寺》浦解："题曰游寺，实则宿寺诗也。'游'字只首句了之，次句便点清'宿'字。以下皆承次句说。中四，写夜宿所得之景，虚白高寒，尘府已为之一洗。结到'闻钟''发省'，知一宵清境，为灵明之助者多矣。'欲觉'正与'更宿'呼应。"②

《赠李十五丈别》浦解："末段颂李所投之主，转伤不得偕往冀其无以新欢弃旧知，与篇首'慰怀'呼应。"③

《八哀诗·故司徒李公光弼》浦解："后段都在身后着笔，惜倚重而述追感，与前幅勋功呼应。望'直笔'以'洗筐箧'，与中幅被谗呼应。"④

《寄薛三郎中璩》浦解："此一段申上'我滞江滨'，'子客荆州'伏下'病不能起，健勿逡巡'，乃诗腹也。"⑤

《水上遣怀》浦解："'苍苍'八句，喻言世途险恶，而衰年远涉，故将'吞声混'俗，不敢相犯也。此更历世态语，亦正与'后生血气'相关照。"⑥

《聂耒阳以仆阻水书致酒肉疗饥荒江诗得代怀兴尽本韵至县呈聂令陆路去方田驿四十里舟行一日时属江涨泊于方田》浦解："四言阻水见椓，以伏后脉。"⑦

《遣兴三首》浦解："前以禾之晚成，兴士之晚遇，皆属激射语。"⑧

① （清）浦起龙：《读杜心解》，中华书局1961年版，第539页。
② 同上书，第2页。
③ 同上书，第143页。
④ 同上书，第147页。
⑤ 同上书，第169页。
⑥ 同上书，第197页。
⑦ 同上书，第219页。
⑧ 同上书，第67页。

《奉酬薛十二丈判官见赠》浦解："'坐帐''食鱼'，引下梦境，'东西'以下入梦矣。是所谓现身说法者，正与'会新寡'激射。"①

《入奏行赠西山检察使窦侍御》："窦侍御，骥之子，凤之雏，年未三十忠义俱，骨鲠绝代无。"浦解："'骥子''凤雏'，起法得体，窦之父方官于朝也。为后'彩服'伏脉。"②

《有感五首》其四浦解："结言如此则岂独虚谈偃武，粉饰太平而已哉。正与'大君息战'相激射，而婉约其词，愈见笔妙。"③

《夔府书怀四十韵》："田父嗟胶漆，行人避蒺藜。"杨注："早伏后赋敛疮痍一段意。"④

《暮春题瀼西新赁草屋五首》其一："战伐何由定，哀伤不在兹。"杨伦眉批："结进一步为后两章伏脉。"⑤ 其四眉批："末二首言怀，乃题字之意，应前战伐何由定二句。"⑥

四家尤其是仇兆鳌、浦起龙、杨伦对诗歌构造的注释，都有意为后学者提供诗歌创作的指导，所以其解说常常不避细微，力争使读者易于理解和接受并直接对创作产生教益。杨伦就说"兹于转接照应脉络贯通处，一一指出，聊为学诗者示以绳墨彀率"⑦。这是古代注在指导创作实践上的不菲价值。

## 第五节　释层次结构的术语和方法

古代注杜尤其是明代注本已经涉及诗歌的层次结构，但诸家注本解释诗歌的层次结构情况并不均衡。大体说来，钱谦益对杜诗层次结构关注不多，仇兆鳌解说层次结构非常频繁。作为杜诗注本的集大成之作，《杜诗详注》既重视字词的精释、典故的搜寻、史实的考证，也重视诗法的阐

---

① （清）浦起龙：《读杜心解》，中华书局1961年版，第174页。

② 同上书，第280页。

③ 同上书，第457页。

④ （清）杨伦：《杜诗镜铨》，上海古籍出版社1962年版，第708页。

⑤ 同上书，第746页。

⑥ 同上书，第747页。

⑦ 同上书，凡例12—13页。

释、诗歌结构的剖析。仇兆鳌在凡例中说：“《诗经》古注，分章分句。朱子《集传》亦踵其例。杜诗古律长篇，每段分界处，自有天然起伏，其前后句数，必多寡匀称，详略相应。分类千家本，则逐句细断，文气不贯。编年千家本则全篇浑列，眉目未清。兹集于长篇既分段落，而结尾则总拈各段句数，以见制格之整严，仿《诗传》某章章几句例也。”① 浦起龙和杨伦都不在正文中分段，但却很重视解析结构。

拿《北征》为例，钱笺无一语涉及段落章法。仇兆鳌分为八段，每段下总结段意并分层：“首段从北征问家叙起。”“次述辞朝恋主之情，上八，欲去不忍，忧在君德。下八，既行犹思，忧在世事。”第三段“此历叙征途所见之景。既逾越阡陌，复回顾凤翔，自此而过邠郊、望鄜畤，家乡渐近矣。大约‘菊垂’以下，皆邠土风物，此属佳景。‘坡陀’以下，乃鄜州风物，此属惨景。”第四段“此备写归家悲喜之状。‘裋褐’以上，乍见而悲，极夫妻儿女至情。‘老夫’以下，悲过而喜，尽室家曲折之状。‘在贼’四句，缴上以起下，所忧在君国矣。”第五段“此忧借兵回纥之害。妖氛豁，天意回矣。回纥助，人心顺矣。此兴复大机也。但借兵外夷，终为国患，故云‘少为贵’。虚伫，帝望回纥。气夺，群议沮丧。赵次公曰：不用外兵，而用官军，此即当时之议。前二段，分应北征问家。后三段，申恐君遗失之故。”第六段“此陈专用官军之利。是时名将统兵，奇正兼出，可以收两京、定河北，而擒安史，此为制胜万全之策。……昊天六句，仍以天意决其必胜也。”第七段“此借鉴杨妃，隐忧张良娣也。”第八段“终以太宗事业，望中兴之主。当时旧国思君，陵寝无恙，其光复在指顾间矣。此章大旨，以前二节为提纲。”并解全首结构：“首节北征问家，乃身上事，伏第三、四段。次节恐君遗失，乃意中事，伏五、六、七段。公身为谏官，外恐军政之遗失，内恐宫闱之遗失，凡辞朝时，意中所欲言者，皆罄露于斯。此其脉理之照应也。若通篇构局。四句起，八句结，中间三十六句者两段，十六句者两段，后面十二句者两段，此又部伍之整严也”。②

浦起龙则于诗注末总解曰：“《北征》为杜古眉目。直抒胸膈，浑灏流转，不以烹词炼句为工。宋、元而后，论赞盖详。小子敢复以醯鸡

---

① （清）仇兆鳌：《杜诗详注》，中华书局1979年版，第22页。

② 同上书，第395—405页。

之智，测量沧海哉？故参定段落，标明节旨，以便雒诵云。通首但分五大段。归省家人，本事也。回念国事，本心也。第一段，叙清还鄜事迹。先以‘问家室’三字提出省家，随以‘遭艰虞’三字提出念国，复申之以‘拜辞’十二句，盖内‘顾’则思家，陛‘辞’则恋主，私谊公忠，一时迸露，遂为一诗之纲领。第二段，详叙归途景物。所值之境，好恶不齐。所触之怀，伤残满目。所以节末就‘月’中‘白骨’，追愤‘潼关’一败。见近畿‘残害’，皆由於此。然此尚属带笔。此处主意，只是铺写途景也。第三段，备述到家景况。于篇法为中腹，于题目为正面。俗情妙语，时以诙谐破涕。而节末‘翻思’四句，忽然借径搭入国事，是下半转关处。第四段，拨家计而忧国恤，为当时反正之急务。深以速收京阙，直捣贼巢为望。其云‘此辈少为贵，时议气欲夺。’在叙借助‘回纥’处，须下此分寸语，其实不重。文势直赶到‘蓄锐可俱发’，仍以‘回纥’、‘官军’总统言之。盖此时所急，尤在克复，不与《留花门》同旨。朱、仇诸家，忒煞版看，遂使文气纵缓。节末数语，犹岳少保所谓‘与诸君痛饮’者也。第五段，追颂上皇圣断，预卜新主中兴，亟返神京，重开治象。直欲追盛业于贞观之初。为通篇大归宿。”①

杨伦则在眉批中分段并述说段意。“首述辞朝恋主之情，即总伏一篇意。”“此历叙征途所见之景。”“此备写归家愁喜之状。”“此段目击时艰而致其祝颂，因借兵回纥，望以两京收复，直捣贼巢，为当时反正之急务。”“末复追述初乱，终以开创之大业，属望中兴，以今皇帝起，以太宗结，是始末大章法。”②

四家之不同，于此可见一斑，那么注杜诸家之差异可想而知。但此节不在诸家家异同上书做文章，而是总观古代注释段落层次时所使用的术语和方法，考察其共有的或互补而存的注释元素。

## 一　注释层次结构的术语

诸家注杜所用术语大体上有“层”、“节”、“段”、“截”四种，下面各举数例。

---

① （清）浦起龙：《读杜心解》，中华书局1961年版，第42—43页。

② （清）杨伦：《杜诗镜铨》，上海古籍出版社1962年版，第160—163页。

**层**

《望岳》仇序："此望东岳而作也。诗用四层写意：首联远望之色，次联近望之势，三联细望之景，末联极望之情。"①

《苏端薛复筵简薛华醉歌》次章仇序："次则当筵有感。春带余寒，固当借酒舒怀。生逢世乱，又当藉酒宽忧。少易成老，不如纵酒欢笑。作三层写意。"②

《遭田父泥饮美严中丞》浦解："末十句，分三层收应。以'朝来'四句收篇首，以'高声'四句收'泥饮'，以'月出'二句收'美严'，滴水不漏。"③

**节**

术语前大多加一个表示顺序的序数词。

仇兆鳌用"节"较少，且不用"第×"标明序号。如《奉观严郑公厅事岷山沲江画图十韵得忘字》仇解："白波、青嶂、松杉、菱荇、雪云、沙草，句句山水对言，下节亦然。"④

《风疾舟中伏枕书怀三十六韵奉呈湖南亲友》浦解："分五节看。第一节，陡从风疾起，随手点清舟中。第二节，书伏枕时所值景物，为书怀缘起。第三节，自陈所以漂泊至此，致烦亲友周旋之故。第四节，备述今态，寄语诸公，感激中带不平意。第五节，乃阻乱难归，恐将客死，而仍寓无可告诉之慨也。"⑤

**段**

《茅屋为秋风所破歌》仇解："此章，前后三段各五句，中段八句。"⑥

《戏题王宰画山水图歌》仇注："此章上二段各四韵，末段四句收。"⑦

---

① （清）仇兆鳌：《杜诗详注》，中华书局1979年版，第4页。

② 同上书，第293页。

③ （清）浦起龙：《读杜心解》，中华书局1961年版，第96页。

④ （清）仇兆鳌：《杜诗详注》，中华书局1979年版，第1186页。

⑤ （清）浦起龙：《读杜心解》，中华书局1961年版，第816页。

⑥ （清）仇兆鳌：《杜诗详注》，中华书局1979年版，第833页。

⑦ 同上书，第756页。

《大雨》仇注：“此章三段，各八句。”①

《咏怀二首》其二浦解：“起四句，两括上意，两提南行，南行乃一篇之主。‘潜鱼’一段，述汲汲向南，自了生死之概。‘多忧’一段，言所以不辞劳涉者，为欲急远‘虎狼’，希踪‘避世’，虽身惫役疲，终当一行也。结四句，足避世之意。”②

《阆州东楼筵奉送十一舅往青城得昏字》浦解：“分两段。前叙楼境及时令，而‘列筵’句逗眼目。后叙送行并附侯，而‘回首’句见本怀。”③

**截**

截本指分节，有时候也代指分开的段落。

《西郊》仇序：“此诗大段，两截分界，然逐层叙述，却是逐句顺下，八句一气。”④

《赴青城县出成都寄陶王二少尹》：“老被樊笼役，贫嗟出入劳。客情投异县，诗态忆吾曹。东郭沧江合，西山白雪高。文章差底病，回首兴滔滔。”仇解：“下截大意，言江出跋涉如此，则文章何救于贫乎。惟回首故人，诗兴犹觉滔滔耳。”⑤

《巴西驿亭观江涨呈窦十五使君二首》其一仇解：“此章，喜江涨之景，记与窦同观，在六句分截。”⑥

《秋行官张望督促东渚耗稻向毕清晨遣女奴阿稽竖子阿段往问》浦解：“后段四句转意。其一截，则由上文田事而计其秋成，由秋成而念及分惠者，伤世乱而民困也。其一截，则在‘秋’字缀景，又因‘向毕’则务闲岁晚，遂自伤迟暮也。”⑦

**代句**

除了上述几种明确的术语，注者还有一种活性表示法，就是下面要讲的代句法。因为这种活性表示似乎不大适合称作术语，所以此处不另举

① （清）仇兆鳌：《杜诗详注》，中华书局 1979 年版，第 908 页。

② （清）浦起龙：《读杜心解》，中华书局 1961 年版，第 204 页。

③ 同上书，第 108 页。

④ （清）仇兆鳌：《杜诗详注》，中华书局 1979 年版，第 780 页。

⑤ 同上书，第 824 页。

⑥ 同上书，第 1004 页。

⑦ （清）浦起龙：《读杜心解》，中华书局 1961 年版，第 176 页。

例。但实际上这种方法所指代的语段，有时候与术语所表示的意义单元本质是一样的，在诸家的注释中，使用频率比上述四种术语更高。代句从表达段落单位的意义上说是段落术语，从解释诗歌结构的意义上说是方法。所以放在方法一段讨论。

以上术语总是混合搭配使用，并与代句所表示的表意单元灵活自由地配合，完全服从于表达的方便。而且并非都在同一层面，而是有相对的层次差别。大致说来，“节”、“段”是最大的层次单位，其次是“层”、“截”。例如《聂耒阳以仆阻水书致酒肉疗饥荒江诗得代怀兴尽本韵至县呈聂令陆路去方田驿四十里舟行一日时属江涨泊于方田》浦解：“首段，喜接聂书，因推其品望家声也。……中段，叙阻泊情事，以及聂之致馈。前八都贯入‘知我’二字内。四言阻水见榇，以伏后脉。四言身惭‘猿’‘鹤’，以度聂馈。‘礼过’二句，遥接‘知我’，以点作束。末段，述传闻讨玠之喜，所以劝也。”[①] 注语中“首段”、“中段”、“末段”是平列关系，三段之和正好是全诗文字。而“前八”的外延正好和“首段”重合，“四”、“四”、“‘礼过’二句”三个表示层次的概念是平列的，两个“四”与“‘礼过’二句”的和等于“中段”的外延。显然，此段注文中的层次术语“首段”、“中段”、“末段”、“四”、“四”、“‘礼过’二句”、“前八”就不在一个层次上，“段”和“前八”同层，“四”“‘礼过’二句”同层，是“段”的下一层。应当认识到的是，这几个概念之间的上下大小，只是大多数情况下的一般关系，并不是绝对的。例如《咏怀二首》其一浦解：“起四句，泛以人生立志言，重‘得志行所为’一句为全篇之主。‘嗟余’一段，历述祸乱始末，此不得志之由也。‘本朝’一段，极言时弊难挽，此不能行所为之叹也。末四句，见志虽在而身已老，反结‘得志行所为’意。”[②] 注语中“起四句”、“‘嗟余’一段”、“‘本朝’一段”、“末四句”四个表示层次的概念，就处于完全平列的位置，分别代表全诗的一部分，没有交叉，也没有空白。

再如：

《入衡州》第四段仇序：“此记衡州刺史，而并及苏涣，喜御寇得人也。上四，叙杨济才望。‘昨者’四句，叙到衡情事。‘剧孟’四句，叙

---

① （清）浦起龙：《读杜心解》，中华书局1961年版，第219页。

② 同上书，第203页。

苏涣才干。下四，欲连兵以讨贼。”①

《除草》浦解：“借除草以喻锄奸也。起四句总领。……中间十二句一段，分两层看，前六，言去之速，后六，言去之尽。末四句，觉眼中一爽，速与尽兼收在‘芟夷’二句中。结出‘疾恶如仇’四字，略露本意。”②

《赠司空王公思礼》浦解：“起四，叙其奋迹，为一诗之领。‘服事’一段，名位未显，而立功西域也，以‘晓达’四句赞词束之。‘潼关’一长段，主恩宽释，而立功关右也，以‘禁暴’四句赞词束之。结四妙甚，借继起之掏文偾事者，相形咏叹，翻用左公颖考叔纯孝结法。”③

## 二 注释层次结构的方法

仇兆鳌解说诗歌的层次结构，是在每首诗的小序中。如属长篇，则用小序将各章（段）分开，于每章小序中说明章旨和层次内容、结构情况。如是组诗，则在每首小序中说明层次结构。浦起龙则“注列句下，解附篇末”，于篇末分析诗歌的段落层次。杨伦也重视层次结构的解说，但他认为“仇本分段处，最多割裂难通”④。所以并不对每首诗加以分层，而只“于长篇界画，悉顺其文势之自然，其句数有限者，不复强为分截”⑤。而且杨伦分析层次，多在眉批和旁批中。

杜诗注释中对层次结构的解说是和串讲结合起来的，如：

《梅雨》仇解：“‘茅茨’二句，见细雨濛濛之象。‘蛟龙’二句，见长江汹汹之势。”⑥

《夔府书怀四十韵》仇解：“‘萍流’六句，为郎而思扈圣也。‘拙被’六句，辞官而居滟滪也。”⑦

《送李校书二十六韵》浦解：“‘倚门’四句，觐母而去。‘蔼蔼’四

① （清）仇兆鳌：《杜诗详注》，中华书局1979年版，第2070页。

② （清）浦起龙：《读杜心解》，中华书局1961年版，第118页。

③ 同上书，第145页。

④ （清）杨伦：《杜诗镜铨》，上海古籍出版社1962年版，第12页凡例。

⑤ 同上。

⑥ （清）仇兆鳌：《杜诗详注》，中华书局1979年版，第739页。

⑦ 同上书，第1420页。

句，迎母而来。‘汝翁’四句，乃挽其父，随束随渡。”①

《潼关吏》浦解：“起四句，虚笼筑城之完固。中十二句，详述问答之语，神情声口俱活。盖借其言以鼓舞其所事也。末四，乃作者戒词。”②

《寄题江外草堂》杨伦眉批：“蛟龙八句，一抑一扬，可见公襟怀旷达处。束两句总上，又转得地步。”③

专就方法而言，注释者注杜一般采用代句法。就是用一个词语或短语代替某联或某几联，指明该部分的表达内容、意义或在结构上的作用。具体有七种：句数；词语+句数；词语+方位；符号+句数；区间；位置+句数；联序。

**句数**

直接按所分层次的顺序，用各层句数来表示各层，然后予以总结大意、讲解艺术、阐述该层在诗中的作用。

《送严侍郎到绵州同登杜使君江楼宴得心字》第二段仇兆鳌小序：“此记登临晚景。烟集楼外、风动楼中、船依楼下、鸟度楼上，四句，薄暮之景。谷遮槛后、林壅窗前、日暝灯起、更深月出，四句，初夜之景。”④

《遣遇》次章仇注：“此见民困而慨叹。六句为案，八句为断。”⑤

《同李太守登历下古城员外新亭》浦解：“四叙亭成之景。四借寓慨意，带出宴会。四叙主客登亭赋诗之兴。”⑥

《述怀》浦注：“后八句，四应首段，四应中段。”⑦

《画鹘行》浦解：“诗凡三层。八叙事，八写意，四寄慨。”⑧

**词语+句数**

就是以该层首句中的关键词语加上该层句数来表示所划层次，然后加以解说。关键词有时是句首一双音词，有时是句中一双音词，有时是句中

---

① （清）浦起龙：《读杜心解》，中华书局1961年版，第47页。

② 同上书，第53页。

③ （清）杨伦：《杜诗镜铨》，上海古籍出版社1962年版，第452—453页。

④ （清）仇兆鳌：《杜诗详注》，中华书局1979年版，第915页。

⑤ 同上书，第1960页。

⑥ （清）浦起龙：《读杜心解》，中华书局1961年版，第4页。

⑦ 同上书，第33页。

⑧ 同上书，第50页。

随机位置间隔的二字，总之是能代表或概括诗句的字词。

《入奏行赠西山检察使窦侍御》首段："窦侍御，骥之子、凤之雏。年未三十忠义俱，骨鲠绝代无。炯如一段清冰出万壑，置在迎风露寒之玉壶。蔗浆归厨金碗冻，洗涤烦热足以宁君躯。政用疏通合典则，戚联豪贵耽文儒。"仇兆鳌小序："首四，记其美质忠心。'清冰'四句。喻其廉操清望。'政用'二句，称其法古崇儒。"①

《送顾八分文学适洪吉州》仇注："'舟楫'四句，备言水路之险，此应上'辛苦行'。'戎马'四句，以防乱告东诸侯，侯乃州刺史也。'邦本'四句，以爱民告皇华使，使即观察使也。'使臣'二句，言观察为民择官，必能进有德者而历试之。"②

《同诸公登慈恩寺塔》浦解："'仰穿'二句，刻划登塔。'七星'二句，形其高。'羲和'二句，见时序。"③

《后苦寒行二首》其二浦注："'天兵'三句，作意绝奇，言此殆天心厌乱，厉威杀贼，寒气激而南行乎？"④

《忆昔行》浦解："'千崖'四句，模拟'不见'情景也。"⑤"不见"，指上文"辛勤不见华盖君"句。

《奉寄河南韦尹丈人》杨伦眉批："浊酒八句，自叙途穷，以答所问之意。"⑥

有时在代表词语之后笼统地以"一段"概括，不说具体句数。如：

《故著作郎贬台州司户郑公虔》浦解："'天然'一段，叙著述之富，才艺之博，邀主知而倾时望。"⑦

《同元使君舂陵行》"'吾人'一段，恰好接出得见元诗，此真能以古治为心矣……'致君'一段，纯以虚运，言若结辈大用，何患古治不复。"⑧

---

① （清）仇兆鳌：《杜诗详注》，中华书局1979年版，第867页。

② 同上书，第1926页。

③ （清）浦起龙：《读杜心解》，中华书局1961年版，第9—10页。

④ 同上书，第319页。

⑤ 同上书，第321页。

⑥ （清）杨伦：《杜诗镜铨》，上海古籍出版社1962年版，第22—23页。

⑦ （清）浦起龙：《读杜心解》，中华书局1961年版，第156页。

⑧ 同上书，第184页。

**词语＋方位**

对诗歌作串讲的过程中，选定各层首句词语，依次讲说，则用词语加“以下”来圈定该层首尾，以便作解。

《赠秘书监江夏李公邕》第九段仇注：“此记其评论诗文。‘论文’以下，概论当世之文；‘例及’以下，专论一家之诗。”①

《送顾八分文学适洪吉州》仇注：“‘高歌’以下，以长安事。‘穷巷’‘脱辔’，再会公安也。‘迟暮敢坠’克践白首之言矣。‘才尽’以下，自伤老病而喜顾之旧好依然。”②

《彭衙行》浦解：“‘尽室’以下，乃追叙初起身至彭衙一旬以内所历之苦。……‘小留’以下，备述孙宰高义。……”③

**句子区间**

用该层起句和末句的代表词语划定区间的办法表示某层，然后加以阐发或总结。区间的表达式是“自×至×”，式中的×表示诗句中的代表词语或句子。

《赠秘书监江夏李公邕》仇序：“‘忆昔’一提，至‘竟掩宣尼袂’，痛其抱才不遇也。”④

《往在》浦解：“自首至‘百岁翁’，言天宝京陷出奔之事。自‘车驾’至‘犹葱胧’，言肃宗复国，身得侍从之事。”⑤

《送重表侄王砯评事使南海》浦解：“自‘隋朝’至‘杯酒’，叙夫人具馔供客事，以‘房杜交友’作挈。自‘上云’至‘户牖’，叙夫人识鉴英雄事，以‘秦王’‘真气’作束。自‘及乎’至‘不朽’，叙夫人开国恩荣事。……自‘往者’至‘佩牢’，追叙始乱逃窜，王砯护救之事。……自‘乱离’至‘千艘’，叙目前使南海事。……自‘我欲’至末，言我亦将图南冲举，聊以此篇为‘鹤鸣’应和之征。”⑥

**符号＋句数**

这种方法钱谦益、仇兆鳌、浦起龙皆未使用。只有杨伦《杜诗镜铨》

① （清）仇兆鳌：《杜诗详注》，中华书局1979年版，第1400页。

② 同上书，第1925页。

③ （清）浦起龙：《读杜心解》，中华书局1961年版，第45页。

④ （清）仇兆鳌：《杜诗详注》，中华书局1979年版，第1395页。

⑤ （清）浦起龙：《读杜心解》，中华书局1961年版，第166页。

⑥ 同上书，第212—213页。

有时候就用圈串加在句旁，然后或作旁批，或于句下作解，或作眉批。

《有感五首》其二："诸侯春不贡，使者遥相望。"杨伦于句旁加圈并批曰："二句乃所以有感作诗之主。"①

《玉观台二首》其一："遂有冯夷来击鼓，始知嬴女善吹箫。江光隐见鼋鼍窟，石势参差乌鹊桥。"杨伦于句旁加圈，句下注曰："四句总形容仙境恍惚，因鼋鼍窟想出冯夷，又因嬴女想出乌鹊桥，然江光之远，石势之高，却是观外所见真景。"②

《扬旗》杨伦在"回回偃飞盖"至"舒卷随人轻"八句旁加圈，然后眉批："八句形容尽致，足与长杨羽猎争奇。"③

**位置＋句数**

用一个方位名词表示该层在诗中的位置，用一个自然数字表示该层所包含的句子数量，然后加以解说。方位词用"上"、"中"、"下"、"前"、"后"和临时表位置的"首"、"末"、"起"、"结"等。

《堂成》仇解："起联，言堂之规制面势。中四，记竹木之佳，禽鸟之适，则堂成后景物备矣。末借扬雄自况，以终所赋之意。一起一结，自相照应，此通篇章法也。"④

《严公仲夏枉驾草堂兼携酒馔得寒字》："竹里行厨洗玉盘，花边立马簇金鞍。非关使者征求急，自识将军礼数宽。百年地僻柴门迥，五月江深草阁寒。看弄渔舟移白日，老农何有罄交欢。"仇兆鳌小序："上四，记严公交情。下四，述草堂景事。"⑤

《杜员外兄垂示诗因作此寄上》仇注："首尾，赞杜公诗才。中四，记舟次景事。"⑥

《奉送魏六丈佑少府之交广》次章仇注："上十，伤其怀才落魄。下八，怜其冒险出游。"⑦

《前出塞九首》其八浦解："八章，言战阵也。起二，彼势之盛。中

① （清）杨伦：《杜诗镜铨》，上海古籍出版社1962年版，第494页。

② 同上书，第505页。

③ 同上书，第527页。

④ （清）仇兆鳌：《杜诗详注》，中华书局1979年版，第735页。

⑤ 同上书，第904页。

⑥ 同上书，第1982页。

⑦ 同上书，第2023页。

四，我军之勇。剑才动而奔者已奔，系者已系，笔妙正在不费张皇。一结窅然以远，却为下章引脉。”①

《大云寺赞公房四首》其一浦注：“此章到寺未久，因赞公索诗而成也。首六，叙初到事。中四，叙几日相周旋事。后六，叙流连作诗事。”②

《岳麓山道林二寺行》浦解：“《杜臆》云：此排律化境。愚按：诗题曰行，本属歌体。然亦可作拗体长排也。前十二句，志二寺之胜。中四句，为上下过接。后十六句，历述风土之美，而思结庐终老焉。洋洋洒洒，如翻水成。诗境愈老愈熟，只作一篇读也可。”③

《奉送苏州李二十五长史丈之任》浦解：“起四，推本旧德。谓宜有后。中四，乃美长史才华，见家声克振也。后四，叙还题面。”④

《山寺》杨伦解说：“末四句又伤己之入道无期，其词若不为彝而发者，此公之善为忠告也。”⑤

《承沈八丈东美除膳部员外郎阻雨未遂驰贺奉寄此诗》杨解：“首八句贺沈除官，次八句阻雨失贺，却俱以世谊夹叙，其间情致缕缕。末四复就沈合到自家，结出奉寄之意。”⑥

如果正好上下两半各为一层，则直接用“半”代句数。如：

《移居公安山馆》仇注：“上半，投宿之景。下半，将发之事。”⑦

《前苦寒行二首》浦注：“下半仍以南方气暖，作翻身势结。”⑧

有时候“上（初、首）、中（次）……下（末、结、束）”用方位词代表所释片段，不标明句数。

《云山》仇解：“下乃漂泊无聊，而作自解之语。”⑨

《进艇》仇解：“末则随寓而安，聊以自慰耳。”⑩

《别唐十五诫因寄礼部贾侍郎》仇解：第一章“首叙惜别之情”。第

---

① （清）浦起龙：《读杜心解》，中华书局1961年版，第8页。

② 同上书，第30页。

③ 同上书，第824页。

④ 同上书，第790页。

⑤ （清）杨伦：《杜诗镜铨》，上海古籍出版社1962年版，第480页。

⑥ 同上书，第80页。

⑦ （清）仇兆鳌：《杜诗详注》，中华书局1979年版，第1922页。

⑧ （清）浦起龙：《读杜心解》，中华书局1961年版，第318页。

⑨ （清）仇兆鳌：《杜诗详注》，中华书局1979年版，第749页。

⑩ 同上书，第819页。

二章“次记行路之难”。第三章“未结寄贾之意”①。

《白盐山》仇注：“未则自信诗句足传也。”②

《送樊二十三侍御赴汉中判官》浦注：“此篇分三段，首叙时事起，从丧乱说到兴复。中则表其智能，详其委任，而勖其弘济也。末乃送别而致自谦之词。”③

《写怀二首》其一浦解：“首章分三段，起言世态之移人，中自序其所事，末则超然于世俗见解之外矣。”④

《自京赴奉先县咏怀五百字》杨伦眉批：“首从咏怀叙起，每四句一转，层层跌出。”“次叙自京赴奉先道途所闻见，而致慨于国奢民困，此正忧端最切处。”“末叙抵家事，仍归到忧黎元作结，乃是咏怀本意。”⑤

《扬旗》一首，杨伦在第八句“駊騀扬旌旗”旁批曰：“首段叙事。”第十六句“舒卷随人轻”旁批曰：“次段摹写。”⑥

**联序**

用于讲解律诗的分层。因为律诗句数固定，所以以联为单位，解释层意。或就律诗直接用句子的顺序号代表该层加以解释。

《游修觉寺》仇注：“首联，景之自外而内者，就一远一近说；次联，记入寺之事；三联，景之自内而外者，就一静一动说；末联，记宿寺之情。”⑦

《泊岳阳城下》仇注：“三四，泊舟之景。”⑧“三四”是指此诗第三第四两句，也就是颔联。

《喜达行在所三首》其二浦解：“前首本从未达起也，却预忆行在。此则写初达之情矣。起反转忆贼中，笔情往复入妙。三四，洗发‘窜至’二字，…… 五六，明写‘达’，暗写‘喜’。七八，明言‘喜’，反说悲。”⑨

---

① （清）仇兆鳌：《杜诗详注》，中华书局1979年版，第1193—1195页。

② 同上书，第1352页。

③ （清）浦起龙：《读杜心解》，中华书局1961年版，第34页。

④ 同上书，第187页。

⑤ （清）杨伦：《杜诗镜铨》，上海古籍出版社1962年版，第108—109页。

⑥ 同上书，第527页。

⑦ （清）仇兆鳌：《杜诗详注》，中华书局1979年版，第786页。

⑧ 同上书，第1945页。

⑨ （清）浦起龙：《读杜心解》，中华书局1961年版，第364页。

《崔氏东山草堂》浦解："朱瀚云：次联即'衡门之下，可以栖迟'也。三联即'泌之洋洋，可以乐饥'也。"①

《陪诸贵公子丈八沟携妓纳凉晚际遇雨二首》杨解："张上若云：二首当作一首看。首联泛舟，次纳凉，三联陪公子携妓，末句是雨将至。次首前六句是舟中避雨仓皇之景，结是归时天气陡凉。"②

《奉和贾至舍人早朝大明宫》杨解："张綖曰：初联早朝之候；次联大明宫景；三联言退朝作诗，称贾至之才；结联言父子继美，切舍人之事。"③

## 第六节 释体制与章法

本节涉及诗格理论，诗格是诗话产生之前人们对诗的理论体认，但其理论性并不是很强。即便是唐代的诗论，虽然比五代的诗格理论高明了很多，但仍然赶不上宋以后的诗话的系统性、专门性和针对性。王夫之等人的诗话著作被集为《清诗话》，郭绍虞在为之作的序中说："唐人论诗之著，其单篇零札，收入集中的，不论是总集或别集都是比较高明的。即司空图的《二十四诗品》也不是单行别出的著作。其单行别出者不外二种：一是受当时随笔式的小说之影响，如孟棨《本事诗》等，虽可说源本小序，但毕竟只供茶余酒后的谈资；另一种则是诗格诗例一类论作诗法的初学入门书。其中固然也有一些精义，但大都是继承齐、梁以来的论诗风气，或迎合当时科场的实际应用，所以只重在艺术技巧上的考究，并不能看出当时论诗的主要倾向。"以早期的欧阳修的《六一诗话》而言，郭绍虞说"就比《本事诗》提高了一步。即论诗及辞，也比诗格诗例一类之著为高"④。尽管如此，从广义来说，五代的"诗格"理论包含了诗法、诗体、诗韵、诗律的内容，而诗法、诗体、诗韵、诗律等是传统诗歌的基本要素，从诗格的角度对这些因素进行解说，以揭示杜诗的整体风貌和具体技法，是诗歌注释常用的解读思路。杜诗注释实践中，这几个概念还是

① （清）浦起龙：《读杜心解》，中华书局1961年版，第613页。

② （清）杨伦：《杜诗镜铨》，上海古籍出版社1962年版，第70页。

③ 同上书，第174页。

④ 王夫之：《清诗话》，上海古籍出版社1963年版，前言第2页。

十分重要的，所以本书仍将它们分别加以叙述。

## 一 说明诗体

仇兆鳌《杜诗详注》注《寄高三十五书记》时引用徐祯卿的论述集中表达了对诗体的认识："徐祯卿曰：刺美风化，缓而不迫，谓之风；采摭事物，摛华布体，谓之赋；推明政治，庄语得失，谓之雅；形容盛德，扬厉休功，谓之颂，幽忧愤悱，寓之比兴，谓之骚；感触事物，托于文章，谓之辞；程事较功，考实定名，谓之铭；援古刺今，箴戒得失，谓之箴；猗迁抑扬，永言谓之歌；非鼓非钟，徒歌谓之谣；步骤驰骋，斐然成章，谓之行；品秩先后，叙而推之，谓之引；声音杂比，高下短长，谓之曲；吁嗟慨叹，悲忧深思，谓之吟；吟咏情性，总而言志，谓之诗；苏、李而上，高简古澹，谓之古；沈、宋而下，法律精切，谓之律。此诗之众体也。"① 浦起龙对诗体的解释则集中体现在其注本的体例上，也就是他寓编年于分体之中，已经对杜诗作了按体分卷的工作。在此基础上，注文中对一些诗章又作了更具体的解说。

然而杜诗注释中却并没有刻意说明上述各"体"的内容。杜诗注释中涉及"体"的概念有两个含义：一是指五、七、古、律等体裁形制，一指色彩功用。

1. 单纯说明形式体制

一种是用"体"标明的：

《前出塞九首》题注："乐府体。"②

《大云寺赞公房四首》浦解："四诗似古似排，系杂诗体。"③

《遣兴五首》其一浦解："古杂诗体。"④

《苏大侍御涣静者也旅于江侧凡是不交州府之客人事都绝久矣肩舆江浦忽访老夫舟楫而已茶酒内余请诵近诗肯吟数首才力素壮词句动人接对明日忆其涌思雷出书箧几杖之外殷殷留金石声赋八韵记异亦见老夫倾倒于苏至矣》浦起龙题解："杜诗创体长题也。"⑤

---

① （清）仇兆鳌：《杜诗详注》，中华书局 1979 年版，第 195 页。

② （清）浦起龙：《读杜心解》，中华书局 1961 年版，第 4 页。

③ 同上书，第 30 页。

④ 同上书，第 69 页。

⑤ 同上书，第 206 页。

《兵车行》浦解："是为乐府创体，实乃乐府正宗。"①

《贫交行》浦解："诗如谣，乐府体也。"②

《魏将军歌》浦解："此歌盖仿乐府《丁都护歌》之体，以颂魏将军者，故有'为子歌都护'之句。观其命题，明欲与古人各自成一乐府也。"③

《洗兵马》浦解："此篇是初唐四家体，貌同而骨自异。"④

《独酌》浦解："一种幽微之景，悉领之于恬退之情，律体正宗。"⑤

《赠崔十三评事公辅》浦解："时带古意，实是排体。"⑥

《寄从孙崇简》浦解："亦是拗体。"⑦

《绝句二首》浦解："前首截中四体。此截后四体也。"⑧ 意思是前首诗属于截取律诗中间两联（四句）形成的绝句体，此首是截取律诗后两联所成的绝句。

《承闻河北诸节度入朝欢喜口号绝句十二首》首章浦解："须通局一片看去，乃铙歌鼓吹之变体也。"⑨

《曲江三章章五句》杨解："题仿三百体，诗则公之变调。"⑩

《绝句漫兴九首》题注："《杜臆》：兴之所到，率尔而成，故曰漫兴，亦竹枝乐府之变体也。"⑪

《白帝城最高楼》眉批："拗体，歌行变格。"⑫

《荆南兵马使太常卿赵公大食刀歌》杨评："逐句用韵，是柏梁体，却又用转韵，自成一格。"⑬

---

① （清）浦起龙：《读杜心解》，中华书局1961年版，第225页。

② 同上书，第233页。

③ 同上书，第240页。

④ 同上书，第259页。

⑤ 同上书，第414页。

⑥ 同上书，第752页。

⑦ 同上书，第821页。

⑧ 同上书，第826页。

⑨ 同上书，第855页。

⑩ （清）杨伦：《杜诗镜铨》，上海古籍出版社1962年版，第45页。

⑪ 同上书，第355页。

⑫ 同上书，第596页。

⑬ 同上书，第731页。

一种是不用“体”而直接用体裁名目：

《大麦行》浦解：“《大麦行》，大麦谣。曷言乎谣也？代为遣调者之言也。”①

《江头五咏》题解：“其前曰《丁香》、《丽春》二首，系五古，见一之三。”②

《玉台观二首》题注：“其一为七律，见四之一。”③

《桥陵诗三十韵因呈县内诸官》题注：“拗体排律。”④

《陪章留后惠义寺饯嘉州崔都督赴州》浦解：“此诗可古可排。”⑤

《释闷》浦解：“此篇可古可排，为乱极思治之作。”⑥

《岳麓山道林二寺行》浦解：“《杜臆》云：此排律化境。愚按：诗题曰行，本属歌体。然亦可作拗体长排也。”⑦ 浦氏注明此诗应当看作“拗体长排”。今按：本首题中之“行”字，乃行走之行，非歌行之行。浦氏误。

《夔州歌十绝句》末章浦解：“十绝句内间有俚句。而体格特高，放低便是竹枝词。”⑧ 此注释说十绝句可看作是格调提高的竹枝词。

《屏迹三首》其一杨伦眉批：“仄韵之律。”⑨

《江陵望幸》杨伦眉批：“邵云：五排正宗。”⑩

《三绝句》杨伦眉批：“邵云：有古绝，有律绝，此及黄河二首，皆古绝也。”⑪

《君不见简苏徯》眉批：“李云：古意。”⑫

古代注释诗歌体制时，常常伴随着简洁独到的评论。这有两种情况：

---

① （清）浦起龙：《读杜心解》，中华书局 1961 年版，第 274 页。

② 同上书，第 429 页。

③ 同上书，第 471 页。

④ 同上书，第 707 页。

⑤ 同上书，第 734 页。

⑥ 同上书，第 819 页。

⑦ 同上书，第 824 页。

⑧ 同上书，第 852 页。

⑨ （清）杨伦：《杜诗镜铨》，上海古籍出版社 1962 年版，第 388 页。

⑩ 同上书，第 475 页。

⑪ 同上书，第 576—577 页。

⑫ 同上书，第 780 页。

一种是先说明体制再加评论。如：

《望岳》仇评："龙门及此章，格似五律，但句中平仄未谐，盖古诗之对偶者。而其气骨峥嵘，体势雄浑，能直驾齐梁以上。"①

《玄都坛歌寄元逸人》浦解："歌体之整饬精丽者。"②

《乾元中寓居同谷县作歌七首》其七浦解："亦是乐府遗音，兼取《九歌》、《四愁》、《十八拍》诸调，而变化出之，遂成杜诗创体。"③

《寄岑嘉州》浦解："此亦七排而带古意者，流美可诵。"④

《桃竹杖引赠章留后》杨评："长短句公集中仅见，字字腾掷跳跃，亦是有意出奇。"⑤ 此按：杜集中并非只此一首，如《短歌行赠王郎司直》："王郎酒酣拔剑斫地歌莫哀，我能拔尔抑塞磊落之奇才。"⑥

《寄岑嘉州》眉批："拗体七排，亦见风韵。"⑦

《夔州歌十绝句》眉批："十首亦竹枝词体，自是老境。"⑧

一种是先加评论再明诗体。如：

《曲江三章章五句》其二仇注："《杜臆》：即事吟诗，体杂古今。其五句成章，有似古体，七言成句，又似今体。曰长歌者，连章叠歌也。"⑨

《三韵三首》其三浦解："申涵光曰：《三韵》三篇甚古悍。愚按三篇乃古杂诗体，不得定为何时所作，亦不必强求其何所指切。"⑩

《秦州杂诗二十首》其十一浦解："其十一，苍苍莽莽，以古为律，乃前后关键也。"⑪

《寄越州贾司马六丈巴州严八使君两阁老五十韵》浦解："大抵此等题以清出眼目为标头，以世故更历为缘起，以旧时同事为烘托，以异地相

---

① （清）仇兆鳌：《杜诗详注》，中华书局1979年版，第5页。

② （清）浦起龙：《读杜心解》，中华书局1961年版，第228页。

③ 同上书，第265页。

④ 同上书，第820页。

⑤ （清）杨伦：《杜诗镜铨》，上海古籍出版社1962年版，第481页。

⑥ 韩成武等：《朱鹤龄杜工部诗辑注》，河北大学出版社2009年版，第742页。

⑦ （清）杨伦：《杜诗镜铨》，上海古籍出版社1962年版，第590页。

⑧ 同上书，第636页。

⑨ （清）仇兆鳌：《杜诗详注》，中华书局1979年版，第138页。

⑩ （清）浦起龙：《读杜心解》，中华书局1961年版，第119—120页。

⑪ 同上书，第385页。

勖为归宿。而其间错综变化，不拘一方。如此篇，……极有间架，长律正宗。”①

《奉送严公入朝十韵》杨伦眉批：“张云：端严简括，排体之正。”②

《乾元中寓居同谷县作歌七首》杨评：“朱子谓此歌七章，豪宕奇崛，兼取《九歌》、《四愁》、《十八拍》诸调而变化出之，遂成创体。”③

2. 说明特征、色彩、功用

古代注释杜诗使用到“体”这一概念时，除了上面例中指“体裁”外，常常指诗歌或句子在整首或组诗中的构造功能、表达功能，语言色彩。

构造功能：

《水槛遣心二首》浦解：“一、二，从置槛处起，是首章体。”④

《西山三首》其三浦解：“上四，言供应之疲敝，乃是隐括上两章所云。下四，冀其克捷功成，乃是收局翻身势，末章体也。”⑤

《伤春五首》其二浦解：“与首章之‘关塞’、‘烟花’，卒章之‘人泣薜箩’相应，确是第二首之体。”⑥

《伤春五首》其四浦解：“首两章，是两层提携体。末章，是收束体。”⑦

《复愁十二首》末章：“此是末章体。”⑧

《乾元中寓居同谷县作歌七首》其七杨伦眉评：“末章仍归到穷老作客之感，是收结体。”⑨

表达功能：

《八哀诗·赠太子太师汝阳郡王琎》浦解：“须识此文处处是颂帝胄体。”⑩

① （清）浦起龙：《读杜心解》，中华书局1961年版，第725页。

② （清）杨伦：《杜诗镜铨》，上海古籍出版社1962年版，第404页。

③ 同上书，第299页。

④ （清）浦起龙：《读杜心解》，中华书局1961年版，第419页。

⑤ 同上书，第463页。

⑥ 同上书，第738页。

⑦ 同上书，第739页。

⑧ 同上书，第832页。

⑨ （清）杨伦：《杜诗镜铨》，上海古籍出版社1962年版，第299页。

⑩ （清）浦起龙：《读杜心解》，中华书局1961年版，第150页。

《百忧集行》浦解："体涉应酬。"[①]

《和裴迪登蜀州东亭送客逢早梅相忆见寄》浦解："上四，作呼体，下四，作应体。"[②]

《览柏中丞兼子侄数人除官制词因述父子兄弟四美载歌丝纶》浦解："以律兼古之作，此诗盖颂体也。"[③]

语言色彩：

《遣兴三首》浦解："按：起四比兴，类魏晋气体。"[④]

《赠崔十三评事公辅》浦解："起四，比体，又似隔联对体，飘洒有势。"[⑤]

《盐井》杨伦眉批："此首独作述事体。"[⑥]

## 二　说明诗韵

古代注解说杜诗的用韵，涉及很多方面。如多音字的音义分离、出韵、改读合韵、韵部的分合或临时通用、依韵辨字等。"音义分离"是诗歌用韵及其注释的十分独特的内容，前文已专节列举。此节只涉及古代注中其他与诗韵相关的注释条目。须申明的是：本节针对的是注家对某首诗或某韵脚字用韵情况的说明，而不是探讨某韵本身的语音属性。例句有：

《临邑舍弟书至苦雨黄河泛溢隄防之患簿领所忧因寄此诗用宽其意》仇评："杨慎曰：《文心雕龙·声律》篇云：异音相从谓之和，同音相应谓之韵。韵气一定，故余声易遣。和体抑扬，故遗响难契。宋词元曲，皆于仄韵用和音以叶韵，盖以平声为一类，而上去入三声附之。如东、冻、董是和，东、中、风是韵也。"[⑦]

《赠特进汝阳王二十二韵》仇评："王嗣奭《杜臆》云：用十蒸韵，颇难。此篇二十二韵，收取殆尽，须看其落韵之巧。陵字作凌，可免重

① （清）浦起龙：《读杜心解》，中华书局1961年版，第273页。

② 同上书，第619页。

③ 同上书，第767页。

④ 同上书，第66页。

⑤ 同上书，第752页。

⑥ （清）杨伦：《杜诗镜铨》，上海古籍出版社1962年版，第290页。

⑦ （清）仇兆鳌：《杜诗详注》，中华书局1979年版，第27页。

复。凌，超越也。”① 此注中指的是第十五、十六句“自多亲棣萼，谁敢问山陵”中的“陵”和第四十一、四十二句“鸿宝宁全秘，丹梯庶可凌”中的“凌”。注者的意思是本来“凌”字应作攀升的“陵”，为了“免重复”，而用了超越的“凌”。

《寄越州贾司马六丈巴州严八使君两阁老五十韵》：“如公尽雄俊，志在必腾骞。”仇注：“骞崩之骞，音褰，马腹病也，在先韵。骞腾之骞，音轩，鸟飞举也，在元韵。孙愐谓骞字不可入先韵。朱注：考《汉书》‘斩将搴旗’，注云：搴，取也。《韵会》：搴，古通作骞。杜诗用‘腾骞’，盖以骞取为义。今按《考工记》：‘梓人为笋簴，小体骞腹。’注：‘身小，而腹缩可以骞举也。’亦作掀举之义，及考宋郑庠《古韵》，则真、文、元、寒、删、先，六韵皆协先音，即作腾骞，亦自合也。”② 仇注表明：骞骞分别在先元两韵，而朱鹤龄依据骞搴在“取”这个意义上古时通用，又因郑庠《古韵》“元”“先”相协，得出结论是“腾骞”“腾骞”都行，不算出韵。

《铁堂峡》仇注：“今按：入蜀诸章，用仄韵居多，盖逢险峭之境，写愁苦之词，自不能为平缓之调也。”③ 此条联系作品内容解释用韵，说明杜诗是依据诗歌内容来确定用韵的。

《戏作花卿歌》仇解：“此诗两韵分截。前段庚阳通协，本于古韵。”④ 仇注解释了此诗前段庚韵和阳韵混押的原因，就是古韵“庚阳通协”。清张玉书等《佩文韵府》（上海古籍书店1983年06月第1版）没有详细说明。清汤文璐《诗韵合璧》韵目“七阳”：“诸本作通江转庚。案：江韵字旁皆从东冬，故不通阳。然邵本叶音收江庚字颇广，毛氏通韵作东冬江阳庚青蒸七韵一通转，与郑庠六部协音之说合。且韩诗《此日足可惜》尝通用七韵，似非叶音。邵本真文六韵从郑庠，而东冬江阳七韵一部独有异同，亦未详其故。”⑤ 清汤祥瑟、华锟《诗韵全璧》同⑥。上海古籍出版社1983年出版的《诗韵》韵目“七阳”下注：“诸本作通

① （清）仇兆鳌：《杜诗详注》，中华书局1979年版，第65页。

② 同上书，第654页。

③ 同上书，第679页。

④ 同上书，第845页。

⑤ （清）汤文璐：《诗韵合璧》，上海书店出版社1982年版，韵目第1页。

⑥ （清）汤祥瑟：《诗韵全璧》，上海古籍出版社1995年版，韵目第3页。

江转庚。”“八庚”下注：“诸本作通真转阳。”①

《柴门》仇注：“此系古诗，麻、佳通用。”②

《晚晴》仇注：“杜诗歌行，前半多隔句用韵，后半多叠句用韵。此篇前俱叠韵，后反隔韵，又另一变体也。”③ 此诗押开、来、徊、哀、台、灰，灰韵，仇氏的解释指出，前三句连韵，后六句隔韵。

《北风》仇评：“胡应麟曰：此诗首尾，俱四支韵，中间两用五微，盖古体通用，非出韵也。”④

《荆南兵马使太常卿赵公大食刀歌》浦解：“一诗两韵，直无处分乙。中间芮公两句，韵则蒙前，意则领后，此其过接处也。”⑤ 浦认为此诗前半押四豪，后半押四纸，而“芮公回首颜色劳，分阃救世用贤豪”按韵属前半，按诗意则属后半。

《客旧馆》：“风幔何时卷，寒砧昨夜声。”浦注：“声字出韵，或作听。”⑥ 此诗押青韵，而声字属庚韵，所以出韵。

《彭衙行》杨评：“考宋郑庠《古音辨》真、文、元、寒、删、先六韵皆协先音，此诗合六韵于一篇，及《石壕村》起句兼用元、真、寒三韵，乃皆古韵同用，非叶也。”⑦ 注文认为古音真、文、元、寒、删、先六韵同用，故杜甫通押。

《崔氏东山草堂》：“盘剥白鸦谷口栗，饭煮青泥坊底芹。”杨注：“按芹字韵在十二文，疑当作蓴（即今莼）字。”⑧ 今按莼音 chún，《广韵》常伦切，禅母谆韵平声。平水韵属真韵。此诗全首韵脚新、人、筠皆属

---

① 《诗韵》，上海古籍出版社 1983 年版，韵目第 1 页。

② （清）仇兆鳌：《杜诗详注》，中华书局 1979 年版，第 1645 页。此诗韵脚：崖（佳）、柴（佳）、砑（麻）、家（麻）、铘（麻）、车（麻）、查（麻）、斜（麻）、蛇（麻）、麻（麻）、沙（麻）、奢（麻）、花（麻）、嗟（麻）、佳（佳）、涯（麻、佳）、遮（麻）、华（麻）、诗（麻）、差（麻、佳）、霞（麻）。所以仇注曰：“麻佳通用。”

③ （清）仇兆鳌：《杜诗详注》，中华书局 1979 年版，第 1847 页。杜甫原诗：南天三旬苦雾开，赤日照耀从西来。六龙寒急光徘徊，照我衰颜忽落地。口虽吟咏心中哀，未怪及时年少子。扬眉结义黄金台，洎乎吾生何飘零。支离委绝同死灰。

④ 同上书，第 2026 页。原诗：北风破南极，朱凤日威垂。洞庭秋欲雪，鸿雁将安归。十年杀气盛，六合人烟稀。吾慕汉初老，时清犹茹芝。

⑤ （清）浦起龙：《读杜心解》，中华书局 1961 年版，第 306 页。

⑥ 同上书，第 454 页。

⑦ （清）杨伦：《杜诗镜铨》，上海古籍出版社 1962 年版，第 167 页。

⑧ 同上书，第 203 页。

真韵。

《夏日叹》杨注："此诗系齐、佳、灰同用。"①

《客堂》杨注："古人屋职二韵多通用。公此诗及《三川观水涨》《别赞上人》《戏赠友》《天边行》《桃竹杖引》《南池》《久雨期王将军不至》《虎牙行》，多以屋沃与职字同用。盖亦用古韵也。"② 杨伦认为职屋通押是用古韵。

## 三 说明诗格

依据杜诗注释中的用例，诗格指的是诗人表达内容的结构体式。涉及诗歌的叙述方式、内容的联络方式以及修辞和用韵的方式、对仗方式等，诗格的内容与本书其他章节有交叉，但此节所录仅限从"格"的角度进行注释的条目。受例句数量限制，无法概括每一种诗格的含义，仅录其例，以存名目。

**正格**

所谓正格就是诗歌的基本表达方式和基本内容布置方式。如从叙述看，采用顺叙，从情感看，逐渐加强，从结构看，先事后理，先景后意等等。

《题张氏隐居二首》仇评："唐律多在四句分截，而上下句，自具起承转合。如崔颢《行经华阴》诗，上半华阴之景，下半行经有感，'武帝祠前'二句乃承上，'河山北枕'二句乃转下也。崔署《九日登仙台》诗，上半九日登仙台，下半呈寄刘明府，'三晋云山'二句乃承上，'关门令尹'二句乃转下也。杜诗格法，类皆如此。"③

《八哀诗·故秘书少监武功苏公源明》浦解："此篇当依仇本分五段，是挨叙正格。"④

**变格**

改变通常方式或基本方式以组织诗歌意义表达的一种体式。

《送韦十六评事充同谷防御判官》浦解："公诗每于篇末叙交谊，此

① （清）杨伦：《杜诗镜铨》，上海古籍出版社1962年版，第227页。

② 同上书，第586页。

③ （清）仇兆鳌：《杜诗详注》，中华书局1979年版，第9页。

④ （清）浦起龙：《读杜心解》，中华书局1961年版，第155页。

独从头叙起，格变。”①

《送长孙九侍御赴武威判官》题解：“直从赴官起，然后找出所以赴官之故。是倒势，又一变格。”②

《奉送十七舅下邵桂》浦解：“若常格，则先叙十七舅，次叙下邵、桂，然后作送别语矣。诗乃从客中亲故别去之情，触口流出，正是旅人送舅氏语，不须作文饰旧套也。”③

《至日遣兴，奉寄北省旧阁老、两院故人二首》杨评：“蒋弱六云：两作俱首尾呼应，另为一格。”④

有时称倒格。倒格是变格的一种。

《田舍》浦解：“叙意在前，缀景在后，倒格见致。”⑤

《湖中送敬十使君适广陵》浦解：“开头四句，竟从别意写起，逆局也。”⑥

《发秦州》杨评：“蒋弱六云：此诗亦用逆局，文格故不平直。自此看到《七歌》，分明初欲往时意中有多少好处，直谓可安身立命，及既到了，又一刻不自安，情景最真。”⑦

**偷春格、藏春格**

偷春格是律诗中颔联不对仗的一种体式。所有三四句不对仗的律诗，均称偷春格。

《一百五日夜对月》仇评：“杨诚斋云：……此诗一二对起，三四散承，用偷春格也，初唐人常有之。卢照邻《关山月》诗：‘塞垣通碣石，卤障逐祁连。相思在万里，明月正孤悬。影移金岫北，光断玉门前。寄言闺中妇，时看鸿雁天。’宋之问《晚泊湘江》诗：‘五岭栖迟地，三湘憔悴颜。况复秋雨霁，表里见衡山。路逐鹏南转，心依雁北还。惟余望乡泪，更染竹成斑。’”⑧

① （清）浦起龙：《读杜心解》，中华书局1961年版，第35页。

② 同上书，第36页。

③ 同上书，第521页。

④ （清）杨伦：《杜诗镜铨》，上海古籍出版社1962年版，第207页。

⑤ （清）浦起龙：《读杜心解》，中华书局1961年版，第406页。

⑥ 同上书，第809页。

⑦ （清）杨伦：《杜诗镜铨》，上海古籍出版社1962年版，第288页。

⑧ （清）仇兆鳌：《杜诗详注》，中华书局1979年版，第325页。

《早花》仇注："此诗上四散行，下四整对，亦藏春格也。"① 按藏春格即偷春格。

《立秋雨院中有作》浦解："三、四不对，是偷春体。"② 此处之"体"表示"格"。

《一百五日夜对月》杨解："《梦溪笔谈》：此诗首二对起，三四散承，谓之偷春格，如梅花偷春色而先开也。"③

**两扇格**

两扇格是先将欲表达的两项内容总提，然后分开各作表述，或直接将写景叙事分开来写，两块并列，或甲事与乙事两块并列，或一段写主一段写客二部并列。

《留花门》浦解："劈提四句领局，下作两扇格分应。"④

仇兆鳌称作双扇格：

《一百五日夜对月》仇评："宋诗上四言景，下四言情，兼参双扇格矣。"⑤

又叫分顶格，因为后面的内容分别承接前面提到的内容而写，形成的诗格样式就是分顶格。

《夔州歌十绝句》其九浦解："想'武侯'之神，而'干戈'之'愁'可'破'。承'松柏'之荫，而'云日'之'炎'可'凉'。是分顶格。"⑥

**上下翻手格**

是所叙内容互相扣合、互相引发的一种体式。上块提示下块的话题，下块回应上块的内容，在意义上有一问一答的感觉。

《陪王侍御宴通泉东山野亭》浦解："作上下翻手格。上送一难，下还一解。慨'异方'者，正为'形胜'挑逗；赏'形胜'者，仍为'异

---

① （清）仇兆鳌：《杜诗详注》，中华书局1979年版，第1051页。

② 同上书，第744页。

③ （清）杨伦：《杜诗镜铨》，上海古籍出版社1962年版，第130页。

④ （清）浦起龙：《读杜心解》，中华书局1961年版，第51页。

⑤ （清）仇兆鳌：《杜诗详注》，中华书局1979年版，第325页。宋之问《晚泊湘江》诗：五岭栖迟地，三湘憔悴颜。况复秋雨霁，表里见衡山。路逐鹏南转，心依雁北还。惟余望乡泪，更染竹成斑。仇兆鳌认为所举宋之问诗除了使用偷春格，还参用两扇格。

⑥ （清）浦起龙：《读杜心解》，中华书局1961年版，第851页。

方'慰譬也。"①

**远近分咏之格**

《云》浦解："上半特其落想耳，非远近分咏之格。"② 可见有远近分咏之格。

**流水格**

《诸将五首》其五浦解："诗更以情致胜。其篇法，仇所谓逐句递下，流水格也。"③

**离合相间格**

是诗题直接相关的内容与间接内容相互交错表达的方式。

《清明二首》其一浦解："首章，就清明兴感。一点时，二点地，三四流对。谓身老而倦游。此处一顿。'胡童'、'楚女'，本地游人。'定王'、'贾傅'，本地古迹。四语，时地双关。又一顿。'虚沾'、'实藉'，带节候而述贫况。因以任运意作结。盖前后着身写，中四不着身写。此离合相间格。"④

**虚实相间格、实包虚格**

写景内容与写情内容互相交错的结构方式。

《观李固请司马弟山水图三首》其二仇注："上下两段，各用一景一情，谓之虚实相间格。"⑤

《长江二首》其一仇注："黄注：此八句整对格，亦虚实相间格。"⑥

《季秋苏五弟缨江楼夜宴崔十三评事韦少府姪三首》其二仇注："黄注：一二江楼，五六季秋，三四兼叙宾主，七八专述己意。此虚实相间格也。"⑦

《暮春题瀼西新赁草屋五首》其三仇注："黄生曰：此诗，首尾实而中间虚，是实包虚格，唯杜有之。"⑧ 实包虚格实际上是虚实相间格的

① （清）浦起龙：《读杜心解》，中华书局 1961 年版，第 438 页。

② 同上书，第 564 页。

③ 同上书，第 650 页。

④ 同上书，第 822 页。

⑤ （清）仇兆鳌：《杜诗详注》，中华书局 1979 年版，第 1197 页。

⑥ 同上书，第 1233 页。

⑦ 同上书，第 1775 页。

⑧ 同上书，第 1612 页。

一种。

《陪裴使君登岳阳楼》黄生注："此虚实相间格。"①

**尊题格**

《促织》仇解："诗到结尾，借物相形，抑彼而伸此，谓之尊题格。如咏促织而末引丝管，咏孤雁而末引野鸦是也。"②

**孤雁入群格、孤雁出群格、进退格**

这是专门针对用韵的体式。

《客旧馆》："前投幕府诗，本用鱼韵，而起借七虞'无'字，谓之孤雁入群格。此题客旧馆，本用青韵，而后借八庚'声'字，谓之孤雁出群格。又有双入双出，谓之进退格，如前二联用东韵，后二联用冬韵，前二联用寒韵，后二联用删韵是也。"③

**两段格、两层遥顶之格**

《偶题》仇注："此诗是两段格，前半论诗文，以文章千古事为纲领。后半叙境遇，以缘情慰漂荡为关键。"④

《题柏学士茅屋》："碧山学士焚银鱼，白马却走身岩居；古人已用三冬足，年少今开万卷余。晴云满户团倾盖，秋水浮阶溜决渠；富贵必从勤苦得，男儿须读五车书。"仇注："杜诗近体，有两段分截之格，有两层遥顶之格。此章若移晴云、秋水二句上接首联，移古人、年少二句下接末联，分明是两截体。今用遥顶，亦变化法耳。"⑤

**杜诗创格**

《峡口两首》浦解："诗分两章，意实一贯。上章从峡口形要领起，

---

① （清）黄生：《杜诗概说》，《杜工部诗说》（清康熙三十五年一木堂刻本）《四库全书存目丛书》，齐鲁书社 1997 年影印本，集 5—408 页。

② （清）仇兆鳌：《杜诗详注》，中华书局 1979 年版，第 611 页。

③ 同上书，第 1028 页。

④ 同上书，第 1545 页。原诗：文章千古事，得失寸心知。作者皆殊列，名声岂浪垂。骚人嗟不见，汉道盛于斯。前辈飞腾入，余波绮丽为。后贤兼旧制，历代各清规。法自儒家有，心从弱岁疲。永怀江左逸，多病邺中奇。騄骥皆良马，骐驎带好儿。车轮徒已斫，堂构惜仍亏。漫作潜夫论，虚传幼妇碑。缘情慰漂荡，抱疾屡迁移。经济惭长策，飞栖假一枝。尘沙傍蜂虿，江峡绕蛟螭。萧瑟唐虞远，联翩楚汉危。圣朝兼盗贼，异俗更喧卑。郁郁星辰剑，苍苍云雨池。两都开幕府，万宇插军麾。南海残铜柱，东风避月支。音书恨乌鹊，号怒怪熊罴。稼穑分诗兴，柴荆学土宜。故山迷白阁，秋水忆黄陂。不敢要佳句，愁来赋别离。

⑤ 同上书，第 1837 页。

见乾坤设险，多为反侧凭陵。此章则以英雄事去，晓‘割据’痴心，叹其徒兹扰攘也。顾我连年坐困，作活因人，何时得出乎！少陵连章诗多此格，他人无有。”①

《桥陵诗三十韵因呈县内诸官》浦解：“公凡游历所到必有诗。初至奉先而咏桥陵，为纪地纪事之什，前半是也。公得朋旧周旋必有诗。移家奉先而呈诸官，为报谢地主之什，后半是也。本是两首，合而为一，乃属创格。”②

《寄李十四员外布十二韵》杨伦眉批：“此诗八句一转韵，亦属创见之格。”③

《短歌行赠王朗司直》杨评：“沈确士曰：上下各五句，俱用单句相间，此亦独创之格。”④

《宾至》仇解：“上四宾至，下四留宾。直叙情事而不及于景，此七

① （清）浦起龙：《读杜心解》，中华书局1961年版，第519页。原诗：峡口大江间，西南控百蛮。城欹连粉堞，岸断更青山。开辟当天险，防隅一水关。乱离闻鼓角，秋气动衰颜。（一首）时清关失险，世乱戟如林。去矣英雄事，荒哉割据心。芦花留客晚，枫树坐猿深。疲苶烦亲故，诸侯数赐金。（二首）

② 同上书，第707页。原诗：先帝昔晏驾，兹山朝百灵。崇冈拥象设，沃野开天庭。即事壮重险，论功超五丁。坡陀因厚地，却略罗峻屏。云阙虚冉冉，风松肃泠泠。石门霜露白，玉殿莓苔青。宫女晚知曙，祠官朝见星。空梁簇画戟，阴井敲铜瓶。中使日相继，惟王心不宁。岂徒恤备享，尚谓求无形。孝理敦国政，神凝推道经。瑞芝产庙柱，好鸟鸣岩扃。高岳前嵂崒，洪河左滢潆。金城蓄峻址，沙苑交回汀。永与奥区固，川原纷眇冥。居然赤县立，台榭争岧亭。官属果称是，声华宜可听。王刘美竹润，裴李春兰馨。郑氏才振古，啖侯笔不停。遣词必中律，利物常发硎。绮绣相展转，琳琅愈青荧。侧闻鲁恭化，秉德崔瑗铭。太史候凫影，王乔随鹤翎。朝仪限霄汉，容思回林坰。辘轲辞下杜，飘飖陵浊泾。诸生旧短褐，旅泛一浮萍。荒岁儿女瘦，暮途涕泗零。主人念老马，廨署容秋萤。流寓理岂惬，穷愁醉不醒。何当摆俗累，浩荡乘沧溟。

③ （清）杨伦：《杜诗镜铨》，上海古籍出版社1962年版，第529页。名参汉望苑，职述景题舆。巫峡将之郡，荆门好附书。远行无自苦，内热比何如。正是炎天阔，那堪野馆疏。黄牛平驾浪，画鹢上凌虚。试待盘涡歇，方期解缆初。闷能过小径，自为摘嘉蔬。渚柳元幽僻，村花不扫除。宿阴繁素柰，过雨乱红蕖。寂寂夏先晚，泠泠风有余。江清心可莹，竹冷发堪梳。直作移巾几，秋帆发弊庐。

④ （清）杨伦：《杜诗镜铨》，上海古籍出版社1962年版，第917页。原诗：王郎酒酣拔剑斫地歌莫哀，我能拔尔抑塞磊落之奇才。豫章翻风白日动，鲸鱼跋浪沧溟开。且脱佩剑休徘徊。西得诸侯棹锦水，欲向何门趿珠履，仲宣楼头春色深，青眼高歌望吾子。眼中之人吾老矣。

律独创之体，不拘唐人成格矣。”①

有时“格”亦称“体”，如对结体：

《秋兴八首》其八：仇注：“张远注：此诗末联与上章末联，皆属对结体。”②

注者从“格”的角度注释杜诗，是五代以来诗歌理论的延续。从理论价值来说，古代诗歌理论研究中“诗格”讨论阶段早于诗话，其系统性不如诗话完善，可以说是比较落后的理论体式。但四家注在诗话体式已经相当丰赡的清代没有完全废弃诗格理论中有生命力的因素，一方面体现了对诗歌这一文体认识的历史深度，也反映出古代注杜在理论观照面上的广度。

## 四 说明诗律

1. 释对仗

对仗是诗歌的重要技术，诗人对此十分重视。随着诗歌自身的发展，对仗的手法日益成熟，细致多样。杜甫作为集大成的一代诗人，在对仗上尤有特色。至清代，对杜诗的研究已经相当细密，加之清代学者、诗界对对仗要求更高，对仗本身也发展到一个新的高度。因此，注释家也就格外看重对“对仗”的注释，以便读者理解并欣赏到杜甫诗歌中对仗之美，进而提高读者的对仗水平。诗歌对仗的种类如下：

（1）借对

借对指利用谐音将本不属同类的事物用于对仗，在听觉上产生对仗的效果。

《恶树》：“枸杞因吾有，鸡栖奈汝何？”杨注：“《急就篇》注：皂荚树，一名鸡栖。……枸杞鸡栖，亦用借对法。”③“枸杞”谐音“狗起”以对“鸡栖”。

《长江二首》：“孤石隐如马，高萝垂饮猿。”杨注：“二句系虚实借

① （清）仇兆鳌：《杜诗详注》，中华书局1979年版，第742页。原诗：幽栖地僻经过少，老病人扶再拜难。岂有文章惊海内，漫劳车马驻江干。竟日淹留佳客坐，百年粗粝腐儒餐。不嫌野外无供给，乘兴还来看药栏。

② 同上书，第1497页。

③ （清）杨伦：《杜诗镜铨》，上海古籍出版社1962年版，第354页。

对。”[①]“如马”是“滟滪大如马”的缩略，“如”是个介词，并无真马存在，但在听觉上是“茹马”。“饮猿”是“饮水之猿”，“饮”是个动词，猿也实有。所以说“虚实借对”。以“茹马”对“饮猿”倒是十分工整难得。

《巫峡敝庐奉赠侍御四舅别之澧朗》：“行李淹吾舅，诛茅问老翁。”眉批：“王右仲云：行李诛茅，亦用借对法。”[②] 实际上“行李”是名词，“诛茅”则是述宾短语，本不成对。

仇兆鳌、杨伦等人也把借对称作假对。如：

《送杨六判官使西蕃》：“子云清自守，今日起为官。”仇注：“罗大经曰：叶石林云：‘杜工部诗，对偶至严，而《送杨六判官》云“子云清自守，今日起为官”，独不相对。窃意今日字，当是令尹字，传写之讹耳。’余谓不然，此联之工，正为假云对日，两句一意，乃诗家活法。若作令尹字，则索然无神，夫人能道之矣。且送杨姓人，故用子云为切题，岂应又泛然用一令尹耶？如‘次第寻书札，呼儿检赠篇’之句，亦是假以第对儿。”[③] 这里仇氏批评罗大经不明借对之谬，可见注明借对之必要。若不是仇兆鳌的注释，读者便不能领会杜甫此联的妙处，甚至陷入对杜诗用字的猜测，愈发使得杜甫之意蕴被掩盖。

《哭李常侍峄二首》其二：“次第寻书札，呼儿检赠诗。”旁批：“第儿假对。”[④]“第”借作“弟”。此句仇注：“《释名》：弟，第也，言次第相生也。则第字本与弟相通，故可对儿。”仇外注中又曰：“杨德周曰：诗有假对法，如‘子云清自守，今日起为官’‘次第寻书札，呼儿检赠诗’，以日对云，以第对儿，是也。后人滥觞，借一对柏，以十对迁，谬矣。”[⑤] 仇、杨二家如此属意杜诗假对，并批评后人滥用借对的流弊，正体现了对诗歌对仗的高标准和严要求。

（2）流水对

结构是对仗，意思却是顺承关系。这种对仗被称作流水对。流水对是诗歌对仗中一种十分常见的对法，注者往往挖掘杜诗中的流水对子，准确

① （清）杨伦：《杜诗镜铨》，上海古籍出版社1962年版，第572页。

② 同上书，第793页。

③ （清）仇兆鳌：《杜诗详注》，中华书局1979年版，第378页。

④ （清）杨伦：《杜诗镜铨》，上海古籍出版社1962年版，第938页。

⑤ （清）仇兆鳌：《杜诗详注》，中华书局1979年版，第1920页。

地把握一联的意义，进而阐释全诗意旨，产生了良好的效果。这不仅凸显了杜诗在艺术上的突出成就，而且对后人的诗歌对仗产生积极的指导意义。

《咏怀古迹五首》其一浦解："五、六，流水，乃首尾关键。"① "流水"是说颈联"羯胡事主终无赖，词客哀时且未还"是流水对法。从意义上说，这一联是：词客在羯胡之地为君主做事实属无奈之举，可叹时间已久尚未返回。

古代注中流水对有时简称流对。如：

《清明二首》其一："绣羽衔花他自得，红颜骑竹我无缘。"浦解："三四流对。谓身老而倦游。"②

《春夜喜雨》浦解："上四句流对。"③ 是说"好雨知时节，当春乃发生。随风潜入夜，润物细无声"四句是流水对法。

古代注本有时也将流水对称为走马对、流走对。如：

《洗兵马》："鹤驾通宵凤辇备，鸡鸣问寝龙楼晓。"浦解："'鹤驾'、'鸡鸣'……'鹤驾'既来，'凤辇'亦备，父子相随以朝寝门。欢然交欣，'龙楼待晓'，岂不休哉！此以走马为对仗，乃杜公长技。"④ 浦注不仅注明此处的流水对法，而且声明流水对是杜甫的特长，透露出注者之所以重视对流水对多作解说的原因。

《玉台观二首》其二："宫阙通群帝，乾坤到十洲。"杨伦旁批："流走对。"⑤

从句法的角度而言，古代注也称流水对为"十字句法"，或"十字格"。因为意义上的关联性，十字句其实就是形式上两个分句对仗的一个复句，或呈条件关系，或呈因果关系，或是顺承关系，一联的上句中有下句的主语。如：

《陪李北海宴历下亭》："修竹不受暑，交流空涌波。"仇注："张綖注：修竹既不受暑，则交流空自涌波。此十字句法。"⑥ 仇氏引用张綖的

---

① （清）浦起龙：《读杜心解》，中华书局 1961 年版，第 657 页。

② 同上书，第 822 页。

③ 同上书，第 414 页。

④ 同上书，第 259 页。

⑤ （清）杨伦：《杜诗镜铨》，上海古籍出版社 1962 年版，第 506 页。

⑥ （清）仇兆鳌：《杜诗详注》，中华书局 1979 年版，第 37 页。

注释，认为杜甫此联是一个由条件关系的复句构成的对句。实际上称作“十字句法”的实质在于下句的主语也是“修竹”。

《放船》：“直愁骑马滑，故作放舟回。”仇注：“葛常之曰：五律，于对联中作一意，诗家谓之十字格。”① 依注，此联是个因果关系的复句。

也有人不同意流水对与十字句所指相同。如王嗣奭说：“此联却是流水对，公别有十字句法，如《子规》诗‘渺渺春风见，萧萧夜色凄’，是也。”此语见仇注所引②，查《杜臆》“子规”条曰：“见字连下，盖两句作一句也。”③ 王的意思是联中两句结构上有牵连者才算是十字句。如所举例联，下句“萧萧夜色凄”是上句“见”的宾语。而葛常之认为十字句的一联，是上下句在意义上有补足关系。总之是指五言诗的一联须连读方可表达一个完整的意义，有时候语法成分上也有牵连。如“却寄双愁眼，相思泪点悬”，上句的宾语实际上又是下句的逻辑主语。

（3）隔联对

古代注释没有解释“隔联对”这一概念。这大概是因为隔联对与其他对法一样，对读书人来说是一个日常概念，注释者认为此名目是读书人应当熟悉的。大约成书于隋唐时代的《文笔式》“属对”条第二列“隔句对”，“隔句对者，第一句与第三句对，第二句与第四句对。如此之类，名为隔句对”④。注家重视对隔联对的辨识和解说，反映出隔联对在诗歌创作和鉴赏实践中还是有较高技术含量和运用难度的。

《自京赴奉先咏怀五百字》：“暖客貂鼠裘，悲管逐清瑟。劝客驼蹄羹，霜橙压香橘。”浦注：“暖客四句，隔联对法，统言与宴诸人。”⑤ 从浦起龙的注释中我们看到，所谓隔联对，就是四句之中，前一联和后一联形成对仗，即前一联出句与后一联出句对仗，前一联对句与后一联对句对仗。其本质是突破了诗歌一句对一句的限制，而以两句对两句。

---

① （清）仇兆鳌：《杜诗详注》，中华书局1979年版，第1040页。

② 同上书，第1040页。

③ （明）王嗣奭：《杜臆》，中华书局1963年版，第231页。全文是：峡里之县，县前之楼，楼翼瓦齐，则四壁完好，不漏日光。而两边山木蒙密，终日无人，止啼子规。则春风中但见萧萧夜色凄然，盖白日晦冥，非真夜也。远客多愁，那忍更听此声！而声又故来傍人而低，盖声低则愈惨也。对此光景，谁能不悲！“见”字连下，盖两句作一句也，杜诗多有此法。不然，则“眇眇春风见”不可解矣。一云子规非杜鹃，乃叫不如归去者，是也。此于客愁更切。

④ 张伯伟：《全唐五代诗格汇考》，凤凰出版社2002年版，第74页。

⑤ （清）浦起龙：《读杜心解》，中华书局1961年版，第23页。

《桥陵诗三十韵因呈县内诸官》："永与奥区固，山川纷眇冥。居然赤县立，台榭争岧亭。"浦解："其'永兴'四句，乃隔联对。"①

《赠崔十三评事公辅》浦解："起四，比体，又似隔联对体，飘洒有势。"② 首四句是："飘飖西极马，来自渥洼池。飒飀寒山桂，低回风雨枝。"一与三对，二与四对。浦起龙说"似隔联对"而未用完全肯定的语气，是因为"来自"对"低回"不是很工整。

古代注释也有称隔句对的。如前举《自京赴奉先县咏怀五百字》"暖客"四句、《赠崔十三评事公辅》："飘飖"四句，杨伦就用"隔句对"："乐府法，亦用隔句对。"③"起用隔句对。"④

再如《哭台州郑司户苏少监》："得罪台州去，时危弃硕儒。移官蓬阁后，谷贵没潜夫。"浦解："其得罪二联，乃隔句对法。"⑤

杨伦、仇兆鳌又把隔联对叫扇对。如上例，杨伦注："《苕溪渔隐丛话》：律诗有扇对格，如少陵哭郑司户苏少监诗'得罪台州去'四句是也。"⑥ 此语仇注亦引。

（4）自对

从四家注中来看，仇兆鳌等人所谓的"自对"，就是一联的上下句内部各自含有对仗成分。对自对的注释，注者常常很具体地指明形成对仗的词语。这说明注释者担心笼统地说"自对"读者不明白。

《赠李白》："痛饮狂歌空度日，飞扬跋扈为谁雄。"仇注："下截似对而非对，'痛饮'对'狂歌'，'飞扬'对'跋扈'，此句中自对法也。'空度日'对'为谁雄'，此两句又互相对也。"⑦

《送李八秘书赴杜相公幕》："南极一星朝北斗，五云多处是三台。"浦解："结联自对法，亦互对法。"⑧ 杨伦眉批："南北三五，句中自对，一星多处，又两句互对，见用法变化处。"⑨ 实与仇注所引邵注相类："邵

① （清）浦起龙：《读杜心解》，中华书局1961年版，第707页。

② 同上书，第752页。

③ （清）杨伦：《杜诗镜铨》，上海古籍出版社1962年版，第110页。

④ 同上书，第610页。

⑤ （清）浦起龙：《读杜心解》，中华书局1961年版，第749页。

⑥ （清）杨伦：《杜诗镜铨》，上海古籍出版社1962年版，第550页。

⑦ （清）仇兆鳌：《杜诗详注》，中华书局1979年版，第43页。

⑧ （清）浦起龙：《读杜心解》，中华书局1961年版，第670页。

⑨ （清）杨伦：《杜诗镜铨》，上海古籍出版社1962年版，第787页。

注：……南北三五，句中自对，一星多处，两句互对，见诗法变化。”①

《曲江对酒》：“桃花戏逐杨花落，黄鸟时兼白鸟飞。”杨注：“次联桃自对杨，白对黄，谓之自对格。”②

杨伦又把自对叫句中对。如：

《寄岑嘉州》：“泊船秋夜经春草，浮枕青枫限玉除。”旁批：“句中对。”③ 即“秋夜”对“春草”，“青枫”对“玉除”。

（5）折句对

折句对实际上是自对的特殊形态。注者把自对中首尾相对的现象另外起名，叫作折句对。这种名目足见注者对对仗方法区分之细。

《奉送蜀州柏二别驾将中丞命，赴江陵起居卫尚书太夫人，因示从弟行军司马位》：“楚宫腊送荆门水，白帝云偷碧海春。”眉批：“荆楚白碧，亦用折句对法。”④ 意思是说此二句整体对仗的同时，各句从中间对折，也构成对仗，即“楚宫腊”对“荆门水”，“白帝云”对“碧海春”。

（6）参差对

《巴西闻收京阙送班司马入京二首》其二：“群盗至今日，先朝忝从臣。”仇注：“黄生注：……先朝、今日，群盗、从臣，对字不对句，谓之参差对。”⑤

仇注中又称之为斜对法。例如：

《长江二首》其一：“众水会涪万，瞿塘争一门。朝宗人共挹，盗贼尔谁尊。”仇注：“以一门应众水，以谁尊应朝宗，皆用斜对法。”⑥

（7）语对意不对

《吹笛》：“吹笛秋山风月清，谁家巧作断肠声。风飘律吕相和切，月傍关山几处明。胡骑中宵堪北走，武陵一曲想南征。故园杨柳今摇落，何得愁中却尽生。”仇注：“蒋一梅曰：绝大手笔，声律极细，然有对意不对词，对词不对意者。”⑦

---

① （清）仇兆鳌：《杜诗详注》，中华书局1979年版，第1681页。

② （清）杨伦：《杜诗镜铨》，上海古籍出版社1962年版，第181页。

③ 同上书，第590页。

④ 同上书，第729页。

⑤ （清）仇兆鳌：《杜诗详注》，中华书局1979年版，第1080页。

⑥ 同上书，第1233页。

⑦ 同上书，第1472页。

《将别巫峡赠南卿兄瀼西果园四十亩》仇注：“八韵诗，除梅柳一韵外，并语对意不对，极贯珠之妙。”①

（8）有其他特征的对仗

古代注还致力于对有其他特征的对仗的解说：

《宿江边阁》仇注：“此诗，八句皆对。”②

《赠田九判官梁邱》：“宛马总肥春苜蓿，将军只数汉嫖姚。”杨解：“朱翰曰：苜蓿嫖姚，亦用叠韵作对。”③

其实古代诗歌对对仗的讲究是非常精细的，有些名目四家注中都尚未使用，如黄生注本中就提到一种叫“分装对”的：《奉和贾至舍人早朝大明宫》：“旌旗日暖龙蛇动，宫殿风微燕雀高。”黄生注：“龙蛇动、燕雀高，并日暖风微之景，是谓分装对。”④

2. 释平仄

律诗产生之后，音节的平仄就成了诗人一项基本功，四声八病几乎全与平仄相联系。杜诗众体兼备，其律诗尤其是唐以来诗人效法的典范，所以注杜而不释平仄，是一件不可想象的事情。清代注杜者在这方面做了大量的工作。对平仄的注释大多集中在平仄有问题的地方或平仄难明的地方。例如：

《晓发公安》仇兆鳌外注：

唐人作拗体律诗，平仄多有失粘处。明季萧云从作《杜律细》，平仄用转音，改拗从顺，虽考证详洽，但恐多此转折耳。如此章仄声七字，改作平声。“欲”字音“迂”，扬雄《羽猎赋》：壮士慷慨，殊响别趋，东西南北，骋势奔欲。杜诗五律《初月》首句“光细弦欲上”可证也。“罢”字即“疲”，叶迟，在沈氏四支韵。《史记》：汉与楚相距，士卒疲弊。《左传》：师退曰疲。《礼·少仪》：师役曰罢。“方”字音“访”，汉帝欲杀雍齿，用张良计，封为什方侯，犹言释放也。又后汉杨仁，拜什方令，《易韵》：水在火上，君子以慎辨物居方，亦音“放”。“昨”字音

---

① （清）仇兆鳌：《杜诗详注》，中华书局1979年版，第1862页。

② 同上书，第1469页。原诗：暝色延山径，高斋次水门。薄云岩际宿，孤月浪中翻。鹳鹤追飞静，豺狼得食喧。不眠忧战伐，无力正乾坤。

③ （清）杨伦：《杜诗镜铨》，上海古籍出版社1962年版，第97页。

④ （清）黄生：《杜诗概说》，《杜工部诗说》（清康熙三十五年一木堂刻本）《四库全书存目丛书》，齐鲁书社1997年影印本，集5—449页。

“槎”。《周礼·大宗伯·鸡人》：诸臣之所昨。注：谓诸臣酢酒尊也。《战国策》：苏厉上赵王书：著之盘盂，属之讐柞。注：即酬酢。如《周礼》柞人，掌攻草木者，与《公羊传》山木不槎、《国语》木不槎枿同。《中原音韵》：昨，隔宵也。曲有入作平声而分阴阳。北音清戈翻，南音静罗翻，皆平声尔。“态”音“台”，司马相如《封禅文》：旼旼穆穆，君子之态，盖闻其声，今视其来。态作台音可证。“自”当音“私”，《说文》曰：仓颉作字，自营为私，虽不解为“私”音，而会意当然耳。杜五律“风月自清夜”及“致此自僻远”，皆宜作平声用矣。“已”字音“遗”，元人侯正卿《菩萨蛮》第二句“心头已”，作平声阳音。杜五律“乘尔亦已久”，亦读平声。今按：“态”读作“台”音，则“能”字宜读作“耐”，平仄乃各谐也。①

从这里看，仇氏是不完全主张“转音”的，他列举了萧云从《杜律细》中的部分例子，说明不必“多此转折”。注文中曰“在沈氏四支韵”，“沈氏”所指未明，查后世音韵著作，未见沈氏之书。但“迟”字在诗韵韵书中皆归上平声四支和去声四寘两个韵部。“疲”字皆在上平四支韵。显然此处“沈氏”就指平水韵。事实上明清时人们大多误认为平水韵是沈约所创，仇氏也是以沈约代指韵书。仇所引萧氏言“什方侯”“犹言释放”，是说“什方”谐音“释放”，用以证“‘方’字音‘访’”（“访”字《广韵》敷亮切，今音 fǎng。古为去声）。杜甫此诗不合格律。如按照萧云从的意见来读，则是“北城击柝复迁疲（欲罢），东访（方）明星亦不迟。邻鸡野哭如槎（昨）日，物色生台（态）耐（能）几时。舟楫眇然私（自）此去，江湖远适无前期。出门转眄遗（已）陈迹，药饵扶吾随所之（括号中是杜甫原字）”。这样的话，除了首联与次联之间失粘，其他地方就合律了。不过仇氏称“仄声七字，改作平声”，实际上是仄声六字改作平声，还有平声一字（方）改作仄声“访”，加上“今按”，还有平声一字（能）改作仄声（耐）。这种注释借用萧云从的转音学说，解决拗体律诗的平仄格律问题。然而有些地方还是费解，如“昨”为入声，《广韵》在各切，入铎。槎，音 chá 平声麻韵。《广韵》钼加切。音 zhà 上声马韵。不知萧氏何以认为同音？再如注文中有时以上古音证中古音，有时以近代语音证中古音，这些做法是否合适也是需要讨论的问题。

① （清）仇兆鳌：《杜诗详注》，中华书局 1979 年版，第 1938—1939 页。

《同李太守登历下古城员外新亭》仇注：“此与上章皆用六韵，依初唐排律，词尚简要耳。但此篇多平仄不谐，盖古诗之对耦者，仿六朝体也。”① 今按杜诗古体有以全平全仄相对者，如《殿中杨监见示张旭草书图》：“悲风生微绡，万里起古色。”②

《清明二首》其一浦解：“二诗多平调，然章法自稳。”③

《陪李北海宴历下亭》杨解：“王阮亭云：唐人用字多异音：韩退之《岳阳楼》诗：轩然大波起，宇宙隘而防。防音访。元微之《店卧》诗：一生常苦节，三省讵行怪。怪音乖。又苦思正旦酬白雪，旦音丹。白乐天《寄裴晋公诗》：金屑琵琶槽。琵字读入声。李义山《石城诗》：簟冰将飘枕。冰字读去声。如是不可枚举。今按杜诗如从公难重过，几时杯重把，君臣重修德，苍生岂重攀，叶蒂辞枝不重苏。皆以平读去。细草偏称坐，意内称长短，乘舆恐未回，皇极正乘舆，皆以去读平。”④

这里指出的是唐诗中改读字调以合平仄的现象。杨伦注文中涉及的字若按诗意读音皆不合平仄，故需改读。“轩然大波起，宇宙隘而防”中“防”有二音：《广韵》符方切、符况切，前者是平声，后者是去声。访，《广韵》敷亮切，去声。查韩愈集《岳阳楼别窦司直》钱仲联集释：“诸本作‘妨’，祝本作‘防’。廖本王本注‘一作放’。魏本引韩醇曰：妨，碍。”⑤ 此诗押仄韵让、放、状、向、壮、两等，杨伦认为“防”要读作去声，正因为此。怪音 guài，《广韵》古坏切，见母去声。乖音 guāi，《广韵》古怀切，见母平声。“一生常苦节，三省讵行怪”是平平平仄仄，仄仄仄平平，所以怪要读成乖。旦音 dàn，《广韵》得按切，去声。丹音 dān，《广韵》都寒切，平声。“苦思正旦酬白雪”是仄仄平平平仄仄，故读旦为丹。琵，pí。《广韵》房脂频脂二切，脂韵平声，平水韵在四支。冰 bīng，《广韵》蒸韵平声。重《广韵》有上去平三读，但重叠、重复义是平声。“金屑琵琶槽”、“簟冰将飘枕”、“从公难重过”、“苍生岂重攀”、“辞枝不重苏”皆是平平仄仄平，故琵读入声，冰读去声，重以平读去（把平声读成去声）。“几时杯重把”是平平平仄仄，故重以平读去。

---

① （清）仇兆鳌：《杜诗详注》，中华书局 1979 年版，第 39 页。

② 同上书，第 1339 页。

③ （清）浦起龙：《读杜心解》，中华书局 1961 年版，第 822 页。

④ （清）杨伦：《杜诗镜铨》，上海古籍出版社 1962 年版，第 13 页。

⑤ 钱仲联：《韩昌黎诗系年集释》，上海古籍出版社 1984 年版，第 319 页。

“君臣重修德”是平平平仄仄，而“修”字是平声，拗，将重字读成去声，就可以起到救的作用。称 chèn 的相当、符合义《广韵》昌孕切，去声。“细草偏称坐”、“意内称长短”是仄仄平平仄，所以“称”字以去读平（把去声读成平声）。舆，《广韵》许应切，证韵去声。而“乘舆恐未回”是平平仄仄平，“皇极正乘舆”是仄仄仄平平，所以“舆”字以去读平（把去声读成平声）。

## 五　说明诗格、诗体的发展历史

有些注释，不是说明诗歌的格和体，而是涉及其历史发展情况。古代注释通过这种方法，在一个较高的层次统观诗体诗律，帮助读者理解杜诗在整个诗歌史上的重要地位和艺术价值，感受杜甫对诗歌的贡献。

《题张氏隐居二首》仇评：“高棅曰：七言律诗，又五言之变也，在唐以前，沈君攸七言俪句已肇律体，唐初始专此体，沈宋辈精巧相尚。开元初，苏张之流盛矣。盛唐作者不多，而声调最远，品格最高，若崔灏、贾至、王维、岑参，当时各极其妙。至于李颀、高适，当与并驱，未论先后也。少陵七言律法，独异诸家，而篇什亦盛，如《秋兴》诸作，前辈谓其大体浑雄富丽，小家数不可仿佛，诚然。”①

《赠李白》仇评：“胡应麟曰：四言变而《离骚》，《离骚》变而五言，五言变而七言，七言变而律诗，律诗变而绝句，诗之体以代变也。三百篇降而《骚》，《骚》降而汉，汉降而魏，魏降而六朝，六朝降而三唐，诗之格以代降也。……又曰：五七言绝句，盖五言短古、七言短歌之变也。五言短古，杂见汉魏诗中，不可胜数。唐人绝体，实所从来。七言短歌，始于垓下，梁陈以降，作者坌然。第四句之中，二韵互叶，转换既迫，音调未舒。至唐诸子，一变而律吕铿锵，句格稳顺，语半于近体，而意味深长过之。节促于歌行，而咏叹悠永倍之。遂为百代不易之体。又曰：绝句之义，迄无定说，谓截近体首尾或中二联者，恐不足凭。五言绝，起两京，其时未有五言律。七言绝，起四杰，其时未有七言律也。但六朝短古，概目歌行，至唐方曰绝句。又五言律在七言绝前，故先律后

① （清）仇兆鳌：《杜诗详注》，中华书局 1979 年版，第 10 页。

绝耳。"①

《高都护骢马行》仇注：

胡应麟曰：七言古诗，概曰歌行。余漫考之，歌之名义，由来远矣。《南风》、《击壤》兴于三代之前，《易水》、《越人》作于七雄之世，而篇什之盛，无如《骚》之《九歌》，皆七古所始也。汉则《安世》、《房中》、《郊祀》、《鼓吹》，咸系歌名，并登乐府。或四言，上规风雅，或杂调，下仿《离骚》，名义虽同，体裁则异。孝武以还，乐府大演，《陇西》、《豫章》、《长安》、《京洛》、东西门行等，不可胜数，而行之名，于是著焉。较之歌曲，名虽小异，体实大同。至长、短、燕、鞠诸篇，合而一之，不复分别，又总而目之曰相和等歌。则知歌者，曲调之总名，原于上古。行者，歌中之一体，创自汉人，明矣。又曰：今人例以七言长短句为歌行，汉魏殊不尔也。诸歌行，有三言者，《郊祀歌》、《董逃行》之类；四言者，《安世歌》、《善哉行》之类；五言者，《长歌行》之类；六言者，《上留田》、《妾薄命》之类。纯用七字而无杂言，全取平声而无仄韵，则《柏梁》始之，《燕歌》、《白纻》皆此体。自唐人以七言长短为歌行，余皆别类乐府矣。又曰：歌行，兆自《大风》、《垓下》，《四愁》、《燕歌》而后，六代寥寥，至唐大畅。王、杨四子，婉转流丽，李、杜二家，逸宕纵横。又曰：阖辟纵横，变幻超忽，疾雷震电，凄风急雨，歌也。位置森严，筋脉联络，走月流云，轻车熟路，行也。太白多近歌，少陵多近行。又曰：李、杜歌行，扩汉、魏而大之，而古质不及。卢、骆歌行，衍齐梁而畅之，而富丽有余。②

《夏夜李尚书筵送宇文石首联句》题解："仇注：西汉《柏梁台》诗，联句之始。"③

《一百五日夜对月》杨解："按此格起于六朝初，唐人亦多有之。梁

① （清）仇兆鳌：《杜诗详注》，中华书局 1979 年版，第 43—44 页。

② （清）浦起龙：《读杜心解》，中华书局 1961 年版，第 88—89 页。

③ 同上书，第 794 页。

简文《夜听妓诗》：合欢蠲忿叶，萱草忘忧条。如何明月夜，流风拂舞腰。乃此体所托始也，大家偶一用之。”①

## 六　释章法

前面讨论诗格时有些内容已经涉及章法，此节专就诸家解说章法的注释条目进行考查，以期了解章法注释的基本情况。

吴见思《杜诗论文》卷首专门讨论了杜诗的章法。他将章法归纳为如下种类：

> 五、七言律诗：通首一气（八句一气）者、上下四句者、上一句下七句者、上二句下六句者、上六句下二句者、上七句下一句者、前后四句中四句（七律八句三段）者、二句一段者。组诗：一题数首而逐首分咏者、下首而分承上首者、下首而反前首者、下首而解前首者、上首而生出下首者、两首而中间相合者、首尾环应者、首尾相对者。另外有律诗而逐句分承者、绝句而逐句分承者、以文体作诗者、酬句之体、和诗之体、联句之体、咏物而反起者、咏事而借客反收者、以比喻起者、以比喻结者、由近及远随所至而偶吟者。绝句：于律诗中截四句，截前四句、截中四句、截后四句、截前后四句。②

在杜诗注本中，涉及章法解说的内容十分丰富。就四家而言，钱注基本不在章法上耗费精力，但自仇兆鳌始，就已经把解说章法当作诗歌注释的一项重要内容，浦起龙则更以解剖章法为注释首事，杨伦在解释章法上也用力较多。解析章法不仅为了帮助读者理解诗歌，而且可以帮助读者提高诗歌创作能力和鉴赏能力。古代注释章法通常有如下数端：

1. 释单首章法

阐释一首诗中句子群组之间的意义关系和结构关系。引导读者从章法入手理解诗歌意义。

---

① （清）杨伦：《杜诗镜铨》，上海古籍出版社 1962 年版，第 130 页。

② （清）吴见思：《杜诗论文》，四库全书存目丛书本，齐鲁书社 1997 年影印本，集 7，第 20 页。

《郑驸马宅宴洞中》仇注："首句切洞，次句切宴，三四承留客，五六承阴洞，俱属夏时景事。七八驸马公主并收。"① 仇注解析了此诗切题、承说、收尾，帮助读者理解此诗的章法。

《堂成》仇解："起联，言堂之规制面势。中四，记竹木之佳，禽鸟之适，则堂成后景物备矣。末借扬雄自况，以终所赋之意。一起一结，自相照应，此通篇章法也。"② 分析了《堂成》的组织关系，申明章法。

《初冬》仇注："首联双提。三四承次句，言归溪冬景。五六承首句，言在幕情事。末句出处二字，总缩。"③ 解释此诗起、承、结的布置。

《晓发公安》："北城击柝复欲罢，东方明星亦不迟。邻鸡野哭如昨日，物色生态能几时。舟楫眇然自此去，江湖远适无前期。出门转眄已陈迹，药饵扶吾随所之。"仇序："杜律有语承、意承之法，'不迟'承'欲罢'，'几时'承'如昨'，此句承法也。'邻鸡'承'击柝'，以所闻言，'物色'承'明星'，以所见言，此意承法也。"④ 指出杜诗章法有语承法和意承法两种，此诗兼用语承法和意承法，并详细分解了承接关系。

《梦李白二首》其一浦解："首章处处翻写。起四，反势也。说梦先说离，此是定法。中八，正面也。却纯用疑阵。句句喜其见，句句疑其非。末四，觉后也，梦中人杳然矣，偏说其神犹在，偏与叮咛嘱咐，此皆意外出奇。"⑤ 浦注分析《梦李白》第一首的诗料组织关系，并评价了这种章法的优势："意外出奇"。

《水槛遣心二首》其一浦解："一、二，从置槛处起，是首章体。'无村'，槛外即江也，恰接第三。江岸有树，恰接第四。五、六，接江边

① （清）仇兆鳌：《杜诗详注》，中华书局1979年版，第47页。

② 同上书，第735页。

③ 同上书，第1196页。

④ 同上书，第1938页。

⑤ （清）浦起龙：《读杜心解》，中华书局1961年版，第64页。原诗：死别已吞声，生别常恻恻。江南瘴疠地，逐客无消息。故人入我梦，明我长相忆。恐非平生魂，路远不可测！魂来枫叶青，魂返关塞黑。君今在罗网，何以有羽翼。落月满屋梁，犹疑照颜色。水深波浪阔，无使蛟龙得！

写。七、八，应转一二。偏说有‘家’，正使‘无村’益显。”① 解释了此诗的起、接、应转。

《秋日荆南送石首薛明府辞满告别奉寄薛尚书颂德叙怀斐然之作三十韵》浦起龙解：“‘输肝胆’，勖其报效；‘休起予’，谢其存想。两句仍具分收两段之法。”② 解释了“分收两段”的章法。若无此注，读者恐怕一时看不明白。

《登兖州城楼》杨解：“三四承上纵目字写景，五六起下古意字感怀，章法方不呆板。”③ 杨伦分别从颔联和颈联的承启关系，分析了杜诗避免章法呆板的策略，使读者感受到杜甫的诗歌艺术。

《滟滪堆》：“天意存倾覆，神功接混茫。”旁批：“五承四，六承三。”④

《赠左仆射郑国公严公武》杨评：“首叙其家世才品，次段及末段专检大处详叙，至严生平履历，但用数句总叙中间，又一章法。”⑤ 指出杜甫于中间总叙人物生平履历的章法。“又一”二字，说明此非正常章法。

2. 释组诗章法

或释各首之相互关联，或释一首或某句、某几句在组诗中之地位或作用。

《十二月一日三首》仇评：“杜诗凡数章承接，必有相连章法。首章

① （清）浦起龙：《读杜心解》，中华书局1961年版，第419页。原诗：去郭轩楹敞，无村眺望赊。澄江平少岸，幽树晚多花。细雨鱼儿出，微风燕子斜。城中十万户，此地两三家。

② 同上，第799页。原诗：南征为客久，西候别君初。岁满归凫舄，秋来把雁书。荆门留美化，姜被就离居。闻道和亲入，垂名报国馀。连枝不日并，八座几时除。往者胡星孛，恭惟汉网疏。风尘相澒洞，天地一丘墟。殿瓦鸳鸯坼，宫帘翡翠虚。钩陈摧徼道，枪櫐失储胥。文物陪巡守，亲贤病拮据。公时呵猰貐，首唱却鲸鱼。势惬宗萧相，材非一范睢。尸填太行道，血走浚仪渠。滏口师仍会，函关愤已摅。紫微临大角，皇极正乘舆。赏从频峨冕，殊恩再直庐。岂惟高卫霍，曾是接应徐。降集翻翔凤，追攀绝众狙。侍臣双宋玉，战策两穰苴。鉴澈劳悬镜，荒芜已荷锄。向来披述作，重此忆吹嘘。白发甘凋丧，青云亦卷舒。经纶功不朽，跋涉体何如。应讶耽湖橘，常餐占野蔬。十年婴药饵，万里狎樵渔。扬子淹投阁，邹生惜曳裾。但惊飞熠耀，不记改蟾蜍。烟雨封巫峡，江淮略孟诸。汤池虽险固，辽海尚填淤。努力输肝胆，休烦独起予。

③ （清）杨伦：《杜诗镜铨》，上海古籍出版社1962年版，第2页。原诗：东郡趋庭日，南楼纵目初。浮云连海岱，平野入青徐。孤嶂秦碑在，荒城鲁殿馀。从来多古意，临眺独踌躇。

④ 同上书，第634页。

⑤ 同上书，第680页。

结出还京，次章结出下峡，三章又恐终老峡中，皆其布置次第也。”① 仇兆鳌指明三首之间的关系，清楚明白。正因为此，杨伦注本全引此注。②

《秋兴八首》其一仇注：“王嗣奭曰：《秋兴》八章，以第一起兴，而后章俱发隐衷，或起下、或承上、或互发、或遥应，总是一篇文字。又云：首章发兴四句，便影时事，见丧乱凋残景象。后四句，乃其悲秋心事。此一首便包括后七首。而故园心，乃画龙点睛处。至四章故国思，读者当另着眼，易家为国，其意甚远。后面四章，又包括于其中。如人主之荒淫，盛衰倚伏，景物之繁华，人情之佚豫，皆能召乱。平居思之，已非一日，今漂泊于此，止有头白低垂而已。此中情事，不忍明言，不能尽言，人当自得于言外也。”③ 分析了八首之间的意义关联方式，对读者的启发是很大的。

《西枝村寻置草堂地夜宿赞公土室二首》其一浦解：“结四，明未得置草堂地，抵暮回室，为下篇夜宿作引。”其二浦解：“前八，接上篇‘落日’‘多露’来，从夜景叙出回土室之景。中八，喜宿之情。结四，叙去路。与上篇篇首来路作章法。”④ 浦起龙解说了上首与下首的关联，指出上首结尾四句是下首的引子，下首前八句与上首“落日”“多露”相关联，结尾四句照应上首篇首。这样一解释，读者方能看得明白。

《梦李白二首》浦解：“起法，簇前十二句为四句。中八，述其语，揣其情。述语而曰‘局促’、‘风波’，暗从‘无使蛟龙得’来。揣情而曰‘负志’、‘颇悴’，则予怀耿耿，情见乎辞矣。末四，则所谓彼我同声者也。”⑤

《发同谷县》浦解：“此为后十二首之开端。亦如《发秦州》诗，都叙未发将发时情事。但彼则偷起所赴之区，逆探其景。此则只就别去之地，曲道其情。”⑥ 此注对《发同谷县》与《发秦州》二诗的章法进行了对比。认为二首的共同之处是首章承担了后面各章“开端”的任务，不同之处是《发秦州》是未到之时“逆探其景”，而《发同谷县》则是过

---

① （清）仇兆鳌：《杜诗详注》，中华书局1979年版，第1246页。

② （清）杨伦：《杜诗镜铨》，上海古籍出版社1962年版，第580页。

③ （清）仇兆鳌：《杜诗详注》，中华书局1979年版，第1485页。

④ （清）浦起龙：《读杜心解》，中华书局1961年版，第60页。

⑤ 同上书，第65页。

⑥ 同上书，第82页。

后抒情。

《鹿头山》浦解："起处忽与上篇作钩连体，又立论正复相发，作法又变。"① 指出此处使用"钩连"章法，与上首《剑门》诗在立论上互相引发。

《乾元中寓居同谷县作歌七首》其一浦解："一歌，诸歌之总萃也。首句，点清'客'字。'白头'、'肉死'，所谓通局宗旨，留在末章应之。其'拾橡栗'，则二歌之家计也。'天寒''山谷'，则五歌之流寓也。'中原无书'，则三歌四歌之弟妹也，'归不得'，则六歌之值乱也。结独逗一'哀'字、'悲'字，则以后诸歌，不复言悲哀，而声声悲哀矣。故曰诸歌之总萃也。"② 分析了首章与后章的内容关联，指出首章是后六章的"总萃"。此注还对这种章法的审美效果进行了评价："不复言悲，而声声悲哀。"

《绝句三首》浦解："首章，先明欲去之怀。次章，就本地流连停顿。卒章，本欲去矣，却以风狂暂阻。故作一跌。绰有别致。"③ 指明章法并高度评价。

《曲江三章章五句》其二杨伦眉批："此首接上起下。"④ 点明第二首在五首中的结构作用。

《陪郑广文游何将军山林十首》其三："十首全写山林，便觉呆板，忽咏一物，忽忆旧游，自是连章错落法。"⑤ 指出十首所用的是"连章错落法"。

《承闻故房相公灵榇自阆州启殡归葬东都，有作二首》杨评："前首倒从归葬东都说到阆州，次首从自阆州起殡说到归葬，亦用首尾回环。"⑥ 指出两首诗"首尾回环"的章法。

《夔州歌十绝句》其三眉批："此首作开笔，领起下四首。"⑦

注本解释章法，有时候也有与一般表达次序的对比讨论，让读者从中

① （清）浦起龙：《读杜心解》，中华书局1961年版，第88页。

② 同上书，第262页。

③ 同上书，第828页。

④ （清）杨伦：《杜诗镜铨》，上海古籍出版社1962年版，第44页。

⑤ 同上书，第64页。

⑥ 同上书，第574页。

⑦ 同上书，第636页。

体会杜诗章法的佳处。如：

《腊日》仇注："顾注：腊祭自应会饮，况当恩泽下颁之日，下四用倒插，乃归重感恩意。若先将口脂、翠管作联，散朝、纵酒作结，便觉板实少致。"①

《奉济驿重送严公四韵》仇注："黄生曰：……三四言后会无期，而往事难再。语用倒挽，方见曲折。若提昨夜句在前，便直而少致矣。"②

这一节的内容，联系到唐五代时的"诗格"理论，但杜诗注释中并未如数使用唐五代诗格理论中的全部术语。如释借对，注释者没有使用《唐朝新定诗格》"九对"第四、五条之"字对"、"声对"术语。彼两条曰："字对者，谓义别字对是。""声对者，谓字义俱别，声作对是。"根据其所举例，正是借对。至皎然《诗议》，出现假对之名。白居易《金针诗格》又称作"借声字对"，僧景淳《诗评》又具体称之为"假色对"和"假数对"。这说明：第一，唐五代的诗格理论还不是成熟的诗论，主要表现在名目不统一，体系不完备。对某一诗法术语，解释很简略，更没有系统地阐述。拿最为详备的皎然的《诗式》来说，涉及具体诗篇的论述，却没有对诗歌对仗的讨论。从言说方式来说，还只是简单归纳的拾零笔记形式，非论说体式。第二，自从诗话体著作兴起，诗格体著作不再被后世重视，直到清人注唐诗时，其影响力显然已经淡出诗论领域。大量的诗话著作以其相对精到的论述、自由表达的姿态、富于创见的解剖，显示出更加强烈的理论性，刷新了诗格理论的阐述体例，从而成功地取代了诗格，成为更加受人喜爱的诗论范式。因此古代注释唐诗时，给予诗话著作以较多的关注，而冷淡了唐五代的诗格著作。第三，古代注释的目的是探求诗人之意，不以诗歌理论的建树为务，所以即便涉及诗格理论的范围，也不会远涉唐五代的诗论著作，而是取名于诗界认可的术语。这当然是学术发展的必然结果，不能责全备于前代。唐五代的诗格理论被认可和继承下来的术语也还是很多的，可

① （清）仇兆鳌：《杜诗详注》，中华书局 1979 年版，第 426 页。原诗：腊日常年暖尚遥，今年腊日冻全消。侵凌雪色还萱草，漏泄春光有柳条。纵酒欲谋良夜醉，归家初散紫宸朝。口脂面药随恩泽，翠管银罂下九霄。

② 同上书，第 916 页。原诗：远送从此别，青山空复情。几时杯重把，昨夜月同行。列郡讴歌惜，三朝出入荣。江村独归处，寂寞养残生。

见其草创之功。

## 第七节　释章法的术语

仇兆鳌在为《送孔巢父谢病归游江东兼呈李白》一诗作注时引用范梈语，提到了分段、过段、突兀、字贯、赞叹、再起、归题、送尾诸种章法术语，可能是前人对传统诗歌章法的认识和总结。但清人注释中并没有完全按照范梈使用的术语来解说章法。注释者使用的术语相当丰富也相当零乱。仅四家注中，就有如下多种：点、提、提掇、笼、包、兜、绾、收、束、起、领、引、兴、应、呼应、顾、顶、冒、带、挑、逗、拖、申、根、伏、剔、蹑、摄、度、渡、贴、黏、合、拈、蒙、承、接、因、了、切、撇、反、解、还、关生、映切、张本、转、过脉、波折、作地、为…作引、与…作章法、相间成章等等。

这些术语显得十分庞杂，在使用上也不均衡，且不同的注者使用术语各有喜好。如钱谦益基本上不涉及诗歌的章法，偶有涉及，也没有成系统的表达术语。仇兆鳌、浦起龙、杨伦解说章法较多，使用章法术语有一定的一致性，但仍有很大差异。仇兆鳌侧重展示杜甫诗歌的“无一字无来处”，兼重章法。杨伦注重诗歌的批评鉴赏，所以对章法的关注不如浦起龙多。浦注的注释重点似乎就在章法分析，大多数术语都可在其注文中见到。因为这些原因，此节所举例句，大多出于浦注和仇注。

释章法的术语可分为三类：指向下文的术语、指向上文的术语、不定方向的术语。

### 一　指向下文的术语

指向下文的术语有：起、领、引、兴、提、冒、伏、张本、度（渡）、作地。举例如下：

**起**

起是开端、发起。

《赠李十五丈别》浦解："'南入'，起汧公。"① "汧公"即下句"汧公制方隅，迥出诸侯先"之"汧公"。

《八哀诗·故右仆射相国张公九龄》浦解："'碣石峥嵘'陪起'天池蛙黾'，指出当时内外蘖芽，语义只作'当是时'三字解。"② "碣石岁峥嵘，天地日蛙黾。"是全诗的第十一、十二句。

《舟中苦热遣怀奉呈阳中丞通简台省诸公》浦解："'数公子'，带说诸公，意在刺杨沮兵，故以'同声''激懦'跌起。"③ 注文指的是全诗第三十一至三十四句："驱驰数公子，咸愿同伐叛。声节哀有余，夫何激衰懦。"

《鹿头山》浦解："'仗钺'二句，呼起下文'冀公'抚蜀。"④

《有感五首》其四浦解："'制诏'，直起'封建'。"⑤

《江亭王阆州筵饯萧遂州》浦解："（三、四）起下'宠饯'，故以'歌声'、'舞曲'铺张之。"⑥

《陪裴使君登岳阳楼》："湖阔兼云雾，楼孤属晚晴。礼加徐孺子，诗接谢宣城。雪岸丛梅发，春泥百草生。敢违渔父问，从此更南征。"浦解："黄生云：一、二，目前景，所以兴三、四。五、六，意中景，所以起七、八。"⑦

《将赴成都草堂途中有作先寄严郑公五首》其一浦解："起联，提清眉眼，与末章之结相呼应，乃五首总起也。"⑧ 起联是："得归茅屋赴成都，直为文翁再剖符。"末章之结是："共说总戎云鸟阵，不妨游子

---

① （清）浦起龙：《读杜心解》，中华书局1961年版，第143页。

② 同上书，第159页。

③ 同上书，第220页。

④ 同上书，第89页。原诗：鹿头何亭亭，是日慰饥渴。连山西南断，俯见千里豁。游子出京华，剑门不可越。及兹险阻尽，始喜原野阔。殊方昔三分，霸气曾间发。天下今一家，云端失双阙。悠然想扬马，继起名硉兀。有文令人伤，何处埋尔骨。纡馀脂膏地，惨澹豪侠窟。仗钺非老臣，宣风岂专达。冀公柱石姿，论道邦国活。斯人亦何幸，公镇逾岁月。

⑤ 同上书，第457页。原诗：丹桂风霜急，青梧日夜凋。由来强干地，未有不臣朝。受钺亲贤往，卑宫制诏遥。终依古封建，岂独听箫韶。

⑥ 同上书，第468页。原诗：离亭非旧国，春色是他乡。老畏歌声断，愁随舞曲长。二天开宠饯，五马烂生光。川路风烟接，俱宜下凤凰。

⑦ 同上书，第584页。

⑧ 同上书，第635页。

芰荷衣。”

《咏怀古迹五首》其一：“支离东北风尘际，飘泊西南天地间。三峡楼台淹日月，五溪衣服共云山。羯胡事主终无赖，词客哀时且未还。庾信平生最萧瑟，暮年诗赋动江关。”浦解：“‘且未还’，起‘萧瑟’。”①

《奉送魏六丈佑少府之交广》：“虚思黄金贵，自笑青云期。”上句旁批：“起季子。”下句旁批：“起长卿。”② 季子、长卿指下两联：“长卿久病渴，武帝元同时。季子黑貂敝，得无妻嫂欺。”

**领**

领是先行表达、预述、总言、标举某意。

《龙门阁》浦解：“起四，领清。”③“清”指首句“清江下龙门”中的“清”字，这四句以清字起，所表现的也是一个“清”字。

《除草》浦解：“起四句总领。‘曾何生阻修’言何尝尽在辽远，虽肘腋间亦有之。‘毒甚蜂虿’领去之贵速。‘多弥道周’领去之贵尽。”④ 去之贵速指的是下文“芒刺在我眼，焉能待高秋。”去之贵尽指的是“芟夷不可阙，疾恶信如仇。”

《陪王侍御同登东山最高顶宴姚通泉晚携酒泛江》浦解：“起四句，总领大意。”⑤

《垂白》浦解：“‘独移时’三字领下，‘多难’、‘无家’，皆‘独移时’中所感者。”⑥

《夔府书怀四十韵》浦解：“以‘河西尉’领遇之穷，以‘蓟北师’领乱之始也。”⑦

《寄司马山人十二韵》起四句：“关内昔分袂，天边今转蓬。驱驰不可说，谈笑偶然同。”杨伦眉批：“四句总领大意。”⑧

---

① （清）浦起龙：《读杜心解》，中华书局1961年版，第657页。

② （清）杨伦：《杜诗镜铨》，上海古籍出版社1962年版，第998页。

③ （清）浦起龙：《读杜心解》，中华书局1961年版，第85页。

④ 同上书，第118页。

⑤ 同上书，第281页。

⑥ 同上书，第503页。原诗：垂白冯唐老，清秋宋玉悲。江喧长少睡，楼迥独移时。多难身何补，无家病不辞。甘从千日醉，未许七哀诗。

⑦ 同上书，第766页。

⑧ （清）杨伦：《杜诗镜铨》，上海古籍出版社1962年版，第522页。

**引**

是暗示、导向。

《西枝村寻置草堂地夜宿赞公土室二首》其一浦解："结四，明未得置草堂地，抵暮回室，为下篇夜宿作引。"①

《写怀二首》其二浦解："起四，以夜引晓。"②

《吹笛》浦解："三、四，分承风月，以申'巧作'，而'律吕''风'，反挑寇乱，'关山''月'正引家乡，暗为下四分领。"③

《夔府书怀四十韵》："昔罢河西尉，初兴蓟北师。"浦解："又首二句，直为全篇引端。"④

**兴**

是为后面的表达烘托气氛或奠定情调。

《写怀二首》其二浦解："'群生''飞动'，兴下'驱儿''为私'，即前篇'采药'等事。"⑤

《折槛行》浦解："以'房、魏'兴后半，以'学士'兴次联也。"⑥

《陪裴使君登岳阳楼》黄生注："一、二，目前景，所以兴三、四。"⑦

《春日梓州登楼二首》仇注："此章登楼而兴羁旅之感。"⑧

《晚晴》仇注："鸟兽逢秋而自得，兴己之久客未归。"⑨

《送殿中杨监赴蜀见相公》仇注："上二兴下聚散，别离二句承聚，

---

① （清）浦起龙：《读杜心解》，中华书局1961年版，第60页。"结四"指上首末"卜居意未展，杖策回且暮。层巅余落日，早蔓已多露。"

② 同上书，第188页。

③ 同上书，第656页。

④ 同上书，第766页。

⑤ 同上书，第188页。"群生""飞动"指"群生各一宿，飞动自俦匹。""驱儿""为私"指"吾亦驱其儿，营营为私实"。

⑥ 同上书，第305页。呜呼房魏不复见，秦王学士时难羡。青衿胄子困泥涂，白马将军若雷电。千载少似朱云人，至今折槛空嶙峋。娄公不语宋公语，尚忆先皇容直臣。

⑦ （清）黄生：《杜诗概说》，《杜工部诗说》（清康熙三十五年一木堂刻本）《四库全书存目丛书》，齐鲁书社1997年影印本，集5，第408页。

⑧ （清）仇兆鳌：《杜诗详注》，中华书局1979年版，第970页。

⑨ 同上书，第1332页。

送子二句承散。”①

**提**

提是提起、提出、统摄。在注中常有不同的具体表达式，如“提掇”、“分提”、“反提”、“提笔”等。

《夔府书怀四十韵》：“扈圣崆峒日，端居滟滪时。”仇注：“扈圣端居，又作一提。”②

《草阁》：“草阁临无地，柴扉永不关。”仇注：“首联提草阁，三四草阁夜景，下则对景而感飘泊也。”③

《四松》浦解：“‘及兹慰’者，及‘故林’‘始归’而自慰。二句勾上搭下，又是提掇。”④

《壮游》浦解：“‘崆峒杀气’、‘少海旌旗’，分提下两联也，朱注谓是东西皆兵，混甚。”⑤

《催宗文树鸡栅》浦解：“开首四句一顿，以畏动而少休，反提篇末意。”⑥

《听杨氏歌》浦解：“‘满堂’二句，提笔。”⑦

《郑典设自施州归》浦解：“‘气合无险僻’一语，提掇有力。下两联，一险一僻束住。”⑧

《送顾八分文学适洪吉州》浦解：“次段‘外声利’是提笔。”⑨

《入奏行赠西山检察使窦侍御》浦解：“‘疏通合典’总括莅官，‘豪

① （清）仇兆鳌：《杜诗详注》，中华书局1979年版，第1342页。“上二”指首联：“去水绝还波，泄云无定姿。”“聚散”指次联：“人生在世间，聚散亦暂时。”“别离二句”指第三联：“离别重相逢，偶然岂足期。”“送子二句”指第四联：“送子清秋暮，风物长年悲。”

② （清）仇兆鳌：《杜诗详注》，中华书局1979年版，第1420页。

③ 同上书，第1468页。

④ （清）浦起龙：《读杜心解》，中华书局1961年版，第114页。注文所指为原诗第13—18句：“敢为故林主，黎庶犹未康。避贼今始归，春草满空堂。览物叹衰谢，及兹慰凄凉。”

⑤ 同上书，第162页。注文涉及的是原诗第77—82句：“崆峒杀气黑，少海旌旗黄。禹功亦命子，涿鹿亲戎行。翠华拥吴岳，螭虎噉豺狼。”

⑥ 同上书，第136页。

⑦ 同上书，第167页。指原诗3、4句：“满堂惨不乐，响下清虚里。”

⑧ 同上，第186页。“气合无险僻”是原诗第8句，下两联是：“攀援悬根木，登顿入天石。青山自一川，城郭洗忧戚。”

⑨ 同上书，第193页。“外声利”指原诗第18句“萧疏外声利”。

贵耽儒’暗伏交谊。二句隐然分提下两段矣。”①

《丹青引赠曹将军霸》浦解：“析言之，则‘开元’八句，叙奉诏重画功臣。四总提，四分写、抽写也。”②

《野望》浦解：“‘三城戍’，提忧国。‘万里桥’，提思家。”③

《奉待严大夫》浦解：“一、二，分提。”④

《寄常征君》浦解：“‘晚节傍风尘’五字，一篇提掇。”⑤“晚节傍风尘”是首联末五字。

《夔府书怀四十韵》浦解：“‘血流’、‘涕洒’，提祸乱忽兴。”⑥

《寄彭州高三十五使君适虢州岑二十七长史参三十韵》：“故人何寂寞，今我独凄凉。”杨伦旁批：“双提。”⑦

**冒**

冒是总括后面内容。大多数情况下属名词词性，有时候用作动词。

《咏怀古迹五首》仇兆鳌题解：“首章前六句，先发己怀，亦五章之总冒。”⑧

《敬寄族弟唐十八使君》浦解：“起段，叙两家谱系，并表唐君品概，作一冒。”⑨

---

① （清）浦起龙：《读杜心解》，中华书局1961年版，第280页。注文指原诗第9、10句：“政用疏通合典则，戚联豪贵耽文儒。”

② 同上书，第290页。“开元”八句指原诗9—16句：“开元之中常引见，承恩数上南熏殿。凌烟功臣少颜色，将军下笔开生面。良相头上进贤冠，猛将腰间大羽箭。褒公鄂公毛发动，英姿飒爽来酣战。”

③ （清）浦起龙：《读杜心解》，中华书局1961年版，第624页。原诗：西山白雪三城戍，南浦清江万里桥。海内风尘诸弟隔，天涯涕泪一身遥。惟将迟暮供多病，未有涓埃答圣朝。跨马出郊时极目，不堪人事日萧条。

④ 同上书，第634页。注文涉及的是首联：“殊方又喜故人来，重镇还须济世才。”

⑤ 同上书，第643页。

⑥ 同上，第766页。原诗第十二联：血流纷在眼，涕洒乱交颐。

⑦ （清）杨伦：《杜诗镜铨》，上海古籍出版社1962年版，第271页。

⑧ （清）仇兆鳌：《杜诗详注》，中华书局1979年版，第1499页。首章前六句指：“支离东北风尘际，漂泊西南天地间。三峡楼台淹日月，五溪衣服共云山。羯胡事主终无赖，词客哀时且未还。”

⑨ （清）浦起龙：《读杜心解》，中华书局1961年版，第192页。“起段”：“与君陶唐后，盛族多其人。圣贤冠史籍，枝派罗源津。在今气磊落，巧伪莫敢亲。介立实吾弟，济时肯杀身。”

《洗兵马》浦解：“细绎之，则首段仍是全局总冒。”①

《秋日夔府咏怀奉寄郑监审李宾客之芳一百韵》浦解：“首段，领在夔咏怀大意。是一诗总冒。”②

《暮春江陵送马大卿公恩命追赴阙下》浦解：“起四句，本以浑然称许之词作冒。而音节遒上，便能隐对朝命，振唤灵动。”③

**伏**

伏是埋下话题、伏笔。

《北征》仇注：“首节北征问家，乃身上事，伏第三、四段。次节恐君遗失，乃意中事，伏五、六、七段。”④

《古柏行》仇注：“大厦四句，伏下材大难用。”⑤

《寄薛三郎中璩》浦解：“此一段申上‘我滞江滨’，‘子客荆州’伏下‘病不能起，健勿逡巡’，乃诗腹也。”⑥

《秋日夔府咏怀奉寄郑监审李宾客之芳一百韵》浦解：“‘剑鸣’、‘船系’，伏下峡之脉。”“‘两京犹薄产’，伏后不得北归一段。‘四海绝随肩’，伏后欲就两公一段。”⑦

---

① （清）浦起龙：《读杜心解》，中华书局1961年版，第258页。首段：“中兴诸将收山东，捷书夜报清昼同。河广传闻一苇过，胡危命在破竹中。只残邺城不日得，独任朔方无限功。京师皆骑汗血马，回纥馁肉葡萄宫。已喜皇威清海岱，常思仙仗过崆峒。三年笛里关山月，万国兵前草木风。”

② 同上，第775页。首段：“绝塞乌蛮北，孤城白帝边。飘零仍百里，消渴已三年。雄剑鸣开匣，群书满系船。乱离心不展，衰谢日萧然。筋力妻孥问，菁华岁月迁。登临多物色，陶冶赖诗篇。”

③ 同上，第791页。“起四句”：“自古求忠孝，名家信有之。吾贤富才术，此道未磷缁。”

④ （清）仇兆鳌：《杜诗详注》，中华书局1979年版，第405页。“北征问家”指3、4句：“杜子将北征，苍茫问家室。”“恐君遗失”指11、12句：“虽乏谏诤姿，恐君有遗失。”

⑤ 同上，第1360页。“大厦四句”指：“大厦如倾要梁栋，万牛回首丘山重。不露文章世已惊，未辞剪伐谁能送。”“材大难用”指此诗末联：“志士幽人莫怨嗟，古来材大难为用。”。

⑥ （清）浦起龙：《读杜心解》，中华书局1961年版，第169页。“此一段”指第13－30句：“峡中一卧病，疟疠终冬春。春复加肺气，此病盖有因。早岁与郑苏，痛饮情相亲。二公化为土，嗜酒不失真。余今委修短，岂得恨命屯。闻子心甚壮，所过信席珍。上马不用扶，每扶必怒嗔。赋诗宾客间，挥洒动八垠。乃知盖代手，才力老益神。”“我滞江滨、子客荆州”指11、12句：“子尚客荆州，我亦滞江滨。”“病不能起，健勿逡巡”指49、50句：“余病不能起，健者勿逡巡。”

⑦ 同上，第775页。“剑鸣、船系”指5、6句：“雄剑鸣开匣，群书满系船。”“两京犹薄产，四海绝随肩。”是全诗第31、32句。

**张本**

张本就是展开局面、打好基础。

《送元二适江左》："晋室丹阳尹，公孙白帝城。"仇注："吴注：肃宗时，节镇跋扈，大有苏峻僦扰石头、子阳负险称帝气象。先伏此二句，正为'莫论兵'张本。"①

《赠司空王公思礼》第三节："晓达兵家流，饱闻《春秋》癖。胸襟日沉静，肃肃自有适。"仇兆鳌小序："此乃重叙将略，为下文张本。"②

《牵牛织女》浦解："'新装'，旧云指织女，要非死句也。盖设祀多属女郎事，故特用'新装'、'龙驾'等字，摩出女郎意想之痴态，恰与'未嫁女'应切，为篇末张本。"③

《洗兵马》浦解："先言邺即捷，贼即清，以预为欣动。而'常思仙杖'、'笛月''兵风'等句，便是图治张本。"④

《课小竖锄斫舍北果林枝蔓荒秽净讫移床三首》浦解："其写意处，'防敌'、'独吟'为次章张本。'云'共'无心'，为末章张本。"⑤

**度、渡**

就是过渡。

《聂耒阳以仆阻水书致酒肉疗饥荒江诗得代怀兴尽本韵至县呈聂令陆路去方田驿四十里舟行一日时属江涨泊于方田》浦解："四言身惭'猿''鹤'，以度聂馈。"⑥

《秋日夔府咏怀奉寄郑监审李宾客之芳一百韵》浦解："'南内'四

---

① （清）仇兆鳌：《杜诗详注》，中华书局1979年版，第1033页。"莫论兵"指末联："经过自爱惜，取次莫论兵。"

② 同上书，第1375页。

③ （清）浦起龙：《读杜心解》，中华书局1961年版，第134页。"新装、龙驾"指第9、10句："亭亭新妆立，龙驾具层空。""未嫁女"指第23、24句："嗟汝未嫁女，秉心郁忡忡。"

④ 同上书，第258页。指第9—12句："已喜皇威清海岱，常思仙仗过崆峒。三年笛里关山月，万国兵前草木风。"

⑤ 同上书，第549页。"防敌、独吟"指第一首第三联："山雉防求敌，江猿应独吟。""云、无心"指第四联："泄云高不去，隐几亦无心。"

⑥ 同上书，第219页。"四"指第13—16句："孤舟增郁郁，僻路殊悄悄。侧惊猿猱捷，仰羡鹳鹤矫。"

句，本申在夔接宴。而即借筵上梨园旧人，蓦渡京华也。"①

《七月三日亭午以后校热退晚加小凉稳睡有诗因论壮年乐事戏呈元二十一曹长》："萧萧紫塞雁。"杨伦旁批："借景渡下。"②

**作地**

作地就是做好铺垫。

《丹青引赠曹将军霸》浦解："起四句，两层抑扬，总为下文四段作地。"③

## 二　指向上文的术语

指向上文的术语有：承、应、顶、兜、绾、收、束、了、合、顾、反、还、申、蹑、贴、黏。举例如下：

**承**

《云山》仇注："旧以作赋句承京洛，因班固作《两都赋》、张衡作《两京赋》故也。其说似迂。"④

《恨别》："草木变衰行剑外，兵戈阻绝老江边。"仇注："行剑外，承四千里。老江边，承五六年。"⑤"四千里"、"五六年"指首联："洛城一别四千里，胡骑长驱五六年。"

《催宗文树鸡栅》浦解："'其流'二句，美其德，承'不昧'，收还蓄鸡之故。"⑥

《雨不绝》："鸣雨既过细雨微，映空摇飏如丝飞。阶前短草泥不乱，院里长条风乍稀。"浦解："三、四，承'如丝'。"⑦

《小寒食舟中作》题解："三、四，俱承次句写出。朱翰谓分承上二，

① （清）浦起龙：《读杜心解》，中华书局1961年版，第775页。"南内"四句：南内开元曲，常时弟子传。法歌声变转，满座涕潺湲。

② （清）杨伦：《杜诗镜铨》，上海古籍出版社1962年版，第617页。

③ （清）浦起龙：《读杜心解》，中华书局1961年版，第290页。起四句：将军魏武之子孙，于今为庶为清门。英雄割据虽已矣，文彩风流今尚存。

④ （清）仇兆鳌：《杜诗详注》，中华书局1979年版，第749页。

⑤ 同上书，第772页。

⑥ （清）浦起龙：《读杜心解》，中华书局1961年版，第137页。"其流"指第31、32句："其流则凡鸟，其气心匪石。""不昧"指第29、30句："不昧风雨晨，乱离减忧戚。"

⑦ 同上书，第667页。

非也。"①

《夔府书怀四十韵》浦解："'翠华远'，承'遂阻'。'白首凄'，承'常怀'。'林滞'、'酒欺'，承'远矣'。'文园'、'汉阁'，承'凄其'。"②

《得舍弟消息二首》其二："浪传乌鹊喜，深负鹡鸰诗。"上句杨伦旁批"承一"下句旁批"承二"。③

《承闻故房相公灵榇自阆州启殡归葬东都有作二首》杨评："中四句又各暗用分承，意到而情更切挚。"④

**应**

解释诗歌内容之间的照应回护关系。有时使用"呼应"。

《后游》仇注："末联与前章互应，盖思家则生愁，睹景则销愁也。"⑤

《江亭》仇注："末句应上'长吟'。"⑥

《送韦十六评事充同谷防御判官》浦解："'文儒''愤激'，应'气横九州'。注家指公自谓，非。'中原格斗'，应'偪侧兵马'。'岂料沉浮'，应'王事去留'。'恋友''握手'，应'昔时''同游'。"⑦

---

① （清）浦起龙：《读杜心解》，中华书局1961年版，第681页。原诗：佳辰强饮食犹寒，隐几萧条戴鹖冠。春水船如天上坐，老年花似雾中看。娟娟戏蝶过闲幔，片片轻鸥下急湍。云白山青万余里，愁看直北是长安。

② 同上书，第766页。此处所议是原诗第9—18句："遂阻云台宿，常怀湛露诗。翠华森远矣，白首飒凄其。拙被林泉滞，生逢酒赋欺。文园终寂寞，汉阁自磷缁。病隔君臣议，惭纡德泽私。"

③ （清）杨伦：《杜诗镜铨》，上海古籍出版社1962年版，第129页。一、二指首联："汝懦归无计，吾衰往未期。"

④ 同上书，第574页。"中四句"指：其二第3—6句："风尘终不解，江汉忽同流。剑动亲身匣，书归故国楼。"

⑤ （清）仇兆鳌：《杜诗详注》，中华书局1979年版，第787页。末句指"回首一颦眉"，"长吟"指第二句"长吟野望时"。

⑥ 同上书，第801页。

⑦ （清）浦起龙：《读杜心解》，中华书局1961年版，第35—36页。注文是说第37、38句："伤哉文儒士，愤激驰林丘。"应第8句"老气横九州"；第39句"中原正格斗"应第5句"偪侧兵马间"；第42句"岂料沉与浮"应第4句"王事有去留"；第43、44句："且复恋良友，握手步道周。"应第1、2句："昔没贼中时，潜与子同游。"

《瘦马行》浦解：“‘恐是’正与‘细看’呼应。”①

《洗兵马》浦解：“至结处‘淇上’四句，又兜转围邺之事，遥应发端。”②

《小寒食舟中作》题解：“其曰首尾暗应者，‘云白山青’应‘佳辰’，‘愁看直北’应‘隐几’也。”③“首尾暗应”指朱瀚注本中“首尾又暗相照应”的注语。

《清明二首》其二：“此身漂泊苦西东，右臂偏枯半耳聋。寂寂系舟双下泪，悠悠伏枕左书空。”浦解：“仇注：左书空，应右臂枯。”④

《高都护骢马行》：“青丝络头为君老，何由却出横门道。”杨伦旁批：“应‘向东’句。”⑤

《寄岑嘉州》末句：“赠子云安双鲤鱼。”杨伦旁批：“应素书。”⑥“素书”指首联次句“不道故人无素书”。

**顶**

顶是承接、支撑。

《与严二郎奉礼别》：“别君谁暖眼，将老病缠身。出涕同斜日，临风看去尘。”仇注：“斜日，顶老。去尘，顶别。”⑦

《水槛遣心二首》其二：“蜀天常夜雨，江槛已朝晴。叶润林塘密，衣干枕席清。”仇注：“叶润承雨，衣干顶晴。”⑧

《赠李十五丈别》浦解：“‘玄成’、‘子山’，即顶壮笔。”⑨“壮笔”

---

① （清）浦起龙：《读杜心解》，中华书局1961年版，第253页。“恐是”指第12句“惆怅恐是病乘黄”；“细看”指第5句“细看六印带官字”。

② 同上书，第258—259页。“淇上”四句指末4句：“淇上健儿归莫懒，城南思妇愁多梦。安得壮士挽天河，净洗甲兵长不用。”

③ 同上书，第681页。注谓第7句“云白山青万余里”应首句“佳辰强饮食犹寒”；第8句“愁看直北是长安”应次句“隐几萧条戴鹖冠”。

④ 同上书，第822页。

⑤ （清）杨伦：《杜诗镜铨》，上海古籍出版社1962年版，第29页。“向东”句指第2句“声价欻然来向东”。

⑥ 同上书，第590页。

⑦ （清）仇兆鳌：《杜诗详注》，中华书局1979年版，第1048页。

⑧ 同上书，第812页。

⑨ （清）浦起龙：《读杜心解》，中华书局1961年版，第143页。

指“玄成”句前“扬论展寸心，壮笔过飞泉。”中之“壮笔”。

《壮游》浦解：“‘命子’、‘戎行’，顶‘少海’句，正言广平为元帅耳。”“‘吴岳’、‘螭虎’，顶‘崆峒’句，明言西师来会凤翔耳。”①

《八哀诗·故右仆射相国张公九龄》浦解：“下用侧顶，言退食之余，岂复容心倾轧；而谗口可畏，兼惧悍帅养骄。”②

《有感五首》其四浦解：“‘授钺’，暗顶‘不臣’。”③

《从驿次草堂复至东屯茅屋二首》其二：“三四言饱餐逐兽，正顶‘强此身’来。”④

《野望》浦解：“三、四，顶次句，思家之切也。五、六，顶首句，忧国之忱也。”⑤

《秋日夔府咏怀奉寄郑监审李宾客之芳一百韵》：“拂云霾楚气，朝海蹴吴天。”浦解上句：“顶岩树。”下句：“顶峡江。”⑥

**兜**

是收拢相接的意思。

《洗兵马》浦解：“至结处‘淇上’四句，又兜转围邺之事，遥应发端。”⑦

《宴王使君宅题二首》其一浦解：“七、八，由我及彼，逆势双兜，言外见我则已矣，君亦长此废弃耶！神味悠然。”⑧

《严中丞枉驾见过》浦解：“（‘任流萍’）以下径单顶‘任流萍’，直

---

① （清）浦起龙：《读杜心解》，中华书局1961年版，第162页。注谓第79、80句：“禹功亦命子，涿鹿亲戎行。”顶第78句：“少海旌旗黄”；第81、82句：“翠华拥吴岳，螭虎噉豺狼。”顶第77句“崆峒杀气黑”。

② 同上书，第159页。

③ 同上书，第457页。注文是说第5句“受钺亲贤往”顶第4句“未有不臣朝”。

④ 同上书，第554页。三四指：“山家蒸栗暖，野饭谢麋新。”“强此身”指第2句“衰年强此身”。

⑤ 同上书，第624页。原诗：西山白雪三城戍，南浦清江万里桥。海内风尘诸弟隔，天涯涕泪一身遥。惟将迟暮供多病，未有涓埃答圣朝。跨马出郊时极目，不堪人事日萧条。

⑥ 同上书，第772页。“岩树”指第14句“岩排古树圆”，“峡江”指第13句“峡束沧江起”。

⑦ 同上书，第258—259页。

⑧ 同上书，第580页。七八指：“不才甘朽质，高卧岂泥蟠。”

至结句‘何人’字，暗兜‘元戎’。”①

**绾**

绾就是绾合、总结。

《初冬》仇兆鳌小序：“末句出处二字，总绾。”②

《过客相寻》仇注：“黄生注：移框果，亦呼儿为之，以下句绾上句，与‘次第寻书札，呼儿觅赠诗’一例解。”③

《奉赠太常张卿垍二十韵》浦解：“后十六句，自叙双绾。”④

**收、束、收束**

皆是收拢、归结的意思。“束”多用于对局部数句的总括，“收”多用于对全篇的归结。

《渼陂西南台》：“怀新目似击，接要心已领。”仇注：“目击心领，束上起下。”⑤

《杜鹃行》仇注：“此章前二段各八句，末段五句收。”⑥

《八哀诗·赠司空王公思礼》浦解：“此篇四句起，四句结。中间凡三次叙功，各入赞语作收束。”⑦

《写怀二首》其一浦解：“‘非关’二句，总束‘生命’‘忘情’。末四，收全篇。”⑧

《洗兵马》浦解：“至结处‘淇上’四句，又兜转围邺之事，遥应发端。警之祝之，仍是全局总收也。”⑨

《陪郑广文游何将军山林十首》其一浦解：“先山林，次广文，次陪

---

① （清）浦起龙：《读杜心解》，中华书局1961年版，第626页。原诗：元戎小队出郊坰，问柳寻花到野亭。川合东西瞻使节，地分南北任流萍。扁舟不独如张翰，白帽还应似管宁。寂寞江天云雾里，何人道有少微星。

② （清）仇兆鳌：《杜诗详注》，中华书局1979年版，第1196页。

③ 同上书，第1633页。

④ （清）浦起龙：《读杜心解》，中华书局1961年版，第703页。

⑤ （清）仇兆鳌：《杜诗详注》，中华书局1979年版，第183页。

⑥ 同上书，第753页。

⑦ （清）浦起龙：《读杜心解》，中华书局1961年版，第145页。

⑧ 同上书，第187页。指原诗第11—12句“全命甘留滞，忘情任荣辱”和第19—20句“非关故安排，曾是顺幽独”。

⑨ 同上书，第258—259页。“淇上”四句指全诗末四句：淇上健儿归莫懒，城南思妇愁多梦。安得壮士挽天河，净洗甲兵长不用。

游，而总括之以‘幽兴’两字。既收本首，亦领诸首也。”①

《大历三年春，白帝城放船出瞿唐峡，久居夔府，将适江陵，漂泊有诗，凡四十韵》浦解：“‘绝岛’二句，束平川，起都邑。”②

《寄岳州贾司马六丈、巴州严八使君两阁老五十韵》：“陇外翻投迹，渔阳复控弦。……亲故行稀少，兵戈动接联。……失侣自迍邅。”杨伦眉批：“‘控弦’‘兵戈’，收前讨胡奉使一段意。‘亲故’‘失侣’，收前禁掖朋从一段意。末乃宾主并收，自叹而望人也。”③

**合**

合即起承转合之合，是收拢之意。

《铜瓶》仇注：“突起一句，随手撇开，至结尾方挽合，乃古文遥呼徐应之法。”④

《寄题杜二锦江野亭附严武诗》仇注：“此诗为寄题草堂而作，自应关合草堂。”⑤

《春日江村五首》其五仇注：“三四分顶王贾，乃生前事。五六合承王贾，乃身后事。”⑥

《刘九法曹郑瑕邱石门宴集》：“晚来横吹好，泓下亦龙吟。”杨伦眉批：“结就宴集合到石门，应转首句。”⑦

**了**

了是绾结之意。

《夏日杨长宁宅送崔侍御常正字入京得深字韵》浦解：“一、二，了长宁宅，以下入送崔、常话头。”⑧

**顾**

也是后面的内容对前面内容的回应和关照。

---

① （清）浦起龙：《读杜心解》，中华书局1961年版，第347页。

② 同上书，第789页。“绝岛”指第41—42句：“绝岛容烟雾，环洲纳晓晡。”“平川”指第29—30句：“不有平川决，焉知众壑趋。”“都邑”指第43—46句：“前闻辨陶牧，转眄拂宜都。县郭南畿好，津亭北望孤。”

③ （清）杨伦：《杜诗镜铨》，上海古籍出版社1962年版，第278页。

④ （清）仇兆鳌：《杜诗详注》，中华书局1979年版，第624页。

⑤ 同上书，第885页。

⑥ 同上书，第1208页。“王贾”指首联：“群盗哀王粲，中年召贾生。”

⑦ （清）杨伦：《杜诗镜铨》，上海古籍出版社1962年版，第4页。

⑧ （清）浦起龙：《读杜心解》，中华书局1961年版，第576页。

《枯椶》浦解：“‘人同苦椶’，明比以顾题。”①

《赠李十五丈别》浦解：“‘北回’，顾夔峡。”②“夔峡”即首句“峡人鸟兽居，其室附层巅”之“峡”。

《寄峡州刘伯华使君四十韵》浦解：“‘词场’句，回顾诗才。”③

**反**

反表示回顾、照应。

《九日蓝田崔氏庄》仇注：“黄生曰：亦暗反九日事，皆善推新。”④

《斗鸡》：“仙游终一闷，女乐久无香。”注：“女乐谓梨园弟子。张远注：仙游句反上御曲长，女乐句反上宫人出。”⑤

**还**

还，就是回写、返归。

《伤春五首》其五浦解：“‘春色’句还题。……‘幽人泣’，应还次章。‘修德’、‘时和’，应还首章之‘蓬莱足云’。”⑥

《宿赞公房》：“相逢成夜宿，陇月向人圆。”仇兆鳌小序：“陇月团圆，是伤异地相逢，结处点还宿字。”⑦“宿”字非指句中之“宿”，而是题中之“宿”。

《奉观严郑公厅事岷山沱江画图十韵得忘字》浦解：“至末四句，方以‘绘事’点还‘画图’，以‘幽襟’点还‘奉观’，以‘谢傅’点还‘郑公’，仍就郑公拍上山水作结。”⑧

---

① （清）浦起龙：《读杜心解》，中华书局1961年版，第93页。

② 同上书，第143页。

③ 同上书，第779页。“词场”指第74句“词场愧服膺”，“诗才”指第24—26句：“雕章五色笔，紫殿九华灯。学并卢王敏，书偕褚薛能。”

④ （清）仇兆鳌：《杜诗详注》，中华书局1979年版，第491页。

⑤ （清）杨伦：《杜诗镜铨》，上海古籍出版社1962年版，第825页。

⑥ （清）浦起龙：《读杜心解》，中华书局1961年版，第740页。“春色”指第9句“春色生烽燧”，“幽人泣”指第10句“幽人泣薜萝”，“修德”、“时和”指末两句：“君臣重修德，犹足见时和。”“蓬莱足云”指一首第11句“蓬莱足云气”。

⑦ （清）仇兆鳌：《杜诗详注》，中华书局1979年版，第592页。

⑧ （清）浦起龙：《读杜心解》，中华书局1961年版，第746页。“绘事”指第17句“绘事功殊绝”，“画图”指诗题，“幽襟”指第18句“幽襟兴激昂”，“奉观”指诗题，“谢傅”指第19句“从来谢太傅”，“郑公”指诗题，“山水”指首联和诗题中的岷山、沱江。

**申、申明**

申、申明是进一步抒写。

《奉酬李都督表丈早春作》仇注："下四，乃申明上截。"①

《赴青城县出成都寄陶王二少尹》仇注："五六，申'投异县'。七八，申'忆吾曹'。"②"投异县"、"忆吾曹"指次联："客情投异县，诗态忆吾曹。"

《八哀诗·赠秘书监江夏李公邕》浦解："'声华'四句，申'词林'。'造化'、'天人'，申'根柢'。"③

《寄薛三郎中璩》浦解："此一段申上'我滞江滨'、'子客荆州'，伏下'病不能起，健勿逡巡'，乃诗腹也。"④

《前苦寒行二首》其二浦解："末言日光匿耀，申'无晶辉'也。"⑤

《咏怀古迹五首》其一浦解："'终无赖'，申'支离'。"⑥

《咏怀古迹五首》其二浦解："三四，空写，申'知悲'。五六，实拈，申'吾师'。"⑦

《雨不绝》："鸣雨既过细雨微，映空摇飏如丝飞。"浦解："'如丝'申'微雨。"⑧

《夔府书怀四十韵》浦解："'病隔'，再申'阻云台'。'惭纡'，再

---

① （清）仇兆鳌：《杜诗详注》，中华书局1979年版，第784页。

② 同上书，第824页。原诗：老耻妻孥笑，贫嗟出入劳。客情投异县，诗态忆吾曹。东郭沧江合，西山白雪高。文章差底病，回首兴滔滔。

③ （清）浦起龙：《读杜心解》，中华书局1961年版，第153页。"声华"四句指第7—10句："声华当健笔，洒落富清制。风流散金石，追琢山岳锐。""词林"指第6句"词林有根柢"。"造化、天人"指第11—12句："情穷造化理，学贯天人际。""根柢"指第6句。

④ 同上书，第169页。"此一段"指全诗第17—34句，"我滞江滨、子客荆州"指第15—16句："子尚客荆州，我亦滞江滨。""病不能起、健勿逡巡"指全诗倒数第3—4句："余病不能起，健者勿逡巡。"

⑤ 同上书，第318页。原诗：去年白帝雪在山，今年白帝雪在地。冻埋蛟龙南浦缩，寒刮肌肤北风利。楚人四时皆麻衣，楚天万里无晶辉。三尺之乌骨恐断，羲和送之将安归。

⑥ 同上书，第657页。原诗：支离东北风尘际，漂泊西南天地间。三峡楼台淹日月，五溪衣服共云山。羯胡事主终无赖，词客哀时且未还。庾信平生最萧瑟，暮年诗赋动江关。

⑦ 同上书，第658页。原诗：摇落深知宋玉悲，风流儒雅亦吾师。怅望千秋一洒泪，萧条异代不同时。江山故宅空文藻，云雨荒台岂梦思。最是楚宫俱泯灭，舟人指点到今疑。

⑧ 同上书，第667页。

中‘怀《湛露》。”①

**蹑**

蹑是跟接，紧接前文话题或内容抒写。

《春日梓州登楼二首》其二浦解：“‘天畔’，蹑‘羁栖’。”②

《题张氏隐居二首》其一浦解：“七、八，拍合自身，紧蹑‘不食’、‘远害’来。”③

**贴**

贴是关联。

《暮秋枉裴道州手札率尔遣兴寄递呈苏涣侍御》：“使我昼立烦儿孙，令我夜坐费灯烛。”浦注：“‘夜坐’，贴自身。”④

《戏寄崔评事表姪苏五表弟韦大少府诸姪》浦解：“起笔涉戏，见此日忽然云雨，为有许多‘隐豹’‘潜龙’，啸结而成。豹龙统含宾主，不必分贴。”⑤

《燕子来舟中作》题注：“详观诗体，知题句‘来’字须读，盖六句只是咏燕子来，不黏舟也，七、八，乃贴舟中作。”⑥

《宴胡侍御书堂》：“阇阇书藉满，轻轻花絮飞。”注：“仇注：阇阇，贴日微。轻轻，贴春暮。”⑦ 日微春暮分别指首二句：“江湖春欲暮，墙宇日犹微。”

**黏**

黏是贴合、归靠。

《将赴成都草堂途中有作先寄严郑公五首》其三浦解：“严以黄门侍郎来镇，故曰黄阁老。旧引《国史补》‘两省相呼为阁老’，不合。此处

---

① （清）浦起龙：《读杜心解》，中华书局1961年版，第766页。“病隔、惭纡”指第17—18句：“病隔君臣议，惭纡德泽私。”“阻云台、怀湛露”指第9—10句：“遂阻云台宿，常怀湛露诗。”

② （清）浦起龙：《读杜心解》，中华书局1961年版，第439页。“天畔”指第9句“天畔登楼眼”，“羁栖”指第4句“迹有但羁栖”。

③ 同上书，第598页。原诗：春山无伴独相求，伐木丁丁山更幽。涧道馀寒历冰雪，石门斜日到林丘。不贪夜识金银气，远害朝看麋鹿游。乘兴杳然迷出处，对君疑是泛虚舟。

④ 同上书，第327页。

⑤ 同上书，第551页。“隐豹、潜龙”指首联：“隐豹深愁雨，潜龙故起云。”

⑥ 同上书，第680页。七、八指尾联：“暂语船樯还起去，穿花贴水益沾巾。”

⑦ （清）杨伦：《杜诗镜铨》，上海古籍出版社1962年版，第911页。

老字单黏。”[①]

## 三　不定方向的术语

不定方向的术语有：点、笼、包、带、挑、逗、拖、根、剔、摄、拈、蒙、接、因、切、撇、关生、映切、转、过脉、与……作章法。分别举例如下：

**点**

点是点破、挑明、映射。

《遣意二首》其二：“邻人有美酒，稚子夜能赊。”仇注：“末点夜字，上文皆有关束。”[②]

《野望》：“射洪春酒寒仍绿，极目伤神谁为携？”仇注：“顾注：酒暖则绿，射洪寒轻，故冬酒仍绿，应上始凄凄。极目二字，明点望字。”[③]

《最能行》浦解：“‘朝发’四句，征之‘目击’，以作点题。”[④]

《野望》浦解：“七，点清。”[⑤]

《小寒食舟中作》题解：“首点节，次贴身。”[⑥]

《偶题》浦解：“‘假一枝’，点在夔。”[⑦]

《秋日夔府咏怀奉寄郑监审李宾客之芳一百韵》浦解：“起二句，点夔。”[⑧] 注文意谓起二句“绝塞乌蛮北，孤城白帝边”点明题中的“夔府”。

**笼**

笼即总括之意。

《宴王使君宅题二首》其一浦解：“首章，酒间相感叹之语，起势双

---

① （清）浦起龙：《读杜心解》，中华书局1961年版，第636页。

② （清）仇兆鳌：《杜诗详注》，中华书局1979年版，第795页。

③ 同上书，第944页。

④ （清）浦起龙：《读杜心解》，中华书局1961年版，第297页。朝发四句指第9—12句：“朝发白帝暮江陵，顷来目击信有征。瞿塘漫天虎须怒，归州长年与最能。”“目击”在第10句。

⑤ 同上书，第624页。“七”指第7句“跨马出郊时极目”，“清”在第2句“南浦清江万里桥”。

⑥ 同上书，第681页。

⑦ 同上书，第762页。“假一枝”指第23—24句：“经济惭长策，飞栖假一枝。”

⑧ 同上书，第775页。

笼，负气绝高，见贤豪遇主，今不如古矣。”①

《览柏中丞兼子侄数人除官制词因述父子兄弟四美载歌丝纶》浦解：“两句宽笼，两句紧笼，出清蜀事也。”② 指的是开头四句：“纷然丧乱际，见此忠孝门。蜀中寇亦甚，柏氏功弥存。”

**包**

包是笼括、统揽之意。

《送韦书记赴安西》：“夫子欻通贵，云泥相望悬。”仇注：“云泥包下四句。”③

《题省中壁》仇注：“生注：本诗序：‘衡以天下渐敝，郁郁不得志，思以道德报君，而惧阻谗邪。’结语暗包序意。”④

《秋日夔府咏怀奉寄郑监审李宾客之芳一百韵》仇注：“百虑牵，包下八句。”⑤

**带**

带是顺便关合。

《送韦十六评事充同谷防御判官》：“偪侧兵马间。”浦注：“带安史之乱。”⑥

《韦讽录事宅观曹将军画马图》浦解：“‘昔日’十四句，乃本题九马图正文。另叙两匹，补写七匹，总束九匹。极错综中，却极整饬。带韦讽，不漏。”⑦

《春日梓州登楼二首》其二浦解：“‘登楼’、‘随春’，带题目。”⑧

---

① （清）浦起龙：《读杜心解》，中华书局 1961 年版，第 580 页。

② 同上书，第 767 页。

③ （清）仇兆鳌：《杜诗详注》，中华书局 1979 年版，第 134 页。

④ 同上书，第 442 页。结语：衮职曾无一字补，许身愧比双南金。

⑤ 同上书，第 1708 页。“百虑牵”指第 101—102 句：“每欲孤飞去，徒为百虑牵。”下八句：生涯已寥落，国步乃迍邅。衾枕成芜没，池塘作弃捐。别离忧怛怛，伏腊涕涟涟。露菊斑丰镐，秋蔬影涧瀍。

⑥ （清）浦起龙：《读杜心解》，中华书局 1961 年版，第 35 页。

⑦ 同上书，第 292 页。昔日十四句指 13—26 句：昔日太宗拳毛騧，近时郭家师子花。今之新图有二马，复令识者久叹嗟。此皆战骑一敌万，缟素漠漠开风沙。其余七匹亦殊绝，迥若寒空动烟雪。霜蹄蹴踏长楸间，马官厮养森成列。可怜九马争神骏，顾视清高气深稳。借问苦心爱者谁，后有韦讽前支遁。

⑧ （清）浦起龙：《读杜心解》，中华书局 1961 年版，第 439 页。“登楼、随春”指其二首联：天畔登楼眼，随春入故园。

《宴王使君宅题二首》其一浦解："五、六，略带题面。"①

《江雨有怀郑典设》浦解："按'滑'字带雨。"②"滑"在末句"岸高瀼滑限西东"，"雨"指题中之"雨"字

《奉送魏六丈佑少府之交广》："尚为诸侯客，独屈州县卑。"下句旁批："带少府。"③

**挑、逗、拖**

挑、逗是逗接、递连。拖是延伸。

《吹笛》浦解："三、四，分承风月，以申'巧作'，而'律吕''风'，反挑寇乱，'关山''月'正引家乡，暗为下四分领。"④

《望岳》："荡胸生层云，决眦入归鸟。"浦起龙注："荡胸"、"决眥"，明逗"望"字。⑤

《可叹》浦解："'无不有'三字，已暗逗作诗大意，见人生异变，不足丑也。"⑥

《秋日夔府咏怀奉寄郑监审李宾客之芳一百韵》浦解："'登临'、'陶冶'，借平日赋诗遣兴以逗此诗之作，领得通篇起。""'药饵'四句，带逗秋景。"⑦

《舟中苦热遣怀奉呈阳中丞通简台省诸公》浦解："结联单拖，为通局总束，呼天以警醒在事也。"⑧

**根**

根是根源、发源。

---

① （清）浦起龙：《读杜心解》，中华书局1961年版，第580页。五、六：逆旅招要近，他乡思绪宽。

② 同上书，第666页。

③ （清）杨伦：《杜诗镜铨》，上海古籍出版社1962年版，第998页。

④ （清）浦起龙：《读杜心解》，中华书局1961年版，第656页。原诗：吹笛秋山风月清，谁家巧作断肠声。风飘律吕相和切，月傍关山几处明。胡骑中宵堪北走，武陵一曲想南征。故园杨柳今摇落，何得愁中却尽生？

⑤ 同上书，第1页。

⑥ 同上书，第301页。"无不有"在第4句：人生万事无不有。

⑦ 同上书，第775页。"登临、陶冶"指第11、12句："登临多物色，陶冶赖诗篇。"药饵四句指第37—40句："药饵虚狼藉，秋风洒静便。开襟驱瘴疠，明目扫云烟。"

⑧ 同上书，第221页。

《屏迹三首》其三仇注："《杜臆》：无营，根用拙；地幽，根幽居。"①

《宾至》仇注："生注：竟日淹留，乃倾盖如故之根。"②

**剔**

剔是换个角度作更深入的表达。

《望岳》浦解："末联则以将来之临眺，剔现在之遥观，是透过一层收也。"③

《送高司直寻封阆州》浦解："'时见'十句，叙乍遇而即别，且为致戒前途。盖蜀多戎轩，故动步即险，亦正为'阆州'作反剔。"④

《遣遇》浦解："中间特借穷民之尤困者，作自己波澜翻剔，……"⑤

**摄**

摄是统辖。

《郑驸马池台喜遇郑广文同饮》仇注："平时不谓遭乱，遇乱何知复聚，喜处含悲，二语摄起全意。"⑥

《遣忧》"乱离知又甚，消息苦难真。"仇注："乱离一句，直摄通章。"⑦

《苏大侍御涣静者也旅于江侧凡是不交州府之客人事都绝久矣肩舆江浦忽访老夫舟楫而已茶酒内余请诵近诗肯吟数首才力素壮词句动人接对明日忆其涌思雷出书箧几杖之外殷殷留金石声赋八韵记异亦见老夫倾倒于苏至矣》题解："'倾倒于苏'，两层双摄。"⑧

《诸将五首》其三浦解："五、六，彼此双摄，作上下转关。"⑨

**拈**

---

① （清）仇兆鳌：《杜诗详注》，中华书局 1979 年版，第 883 页。原诗：晚起家何事，无营地转幽。竹光团野色，舍影漾江流。失学从儿懒，长贫任妇愁。百年浑得醉，一月不梳头。

② 同上书，第 742 页。

③ （清）浦起龙：《读杜心解》，中华书局 1961 年版，第 1—2 页。

④ 同上书，第 191 页。时见十句指第 17—26 句：时见文章士，欣然澹情素。伏枕闻别离，畴能忍漂寓。良会苦短促，溪行水奔注。熊罴咆空林，游子慎驰骛。西谒巴中侯，艰险如跬步。

⑤ 同上书，第 197 页。

⑥ （清）仇兆鳌：《杜诗详注》，中华书局 1979 年版，第 345 页。

⑦ 同上书，第 1055 页。

⑧ （清）浦起龙：《读杜心解》，中华书局 1961 年版，第 206 页。

⑨ 同上书，第 649 页。五六指："朝廷衮职虽多预，天下军需不自供。"

拈是“就某某来抒写”的意思。仇兆鳌注中用“拈”作术语有两种情况：一是用作选择的术语，常表示取用某韵或某词。如《初冬》注：“渔猎亦常事，拈急字、高字，便有意致。”是择词，《潼关吏》注：“起二句，拈皓韵。”是择韵。一是用作章法关联。此处只举用作章法关联的用例。

《前出塞九首》其一仇注：“卢元昌曰：此拈‘开边’，为诸章眼目。”①

《九日曲江》仇兆鳌小序：“《杜臆》：此章即老去悲秋之意。上四，拈‘九日’，所感在身老，故有兼悲之叹。下四，拈‘曲江’，所伤在落魄，故有摇荡之嗟。”②

《咏怀古迹五首》仇注：“首章拈庾信，从自叙带言之耳。”③

《敬简王明府》浦解：“‘周南’，映故乡，实拈‘流落’。”④

《秋兴八首》其一首章浦解：“首章，八首之纲领也，明写‘秋’景，虚含‘兴’意，实拈‘夔府’，暗提‘京华’。”“首句拈‘秋’，次句拍‘夔’。”⑤

**蒙**

蒙表示诗句对话题的关系。在一首诗中，可以是诗句在前话题在后，也可以是诗句在后话题在前，都用“蒙”。

《岁暮》：“岁暮远为客，边隅还用兵。烟尘犯雪岭，鼓角动江城。天地日流血，朝廷谁请缨。济时敢爱死，寂寞壮心惊。”仇兆鳌小序：“烟尘鼓角，蒙上用兵。”⑥

《写怀二首》其一浦解：“‘用心’二句，蒙‘采药’。”⑦

《舟中苦热遣怀奉呈阳中丞通简台省诸公》浦解：“‘吾非’四句，蒙

---

① （清）仇兆鳌：《杜诗详注》，中华书局1979年版，第119页。“开边”指第6句“开边一何多”。

② 同上书，第163页。

③ 同上书，第1500页。

④ （清）浦起龙：《读杜心解》，中华书局1961年版，第423页。“周南、流落”指第4句“周南太史公”和第4句“流落意无穷”。

⑤ 同上书，第651页。“夔府、京华”指次章首联：“夔府孤城落日斜，每依北斗望京华。”

⑥ （清）仇兆鳌：《杜诗详注》，中华书局1979年版，第1068页。

⑦ （清）浦起龙：《读杜心解》，中华书局1961年版，第187页。“用心、采药”指第17、18句“用心霜雪间，不必条蔓绿”和第16句“采药山北谷”。

上‘愦’乱，渡下苦热。”①

《小寒食舟中作》题解：“‘娟娟蝶’，却似蒙花。‘片片鸥’，却似蒙水。”②

《秋日荆南述怀三十韵》：“霸业寻常体，宗臣忌讳灾。”杨注：“（上句）蒙和异域。”“（下句）蒙坼中台。”③

**接**

就是联系、联络、连接。

《晦日寻崔戢李封》浦注：“层次叙起，到点落‘崔李’‘会心’处一顿，接下合提‘得酒’，复分表两君，作一段。”④

《西枝村寻置草堂地夜宿赞公土室二首》浦解：“前八，接上篇‘落日’‘多露’来，从夜景叙出回土室之景。”⑤

《聂耒阳以仆阻水书致酒肉疗饥荒江诗得代怀兴尽本韵至县呈聂令陆路去方田驿四十里舟行一日时属江涨泊于方田》浦解：“‘礼过’二句，遥接‘知我’，以点作束。”⑥

《赤谷》：“天寒霜雪繁，游子有所之。”杨伦旁批：“接上首说下。”⑦

**因**

因是袭而言之，在某句或某词基础上进一步抒写，或两句互为前提。

《春望》：“感时花溅泪，恨别鸟惊心。烽火连三月，家书抵万金。”仇解：“赵汸曰：烽火句，应感时，家书句，应恨别，但下句又因上句而生。”⑧

---

① （清）浦起龙：《读杜心解》，中华书局1961年版，第220页。

② 同上书，第681页。“娟娟蝶、片片鸥”指5、6句：“娟娟戏蝶过闲幔，片片轻鸥下急湍。”

③ （清）杨伦：《杜诗镜铨》，上海古籍出版社1962年版，第929页。“和异域、坼中台”指第41、42句：“汉庭和异域，晋史坼中台。”

④ （清）浦起龙：《读杜心解》，中华书局1961年版，第24页。“崔李、会心、得酒”指第11、12句：“晚定崔李交，会心真罕俦。”和第13句“每过得酒倾”。

⑤ 同上书，第60页。“落日、多露”指第一首末二句：“层巅余落日，草蔓已多露。”

⑥ 同上书，第219页。“礼过”二句指第17、18句：“礼过宰肥羊，愁当置清醥。”“知我”指第9句“知我碍湍涛”。

⑦ （清）杨伦：《杜诗镜铨》，上海古籍出版社1962年版，第288页。

⑧ （清）仇兆鳌：《杜诗详注》，中华书局1979年版，第320页。

《遣怀》仇解："赵汸注：天风句，下因上。客泪句，上因下。水静句，下因上。山昏句，上因下。"①

《昔游》仇兆鳌小序："此记当时宠任边将，因'东游'而并及之。"②"东游"是上段所咏内容。

**切**

切即是投合、扣合。注家注杜诗，常用"切"表示切合诗题或诗中某词某语作进一步抒发的诗歌脉络关系。

《秋兴八首》其七浦解："三、四，切'昆明'傅彩。"③

《天池》浦解："'神雨'、'楚风'，切夔故事；'支机'、'献宝'，切水故事。"④

《九日五首》其四浦解："其起四、后四，俱切'九日'。"⑤

《陪李七司马皂江上观造竹桥即日成往来之人免冬寒入水聊题短作简李公》："伐竹为桥结构同，褰裳不涉往来通。天寒白鹤归华表，日落青龙见水中。"仇解："今按：青龙，用费长房竹杖事，切竹桥也。"⑥

《严公仲夏枉驾草堂兼携酒馔得寒字》："百年地僻柴门迥，五月江深草阁寒。"仇注："五切草堂，六切仲夏，此叙景也。"⑦"草堂""仲夏"皆诗题中词语。

**撇**

撇是脱开、转移前一话题。

---

① （清）仇兆鳌：《杜诗详注》，中华书局 1979 年版，第 605 页。原诗：愁眼看霜露，寒城菊自花。天风随断柳，客泪堕清笳。水净楼阴直，山昏塞日斜。夜来归鸟尽，啼杀后栖鸦。

② 同上书，第 1436 页。

③ （清）浦起龙：《读杜心解》，中华书局 1961 年版，第 655 页。原诗：昆明池水汉时功，武帝旌旗在眼中。织女机丝虚夜月，石鲸鳞甲动秋风。波漂菰米沉云黑，露冷莲房坠粉红。关塞极天惟鸟道，江湖满地一渔翁。

④ 同上书，第 779 页。"神雨、楚风"指第 13、14 句："飘零神女雨，断续楚王风。""支机、献宝"指第 15、16 句："欲问支机石，如临献宝宫。"

⑤ 同上书，第 780 页。原诗：故里樊川菊，登高素浐原。他时一笑后，今日几人存。巫峡蟠江路，终南对国门。系舟身万里，伏枕泪双痕。为客裁乌帽，从儿具绿尊。佳辰对群盗，愁绝更堪论。

⑥ （清）仇兆鳌：《杜诗详注》，中华书局 1979 年版，第 866 页。

⑦ 同上书，第 904 页。

《夔府书怀四十韵》浦解："'扬镳'句起下，'拔剑'句撇上。"①

**转**

转即起承转合之转，是话题、角度变换。

《寄狄明府博济》浦解："'大贤'二句作转。"②

《宴戎州杨使君东楼》："楼高欲愁思，横笛未休吹。"杨伦旁批："应转首句。"③

《雨不绝》仇注："律体以首尾为起阖，三四承上，五六转下，此一定章法也。若在六句分截，则上重下轻，不见转折生动之趣，诗之可议在此。"④

《咏怀古迹五首》其三仇序："五六，承上作转语，言生前未经识面，则殁后魂归亦徒然耳，唯有琵琶写意，千载留恨而已。"⑤

**过脉**

过脉指的是诗中承上启下之语。

《石镜》浦解："五、六，不过言当日送丧情景，今皆杳然，为上下过脉。"⑥

《登楼》："锦江春色来天地，玉垒浮云变古今。"仇解："王嗣奭曰：……'锦江''玉垒'二句，俯视弘阔，气笼宇宙，人竞赏之，而佳不在是，止作过脉语耳。"⑦

《陪诸贵公子丈八沟携妓纳凉晚际遇雨二首》仇解："王嗣奭曰：二首相为首尾，以云雨为过脉，而归路萧飒，与放船好相照，故下'翻'字。"⑧

**关生**

关生是相关联而互相加强的意思。

---

① （清）浦起龙：《读杜心解》，中华书局1961年版，第766页。"扬镳、拔剑"指第19、20句："扬镳惊主辱，拔剑拨年衰。"

② 同上书，第310页。

③ （清）杨伦：《杜诗镜铨》，上海古籍出版社1962年版，第566页。

④ （清）仇兆鳌：《杜诗详注》，中华书局1979年版，第1331—1332页。

⑤ 同上书，第1503页。

⑥ （清）浦起龙：《读杜心解》，中华书局1961年版，第418页。五、六指："众妃无复叹，千骑亦虚还。"

⑦ （清）仇兆鳌：《杜诗详注》，中华书局1979年版，第1132页。

⑧ 同上书，第173页。"放船好"指首句"落日放船好"。

《鹿头山》："'悠然'四句，伤往以悼己。然本意重在'霸气间发'上，与末段关生。其慨'想扬、马'乃是带笔。连者断之，古法往往有此。"①

**映切**

映切是关联照应。

《牵牛织女》浦解："'新装'，旧云指织女，要非死句也。盖设祀多属女郎事，故特用'新装'、'龙驾'等字，摩出女郎意想之痴态，恰与'未嫁女'映切，为篇末张本。"②

《泛江》浦解："想'故国'，偏举'清渭'，仍与'泛江'映切。"③

**与……作章法**

意谓两处相互照应、关联。

《西枝村寻置草堂地夜宿赞公土室二首》浦解："结四，叙去路。与上篇篇首来路作章法。"④

《寄题江外草堂》浦解："末四，但忆植物，而不言草堂。与篇首作章法。"⑤

《信行远修水筒》浦解："结则喜其功成，复用赞语，与起处作章法。"⑥

---

① （清）浦起龙：《读杜心解》，中华书局1961年版，第88—89页。悠然四句指第13至16句："悠然想扬马，继起名硉兀。有文令人伤，何处埋尔骨。"霸气间发指第10句"霸气曾间发"。

② （清）浦起龙：《读杜心解》，中华书局1961年版，第134页。新装、龙驾：指第9、10句"亭亭新妆立，龙驾具曾空"。未嫁女：指第23、24句"嗟汝未嫁女，秉心郁忡忡"。

③ 同上书，第469页。原诗：方舟不用楫，极目纵无波。长日容杯酒，深江净绮罗。乱离还奏乐，飘泊且听歌。故国流清渭，如今花正多。

④ 同上书，第60页。"结四"指末四句："幽寻岂一路，远色有诸岭。晨光稍朦胧，更越西南顶。""篇首来路"指："出郭眄细岑，披榛得微路。溪行一流水，曲折方屡渡"。

⑤ 同上书，第105页。"末四"指"尚念四小松，蔓草易拘缠。霜骨不堪长，永为邻里怜"。"篇首"指"我生性放诞，雅欲逃自然。嗜酒爱风竹，卜居必林泉"四句。

⑥ （清）浦起龙：《读杜心解》，中华书局1961年版，第135页。

# 第八节　其他内容

## 一　释表达方式

表达方式不外记叙、描写、抒情、议论、说明五种。只不过诗歌受表现内容的限制，基本不使用说明。对杜诗而言，大量的现实题材使诗歌的叙事功能获得了集中的发挥；杜甫对所历山水人文风景名胜无不记之以诗，描写的表达方式得到了自由运用；杜子美又“以议论为诗”，在诗歌文体中发挥了议论的功能。既然杜甫诗歌中存在多种表达方式，或者说表达方式是诗歌要素之一，古代注杜当然不会忽视对表达方式的解说。

释记叙：

杜诗注释中，解释记叙没有统一的范式。清代注本对记叙类别已有很强的分辨意识，提出了“顺叙”“倒叙”“插”“追说”“错综叙”“蝉联叙”等名目。就术语来看，有“记事”、“叙……事”、“叙”、“述”、“叙述”、“说”等，比较随意。例如：

《韦讽录事宅观曹将军画马图歌》：“今之新图有二马，……其余七匹亦殊绝，……”仇注：“此记九马之图，正写本题。……二马七马，用错综叙法。”①

《更题》：“群公苍玉佩，天子翠云裘。”仇注：“黄生曰：……淹此留，应上发荆州，乃通首倒叙法也。”② 杨伦眉批：“黄白山云：五六点簇浓至，正与寥落之景反照，通首用倒叙法。”③

《盐井》浦解：“起二，‘卤’场景逼真。以下由‘煮’而贩，用蝉联叙。”④

《赠特进汝阳王二十韵》浦解：“‘服礼’八句，叙其主眷。‘晚节’

---

① （清）仇兆鳌：《杜诗详注》，中华书局 1979 年版，第 1154 页。

② 同上书，第 1678 页。

③ （清）杨伦：《杜诗镜铨》，上海古籍出版社 1962 年版，第 783 页。

④ （清）浦起龙：《读杜心解》，中华书局 1961 年版，第 76 页。原诗：卤中草木白，青者官盐烟。官作既有程，煮盐烟在川。汲井岁榾榾，出车日连连。自公斗三百，转致斛六千。君子慎止足，小人苦喧阗。我何良叹嗟，物理固自然。

八句，叙其备美也。”“‘披雾’一段，叙相见游赏之事。”[①]

《哭台州郑司户苏少监》浦解：“以上两大段，由亡而溯存，是倒叙法。”[②]

《佳人》：“自云良家子，……那闻旧人哭。”杨注：“自云至此皆述语。”[③] 解释这一部分是“佳人”自述之言，是叙述。

《七月三日亭午已后校热退晚加小凉稳睡有诗因论壮年乐事戏呈元二十一曹长》：“闭目逾十旬，大江不止渴。”旁批：“追说。”[④]

《故秘书少监武功苏公源明》杨解：“此篇独用顺叙，大抵亦多说文字而以忠孝二字作骨。首段叙其孤贫好学，次段叙其壮而出仕，三段言其不污伪命，四段叙文才兼表直节，末段言其穷老以死而已不得归奠以致哀也。”[⑤]

释描写：

四家解诗用“拟……景”、“叙……景”、“言……景”、“……景”、“状”、“写……景”、“摩……之状”、“刻画”、“描写”、“描景”、“写”等来表示描写。

《饮中八仙歌》仇注：“王嗣奭《杜臆》曰：……描写八公，各极生平醉趣，而都带仙气。”[⑥] 注释显示，此诗描写人物，其着力点在“醉趣”，其效果是使描写对象“都带仙气”。

《法镜寺》仇注：“云泄乍蒙，似晴而雨，日翳仍吐，似雨而晴，此摹晓景。朱栋半呈，户牖可指，乃寺中气象。《杜臆》云：此段描景入神。”[⑦] 经过仇兆鳌的注释，此诗可随描写对象的改变而分为清晰的两段。

《戏题王宰画山水图歌》仇注：“《杜臆》：昆仑方壶，举极西极东以状其远景，非真画此两山也。”[⑧] 按：王嗣奭《杜臆》是这样说的：

---

① （清）浦起龙：《读杜心解》，中华书局 1961 年版，第 685 页。

② 同上书，第 749 页。

③ （清）杨伦：《杜诗镜铨》，上海古籍出版社 1962 年版，第 230 页。

④ 同上书，第 617 页。

⑤ 同上书，第 690 页。

⑥ （清）仇兆鳌：《杜诗详注》，中华书局 1979 年版，第 85 页。

⑦ 同上书，第 682 页。

⑧ 同上书，第 755 页。

"方壶东极，昆仑西极，盖就图中远景极言之，非真画昆仑方壶也；若果尔，则与作《六合赋》者同痴矣。"① 仇注引用《杜臆》，大多属间接引用。

《戏为韦偃双松图歌》仇注："次摹古松之状。"②

《留别公安大易沙门》浦解："五，见此地之景，六，拟彼地之景。"③

《倦夜》黄注："前六句刻画清夜之景，无字不工。"④

《秋日夔府咏怀奉寄郑监审李宾客之芳一百韵》浦解："'峡束'以下，叙夔景，不须分解。"⑤

《送远》："草木岁月晚，关河霜雪清。"杨注："二句途中景。"⑥

《江晓二首》其二："寒沙蒙薄雾，落月去清波。"杨注："三四前写岸上景，此写舟前之景。"⑦ 通过指明描写对象，使读者能迅速把握句意。

释抒情：

因为抒情性是诗歌的本质属性，所以对抒情的注释，注者尤其重视。他们除了全面准确地体会诗人的情感，还对杜甫直接抒情的地方予以指点，引导读者领会诗意，建立理解全诗的感情基调。"叹"、"慨"、"咏叹"、"言情"、"……之情"、"写情"、"陈情"是古代注杜时用以解释抒情这一表达方式的术语。

《醉时歌》仇兆鳌题注："《杜臆》：此诗多自道苦情，故以醉歌命题。"⑧ 王嗣奭原语为："自发苦情，故以'醉时歌'命题。"⑨ 此注注明

---

① （明）王嗣奭：《杜臆》，中华书局1963年版，第124页。

② （清）仇兆鳌：《杜诗详注》，中华书局1979年版，第757页。"次"指"两株惨裂苔藓皮，屈铁交错回高枝。白摧朽骨龙虎死，黑入太阴雷雨垂"四句。

③ （清）浦起龙：《读杜心解》，中华书局1961年版，第678页。"五六"指"沙村白雪仍含冻，江县红梅已放春"。

④ （清）黄生：《杜诗概说》，《杜工部诗说》（清康熙三十五年一木堂刻本）《四库全书存目丛书》，齐鲁书社1997年影印本，集5—423页。原诗：竹凉侵卧内，野月满庭隅。重露成涓滴，稀星乍有无。暗飞萤自照，水宿鸟相呼。万事干戈里，空悲清夜徂。

⑤ （清）浦起龙：《读杜心解》，中华书局1961年版，第775页。

⑥ （清）杨伦：《杜诗镜铨》，上海古籍出版社1962年版，第265页。

⑦ 同上书，第574—575页。

⑧ （清）仇兆鳌：《杜诗详注》，中华书局1979年版，第174页。

⑨ （明）王嗣奭：《杜臆》，中华书局1963年版，第24页。

《醉时歌》是一首抒发悲苦感情的诗。

《上韦左相二十韵》："才杰俱登用，愚蒙但隐沦。长卿多病久，子夏索居频。回首驱流俗，生涯似众人。巫咸不可问，邹鲁莫容身。感激时将晚，苍茫兴有神。为公歌此曲，涕泪在衣巾。"仇注："此条一步敲紧一步，乃陈情之最悲切者。"① 仇氏先申明杜甫的抒情方法，然后提示抒情效果。

《过南邻朱山人水亭》仇兆鳌小序："下四言情，山人留饮也。"② 点明此诗下四句是抒情。

《赠蜀僧闾丘师兄》三章仇兆鳌小序："上八，叙事记地，下八，叙景言情。"③ 指明后八句是写景抒情相结合的表达方式，是借景抒情。

《游修觉寺》仇注："末联，记宿寺之情。"④

《从事行赠严二别驾》末章仇注："未感叹别驾交谊。"⑤

《有感五首》其五仇注："此章，慨当时重节镇而轻郡守。"⑥

上二例皆指示抒情内容。语虽简练，却能帮助读者快速进入体验与共鸣，对准确理解诗意具有指示门径的作用。

《投赠哥舒开府翰二十韵》浦解："后十二句，陈情也。"⑦

释议论：

许多注本已经认识到杜甫以议论为诗的创作实际，所以常常对杜诗中的议论作出提要式的解释。诸家的注释，也使杜甫这一特点更加突出，读者也更容易理解这一点，进而正确理解诗意。注者注释议论，就用"议论"作为术语，有时候拆开用"议"或"论"。

《奉赠韦左丞丈二十二韵》仇注："首用议论总提。"⑧ 仇注指的是此诗的首联"纨袴不饿死，儒冠多误身。"这确实是议论的表达方式。

---

① （清）仇兆鳌：《杜诗详注》，中华书局 1979 年版，第 228 页。

② 同上书，第 762 页。

③ 同上书，第 767 页。

④ 同上书，第 786 页。

⑤ 同上书，第 942 页。

⑥ 同上书，第 976 页。

⑦ （清）浦起龙：《读杜心解》，中华书局 1961 年版，第 701 页。

⑧ （清）仇兆鳌：《杜诗详注》，中华书局 1979 年版，第 74 页。

《剑门》仇注："首条形容剑门，题意已尽，下面又另开议论，自三皇至今，包举数千年治乱兴亡，真绝大经济文字。"①

《太子张舍人遗织成褥段》仇注："《杜臆》：定尊卑，承混柴荆。祸所婴，承惧不祥。此一小物，而天道王制，发出许大议论。"②

《谒先主庙》仇注："此诗中八句，乃叙题；前后各十二句，全以议论成章，他人无此深厚力量。"③

《伤春五首》其四浦解："此与上章，为五诗之腹，专行叙议，故不及春意。"④

《夔府书怀四十韵》："即事须尝胆，苍生可察眉。"杨注："又插入议论。"⑤

## 二　释关键词句——诗眼

传统诗论重视诗歌核心内容在语句中的点化。诗歌语句并非字字珠玑，常常以一二字句作为灵魂统摄全句，以一二句为灵魂统其全篇。这个作为灵魂的词或句，诗论家谓之诗眼。诗眼指的是作品中点睛传神之笔。它有两种表现形式：一种是诗词句中最精练传神的某个词语，凝聚全句之精神。一种是全篇最精彩和关键性的句子，是一诗的精妙所在。注释者注释唐诗时，非常重视对关键语句的解说。传统诗歌尤其是近体诗，非常看重诗眼，视之为艺术价值的标志。因此读诗首在找到诗眼，诗眼点明了，全诗的关键就抓住了。注者用简明的语言对关键语句予以标明，给读者醒目的提示。关键语句通常用"诗眼"来显示，但古代注释实践中不仅仅使用"诗眼"，还有其他说法，如"骨""冠""柱""根""关目""中权"等。从古代注中发现"诗眼"实际有一句之眼、一段之眼、一篇之眼。本书即从此三方面来整理，重点在一诗之眼。

**一句之眼**

《绝句二首》其一："迟日江山丽，春风花鸟香。泥融飞燕子，沙暖

---

① （清）仇兆鳌：《杜诗详注》，中华书局1979年版，第721页。

② 同上书，第1159页。

③ 同上书，第1355页。

④ （清）浦起龙：《读杜心解》，中华书局1961年版，第739页。

⑤ （清）杨伦：《杜诗镜铨》，上海古籍出版社1962年版，第709页。

睡鸳鸯。”仇注：“丽字、香字，眼在句底。融字、暖字，眼在句腰。”①即言丽、香、融、暖四字为诗眼所在。

《中宵》：“西阁百寻余，中宵步绮疏。飞星过水白，落月动沙虚。择木知幽鸟，潜波想巨鱼。亲朋满天地，兵甲少来书。”仇解：“过字、动字，白字、虚字，知字、想字，皆句中眼。”②

《陪诸贵公子丈八沟携妓纳凉晚际遇雨》浦解：“仇云：‘经’‘迟’‘深’‘静’四字，诗眼甚工。”③

**一段之眼**

《八哀诗·赠秘书监江夏李公邕》浦解：“‘词林有根柢’一语，为一段之总。”④ 浦注认为此诗关键在“词林有根柢”一句，这是全段的核心所在。虽用“总”，亦即诗眼。

《入奏行赠西山检察使窦侍御》：“年未三十忠义俱，骨鲠绝代无。”浦解：“‘骨鲠’，切侍御，为本段主句。”⑤ 未称眼，“主句”标其作用甚明。“主”意味着此段其他句子都是围绕此句展开的，其表意是从属于“骨鲠绝代无”这一中心意思的。

《不见》浦解：“‘不见’、‘可哀’四字，八句之骨。”⑥ 以“骨”称“眼”，指出此八句是着力表现“不见”、“可哀”四字的。

《赠秘书监江夏李公邕》：“各满深望还，森然起凡例。”杨伦旁批：“此句一段中之骨。”⑦ 是说这一段内容是靠“各满深望还，森然起凡例”统摄支撑的。

**一诗之眼**

古代注释诗眼，主要针对一诗之眼。注中指出的诗眼有时为一词，有时为一短语，有时是一句，最多见的是一联。下面分别列举：

---

① （清）仇兆鳌：《杜诗详注》，中华书局 1979 年版，第 1134 页。

② 同上书，第 1463 页。

③ （清）浦起龙：《读杜心解》，中华书局 1961 年版，第 353 页。

④ 同上书，第 152—153 页。

⑤ 同上书，第 280 页。

⑥ 同上书，第 425 页。

⑦ （清）杨伦：《杜诗镜铨》，上海古籍出版社 1962 年版，第 683 页。

1. 指明诗眼是一两个词或短语

《猿》仇注："中间隐见二字，为通章之眼。"①

《遣兴三首》其一浦解："诗眼在'尚开边'，咎兆衅也。"其二："诗眼在'愿兵休'，愤贼炽也。"其三："诗眼在'鹿皮翁'，伤老废也。"② 分别指出三首诗的诗眼是"尚开边"、"愿兵休"、"鹿皮翁"三个短语或所在诗句。

《八哀诗·故著作郎贬台州司户荥阳郑公虔》浦解："'气精爽'三字，一篇之冠。"③

《苏大侍御涣静者也旅于江侧凡是不交州府之客人事都绝久矣肩舆江浦忽访老夫舟楫而已茶酒内余请诵近诗肯吟数首才力素壮词句动人接对明日忆其涌思雷出书箧几杖之外殷殷留金石声赋八韵记异亦见老夫倾倒于苏至矣》题解："'记异'二字，作诗之眼。"④ 需注意的是，此诗题目甚长，诗眼在题中。

《寄狄明府博济》浦解："开口'梁公曾孙'四字，一篇眼目。"⑤

《渡江》浦解："'风涛'是一诗眼目，次联紧承以醒之，三联即景以舒之，末借'悠悠'者以自形，与'风涛'激射。"⑥ 不仅指明诗眼，而且阐说诗眼与各部分的关联方式。

《江梅》浦解："仇云：'客愁'二字，全诗之眼。"⑦

《九日蓝田崔氏庄》："老去悲秋强自宽，兴来今日尽君欢。"浦注："'老去''兴来'，一篇纲领。"⑧ 此例称"纲领"，略同"诗眼"。浦注将此诗的诗眼定位在"老去""兴来"上，对读者理解全诗中心意思很有帮助。

《洗兵马》杨解："朱鹤龄曰：中兴大业，全在将相得人，前云'独

---

① （清）仇兆鳌：《杜诗详注》，中华书局1979年版，第1532页。"隐见"在第4句"隐见尔如知"。

② （清）浦起龙：《读杜心解》，中华书局1961年版，第67页。

③ 同上书，第156页。

④ 同上书，第206页。

⑤ 同上书，第309页。

⑥ 同上书，第471页。

⑦ 同上书，第522页。原诗：梅蕊腊前破，梅花年后多。绝知春意好，最奈客愁何。雪树元同色，江风亦自波。故园不可见，巫岫郁嵯峨。

⑧ 同上书，第613页。

任朔方无限功'，中曰'幕下复用子房'，此是一诗眼目。"[①] "独任朔方"、"复用子房"是此诗之眼，即言此诗中心是信任贤臣。这是经过注家精心揣摩而得出的结论，普通读者依靠此注会很容易理解全诗。

2. 指明诗眼是一个诗句

《八哀诗·赠秘书监江夏李公邕》浦解："'高才陵替'，全首提纲。"[②] 此例用"提纲"代替"诗眼"，即谓全诗次句"高才日陵替"是全诗的诗眼。

《高都护骢马行》浦解："起四，还清来历，以'歘然向东'为一诗之根。"[③] 此处称"根"，未称"眼"。浦氏主张此诗的诗眼是"声价歘然来向东"一句。

《渔阳》浦解："愚按：首句放单，次句立一诗之柱。"[④] 是说首句"渔阳突骑犹精锐"句义已足，可单独成句，次句"赫赫雍王都节制"是全诗之眼。

《观公孙大娘弟子舞剑器行并序》浦解："序中'公孙大娘弟子'句及'圣文神武皇帝'句，为作诗眼目。"[⑤] 此处亦需注意：诗眼在序中。

《孤雁》浦解："'飞鸣声念群'，一诗之骨。"[⑥] 用"骨"。

《双枫浦》浦解："次句，一篇之根。"[⑦] 用"根"。

3. 指明诗眼是一联

《枯椶》浦解："'伤时苦军乏，一物官尽取。'一诗之眼。"[⑧]

《壮游》浦解："'荣华'二句，通篇结穴。"[⑨] 按："结穴"，旧时堪舆家谓地脉顿停处地形洼突，地气所藏结，称为"结穴"。清蒋平阶《秘传水龙经·自然水法歌》："湖荡之处多有结穴，如波心荡月，如雁落平沙，又如海鸥点水，审而穴之，无不发福。"浦起龙此注用"结穴"比喻文辞的归结要点，实同诗眼。

---

① （清）杨伦：《杜诗镜铨》，上海古籍出版社 1962 年版，第 218 页。

② （清）浦起龙：《读杜心解》，中华书局 1961 年版，第 152 页。

③ 同上书，第 226 页。

④ 同上书，第 282 页。

⑤ 同上书，第 315 页。

⑥ 同上书，第 523 页。

⑦ 同上书，第 588 页。次句指"双枫旧已摧"。

⑧ 同上书，第 93 页。

⑨ 同上书，第 162 页。"荣华"二句指全诗倒数第 5、6 句：荣华敌勋业，岁暮有严霜。

《折槛行》浦解："三四，为作诗之主。"①

《暮春题瀼西新赁草屋五首》其一浦解："五首乃始迁瀼西，题于屋壁者。中篇'身世双蓬鬓，乾坤一草亭'两句，为通局之柱。"②

《晚》浦解："三、四，盖一诗关目，语复清贵。"③ 以"关目"称诗眼。

《奉寄章十侍御》浦解："七、八，致语于入朝之后，而辞旨潇洒，一篇之胜。"④ 用"胜"，表明全诗精彩在此一联。

《奉留赠集贤院崔国辅于休烈二学士》浦解："愚按：'气冲'、'词感'二句，一篇警策。"⑤

4. 有时候古代注明诗眼是几个诗句

《石笋行》浦解："'古来'四句，一诗之眼。"⑥

《岁晏行》浦解："'高马'六句，讽朘（juān）民之'达官'也，为一篇之主。"⑦

《玉台观二首》其一浦解："首二，一篇之根，五六，一篇之干。"⑧ 浦的意思是说此诗一二句和五六句是最关键的，是全诗意义的核心所在。

**组诗之眼**

对于组诗，古代注也往往点明诗眼之所在。

《十二月一日三首》具一："今朝腊月春意动，云安县前江可怜。"浦解："'动春意'三字，三篇之骨子。"⑨ 浦注认为此组三首的诗眼是短语

---

① （清）浦起龙：《读杜心解》，中华书局1961年版，第305页。"三、四"指"青衿胄子困泥涂，白马将军若雷电"。

② 同上书，第532页。

③ 同上书，第563页。"三、四"指"人见幽居僻，吾知拙养尊"。

④ 同上书，第633页。原诗：淮海维扬一俊人，金章紫绶照青春。指麾能事回天地，训练强兵动鬼神。湘西不得归关羽，河内犹宜借寇恂。朝觐从容问幽仄，勿云江汉有垂纶。

⑤ （清）浦起龙：《读杜心解》，中华书局1961年版，第691页。"气冲、词感"指第3、4句："气冲星象表，词感帝王尊。"

⑥ 同上书，第270页。"古来"四句：古来相传是海眼，苔藓食尽波涛痕。雨多往往得瑟瑟，此事恍惚难明论。

⑦ 同上书，第325页。"高马"六句：高马达官厌酒肉，此辈杼轴茅茨空。楚人重鱼不重鸟，汝休枉杀南飞鸿。况闻处处鬻男女，割慈忍爱还租庸。"达官"是其中词语。

⑧ 同上书，第632页。原诗：中天积翠玉台遥，上帝高居绛节朝。遂有冯夷来击鼓，始知嬴女善吹箫。江光隐见鼋鼍窟，石势参差乌鹊桥。更肯红颜生羽翼，便应黄发老渔樵。

⑨ 同上书，第642页。

“动春意”。用“骨子”来称说，足见其紧要。杨注：“（春意动）蒋云：三诗之根，全在此三字生出。夔地方冬而暖，故腊初春意已动。”① 杨伦说“春意动”是三首之根，“根”之一词，三字的地位赫然纸上。

《诸将五首》其三浦解：“藩镇之祸，河北最甚，……故虽次第三，实为五首中权。”② 浦认为第三首是此组诗的关键所在。

《秋兴八首》其四：“鱼龙寂寞秋江冷，故国平居有所思。”浦解：“‘故国思’，缴本首之‘长安’，应前首之‘望京’，起后诸首之分写，通身锁钥。”③ 浦用“锁钥”来形象地指出“故国思”在五首中的诗眼地位。

《陪郑广文游何将军山林十首》其一第三、四句：“名园依绿水，野竹上青霄。”杨伦旁批：“山林之胜在水，第三句乃十首眼目。”④

① （清）杨伦：《杜诗镜铨》，上海古籍出版社1962年版，第578页。

② （清）浦起龙：《读杜心解》，中华书局1961年版，第648页。

③ 同上书，第653页。

④ （清）杨伦：《杜诗镜铨》，上海古籍出版社1962年版，第63页。

# 第三章

# 文献学元素

古代注杜著作中除了传统的文字音韵训诂的内容，还有大量的文献学内容。这部分有些是以往注释中常见的，如释人事名物制度。但是过去对注本的研究并没有将其作为独立的注释对象单独列出加以考查。我的导师郭芹纳先生在他的《训诂学》第二章“训诂的内容”中有“发凡起例、注音、校勘及其他”一节，是把文献学的内容和注音、说明典故放在一起讨论的。周大璞《训诂学初稿》也在第五章“训诂的运用”第二节“用于古籍整理”中涉及文献学内容，但仍与注释平列，而不是看作注释本身应有的内容。事实上许多训诂学著作都没有遗漏注释中的文献学元素，只是没有从归纳注释内容的角度去观照它们，所以常常笼统言之。本课题在整理注释元素的总目的下，将属于文献学的注释对象作为注释内容的四大版块之一，专章讨论。此章分“解释人事名物制度”、“说明发凡起例、校勘”、“解释编年及创作背景”三节。

## 第一节　释人事名物制度

### 一　释人

董洪利《古籍的阐释》把历史文学作品中的人物分为四类：历史上的真实人物、现实中的真实人物、神话传说中的人物、虚构的人物。“这四类人物，前三类是注释的重点。”① 诗歌的注释也将不少精力用在人物的介绍上。杜甫同时代的人物，与杜甫创作的内容密切相关，其行踪及与

① 董洪利：《古籍的注释》，辽宁教育出版社 1993 年版，第 191 页。

杜甫的关系直接涉及诗意的理解，也可据以判断诗的编年，不得不注。其他人物与用典相关联，是诗歌注释的基本内容。

1. 释前代人物

前代人物，指杜诗中提及的杜甫生活时代以前的历史人物。杜甫诗中以前代人物为题材的诗章很多，大都寄托作者的某种情怀，或以古人类比所咏当代人物。那么对前代人物事迹品行的了解，直接关系到揣摩杜甫思想，理解诗歌意蕴的深度和准确度。所以注者对这些可能造成读者阅读障碍的前代人物，进行了力所能及的解释和说明，并指出诗人用意所在的那些方面，给读者以有益的提示。释前代人物与释典故相似，但仍有差别：释典故侧重于人物的某一件事，释人物侧重于概括介绍生平、人品或逸事。

《陈拾遗故宅》钱笺："《旧书》：陈子昂家世豪富，子昂独苦节读书。为《感遇》诗三十首，王适见而惊曰：'此子必为天下文宗矣。'高宗崩，诣阙上书，自称梓州射洪县草莽愚臣子昂。则天召见，拜麟台正字，再转右拾遗。"① 钱注重点介绍陈子昂的文学才名，及"右拾遗"的官职，其用意是明显的。杜甫也曾任拾遗之职，且诗名不卑，读者马上会领会杜甫灌注到诗中的空有才学难以报国的情感，以及在陈拾遗故宅自然产生的时空共鸣。

《过郭代公故宅》钱笺：

张说撰行状云："公少倜傥，廓落有大志。十六入太学，与薛稷、赵彦昭同业。十八擢进士第，其年判入高等。请外官，授梓州通泉尉。落拓不拘小节，常铸钱，掠良人财以济四方，海内同声合气，有至千万者。则天闻其名，驿征引见，语至夜，甚奇之。问蜀川之迹，对而不隐。令录旧文，乃上《古剑歌》。则天览而佳之，令写数十本，遍赐学士。先天二年，知政事。太平公主、窦怀贞潜结凶党，谋废皇帝。睿宗犹豫不决，诸相皆阿谀顺旨，惟公廷争不受诏。乃举兵诛怀贞等，宫城大乱，睿宗步肃章门观变，诸相皆窜外省，公独登奉天门楼躬侍，睿宗闻东宫兵至，将欲投于楼下，公亲扶圣躬，敦劝乃止。及上即位，宿中书十四日，独知政事。下诏封代国公。"②

① （清）钱谦益：《钱注杜诗》，上海古籍出版社 1979 年版，第 138 页。

② 同上书，第 141 页。

钱谦益此条注文，介绍代国公的事迹，正和杜甫夙志相合，读者览此注文，自然体会到诗人意图。

《醉时歌》："忘形到尔汝，痛饮真吾师。"仇注："《文士传》：祢衡有逸才，与孔融为尔汝交，时衡年二十，融年已四十。"① 仇注暗示读者：杜甫以孔融和祢衡的忘年深交类比自己与郑虔的友情。

《北邻》："爱酒晋山简，能诗何水曹。"仇注："《梁书》：何逊，字仲言，八岁能赋诗，为名流所称。天监中，起家奉朝请，迁建安王水曹，行参军，兼记室，又为安西安成王参军事，兼尚书水部郎。"② 若非仇注，读者即便知何逊之名，也不知"何水曹"为何人。

《过故斛斯校书庄二首》："竟无宣室召，徒有茂陵求。"仇注："《司马相如传》：家居茂陵，病甚，武帝使所忠往求其书，至则相如已死，问其妻，得遗札，书言封禅事。"③ 阅毕仇氏此注，再结合注中对斛斯六的介绍，读者自会理解诗句的含义：以反向对比抒发对斛斯六的惋惜之情。

《遣兴五首》其二："昔者庞德公，未曾入州府。"浦注："《后汉书》：庞德公居岘山南，未尝入州府。荆州刺史刘表就候之，谓曰：'夫保全一身，孰若保全天下乎？'庞公笑曰：'鸿鹄巢于高林，暮而得所栖。鼋鼍穴于深渊，夕而得所宿。夫趣舍行止，亦人之巢穴也，且各得其栖而已。因释耕垄上。表叹息而去。后遂携妻子登鹿门山，采药不返。"④ 浦氏此注，既解释了庞德公"未曾入州府"之事，又暗示读者从"归隐"一意去理解此诗。

2. 释杜甫之同时代人物

介绍杜甫之同时代人物，如僚友、亲戚、族人等。这类人物不仅与杜甫的生活紧密联系，而且是杜甫诗歌的内容之一部分。对这些人物的解释，是阅读和诠解杜诗的必要前提。如果说杜甫以前的人物出现在杜诗中的大多是名人的话，杜甫写于诗中的同时代人物就不一定了，既有唐代名人，也有生活中的普通人，或虽非普通但不为后世所知的人物。各注本对这些人物的注释，是十分必要的。

《戏题王宰画山水图歌》钱注："朱景玄《唐朝名画录》：王宰家于西

① （清）仇兆鳌：《杜诗详注》，中华书局1979年版，第175页。

② 同上书，第760页。

③ 同上书，第1188页。

④ （清）浦起龙：《读杜心解》，中华书局1961年版，第68页。

蜀。贞元中，韦令公以客礼待之。画山水树石，出于象外。”① 王宰虽属名家，但普通读者对他的了解还是空白，所以钱氏作注。这至少省去了读者查阅《唐朝名画录》的麻烦。

《送韦十六评事充同谷防御判官》：“府中韦使君”浦注：“于评事为叔伯行，系是当日府主。”② 若非浦注，我们根本不知道“韦使君”是何职位，及与“韦十六评事”的关系。

《遣兴五首》其四：“山阴一茅宇，江海日清凉。”浦注：“《旧书》：贺知章为礼部侍郎，取舍非允。门荫子弟，喧诉盈庭。于是以梯登墙首出决事，时人咸嗤之。晚犹纵诞，自号四明狂客，又称秘书外监。天宝三载，请度为道士，仍舍本乡宅为道观。”③ 普通读者大多听过贺知章，但未必熟悉“以梯登墙出首决事”及“舍本乡宅为道观”的事。浦注提供了极大的方便。

《观薛稷少保书画壁》题解：“《唐书·薛传》：稷，字嗣通。外祖魏征家，多藏虞褚旧迹。锐精模仿，遂以书名天下。画又绝品。睿宗践阼，历太子少保。”④

《送孔巢父谢病归游江东兼呈李白》题注：“《唐书》：巢父，字弱翁，少与韩准、李白、裴政、张叔明、陶沔隐居徂徕，号竹溪六逸。”⑤

《送从弟亚赴河西判官》题注：“《旧唐书》：杜亚字次公，京兆人，少涉学，善言历代成败事。肃宗在灵武，上书论时政，擢校书郎。其年杜鸿渐节度河西，辟为从事。”⑥

《别李义》题注：“卢注：李义，李錬之子。錬在明皇朝，曾遣祭沂山。东安公錬乃宗室之贤，义能继美。朱注：义与公为中表亲戚，故曰中外贵贱殊。”⑦ 杨伦所引卢注及朱注，并未言明资料来源，那么很可能大多数读者是永远无法获得注文中所提供的信息的。这样的注释，价值很大。

---

① （清）钱谦益：《钱注杜诗》，上海古籍出版社 1979 年版，第 119 页。

② （清）浦起龙：《读杜心解》，中华书局 1961 年版，第 35 页。

③ 同上书，第 69 页。

④ 同上书，第 104 页。

⑤ 同上书，第 222 页。

⑥ （清）杨伦：《杜诗镜铨》，上海古籍出版社 1962 年版，第 144 页。

⑦ 同上书，第 886 页。

3. 释神话传说中的人物

神话传说中的人物，虽不像作者同时代的人物那样不易为普通读者所知晓，但倘若不注，也会给阅读和理解带来困难。所以注者也不厌其烦地进行解说。

《杜鹃行》仇兆鳌题注：“《华阳国志》：鱼凫王后，有王曰杜宇，教民务农，一号杜主。七国称王，杜宇称帝，号曰望帝，更名蒲卑。会有水灾，其相开明，决玉垒山以除水患，帝遂禅位于开明，升西山隐焉。时适二月，子鹃鸟鸣，故蜀人悲子鹃鸟鸣也。《成都记》：望帝死，其魂化为鸟，名曰杜鹃，亦曰子规。又记：杜宇亦曰杜主，自天而降，称望帝，好稼穑，教人务农，治郫城，亦曰望帝。至今蜀人将农者，必先祀杜主。时荆人鳖灵死，其尸泝流而上，至文山下复生，见望帝，望帝因以为相。”①仇氏引用《华阳国志》和《成都记》两种地方文献，将望帝的基本情况向读者作了交代，并说明了与杜鹃的关系，读来倍觉明了。

《寄韩谏议杜》：“似闻昨者赤松子，恐是汉代韩张良。”仇注：“《列仙传》：赤松子，神农时雨师，能入火自烧。”② 此注如缺，读者会误解为赤松子是杜甫同时的现实人物，或者认为赤松子是汉代张良。

《同元使君舂陵行》：“致君唐虞际，淳朴忆大庭。”仇注：“《古史考》：大庭氏，姜姓，以火德王，号曰炎帝。”③

《寄岳州贾司马六丈巴州严八使君两阁老五十韵》仇注：“《山海经》：赤帝女溺死东海，化为鸟，名精卫，取西山木石填海。”④

《北征》仇注：“《山海经》：朝阳之谷有神曰天吴，是为水伯，虎身人面，八首、八足、八尾，背青黄色。”⑤

4. 释人伦

解释亲属关系及称谓。

《前出塞九首》其四：“道路逢故人，附书与六亲。”仇注：“贾谊策：‘以奉六亲。’注：‘六亲，父母兄弟妻子。’《前汉·礼乐志》：六亲和

---

① （清）仇兆鳌：《杜诗详注》，中华书局 1979 年版，第 752 页。

② 同上书，第 1510 页。

③ 同上书，第 1693 页。

④ 同上书，第 648 页。

⑤ 同上书，第 401 页。

睦。注：父子、兄弟、姑姊、甥舅、婚媾、姻娅。"[①]"六亲"是人们的口头常语，但不一定都能说清楚。仇注是必要的。

《寄狄明府博济》："梁公曾孙我姨弟，不见十年官济济。"仇注："旧注：母之姊妹，其子曰姨弟。"[②] 这种亲戚关系，对大多数人来说都能理解。但仇兆鳌仍为作注，可见其细致。不过看现在的情况，姨、姑之子皆不称表而径称兄弟姐妹，独生子女的下一辈，恐怕真有不知"姨表弟"为何物者。长此以往，人们不仅理解不了"我姨弟"，恐怕连仇注中的"母之姊妹"都读不懂了。

《别张十三建封》："内外名家流，风神荡江湖。"仇注："《仪礼注》：姑之子，外兄弟也。舅之子，内兄弟也。"[③] 依靠仇注，读者才会对"内外名家"有一个正确的理解。

《喜闻盗贼总退口号五首》末章："玄元皇帝盛云孙。"浦注："《尔雅》：翨孙之子为仍孙，仍孙之子为云孙。"[④] 翨音 kūn《广韵》古浑切，见母魂韵平声。翨孙，第五世孙。《尔雅·释亲》："子之子为孙，孙之子为曾孙，曾孙之子为玄孙，玄孙之子为来孙，来孙之子为翨孙。"郭璞注："翨，后也。《汲冢竹书》曰：'不窋之翨孙。'"郝懿行义疏："翨孙亦远孙之通称。"

《毒热寄简崔评事十六弟》："开襟仰内弟，执热露白头。"杨注："《白贴》：舅之子为内兄弟。"[⑤]

## 二 释物

重视名物的训释，是传统训诂学的一个特点。钱、仇、浦、杨四家继承了这一优良传统，对名物的注释十分在意。物的概念包括甚广，大致有动物、植物及物品。本书考虑到杜诗注释的实际，把动植物中日常被人食用的单独划出来，分食物一类，对其注释情况单独列举。这样就将物分成了五类：食物、动物、植物、物品、灵异之物，分别列出古代注中的例句，以观其基本注释情况。

---

① （清）仇兆鳌：《杜诗详注》，中华书局 1979 年版，第 121 页。

② 同上书，第 1689 页。

③ 同上书，第 2011 页。

④ （清）浦起龙：《读杜心解》，中华书局 1961 年版，第 859 页。

⑤ （清）杨伦：《杜诗镜铨》，上海古籍出版社 1962 年版，第 620 页。

1. 释食物

《病后遇王倚饮赠歌》："长安冬葅酸且绿，金城土酥静如练。"钱笺："西河旧事：祁连山，在张掖酒泉二郡界之上，牛羊充肥，乳酪酢好。夏泻酪，不用器物，刈草著其上，不解散，作酥特好。一斛酪得酥斗余。金城塞在酒泉郡，故曰金城土酥。"①

《观打鱼歌》："众鱼常才尽却弃，赤鲤腾出如有神。……徐州秃尾不足忆，汉阴槎头远遁逃。鲂鱼肥美知第一，既饱欢娱亦萧瑟。"钱笺"赤鲤"："《古今注》：兖州人谓赤鲤为赤骥，《酉阳杂俎》：国朝律：取得鲤即宜放，仍不得吃，号赤鲤公。卖者决六十。杜宝《大业拾遗录》：梁郡清泠水有大鱼似鲤，头一角，长尺余，鳞正赤。从水中出入，横渎迸流西北十余里，入通济渠，皆谓赤龙。大鲤从渊而出，此亦唐祚将兴之兆。"钱笺"秃尾"："《诗义疏》：似鲂而大头，鱼之不美者，故里语曰：'买鱼得鲌，不如啖茹。'徐州谓之鲢，或谓之鳙。殆所谓徐州秃尾也。"又笺"槎头"："《襄阳耆旧传》：岘山下汉水中，出鳊鱼，肥美。常禁人采捕，以槎断水，谓之槎头鳊。宋张敬儿为刺史，齐高帝求此鱼。敬儿作辘轳船，置鱼而献曰：奉槎头缩项鳊鱼一千六百头。梦弼曰：孙炎释《尔雅》：积柴木水中养鱼曰槮。襄阳俗谓槮为槎头，言积木槎枒然也。"笺"鲂鱼"："《诗义疏》：辽东梁水鲂，特肥而厚，尤美于中国鲂。故其乡语曰：居就粮，梁水鲂。《洛阳伽蓝记》：京师语曰：洛鲤伊鲂，贵于牛羊。"② 钱笺涉及内容丰富，既解释了"赤鲤"、"秃尾"、"槎头""鲂鱼"四种鱼的产地、特点，又解释了其得名之由，还介绍了相关典故。钱如不注，人们将不知道"徐州秃尾""槎头"是什么，也不会知道唐朝禁捕鳊鱼、禁食赤鲤的规定。而且钱注中还保留了"买鱼得鲌，不如啖茹"、"居就粮，梁水鲂"、"洛鲤伊鲂，贵于牛羊"等古代俚语，这是非常宝贵的。

《南邻》："锦里先生乌角巾，园收芋栗不全贫。"仇注："顾宸曰：周祈《名义考》云'园收芋栗未全贫'，与《山农》诗'呼儿登山收橡栗'同意。芧栗，即橡栗，乃栎木子也。《庄子·徐无鬼》：先生居山食芧栗。此一说也。王洙云：成都风俗曰：'大饥不饥，蜀有蹲鸱。'《史记》：卓

① （清）钱谦益：《钱注杜诗》，上海古籍出版社1979年版，第70页。

② 同上书，第134页。

氏曰：‘岷山之下，沃野，下有蹲鸱，至死不饥。’注云：大芋也，扬雄《蜀都赋》言‘闲蹲鸱之沃野’，又言‘榛栗罅发’，则芋栗明为两物。据公他诗云‘我恋岷下芋’，又云‘尝果栗皱开’，亦可证芋、栗皆成都所产矣。且芋栗野生，不待园中收种，而芧栗充饥，乃贫馁之甚者，岂可云‘未全贫’乎？后《过南邻朱山人》诗云‘残樽席更移’，其家非藉芧栗以充饥者，还作芋栗为当。”① 仇注分辨了“芧栗”（橡栗）和“芋栗”（芋、栗），分别介绍了它们的生长环境和生产情况，为理解诗意提供了极大的便利。

《热三首》其三：“朱李沉不冷，彫胡炊屡新。”仇注：“杨慎云：《说文》：彫苽，一名蒋。《西京杂记》及古诗多作彫胡，《内则》注作雕胡，亦作安胡。宋玉赋：炊雕胡之饭。枚乘《七发》：安胡之饭。《尔雅》：啮雕蓬。孙炎云：米茭也，米可作饭，古人以为五饭之一。”②

《槐叶冷淘》题注：“朱注：以槐叶汁和面为冷淘。卢注：有槐芽温淘，有水花冷淘。”③

《送从弟亚赴河西判官》：“黄羊饫不羶，芦酒多还醉。”浦注：“蔡曰：大观三年，郭随出使，举黄羊芦酒问外使时立爱。立爱云：‘黄羊，野物，猎取食之，不羶。芦酒，糜谷酝成，不醉也。但力微，饮多则醉。’杨慎曰：芦酒，以芦为筒，吸而饮之，亦名钩藤酒。此见《溪蛮丛笑》。”④

《发秦州》：“充肠多薯蓣，崖蜜亦易求。”浦注：“《本草》：薯蓣俗名山药。”“《图经本草》：石蜜即崖蜜。其蜂黑色，作房于岩窟，以长竿刺取之。”⑤

《阌乡姜七少府设鲙戏赠长歌》：“河冻味鱼不易得，凿冰恐侵河伯宫。”浦注：“《潘淳诗话》：韩玉汝云：河中府，三面黄河，惟有味鱼，似鲫而肥短，味亦美。朱注：《本草》有鯄鱼，出黄河口。”⑥

《黄鱼》题注：“《尔雅》注：鳝鱼体有甲无鳞，肉黄，大者长二三

---

① （清）仇兆鳌：《杜诗详注》，中华书局1979年版，第761页。

② 同上书，第1301页。

③ 同上书，第1645页。

④ （清）浦起龙：《读杜心解》，中华书局1961年版，第37页。

⑤ 同上书，第74页。

⑥ 同上书，第254页。

丈，江东人呼为黄鱼。”①

2. 释动物

解释杜诗中出现的动物，包括禽、兽、昆虫。

《草堂》：“焉知肘腋祸，自及枭獍徒。”仇注：“《前汉·郊祀志》：枭，鸟名，食母。破镜，兽名，食父。黄帝欲绝其类，使百吏祠皆用之。”② 浦起龙补充：“按：镜，通作獍。”③ 仇、浦二人对枭“食母”和獍“食父”的属性的介绍，为读者理解诗句提供了钥匙。

《故秘书少监武功苏公源明》：“不要悬黄金，胡为投乳赟？”仇注：“《尔雅》：赟有力。注：出西海大秦国，有养者，似狗，多力犷恶。《炙毂子》载《赟铭》曰：爰有犷兽，厥形似犬，饥则驯服，饱则反眼，出于西海，名之曰甙。”④

《萤火》题注：“《尔雅》：萤火，一名即照。《古今注》：一名晖夜，一名宵烛。”⑤ 浦注介绍了萤火虫的几个别名，方便了不同方言区的读者解诗。

《王兵马使二角鹰》：“杉鸡竹兔不自惜，孩虎野羊俱辟易。”浦注：“孩虎，犹言乳虎。《上林赋》：手熊罴，足野羊。《颜注》：野羊，山羊。”⑥ 浦注解释“孩虎”非常必要，因为读者对此不易理解。

《秦州杂诗二十首》其十七：“鸬鹚窥浅井，蚯蚓上深堂。”浦注：“陶隐居云：鸬鹚不卵生，口吐其雏，今谓之水老鸦。《古今注》：蚯蚓，江湖谓之歌女。”⑦ 鸬鹚“口吐其雏”和蚯蚓又名“歌女”，都是很有意思的。浦注提供的信息，有助于读者领会杜诗的意趣。

《大历三年春，白帝城放船出瞿唐峡，久居夔府，将适江陵，漂泊有诗，凡四十韵》：“雁儿争水马，燕子逐樯乌。”浦注“子瞻《虫诗》：君不见水马儿，步步逆流水。《物理小识》：水马能化蜻蜓，则水鳖虫耳，

① （清）杨伦：《杜诗镜铨》，上海古籍出版社 1962 年版，第 831 页。

② （清）仇兆鳌：《杜诗详注》，中华书局 1979 年版，第 1114 页。

③ （清）浦起龙：《读杜心解》，中华书局 1961 年版，第 112 页。

④ （清）仇兆鳌：《杜诗详注》，中华书局 1979 年版，第 1408 页。

⑤ （清）浦起龙：《读杜心解》，中华书局 1961 年版，第 396 页。

⑥ 同上书，第 307 页。此“山羊”与今概念不同。诗中指的是野山羊，一种野生的羊。今山羊是家畜之一，形似绵羊而体略小。牝牡都有角，角尖朝后。毛直而不蜷曲。牡羊颔下有胡须。性活泼，善登高，采食野草、灌木和树叶等。中原官话榆中方言称之为“骚胡”。

⑦ 同上书，第 387 页。

非四足之水秀才也。一名虾扒虫。"[①] 浦注用俗名解释并区分了读者有可能混淆的两种水虫。

3. 释植物

《枯棕》仇兆鳌题注："《广志》：棕一名栟榈，状如蒲葵，有叶无枝。陈藏器《本草》：其皮作绳，入水千年不烂。"[②] 仇氏引《广志》说明了棕的形体特征，又引《本草》指出了棕皮的功用，给读者提供了有用的解诗信息。

《江头五咏》之《丁香》仇兆鳌题解："《图经本草》：丁香，木类桂，高丈余。叶似栎，凌冬不凋。花圆细，黄色。《齐民要术》：鸡舌香，世以其似丁子，故一名丁子香，即今丁香是也。《日华子》云：丁香，治口气，所以郎官含之。《碎录》：丁香，一名百结。子出枝叶上，如钉，长三四分。有粗大如山茱萸者，名母丁香。"[③] 仇注引用四种文献资料，对"丁香"作了细致的解说，使读者有了全面的了解。

《北征》："山果多琐细，罗生杂橡栗。"浦注"《本草》：橡，一名皂斗，其实似栗实而小。"[④]

《除草》："蕺，音潜。《益部方物赞》：燖麻自剑以南处处有之，或触其叶，如蜂螫人，以尿灌之，即解，善治风肿。考杜诗当作蕺。"[⑤]

《驱竖子摘苍耳》题注："《尔雅注》：卷耳，或曰苓耳，形似鼠耳，丛生如盘。陆机《诗疏》云：可煮为茹。《本草》云：即今苍耳。"[⑥]

《园官送菜并序》题注："《本草》：苦苣，苣野生者，又名褊苣。《图经本草》：马齿，苋类，而苗叶都不相似，一名五行草。"[⑦]

《解闷二十首》其十二："京华应见无颜色，红颗酸甜只自知。"注"荔枝原名离枝，言其离枝则色味香气俱变也。"[⑧]

4. 释物品

物品是随着时代的发展和科技的发展而时时更新的。物品具有时代

---

① （清）浦起龙：《读杜心解》，中华书局1961年版，第788页。

② （清）仇兆鳌：《杜诗详注》，中华书局1979年版，第855页。

③ 同上书，第876页。

④ （清）浦起龙：《读杜心解》，中华书局1961年版，第41页。

⑤ 同上书，第118页。

⑥ 同上书，第135页。

⑦ 同上书，第170页。

⑧ （清）杨伦：《杜诗镜铨》，上海古籍出版社1962年版，第818页。

性，人类的生活内容和生活环境的变化，直接导致使用物品的改变。因此代表物品的名词，最容易成为后世陌生的词语。古代注杜时，十分注意对物品的解释。

《即事》："百宝装腰带，真珠络臂鞲。"钱注："《淳于髡传》：帣鞲鞠䐶[①]，《通鉴》注：鞲，臂捍也。《东方朔传》：董君绿帻傅鞲。韦昭曰：鞲，形如射鞲，以缚左右手。《汉官仪》：大宫赐官奴婢各三千人，置酒皆缇鞲蔽膝。"[②]"鞲"已经不是大众日常生活的常用物品，所以钱氏作了解释。

《椶拂子》："荧荧金错刀，濯濯朱丝绳。"仇注："施青臣《继古丛编》：金错刀，一名而二物，钱一也，刀二也。《汉·食货志》：王莽更造大钱，又造错刀，以金错其文曰，一刀直五千。张衡《四愁诗》：美人赠我金错刀，何以报之双琼瑶。此言钱也。《续汉书·舆服志》：佩刀乘舆，通身雕错，诸侯黄金错。《东观汉记》：赐邓通金错刀。此言刀也。今按：杜诗'金错囊徒罄，银壶酒易赊'，韩昌黎诗'闻道松醪贱，何须吝错刀'，皆指钱言。杜诗'荧荧金错刀，濯濯朱丝绳'，孟襄阳诗'美人聘金错，双手脍红鳞'，此皆指刀言。杜诗'金错旌竿雪满霜'，此以金错于旌竿也。汉秦嘉妻以金错碗奉其夫，此以金错于碗上也。古人于器物多以黄金错之。"[③] 仇注对"金错刀"的两种内涵都进行了解说，并解释了"金错"的意思，解决了读者阅读的困难。

《寄董卿嘉荣十韵》："闻道君牙帐，防秋近赤霄。"仇注："君牙帐，谓董君之牙帐。吴注引邢君牙，谬矣。王洙曰：兵家书：牙旗，将军之旗，立于元帅帐前，故谓之牙旗。曹植诗：高牙乃建。《南部新书》：近代通谓府庭为公衙，即古之公朝也。字本作牙。《诗》曰：'祈父，予王之爪牙。'祈父，司马，掌武备，象兽以爪牙为卫，故军前大旗谓之牙旗。出师而有建牙祃牙之事。军中听号令，必至牙旗之下，与府朝无异。近俗尚武，是以通呼公府门为牙门，字讹变转为衙。《东京赋》注：竿上以象牙饰之，后人遂以牙为衙。"[④] 仇兆鳌对"牙帐"的解释，不但廓清

---

① 此字《文字镜》无，无法输入。其形为月字旁，右半上部为永，下部为邑。《杜诗详注》作䐶。

② （清）钱谦益：《钱注杜诗》，上海古籍出版社1979年版，第397页。

③ （清）仇兆鳌：《杜诗详注》，中华书局1979年版，第1030页。

④ 同上书，第1167页。

了误解，而且联系到军事仪式、字形讹变、成词过程，具有很高的训诂学价值。

《遣兴五首》其二："归来悬两狼，门户有旌节。"浦注："《唐·百官志》：节度使双旌双节。《车服志》：旌以绛帛五丈，粉画虎。有铜龙一，首缠绯幡。紫缣为袋油囊为表。节垂画木盘，相去数寸。隅垂尺麻。余与旌同。"① 浦注解释"旌""节"两种今已不用的物品，使读者了解了器物，增长了知识。

《夜闻觱篥》题解："《乐府杂录》：觱篥者，本龟兹国乐，亦名悲栗。以竹为管，以芦为首，有类于笳。"② 杨注于"有类于笳"前增"其声悲栗"四字。③ 二人之注拿读者有所了解的"笳"来对比介绍"觱篥"，并简单说明其构造，使读者对该物品有了一定的了解。

《宿赞公房》："杖锡何来此，秋风已飒然。"浦注："邵注：经云：杖锡又名智杖，又名德杖。游行僧为飞锡，安住僧为挂锡。"④

《大云寺赞公房四首》："黄鹂度结搆，紫鸽下罘罳。"杨注"罘罳"："音浮思。《礼记》：疏屏，天子之庙饰。郑注：屏谓之树，今罘罳也。《雍录》：罘罳镂木为之，其中疏通，或为方空，或为连琐；又有网户者，连文缀属，其形如网，世遂有直织丝网，张之檐窗，以护禽雀者。"⑤

《石砚》："比公头上冠，贞质未为贱。"杨注："《唐书》：法冠者，御史大夫中丞御史之服也，一名獬豸冠。"⑥

5. *释灵异之物*

此段所涉及的是民间故事、神怪故事中的人或物。这与神话、传说人物不同。神话是指叙述人类原始时期，也就是人类演化的初期所发生的单一事件或故事，承传者一定得对所述说的内容信以为真。传说是最早的口头叙事文学之一，由神话演变而来但又具有一定的历史性的故事。而民间故事和神怪故事则不具备"起源性"和"必信性"。

《石镜》钱注："《华阳国志》：成都有一丈夫化为女子，美而艳，盖

---

① （清）浦起龙：《读杜心解》，中华书局 1961 年版，第 70 页。

② 同上书，第 324 页。

③ （清）杨伦：《杜诗镜铨》，上海古籍出版社 1962 年版，第 950 页。

④ （清）浦起龙：《读杜心解》，中华书局 1961 年版，第 391 页。

⑤ （清）杨伦：《杜诗镜铨》，上海古籍出版社 1962 年版，第 133 页。

⑥ 同上书，第 586—587 页。

山精也。蜀王纳为妃，不习水土，欲去。王必留之，乃为东平之歌以乐之。无几物故。蜀王哀念之，乃遣五丁之武都，担土为妃作冢，盖地数亩，高七丈，上有石镜。今成都北角武担是也。《寰宇记》：冢上有一石，圆五寸，径五尺，莹彻，号曰石镜。王见悲悼，遂作臾邪之歌，龙归之曲（或作就归）。今都内及毗桥侧，有一折石长丈许，云是五丁担土担也。”①“石镜”、“担土担”就属灵异之物，钱氏介绍了与之相关的地方故事，帮助读者理解。

《有怀台州郑十八司户》：“山鬼独一脚，蝮蛇长如树。”浦注：“《述异记》：山鬼，岭南所在有之，独足反踵。”②

《七月三日亭午已后校热退晚加小凉稳睡有诗因论壮年乐事戏呈元二十一曹长》：“退藏恨雨师，健步闻旱魃。”浦注：“《神异经》：南方有人，长二三尺，裸身，而目在顶，行走如飞，名曰䰠，俗曰旱魃。”③杨伦注在此段后有“所见之国大旱”一句。④

上二例浦、杨二人的注释给读者提供了关于“山鬼”和“旱魃”的形象信息。

《信行远修水筒》：“讵要方士符，何假将军佩。”浦注：“《神仙传》：葛玄取一符投水中，能使逆流而上。”⑤

《酬郭十五判官受》：“只同燕石能星陨，自得隋珠觉夜明。”浦注：“《搜神记》：隋侯见大蛇被伤，使以药封之，蛇衔明珠以报。珠盈径寸，夜有光明，可以烛室。”⑥

《喜闻官军已临贼境二十韵》：“鼎鱼犹假息，穴蚁欲何逃。”浦注下句：“《异苑》：晋桓谦见人长寸余，悉披铠执槊乘马，从埳中出，缘几登灶。蒋山道士令作沸汤，浇所入处。因掘之，有斛大许蚁死穴中。”⑦

以上三例，浦氏讲述了三个宗教（道家）故事，为读者理解诗意打通了道路。

---

① （清）钱谦益：《钱注杜诗》，上海古籍出版社1979年版，第388页。

② （清）浦起龙：《读杜心解》，中华书局1961年版，第65页。

③ 同上书，第132页。

④ （清）杨伦：《杜诗镜铨》，上海古籍出版社1962年版，第617页。

⑤ （清）浦起龙：《读杜心解》，中华书局1961年版，第134页。

⑥ 同上书，第679页。

⑦ 同上书，第714—715页。

《雨不绝》："舞石旋应将乳子，行云莫自湿仙衣。"杨伦注："罗含《湘中记》：石燕在零陵县，遇风雨则飞舞如燕，止则为石。《水经注》：燕山有石，绀色状燕。其石或大或小，及雷雨相薄，则小者随大者而飞，如相将乳子之状。"①

《诸将五首》其一："昨日玉鱼蒙葬地，早时金碗出人间。"杨注："《两京新记》：宣政殿初成，每见数十骑驰突出，高宗使巫刘明奴问所由，鬼曰：我汉楚王戊太子，死葬于此。明奴因宣诏欲为改葬，鬼曰：改葬幸甚，天子敛我玉鱼一双，今犹未朽，勿见夺也。及发掘，玉鱼宛然。"又曰："《汉武故事》：郿县有一人于市货玉杯，吏疑其御物，欲捕之，忽不见。县送其器，推问，乃茂陵中物也。"②

## 三 释天文地理

中国古代非常重视天文地理，文学作品中表现天文地理的内容十分丰富，诗歌也不例外。杜诗记录了杜甫一生的漂泊行踪，涉及的地名、山水名、古迹名不可胜数。有些地名古今数次更改，造成相当复杂的关系，有异称而同处者，有一名而多处者，非注释不能明其确指。传统文化的天地对应理念，天人感应理念，贯穿在诗人的知识系统中，反映在诗歌语言中。而这些知识涉及天文的，又大多不为后人所熟知。因此对这些内容的注释，构成了杜诗注释的重要部分。古代的杜诗注释中有不少是属于解释天文地理的。

### 1. 释天文

本段所列诸家所释内容，由于后世教育带来的文化结构和知识结构的改变，已经不为大众所知，即使知识分子，绝大多数在读诸家注文时都已缺乏理解力。因此注释的意义是不容置疑的，而且对这些注释的再解释已经有了迫切性。例如：

《夏日叹》："夏日出东北，陵天经中街。"钱笺："《汉·天文志》：日有中道，月有九行。中道者，黄道，一曰光道。北至东井，去北极近。南至牵牛，去北极远。东至角，西至娄，去极中。夏至至于东井，北近极，故晷短。日，阳也。阳用事则日进而北，昼进而长，阳胜，故为温

---

① （清）杨伦：《杜诗镜铨》，上海古籍出版社1962年版，第628—629页。

② 同上书，第639页。

暑。阴用事则日退而南，昼退而短，阴胜，故为凉寒也。《晋天文志》：夏至极起而天运近北，而斗去人远，日去人近，南天气至，故蒸热也。”①浦注：“朱注：《天官书》有街南、街北。街南，毕主之。街北，昴主之。按：此援据最合。盖四五月之交，日行正在昴、毕之界。昴在毕西，入黄道内。毕在昴东，出黄道外。其间有二小星曰天街，正跨黄道，故可云中街也。是时日初出在东北。”② 此注中涉及的天文术语，对于当代大多数读者来说，都已经十分陌生了。如“东井”、“牵牛”、“角”、“娄”、“昴”、“毕”、“天街”等，即便有人知道是星名，也很少有人能在天空指认出来了。

《同诸公登慈恩寺塔》：“七星在北户，河汉声西流。”仇注：“《史记·天官书》：北斗七星，所谓璇玑玉衡以齐七政。《春秋运斗枢》：斗，第一天枢，第二璇，第三玑，第四权，第五衡，第六开阳，第七瑶光。《吴都赋》：开北户以向日。”③

《冬至》仇注：“玉烛宝典云：至有三义：一者阴极之至，二者阳气始至，三者日行南至。”④

《送樊二十三侍御赴汉中判官》：“川谷血横流，豺狼沸相噬。”浦注：“《晋书·天文志》：狼一星，在东井东南。弧九星，在狼东南。主备盗贼，当向于狼。按：《史记》作弧四星，当从《晋书》。”⑤

《牵牛织女》题解：“《尔雅》：河鼓谓之牵牛。《晋志》：织女三星在天纪东端，天女也，主果蓏丝帛珍宝。”⑥

《伤春五首》其三：“大角缠兵气，钩陈出帝畿。”浦注：“《晋·志》：大角在摄提间，天王座也。按：大角止一星，与斗杓相值。《星经》：钩陈六星，主天子六军。按：星在紫宫之内，华盖之下，如斗形。其魁中又有一星，曰天皇大帝。”⑦

《秋日荆南述怀三十韵》：“数见鸣钟鼎，真宜法斗魁。”浦注：“《晋

① （清）钱谦益：《钱注杜诗》，上海古籍出版社 1979 年版，第 79 页。

② （清）浦起龙：《读杜心解》，中华书局 1961 年版，第 58 页。

③ （清）仇兆鳌：《杜诗详注》，中华书局 1979 年版，第 105 页。

④ 同上书，第 1823 页。

⑤ （清）浦起龙：《读杜心解》，中华书局 1961 年版，第 34 页。

⑥ 同上书，第 133 页。

⑦ 同上书，第 738—739 页。

书》：斗魁第一星西三星，曰三公，主宣德化，调七政。”①

《太岁日》：“阊阖开黄道，衣冠拜紫宸。”注：“《汉天文志》：日有中道，中道者黄道也。”②

2. 释地理

（1）释地名

地名的注释，建立在两个前提下：一是诗中地名较具体，对于异地读者来说，它们是陌生的。二是诗中有不同名称的。这两种情况都会导致读者阅读理解的困难。注本的注释也正是针对这些困难的。

解释较具体的地名：

《西山三首》钱笺：“《元和郡县志》：岷山，即汶山，南去青城石山百里，天色晴明，望见成都。山岭停雪，常深百丈，夏月融泮，江川为之洪溢，即陇之南首也。”③

《木皮岭》题解：“《方舆胜览》：在同谷县东二十里。杜甫发同谷，取路栗亭，南历当房村，度木皮岭，由白水峡入蜀。即此。”④

《发同谷县》：“停骖龙潭云，回首虎崖石。”浦注：“（虎崖石）即万丈潭。”⑤

《长江二首》其一：“孤石隐如马，高萝垂饮猿。”浦注：“《寰宇记》：滟滪堆在蜀江中心瞿唐峡口。《益州记》：夏月涨数十丈，其状如马，又名犹预。《水经注》：名淫豫。《乐府》：淫豫大如马，瞿唐不可下。”⑥

《秦州杂诗》其十三：“传道东柯谷，深藏数十家。”杨注：“《通志》：东柯谷在秦州东南五十里，杜甫有祠于此。宋栗亭令王知彰记云：工部弃官寓东柯谷侄佐之居。赵傁曰：《天水图经》载秦州陇城县有杜工部故居，及其侄佐草堂，在东柯谷之南，麦积山瑞应寺上。按：此则公居特与佐相近，当另是一处，观后《示侄佐》及《佐还山后寄》等诗

① （清）浦起龙：《读杜心解》，中华书局 1961 年版，第 796 页。

② （清）杨伦：《杜诗镜铨》，上海古籍出版社 1962 年版，第 898 页。

③ （清）钱谦益：《钱注杜诗》，上海古籍出版社 1979 年版，第 436 页。

④ （清）浦起龙：《读杜心解》，中华书局 1961 年版，第 83 页。

⑤ 同上书，第 82 页。

⑥ 同上书，第 491 页。

可见。”[①]

《禹庙》：“早知乘四载，疏凿控三巴。”杨注：“谯周《巴记》：刘璋分巴，以永宁为巴东郡，垫江为巴郡，阆中为巴西郡，是为三巴。”[②]

解释有变化的地名：

《新安吏》：“我军收相州，日夜望其平。”浦注“相州”：“即邺城。”[③] 宋开玉《杜诗释地》：“州名。北魏天兴四年（401）分冀州置，治邺县（今河北临漳县西南叶镇）。东魏天平初改名司州，北周建德间复名相州，大象时移治安阳（今河南省安阳市南，隋移今市）。唐高祖武德元年（618），置相州总管府，天宝元年（742），改名邺郡。乾元元年（758），复为相州。”[④]

《发秦州》：“汉源十月交，天气如凉秋。”浦注：“《一统志》：汉江自沔县嶓冢山发源。按：沔与成县接界。今之成县，即古同谷。”[⑤]

《木皮岭》：“忆观昆仑图，目击玄圃存。”浦注：“《神仙传》：昆仑，一名玄圃。”[⑥]

《扬旗》：“此堂不易升，庸蜀日以宁。”浦注：“庸蜀，蜀也。《公孙述传》：王莽改益州为庸部。”[⑦]

《奉和严公军城早收》：“已收滴博云间戍，欲夺蓬婆雪外城。”浦注：“滴博，他处作的博。《困学记闻》：的博岭，在雍州。蓬婆，《旧书》作蒲婆。鹤云：吐蕃城名也。《元和志》：柘州城，四面险阻，有安戎江，蓬婆山在西南。又大雪山，一名蓬婆山，在柘县西北。”[⑧]

对有些地名，注者侧重于解释其范围、方向、位置：

《题玄武禅师屋壁》钱笺：“《寰宇记》：玄武山，《九州要记》云：一名宜君山。《华阳国志》云：一名三嵎山，在玄武县东二里，其山六屈

① （清）杨伦：《杜诗镜铨》，上海古籍出版社 1962 年版，第 244 页。

② 同上书，第 568 页。

③ （清）浦起龙：《读杜心解》，中华书局 1961 年版，第 52 页。

④ 宋开玉：《杜诗释地》，上海古籍出版社 2004 年版，第 160 页。

⑤ （清）浦起龙：《读杜心解》，中华书局 1961 年版，第 74 页。

⑥ 同上书，第 83 页。

⑦ 同上书，第 115 页。

⑧ 同上书，第 847 页。

三起。《方舆胜览》：大雄山在中江，有真武庙，杜诗‘玄武禅师屋’在此。”①

《八哀诗·故右仆射相国张公九龄》：“相国生南纪，金璞无留矿。”浦注：“考史，北自上洛，南至衡，东循岭峤至闽，通谓之南纪。”②

《投赠哥舒开府翰二十韵》浦注：“《史记索引》：祁连山，一名天山，在张掖、酒泉界。”③

《三绝句》其二：“二十一家同入蜀，唯残一人出骆谷。”杨注：“朱注：骆谷关在京兆府盩厔县西南一百二十里，南通蜀汉。《寰宇记》；自鄠县界西南，经盩厔县又西南入骆谷，出骆谷入洋州兴势县界。”④

《舟中出江陵南浦，奉寄郑少尹审》题注：“公自江陵移居公安，公安在江陵南九十里，故出南浦。”⑤

对有些地名，注者侧重于解释其建置更革：

《自京赴奉先县咏怀五百字》钱笺：“《长安志》：蒲城县，秦名重泉，后魏白水，又改蒲城。开元四年，建睿宗桥陵，改为奉先县，隶京兆府。十七年，升为赤县。”⑥

《又于韦处乞大邑瓷碗》钱谦益注：“《元和郡县志》：邛州大邑县，本汉江源县地，咸通二年，割晋原县之西界置。”⑦

《送樊二十三侍御赴汉中判官》仇兆鳌题解：“《唐书》：汉中郡，属山南道，本梁州汉川郡。天宝元年改汉中郡，兴元元年升为兴元府。”⑧

《送贾阁老出汝州》题注：“《唐志》：汝州临汝郡，属河南道，本伊州，贞观八年更名。汝州，今属河南南阳府。”⑨

《送韦十六评事充同谷防御判官》题注：“《旧书》：成州同谷郡，秦陇西郡。天宝元年，改为同谷郡。按：今属巩昌府。”⑩

① （清）钱谦益：《钱注杜诗》，上海古籍出版社1979年版，第418页。
② （清）浦起龙：《读杜心解》，中华书局1961年版，第157页。
③ 同上书，第700页。
④ （清）杨伦：《杜诗镜铨》，上海古籍出版社1962年版，第577页。
⑤ 同上书，第938页。
⑥ （清）钱谦益：《钱注杜诗》，上海古籍出版社1979年版，第36页。
⑦ 同上书，第400页。
⑧ （清）仇兆鳌：《杜诗详注》，中华书局1979年版，第350页。
⑨ 同上书，第443页。
⑩ （清）浦起龙：《读杜心解》，中华书局1961年版，第35页。

《送从弟亚赴河西判官》题注："朱注：贞观元年，分陇坻以西为陇右道。景云二年，自黄河以西，分为河西道。按：今所属东至临洮，西至甘肃。"①

《凤凰台》："亭亭凤凰台，北对西康州。"浦注："《唐书》：武德初，置西康州。贞观初，州废为同谷县，属成州。"②

《移居夔州作》："伏枕云安县，迁居白帝城。"杨注："王彦辅曰：周鱼腹国，秦置巴郡，汉公孙述更曰白帝，唐改夔州。"③

（2）释古迹

古迹是历史人物、历史事件、历史工程和传说在地理上的痕迹。古迹并不是永存不灭的，或因人口流动被遗忘，或因社会的变迁、战争的破坏而改变位置和名称，或因不可抗拒的自然力而消失。古迹是帮助读者理解诗作的重要注释元素。如：

《送严侍郎到绵州，同登杜使君江楼宴，得心字》钱笺："《方舆胜览》：枕绵州城之东隅，上有唐《江亭记》，观杜诗，则古之江楼在南山下。"④ 江楼位置已经改变，那么读者理解中的江楼非杜诗之江楼，钱注是十分必要的引导。

《望岳》："安得仙人九节杖，拄到玉女洗头盆。"浦注："《集仙录》：明星玉女，居华山，祠前有石臼，曰'玉女洗头盆'，水色碧绿澄澈，不溢不耗。"⑤ 宋开玉曰："华山名胜之一。在西岳华山中峰玉女峰玉女祠南。传说为秦穆公女弄玉升仙后洗头的地方，为五个石臼，其水雨旱皆不增减。"⑥ 对于不了解华山的读者，浦注是很有价值的。

《九成宫》题注："《唐书》：九成宫在凤翔麟游县西五里，本隋仁寿宫，贞观间修之，以避暑更名焉。宫周垣千八百步，并置禁苑及府库官寺等。太宗高宗尝临幸，山有九重，故曰九成。"⑦ 杨伦不仅解释其来历，而且揭示了其得名之由，很有训诂价值。

---

① （清）浦起龙：《读杜心解》，中华书局 1961 年版，第 37 页。

② 同上书，第 80 页。

③ （清）杨伦：《杜诗镜铨》，上海古籍出版社 1962 年版，第 591 页。

④ （清）钱谦益：《钱注杜诗》，上海古籍出版社 1979 年版，第 414 页。

⑤ （清）浦起龙：《读杜心解》，中华书局 1961 年版，第 612 页。

⑥ 宋开玉：《杜诗释地》，上海古籍出版社 2004 年版，第 145 页。

⑦ （清）杨伦：《杜诗镜铨》，上海古籍出版社 1962 年版，第 156 页。

《八阵图》题注："《寰宇记》：八阵图在奉节县西南七里。《荆州图副》云：永安宫南一里渚下平碛上，有孔明八阵图，聚细石为之，各高五尺，广十围，历然棋布，纵横相当，中间相去九尺，正中开南北巷，悉广五尺，凡六十四聚，或为人散乱，及为夏水所没，冬时水退，复依然如故。《成都图经》：武侯八阵有三，在夔者六十有四，方阵法也；在弥牟镇者二十有八，当头阵法也；在棋盘市者二百五十有六，下营阵法也。"① 对于普通读者，可能不知道八阵图在何处或者只知其一，每处八阵图各是什么阵法，那更加少有人知了。杨伦的注释完善了读者的知识信息。

## 四 释社会政治

### 1. 释制度

制度对读者解诗也是重要的制约因素，因此对后世已经不熟悉的政治制度，注者也给予解说。

《奉留赠集贤院崔于二学士》钱笺："《六典》：立匦之制，一房四面，各以方色。东曰延恩，怀才抱器，希于闻达者投之。"② 立匦之制，废止已久，经钱氏解释，读者方能了然。

《冬狩行》："朱注：《潘子真诗话》：礼，天子六马，左右骖。三公九卿驷马，左骖。汉制，九卿二千石右骖，太守驷马而已，其加秩中二千石乃右骖，故太守以五马称之。《遁斋闲览》及《学林》云：汉时朝臣出使为太守，增一马，故为五马。"③ 此处仇氏讲说了古代的车驾等级制度。

《送重表侄王砅评事使南海》："六宫师柔顺，法则化妃后。"仇注："《周礼》：王后以阴礼教六宫。注：前一后五，五者，后一宫，三夫人一宫，九嫔一宫，二十七世妇一宫，八十一御妾一宫，凡百三十人。"④ "前一后五"的宫廷规制及后宫人数，虽不影响对诗句的大致理解，但经仇注，读者提高了知识的具体性。不过此注数据或许有误，各宫人数与总数不符。

《投简咸华两县诸子》："赤县官曹拥才杰，软裘快马当冰雪。"浦注："《元和郡县志》：唐县，有赤、畿、望、紧、上、中、下六等之差。京都

① （清）杨伦：《杜诗镜铨》，上海古籍出版社 1962 年版，第 597 页。

② （清）钱谦益：《钱注杜诗》，上海古籍出版社 1979 年版，第 310 页。

③ （清）仇兆鳌：《杜诗详注》，中华书局 1979 年版，第 1057 页。

④ 同上书，第 2044 页。

治为赤县。"[①] 此按：赤、畿、望、紧、上、中、下共七等，注引郡县志言六等恐有误。

《瘦马行》："细看六印带官字，众道三军遗路旁。"浦注："《唐六典》：诸牧监马皆印，印右髆以小官字，右髀以年辰，尾侧以监名。若形容端正，拟送尚乘，不用监名。二岁始春，则以飞字印，印其左髀髆。细马、次马，以龙形印，印其项左。送尚乘者，尾侧印以三花。其余杂马送尚乘者，以风字印印左髆，以飞字印印左髀。官马赐人者，以赐字印。配诸军及充驿者，以出字印。并印左右颊。"[②] 官马制度今人全然不晓，所以浦氏作了详细的注释。

《客堂》："台郎选才俊，自顾亦已极。"杨注："《汉官仪》：尚书郎初从三署郎选，诣尚书台试。"[③]

《复愁十二首》其十二："莫看江总老，犹被赏时鱼。"注："赏时鱼，谓当时所赏之鱼袋。《唐会要》：开元中，张嘉贞奏致仕及内外官五品以上，检校试判，听准正员，例许终身佩鱼，以理去任，亦许佩鱼。自后赏绯紫例兼鱼袋，谓之章甫。"[④]

《水宿遣兴奉呈群公》："高枕翻新月，严城叠鼓鞞。"杨注："《卫公兵法》：鼓三百三十搥为一通，鼓止角动，吹十二声为一叠。"[⑤]

2. 释民俗

民俗具有较强的地域性，常言道五里不同俗，十里不同风，加上时代的悬隔，杜诗中有关民俗的内容构成读者阅读的障碍。诸家皆重视对民俗的注解。

《戏作俳谐体遣闷二首》其一："家家养乌鬼，顿顿食黄鱼。"仇注："蔡宽夫《诗话》：元微之《江陵》诗：病赛乌称鬼，巫占瓦代龟。自注云：南人染病，竞赛乌鬼，楚巫列肆，悉买龟卜。乌鬼之名见于此，乃所事神名。养字或赛字之误。朱注：按元诗见《长庆集》。元去公时近，又夔隶荆南，必与江陵同俗，他说皆未可信，猪与鸬鹚，尤为无稽。《邵氏闻见录》：夔峡之人，岁十月十百为曹，设牲酒于田间，已而众操兵大

① （清）浦起龙：《读杜心解》，中华书局 1961 年版，第 231 页。

② 同上书，第 252 页。

③ （清）杨伦：《杜诗镜铨》，上海古籍出版社 1962 年版，第 585 页。

④ 同上书，第 822 页。

⑤ 同上书，第 922 页。

噪，谓之养乌鬼。长老言地近乌蛮，战死者多，与人为厉，用以禳之。《艺苑雌黄》谓乌蛮鬼。按乌鬼，别有三说，《漫叟诗话》以猪为乌鬼；《梦溪笔谈》以鸬鹚为乌鬼；《山谷别集》以乌鸦献神为乌鬼。今以蔡邵二说为正。”① 浦注：“乌鬼，蔡宽夫谓巴、楚间所养之神，漫叟则以为猪，梦溪则以为鸬鹚。邵伯温云：夔近乌蛮，乃乌蛮之厉鬼，设牲酒而噪之，谓之养。按：邵说近是，然且存而不论。”② 杨伦则引仇注，并于“用以禳之”之后又曰：“又王楙《野客丛书》：淫祀多青鬼，居人少白头，又有所谓青鬼之说，盖广南川峡诸蛮之流风，故当时有青鬼乌鬼之名。按：乌鬼之名，二说近是，旧谓以乌为神，亦恐未然。”③ 从几家的分歧可以看出，杜诗中的民俗确实是不大容易解决的问题。幸有注释，虽有分歧，但是给读者提供了足可依据的资料，这对理解诗意无疑是有益的。

《牵牛织女》：“蛛丝小人态，曲缀瓜果中。”浦注：“《荆楚岁时记》：七夕，人家妇女结翠楼，穿七孔针，陈瓜果于庭以乞巧。有蟢子网于瓜上者，则以为得巧。”④ 七夕乞巧之俗，多处已废，浦注有必要。

《熟食日示宗文宗武》题注：“朱注：熟食日，即寒食节也。秦人呼为熟食日，言预办食物过节也。齐人呼为冷节，又曰禁烟节。”⑤

《示獠奴阿段》题注：“《困学纪闻》：《北史》：獠者南蛮别种，无名字，以长幼次第呼之：丈夫称阿謩、阿段，妇人称阿夷、阿等之类，皆语之次第称谓也。”⑥ 这是增长读者见识的注释。

《社日两篇》其一：“尚想东方朔，诙谐割肉归。”注：“《西溪丛语》：此诗社日用伏日事。按《史记》诸侯年表：古者止有春社，秦德公二年始用伏日为秋社，磔狗四门以御灾虫，社乃同日。至汉方有春秋二社，与伏分也。”⑦

《遣闷》：“倚着如秦赘，过逢类楚狂。”杨注：“言随地漂流也。秦人

---

① （清）仇兆鳌：《杜诗详注》，中华书局 1979 年版，第 1793 页。

② （清）浦起龙：《读杜心解》，中华书局 1961 年版，第 566 页。

③ （清）杨伦：《杜诗镜铨》，上海古籍出版社 1962 年版，第 858 页。

④ （清）浦起龙：《读杜心解》，中华书局 1961 年版，第 133 页。

⑤ 同上书，第 530 页。

⑥ （清）杨伦：《杜诗镜铨》，上海古籍出版社 1962 年版，第 592 页。

⑦ 同上书，第 835 页。

家富子壮则出分，家贫子壮则出赘。"①

3. 释宗教

唐时佛教已盛行于中土，当时中国大陆即有儒、释、道三家学术。儒、道二家，读书人较为熟知，而佛教则相对陌生，所以杜诗注本中注及宗教者，以佛教为多，大致解释有关佛教的词语及典故。

《酬高使君相赠》："双树容听法，三车肯载书。"钱笺："《唐慈恩窥基传》云：基师，姓尉迟氏，鄂国公其诸父也。奘师因缘相扣，欲度为弟子，基曰：'听我三事，方誓出家。'奘许之。行至太原，以三车自随，前乘经论箱袠，中乘自御，后乘妓女食馔。道中，文殊菩萨化为老人，诃之而止。此诗正用慈恩事也。"② 钱谦益对这个佛教故事的讲述，使读者容易将"三车载书"和"听法"联系起来。

《陪章留后惠义寺饯嘉州崔都督赴州》："永愿坐长夏，将衰栖大乘。"仇注："《传灯录》：'若顿悟自心即佛，依此而修者，是最上乘禅。'李颙《大乘赋序》：'大乘者，如来之道场也。故缘觉声闻，谓之小乘。'"③

《岳麓山道林二寺行》："地灵步步雪山草，僧宝人人沧海珠。"仇注："《起信论》：一真如是觉性，名佛宝。二真如有执持义，名法宝。三真如有和合义，名僧宝。"④ 对一些缺乏宗教知识的读者，仇兆鳌的注释有开阔眼界的作用。

《谒文公上方》："愿闻第一义，回向心地初。"浦注："《涅槃经》：出世人所知，名第一义谛。""《华严经》：菩萨摩诃萨，有十种回向。《华严论》有心地法门。钱笺：心地者，以心有能生可依止义，喻之如地。发心最重初心。如《华严》云'初发心时，便成正觉'是也。旧引《楞严》初地，不切。"⑤ 浦起龙的注释能帮读者正确理解"心地"。"大珠脱玷翳，白月当空虚。"浦注："《法苑珠林》：西方一月分为黑白。初一至十五，名为白月。十六至月尽，名为黑月。"⑥ 浦注可以避免读者对"白月"的误解。

---

① （清）杨伦：《杜诗镜铨》，上海古籍出版社 1962 年版，第 923 页。

② （清）钱谦益：《钱注杜诗》，上海古籍出版社 1979 年版，第 394 页。

③ （清）仇兆鳌：《杜诗详注》，中华书局 1979 年版，第 1024 页。

④ 同上书，第 1987 页。

⑤ （清）浦起龙：《读杜心解》，中华书局 1961 年版，第 101 页。

⑥ 同上书，第 101 页。

《山寺》："公为顾宾从，咄嗟檀施开。吾知多罗树，却依莲花台。"浦注："僧肇曰：天竺言檀，此言布施。《大乘论》：檀越者，檀施也。谓此人行檀，能越贫穷海故。""《酉阳杂俎》：贝多树，长六七丈，经冬不凋。有三等：一多罗婆力叉贝多，二多梨婆力叉贝多，三部阇婆力叉贝多，贝多翻为叶，婆力叉翻为树。西域经书，用此三种皮叶。"① 浦所注"檀越"恐非。《汉语大词典》释"檀越"：梵语音译，施主。晋陶潜《搜神后记》卷二："晋大司马桓温，字符子，末年忽有一比邱尼，失其名，来自远方，投温为檀越。"南朝梁沈约《齐禅林寺尼净秀行状》："及至就讲，乃得七十檀越，设供果，食皆精。"既然是音译，那就一定不是"行檀能越贫穷海"的意思。

4. 释民族

清代学者还保持着大国天朝的优势心态，所以对周边少数民族的认识还不是很客观，也没有平等对待的心理准备。所以对民族的注释不多，而且大都引用史书作粗略的介绍。

《愁坐》："葭萌氐种迥，左担犬戎屯。"仇注："氐种，指羌人。犬戎，指吐蕃。"②

《天边行》："陇右河源不种田，胡骑羌兵入巴蜀。"仇注："鹤曰：胡骑，指吐蕃。羌兵，指党项羌、浑、奴剌之类。"③

《三绝句》其三："殿前兵马虽骁雄，纵暴略与羌浑同。"仇注："羌浑，党项羌、吐谷浑也。《唐书》：党项，古析支地，东距松州，北邻吐谷浑。"④

《兵车行》仇注："《旧唐书》：吐谷浑有青海，周回八九百里。"⑤

《野望》："山连越嶲蟠三蜀，水散巴渝下五溪。"仇注"《水经注》：武陵有五溪，谓雄溪、樠溪、力溪、沅溪、酉溪也。辰溪其一焉。夹溪悉是蛮左右所居，故谓五溪蛮也。郭棐《酉阳正俎》云：五溪皆盘瓠子孙所居，其后为巴。春秋时楚子灭巴，巴子兄弟五人，流入五溪，各为一溪

① （清）浦起龙：《读杜心解》，中华书局1961年版，第109页。

② （清）仇兆鳌：《杜诗详注》，中华书局1979年版，第1054页。

③ 同上书，第1213页。

④ 同上书，第1241页。

⑤ 同上书，第116页。

之长。秦昭王伐楚，取其地，因谓之五溪蛮。”①

《北征》：“阴风西北来，惨淡随回纥。”浦注：“《唐·回鹘传》：回纥，其先匈奴。元魏时，号高车部，或曰敕勒，讹为铁勒。隋曰回纥，亦曰韦纥。至德元载，遣其太子叶护率兵助国讨贼，肃宗宴赐甚厚，命广平王约为兄弟。”②

## 五　释事件

事件，指作品所涉及的，在作者创作时间及其以前所发生的事情或存在的事实。

《九日奉寄严大夫》钱笺：“宝应元年四月，代宗即位，召武入朝。是年徐知道反，武阻兵，九月尚未出巴。《通鉴》载六月以武为西川节度使，徐知道守要害拒武，武不得进。误也。当以此诗正之。”③

《送韦十六评事充同谷防御判官》：“况乃胡未灭。”浦注：“《唐书》：至德元载，吐蕃陷威、戎等诸军，入屯石堡。按：亦兼安史在内。”④

《夏日叹》题解：“《旧书》：乾元二年四月，久旱，徙市，雩祭祈雨。按：是时关辅饥。”⑤

《洗兵马》：“中兴诸将收山东，捷书夜报清昼同。”浦注：“《通鉴》：乾元元年十月，子仪自杏园渡河，至获嘉，破安太清。太清走保卫州，进围之，遣使告捷。鲁炅、季光琛、崔光远与李嗣业皆会于卫。庆绪来救，复大破之，遂拔卫州。庆绪走，子仪等追至邺。许叔冀、董秦等皆引兵继至。庆绪拒战于愁思冈，又败。庆绪入城固守，子仪等围之。”⑥

《暮秋枉裴道州手札率尔遣兴寄递句呈苏涣侍御》：“郭钦上书见大计，刘毅答诏惊群臣。”浦注：“《晋书》：武帝问刘毅曰：‘朕可方汉何主？’对曰：‘桓、灵。’曰：‘何至此？’对曰：‘桓、灵卖官，钱入官库。陛下卖官，钱入私门。殆不如也。”⑦

---

① （清）仇兆鳌：《杜诗详注》，中华书局1979年版，第945页。

② （清）浦起龙：《读杜心解》，中华书局1961年版，第41—42页。

③ （清）钱谦益：《钱注杜诗》，上海古籍出版社1979年版，第416页。

④ （清）浦起龙：《读杜心解》，中华书局1961年版，第35页。

⑤ 同上书，第58页。

⑥ 同上书，第257页。

⑦ 同上书，第327页。

《喜闻官军已临贼境二十韵》题注："《唐书》：至德二载闰八月，贼寇凤翔，崔光远行军司马王伯伦等率众捍贼，乘胜追击，贼烧营而去。九月丁亥，广平王将朔方等军及回纥西域之众十五万发凤翔，壬寅至长安城西，与贼将安守忠等战于香积寺之北，贼大败，斩首六万，贼帅张同儒弃京城走陕郡。癸卯大军入京师，甲辰捷书至凤翔。"①

《青丝》："不闻汉主放妃嫔，近静潼关扫蜂蚁？"杨注："《旧唐书》：永泰元年二月，内出宫女三千人。"②

### 六　释时间

注释涉及时间的内容十分庞杂，几乎每首诗中都有关于时间的解说。就杜诗言，因为杜诗的史诗特点，有关时间的注释就更多。又因为杜诗六十卷未能原样流传，几经搜集，编年混乱，给注释者增加了对编年进行说明的任务，导致注本中有了大量的有关创作时间的推定。这些注释比较清晰易晓，本书不进行全面整理，只就注解时间区间的部分加以举例。

《恨别》："洛城一别四千里，胡骑长驱五六年。"仇注："顾注：公于乾元二年春，自东都回华州，客秦州，寓同谷，至成都，奔走四千里，自天宝十四载安史倡乱，至乾元之末上元之初，为五六年。"③

《寄杜位》仇注："朱注：位为李林甫婿。天宝十一载十一月，林甫卒。位之贬官，必在十二载。自十二载癸巳至上元二年辛丑，为九年。诗举成数，故云十年流也。"④

《释闷》仇注："黄鹤编在广德二年，盖天宝十四载至此为十年也。"⑤

《去蜀》仇注："公自乾元二年季冬来蜀，至永泰元年，首尾凡七年，其实止六年耳。所谓五载客蜀者，上元元年、上元二年、宝应元年、广德二年、永泰元年也。二年居梓者，专指广德元年也。"⑥

---

① （清）杨伦：《杜诗镜铨》，上海古籍出版社 1962 年版，第 167 页。

② 同上书，第 576 页。

③ （清）仇兆鳌：《杜诗详注》，中华书局 1979 年版，第 772 页。

④ 同上书，第 827 页。

⑤ 同上书，第 1070 页。

⑥ 同上书，第 1217 页。

《题衡山县文宣王庙新学堂呈陆宰》：“呜呼已十年，儒服敝于地。”浦注：“十年，举成数也，自天宝至是，已十五年。”[①]

《寄杜位》：“逐客虽皆万里去，悲君已是十年流。”浦注：“朱注：……位之贬，必十二载。愚按：即十一载冬，亦未可知。至上元二年，恰十年。”[②]

《长沙送李十一》：“与子避地西康州，洞庭相逢十二秋。”注：“西康州即同谷县。公以乾元二年冬寓同谷，至大历五年为十二秋。”[③]

## 七 释理据

理据指的是诗句所包含的道理和依据。诗人为什么用某个词？诗人为什么采用此种表达？诗人的语言有何产生背景？注释者出于解释诗句的表达义理的需要，有必要回答这些问题，对诗句之所以成立的理由和根据加以阐说，这些解释也就构成了诗歌注释一块重要内容。古代注中，每每用“故”、“故云”、“故谓”、“故曰”、“是以”等字眼表示。例如：

《八哀诗·故著作郎贬台州司户荥阳郑公虔》：“萧条阮咸在，出处同世网。他日访江楼，含悽述漂荡。”浦注：“原注：著作与今秘监郑君审，篇翰齐价，谪江陵，故有阮咸江楼之句。”[④]

《哀王孙》：“昨夜东风吹血腥，东来橐驼满旧都。”浦注：“按：肃宗时在灵武，故号长安为旧都。”[⑤]

《题李尊师松树障子歌》：“握发呼儿延入户，手提新画青松障。”浦注：“时画幅尚未装潢入障，故可手提。”[⑥]

《南楚》：“杖黎妨跃马，不是故离群。”浦解：“时或雨后泥泞，有邀不赴，故结语云尔。”[⑦]

《杜位宅守岁》：“谁能更拘束，烂醉是生涯。”杨解：“顾修远云：公

---

① （清）浦起龙：《读杜心解》，中华书局1961年版，第217页。

② 同上书，第622页。

③ （清）杨伦：《杜诗镜铨》，上海古籍出版社1962年版，第1030页。

④ （清）浦起龙：《读杜心解》，中华书局1961年版，第156页。

⑤ 同上书，第246页。

⑥ 同上书，第250页。

⑦ 同上书，第495页。

目击附势之徒，见位而伛偻俯仰，不胜拘束，故有末二句。”①

《野人送朱樱》浦解：“作于肃宗晏驾之后，故有第七。”② “第七”指第七句“金盘玉箸无消息”。

《初月》：“河汉不改色，关山空自寒。”杨注上句：“月明则河汉当为所夺，今一上即落，故仍不改色也。”③

《题忠州龙兴寺所居院壁》：“小市常争米，孤城早闭门。”杨注：“以石多土少故。”④

以上用“故”。

《有叹》：“天下兵常斗，江东客未还。”浦解：“‘江东’，谓吴楚也。吴楚为公旧游，今又思往其地，故曰‘还’。”⑤

《伤春五首》其四：“萧关迷北上，沧海欲东巡。”浦注：“《一统志》：萧关，在平凉府镇远县西北。考史：是时其地皆为左衽，故曰迷。”⑥

《寄董卿嘉荣十韵》：“下临千雪岭，却背五绳桥。”浦注：“《元和志》：绳桥在茂州。按：防秋处更在桥外，故曰却背。”⑦

《哭台州郑司户苏少监》：“从容询旧学，惨淡閟阴符。”浦注：“《唐书》：虔长于山川险易，兵戍众寡。按：肃宗初，苏得官而郑贬。被废，故曰閟。”⑧

《移居公安敬赠卫大郎钧》：“形容劳宇宙，质朴谢轩墀。”浦起龙解：“无堪托庇，故曰‘劳’。无肯援手，故曰‘谢’。”⑨

以上用“故曰”。

有时候用“故云”、“故谓”、“是以”、“因”、“盖”：

《赠李八秘书别三十韵》：“事殊迎代邸，喜异赏朱虚。”仇解：“梦弼

① （清）杨伦：《杜诗镜铨》，上海古籍出版社1962年版，第40页。

② （清）浦起龙：《读杜心解》，中华书局1961年版，第626页。

③ （清）杨伦：《杜诗镜铨》，上海古籍出版社1962年版，第256页。

④ 同上书，第569页。

⑤ （清）浦起龙：《读杜心解》，中华书局1961年版，第570页。

⑥ 同上书，第739页。

⑦ 同上书，第745页。

⑧ 同上书，第749页。

⑨ 同上书，第801页。

曰：秘书宗室，故比朱虚。未能优擢，故云赏异。”[①]

《遣兴》：“地卑荒野大，天远暮江迟。”浦注：“蜀地不卑，成都四远皆山，故云卑。”[②]

《渼陂西南台》：“身退岂待官，老来苦便静。”杨注上句：“时公虽参列选序，尚未授官，故云。”[③]

《枯椶》：“嗟尔江汉人，生成复何有？”浦注：“嘉陵水，兼江汉之名，全注于蜀，故谓蜀为江汉人。”[④]

《过故斛斯校书庄二首》其二：“遂有山阳作，多惭鲍叔知。”浦解：“‘鲍叔’，公自谓也。志气贫而不能存恤，是以‘惭’也。”[⑤]

《春日戏题恼郝使君兄》：“细马时鸣金腰褭，佳人屡出董娇娆。”浦注：“《唐书》：细马称左，粗马称右。希曰：马谓之金騕褭，因汉武铸金为麟趾褭蹄也。”[⑥]

《夏夜李尚书筵送宇文石首赴县联句》浦解：“首联，饯行直起，却以李与宇文并提。盖斯筵李为主人，宇文为行客，杜、崔特陪送也。”[⑦]

## 第二节　说明发凡起例、校勘

发凡起例和校勘算不算是注释的内容？在《注释内容的系统和注释的层次》一文[⑧]中我们认为：段玉裁在给《说文解字》作注时，就有许多这样的内容。例如卷一：“元，始也。从一，兀声。”段注曰：“凡从某，某声者，谓于六书为形声也。……凡篆一字，先训其义，若‘始也’‘颠也’是；次释其形，若‘从某，某声’是；次释其音，若‘某声’及

① （清）仇兆鳌：《杜诗详注》，中华书局1979年版，第1455页。

② （清）浦起龙：《读杜心解》，中华书局1961年版，第406页。

③ （清）杨伦：《杜诗镜铨》，上海古籍出版社1962年版，第78页。

④ （清）浦起龙：《读杜心解》，中华书局1961年版，第93页。

⑤ 同上书，第475页。

⑥ 同上书，第282页。

⑦ 同上书，第794页。

⑧ 杨永发、郭芹纳：《注释内容的系统和注释的层次》，《陕西师范大学学报》2009年第3期，第118—122页。

‘读若某’是。合三者以完一篆，故曰形书也。”[①] 这就是对发凡起例的解说；陆宗达所总结训诂内容中的“阐明表达方法”一条，就包括发凡起例的内容。[②] 至于校勘，毫无疑问是文献学的内容，事实上各种杜诗注本都在校勘上花费大量精力，四家注更是没有例外。如仇兆鳌就申明：“杜诗刊误坊本多字画差讹。蔡兴宗作《正异》，朱文公谓其未尽，……近日朱长孺采集宋元诸本，参列各句之下，独称详悉。……今或依他注改正，或据臆见参定。至于上下错简、句语颠倒者，……今皆订正，文义方顺。”[③] 因此，我们还是将发凡起例和校勘作为诗歌注释元素归入文献学这一部分。

## 一 发凡起例

解释某项注释元素在当前注本中的通用方法、体式。常用“……同”、“……仿此”、“凡……皆……”等术语表达。

《临邑舍弟书至苦雨黄河泛溢隄防之患簿领所忧因寄此诗用宽其意》仇兆鳌小序：“此诗前起后结，各四句，中间二段各八句，今依朱子《诗传》例，凡长篇之作，皆分勒章句，使眉目易醒也。”[④] 仇氏申明杜甫长篇诗作的注释体例。

《送李校书二十六韵》仇氏题解：“杜诗凡题中纪韵者，皆系排律。”[⑤] 注明杜诗纪韵体例。

《送韩十四江东省觐》：“此别应须各努力，故乡犹恐未同归。”仇注：“谢榛曰：凡七言八句，起承转合，具有四声，歌则扬之抑之，靡不尽其妙。如此诗首联，以平声扬之也。次联，以上声抑之也。三联，以去声扬之也。四联以入声抑之也。平仄以成句，抑扬以合调，扬多抑少则调匀，抑多扬少则调促。”[⑥] 此注申明了杜甫七律的语调体例。

《题玄武禅师屋壁》：“似得庐山路，真随惠远游。”仇注：“黄生曰：

---

① （清）段玉裁：《说文解字段注》，成都古籍书店1990年版，第1页。

② 陆宗达：《训诂简论》，北京出版社2002年版，第18—98页。

③ （清）仇兆鳌：《杜诗详注》，中华书局1979年版，第“杜诗凡例”第二条。

④ 同上书，第26页。

⑤ 同上书，第462页。

⑥ 同上书，第830页。

此诗一边赞画，一边赞禅师，凡题有主人，必须照顾，此唐人不易之法也。”[①] 申明“题有主人”一类的诗章的诗法体例。

《奉寄别马巴州》仇注：“按杜诗七律凡首句无韵者多对起，如‘五夜漏声催晓箭，九重春色醉仙桃’是也。亦有无韵而散起者，如‘使君高义驱今古，流落三年坐剑州’是也。其首句用韵者多散起，如‘丞相祠堂何处寻，锦官城外柏森森’是也。亦有用韵而对起者，如‘勋业终归马伏波，功曹非复汉萧何’是也。大家变化，无所不宜，在后人当知起法之正变也”。[②] 申明杜诗七律的起法体例。

《七月三日亭午已后较热退晚加小凉稳睡有诗因论壮年乐事戏呈元二十一曹长》仇氏题注：“凡公诗记日者，皆指节候言。”[③] 申明杜诗记日通例。

《夏夜叹》：“何由一洗濯，执热互相望。”浦注：“钟惺曰：‘执热’犹云‘热不可解’。此古文用字奥处。按：后皆仿此。”[④] “后皆仿此”是标明起例，即此后所有“执热”皆作此解，不再作注。

《阻雨不得归瀼西甘林》浦起龙注：“甘同柑，后仿此。”[⑤] 因为有了“后仿此”就不仅仅是注释通假字，而是标明体例，意为此一组诗中“甘”皆同“柑”。

《偪侧行赠毕曜》浦注：“一作偲偲，诗中同。”[⑥] 此注即明起例：此首诗中之“偪侧”皆有“偲偲”之异文。

《数陪李梓州泛江有女乐在诸舫戏为艳曲二首赠李》浦注：“旨作章，下同。”[⑦] “下同”标明此集中所有“李梓州”鲁旨都作“章梓州”。

## 二　校勘

清代校勘成就很高。乾嘉学风的主流影响，带给学界丰硕的成果和繁荣的景象。乾嘉学派采用了汉代训诂、考订的治学方法，有“汉学”之

① （清）仇兆鳌：《杜诗详注》，中华书局1979年版，第930页。

② 同上书，第1099页。

③ 同上书，第1316页。

④ （清）浦起龙：《读杜心解》，中华书局1961年版，第59页。

⑤ 同上书，第176页。

⑥ 同上书，第251页。

⑦ 同上书，第447页。

称，文风朴实简洁，重视证据，不轻作理论发挥，有“朴学”、“考据学”之称。其中由戴震一脉传下的皖派，尤其注重音韵、文字、训诂，广泛使用于史籍、诸子的校勘和辑佚、辨伪，以及金石、地理、天文及历法、数学、典章制度等方面的考究。乾嘉学风影响所及，清代学者重视客观资料，不靠主观想象轻下判断，而是广泛收集资料然后归纳。杜诗注释当然或多或少遵其导向，在校勘方面做了许多工作。对杜诗注释中校勘的归纳，一是可以观察古代注杜的基本技术和方法，二是可以考查诗歌注释的基本内容构成。

1. 异文

古代注杜诸本中，异文的注释是一项很重的任务。大多数情况是只在正文中以小字标明异文。浦起龙称：“宋元诸刻，传写字样互有不同，旧本刻‘某一作某’，最称得体，并两存之。其决定讹易者，则汰去。”① 个别地方在注文中指出句中异文，如杜甫《哀江头》：“黄昏胡骑尘满城，欲往城南忘南北。”钱谦益注：“陆游笔记：欲往城南忘南北，言惶惑避死，不能记孰为南北也。荆公《集句》，两篇皆作望城北，盖传本偶异耳。北人谓向为望，欲往城南，乃向城北，亦不能记南北之意。”②

异文原本指一个字在不同版本中用作其他字的情况，事实上文献中不仅有单个文字随版本而异的情况，还有多字乃至整句相异的情况，注释中又没有专门针对多字相异情况的术语。为方便称谓，本书一律称之为异文。异文的位置大多在诗中，但有些异文出现在整个诗题上，如《相从行赠严二别驾》此题浦注“一云《严别驾相逢歌》”。异文的形式多样，本书按相异字数的多少，归纳为异字、异语、异句三类。之所以用“异字”之名，而不用“异词”，是因为存在下列情况：有的双音节词中只有一个语素是异文、或两个语素都有变化但此二字结构并非一词，或联绵词中只有一个字是异文的现象。如《留花门》：“北门天骄子，饱肉气勇决。”浦注“（北门）正异作花门”③，是一个双音节词中一个语素不同；《寄薛三郎中璩》：“自非得神仙，谁克免其身。”浦注“（克免）一作免危”④，非一词；再如《送李校书三十二韵》：“归期岂烂漫”浦注“（漫）

① （清）浦起龙：《读杜心解》，中华书局 1961 年版，“发凡”第 10 页。

② （清）钱谦益：《钱注杜诗》，上海古籍出版社 1979 年版，第 43 页。

③ （清）浦起龙：《读杜心解》，中华书局 1961 年版，第 51 页。

④ 同上书，第 169 页。

一作熳"[1]，是一个联绵词中有一个字不同。若用"异词"，就不能包括非词异文的现象。以下逐类列举：

**异字**

单字异文有时候是意义不同的两个词：

《茅屋为秋风所破歌》："茅飞渡江洒江郊。"仇注："洒，一作满。"[2]

《病柏》："童童状车盖。"仇注："车，一作青。"[3]

《送韦十六评事充同谷防御判官》："朝廷壮其节，奉诏令参谋。"浦注："奉，仇作特。"[4] 按仇兆鳌改"奉"为"特"，是因为用"奉"意味着主语是韦十六，这样与后"令"字龃龉。用"特"，则主语为承上句的"朝廷"。这样看来，仇改为是。

《夏夜叹》："永日不可暮，炎蒸毒中肠。"浦注："中，一作我。"[5]

《草堂》："唱和作威福，孰肯辨无辜。"浦注："肯，一作能。"[6]

《九日寄岑参》："维南有崇山，恐与川浸溜。是节东篱菊，纷披为谁秀?"浦注："恐，一作漭。""节，一作时。"[7]

《自京赴奉先咏怀五百字》："葵藿倾太阳，物性固难夺。"浦注："难，一作莫。""霜严衣带断，指直不得结。"浦注："得，一作能。""圣人筐篚恩，实愿邦国活。"浦注："愿，一作欲。"[8]

《次空灵岸》："青春犹有私，白日已偏照。"浦注："有，一作无。"[9]

《咏怀二首》其一："河洛化为血，公侯草间啼。"浦注："侯，一作卿。"[10]

《忆昔二首》其二："周宣中兴望我皇，洒泪江汉身衰疾。"浦注："泪，一作血。"[11]

---

① （清）浦起龙：《读杜心解》，中华书局 1961 年版，第 46 页。

② （清）仇兆鳌：《杜诗详注》，中华书局 1979 年版，第 831 页。

③ 同上书，第 851 页。

④ （清）浦起龙：《读杜心解》，中华书局 1961 年版，第 35 页。

⑤ 同上书，第 59 页。

⑥ 同上书，第 112 页。

⑦ 同上书，第 12 页。

⑧ 同上书，第 21 页。

⑨ 同上书，第 200 页。

⑩ 同上书，第 202 页。

⑪ 同上书，第 287 页。

有些是正文与异文偏旁不同，意义或相近或无关系：

《奉同郭给事汤东灵湫作》："沸天万乘动，观水百丈湫。"浦注："沸，一作拂。""倒悬瑶池影，屈注沧江流。"浦注："沧，一作苍。"[①]

《自京赴奉先咏怀五百字》："沉饮聊自遣，放歌颇愁绝。"浦注："破，一作颇。"[②]

《送率府程录事还乡》："鄙夫行衰谢，抱病昏忘集。"浦注："忘，一作妄。"[③]

《北征》："颠倒在裋褐"、"坐觉妖氛豁"。浦注："裋，一作短。"、"妖，一作祆。"[④]

**有些是字形相近**

《奉同郭给事汤东灵湫作》："幽灵斯可怪，王命官属休。"浦注："斯，一作新。"[⑤]

《自京赴奉先咏怀五百字》："群冰从西下，极目高崒兀。"浦注："冰，一作水。"[⑥]"冰"本形"氷"，与"水"相近。

《喜晴》："出郭眺西郊。"浦注："西，一作四。"[⑦]

《述怀》："嵚岑猛虎场，郁结回我首。"浦注："岑，一作崟。"[⑧]

《送长孙九侍御赴武威判官》："此行收遗氓。"浦注："收，一作牧。""溟涨浸绝岛"浦注："浸，一作漫。"[⑨]

《北征》："石戴古车辙"、"往者散何卒"、"况我堕胡尘"、"恸哭松声回"。浦注："戴，一作载，一作带。"、"散，一作败。""堕，一作随。"、"回，一作迴。"[⑩]戴载、散败、堕随、回（迴）迴形皆相近。

有些是音近：

---

① （清）仇兆鳌：《杜诗详注》，中华书局1979年版，第18页。

② 同上书，第21页。

③ 同上书，第24页。

④ （清）浦起龙：《读杜心解》，中华书局1961年版，第40页。

⑤ 同上书，第18页。

⑥ 同上书，第22页。

⑦ 同上书，第32页。

⑧ 同上书，第32页。

⑨ 同上书，第36页。

⑩ 同上书，第40页。

《白水崔少府十九翁高斋三十韵》："前轩颓反照，巉绝华岳赤。"浦注："颓，一作摧。""慨彼万国夫，休明备征狄。"浦注："狄，一作敌。"①

《北征》："石戴古车辙。"浦注："戴，一作载，一作带。"② 戴、带音近。

《次空灵岸》："青春犹有私，白日已偏照。"浦注："已，一作亦。"③

《后出塞五首》："跃马二十年，恐孤明主恩。"浦注："孤，一作辜。"④ 杨伦认为此处"孤""俗作辜，非。"⑤

有些单字异文是有无偏旁的区别：

《同李太守登历下古城员外新亭》："迹籍台观旧，气冥海岳深。"浦注："冥，一作溟。"⑥

《九日寄岑参》："吁嗟乎苍生，稼穑不可救。"浦注："乎，旧作呼。"⑦

有些异文可能有存在多种因素，例如：

《最能行》："瞿唐漫天虎须怒，归州长年与最能。"浦注："与，一作行。"⑧ 今按："长年"可解作"长期"，亦可解作"经验丰富之水手"。不管取哪项意义，"与"都不好解释。郭知达《九家集注杜诗》作"行"⑨，刘辰翁批点、高楚芳编《集千家注批点补遗杜诗集》作"与"⑩，佚名《集千家注杜工部诗集》作"与"⑪，徐居仁、黄鹤《分门集注杜工

---

① （清）浦起龙：《读杜心解》，中华书局 1961 年版，第 25 页。

② 同上书，第 40 页。

③ 同上书，第 200 页。

④ 同上书，第 17 页。

⑤ （清）杨伦：《杜诗镜铨》，上海古籍出版社 1962 年版，第 105 页。

⑥ （清）浦起龙：《读杜心解》，中华书局 1961 年版，第 4 页。

⑦ 同上书，第 12 页。

⑧ （清）浦起龙：《读杜心解》，中华书局 1961 年版，第 296 页。

⑨ （宋）郭知达：《九家集注杜诗》，黄永武杜诗丛刊本，台湾大同书局 1976 影印本，第 846 页。

⑩ （宋）刘辰翁、（元）高楚芳：《集千家注批点补遗杜工部诗集》，黄永武杜诗丛刊本，大同书局 1976 影印本，第 1127 页。

⑪ 佚名：《集千家注杜工部诗集》，钦定四库全书荟要影印本，吉林出版有限责任公司 2005 年版，第 360—253 页。

部诗》作“与”并注“一作行”①，阙名《集千家注分类杜工部诗》作“与”②，鲁訔、蔡梦弼《草堂诗笺》作“行”，并注：“行，一作与。”③，邵宝《刻杜少陵先生诗分类集注》作“与”④，单复《读杜诗愚得》作“与”⑤，邵勋《唐李杜诗集》作“与”，但旁注小字“行”⑥，傅振商《杜诗分类》作“与”⑦，林兆珂《杜诗钞述注》作“与”，注曰：“长年与最能俱操舟水手之称。”⑧，朝鲜李植《纂注杜诗泽风堂批解》作“与”，旁小字注曰“果”，句下注：“泽堂曰：此中只有长年最能也。”又其注“欹帆”联曰：“鹤曰：……撇漩捎濆不以为险者，归州长年为最能。”则不以“最能”为水手之称，而解“与”作“为”⑨，钱谦益《钱注杜诗》作“行”，下注“一作与”⑩，朱鹤龄《杜工部诗集辑注》作“行”，下注曰：“《英华》作兴。”⑪，张远《杜诗会稡》作“行”⑫，卢元昌《杜诗阐》作“行”⑬，但解曰：“……此际独推夔州长年为最能耳。”

---

① （宋）徐居仁、黄鹤：《集千家注分类杜工部诗》，黄永武杜诗丛刊本，台湾大同书局1976年影印本，第1528页。

② 同上书，1686页。

③ （宋）鲁訔、蔡梦弼：《草堂诗笺》，台湾广文书局1980年影印本，第643页。

④ （明）邵宝：《刻杜少陵先生诗分类集注》，黄永武杜诗丛刊本，台湾大同书局1976年影印本，第2184页。

⑤ （明）单复：《读杜诗愚得》，黄永武杜诗丛刊本，台湾大同书局1976年影印本，第913页。

⑥ （明）邵勋：《唐李杜诗集》，黄永武杜诗丛刊本，台湾大同书局1976年影印本，第870页。

⑦ （明）付振商：《杜诗分类》，四库全书存目丛书本，齐鲁书社1997年影印本，集5、247页。

⑧ （明）林兆珂：《杜诗钞述注》，四库全书存目丛书本，齐鲁书社1997年影印本，集4、590页。

⑨ ［朝鲜］李植：《纂注杜诗泽风堂批解》，黄永武杜诗丛刊本，台湾大同书局1976年影印本，第1189页。

⑩ （清）钱谦益：《钱注杜诗》，上海古籍出版社1979年版，第177页。

⑪ 韩成武等：《朱鹤龄杜工部诗辑注》，河北大学出版社2009年版，第497页。

⑫ （清）张远：《杜诗会稡》，四库全书存目丛书本，齐鲁书社1997年影印本，集6、528页。

⑬ （清）卢元昌：《杜诗阐》，四库全书存目丛书本，齐鲁书社1997年影印本，集8、101页。

亦解“与”为“为”。吴见思《杜诗论文》作“与”[①]，张溍《读书堂杜工部诗集注解》作“与”并注：“与，许也。人共许长年精于水也。”[②]，王嗣奭《杜臆》认为“‘最能’当是峡中‘长年’之称”。[③] 杨伦《杜诗镜铨》作“行”，从注文“最能，言行瞿塘虎须甚易也”[④] 来看，杨解“行”为行船之行。仇兆鳌《杜诗详注》作“行”，同时认为《杜臆》所言“刘须溪以最能为水手之称，良是”。从这些注本来看，只有朱鹤龄提到“行”有个异文是“兴”，又恐是点校者误将“興”“與”相混的结果。尽管诗歌语言有跳跃性，但基本的语义脉络应该还是有的，那么“瞿唐漫天虎须怒，归州长年与最能”中上下句的语法关系是怎样的？可以肯定的是其间没有承前或蒙后省略主语的情况。前句说的是两个凶险的水域，后者说的是掌舵行船，所以后者除去限定成分“归州”，“长年”和“最能”如果都是名词，与上句的非动词短语无法关联，只能有一个是名词。如果“长年”是名词，“与”就一定是动词，而“与”的动词义项没有一个适合于此处。这样一来，“与”字就只能换成其异文“行”。此时句意是：像瞿塘峡和虎须峡这样凶险异常的水路，归州的水手（即“长年”）走得最好。如果“最能”是名词，那么句意是：瞿塘峡和虎须峡这样凶险异常的水路上，多年以来行走着归州的水手（即“最能”）。所以，此处的异文，当以“行”为正字。

异字的情况很复杂，需要专文论述（从词义看，有的差异大，有的差异小。例如：泪与血，差异较大）。这里只是大要的叙述。

**异语**

指一个多音节词有两种词形和同一处有不同的两个短语形式的异文情况。在后一种情况下，异文部分可能是一个简单的短语结构，也可能是一个较复杂的短语，但尚不是一个句子。对于这种异文，古代注中也予以指出。

异语的情况也有多种。一种是不同的两个词或短语：

---

① （清）吴见思：《杜诗论文》，四库全书存目丛书本，齐鲁书社 1997 年影印本，集 7、336 页。

② （清）张溍：《读书堂杜工部诗集注解》，四库全书存目丛书本，齐鲁书社 1997 年影印本，集 6、72 页。

③ （明）王嗣奭：《杜臆》，中华书局 1963 年版，第 244 页。

④ （清）杨伦：《杜诗镜铨》，上海古籍出版社 1962 年版，第 602 页。

《楠树为风雨所拔叹》："沧波老树性所爱。"仇注："沧波，一作苍茫。"①

《病橘》："未忍别故枝。"仇注："未忍，一作忽忽。"②

《渼陂西南台》："知归俗可忽，取适事莫并。"浦注："可忽，一作所忌。"③

《草堂》："邻里喜我归，沽酒携葫芦。"浦注："携葫芦，一作提榼壶。"④

《八哀诗·赠司空王公思礼》："翠花卷飞雪，熊虎亘阡陌。"浦注："卷飞雪，一作飞雪中。"⑤

《西阁曝日》："朋知苦聚散，哀乐日已作。"浦注："日已作，一云亦已昨。"⑥

《苏大侍御涣静者也旅于江侧凡是不交州府之客人事都绝久矣肩舆江浦忽访老夫舟楫而已茶酒内余请诵近诗肯吟数首才力素壮词句动人接对明日忆其涌思雷出书箧几杖之外殷殷留金石声赋八韵记异亦见老夫倾倒于苏至矣》："昨夜舟火灭，湘娥帘外悲。百灵未敢散，风破寒江迟。"浦注："火灭，一作接天"，"未敢，一作永夜"。⑦

《湖城东遇孟云卿复归刘颢宅宿宴饮散因为醉歌》："照室红炉促曙光，萦窗素月垂文练。"浦注："促曙光，一作簇曙花。"⑧

《又观打鱼》："干戈兵革斗未止，凤凰麒麟安在哉！"浦注："兵革斗未止，一云格斗尚未已。"⑨

《姜楚公画角鹰歌》："观者贪愁掣臂飞，画师不是无心学。"浦注："贪愁，一作徒惊。"⑩

一种是文字的顺序不同：

① （清）仇兆鳌：《杜诗详注》，中华书局1979年版，第831页。

② 同上书，第853页。

③ （清）浦起龙：《读杜心解》，中华书局1961年版，第11页。

④ 同上书，第112页。

⑤ 同上书，第144页。

⑥ 同上书，第168页。

⑦ 同上书，第206页。

⑧ 同上书，第253页。

⑨ 同上书，第275页。

⑩ 同上书，第276页。

《青阳峡》:“昨忆逾陇坂。”仇注:“昨忆,一作忆昨。”①

《石柜阁》:“季冬日已长,山晚半天赤。”仇注:“季冬,一作冬季。”②

《送李校书三十二韵》:“老燕忍春饥。”浦注:“忍春,一作春忍。”③

《夏日叹》:“夏日出东北,陵天经中街。”浦注:“陵天经,一作经天陵。”④

《韦讽录事宅观曹将军画马图》:“内府殷红玛瑙盘,婕妤传诏才人索……此皆战骑一敌万,缟素漠漠开风沙。”浦注:“战骑,一作骑战。”⑤

**还有一种是音同或音近的两个词或短语**

《自京赴奉先县咏怀五百字》“乐动殷樛嶱。”钱注:“樛嶱,荆作胶葛,一作嶱蝎,一作福嵑嶱,一作汤嶱。”⑥“樛嶱”“胶葛”音同。

《陪李北海宴历下亭》:“东番驻皂盖,北渚临清河。”浦注:“清河,一作青荷。”⑦

《西阁曝日》:“浏漓木杪猿,翩跹山巅鹤。”浦注:“浏漓,一作流离。”⑧

《喜观即到复题短篇二首》其二:“应论十年事,捻绝始星星。”浦注:“星星,赵作惺惺。”⑨

异句

指一句或一联在不同版本中有所不同的异文情形。对此种异文的注释,一方面透露出杜诗在传播过程中的异变信息,另一方面表现出注者在校勘上的审慎与严谨。

异句分三种情况。一是完全不同的两句话:

《赴青城县出成都寄陶王二少尹》:“老被樊笼役。”仇注:“一作老耻

① (清)仇兆鳌:《杜诗详注》,中华书局1979年版,第684页。

② 同上书,第716页。

③ (清)浦起龙:《读杜心解》,中华书局1961年版,第46页。

④ 同上书,第58页。

⑤ 同上书,第291页。

⑥ (清)钱谦益:《钱注杜诗》,上海古籍出版社1979年版,第35—36页。

⑦ (清)浦起龙:《读杜心解》,中华书局1961年版,第3页。

⑧ 同上书,第168页。

⑨ 同上书,第536页。

妻孥笑。"①

《送韦十六评事充同谷防御判官》："羌父豪猪靴，羌儿青兕裘。"第二句浦注："一作汉兵黑貂裘。"②

《兵车行》："且如今年冬，未休关西卒。"浦注："一作如今且得休，还为陇西卒。"③

《收京三首》："须为下殿走，不可好楼居。"浦注："一云得非群盗起，难作九重居。"④

《白盐山》："词人取佳句，刻画竟谁传。"浦注："一作刷练始堪传。"⑤

《江亭》："江东犹苦战，回首一颦眉。"浦注："一作故林归未得，排闷强裁诗。"⑥

一种是部分相同的两句话：

《百忧集行》："即今倏忽已五十。"仇注："一作即今年才五六十。"⑦

《泛溪》："儿童戏左右，罟弋毕提携。"上句浦注："一云童戏左右岸。"⑧

《沙苑行》："内外马数将盈亿，伏枥在垧空大存。"上句浦注："一作至尊内外马盈亿。"⑨

《入奏行赠西山检察使窦侍御》："肯访浣花老翁无？为君酤酒满眼酤。"浦注："二句一作'携酒肯访浣花老，为君着衫捋髭须'。"⑩

《偪侧行赠毕曜》："已令把牒还请假，男儿性命绝可怜。"浦注："一云已令请急会通籍。"⑪

一种是语序不同：

---

① （清）仇兆鳌：《杜诗详注》，中华书局1979年版，第824页。

② （清）浦起龙：《读杜心解》，中华书局1961年版，第35页。

③ 同上书，第224页。

④ 同上书，第367页。

⑤ 同上书，第501页。

⑥ 同上书，第415页。

⑦ （清）仇兆鳌：《杜诗详注》，中华书局1979年版，第842页。

⑧ （清）浦起龙：《读杜心解》，中华书局1961年版，第91页。

⑨ 同上书，第241页。

⑩ 同上书，第279页。

⑪ 同上书，第252页。

《送韦十六评事充同谷防御判官》："古色沙土裂，积阴云雪稠。"第二句浦注："一作积雪阴云稠。"①

《北征》："数日卧呕泄。"浦注："一作呕泄卧数日。"②

注本一般只是指出异文。大概大多数异文都能适用于当前诗句或作品，所以指出还有另一种不同的表达即可。但也有对异文有所辨正的，对不合当前诗句的异文，直接表明态度。如：

《秦州杂诗二十首》其十三："瘦地翻宜粟。"仇注："粟，顾作栗，误。"③

《秦州见敕目薛三据授司议郎毕四耀除监察与二子有故远喜迁官兼述索居凡三十韵》："秋风动关塞，高卧想仪形。"仇注："形，一作刑，与典刑重出。"④ 仇兆鳌根据此诗首句"大雅何辽阔，斯人尚典刑"。已有"刑"字，按律不当重出，故定为"形"。

《贻阮隐居昉》："清诗近道要，识子用心苦。"浦注："子，一作字，非。"⑤

《奉酬薛十二丈判官见赠》："空中有白虎，赤节引娉婷。"浦注："有，一作右，误。"⑥

《别李秘书始兴寺所居》："重闻西方止观经，老身古寺风泠泠。"浦注："止，旧作之，一作正，俱非。"⑦

《沙苑行》："隅目青荧夹镜悬，肉骏碨礌连钱动。"浦注："骏，旧作骏，非。"⑧

《寄狄明府博济》："胡为飘泊岷汉间，干谒诸侯颇历抵。"浦注："抵，旧作诋，非。"⑨

《因许八奉寄江宁旻上人》："闻君话我为官在，头白昏昏只醉眠。"

---

① （清）浦起龙：《读杜心解》，中华书局1961年版，第35页。

② 同上书，第40页。

③ （清）仇兆鳌：《杜诗详注》，中华书局1979年版，第583页。

④ 同上书，第637页。

⑤ （清）浦起龙：《读杜心解》，中华书局1961年版，第59页。

⑥ 同上书，第181页。

⑦ 同上书，第308页。

⑧ 同上书，第242页。

⑨ 同上书，第309页。

浦注："闻，或改作问，不成语。"①

若异文二形皆可通，而有优劣之分，则在注文中加以选择，以表明判断。如：

《秋兴八首》其五："蓬莱宫阙对南山，承露金茎霄汉间。"浦注："宫，仇刊作高，不必。"②

《寄彭州高三十五使君适、虢州岑二十七长史参三十韵》："竹宅烧药灶，花屿读书堂。"杨注"堂"："从朱本。别本皆作床。"③

《送田四弟将军将夔州柏中丞命起居江陵节度阳城郡王卫公幕》："离筵罢多酒，起柁发寒塘。"杨注："柁，从《杜臆》，旧作地。"④

2. 讹误

古代注杜过程中，常常指出当前文本中的抄写、刊刻错误。但注者采取了非常慎重的态度，从注中常见的"恐""疑""盖""当"等字眼看，这类注释大多具有一定的推断、猜测性质。这体现了注者严谨的注释风格和学术风气。

讹误大多是文字之误。有些是同义词的误换，有些是形近而讹（高邮王氏指出形近而讹有字体之别，杜诗的版本皆在唐代及唐代以后，其形近而讹的情况当发生在楷体之讹），有些是音近而误。下面混一列举：

《自京赴奉先咏怀五百字》："入门闻号咷，幼子饥已卒！"浦注：卒"当作殁"⑤。

《送韦讽上阆州录事参军》题注："上，恐当作赴。"⑥

《别张十三建封》："羽人扫碧海，功业竟何如？"浦注："扫，仇云：当作归。"⑦

《投简咸华两县诸子》："饥卧动辄向一旬，弊衣何啻联百结。"浦注："弊，当作敝。"⑧

---

① （清）浦起龙：《读杜心解》，中华书局 1961 年版，第 611 页。

② 同上书，第 653 页。

③ （清）杨伦：《杜诗镜铨》，上海古籍出版社 1962 年版，第 273 页。

④ 同上书，第 850 页。

⑤ （清）浦起龙：《读杜心解》，中华书局 1961 年版，第 21—22 页。

⑥ 同上书，第 116 页。

⑦ 同上书，第 195 页。

⑧ 同上书，第 231 页。

《魏将军歌》："星缠宝校金盘陀。夜骑天驷超天河。"浦注："钱笺：校，当作铰。《赭白马赋》：宝铰星缠，镂章峡布。鲍照诗：金铜饰盘陀，日照光蹀躞。"①

《石犀行》："君不见，秦时蜀太守，刻石立作三犀牛。"浦注："三字乃五字之讹，下同。"②

《相从行赠严二别驾》浦注："从，疑当作逢。"③

《前苦寒行二首》其二："三尺之乌骨恐断，羲和送之将安归。"浦注："尺，恐当作足。"④

《解闷十二首》三章："今日南湖采薇蕨，何人为觅郑瓜州？"浦解："州，当作洲。"⑤

也有其他讹误，如数据、官职、人名、地名等：

《赠特进汝阳王二十韵》题注："按诗二十二韵，题恐有误。"⑥

《苏大侍御涣静者也旅于江侧凡是不交州府之客人事都绝久矣肩舆江浦忽访老夫舟楫而已茶酒内余请诵近诗肯吟数首才力素壮词句动人接对明日忆其涌思雷出书箧几杖之外殷殷留金石声赋八韵记异亦见老夫倾倒于苏至矣》浦注："朱注诗止七韵，题云八韵恐误。"⑦ 杨伦注："朱注：题云八韵，而诗止七韵，疑八字误，或诗脱一联。"⑧

上两例是数据之讹。

《荆南兵马使太常卿赵公大食刀歌》："吁嗟光禄英雄弭，大食宝刀聊可比。"浦注："光禄，疑当作太常。"⑨ 此官职之讹。

《暂如临邑至䃭山湖亭奉怀李员外率尔成兴》题解："《博议》：䃭山当是鹊山之讹。"⑩ 此地名之讹。

《岳麓山道林二寺行》："久为谢客寻幽惯，细学何颙免兴孤。"浦注：

---

① （清）浦起龙：《读杜心解》，中华书局1961年版，第239页。
② 同上书，第271页。
③ 同上书，第280页。
④ 同上书，第318页。
⑤ 同上书，第852页。
⑥ （清）钱谦益：《钱注杜诗》，上海古籍出版社1979年版，第285页。
⑦ （清）浦起龙：《读杜心解》，中华书局1961年版，第206页。
⑧ （清）杨伦：《杜诗镜铨》，上海古籍出版社1962年版，第992页。
⑨ （清）浦起龙：《读杜心解》，中华书局1961年版，第305页。
⑩ 同上书，第343页。

“何，朱云：当作周。”① 姓氏之误。

《赤霄行》：“皇孙犹曾莲勺困，卫庄见贬伤其足。”杨注：“朱云：（卫）当作鲍。”② 姓氏之误。

有时候注者还提出怀疑的理由，如：

《桥陵诗三十韵因呈县内诸官》：“洪河左滢濙。”钱注：“滢，《玉篇》同荥，胡垌乌垌二切，无营音。濙字《玉篇》《韵略》俱无，毛氏据此诗增。恐非。当作潆。”③

《自京赴奉先县咏怀五百字》：“沉饮聊自遣，放歌破愁绝。”仇注：“《杜臆》作破愁为是，若云颇愁绝，语反稚矣。”④

《甘林》：“晨光映远岫，夕露见日稀。”浦注：“（稀）复后韵，恐当作晞。”⑤

《见王监兵马使说近山有黑白二鹰罗者久取竟未能得王以为毛骨有异他鹰恐腊后春生骞飞避暖劲翮思秋之甚眇不可见请余赋诗二首》次章：“黑鹰不省人间有，渡海疑从北极来。”浦注：“黑，恐当作异。”并议论道：“自来说者曰，首章咏白鹰，次章咏黑鹰，乃两章与白黑字，各无确切语，何也？……今又按首章‘雪飞’旧作‘云飞’，原不专言白，则次章‘黑’字，恐是‘异’字之讹。”⑥

《送梓州李使君之任》：“老思筇竹杖，冬要锦衾眠。”浦注“筇当作桃”并解释：“《竹谱》：筇竹，高节实中。剖为杖。出邛都县。按：诗似欲索此于李。邛去梓甚远，不应以此为嘱。考志：潼川土产，有桃竹，出江心蟠石上，可为杖。公有《桃竹杖引》，正谓此。筇字定误。”⑦

《赠王二十四侍御契四十韵》：“湔口江如练，蚕崖雪似银。”浦注“湔当作灌”⑧，浦起龙进一步说：“朱注：湔，当作堋。谓导江县有都安堰，蜀人谓堰为堋。愚按：乃灌字之讹。《一统志》：唐于灌口置盘龙县，寻改导

① （清）浦起龙：《读杜心解》，中华书局1961年版，第823页。

② （清）杨伦：《杜诗镜铨》，上海古籍出版社1962年版，第562页。

③ （清）钱谦益：《钱注杜诗》，上海古籍出版社1979年版，第32页。

④ （清）仇兆鳌：《杜诗详注》，中华书局1979年版，第266页。

⑤ （清）浦起龙：《读杜心解》，中华书局1961年版，第178页。

⑥ 同上书，第661页。

⑦ 同上书，第732页。

⑧ 同上书，第741页。

江县，即今灌县也。公《西山》诗亦尝以‘灌口’、‘蚕崖’对举。”①

《奉赠韦左丞丈二十二韵》题注：“《杜臆》：前诗有诵韦丞语，此诗全属陈情，赠似宜作呈为是。”②

《重题郑氏东亭》：“华亭入翠微，秋日乱清辉。”杨注：“当作晴晖，与下不复。”③ 所谓复，指的是句中清字与下联中清莲之清犯复。

古代注在辨正错讹时，有时候还分析致误的原因。例如：

《寄韩谏议》钱注：“韩谏议，旧本名注。余考韩休之子汯，上元中为谏议大夫，有学尚，风韵高雅。当即其人。注字盖传写之误。”④

《奉赠严八阁老》仇注：“朱注：《说文》阁与閤异。阁，夹室也，以板为之，亦楼观通名。閤，门旁小户也。汉公孙弘开东閤以延贤人，盖避当门，而东向开一小门引宾客，以别于官属也。汉三公黄阁。”注：“不敢洞开朱门，以别于人主，故黄其閤。又唐门下省以黄涂门，谓黄閤。”此诗阁字，与《待严大夫》诗“生理止凭黄阁老，皆当作閤，杜公误作阁字，讹字相沿耳。”⑤ 仇氏认为致误原因是“讹字相沿”。

《长江二首》其二：“未辞添雾雨，接上过衣襟。”仇注：“单复疑末句有讹字。今按：接上二字，恐当作接壤，言水浸岸上也。壤与上，盖声相近而讹耳。”⑥ 仇氏注明是“声近而讹”。

《次空灵岸》题注：“《十道四番志》：湘水有空舲滩。《一统志》：空舲岸在湘潭西一百六十里。蔡注：灵，刀笔误耳。”⑦

3. 乙倒

在杜甫去世的次年，樊晃编订杜甫小集时，杜甫自己编订的六十卷杜诗已经无人见到。那么在口头流传和逐步搜寻、集中、注释的过程中，出现诗句的前后错位、字词的顺序变化，是不可避免的。注者力求通过各种版本的对照和科学的推理恢复杜诗的原貌，进而准确地解释杜诗，发掘其思想内涵，突出其艺术成就。其中一部分注意力，就集中在乙倒上面，而

① （清）浦起龙：《读杜心解》，中华书局1961年版，第742页。

② （清）杨伦：《杜诗镜铨》，上海古籍出版社1962年版，第24页。

③ 同上书，第219页。

④ （清）钱谦益：《钱注杜诗》，上海古籍出版社1979年版，第155页。

⑤ （清）仇兆鳌：《杜诗详注》，中华书局1979年版，第380页。

⑥ 同上书，第1234页。

⑦ （清）浦起龙：《读杜心解》，中华书局1961年版，第200页。

且发现并纠正了一些颠倒错乱的地方。如：

《戏为韦偃双松图歌》仇注“戏为韦偃旧作戏韦偃为”①，仇兆鳌将“戏为韦偃”改作“戏韦偃为”，证明仇氏认为这里存在乙倒。

《晓望白帝城盐山》仇注：“《杜臆》：诗题当作‘白帝城晓望盐山’。”②“当”表明“白帝城”与“晓望”互乙。

《寄高适》：“楚隔乾坤远，难招病客魂。”浦注：“‘楚’字、‘病’字，疑当互转。西川不得云楚，招魂正可云楚客。定属互错。”③

《秦州见敕目薛三据授司议郎毕四耀除监察与二子有故远喜迁官兼述索居凡三十韵》：“掘剑知埋狱，提刀见发硎。”浦注：“一本剑狱倒转。”④

《寄越州贾司马六丈巴州严八使君两阁老五十韵》：“衡越猿啼里，巴州鸟道边。”浦注：“猿啼，旧本二字倒。”⑤

《苏大侍御涣静者也旅于江侧凡是不交州府之客人事都绝久矣肩舆江浦忽访老夫舟楫而已茶酒内余请诵近诗肯吟数首才力素壮词句动人接对明日忆其涌思雷出书箧几杖之外殷殷留金石声赋八韵记异亦见老夫倾倒于苏至矣》注：“（而已）阎若璩云：当作已而。”⑥

4. 错简

杜诗错简的注释也不多，本书就所见列出，聊备一条。

《解闷十二首》其五：“李陵苏武是吾师，孟子论文更不疑。”钱注：“一云第二句作首句”⑦ 言下之意是有的版本“孟子论文更不疑”与“李陵苏武是吾师”二句互错。依诗律，第二句作首句则不合。

《两当县吴十侍御江上宅》：“朝廷非不知，闭口休叹息。”仇注：“二句旧在损益之下，今依樊本改定。”⑧ 是说旧本中此二句错入“损益”句下。

《咏怀古迹五首》其一题注：“朱本题下注云：吴本作《咏怀》一章，《古迹》四首，此颇有见，惜未疏言其故，愚则谓此题四字，本两题也，或

---

① （清）仇兆鳌：《杜诗详注》，中华书局1979年版，第757页。

② 同上书，第1280页。

③ （清）浦起龙：《读杜心解》，中华书局1961年版，第432—433页。

④ 同上书，第719页。

⑤ 同上书，第723页。

⑥ （清）杨伦：《杜诗镜铨》，上海古籍出版社1962年版，第992页。

⑦ （清）钱谦益：《钱注杜诗》，上海古籍出版社1979年版，第528页。

⑧ （清）仇兆鳌：《杜诗详注》，中华书局1979年版，第671页。“损益”句指25、26句：“仲尼甘旅人，向子识损益。”

同时所作，讹合为一耳。并读殊不成语，必非原文，但沿袭即久，不敢擅分，有辩语在首章后。”① 浦起龙认为此五首前一与后五本非一组，或是错简而合为一组的。

《夏夜李尚书筵送宇文石首赴县后联句》题注：“按：江陵七律《重泛郑监前湖》题，其上有‘宇文晁，尚书之甥。崔彧，司业之甥，尚书之子。’十七字。黄生谓是此处自注之语，后人误混于彼题之上耳。良然。”②

---

① （清）浦起龙：《读杜心解》，中华书局1961年版，第657页。篇末的辩语是：“按旧说俱五诗例看，殊无具眼，《杜臆》疑首章不类，遂以为五诗总冒，其说似是而非。古迹则各人其人，各事其事，与《诸将》一类，彼何以独无冒乎？既云总冒矣，又谓其古迹则庾信宅也，一诗两用，成何体裁？且诗中止言‘庾信’，不言其宅，而宅又在荆州，公身未到，何得咏及之？自知不的，因以将至江陵为言，枝梧特甚。至顾宸则谓因己怀而感古迹，黄生则谓因古迹而自咏怀。总缘胸中为本章所碍，不得解脱，遂添几许蛇足耳。予直以诗意诗法断之，世或不以其言为河汉也。”关于这首的疑问，大概最早开始于张性，其《杜律演义》有曰：“此篇公先咏所至之地，后四句乃咏古迹也。”（元·张性《杜律演义》黄永武丛刊本133页）虞注同（元·虞伯生《杜律虞注》黄丛本28页）。邵宝则认为五首各咏一人（明·邵宝《刻杜少陵先生诗分类集注》黄丛本3089页）。徐居仁、黄鹤《集千家注分类杜工部诗》、邵勋《唐李杜诗集》等则将蜀主诸葛二首归陵庙门，其他三首归怀古门。张綖虽也分归二门，但却是这样解释的：“此五首不曰咏古迹而曰咏怀古迹，盖因己怀而感之古迹耳。”（明·张綖《杜工部诗通》黄丛本659页）。邵傅解释说：“虽因古迹，而所怀殊指。玩其咏可推。”（明·邵傅《杜律集解》黄丛本28页）吴瞻泰认为：“前五句皆是自己哀时，见天宝丧乱，衅由羯胡，正与《哀江南赋》相类。盖通篇以第六句为关键也。哀时属之词客，时事可知，亦见萧瑟无所短长，但于诗赋中激昂慷慨，哀动江关而已。上六句何尝一字涉庾信，至第六句始以词客字引出庾信，翻似借古人作证佐。是之谓咏怀。若捃摭故实，则成传体，贪发实议，又类史论，失含蓄蕴藉之妙矣。知此方是咏怀古迹。”（清·吴瞻泰《杜诗提要》黄丛本651—652页）明确提出“咏怀古迹”诗题逻辑矛盾的还有梁运昌，他在《杜园说杜》中论道：“题字有误。议者纷纷不一，或合为一题，或拆为两题。大约以首章为咏怀，后四章为古迹也。余谓咏怀古迹未可拆开。古人于古迹皆借咏己怀，不似今人，动称怀古，实则只是咏古，于己怀无与。若分咏怀二字作前题，则后题只有古迹二字，竟不成语。果当咏怀古迹四字乃后四章题目，首章则逸去其题而误合于此者耳。盛唐人最谙题式，无此廓落法也，故辩之。”（清·梁运昌《杜园说杜》，书目文献出版社1995年版，第832—833页）日人津阪孝绰在《杜律详解》中讨论道：“顾注：此因己怀而咏古迹，故曰咏怀古迹。然文理不稳，恐属强辩。吴若本作咏怀一章，古迹四首，似是。四首实咏宋玉、昭君、先主、孔明古迹，首篇只是咏怀，末引庾信只是自况，非咏庾信。且庾居江陵，夔州无庾古迹，两地相去太白所谓‘千里江陵’，故此诗片言不涉，其古迹别为一章明矣。疑原各别题曰咏怀曰古迹，后因两咏字而混合为一耳。”（津阪东阳《杜律详解》黄丛本237页）此解力追浦氏，皆至善之论。

② 同上书，第794页。

5. 衍脱

《课伐木并序》："……实以竹，示式遏"仇注："句。当有也字。"①仇氏认为"遏"字之后脱了"也"字。

《赠崔十三评事公辅》仇注："张远注：评事为公诸舅之子，题下疑脱弟字。"②

《剑门》："川岳储精英，天府兴宝藏。"浦注："仇注：往见旧人手卷，珠玉上有此二句。今按：杜诗多四句转意，此段独缺两句。且得此一提，文气愈畅。仇氏非伪撰也。"③ 此注肯定了仇兆鳌，认为确实脱了两句。浦注可贵的是根据杜诗的通例来为仇兆鳌找到了有力的理论依据。

《偪侧行赠毕（浦注"英华有'四'字"）曜》："实（浦注'希本无此字'）未敢爱微躯，又（浦注'希本无此字'）非关足无力。"④ 浦氏逐处指出英华本"毕曜"作"毕四曜"。而诗句中"实"、"又"二字，黄希本无之。那么可以说英华本衍"四"字，黄希本脱"实""又"二字。现在看来，"实""又"二字之有无，直接影响到语言的文体色彩。有此二字，两句是六言，具备汉代歌行的味道；无此二字，成了五言，有古体的感觉。此诗属杂言歌行，以五七言为主，出现六言也是正常的，所以浦本正文采用有二字的观点。但我们看来，"实未敢爱微躯，又非关足无力。"像是对上句"我贫无乘非无足，昔者相过今不得"的注释之语，恐是很早就窜入正文了。否则"无乘非无足"与"非关足无力"似存意复之嫌。

《入奏行赠西山检察使窦侍御》："绣衣春当霄汉立，彩服日向庭闱趋（浦注'樊本此下有"开济人所仰，飞腾正时须"二句'）。省郎京尹必俯拾，江花未落还成都（浦注'一无此复句'），肯访浣花老翁无？为君酤酒满眼酤（浦注：'二句一作"携酒肯访浣花老，为君着衫捋髭须"。'）与奴白饭马青刍（浦注：'一无此句'）。"⑤ 经多本比对，一诗数句之中，注明四处衍脱现象，可以看出浦起龙校勘的严谨细致。

《观公孙大娘弟子舞剑器行并序》："问其所师（浦注'一有答字'），

① （清）仇兆鳌：《杜诗详注》，中华书局1979年版，第1640页。

② 同上书，第1290页。

③ （清）浦起龙：《读杜心解》，中华书局1961年版，第87页。

④ 同上书，第251页。

⑤ 同上书，第278—279页。

曰：‘余公孙大娘弟子也。’……自高头宜春、梨园二伎坊内人，洎外供奉（浦注‘一有“舞女”二字’），晓是舞者，圣文神武皇帝初，公孙一人而已。”[①] 说明此本脱“答”、“舞女”诸字。

《忆郑南》题注：“旧作忆郑南玭。赵曰：师民瞻削去玭字。按：郑，郑县也，属华州。今为渭南县地。”[②] 按照师尹的看法，此处“玭”字是衍文。杨伦题注：“旧作忆郑南玭。朱注：郑南谓华州郑县之南，详诗意只是忆郑南寺旧游耳。玭字或讹或衍，今从草堂本削去。”[③] 浦、杨二人采用夹注和题注相结合的方式，辗转引用赵次公、师民瞻的观点，肯定了“玭”字是衍文的说法。

《冬晚送长孙渐舍人归州》题注：“非峡外之归州。归字下，疑有脱字。”[④]

《题郑十八著作丈》题注：“《杜臆》云：丈下疑脱故居二字。”[⑤]

《醉歌行赠公安颜十少府请顾八题壁》“十”下杨注“一无十字”，“八”下杨注“朱云疑脱‘分’字”[⑥]，杨氏此注全同浦注，引用他人见解，指出一题之中两处衍脱。

古代注释衍脱，除部分直接表明观点的条目外，大多使用“当”“恐”“疑”等带有明显推测、商询语气的词语，说明注者对衍脱的确定是十分慎重的。

6. 辨伪

杜诗收集整理过程中，有不少似是而非的诗作被当作杜甫作品收进集中。后世注杜者在辨别伪杜诗、伪杜句上下了不少功夫。古代注本也同样作着廓清真伪的努力。其注释条目有的针对杜诗，有的针对所谓的杜甫自注，还有的针对史实。

针对作品真赝的：

《早秋苦热堆案相仍》仇评：“朱瀚曰：此必赝作也。命题既蠢，而

---

① （清）浦起龙：《读杜心解》，中华书局 1961 年版，第 314 页。

② 同上书，第 498 页。

③ （清）杨伦：《杜诗镜铨》，上海古籍出版社 1962 年版，第 609 页。

④ （清）浦起龙：《读杜心解》，中华书局 1961 年版，第 810 页。

⑤ 同上书，第 818 页。

⑥ （清）杨伦：《杜诗镜铨》，上海古籍出版社 1962 年版，第 940 页。

全诗亦无一句可取，纵云发狂大叫时戏作俳谐，恐万不至此，风雅果安在乎。”①

《又送》仇评：“朱瀚曰：此诗，一二死句，三四无脉，五六枯拙，七八不韵，故知其为赝作也。”②

上二例仇兆鳌引用朱瀚的观点。朱瀚指出赝作，同时进行了论证，陈述了充分的理由。

《又一首》浦解：“于蜀既有前首，于夔又有五古一首。此篇必非杜作，题同而传讹也。”③ 浦氏直接根据诗题相同和在集中的位置指明伪作。

《至日遣兴奉寄北省旧阁老两院故人二首》其一浦解：“朱翰谓此一首为赝作。愚按：气体疲软不类，而语又与后首复。此老一题几首，从无复出者。朱说宜允。”④ 浦注也引朱瀚观点，可见在辨伪方面，朱瀚的观点在杜诗注释中影响很大。

针对其他注本注语的：

《三绝句》其一：“前年渝州杀刺史，今年开州杀刺史。”钱注：“渝州杀刺史，鲍钦止谓段子璋。子璋反梓州，袭绵陷剑，于渝无与也。师古云：吴璘杀渝州刺史刘卞，杜鸿渐讨平之。翟封杀开州刺史萧崇之，杨子琳讨平之。黄鹤云：事在大历元年与三年，考杜鸿渐传，无讨平吴璘事。大历三年，杨子琳攻成都，为崔宁妾任氏所败，何从讨平开州。天宝乱后，蜀中山贼塞路，渝、开之事，史不及书，而杜诗载之。师古妄人，因杜诗而曲为之说，并吴璘等姓名，皆师古伪撰以欺人耳。”⑤

《杜鹃》钱注：“按杜克逊事，新旧两书俱无之。严武在东川之后，节制东川者，李奂、张献诚也。其以梓州反者，段子璋也。梓州刺史见杜集者，有李梓州、杨梓州、章梓州，未闻有杜也。既曰讥当时之刺史，不应以严武并列也。逆节之臣，前有段子璋，后有崔旰、杨子琳，不当舍之

① （清）仇兆鳌：《杜诗详注》，中华书局1979年版，第488页。原诗：七月六日苦炎蒸，对食暂餐还不能。每愁夜来皆是蝎，况乃秋后转多蝇。束带发狂欲大叫，簿书何急来相仍。南望青松架短壑，安得赤脚踏层冰。

② 同上书，第1003页。原诗：双峰寂寂对春台，万竹青青照客杯。细草留连侵坐软，残花怅望近人开。同舟昨日何由得，并马今朝未拟回。直到绵州始分首，江边树里共谁来。

③ （清）浦起龙：《读杜心解》，中华书局1961年版，第266页。

④ 同上书，第614页。

⑤ （清）钱谦益：《钱注杜诗》，上海古籍出版社1979年版，第160页。

而刺涪、万之刺史微不可考者也。所谓杜克逊者，既不见史传，则亦子虚无是之流，出后人伪撰耳。其文义舛错鄙倍，必非东坡之言。世所传志林诸书，多出妄庸人假托，如伪苏注之类，而无识者误编之集中也。”①

《赠韦左丞丈二十二韵》：“李邕求识面，王翰愿为邻。”仇注：“朱注：邕、翰皆公同时前辈，识面、卜邻乃当时实事。旧注引杜华母使华与王翰卜邻，出伪书杜撰。”②

《三绝句》其三：“殿前兵马虽骁雄，纵暴略与羌浑同。”仇解：“师古注：时天子命陆瓘，以三千神策军，弹压蜀乱。遍考史鉴俱无此事。凡师氏所引《唐史拾遗》，皆出伪撰，严沧浪尝辩之。”③

针对“自注”真伪的：

《舟中夜雪有怀卢十四侍御弟》：“无人竭浮蚁，有待至昏鸦。”仇注：“朱注：旧本公自注：何逊诗：‘城阴度堑黑，昏鸦接翅归。’按：二语今《何记室集》不载，公《复愁》诗‘钓艇收缗尽，昏鸦接翅归’。不应直用成句。且昏鸦亦常语，何独于此释之，必出后人假托。今流俗本所云公自注者，多此类也。”④

《八哀诗·赠秘书监江夏李公邕》：“慷慨嗣真作，咨嗟玉山桂。”浦注：“朱注：审言《和李大夫嗣真奉使存抚河东诗》，千家本载公自注，此伪托者。”⑤

7. 释佚诗来源

各种杜诗注本都力求杜诗的完备和纯粹，这就出现两种趋向：一是求备带来的数量增加，一是求纯带来的精简。注者在辨明伪作的同时尽量补入佚诗，并注明所补入的诗篇来源，也就是注明依据何本补入的。此类颇多，如《赠花卿》钱注：“唐曲水调歌，后六叠入破第二，即此诗。见郭茂倩《乐府诗集》。”⑥ 这样的情况仅杨伦注例即有很多：

《东京颂韦讽摄阆州录事》题注：“集外诗，见郭知达、黄鹤本。”⑦

---

① （清）钱谦益：《钱注杜诗》，上海古籍出版社1979年版，第169页。

② （清）仇兆鳌：《杜诗详注》，中华书局1979年版，第75页。

③ 同上书，第1242页。

④ 同上书，第2033页。

⑤ （清）浦起龙：《读杜心解》，中华书局1961年版，第152页。

⑥ （清）钱谦益：《钱注杜诗》，上海古籍出版社1979年版，第397页。

⑦ （清）杨伦：《杜诗镜铨》，上海古籍出版社1962年版，第412页。

《惠义寺送辛员外》题注："下二首俱见卞圜、吴若、黄鹤本。"①

《客旧馆》题注："集外诗。员氏所收。"②

《狂歌行赠四兄》杨伦题解："集外诗，见陈浩然本，又见《文苑英华》。"③

《遣闷戏呈路十九曹长》题注："集外诗，员氏所收。"④

《逃难》题注："见陈浩然本，又见《文苑英华》。"⑤

有的条目中还注明以前误题为某人：

《哭长孙侍御》题注："见郭知达、黄鹤本。《中兴间气集》载杜诵作。"⑥

《虢国夫人》题注："见草堂逸诗，亦见张祜集。"⑦

## 第三节　注释异文的术语和方法

对于属于文献学内容解说的功能，以往的研究中较少涉及，而且对其术语和方法也没有系统地总结。文献学的注释项目最有代表性的是异文。

训诂学上的"异文"是指同一书的不同版本，或不同书籍记载同一事物而字句互异的情况。广义的"异文"包括通假字和异体字在内。本书所称"异文"仅指杜诗不同版本中文字、词语、句子互异的情况。

### 一　注释异文的术语

我的同门杨冰郁的博士论文《唐诗异文研究》第八章涉及注释异文的术语，但基于赵殿成的《王右丞集笺注》，所总结的术语并不丰富，有"一作"、"一本作"、"某本作"、"一本作×，非"、"某本作×，误"五

① （清）杨伦：《杜诗镜铨》，上海古籍出版社1962年版，第447页。

② 同上书，第462页。

③ 同上书，第564页。

④ 同上书，第740页。

⑤ 同上书，第1034页。

⑥ 同上书，第1035页。

⑦ 同上书，第1035页。

种。本书发现古代注释异文的术语最常见的是“一作×”，占绝对多数。其次是“一云×”，使用较多。其他术语各本皆偶尔用之，或某本偶一用之。但为了把古代注本中注释异文的术语尽量全面地展示出来，本书还是无论用例多寡，都予以收列。

**一作×**

《留别贾严二阁老两院补阙》仇兆鳌题注：“得云字。一作两院遗补诸公，得闻字。”①

《龙门镇》题注：“朱注：洛谷，一作骆，在成县西。”②

《同李太守登历下古城员外新亭》：“迹籍台观旧，气冥海岳深。”浦注“冥，一作溟。”③

《夏日叹》：“夏日出东北，陵天经中街。”浦注：“陵天经，一作经天陵。”④

《法镜寺》：“婵娟碧藓净，萧摵寒箨聚。”浦注：“藓，一作鲜，非。”⑤

《寄彭州高三十五使君适虢州岑二十七长史参三十韵》：“老去才难尽，秋来兴甚长。”浦注“难，一作虽。”⑥

**刊作×**

《饮中八仙歌》：“衔杯乐圣称世贤。”钱注：“世，邵刊作避。”⑦

《重过何氏五首》：“花妥莺捎蝶，溪喧獭趁鱼。”钱注：“吴若本注：（妥）刊作堕，音妥。”⑧

《送远》仇注：“单复《杜律》刻本，末句刊作‘因见敌人情’，亦有意义。”⑨

《寄岳州贾司马六丈巴州严八使君两阁老五十韵》：“貔虎开金甲，麒麟受玉鞭。”仇注：“甲，刊作匣，非。”⑩

---

① （清）仇兆鳌：《杜诗详注》，中华书局1979年版，第382页。

② 同上书，第685页。

③ （清）浦起龙：《读杜心解》，中华书局1961年版，第4页。

④ 同上书，第58页。

⑤ 同上书，第76页。

⑥ 同上书，第721页。

⑦ （清）钱谦益：《钱注杜诗》，上海古籍出版社1979年版，第21页。

⑧ 同上书，第302页。

⑨ （清）仇兆鳌：《杜诗详注》，中华书局1979年版，第626页。

⑩ 同上书，第646页。

《醉时歌》："儒术与我何有哉，孔丘盗跖俱尘埃。"浦注："丘，刊作父。"①

《秋兴八首》其五："蓬莱宫阙对南山，承露金茎霄汉间。"浦注："宫，仇刊作高，不必。"②

**别作×、别本作×、他本作×**

《瘦马行》浦注："瘦，别作老。"③

《赠特进汝阳王二十韵》："鸿宝宁全秘，丹梯庶可凌。"浦注："凌，他本作陵。"④

《奉送郭中丞兼太仆卿充陇右节度使三十韵》："诏发山西将，秋屯陇右兵。"浦注："山西，别作西山。"⑤

《送许八拾遗归江宁觐省甫昔时尝客游此县于许生处乞瓦棺寺维摩图样志诸篇末》仇解："次句，本言为慈颜而赴北堂，但出语稍拙。樊作'慈颜拜北堂'，句意稍明。别作'天语辞中禁，家荣到北堂'，语亦未安。当云'有诏辞中禁，承慈赴北堂'。"⑥

《赠卫八处士》："夜雨剪春韭，新炊间黄粱。"仇注："钱笺：《招魂》：'稻粢穱麦，挐黄粱些。'注：'挐，糅也，谓饭用稻粢穱麦，糅以黄粱，和而柔濡也。'间即挐字之意。今按：别作闻，是鼻闻黄粱之气，五字皆平声，不若从间字。"⑦

《赴青城县出成都寄陶王二少尹》："老被樊笼役，贫嗟出入劳。"仇注"樊笼役"："别本作妻孥笑，语稍直率。"⑧

**俗作×**

---

① （清）浦起龙：《读杜心解》，中华书局1961年版，第235页。

② 同上书，第653页。

③ 同上书，第252页。

④ 同上书，第684页。

⑤ 同上书，第709页。

⑥ （清）仇兆鳌：《杜诗详注》，中华书局1979年版，第456页。

⑦ 同上书，第514页。兹按：钱笺原文是："《招魂》：稻粢穱麦，挐黄粱些。注曰：挐，糅也。言饭则以秔（jīng）稻糅穱，择新麦糅以黄粱，和而柔濡，且香滑也。《本草》：香美逾于诸粱，号为竹根黄。此诗间黄粱，即挐字之意。作闻字，非是。"（《钱注杜诗》，第17页）仇氏所引已作了概括。清人的杜诗注释中此种情况非常普遍，大概是两种原因造成的：一是所见之书版本不同，内容有所差别；二是引用过程大多作了精简变动。

⑧ 同上书，第824页。

《曲江对酒》："纵饮久判人共弃，懒朝真与世相违。"仇注"判正作拚"："《方言》：'楚人凡挥弃物谓之判。俗作拚。'"①

《寄越州贾司马六丈巴州严八使君两阁老五十韵》："内蕊繁干缬，宫莎软胜绵。"浦注："莎，俗作花，非。"②

**作×非（亦是）**

《栀子》："于身色有用，与道气相和。"仇引赵注："此颂栀子之功也，作'气相和'亦是。"③ 仇氏在正文中已经选择了"相和"，引用赵注只是标明依据。

《八哀诗·故右仆射相国张公九龄》："碣石岁峥嵘，天池日蛙黾。"浦注："碣石，作竭力，非。"④

**一本（作）×、某本（作）×**

《乐游园歌》："阊阖晴开诛荡荡，曲江翠幕排银榜。"仇注"诛大结切。旧作昳，赵定作诛，《英华》同"又注："一本作泆，犹云荡泆也。"⑤

《秦州见敕目薛三据授司议郎毕四耀除监察与二子有故远喜迁官兼述索居凡三十韵》："掘剑知埋狱，提刀见发硎。"浦注："一本剑狱倒转。"⑥

《醉歌行》："原注：别从侄勤落第归。"仇兆鳌题解："勤，郭本作劝。"⑦

《石壕吏》："老翁逾墙走，老妇出看门。"仇注："苏润公本作出看门，叶音民。一作门看。海盐刘氏本作门首。"⑧

**旧作×**

《夜听许十损诵诗爱而有作》："紫燕自超诣。"钱注："燕，旧作鸾，非。"⑨

《畏人》："万里清江上，三年落日低。"仇注："三年，旧作三峰，谓

① （清）仇兆鳌：《杜诗详注》，中华书局1979年版，第450页。

② （清）浦起龙：《读杜心解》，中华书局1961年版，第723页。

③ （清）仇兆鳌：《杜诗详注》，中华书局1979年版，第878页。

④ （清）浦起龙：《读杜心解》，中华书局1961年版，第157页。

⑤ （清）仇兆鳌：《杜诗详注》，中华书局1979年版，第102页。

⑥ （清）浦起龙：《读杜心解》，中华书局1961年版，第719页。

⑦ （清）仇兆鳌：《杜诗详注》，中华书局1979年版，第240页。

⑧ 同上书，第528页。

⑨ （清）钱谦益：《钱注杜诗》，上海古籍出版社1979年版，第31页。

登万里桥而望三峰，此说非也。成都无山，安有三峰？赵注：公自乾元二年入成都，至宝应元年春，为三年矣。"①

《忆郑南》题注："朱注：旧作忆郑南玭。玭，浦眠切，珠名。吴若注：玭，疑作玼，音泚，玉色鲜洁也。按：郑南，华州郑县之南，详诗意只是忆郑南寺旧游耳。赵云：师民瞻削去玭字，草堂本作《忆郑南》。"②

《九日寄岑参》："吁嗟乎苍生，稼穑不可救。"浦注："乎，旧作呼。"③

《夏日叹》："飞鸟苦热死，池鱼涸其泥。"浦注："泥，旧作涯。"④

《西阁曝日》："朋知苦聚散，哀乐日已作。"浦注："朋，旧作用。"⑤

《沙苑行》："隅目青荧夹镜悬，肉骏碨礧连钱动。"浦注"骏，旧作骏，非。"⑥

《相从行赠严二别驾》："乌帽拂尘青骡粟，紫衣将炙绯衣走。"浦注："骡，旧作螺。"⑦

《戏作寄上汉中王二首》其二："杳杳东山携妓去，泠泠修竹待王归。"浦注："妓去，旧作汉妓。"⑧

**一云（曰）×**

《寄张十二山人彪三十韵》："草书何太古。"钱注"何太古，一云应苦甚。"⑨

《送高三十五书记十五韵》："此行既特达，足以慰所思。"仇注："'足以慰所思'一云'亦足慰远思'"⑩

《奉赠鲜于京兆二十韵》："学诗犹孺子，乡赋忝嘉宾。"仇注："孺子，一云子夏。"⑪

---

① （清）仇兆鳌：《杜诗详注》，中华书局1979年版，第881页。

② 同上书，第1290页。

③ （清）浦起龙：《读杜心解》，中华书局1961年版，第12页。

④ 同上书，第58页。

⑤ 同上书，第168页。

⑥ 同上书，第242页。

⑦ 同上书，第280页。

⑧ 同上书，第845页。

⑨ （清）钱谦益：《钱注杜诗》，上海古籍出版社1979年版，第365页。

⑩ （清）仇兆鳌：《杜诗详注》，中华书局1979年版，第128页。

⑪ 同上书，第142页。

《西阁曝日》："朋知苦聚散，哀乐日已作。"浦注："日已作，一云亦已昨。"①

《偪侧行赠毕曜》："已令把牒还请假，男儿性命绝可怜。"浦注："'已令把牒还请假'一云'已令请急会通籍'。"②

《又观打鱼》："干戈兵革斗未止，凤凰麒麟安在哉!"浦注："'兵革斗未止'一云'格斗尚未已'。"③

《相从行赠严二别驾》浦注："一云严别驾相逢歌。"④

《收京三首》："须为下殿走，不可好楼居。"浦注"一云'得非群盗起，难作九重居'。"⑤

《秦州杂诗二十首》其十五："塞门风落木，客舍雨连山。"浦注："门风，一曰风寒。"⑥

《寄彭州高三十五使君适虢州岑二十七长史参三十韵》："天彭剑阁外，虢略鼎湖旁。"浦注："天彭，一云彭门。"⑦

**×（人）作×**

《自京赴奉先县咏怀五百字》："许身一何愚""乐动殷樛嵑""老妻寄异县""生常免租税"。钱注："愚，樊作过"；"樛嵑，荆作胶葛，一作嵑蝎，一作福嵑嵑，一作汤嵑"；"寄，荆作既"；"常，陈作当"。⑧

《寄张十二山人彪三十韵》："关山信月轮。"钱注："信，樊作倚。"⑨

《玩月呈汉中王》："关山同一照，乌鹊自多惊。"仇注："（一照）杨用修作一点，引东坡《洞仙歌》云：'绣帘开，一点明月窥人。'用其语也。《赤壁赋》云：'山高月小。'用其意也。此说涉于新巧。"⑩

---

① （清）浦起龙：《读杜心解》，中华书局1961年版，第168页。

② 同上书，第252页。

③ 同上书，第275页。

④ 同上书，第280页。

⑤ 同上书，第367页。

⑥ 同上书，第386页。

⑦ 同上书，第721页。

⑧ （清）钱谦益：《钱注杜诗》，上海古籍出版社1979年版，第35—36页。

⑨ 同上书，第365页。

⑩ （清）仇兆鳌：《杜诗详注》，中华书局1979年版，第940页。

《不寐》："心弱恨容愁。"仇注："容，黄氏作容，吴作和，陈作多，一作知。"①

《送韦十六评事充同谷防御判官》："朝廷壮其节，奉诏令参谋。"浦注："奉，仇作特。"②

《遣兴五首》其二："山阴一茅宇，江海日清凉。"浦注："清，钱作凄。"③

《入奏行赠西山检察使窦侍御》："吐蕃凭陵气颇粗，窦氏检察应时须。"浦注："应时须，樊作才能俱。"④

《陪李金吾花下饮》："醉归应犯夜，可怕李金吾。"浦注："李，张远作执。"⑤

《秦州杂诗二十首》其十六："落日邀双鸟，晴天卷片云。"浦注："卷，吴作养。"⑥

《陪李梓州王阆州苏遂州李果州四使君登惠义寺》浦注："李，呰作章。"⑦

《入宅三首》其二："半顶梳头白，过眉拄杖斑。"浦注："半，樊作粘。"⑧

**×（书）作×**

《北征》："乾坤含疮痍，忧虞何时毕。"钱注："（含）陈浩然本作合。"⑨

《奉赠韦左丞丈二十二韵》仇注："前诗有送韦丞语，此篇全属陈情，题曰赠，似误，恐当作呈。"仇注："赠，《杜臆》作呈。"⑩

《春水》："已添无数鸟，争浴故相喧。"仇兆鳌小序："《英华》作：

① （清）仇兆鳌：《杜诗详注》，中华书局1979年版，第1463页。

② （清）浦起龙：《读杜心解》，中华书局1961年版，第35页。

③ 同上书，第69页。

④ 同上书，第278页。

⑤ 同上书，第353页。

⑥ 同上书，第387页。

⑦ 同上书，第446页。

⑧ 同上书，第531页。

⑨ （清）钱谦益：《钱注杜诗》，上海古籍出版社1979年版，第57页。

⑩ （清）仇兆鳌：《杜诗详注》，中华书局1979年版，第69页。

不知无数鸟，何意更相喧。”①

《官池春雁二首》其二：“青春易尽急还乡，紫塞宁论尚有霜。”仇注：“易，《杜臆》作易，旧作欲。”②

《倦夜》题注：“顾陶《类编》作倦秋夜。”③

《留花门》：“北门天骄子，饱肉气勇决。”浦注：“北门，《正异》作花门。”④

《兵车行》：“边亭流血成海水，武皇开边意未已。”浦注：“亭，《英华》作庭。”⑤

《投简咸华两县诸子》：“长安苦寒谁与悲，杜陵野老骨欲折。”浦注：“安，《正异》作夜。”⑥

《戏作花卿歌》：“子章髑髅血模糊，手提掷还崔大夫。”浦注：“章史作璋。”⑦

《江村》：“多病所须惟药物，微躯此外更何求。”浦注：“多病所须惟药物，《英华》作但有故人供禄米。”⑧

《奉寄河南韦尹丈人》：“尸乡余土室，难说祝鸡翁。”浦注：“难说，《正异》作谁话。”⑨

**改作×**

《客至》：“舍南舍北皆春水，但见群鸥日日来。”钱注：“近时杨慎曰：韦述《开元谱》曰：倡优之人，取媚酒食，居于社南者，呼为社南氏，居于社北者，呼为社北氏。杜诗正用此。后人改社作舍。按舍南舍北，公之所居也，若云社南社北，则倡优之所居，安得取以自况乎？杨氏引据穿凿，其文义舛误若此。”⑩

《送窦九归成都》：“非尔更苦节，何人符大名。”仇注：“《杜臆》：

---

① （清）仇兆鳌：《杜诗详注》，中华书局1979年版，第800页。

② 同上书，第1010页。

③ 同上书，第1176页。

④ （清）浦起龙：《读杜心解》，中华书局1961年版，第51页。

⑤ 同上书，第224页。

⑥ 同上书，第230页。

⑦ 同上书，第273页。

⑧ 同上书，第616页。

⑨ 同上书，第686页。

⑩ （清）钱谦益：《钱注杜诗》，上海古籍出版社1979年版，第383页。

起得突兀，转亦顿挫，似尺水兴波。苦节二字，他本因声律不谐，改作持节，黄鹤泥此，遂以窦九为检察窦侍御，误矣。”①

《雨》：“风吹沧江树，雨洒石壁来。”浦注：“树，朱子改作去。”②

《咏怀二首》其二：“贤愚诚等差，自爱合驰骛。”浦注：“自爱，或改作合受。”③

《别常征君》：“故人忧见及，此别泪相忘。”浦注：“忘，黄生改作望。”④

《季秋苏五弟缨江楼夜宴崔十三评事韦少府姪三首》其二：“不眠瞻白兔，百过落乌纱。”浦注：“纱，仇改作鸦，非。”⑤

## 二　辨正异文的方法

我的同门杨冰郁的博士论文总结《王右丞集笺注》辨正异文的方法为三：（1）运用外证法，极力搜求异文的来源出处，以此作为异文取舍的尺度。（2）总揽诗篇全局，着眼诗歌整体，从篇章结构入手来分析异文。（3）坚持古先于今这一异文取舍判断的原则。这当然具有高度的概括性。但本书针对杜诗古代注本的实际情况，想作一些更加具体的探讨，即侧重于注本对异文的辨正，来讨论异文注释的方法。

古代注各本异文皆以双行小字注于正文下，少数出现在注文中。对异文的处理，大多指明或体而已，也有注家对异文进行讨论、辨析。就异文的辨正而言，注释者有一个原则，那就是通顺原则。仇兆鳌在《燕子来

---

① （清）仇兆鳌：《杜诗详注》，中华书局1979年版，第1025页。

② （清）浦起龙：《读杜心解》，中华书局1961年版，第137页。以对仗而论，朱子改作去是可以的。仇注：“此乃古诗，作树字本合，言风先吹树而继以雨来也。《朱文公语录》：杜诗最多误字，如‘风吹苍江树，雨洒石壁来’，树字无意思，当作去，正对来字。又如蜀有漏天，以其西极阴盛常雨，如天之漏也。故云‘鼓角漏天东’，后人不晓其义，遂改漏为满，似此类极多，董斯张曰：峡中波浪险绝，长风吹江，涛惊沫溅，势如暴雨之澍。《洞萧赋》：声磕磕而澍渊。李善云：澍，古注通。”（仇1323—1324）今按：李善之意谓澍树二字古通。那么此句中树为动词，自然与动词来相对仗。然而仇兆鳌又曰：“朱子改树为去，言风吹苍江而去，雨洒石壁而来，去来指风雨。董氏改为苍江澍，却是说风吹而江澍矣，岂可云雨洒而壁来乎？犹觉未安。”（仇1324）仇兆鳌所见甚当。

③ 同上书，第203页。

④ 同上书，第491页。

⑤ 同上书，第550页。

舟中作》“可怜处处巢居（此处仇用小字注：一作君）室，何异飘飘托此身。”注文中说：“君室虽有所本，但此处当从居室为顺。”① 辨正异文通常采用如下方法：依词语意义，依押韵，依时间、处所，依诗人写作习惯，依诗歌的结构要求，依构词法，依人伦行辈，依平仄，依对仗，依典故，依避复。

**依词语意义**

《饮中八仙歌》：“左相日兴费万钱，饮如长鲸吸百川，衔杯乐圣称避贤。”仇注：“《容斋随笔》曰：此诗乐圣避贤，乃引李适之诗语。别本误以‘避贤’为‘世贤’，绝无意义。‘世’字又犯太宗御讳。”②

《乐游园歌》：“阊阖晴开诶荡荡，曲江翠幕排银榜。”仇注：“《汉·礼乐志》：天门开，诶荡荡。《汉书注》：诶，读如迭。又旧注：诶，缓也。于义不切。如淳云：诶荡荡，天体清坚之状。亦与诶字无涉。一本作泆，犹云荡泆也。”③

《醉为马坠诸公携酒相看》：“朋知来问腆我颜，杖藜强起依童仆。”仇注：“（腆）一作惧。”“作惧颜，是惭色。作腆颜，是厚颜。”④ 此例中通过区分两个词的表意差别，但二词皆可通，故仇兆鳌没有强作取舍。

**依押韵**

《客旧馆》：“风幔何时卷，寒砧昨夜声。”仇注：“声字出韵，若作听字，对卷字亦稳。杜诗五律，无失韵者。”⑤ 浦起龙亦注曰：“声字出韵，或作听。”⑥

《寄狄明府博济》：“汝门请从曾翁说，太后当朝多巧诋。”仇注：“一作计。杨慎云：计不在韵，当作诋。”⑦

《北征》：“老夫情怀恶，数日卧呕泄。”浦注：“‘数日卧呕泄’一作‘呕泄卧数日’。”又曰：“按：日字韵复，倒转者是。”⑧ 是说如果是“呕

---

① （清）仇兆鳌：《杜诗详注》，中华书局1979年版，第2064页。

② 同上书，第85页。

③ 同上书，第102页。

④ 同上书，第1592页。

⑤ 同上书，第1028页。

⑥ （清）浦起龙：《读杜心解》，中华书局1961年版，第454页。

⑦ （清）仇兆鳌：《杜诗详注》，中华书局1979年版，第1689页。计是霁韵，诋是荠（上声）、齐（平声）两属。

⑧ （清）浦起龙：《读杜心解》，中华书局1961年版，第41页。

泄卧数日”，那么与前“朝野少暇日”的韵脚重复，因此断定“数日卧呕泄”是正体。

《送卢十四弟侍御护韦尚书灵榇归上都二十四韵》：“简约前王体，风流后代希。”浦解：“垂法后来之意。或作稀，韵复。”①

**依时间、处所**

《投简咸华两县诸子》：“长安苦寒谁独悲，杜陵野老骨欲折。”仇兆鳌小序：“朱注误认两县为赤县，故有畿县之疑。《正异》不知长安即赤县，故欲改为长夜。总错在诗题‘成’、‘华’二字耳。”② 如以“成”为“成都”，“华”为“华阳”，则此诗在四川，如作“咸华”，则是咸阳、华原二县，是陕西。仇兆鳌根据诗中的“长安”和“南山”、“东门”等所涉及的典故皆为长安京兆之事，断定是陕西之咸、华二县，订正了异文。

《北征》：“阴风西北来，惨淡随回纥。”浦注：“纥，一作鹘。”又注：“赵曰：当以纥为正。德宗时，始请易号回鹘。”③

**依诗人写作习惯**

《野望》：“西山白雪三城戍，南浦清江万里桥。”仇注：“城，一作奇，一作年。”注中又曰：“唐氏注：西山，在成都府西，一名雪岭。三城戍，即松、维、堡三城。《唐志》注：唐兴有羊灌、田朋、笮绳桥三城。《困学纪闻》：《唐·地理志》：彭州导江县，有三奇戍。《韦皋传》：大将陈洎等，出三奇西南。《备边录》：所谓三奇营也。钱笺：西山三城，界于吐蕃，为蜀边要害，屡见杜诗，正不必作三奇也。”④

**依诗歌的结构要求**

《信行远修水筒》：“讵要方士符，何假将军佩。”浦注：“佩旧作盖。”解曰：“朱注以‘方士符’为制虎豹之符，‘将军盖’为不烦张盖，是重叙信行入山事矣，与收局体不合。”⑤ 浦本未用异文“盖”，就是因为此二句是全诗结语中前二句，此时信行已回家，并已享受了杜甫赏给他的

① （清）浦起龙：《读杜心解》，中华书局 1961 年版，第 810 页。此诗第 8 句为“之子俊才稀”，所以说“或作稀，韵复”。

② （清）仇兆鳌：《杜诗详注》，中华书局 1979 年版，第 107 页。

③ （清）浦起龙：《读杜心解》，中华书局 1961 年版，第 41 页。

④ （清）仇兆鳌：《杜诗详注》，中华书局 1979 年版，第 880 页。

⑤ （清）浦起龙：《读杜心解》，中华书局 1961 年版，第 135 页。

瓜和饼，不当再回写上山之事，所以选“佩”字，使叙语变成了赞语，符合结体特点。这是很有见地的。

**依构词法**

《上后园山脚》：“石榞遍天下，水陆兼浮沉。”浦注：“榞，一作原，非。”又注：“张远以榞为原，引《尸子》莒国石焦原为证。但石焦之义，谓其地热不可近耳，无截去焦字之理。依旧本作榞为是。”①

**依人伦行辈**

《杜位宅守岁》：“守岁阿戎家，椒盘已颂花。”浦注：“戎，一作咸。”又注：“《宋书》谢惠连不为父所知。族兄灵运曰：‘阿戎才悟如此，何作常儿遇之！’《南史》：齐王思远，小字阿戎，王晏从弟也。《通鉴注》：晋宋间多呼弟为阿戎。胡俨曰：注家改为阿咸，不知阿咸乃叔侄事。”②

**依平仄**

《铁堂峡》：“狭形藏堂隍，壁色立精铁。”仇注：“（精）荆作精，一作积。”“按本句五字皆入声，读不顺口，作精铁为是。”③

《江上值水如海势聊短述》：“老去诗篇浑漫与，春来花鸟莫深愁。”仇注：“与，从黄鹤本，别作兴。”“黄鹤本及赵次公注皆作‘漫与’。《韵府群玉》引此诗，亦作‘漫与’。王介甫诗：‘粉墨空多真漫与’。苏子瞻诗：‘袖手焚笔砚，清篇真漫与。’皆可相证。诸家因前题《漫兴》九首，遂并此亦作‘漫兴’。按上联有句字，次联又用兴字，不宜叠见去声。”④

**依对仗**

《冬日有怀李白》：“短褐风霜入，还丹日月迟。”仇注：“一作裋褐。《史记》：士不得短褐。司马贞曰：短亦作裋。裋，襦也。《贡禹传》：裋褐不完。《王命论》：裋褐之亵。裋，皆音竖。魏文帝令：‘衣或短褐不完。’唐人两用之。若少陵‘短褐风霜入，还丹日月迟’与‘江湖漂短褐，霜雪满飞蓬’，以属对言，不当作裋。”⑤

---

① （清）浦起龙：《读杜心解》，中华书局1961年版，第174页。

② 同上书，第344页。

③ （清）仇兆鳌：《杜诗详注》，中华书局1979年版，第677页。

④ 同上书，第811页。

⑤ 同上书，第51页。

《田舍》："杨柳枝枝弱，枇杷对对香。"仇注："对对，从顾陶本，一作树树。""吴曾《漫录》：今本作榉柳，非也。枇杷一物，榉柳则二物矣。对对亦胜树树。"①

**依典故**

《江村》："但有故人供禄米，微躯此外更何求?"仇句中注："供，樊作分。""'但有故人供禄米'，此从《英华》，一作'多病所须惟药物'。""何一作无"句下又注："分禄米，亦指裴冕。此暗用公孙弘给俸禄于故人事。张华赋：行药物以为娱。局字、物字、叠用入声，当从《英华》为是。且禄米分给，包得妻子在内。"②

《西郊》："无人觉来往，疏懒意何长。"仇注："觉，旧作兢，一作与，荆公定作觉。"句下注："赵次公曰：荆公定为无人觉来往，甚善。徐悱妻诗：惟当夜枕知，过此无人觉。梁简文帝诗：会是无人觉，何用早梅妆。"③

**依避复**

《西阁夜》："恍惚寒江暮，逶迤白雾昏。"仇注："洪注从江，别作山者，犯重。"④

《秋兴八首》其五仇注："丰存礼云：宫阙，旧本作仙阙为是，与下文宫扇不犯重。《杜臆》从之。今按：宫，当作高，盖字近而讹耳。"⑤

## 第四节 释编年及创作背景

### 一 释编年

历代注杜者都很重视杜诗的编年，而且都试图弄清楚每一首诗的创作时间，以便准确地理解诗意。仇兆鳌认为："依年编次，方可见其平生履历，与夫人情之聚散，世事之兴衰。今去杜既远，而史传所载未详，致编

① （清）仇兆鳌：《杜诗详注》，中华书局1979年版，第745页。

② 同上书，第747页。

③ 同上书，第780页。

④ 同上书，第1475页。

⑤ 同上书，第1491页。

年互有同异。幸而散见诗中者，或记时，或记地，或记人，彼此参证，历然可凭。间有浑沦难辩者，姑从旧编，约略相附。若其前后颠错者，如《投简咸华诸子》本属长安，而误入成都。《遣愁》诗、《赠虞司马》本属成都，而误入夔州。如《冬深》《江汉》《短歌赠王司直》皆出峡后诗，而误入成都夔州。如《回棹》《风疾舟中》本大历五年秋作，而误入四年。今皆更定，庶见次第耳。"① 各本释编年方式不同。钱注在诗歌正文后标注创作年代，仇本在蔡傅卿的基础上"稍从删节"，于各首题下注明编年。杨本仅依编年排列，于每卷下注明该卷所收诗篇的创作时间区间，每题下则不注。浦起龙采用分卷分部注明时间段与题注相互结合的方式。注明编年时，各本亦有不同，如他本仅注明何年作，而仇、浦则必说明依据何人。

此处列举个别篇目的编年注释，以见一斑。分为以下四类：

（一）只是注明编年

《散愁二首》其一钱注："此诗亦作于上元元年光弼胜河阳之后。"②

《大麦行》题注："入宝应元年。"③

《观打鱼歌》题注："绵州诗。"④ 此以诗人活动地方间接指明创作时间。

《奉酬李都督表丈早春作》题注："入上元二年。"⑤

《赠别郑链赴襄阳》题解："编宝应元年。"⑥

《立春》浦注："入大历二年。"⑦

《雨》题注："入大历元年。"⑧

（二）说明采用何人意见

《奉先刘少府新画山水障歌》："《草堂诗笺》编在自京赴奉先之后，以诗中有'蒲城风雨'句也。"⑨ 仇氏注明编在赴奉先后是依据《草堂诗

---

① （清）仇兆鳌：《杜诗详注》，中华书局 1979 年版，第 22 页凡例。

② （清）钱谦益：《钱注杜诗》，上海古籍出版社 1979 年版，第 382 页。

③ （清）浦起龙：《读杜心解》，中华书局 1961 年版，第 274 页。

④ 同上书，第 274 页。

⑤ 同上书，第 411 页。

⑥ 同上书，第 428 页。

⑦ 同上书，第 663 页。

⑧ （清）杨伦：《杜诗镜铨》，上海古籍出版社 1962 年版，第 580 页。

⑨ （清）仇兆鳌：《杜诗详注》，中华书局 1979 年版，第 275 页。

笺》。

《遣兴》仇注："梁权道编在成都诗内。"①

《漫成二首》仇注："黄鹤从旧编在上元二年。"②

《答杨梓州》仇注："单复编在汉州诗内。"③

《题李尊师松树障子歌》题注："旧入乾元元年谏省诗。"④ 此注是说依据旧注当在乾元元年。浦氏也正是编在卷二之一，起玄宗天宝初至肃宗乾元二年。

《柳边》题注："依鹤编。"⑤ 意思是按照黄鹤的观点编在广德元年春。

《放船》题注："鹤编自忠下云安。"⑥ 此以诗人行踪所在间接指明时间。

（三）辨正前人编次

《送灵州李判官》仇注："黄鹤及朱、顾诸家，俱编在乾元二年。玩诗中羯胡血战等语，及近贺中兴一句，当是安史正猖獗，灵武初即位时，盖至德二载，在凤翔时所作。当从《杜臆》。"⑦

《驱竖子摘苍耳》浦解："仇本编二年，非。"⑧

《寄李十二白二十韵》浦解："此诗旧编秦州。今按诗意，乃在太白长流未赦时作。当是乾元初华州诗也。"⑨

《续得观书迎就当阳居止正月中旬定出三峡》题解："诗当是岁底作。旧编三年岁初，非。"⑩

（四）阐明诗中的编年证据

《寄高适》浦解："是诗疑团在'故园'二字，或指适沧州之故园，或指公京师之故园，辗转不合。不知公入蜀后，三年而成一草堂，身虽频

① （清）仇兆鳌：《杜诗详注》，中华书局1979年版，第750页。

② 同上书，第797页。

③ 同上书，第1008页。

④ （清）浦起龙：《读杜心解》，中华书局1961年版，第250页。

⑤ 同上书，第440页。

⑥ 同上书，第490页。

⑦ （清）仇兆鳌：《杜诗详注》，中华书局1979年版，第369页。

⑧ （清）浦起龙：《读杜心解》，中华书局1961年版，第135页。

⑨ 同上书，第718页。

⑩ 同上书，第783页。

出，家口寄焉，草堂固可云故园也。严武再镇成都，公寄诗云：‘故园犹得见残春。’是显证也。诸家何遽忘之！解此，则诗意豁然，而编次亦属一定。”①

《敬寄族弟唐十八使君》浦解：“详诗意，唐以永泰末注误，至是被谪施州，将近贬所，书来道故，并邀公叙旧，公遂以此简之，时公正在下峡启行之会也。”②

《寄李十四员外布十二韵》杨伦题注：“按：诗言渚柳村花，当属成都草堂作，编从仇本。”③

## 二　释创作背景

创作背景直接关系到作品的旨意，这是一切艺术的共同规律。现代语用学一个重要的思想就是表达的背景决定表达的意义。诗歌归根到底是一种表达，那么离开了背景，言说的意义是无法确定的。因此注释者常常关注创作的背景。古代注杜从多种可能存在背景信息的细枝末节中加以挖掘，推测诗人创作的背景事件并加以注明，帮助读者更准确地理解诗意。

《两当县吴十侍御江上宅》题解：“《杜臆》：时侍御尚在长沙，公过其空宅，思其往事而赋此。”④ 由空宅触发诗兴，寄托情感。而空宅背后的信息是：宅主是吴十侍御，宅主在长沙，吴侍御被外放长沙时杜甫任拾遗而无力相救，诗人现在漂泊无职。这些背景材料对帮助读者理解诗中的感情是至关重要的。

《戏作花卿歌》题注：“《旧书·肃宗纪》：上元二年四月，梓州刺史段子璋反，袭东川节度使李奂于绵州，自称梁王，改元黄龙，以绵州为黄龙府，置百官。五月，成都尹崔光远，率将花惊定攻拔绵州，斩子璋。”⑤ 此条依据《旧唐书·肃宗纪》介绍了此诗创作时梓州刺史段子璋作乱及崔光远率领花惊定平定段子璋的历史背景。而花惊定平乱的功绩和滥杀抢掠的暴行，是理解杜诗“戏作”二字的关键因素。

① （清）浦起龙：《读杜心解》，中华书局1961年版，第433页。

② 同上书，第192页。

③ （清）杨伦：《杜诗镜铨》，上海古籍出版社1962年版，第528页。

④ （清）浦起龙：《读杜心解》，中华书局1961年版，第72页。

⑤ 同上书，第273页。

《送韦书记赴安西》浦解："此献赋召试不遇后诗。"①

《长江二首》其二浦解："《纲目》：严武卒，郭英乂代之。崔旰先请王崇俊为节度。英乂杀崇俊而攻旰，为旰所败。英乂请玄宗道观为军营，毁玄宗像而居之。旰宣言英乂反，袭杀之。于是邛、泸、剑三州牙将柏茂林、杨子琳等，各举兵讨旰，蜀大乱。诗盖感其事而赋焉。"②

《奉寄河南韦尹丈人》题注："原注：甫故庐在偃师，承韦公频有访问，故有下句。"③

《哀王孙》题解："《旧唐书》：十五载六月九日，潼关不守，十二日，凌晨，上自延秋门出，亲王妃主王孙以下，皆从之不及。《通鉴》：上从延秋门出，妃主王孙之在外者，多委之而去。此见王孙颠沛而作也。"④

《观兵》题注："乾元元年十一月，郭子仪等九节度讨安庆绪围邺城，此方赴讨时作。"⑤

杜诗注释中的背景解释，都在寻找与当前文本相联系的人物和事件，有时候是国家大政，有时候是个人私事。这种确认有时是逆推的，很可能杜甫创作时并非如此。但注家从纷繁复杂的事件信息里发现并确定的，毕竟是诸种联系中可能性最大的一种。当我们把这种逆推的结论采用过来，按照正常的事件逻辑，即先肯定发生了或者存在这么一种事实，然后杜甫有意而作此诗，那么此作品的意义自然是明确一些。严格地说，这种解释是不太科学的，但往往能为文本的解释找到一个突破口，因此又是行之有效的注释方法之一，这是中国古代注释在方法上的一大贡献。已专门撰文讨论"推释法"（见杨永发、郭芹纳《清人注杜的推释法》，《中国诗歌研究》第七辑），此处从简。

① （清）浦起龙：《读杜心解》，中华书局1961年版，第346页。

② 同上书，第492页。

③ （清）杨伦：《杜诗镜铨》，上海古籍出版社1962年版，第22页。

④ 同上书，第120页。

⑤ 同上书，第213页。

## 第五节　辨编年的方法

杜诗编年，是历代注者倾注心血的内容。因为编年直接与诗人的创作背景相关，因而直接影响对诗旨的理解。仇兆鳌明确表示："依年编次，方可见其生平履历，与夫人情之聚散，世事之兴衰。"① 但自从杜甫自编的六十卷诗集散佚之后，后人陆续搜集编汇的杜甫诗集，编次各不相同。最早的本子樊晃小集，乃是"采其遗文，凡二百九十篇，各以志类，分为六卷"。估计是樊晃所得杜甫原集各卷次序已经散乱，编者大体分类汇合而已，其次序未必符合杜甫自编次序。五代时编者姓名已不可知的蜀本杜诗，可能是最早的编年本。至王洙、王琪编订的宋本《杜工部集》，据《新唐书·艺文志四》著录所言，"视居行之次，若岁时为先后，分十八卷"。到了吕大防，编订《杜诗年谱》（又名《子美诗年谱》、《杜工部年谱》），自记有云："予苦韩文、杜诗之多误，既雠正之，又各为年谱，以次第其出处之岁月，而略见其为文之时，则其歌时伤世、幽忧窃叹之意，灿然可观。"成为一段时间内杜集编纂的次序主流。约略七十年后，嘉兴鲁訔认为杜诗意律深严难读是因为背景不明之故，若"离而序之，次其先后，时危平，俗嬍（měi 同美）恶，山川夷险，风物明晦，公之所寓舒局，皆可概见，如陪公杖履而游四方，数百年间，犹有面语，何患于难读也！"所以"因旧集略加编次，古诗近体，一其先后，摘诸家之善，有考于当时事实及地理、岁月、与古语之的然者，聊注其下"。鲁訔的编次，成为后来影响很大的《草堂诗笺》的编年依据。又过了大约七十年，黄希、黄鹤父子的《黄氏补千家集注杜工部诗史》又"每诗详加考定，或因人以核其时，或搜地以校其迹，或摘句以辨其事，或即物以求其意。所谓千四百余篇者，虽不敢谓尽知其详，亦庶几十得七八矣"（黄鹤《年谱辨疑后序》）。此后，诸家大多采用黄氏父子的编次，但细微处时有改定，一直到仇兆鳌，在黄氏基础上仍有较大改变。可以说，编年问题是注杜者首先要解决的问题，而且从后人为杜诗作注的那一天起，就一直在探讨、完善。清代注杜名家仍然将许多注意力集中在编年的辨正上。辨正编年，注者采取的方法有如下数端：

① （清）仇兆鳌：《杜诗详注》，中华书局 1979 年版，第 22 页凡例。

## 一　以人物行踪、履历辨编年

古代注释往往通过诗中提及的人物、诗人自身的行踪履历与诗歌内容的联系来判断诗作的创作年代。例如：

《寄题江外草堂》钱注："旧注：公从同谷入蜀，卜居成都。成都乱，遂走梓州。今于梓州怀思草堂作是诗寄题。公以乾元元年冬末至成都，明年上元元年，卜筑草堂，又二年，宝应元年，草堂成。此诗当是广德元年作。"①

《赠翰林张四学士垍》仇兆鳌认为梁权道编在十四载不对，而编在天宝九载自河南归时作，因有"此身任春草，垂老独飘萍"句，"是时未献赋，故诗不及之"。②

《建都十二韵》仇兆鳌题注："赵次公注：此诗上元元年九月后作也。朱注：诗云'穷冬客剑阁，随事有田园'，其为成都草堂作甚明。鲍钦止编在宝应元年冬，是年虽复建南都，时公往来梓州，未尝定居，安得有田园之句？赵注得之。"③

《赠虞十五司马》仇注："鹤注：梁氏编在大历三年，时公年是五十七岁矣。当如《暮归》诗'年过半百不称意'，不应云'百年嗟已半。'当是上元宝应间在成都作，故云：'沙岸风吹叶，云江月上轩。'若在公安，则公未尝舍舟，不应有此语也。"④

《不见》仇注："鹤注：诗云'世人皆欲杀'，当是白流夜郎之后，盖上元二年也。梁氏编在宝应元年梓州作，不知是年，白已卒矣。曾巩序：乾元元年，长流夜郎，遂泛洞庭，上峡江，至巫山，以赦得释。憩岳阳、江夏，久之，复如浔阳，过金陵，徘徊于历阳、宣城二郡间。其族人阳冰为当涂令，白过之，以病卒，年六十有四。是时宝应元年也。"⑤

《奉待严大夫》仇注："朱注：此诗旧谱及诸家注并云广德二年作。

---

① （清）钱谦益：《钱注杜诗》，上海古籍出版社1979年版，第148页。

② （清）仇兆鳌：《杜诗详注》，中华书局1979年版，第98页。仇兆鳌的编年恐亦有误，因为恰是此句中的"垂老"二字，透露出此诗必离蜀之后作。因为天宝九载杜甫才39岁，不能说是"垂老"。

③ 同上书，第775页。

④ 同上书，第849页。

⑤ 同上书，第858页。

据《通鉴》，是年正月严武得剑南之命也。黄鹤编在宝应元年，盖疑广德二年武已封郑国公，不得但称大夫，且迁黄门侍郎时，已罢兼御史大夫矣。按宝应元年春，公未尝去草堂，何以有‘欲辞巴徼’、‘远下荆门’之语，仍从旧编为是。”①

《游龙门奉先寺》浦注：“各本多以此诗为首，但按公游东都，在开元二十九年后，则不应编在望岳诗前也。”②

《回棹》浦解：“此诗自是四年夏畏热北回之作。黄生、仇氏诸人，欲以证耒阳夕卒之非，因编五年《阻水》诗后。不知公之不卒于疗饥之夕，即《阻水》本篇可证，不必牵扯是篇也。至钱、朱辈欲即此为证实饫死张本，则又信史之过。”③

## 二　以前后诗篇辨编年

有时候注者利用诗作内容的特点大体推定其地域归属或时间归属，然后以时间较为明确的篇目确定其他篇目的创作时间。如：

《遣愁》仇注：“此诗将前后诸篇参看，方知为成都所作。‘江通神女馆’，即所谓‘独立见江船’也。‘地隔望乡台’，即所谓‘力尽望乡台’也。‘渐惜容颜老’，即所谓‘梳头满面丝’也。‘无由弟妹来’，即所谓‘弟妹各何之’也。旧编属夔州者，断误。若身在夔州，不必云‘江通神女馆’矣，且久思出峡，何反追言‘地隔望乡台’耶?”④ 依据“前后诸篇”认为“旧编属夔州者，断误。”

《泛溪》仇注：“从旧次，编在上元元年成都诗内。草堂在郭外，从城中复归草堂，故有‘还与旧乌啼’之句。旧说谓自青城还成都，新说谓从成都往青城者，皆非。前诗云‘已知出郭少尘事’可证。”⑤ 依据前一首诗确定是上元元年成都诗。

《奉寄别马巴州》仇注：“《杜律演义》：此必作于广德元年以后，盖不赴功曹之补，将东游荆楚，而寄别巴州也。今按：本传谓召补功曹，不至，在上元二年。王洙因之而误。蔡兴宗年谱，编此诗在广德元年，亦尚

① （清）仇兆鳌：《杜诗详注》，中华书局1979年版，第1099页。

② （清）浦起龙：《读杜心解》，中华书局1961年版，第2页。

③ （清）浦起龙：《读杜心解》，中华书局1961年版，第805页。

④ （清）仇兆鳌：《杜诗详注》，中华书局1979年版，第751—752页。

⑤ 同上书，第771页。

未确。广德二年《奉待严大夫》诗云：‘欲辞巴徼啼莺合，远下荆门去鹢催。’此诗云：‘扁舟系缆沙边久’，‘独把钓竿终远去。’两诗互证，知同为二年所作矣。《杜臆》谓时欲适楚，以严武将至，故不果行。此说得之。”① 与《奉待严大夫》互证，定在广德二年。

《猿》仇注：“鹤注依梁氏编在大历初夔州作。《西阁曝日》诗：‘流离木杪猿。’又《上后园》诗：‘瘴毒猿鸟落。’以二诗证之，良是。”②

《奉送韦中丞之晋赴湖南》题注：“《旧唐书》：大历四年二月，以湖南都团练观察使衡州刺史韦之晋为潭州刺史，因是徙湖南军于潭州。浦注：考湖南《哭韦诗》：犀牛蜀都怜。韦盖先为蜀太守，此诗乃送韦由川迁衡，亦应是峡内作。”③ 依据在湖南的《哭韦大夫之晋》一首，确定此诗属峡内诗。

有时候注者也注意到作品的内容和形式的一致性，并据之以定编年：

《过南邻朱山人水亭》仇注：“蔡氏编在广德二年复归成都时。今附在南邻之后，以类相从也。”④

《石笋行》仇注：“赵注谓诗作于上元元年。今按此下三首，词格相同，恐俱是上元二年所作。”⑤

### 三　以地名辨编年

诗中涉及的地名，往往透露出诗篇创作的年代信息。注者就根据诗中地名的使用年代、诗人与该地的离合关系等判断创作年代。例：

《得广州张判官叔卿书使还以诗代意》仇注：“诗云蜀城，当是在成都时作。黄鹤编在梓州，误。”⑥

《逢唐兴刘主簿》仇注：“鹤注：唐莫州、台州、道州、遂州四州，皆有唐兴。此云‘剑外官人冷’，是指遂州。自天宝元年八月二十四日已改为蓬溪，而公于上元二年为邑宰王潜作《唐兴县客馆记》及此诗题，

① （清）仇兆鳌：《杜诗详注》，中华书局1979年版，第1089页。

② 同上书，第1532页。

③ （清）杨伦：《杜诗镜铨》，上海古籍出版社1962年版，第889页。

④ （清）仇兆鳌：《杜诗详注》，中华书局1979年版，第762页。

⑤ 同上书，第833页。

⑥ 同上书，第871页。

俱云唐兴，乃因旧名耳，当是上元二年作。”①

《寄杜位》仇注：“邵注：公有《送柏别驾赴江陵》诗题，知位以行军司马，移在江陵矣。《一统志》：玉垒在灌县西北二十九里。灌县，乃唐之导江、青城二县地。盖其山自导江而接青城界也。诗云‘玉垒题书心绪乱’，又知在青城所作。草堂本与青城诸诗同编入上元二年，得之。”②

《寄李十四员外布十二韵》浦解：“此诗朱本编大历四年。是夏，公在湖南，常舟宿，则不应有‘小径’‘摘蔬’等句。仇本编广德二年，是夏，公在成都。而万州亦在峡内，则不应有‘巫峡’、‘黄牛’等句。总由误认‘荆门附书’为公欲托李致札耳。不知诗意不尔也。诗应是三年之夏在荆州作。李亦当在荆州近境也。”③ 此条依地名“巴徼”、“荆门”、“巫峡”、“黄牛”证明朱鹤龄编在大历四年是错的。

《行次昭陵》题注：“朱注：《唐书》：京兆府醴泉县有九嵕山，太宗昭陵在西北六十里。是还鄜道中所经。黄鹤编天宝五载，谓西归应诏时作，大谬。”④

## 四　以时节辨编年

杜诗被称诗史，故于物候节令多有记载且有特点。注者从这些信息入手，结合史书记载推定创作时间，或利用季节景物、应时物产与错误编年之间的矛盾来确定正确的编年，获得可信的结论。

《屏迹三首》仇注：“依蔡氏、梁氏，编在宝应元年。按：诗中景物，乃是春夏之候。黄鹤因诗有‘年荒酒价乏’句，遂引永泰元年京师斗米千钱为证。又引广德二年，定京城上下酤户，以收月税为证。顾氏谓史书所记，乃长安事，不涉成都。黄氏次在永泰元年者，非是。”⑤

《野人送朱樱》仇注：“此诗作于肃宗晏驾之后，故云‘金盘玉箸无消息’。张远误指为代宗避吐蕃时。按：代宗幸陕，在广德元年冬月，与

① （清）仇兆鳌：《杜诗详注》，中华书局1979年版，第839页。

② 同上书，第827页。

③ （清）浦起龙：《读杜心解》，中华书局1961年版，第792页。

④ （清）杨伦：《杜诗镜铨》，上海古籍出版社1962年版，第164页。

⑤ （清）仇兆鳌：《杜诗详注》，中华书局1979年版，第882页。

四月樱桃不合。”①

《巴西驿亭观江涨呈窦十五使君二首》仇注：“广德元年春，公在梓州，有《惠义寺送辛员外》诗，中云‘细草残花’，盖春候也。末云‘直到绵州’，盖重至绵州矣。此诗末章言春暮，正其时也。今依黄鹤编在广德元年春绵州作。”②

《雨》仇注：“黄鹤编在云安作。今按：云安有《喜雨》诗，言巢燕林花，当是夏时得雨。此云亢阳秋热，知非云安矣。且诗又云我圃苍翠，云安匆匆，焉得有圃，其为夔州作无疑。《杜臆》因诗有郊扉、我圃，疑为瀼西所作。今按：《客堂》诗言深山林麓，《鸡栅》诗言山腰阡陌，何尝非郊圃。还依朱本入在大历元年。”③

《晦日寻崔戢李封》仇注：“卢注：此诗诸家编入乾元元年春，公方在谏垣，此时两京复，禄山亡，诗中不得作长鲸吞、地轴翻等语，范氏编至德二载春，此时身陷贼中，岂能为令节之饮？且朝官降贼，岂得以公侯目之？断是天宝十五载，与《苏端薛复筵》为一时作。是年正月，禄山遣其将寇潼关。鹤注：唐以正月晦日为令节，至德宗贞元五年正月，敕自今以后以二月一日为中和节，代晦日。”④

《送田四弟将军将夔州柏中丞命起居江陵节度阳城郡王卫公幕》题注：“按：此诗言雁来燕去，当在八九月之交，旧编非是。”⑤

## 五 以史实辨编年

如果杜诗中出现史书有明确记载的事件或人物，注者就依据史书提供的信息与诗中内容相印证，或得其吻合，或见其矛盾，皆可正定编年。

《太子张舍人遗织成褥段》钱笺：“史称严武累年在蜀，肆志逞欲，恣行猛政，穷极奢靡，赏赐无度。公在严武幕下，此诗特借以讽喻，朋友责善之道也。不然，辞一织成之遗，而侈谈杀身自尽之祸，不疾而呻，岂诗人之意乎？《草堂诗笺》次于广德二年，在严郑公幕中之作。当从

① （清）仇兆鳌：《杜诗详注》，中华书局1979年版，第902页。
② 同上书，第1003页。
③ 同上书，第1325页。
④ 同上书，第296页。
⑤ （清）杨伦：《杜诗镜铨》，上海古籍出版社1962年版，第850页。

之。”① 此注依据严武在蜀恣行猛政的史实断定此诗乃“在严武幕中作”。

《百忧集行》仇注：“鹤注：诗云‘只今倏忽已五十’，当是上元二年辛丑作。公生于壬子，至是年恰五十。又云：公于乾元二年十二月至成都，是时裴冕为尹。上元元年三月，以京兆尹李若幽尹成都，若幽后赐名国桢。二年三月，以崔光远尹成都，与高适共讨段子璋。时花惊定大掠东蜀，天子怒，以高适代光远。是年十一月，光远卒。十二月，除严武成都尹。则适代光远在成都，才一二月耳。意止是摄尹也。公素与适善，岂强供笑语者。主人当指光远。史云光远无学任气，宜与公不相合也。”② 依据是二年三月崔光远尹成都的史实。

《绝句》仇注：“赵次公谓江边踏青，乃成都事，盖因前诗有‘草见踏青心’句也。按：是年西山有吐蕃之警，故云旌旗、鼓角。依赵氏编在宝应元年春成都诗内。”③ 依据是史实“是年西山有吐蕃之警”。

《从事行赠严二别驾》仇注：“鹤曰：鲁师二注及梁氏编次，皆以为永泰元年梓州避乱时作。考崔旰之乱，在是年闰十月，公已次云安矣。当是宝应元年，避徐知道入梓州时作，故诗云：‘成都乱罢气萧索，浣花草堂亦何有。’若在永泰元年，则决意下忠渝矣，岂复十步一首回于草堂乎。诸本题下并注云：‘时方经崔旰之乱。’此皆注家妄添，而后人不察，以为公自注耳。”④

## 六　以情理辨编年

诗歌创作能反映一般的人情世故，也能反映作者的为人处世素养。注者常常着眼于诗中的人物和事件与正常的人情事理之间的矛盾来辨证编年。

《寄韩谏议》钱注：“胡三省曰：据邺侯家传，代宗才立，即召泌也。须经幸陕，泌岂得全无一言？召泌亦在幸陕之后，李繁误记也。此诗作于邺侯未应召之日，当亦是幸陕前后也。”⑤

《九日蓝田崔氏庄》仇注：“鹤注：此是乾元元年为华州司功时，至

① （清）钱谦益：《钱注杜诗》，上海古籍出版社 1979 年版，第 165 页。

② （清）仇兆鳌：《杜诗详注》，中华书局 1979 年版，第 842 页。

③ 同上书，第 873 页。

④ 同上书，第 940—941 页。

⑤ （清）钱谦益：《钱注杜诗》，上海古籍出版社 1979 年版，第 155 页。

蓝田而作。华至蓝田八十里。旧编在至德元年。是时身陷贼中，不能远至蓝田。且两宫奔窜，四海惊扰，岂有兴来尽欢之理乎？”①

《一室》仇注：“一室即草堂，此当是上元二年作。若在元年，方构草堂，岂遂欲舍蜀而去荆蛮乎。旧编非是。”②

《严中丞枉驾见过》仇注：“卢氏编在奉酬严公之后，今从之。赵曰：公自注云：‘严自东川除西川，敕令都节制。’则是未合为一道时，故称为中丞，当是宝应元年权令两川都节制时作。若广德二年，武再尹成都时，公已入幕府，不应有张翰、管宁之语。”③

《送段功曹归广州》仇注：“黄鹤编在宝应元年成都诗内，以诗有寄锦官城句也。今按：功曹相会于梓州，故云‘铜梁书远及’。梓州僻远，惟成都为都会之地，便于寄书，故以锦官城嘱之。锦官收书，公有弟在草堂也。自广至蜀，程途数千余里，岂能两岁之间，功曹连作往返耶。当从蔡编，列在梓州内。”④

《寄高适》仇注：“按：代宗即位，在宝应元年四月，此时公在成都，高在蜀州，不得云乾坤隔远。自严武还京，高适代尹成都，公则自绵入梓，故有隔远之语。此诗寄适，当在是年之秋，旧编俱未当。”⑤

《答杨梓州》仇注：“单复编在汉州诗内。据前有李梓州，后有章梓州，此又有杨梓州，一岁而有三梓州，何更代之速耶。”⑥

---

① （清）仇兆鳌：《杜诗详注》，中华书局1979年版，第490页。

② 同上书，第821页。

③ 同上书，第889页。

④ 同上书，第928页。

⑤ 同上书，第943页。

⑥ 同上书，第1008页。

# 第四章

# 文艺学元素

文艺学是以揭示文学的基本规律、介绍相关知识为目的的学科，是研究文学的性质、特点及发生、发展规律的科学。包括文学理论、文学批评和文学史三部分内容。

最早研究文学的科学叫“诗学”、“诗论”，通过对诗歌这一产生较早文学的文学形式的研究来统领整个文学研究。现在经常使用文学概论、文学理论、文艺理论等术语，但“诗学”内容仍然是文艺理论讨论的重要对象。

文艺学的内容充溢于古代注本之中。前人研究注释，尤其是研究诗歌注释，都是笼统地把这部分内容放在串讲诗意部分对待，并没有认为是自成一类的解释对象。常见的训诂学著作中也不专列章节加以论说。本书将文艺学的内容与语言学内容、文章学内容、文献学内容并列，作为独立的注释对象来整理。在古代注中，解说文艺学对象时主要涉及诗法理论、诗歌批评、诗歌鉴赏，以下各为一节考察。

## 第一节　诗法理论

清代诗论中就有了王士祯的“神韵说”（《渔洋诗话》等）、沈德潜的“格调说”（《说诗晬语》）、袁枚的“性灵说”（《随园诗话》）和翁方纲的“肌理说”（《石洲诗话》）、王国维的“境界说”（《人间词话》）等理论。古代注杜时，广泛参考和引用各家学说中与杜诗密切相关或有助于杜诗理解的论述来解释杜诗。杨伦表示：“采辑众说，惟取简明，意在掇众家之长而弃其短，与原文间有增损。”① 但四家所引“众说”，集中在胡

① （清）杨伦：《杜诗镜铨》，上海古籍出版社 1962 年版，第 16 页凡例。

仔、王世贞、严羽、沈德潜几家。除了袁枚、翁方纲、王国维时代靠后的原因，也存在诸家学说流传的广泛程度方面的因素。另一方面也与注释者的选择有关。清人对诗法的注释本来就采取慎重的态度，朱鹤龄就表示对前代诗话“必于诗理、诗法有所发明者，方采入一二”。[①]

当然选择的标准取决于注者对诗歌注释的认识。此书绪论中已经详细介绍了四家的注释理念，兹不赘述。大致注者皆秉承孟子所言诗歌知人论世的教化作用。仇兆鳌认为诗有“实”有“本”，“盖其为诗也，有诗之实焉，有诗之本焉。……诗有关于世运，非作诗之实乎。……诗有关于性情伦纪，非作诗之本乎？故宋人之论诗者，称杜为诗史，谓得其诗可以论世知人也，明人之论诗者，推杜为诗圣，谓其立言忠厚，可以垂教万世也。”[②] 浦起龙认可毛晋（字西河）“在心为志，发言为诗，声成文谓之音”的观点，认为“诗之兴也，心声之；其传也，心宅之。作诗、读诗、解诗，胥是物焉。千载遇之，旦暮也；毫厘失之，千里也”。[③] 并强调诗的教化作用。杨伦也坚持知人论世的观点：“惟设身处地，因诗以得其人，因人以论其事，虽一登临感兴之暂，述事咏物之微，皆指归有在，不为徒作。”[④] 这些认识，渗透在他们的注释之中。

就注本来说，注者还自觉不自觉地把杜诗当作诗歌教学的范本，杨伦在其注本凡例中透露：“朱子谓杜诗佳处，有在用事造语之外者，惟虚心讽咏，乃能见之。……兹于转接照应脉络贯通处，一一指出，聊为学诗者示以绳墨彀率。”[⑤] 因此注者在文艺学方面的注释侧重于诗法。古代诗学对诗法的研究十分广泛。什么是诗法？诗法就是诗的文体本质及作诗和品诗的策略、手段。简言之就是诗歌创作和鉴赏的方法。仇兆鳌就明确指出：“各体中皆有法度，长篇则有段落匀称之法，连章则有次第分明之法，首尾有照应之法，全局有开阖之法，逐层有承顶之法。且章有章法，句有句法，字有字法。谨严于法，而又能神明变化于法，方称宗工巨匠矣。”[⑥]

本节主旨在于考察杜诗注释中注释者是如何解说诗法的。所以收集涉

① 韩成武等:《朱鹤龄杜工部诗辑注》，河北大学出版社 2009 年版，第 23 页凡例。

② （清）仇兆鳌:《杜诗详注》，中华书局 1979 年版，原序。

③ （清）浦起龙:《读杜心解》，中华书局 1961 年版，发凡。

④ （清）杨伦:《杜诗镜铨》，上海古籍出版社 1962 年版，自序。

⑤ 同上书，第 13 页凡例。

⑥ （清）仇兆鳌:《杜诗详注》，中华书局 1979 年版，第 195 页。

及了诗法的注文并对这些材料进行归并，以达到把古代注释中阐释诗法的基本做法展现出来的目的。

## 一　指明赋比兴

按朱熹的理解，“赋者，敷陈其事而直言之也。”“比者，以彼物比此物也。”“兴者，先言他物以引起所咏之辞也。”古代注杜不作理论解释，只标明是何种方法。这是因为在他们看来，赋、比、兴是有关诗歌的常见术语，是不必解释的。对于诗歌的注释，主要任务是对诗歌意蕴和艺术价值的揭示，而不是探讨理论的内涵，因此指明赋比兴等手法已经足够了。但注者对六义的区分是非常认真的，如《堂成》杨评：“罗大经云：诗莫尚乎兴，兴者因物感触，言在于此而意在于彼，非若比赋而直言其事也。故兴多兼比赋，比赋不兼兴，古诗皆然。今以杜陵诗言之，《发潭州》云：‘岸花飞送客，樯燕语留人。’盖因飞花语燕，伤人情之薄，言送客留人只有燕与花耳。此赋也，亦兴也。若‘感时花溅泪，恨别鸟惊心’，则赋而非兴矣。《堂成》云：‘暂止飞鸟将数子，频来语燕定新巢。’盖因鸟飞燕语而喜己之携雏卜居，其乐与之相似。此比也，亦兴也。若‘鸿雁影来联峡内，鹡鸰飞急到沙头’，则比而非兴也。”①

古代注释解说赋、比、兴有两种情况，一种是分别指出所用的手法：

《病柏》：“《病柏》，比也。志士失路，用以自况焉。”② 指明此诗是“比”，并指出了解释为“比”的理由。

《白丝行》浦解：“比体也。章末见意。”③

《哀王孙》浦解：“起用原题法，兴体也，亦似谣。”④

《岁晏行》浦解：“‘重鱼不重鸟’，借旧语为兴。‘南飞鸿’，比民穷也。”⑤ 指出“比”的内容。

---

① （清）杨伦：《杜诗镜铨》，上海古籍出版社1962年版，第316页。

② （清）浦起龙：《读杜心解》，中华书局1961年版，第92页。

③ 同上书，第233页。

④ 同上书，第247页。

⑤ 同上书，第325页。原诗：岁云暮矣多北风，潇湘洞庭白雪中。渔父天寒网罟冻，莫徭射雁鸣桑弓。去年米贵阙军食，今年米贱太伤农。高马达官厌酒肉，此辈杼柚茅茨空。楚人重鱼不重鸟，汝休枉杀南飞鸿。况闻处处鬻男女，割慈忍爱还租庸。往日用钱捉私铸，今许铅铁和青铜。刻泥为之最易得，好恶不合长相蒙。万国城头吹画角，此曲哀怨何时终。

《秦州杂诗二十首》其五浦解："其五，见秦州牧马，而动殄寇之思。起二，只是借汉事点马之多。以此地为西域途经之处，故借以发端，亦兴体也。"① 分析了解释为"兴"的道理。

《热三首》浦解："三首皆赋体。"②

《雷》浦解："'碾山'，顶'划争回'。'蟠壁'顶'不成蛰'。两比两赋，正喻都化。"③

《送殿中杨监赴蜀见相公》："水去绝还波，泄云无定姿。"杨伦旁批："兴起。"④

一种是指出兼用：

《登楼》仇解："上四登楼所见之景，赋而兴也。下四登楼所感之怀，赋而比也。以天地春来，起朝廷不改，以古今云变，起寇盗相侵，所谓兴也。时郭子仪初复京师，而吐蕃又新陷三州，故有北极西山句，所谓赋也。代宗任用程元振、鱼朝恩，犹后主之信黄皓，故借词托讽，所谓比也。"⑤ 指出上四句既是赋，又是兴，下四句既是赋，又是比。之后详细说明是如何兼用的。

《送从弟亚赴河西判官》浦解："起四，兴而比也，手法又别。"⑥

《得舍弟消息》浦解："比而赋也。"⑦

《病橘》浦解："《病橘》，比而赋也。"⑧

《秦州杂诗二十首》其十一浦解："前四，兴而比也。"⑨

---

① （清）浦起龙：《读杜心解》，中华书局1961年版，第383页。原诗：南使宜天马，由来万匹强。浮云连阵没，秋草遍山长。闻说真龙种，仍残老骕骦。哀鸣思战斗，迥立向苍苍。

② 同上书，第500页。

③ 同上书，第564页。原诗：巫峡中宵动，沧江十月雷。龙蛇不成蛰，天地划争回。却碾空山过，深蟠绝壁来。何须妒云雨，霹雳楚王台。

④ （清）杨伦：《杜诗镜铨》，上海古籍出版社1962年版，第631页。

⑤ （清）仇兆鳌：《杜诗详注》，中华书局1979年版，第1131页。原诗：花近高楼伤客心，万方多难此登临。锦江春色来天地，玉垒浮云变古今。北极朝廷终不改，西山寇盗莫相侵。可怜后主还祠庙，日暮聊为《梁父吟》。

⑥ （清）浦起龙：《读杜心解》，中华书局1961年版，第38页。起四：南风作秋声，杀气薄炎炽。盛夏鹰隼击，时危异人至。

⑦ 同上书，第45页。

⑧ 同上书，第92页。

⑨ （清）浦起龙：《读杜心解》，中华书局1961年版，第385页。前四：萧萧古塞冷，漠漠秋云低。黄鹄翅垂雨，苍鹰饥啄泥。

《孟冬》浦解："结语，赋而比也。"①

## 二　阐述体制规则

注释中讨论诗法理论的内容一般都在评论的部分，即仇注所谓"外注"中。而且多数采用引用的方式，或引其他注本，或引诗话著作。如仇兆鳌引用王世贞的话集中谈论了七言律诗的诗法："大要贵有照应，有开阖，有关键，有顿挫，其意主比主兴，其法有正插，有倒插。又曰：七言律，不难于中二联，难于发端及结句耳。发端，盛唐人无不佳者。结颇有之，然亦无转入他调及收顿不住之病。篇法，有起有束，有放有敛，有唤有应，大抵一开则一阖，一扬则一抑，一象则一意，无偏用者。句法，有直下者，有倒插者，倒插最难，非老杜不能也。字法，有虚有实，有沉有响，虚响易工，沉实难至。五十六字，如魏明帝凌云台，材木铢两悉配，乃可耳。篇法之妙，有不见句法者。句法之妙，有不见字法者。此是法极无迹，人犹能之。至境与天会，未易求也。有俱属象而妙者，有俱属意而妙者，有俱作高调而妙者，有直下不偶对而妙者，皆兴诣而神合气完使之然。"② 注释中有时也直接表达注者的认识，阐发注者的诗歌理论见解。杜注中解释诗歌理论涉及情景论、体式论、风格论、格律论、结构论、美感论等，但没有一定的程式和术语，带有随意性特征。例如：

《送孔巢父谢病归游江东兼呈李白》仇解："范梈曰：七言古诗，要铺叙，要开合，要风度，要迢递、险怪、雄峻、铿锵，忌庸俗软腐，须是波澜开合，如江海之波，一波未平，一波复起。又如兵家之阵，方以为正，又复为奇，方以为奇，忽复是正，奇正出入，变化不可纪极。……又曰：七言长古，篇法有八：曰分段、过段、突兀、字贯、赞叹、再起、归题、送尾。分段如五言，过段亦如之。稍有异者，突兀万仞，则不用过句，陡顿便说他事。" "王世贞曰：歌行有三难，起调一也，转节二也，收结三也。惟收为尤难。如作平调，舒徐绵丽者，结须为雅词，勿使不足。奔腾汹涌，驱突而来者，须一截便住，勿留有余。中作奇语，峻夺人魄者，须令上下脉相顾，一起一伏，一顿一挫，有力无迹，方成篇法。"③

---

① （清）浦起龙：《读杜心解》，中华书局 1961 年版，第 560 页。

② （清）仇兆鳌：《杜诗详注》，中华书局 1979 年版，第 11 页。

③ 同上书，第 57—58 页。

仇注解释了歌行（七古）的写作方法。胡应麟曰：七言古诗，概曰歌行。

《奉赠韦左丞丈二十二韵》仇注："范梈曰：五言长篇，法有四要，曰分段、过脉、回照、赞叹。先分为几段几节，每节句数多少，要略均齐。首段是叙子，一篇之意皆含在其中。结段要照应起段，且选诗分段，节数要均，三句则皆三句，四句、六句、八句，则皆不参差。惟工部夔州后诗，间有错综，然亦不太长太短也。次要过句，名为血脉，此处用两句，一结上，一生下也。回照，谓十步一回头以照题目，又五步作一消息语以赞叹之，方不甚迫促。长篇怕杂乱，一意为一段。"① 这是五言长篇的方法。

《寄彭州高三十五使君适虢州岑二十七长史参三十韵》仇解："凡排律，多在首联扼题，若作长排，必在首段总挈。如此篇，用四语标眼，而后用四段分应。下篇用两语提纲，而后用两扇对承。细心体玩，方见杜诗脉络之精密。"② 此释排律之法。

《赠王二十四侍御契四十韵》仇解："此诗八十句，有八句一断者，有十二句一断者。大抵语意皆自四句推之，而四句之中，上下二句，又自相呼应，此杜诗五排及五古章法也。"③ 此条解说杜甫五排和五古的章法。

《绝句二首》仇评："五言绝句，始于汉魏乐府，六朝渐繁，而唐人尤盛。大约散起散结者，一气流注，自成首尾，此正法也。若四句皆对，似律诗中联，则不见首尾呼应之妙。必如……已上数诗，皆语对而意流，四句自成起讫，真佳作也。……至于对起散结者，如……又有散起对结者，如……此即双起单结体也。如……此即单起双结体也。又有四句似对非对，而特见高古者，如……此散对浑成之作也。"④ 此条所注为五绝之法，提到了被称作"正法"的"散起散结"、"四句皆对"、"对起散结"、"散起对结"（又分"单起双结体""双起单结体"）、"散对浑成"等变化的法式，并各举了杜诗和其他诗人的诗作数例。对读者来说，通过这段注文来了解诗法、提高写作能力和鉴赏水平是非常便利的。

《绝句四首》仇评："杨慎曰：绝句四句皆对，少陵"两个黄鹂鸣翠柳"是也。然不相连属，即是律中四句耳。……唐绝……如……盖字句

① （清）仇兆鳌：《杜诗详注》，中华书局 1979 年版，第 79 页。

② 同上书，第 645 页。

③ 同上书，第 1130 页。

④ 同上书，第 1135—1136 页。

虽对，而意则一贯也。……升庵所引，此一体也。唐人诸法毕备，皆当参考，以取众家之长。凡绝句散起散结者，乃截律诗首尾，如……有对起对结者，乃截律诗中四句，如……有似对非对者，如……有散起对结者，乃截律诗上四句，如……有对起散结者，乃截律诗下四句，如……有全首声律谨严不爽一字者，如……有平仄不谐而近于七古者，如……有平仄未谐而并拈仄韵者，如……有首句不拈韵脚，而以仄对平者，如……”① 此条注释解说七绝的诗法，详细列举了各种范式及诗作例证，并指出了各体与律诗的关系，为读者提供了极大的方便。

## 三　诗法分析的几个范畴

### （一）释虚实

虚实是诗歌内容方面的概念。“实”是指客观存在的实象、事实、实境。“虚”是指知觉中看不见、摸不着的虚幻世界和梦境等。如虚幻世界和梦境、想象和回忆、设想之境。大抵景物为实，心情为虚；现实为实，想象为虚；事件为实，议论为虚。当然，古代诗歌的虚实也与一首诗的主要内容有关，叙事为主的作品，叙事为实，写景为虚；写景为主的作品，写景为实，抒情为虚。如此等等。古代注本解释虚实，或简单地指明诗中哪些内容是实，哪些内容是虚，或提示虚实配合的方法，或分析虚实结合的效果。指明虚实一方面是揭示诗歌表现方法的规律或规则，帮助读者准确深刻地理解作品，另一方面也兼有指导读者提高诗歌创作能力的意义。

《郑驸马宅宴洞中》仇评：“律诗中二联，须用虚实相生，方见变化。此诗，颔联叙事浓丽，腹联写景萧疏，前实后虚，乃安顿章法也。”②

《杜鹃》浦解：“‘云安’‘杜鹃’只末四句一找，前意已透，不须赘也。此亦虚实互用之法。”③

《八哀诗·故司徒李公光弼》浦解：“此篇凡三段，前实叙，后虚写。”④

《往在》浦解：“前实而后虚，实者眼见之乱端，虚者意中之治象也。”“妙在以‘安得’二字领起，纯从对面着笔，一气灌注，为冀倖将

① （清）仇兆鳌：《杜诗详注》，中华书局1979年版，第1144—1145页。

② 同上书，第48页。

③ （清）浦起龙：《读杜心解》，中华书局1961年版，第121页。

④ 同上书，第147页。

来之词。种种事实，都跃现于幻影之中。而所谓‘逆顺’、‘始终’、‘锄犁’、‘征戍’、‘复业’、‘还农’、‘节俭’、‘纳谏’等语，又恰与当日镇帅之骄，府兵之废，官民之失业，君臣之奢玩，字字对针，不徒作凭空虚愿。如此才可谓实处皆虚，虚处皆实。”①

《题衡山县文宣王庙新学堂呈陆宰》浦解：“以‘洞庭’虚提‘衡山’，以‘文翁’虚提‘陆宰’。三段，乃实叙兴学之地与其人，及其规制。”②

《奉先刘少府新画山水障歌》浦解：“‘野亭’六句，才写画中景物。前皆虚拟，此乃实描也。”③

《观公孙大娘弟子舞剑器行并序》浦解：“舞之妙，已就公孙详写，此只以‘神扬扬’三字括之，可识虚实互用之法。”④

《秦州杂诗二十首》其十三浦解：“其十三，未至东柯，就传闻语预写其胜，有运实于虚之妙。”⑤

《雷》浦解：“起句警绝，先虚摹而后实点，有声有势。”⑥

《楼上》浦解：“起联声激而情壮，是虚领。次联为实拈，正指实‘搔首’、‘抽簪’之故，而又以分引下截。”⑦

《玉台观二首》其一浦解：“总之，‘帝居’实，‘绛节’虚。三、四虚，五、六实。而五、六之‘江’‘石’则实，‘窟’‘桥’仍虚。结言倘能偕彼升仙，定当长此托迹。而‘红颜羽翼’又从虚处生来；‘黄发渔樵’，又从实处黏上也。又按诗中有‘嬴女’，其五律中，又言‘萧史’，

---

① （清）仇兆鳌：《杜诗详注》，中华书局1979年版，第166页。

② 同上书，第217页。

③ 同上书，第244页。

④ 同上书，第316页。原诗：昔有佳人公孙氏，一舞剑器动四方。观者如山色沮丧，天地为之久低昂。㸌如羿射九日落，娇如群帝骖龙翔。来如雷霆收震怒，罢如江海凝清光。绛唇珠袖两寂寞，晚有弟子传芬芳。临颍美人在白帝，妙舞此曲神扬扬。与余问答既有以，感时抚事增惋伤。先帝侍女八千人，公孙剑器初第一。五十年间似反掌，风尘澒洞昏王室。梨园弟子散如烟，女乐馀姿映寒日。金粟堆南木已拱，瞿塘石城草萧瑟。玳筵急管曲复终，乐极哀来月东出。老夫不知其所往，足茧荒山转愁寂。

⑤ （清）浦起龙：《读杜心解》，中华书局1961年版，第386页。

⑥ 同上书，第564页。起句：巫峡中宵动，沧江十月雷。

⑦ 同上书，第591页。原诗：天地空搔首，频抽白玉簪。皇舆三极北，身事五湖南。恋阙劳肝肺，论材愧杞楠。乱离难自救，终是老湘潭。

唐仲言疑此观为滕王携女朝真之处，则‘绛节朝’，乃是实事，而‘冯夷击鼓’，为拟尔时仪从之盛，五、六反是虚为想象矣。如此看，则将前解尽情翻转，亦通。”①

《秋兴八首》其一浦解首章，：“首章，八首之纲领也，明写‘秋’景，虚含‘兴’意，实拈‘夔府’，暗提‘京华’。”②

（二）释宾主

所谓释宾主是指分析诗中人物、事体在表述中的地位、存在方式以及内容的主从关系在表情达意中的作用，还有诗歌作者对主宾地位的安排处置技巧等。注者之所以重视对宾主的解说，是因为诗歌表现内容的主从关系不像其他文体那样清楚，而主从关系又直接关乎对诗歌主题的理解。只有明确了各项内容间的宾主关系，诗歌的意蕴才能凸显，才有助于诗歌创作的发展。所以对诗歌内容的主从关系的解说非常多，且有时不厌其详。例如：

《赠李白》浦起龙解曰：“公述其语为赠，则李是主，身是宾也。今乃先云自‘厌’‘腥膻’，将托迹神仙，而后言李亦有‘脱身幽讨’之志。自叙反详，叙李反略。则似翻宾作主，翻主作宾矣。不知其自叙处多引‘青精’、‘大药’等语，正为太白作引。落到李侯，只消一两言双绾。而上八句之烟云，都成后四句之烘托。”③

《剑门》浦解：“首尾各八句，俱以地险易动立论。中间八句，乃深论后王柔远之失宜。则恃险者在彼，而结怨者仍在我矣。两头，主中宾，中腹，宾中主也。”④

《遣遇》浦解：“此篇中间大半，皆目击民穷、规切当事语。前后略及行踪旅况，则似规世为主，慨己为宾。然以身事起，以身事结。中间特借穷民之尤困者，作自己波澜翻剔，则仍是安遇为主，伤时为宾。”⑤

《李潮八分小篆歌》浦解：“其将古今书家，拉杂援引，目为之迷。

① （清）浦起龙：《读杜心解》，中华书局1961年版，第632页。原诗：中天积翠玉台遥，上帝高居绛节朝。遂有冯夷来击鼓，始知嬴女善吹箫。江光隐见鼋鼍窟，石势参差乌鹊桥。更肯红颜生羽翼，便应黄发老渔樵。

② 同上书，第651页。

③ 同上书，第3页。

④ 同上书，第87页。

⑤ 同上书，第197页。

不知其中具有洞宗四宾主法，识得四种法门，方许彻底勘破。起处“鸟迹”、“石鼓”，书之祖，征求作引，宾中宾也。后幅“吴郡张癫”，书之变，借来作托，亦宾中宾也。斯、邕小篆八分，为李潮本脉，此属正陪，乃宾中主也。择木、有邻，时代与潮为近，贴身又入一陪。主中再请宾也。然则潮为主中主矣，而着笔反不多，惟以奄有韩蔡，辈行斯邕为称许。则仍用借宾定主法。至其评书之旨，则以肥为宾，以“瘦硬”为主。“光和骨立”，“瘦硬”中之宾也。“剑戟森向”，“蛟龙盘拏”乃李潮瘦硬真形，则主也。结以作歌“力薄”自谦，亦是“瘦硬”反面话头。故曰“潮乎潮乎奈汝何”，言“力薄”之歌，如何配汝“瘦硬”之字也。又是一样借宾定主法。”①

《荆南兵马使太常卿赵公大食刀歌》浦解：“一诗两韵，直无处分乙。中间芮公两句，韵则蒙前，意则领后，此其过接处也。以前写刀，以后写用刀者，先主后宾。然说用刀之人，仍处处归功于刀，则仍于宾中见主。”②

《九日杨奉先会白水崔明府》浦解：“时或在奉先，则杨主崔宾；或在白水，则崔主杨宾，俱可不泥。总之，潘比主，陆比宾；坐属主，来属宾也。”③

（三）释纵擒

纵擒是传统诗法中一个重要概念。擒是诗人对直接反映核心意旨的材料的处理，纵是对铺垫、烘托主旨的辅助或间接材料的处理。擒从表面上看是紧扣主题，纵从表面上看是远离或偏离主题。解释纵擒就是分析诗人组织、安排材料的方法和技巧，帮助读者理解诗歌的艺术手法。所以，注者对此亦甚为关注。

《得舍弟消息》：“汝书犹在壁，汝妾已辞房。”仇注：“汝书、汝妾并

① （清）浦起龙：《读杜心解》，中华书局1961年版，第303—304页。原诗：苍颉鸟迹既茫昧，字体变化如浮云。陈仓石鼓又已讹，大小二篆生八分。秦有李斯汉蔡邕，中间作者绝不闻。峄山之碑野火焚，枣木传刻肥失真。苦县光和尚骨立，书贵瘦硬方通神。惜哉李蔡不复得，吾甥李潮下笔亲。尚书韩择木，骑曹蔡有邻。开元已来数八分，潮也奄有二子成三人。况潮小篆逼秦相，快剑长戟森相向。八分一字直百金，蛟龙盘拏肉屈强。吴郡张颠夸草书，草书非古空雄壮。岂如吾甥不流宕，丞相中郎丈人行。巴东逢李潮，逾月求我歌。我今衰老才力薄，潮乎潮乎奈汝何。

② 同上书，第306页。

③ 同上书，第358页。

提，律中带古，此杜公纵笔。”①

《枯棕》：仇评：“诗中咏物之作，有就本题作结者，如此章是也。有借客意作结者，如《病橘》、《枯柟》是也。可悟诗家擒纵之法。”②

《前苦寒行二首》其二浦解：“‘楚人’、‘楚天’二句，一纵一擒。”③

《归雁》浦解：“三、四，言今春之归也，虽长谢极南之‘涨海’，而去秋之来也，已曾至岭表之‘罗浮’。两句作一纵一擒势。”④

（四）释开合、分合

开是分说，合是总论；开是分叙，合是并提；开是铺写，合是总括。解说开合，仍然属于章法布置的范畴。注本精析杜诗的开合，除了更准确地把握杜诗精义，引导读者正确理解杜诗之外，还有研阅杜甫创作在方法上的成功根源并给读者提供借鉴的目的。

《雨晴》仇注：“末二，当分合看。笳遇晴而倍响，雁因晴而向空，此分说也。雁在塞外，习听胡笳，今忽闻笳发，而翔入空中，此合说也。”⑤

《戏题寄上汉中王三首》其一仇兆鳌小序：“首联，宾主分提。次联，宾主合叙。”⑥

《数陪李梓州泛江有女乐在诸舫戏为艳曲二首赠李》仇兆鳌小序：“舫上佳人，有歌者，有舞者，有迎风并立者，有提壶引水者，此分写佳人景态也。又见彼此凝眸，媚眼交映于春光，此合写佳人情致也。”⑦

《留花门》浦解：“曰‘气勇决’，其力可借也。‘自古’以下十二句应之。此层是开。曰‘射汉月’，其锋可骇也。‘长戟’至末十二句应之。

---

① （清）仇兆鳌：《杜诗详注》，中华书局1979年版，第510页。

② 同上书，第856页。

③ （清）浦起龙：《读杜心解》，中华书局1961年版，第318页。原诗：去年白帝雪在山，今年白帝雪在地。冻埋蛟龙南浦缩，寒刮肌肤北风利。楚人四时皆麻衣，楚天万里无晶辉。三尺之乌足恐断，羲和送之将安归。

④ 同上书，第572页。原诗：闻道今春雁，南归自广州。见花辞涨海，避雪到罗浮。是物关兵气，何时免客愁。年年霜露隔，不过五湖秋。

⑤ （清）仇兆鳌：《杜诗详注》，中华书局1979年版，第602页。

⑥ 同上书，第937页。

⑦ 同上书，第996页。

此层是合。”①

《野望》浦解：“中四，思家忧国，分中有合。”②

《寄彭州高三十五使君适虢州岑二十七长史参三十韵》浦解：“四句一片读，方见其佳。以下四分写，四合写。”③

《奉送王信州崟北归》浦解：“‘终在’、‘去休’，彼此分指。‘别离’、‘行止’，彼此合说。”④

## 四　指示具体技法

中国诗歌源远流长，有关诗歌的技法，也有着深厚的积累。有些技法是人所共晓的，但也有一些技法人言言殊，并不为后学所熟知。因此在解说杜诗的创作技巧时，常常指明具体技法，以引导读者的理解和指导读者的创作。

杜诗注释中对具体诗歌技法的注解，往往是只言片语、不成系统的。所使用的名目术语，也没有详细的阐说，且各家各本并不统一，就是一家注本中，也是随意的。大概在注者心目中，这些名目是不用解释的，只需指出诗中用何技法足矣。这一方面说明具体技法的名目还不完善，诸家尚未对此有系统的思考和整理，另一方面说明各种注本对诗歌具体技法的关注程度不高。就四家注来说，在基本字词语句音义和诗歌大意的注释基础上，钱注侧重于史实的考证，仇注着意于典故的搜寻与解说并力求全备，浦起龙重视诗歌结构和艺术方法的解剖，杨伦强调诗歌的鉴赏与批评。在这种情况下，解说具体技法的例证，大多集中于仇兆鳌《杜诗详注》与浦起龙之《读杜心解》之中。鉴于下述技法术语不成系统，加上例句有限，所以仅举例以证杜诗注释中有此内容而已。

化板法：

---

① （清）浦起龙：《读杜心解》，中华书局1961年版，第51页。原诗：北门天骄子，饱肉气勇决。高秋马肥健，挟矢射汉月。自古以为患，诗人厌薄伐。修德使其来，羁縻固不绝。何为倾国至，出入暗金阙。中原有驱除，隐忍用此物。公主歌黄鹄，君王指白日。连云屯左辅，百里见积雪。长戟鸟休飞，哀笳曙幽咽。田家最恐惧，麦倒桑枝折。沙苑临清渭，泉香草丰洁。渡河不用船，千骑常撇烈。胡尘逾太行，杂种抵京室。花门既须留，原野转萧瑟。

② 同上书，第624页。

③ 同上书，第722页。

④ 同上书，第769页。终在、去休、别离、行止：指19—22句：“高义终焉在，斯文去矣休。别离同雨散，行止各云浮。”

《自京赴奉先咏怀五百字》："赐浴皆长缨，与宴非短褐。彤庭所分帛，本自寒女出。鞭挞其夫家，聚敛贡城阙。"浦注："以上'分帛''赐宴'二条，意平而局侧，文家化板法也。"①

**陪衬法**

《青羊峡》浦解："后八，用陪衬法。"②

《从驿次草堂复至东屯茅屋二首》其一浦解："三、四陪衬法。"③

**布景法**

《从驿次草堂复至东屯茅屋二首》其一浦解："五、六布景法。"④

**咏叹法**

《哀王孙》浦解："末一段，化用咏叹法，笔笔开摆。"⑤

《得舍弟消息二首》其二浦解："下截咏叹法。'三十口'正与前'几人魂'相照。"⑥

《捣衣》浦解："结联乃咏叹法。"⑦

《承闻河北诸节度入朝欢喜口号绝句十二首》第八章浦解："此与下章皆排场咏叹法。"⑧

**移掇不去之法**

《饮中八仙歌》浦解："左相有《罢政》诗，即用其语。宗之少年，故口'玉树临风'。苏晋耽禅，故系之'绣佛'。李白，诗仙也，故寓于诗。张旭，草圣也，故寓于书。焦遂，国史无传，而'卓然''雄辩'之为实录，可以例推矣。即此识移掇不去之法。"⑨

**反呼法、反跌法**

《三川观水涨二十韵》浦解："起六，叙清来路，随用反呼法。"⑩

《夜听许十一诵诗爱而有作》浦解："结用反跌法。'夜寂阒'句，意

① （清）浦起龙：《读杜心解》，中华书局1961年版，第23页。

② 同上书，第77页。

③ 同上书，第554页。

④ 同上书，第554页。

⑤ 同上书，第247页。

⑥ 同上书，第362页。

⑦ 同上书，第395页。

⑧ 同上书，第856页。

⑨ 同上书，第227页。

⑩ 同上书，第27页。

境廓然，恰好借点‘夜’字。”①

依例来看，此法其实就是篇末点题。

**正喻夹写之法**

指直接描述与比喻交错使用的表达方法。

《三川观水涨二十韵》浦解：“‘浮生’至末十二句，乃观涨之情，都从身世民生设想，而语语交映水涨。斯又正喻夹写之法。”②

**叙事法**

《哀王孙》浦解：“‘金鞭’以下一段，叙事法：四出题，四记当日行径，四就王孙饰色，以起下文告诫之词。”③

**反逼法**

《阌乡姜七少府设鲙戏赠长歌》浦解：“起四句，用反逼法，惟得鱼之难，益见‘设鲙’之情重也。”④ 浦所谓反逼法，实际上就是反衬的修辞手法。

**点缀法**

《戏韦偃为双松图歌》浦解：“又次四句，点缀法。”⑤

**争上流法**

所谓争上流法，实际上就是烘托。

《戏题王宰画山水歌》浦解：“首六句出题，品高则画自高，故先推出画品，次落图名，得争上流法。”⑥

---

① （清）浦起龙：《读杜心解》，中华书局1961年版，第14页。

② 同上书，第27—28页。“浮生”十二句：浮生有荡汩，吾道正羁束。人寰难容身，石壁滑侧足。云雷屯不已，艰险路更跼。普天无川梁，欲济愿水缩。因悲中林士，未脱众鱼腹。举头向苍天，安得骑鸿鹄。

③ 同上书，第247页。“金鞭”以下一段：金鞭断折九马死。骨肉不得同驰驱。腰下宝玦青珊瑚，可怜王孙泣路隅。问之不肯道姓名，但道困苦乞为奴。已经百日窜荆棘，身上无有完肌肤。高帝子孙尽隆准，龙种自与常人殊。豺狼在邑龙在野。王孙善保千金躯。

④ 同上书，第254页。起四句：姜侯设鲙当严冬，昨日今日皆天风。河冻味鱼不易得，凿冰恐侵河伯宫。

⑤ 同上书，第267页。又次四句：松根胡僧憩寂寞，庞眉皓首无住著。偏袒右肩露双脚，叶里松子僧前落。

⑥ 同上书，第268页。首六句：十日画一水，五日画一石。能事不受相促迫，王宰始肯留真迹。壮哉昆仑方壶图，挂君高堂之素壁。

**直起法**

《古柏行》浦解："首段，用直起法，是夔柏正文。"①

《送蔡希鲁都尉还陇右因寄高三十五书记》浦解："前八句，表蔡子气概，用直起法。"②

可见直起法就是开门见山的写法。

**借结法**

《孤雁》浦解："末用借结法。仇云：此乃题之外象。"③

**翻法、翻古法**

《梦李白二首》浦解："从来说别离者，或以死别宽生别，或以死别况生别。此反云'死'则'已'矣，'生常恻恻'，亦是翻法。'入梦'，我忆彼也，此竟云彼'魂来'，亦是翻法。"④

《垂白》浦解："'未许七哀'谓牵情者未超，不若我之真心一醉。亦是翻古法。"⑤

**缴挽法**

《入宅三首》其三："末章收转说。虽羁旅堪悲，而势犹相阻，姑且僦家焉。此与通局为缴挽法。"⑥

**虚实互用之法**

《杜鹃》："起四句，以二'无'陪二'有'。《杜臆》所谓就所历而记所闻，'有''无'字勿泥。中一大段，从昔日西川作引，因发出君臣名分之大义，其间'鸿雁''羔羊'，又是类推之言。'云安''杜鹃'，只末四句一找，前意已透，不须赘也。此亦虚实互用之法。"⑦

《观公孙大娘弟子舞剑器行并序》浦解："舞之妙，已就公孙详写，

---

① （清）浦起龙：《读杜心解》，中华书局1961年版，第298页。首段：孔明庙前有老柏，柯如青铜根如石。霜皮溜雨四十围，黛色参天二千尺。君臣已与时际会，树木犹为人爱惜。云来气接巫峡长，月出寒通雪山白。

② 同上书，第705页。前八句：蔡子勇成癖，弯弓西射胡。健儿宁斗死，壮士耻为儒。官是先锋得，材缘挑战须。身轻一鸟过，枪急万人呼。

③ （清）浦起龙：《读杜心解》，中华书局1961年版，第523页。

④ 同上书，第64页。

⑤ 同上书，第503页。原诗：垂白冯唐老，清秋宋玉悲。江喧长少睡，楼迥独移时。多难身何补，无家病不辞。甘从千日醉，未许七哀诗。

⑥ 同上书，第531页。

⑦ 同上书，第121页。

此只以‘神扬扬’三字括之，可识虚实互用之法。”①

**尊题法**

《丹青引赠曹将军霸》浦解：“‘玉花’八句，再就画马申赞。‘榻上’是貌得者，‘庭前’是牵来者。写生出色，又以‘韩干’作衬，非贬韩，乃尊题法也。”②

《夔州歌十绝句》末章浦解：“‘高唐’句，意不在古迹。特举本地仙灵之境，谓足与蓬、阆相抗耳。推崇高唐，即是推崇夔州也。意境极阔远。如此收束，乃得尊题法。”③

**原题法**

《秋兴八首》其三浦解：“三章，申明‘望京华’之故，主意在五、六逗出，文章家原题法也。”④“望京华”见其二首联：“夔府孤城落日斜，每依北斗望京华。”“五、六”指本章“匡衡抗疏功名薄，刘向传经心事违”。浦起龙随后解曰：“‘功名’其遂已矣，‘心事’其难副矣，‘五陵’同学，长此谢绝矣乎！前二首‘故园’、‘京华’，虽已提出，尚未明言其所以。至是说出事与愿违衷曲来，是吾所谓‘望’之故，钱氏所谓文之心也。”⑤

**托题法**

《后苦寒行二首》其一浦解：“春温则土润，故可以补裂，此只是后一层托题法，无别意。”⑥

**倒插法、倒点法**

《韦讽录事宅观曹将军画马图歌》：“《杜臆》：赐盘诏索，正索其貌照夜白也。下言纨绮追飞，乃权戚求画者，此亦用倒插法。”⑦

《画鹰》浦解：“起作惊疑问答之势。言此素练也，而风霜忽起，何哉？由来苍鹰画作，殊绝动人也，是倒插法，又是裁对法，‘㧐身’、‘侧

① （清）浦起龙：《读杜心解》，中华书局1961年版，第316页。

② 同上书，第290页。

③ 同上书，第852页。原诗：阆风玄圃与蓬壶，中有高唐天下无。借问夔州厌何处，峡门江腹拥城隅。

④ 同上书，第652页。

⑤ （清）浦起龙：《读杜心解》，中华书局1961年版，第652页。

⑥ 同上书，第319页。

⑦ （清）仇兆鳌：《杜诗详注》，中华书局1979年版，第1153页。

目’，此以真鹰拟画，又是贴身写。‘堪摘’、‘可呼’，此从画鹰见真，又是饰色写。”①

《陪郑广文游何将军山林十首》其五浦解：“诗则合‘坐莓苔’会饮时所成，用倒点法也。”②

**顿挫法**

《陪柏中丞观宴将士二首》其一浦解：“‘孤城’、‘使寂’，是顿挫法，非慨叹语。”③

**单抛双绾之法**

《大历二年九月三十日》仇注：“黄生曰：杜诗有题事，有心事，因不能悉以心事为题，故借题事以见心事。而巧生于规矩之中，则有单抛双绾之法。如此诗首句，心事也，次句，题事也，中二联止承次句，则首句是单抛，至尾联则题事心事双绾。诗中多用此法，即此可例。”④ 浦解亦引此条，且一字不差⑤。

**总叙勋伐之法、饰色赞颂之法、咏叹收束之法、龙门史法、曲折递卸之法**

《投赠哥舒开府翰二十韵》浦解：“‘开府’八句，看其提法，及总叙勋伐之法。‘每惜’八句，先看转接法，再看夹写勋爵、饰色赞颂之法。‘受命’八句，看其摇曳开摆及咏叹收束之法。以上颂哥舒凡作三层写，无挨叙，无复笔，是为龙门史法。其自叙，至‘今日途穷’一顿，逐句用曲折递卸之法。”⑥

---

① （清）浦起龙：《读杜心解》，中华书局1961年版，第337页。

② 同上书，第348页。

③ 同上书，第519页。原诗：极乐三军士，谁知百战场。无私齐绮馔，久坐密金章。醉客沾鹦鹉，佳人指凤凰。几时来翠节，特地引红妆。

④ （清）仇兆鳌：《杜诗详注》，中华书局1979年版，第1787页。

⑤ （清）浦起龙：《读杜心解》，中华书局1961年版，第559—560页。

⑥ 同上书，第701页。原诗：今代麒麟阁，何人第一功。君王自神武，驾驭必英雄。开府当朝杰，论兵迈古风。先锋百胜在，略地两隅空。青海无传箭，天山早挂弓。廉颇仍走敌，魏绛已和戎。每惜河湟弃，新兼节制通。智谋垂睿想，出入冠诸公。日月低秦树，乾坤绕汉宫。胡人愁逐北，宛马又从东。受命边沙远，归来御席同。轩墀曾宠鹤，畋猎旧非熊。茅土加名数，山河誓始终。策行遗战伐，契合动昭融。勋业青冥上，交亲气概中。未为珠履客，已见白头翁。壮节初题柱，生涯独转蓬。几年春草歇，今日暮途穷。军事留孙楚，行间识吕蒙。防身一长剑，将欲倚崆峒。

**钩挑之法**

《秋日夔府咏怀奉寄郑监审李宾客之芳一百韵》仇评："短章诗断处多用突接，长排体则用钩挑之法。每段出落处，回顾上文者为钩，逗起下文者为挑，必层层连络，各有关合照应，否则散漫不属矣。玩此诗，逐段钩挽挑逗，俱见作法之巧。"①

**陪挑法**

《承沈八丈东美除膳部员外郎阻雨未遂驰贺奉寄此诗》浦解："前用陪挑法，剔醒八丈除官。"②

**牵上搭下法、脱卸笼罩法**

《送卢十四弟侍御护韦尚书灵榇归上都二十四韵》浦解："'墓待'、'台迎'，将韦榇、卢官，作牵上搭下法；'深衷'、'雅论'，就练习抱负，作脱卸笼罩法。"③

**夕阳反照之法**

《北征》："经年至茅屋，妻子衣百结。"杨伦眉批："张上若云：凡作极要紧极繁忙文字，偏向极不要紧极闲处传神，乃夕阳反照之法，惟老杜能之。"④

**遥呼徐应之法**

《铜瓶》杨伦眉批："仇云：突起一句，至结尾方挽合，乃古文遥呼徐应之法。"⑤ 仇语见《杜诗详注》⑥。

**翻案法**

《牵牛织女》杨评："邵沧来曰：七夕诗从来诸作，不过写仪从之盛，会合之情，别离之苦而已；独公此诗，一起八句即辟倒，中十四句将乞巧正面陈列一番，后一段发出大议论，亦是翻案法；而微言大义，侃侃不磨，自见独开生面。"⑦

---

① （清）仇兆鳌：《杜诗详注》，中华书局 1979 年版，第 1717 页。

② （清）浦起龙：《读杜心解》，中华书局 1961 年版，第 702 页。"前"，指"今日西京掾，多除南省郎。通家惟沈氏，谒帝似冯唐"四句。

③ 同上书，第 810 页。"墓待、台迎"：13—14 句"墓待龙骧诏，台迎獬豸威"。"深衷、雅论"：15—16 句"深衷见士卒，雅论在兵机"。

④ （清）杨伦：《杜诗镜铨》，上海古籍出版社 1962 年版，第 160 页。

⑤ 同上书，第 264 页。

⑥ （清）仇兆鳌：《杜诗详注》，中华书局 1979 年版，第 624 页。

⑦ （清）杨伦：《杜诗镜铨》，上海古籍出版社 1962 年版，第 619—620 页。

《九日蓝田崔氏庄》："羞将短发还吹帽，笑倩傍人为正冠。"仇注："杨万里曰：唐七言律，句句字字皆奇。如杜《九日》诗，绝少。首联对起，方说悲忽说欢，顷刻变化。颔联，将一事翻腾作二句。嘉以落帽为风流，此以不落为风流，最得翻案妙法。"①

**一头两脚**

《哀王孙》仇注："此章四句起，下两段各十二句，一头两脚，局法整严。"②

《梦李白二首》其一仇注："此章次序，当依黄氏更定，分明一头两脚体，与下篇同格。"③

**藏针暗渡之法**

《铜瓶》仇解："今按：中四句，言瑶殿之内宫人汲水也。'应悲寒甃沉'，承'百丈有哀音'。惟井水深沉，故须长绠下汲，而美人生悲。悲字，形容其手柔力怯耳。若云悲铜瓶之沉没，文气太促。此瓶失水，应补在蛟龙缺落之上，乃诗家藏针暗渡之法。"④

**无中生有之法**

《题玄武禅师屋壁》仇解："'锡飞常近鹤'，全用《高僧传》事。'杯渡不惊鸥'，参用《传灯录》及《列子》海鸥事。本不相蒙。大概壁画上，山前有鹤，水际有鸥，因此想出锡飞、杯渡，以点缀之，此诗家无中生有之法。"⑤

**急来缓受之法**

① （清）仇兆鳌：《杜诗详注》，中华书局1979年版，第491页。

② 同上书，第312页。

③ 同上书，第556页。按此诗后十句仇本作："君今在罗网，何以有羽翼。恐非平生魂，路远不可测。魂来枫林青，魂返关塞黑。落月满屋梁，犹疑照颜色。水深波浪阔，无使蛟龙得。"仇注："'君今'二句，旧在'关塞黑'之下，今从黄生本移在此处，于两段语气方顺。"（仇556页）按黄鹤本顺序是："恐非平生魂，路远不可测。魂来枫林青，魂返关塞黑。落月满屋梁，犹疑照颜色。君今在罗网，何以有羽翼。水深波浪阔，无使蛟龙得。"[（宋）黄希、黄鹤《补注杜诗》，四库全书珍本，卷五，第十四、十五页] 黄生注："此诗以错叙成章，'君今'二句不在'恐非'二句之上，'落月'二句本在'魂来'二句之上，乍疑乍信，反复尽情，至枫青塞黑、浪阔波深，则又极其慰劳忧念之意。总之交非泛交，故梦非泛梦，诗亦非泛作。若他人交情与诗情俱不至，自难勉强效颦耳。"[（清）黄生《杜诗概说》，《杜工部诗说》（清康熙三十五年一木堂刻本）《四库全书存目丛书》，齐鲁书社1997年影印本，集5—355页]

④ （清）仇兆鳌：《杜诗详注》，中华书局1979年版，第625页。

⑤ 同上书，第930页。

《登楼》仇解："王嗣奭曰，首联写登临所见，意极愤懑而词犹未露，此诗家急来缓受之法。"①

**八句完点之法**

《奉送蜀州柏二别驾将中丞命赴江陵起居卫尚书太夫人因示从弟行军司马位》仇注："毛奇龄曰：……此唐人长题，用八句完点之法。"②

**回护周旋法**

《奉送蜀州柏二别驾将中丞命赴江陵起居卫尚书太夫人因示从弟行军司马位》仇注："黄生曰：……后半，得诗家回护周旋法。"③

**前短后长之法**

《暇日小园散病将种秋菜督勒耕牛兼书触目》仇注："此章，首段八句，次段十句，末段十二句，乃前短后长之法。"④

**避实击虚之法**

《雨四首》其一仇注："（黄生）又曰：自起句外，止沾湿二字着雨，其余俱是衬说，此文家避实击虚之法也。"⑤

**激射、反对、对射**

所谓激射，就是回应、对照、相互映衬。

《遣兴三首》浦解："前以禾之晚成，兴士之晚遇，皆属激射语。"⑥

《奉酬薛十二丈判官见赠》浦解："'坐帐''食鱼'，引下梦境，'东西'以下入梦矣。是所谓现身说法者，正与'会新寡'激射。"⑦

《天边行》浦解："次十句，详校猎之事，是题面。先两句挈，再两层写，见得游田之乐，恣意纵杀，对面便是置国祸于度外，与篇末激射，即所谓'草中狐兔尽何益'也。"⑧

《寄张十二山人彪三十韵》浦解："世祖十二句，以世事粗安，聊遂

---

① （清）仇兆鳌：《杜诗详注》，中华书局1979年版，第1132页。

② 同上书，第1579页。

③ 同上书，第1579页。

④ 同上书，第1670页。

⑤ 同上书，第1798页。

⑥ （清）浦起龙：《读杜心解》，中华书局1961年版，第67页。

⑦ 同上书，第182页。"坐帐、食鱼、东西"指第33—36句："谁矜坐锦帐，苦厌食鱼腥。东西两岸坼，横水注沧溟。""会新寡"指第19—22句："卓氏近新寡，豪家朱门扃。相如才调逸，银汉会双星"。

⑧ 同上书，第285页。

学道玉琴之志，按落一层，为下文余寇未平作反对。”①

《秋日夔府咏怀奉寄郑监审李宾客之芳一百韵》浦解：“此一段，暗与‘四海绝随肩’对射。”②

**陪对、陪笔、衬笔**

《麂》仇兆鳌小序：“黄生曰：此物颇难入咏，前半写得如许风致，妙在以清溪字陪对玉馔，以仙隐字陪对庖厨，遂觉烟火之气都尽。”③

《丹青引赠曹将军霸》浦解：“而‘学书’二句乃陪笔，‘丹青’二句乃点笔也。”④

《最能行》浦解：“‘豪富’句是陪笔。”⑤

《丹青引赠曹将军霸》浦解：“‘先帝’八句，叙奉诏画‘玉花骢’，二衬笔，二生马，二画态，二画妙也。”⑥

**逆局、逆入势、逆卷势、倒势**

《发秦州》浦解：“玩此诗纯从未发前落笔，明所以去此就彼之故。却用逆局，使文格不平直。起四句，提发秦州之由，实则提赴同谷之由也。故先逗出‘乐土’‘南州’。接下十二句，竟写同谷。此所谓逆入势也。既使读者晓然知向往之处又以悬拟作描写，为能运实于虚。朱云：‘汉源’等句，言同谷风土之暖，利于无衣。‘栗亭’等句，言同谷物产之嘉，利于无食。愚按：‘伤远’‘遂游’作一束。此下八句，倒找秦州之宜去。末八句，写起行景色，又写临行胸襟。是皆所谓逆卷势也。”⑦

《后苦寒行二首》其二浦解：“此一起，就风势上见出苦寒。二句用

---

① （清）浦起龙：《读杜心解》，中华书局1961年版，第727页。

② 同上书，第776页。“此一段”：借问频朝谒，何如稳醉眠。谁云行不逮，自觉坐能坚。雾雨银章涩，馨香粉署妍。紫鸾无近远，黄雀任翩翾。困学违从众，明公各勉旃。声华夹宸极，早晚到星躔。恳谏留匡鼎，诸儒引服虔。不过输鲠直，会是正陶甄。宵旰忧虞轸，黎元疾苦骈。云台终日画，青简为谁编。

③ （清）仇兆鳌：《杜诗详注》，中华书局1979年版，第1533页。

④ （清）浦起龙：《读杜心解》，中华书局1961年版，第290页。“学书”二句：学书初学卫夫人，但恨无过王右军。“丹青”二句：丹青不知老将至，富贵于我如浮云。

⑤ 同上书，第297页。“豪富”句：“富豪有钱驾大舸”，其后一句是“贫穷取给行艓子”，所以说是陪笔。

⑥ 同上书，第290页。

⑦ （清）浦起龙：《读杜心解》，中华书局1961年版，第74页。

倒势。”①

**往复罗文势**

《曲江二首》其二浦解：“次章，言典衣尽醉，正因光景易流耳，与前章作往复罗文势。”②

《和裴迪登蜀州东亭送客逢早梅相忆见寄》仇注：“黄生曰：此诗直而实曲，朴而实秀，其暗映早梅，婉折如意，往复尽情，笔力横绝千古。”③

**推出一层**

《驱竖子摘苍耳》浦解：“其曰‘乱世’、‘骸骨’。从岁旱推出一层。其曰‘诛求’、‘糠籺’，从荒畦推出一层。”④

**顿挫**

《清明二首》其一浦解：“首章，就清明兴感。一点时，二点地，三四流对。谓身老而倦游。此处一顿。‘胡童’、‘楚女’，本地游人。‘定王’、‘贾傅’，本地古迹。四语，时地双关。又一顿。”⑤

**神龙掉尾**

《送从弟亚赴河西判官》浦解：“结四，神龙掉尾。”⑥

**两借笔**

《秦州见敕目薛三据授司议郎毕四耀除监察与二子有故远喜迁官兼述索居凡三十韵》浦解：“‘共饱’、‘偏醒’，伤晚遇以束彼，伤转徙以起己，两借笔也。”⑦

可以看出，对诗歌具体技法的注释现出非常随意的特点，除了互相引用，同一种诗法术语被两个以上的注释者使用的情况很少。即使同一个注家，对某一技法术语的使用也少复见。这说明在古代的杜诗注释中，诗歌具体技法的注释还没有形成系统，至少可以说具体技法的说解还是零星的

---

① （清）浦起龙：《读杜心解》，中华书局1961年版，第319页。

② 同上书，第609页。

③ （清）仇兆鳌：《杜诗详注》，中华书局1979年版，第782页。

④ （清）浦起龙：《读杜心解》，中华书局1961年版，第135—136页。“乱世、骸骨、诛求、糠籺”：“乱世诛求急，黎民糠籺窄。饱食复何心，荒哉膏粱客。富家厨肉臭，战地骸骨白。”

⑤ 同上书，第822页。

⑥ 同上书，第38页。

⑦ 同上书，第720页。“共饱、偏醒”：43—44句“侏儒应共饱，渔父忌偏醒”。

或偶然的现象，例句也不是很丰富。有时候所用术语也不是很明确，如前所说的“尊题法”，与后面释诗格部分将出现的“尊题格”似乎没有什么本质的区别只不过一称法，一称格而已。但作为注释的内容，本书还是将这些璞玉浑成的注释内容提出来加以整理。只是此节仅立条目，有关诗歌技法注释的具体问题，还有待进一步研究。

## 第二节　鉴赏

严格地说，鉴赏隶属于批评，但本书从古代注本的实际出发，采用狭义的鉴赏和批评的概念，以并列的关系来对待，以便归纳注释的内容。所以就狭义的概念来说，鉴赏不同于批评。其一，批评是注释者依据文学审美的共同标准品评诗歌作品，批评针对的是诗歌价值要素的是非高下成败优劣；而鉴赏则更多体现出注释者个人的审美情趣，针对的是注释者认为值得称许的价值因素。其二，批评的对象既可以是作品中成功的地方，也可以是作品中不足的地方，而鉴赏的对象则只涉及注释者认为非常成功的那些内容。其三，批评是理性占主要地位，着重探讨理论问题，更多的是理论的思考；而鉴赏则是感性占主要地位，重在作品形象的体验和感受，更多的是审美愉悦的抒写。注本涉及鉴赏的内容主要分布在仇氏所谓的“外注”中，也就是浦起龙所称的“解”中。对杨伦来说，总评、旁批、眉批中均有分布。鉴赏的内容几乎遍及每一首诗作，可见带领读者鉴赏作品本来就是注释的目的之一。

### 一　赏析语言

杜甫追求“语不惊人死不休”的境界，诗中语言都经千锤百炼。注者对杜诗语言的服膺跃然纸上，所作赏析对读者解诗、学诗也很有启发意义。例如：

《狂夫》仇解：“朱瀚注：以故人享厚禄而书并断绝，致幼子受恒饥而色带凄凉，每句三层，语最沉痛。”[①] 此注解剖了“厚禄故人书断绝，恒饥稚子色凄凉”的词语组合艺术——“每句三层”，以及“沉痛”的表

① （清）仇兆鳌：《杜诗详注》，中华书局1979年版，第743页。

达效果，使读者了解了杜诗语言的魅力。

《病橘》仇兆鳌小序：“首叙橘病堪怜。少生意，故其实酸涩而蠹，其叶半死易凋。《杜臆》：‘未忍别故枝’，偏于无知之物写得有情。”① 赏析此句“无知之物写得有情”的表达境界。

《八哀诗·赠左仆射郑国严公武》：“历职非父任，嫉邪尝力争。”浦注：“《旧书》：武弱冠，以门荫策名，哥舒翰奏充判官，迁侍御史。按：诗则翻转说才可自见，又不负言责。”② 赏析诗歌语言可按需要故意违背事实“翻转说”的灵活性。

《八哀诗·故著作郎贬台州司户荥阳郑公虔》：“沧州动玉陛，寡鹤误一响。”浦解：“‘寡鹤误一响’，盖谓‘幽人倏自显’。下一‘误’字，有不自觉其透露之意，正见绝艺之不能终闷也。”③

《谒先主庙》浦解：“后段，从谒字生感。纯是对像抚膺，借古伤今之语。‘绝域’带夔。‘系马’指庙。‘摇落’、‘风尘’，显出身遥世乱气象。抚斯景也，岂复有鱼水契合之一时乎！只今老狎渔翁，但有‘忧国泪’点耳。读至此，回想篇首‘惨淡’、‘乘时’等句，倍觉有神。此等诗，所谓身居题巅。”④

此二例使读者领略了前后诗句的联络呼应之美，感受到了积极的组织对表达功能的加强。

《北征》：“不闻夏殷衰，中自诛褒妲。”杨伦注：“魏道辅《诗话》：唐人咏马嵬事多矣。世所称者，刘禹锡：官军诛佞倖，天子舍妖姬。白居易：六军不发争奈何，宛转蛾眉马前死。此乃言官军背叛逼迫，明皇不得已而诛贵妃也。非特不晓文章体裁，而造语蠢拙，亦失事君之礼。老杜则曰：不闻夏殷衰，中自诛褒妲。乃是明皇畏天讳祸，赐妃子以死，无与官军也。立言有体，深得为君讳恶之义。”⑤ 欣赏其“有体”，即语言的委婉机智。

《佐还山后寄三首》杨伦眉批：“蒋云：直如白话，韵言化境。”⑥ 杨伦所称的是此诗的通俗晓畅。

---

① （清）仇兆鳌：《杜诗详注》，中华书局 1979 年版，第 853 页。

② （清）浦起龙：《读杜心解》，中华书局 1961 年版，第 148 页。

③ 同上书，第 156—157 页。

④ 同上书，第 755 页。

⑤ （清）杨伦：《杜诗镜铨》，上海古籍出版社 1962 年版，第 162—163 页。

⑥ 同上书，第 267 页。

《杜鹃》："我见常再拜，重是古帝魂。……身病不能拜，泪下如迸泉。"旁批："中云拜杜鹃，语奇；不能拜而泣，更奇。"[①] 欣赏其"奇"。

《西阁二首》杨评："宋张戒《岁寒堂诗话》：王介甫只知巧语之为诗，而不知拙语亦诗也；黄山谷只知奇语之为诗，而不知常语亦诗也。杜牧之诗只知有绮罗脂粉，李长吉诗只知有花草蜂蝶，而不知世间一切皆诗也。惟杜子美则不然，在山林则山林，在廊庙则廊庙，遇巧则巧，遇拙则拙，遇奇则奇，遇俗则俗，一切物，一切事，一切意，无非诗者。故曰：吟多意有余。又曰：诗尽人间兴。诚哉是言。"[②] 欣赏杜诗灵活熟练、挥洒自如的语言驾驭能力。

## 二　赏析意境

意境是诗歌审美的第一要素。诗人所摄取的内心情感之境与外在自然之境，及其相互关系，是诗歌表情达意的重要媒介，直接决定诗作的艺术水平和审美价值。意境的构建首先是"景"，王国维对"景"的讨论就能直观地揭示意境的作用："有乐景，有哀景。……以乐景写哀，以哀景写乐，倍增其哀乐。"景就是"境"，哀乐就是"意"，二者之契合，便是意境。注者对杜诗意境，多所指点。如：

《江月》仇解："江月漾光于水上，高楼一望，顿觉身寂影孤，真堪思杀。盖天边久客，至老不还，恐远死他乡也。因想清影之下，玉露浓溥，半轮之傍，天河掩没，月色明皎如此，此时绣字空闺者，烛残挑罢，得无对之而颦眉乎？"[③]

此注"江月"至"思杀"，总括意境。"盖"字以后，分析诗中情景文三者之间的关系，诗篇的抒情效果因注而凸显。西方诠释学认为阅读是对原作的再创作，道理正在这里。但中国的注释学还是以作者原意为中心，除了鉴赏性内容有明显的再造意味，总体仍以冷静客观为宗。

《白水崔少府十九翁高斋三十韵》浦解："细绎之，忧危之切虑，避乱之孤踪，兵形胜负之机，世运循环之望，并集于客斋朋宴之余。然其写时危而引避也，但借斋头之景形之。当暑而境反凛冽，则'泉息''鸟藏'，皆是匿

① （清）杨伦：《杜诗镜铨》，上海古籍出版社1962年版，第582页。

② 同上书，第657页。

③ （清）仇兆鳌：《杜诗详注》，中华书局1979年版，第1465页。

迹之影像矣。是‘危阶根青冥’一段意境也。其写兵形与世运也，亦借坐久风急，显出贼势猖狂。旋又借高轩望岳，模拟出官军势盛以压之。而后申之以在乱思治之情，以致其三叹焉。是‘坐久风颇怒’至末一段意境也。”①

浦起龙详细分析了两段的意境：“危阶”一段展现暑热季节凛冽的异常景象，并指出“泉息”“鸟藏”两种意象的美学类型——“匿迹”。“风急”意象代表“贼势猖狂”、“轩岳”意象模拟“官军之盛势”。这种分析鉴赏，有读者不易达到的高度和深度。

《阁夜》：“五更鼓角声悲壮，三峡星河影动摇。”浦解：“‘鼓角’不值‘五更’则‘声’不透。‘五更’，最凄切时也。再着‘悲壮’字，直刺睡醒耳根也。‘星河’不映‘三峡’，则影不烁。‘三峡’，最湍急处也。再着‘动摇’字，直闪蒙眬眼光也。”② 此段赏解文字，抓住“五更”是“最凄切”之时、“三峡”是“最湍急”之处，指出“悲壮”之源与“闪烁”之由，从听觉和视觉两方面给人的触动，彰显“鼓角”、“星河”在诗中的审美效应。

《夔州歌十绝句》末章浦解：“‘高唐’句，意不在古迹。特举本地仙灵之境，谓足与蓬、阆相抗耳。推崇高唐，即是推崇夔州也。意境极阔远。”③ 浦注意为本地仙境有力“高唐”一句所显示的“蓬、阆仙境”的陪映，产生了“意境阔远”的审美效果。

《送何侍御归朝》：“山花相映发，水鸟自孤飞。”杨伦眉批：“三四一喧一寂，景中带比，杜诗善用此法。”④ 所谓一喧一寂，解释“山花相映发”描写的是静景，“水鸟自高飞”描写的是动景。所谓景中带比，是说上句比喻何侍御有友朋相顾而显达，下句则比喻诗人自己如水鸟孤飞。

## 三　赏析艺术

### （一）艺术技巧的赏析，又分如下数端

#### 1. 表达的技巧

《后出塞五首》浦评：“须看层次精密，又须看夹景夹叙，有声

① （清）浦起龙：《读杜心解》，中华书局1961年版，第26页。

② 同上书，第660页。

③ 同上书，第852页。

④ （清）杨伦：《杜诗镜铨》，上海古籍出版社1962年版，第445页。

有彩。”①

《夜宴左氏庄》杨解：“顾修远云：一章之中，乐事皆具，而时地景物重叠铺叙，却浑然不见痕迹。”②

《三绝句》其二：“二十一家同入蜀，唯残一人出骆谷。”杨伦旁批：“偏留得一人，情事更惨。”③

《贻华阳柳少府》：“文章一小技，于道未为尊。”杨注：“放低说，身分逾高。”④

《秋兴八首》其五：“西望瑶池降王母，东来紫气满函关。”注：“旧注：以‘王母’句比贵妃之册为太真，‘紫气’句指玄元之降于永昌，虽记天宝承平盛事，而荒淫失政亦略见矣。今按西眺瑶池，东瞰函关，只是极言宫阙气象之宏敞，而讽意自见于言外，公诗每有此双管齐下之笔。”⑤

2. 布置的技巧

《大历三年春，白帝城放船出瞿唐峡，久居夔府，将适江陵，漂泊有诗，凡四十韵》浦解：“‘前闻’，透过一笔，先打逗江陵。‘转盼’，缩来一笔，谓才过夷陵。”⑥

《奉先刘少府新画山水障歌》：“反思前夜风雨急，乃是蒲城鬼神入。”杨伦旁批：“一波未平，一波又起，诗亦若有神助。”⑦

《夔州歌十绝句》其八眉批：“上数首俱用实写，插此一首，令前后都觉飞动。”⑧

《寄题江外草堂》：“台亭随高下，畅豁当清川。”杨伦眉批：“张云：台亭十字，结构殊不草草，妙于布置。”⑨

---

① （清）浦起龙：《读杜心解》，中华书局1961年版，第16页。

② （清）杨伦：《杜诗镜铨》，上海古籍出版社1962年版，第7页。

③ 同上书，第577页。

④ 同上书，第612页。

⑤ 同上书，第646页。

⑥ （清）浦起龙：《读杜心解》，中华书局1961年版，第789页。“前闻、转盼”指第43—44句：“前闻辨陶牧，转盼拂宜都。”

⑦ （清）杨伦：《杜诗镜铨》，上海古籍出版社1962年版，第112页。

⑧ 同上书，第638页。原诗：忆昔咸阳都市合，山水之图张卖时。巫峡曾经宝屏见，楚宫犹对碧峰疑。

⑨ （清）杨伦：《杜诗镜铨》，上海古籍出版社1962年版，第452—453页。

《梦李白二首》浦解："厄其身而永其名，已是慰劳苦语。今且云'名'亦'寂寞'。此老下笔后，直使来者没处转身。"①

3. 出奇的技巧

《义鹘行》浦解："首一段，原题也。叙事明净，而'斯须领健鹘'一句蓦入，手法矫捷。中一段，先八句写生，笔笔叫绝。其来有声势，其击有精神，其负痛伏辜有波折。'饱肠已穿'，令我一叹，炯鉴在一'饱'字。次八句，咏叹，笔又超绝。"②

《王兵马使二角鹰》杨评："王嗣奭曰：此诗突然从空而下，如轰雷闪电，风雨骤至，令人骇愕。以下将王兵马配角鹰说，忽出忽入，莫知端倪，而意正用互显。至其通首警拔，无一字懒散，岂不雄视千古。"③

4. 避免雷同的技巧

《王兵马使二角鹰》浦解："此篇运法更奇，《大食刀》宾主划分，此则宾主镕化，几于莫可窥寻。"④

《无家别》浦解："《三别》体相类，其法又各别。一比起，一直起，一追叙起。一比体结，一别意结，一点题结。"⑤

5. 用典的技巧

《郑驸马宅宴洞中》："自是秦楼压郑谷，时闻杂佩声珊珊。"杨伦旁批："如此用古亦奇。"⑥

《禹庙》杨评："胡元瑞曰：此诗'荒庭垂橘柚'二句，与'锡飞常近鹤，杯度不惊鸥'，皆用事入化处，然不作用事看，则古庙之荒凉，画壁之飞动，亦更无人可着语，此老杜千古绝技，未易追也。"⑦

（二）艺术效果的赏释

《壮游》浦解："一气读去，莽莽苍苍，宕往豪迈。刘克庄比之荆卿

---

① （清）浦起龙：《读杜心解》，中华书局1961年版，第65页。

② 同上书，第48页。

③ （清）杨伦：《杜诗镜铨》，上海古籍出版社1962年版，第732—733页。

④ （清）浦起龙：《读杜心解》，中华书局1961年版，第307页。

⑤ 同上书，第57页。

⑥ （清）杨伦：《杜诗镜铨》，上海古籍出版社1962年版，第16页。

⑦ 同上书，第568—569页。

之歌，雍门之琴，信矣。”[①] 引用刘克庄的比喻——“荆卿之歌”“雍门之琴”来激赏《壮游》的莽苍宕迈。

《渔阳》浦解：“愚按：首句放单，次句立一诗之柱。只一句，已足压倒群凶。以下都顶首句说。三四，假归顺者以动之。五六，又援往辙以晓之。七八，只作诘词，冷甚。读此如楚歌吹散矣。”[②] 赏析《渔阳》“楚歌吹散”的艺术效果。

《秋风二首》其二浦解：“动乡思也。砧急路梗，状景波峭，即蒙上章羌、蛮扰乱来。此中不可久留，所以思归也。结语又令读者眼光一闪。盖归乡倚树，意欣然矣。又恐故园残毁，此志仍灰。读至此，忽觉烟波淼弥。”[③] 此赏“烟波淼弥”的效果。

《观公孙大娘弟子舞剑器行并序》浦解：“结二语，所谓对此茫茫，百端交集。行失其所往，止失其所居，作者读者，俱欲嗷然一哭。”[④] 浦氏觉得此诗有令读者“欲嗷然一哭”的感染力。

《前出塞九首》其七：“六亲之念，前已丢开，此又提起，有雪舞回风之致。”[⑤] 指出此诗有“雪舞回风之致”。

《送裴二虬尉永嘉》杨伦眉批：“前四格高，倒起有凭虚御风之致。”[⑥] 指出此诗有“凭虚御风”的审美感受。

《赤谷》杨评：“李子德云：古调铿然，有空山清磬之音。”[⑦] 引用李子德评语，揭示此诗“空山清磬”的美感。

《乾元中寓居同谷县作歌七首》杨伦眉批：“申凫盟云：七歌顿挫淋漓，有一唱三叹之致，是集中得意作。”[⑧] 引申凫盟明此诗“一唱三叹”的审美力量。

---

① （清）浦起龙：《读杜心解》，中华书局 1961 年版，第 162 页。

② 同上书，第 282 页。

③ 同上书，第 299 页。

④ 同上书，第 316 页。“结二语”：老夫不知其所往，足茧荒山转愁寂。

⑤ 同上书，第 8 页。

⑥ （清）杨伦：《杜诗镜铨》，上海古籍出版社 1962 年版，第 52 页。“前四”：孤屿亭何处？天涯水气中。故人官就此，绝境与谁同？

⑦ 同上书，第 289 页。原诗：天寒霜雪繁，游子有所之。岂但岁月暮，重来未有期。晨发赤谷亭，险艰方自兹。乱石无改辙，我车已载脂。山深苦多风，落日童稚饥。悄然村墟迥，烟火何由追。贫病转零落，故乡不可思。常恐死道路，永为高人嗤。

⑧ 同上书，第 296 页。

《王兵马使二角鹰》杨评："王嗣奭曰：此诗突然从空而下，如轰雷闪电，风雨骤至，令人骇愕。"① 此例引导读者领略杜诗强大的艺术感染力。

## 四 赏析章法

赏析章法与释章法不同。释章法是挑明某篇的结构技术和组织关系，侧重点在解释。赏析章法则意在点出某篇章法的优长与成功，重在欣赏。所以释章法置于文章学一章，而赏析章法则属文艺学的范畴，宜置于此章。

《赠蜀僧闾丘师兄》仇解："杜诗局阵布置，章法森然，如此篇，首尾中腰各四句提束，前后两段俱十六句铺叙，有毫发不容增减者。"② 这种评论是非常典型的，由杜诗整体到具体诗篇，理据充分，支撑有力。

《冬深》："花叶唯天意，江溪共石根。早霞随类影，寒水各依痕。易下杨朱泪，难招楚客魂。风涛暮不稳，舍棹宿谁门。"仇注："初疑寒水与石根紧承，早霞与花叶似不相贯，后见《杜臆》，方悟霞状变化，如花如叶耳。盖霞有红紫青诸色，故比之花叶，且玩天意二字，明属早霞矣，起句特奇。"③ 此注由生疑到解疑，揭示章法之妙。

《后出塞五首》其三浦评："三章写到击敌之事，纯用虚机，而含讽之旨，即从此露出。其章法更屈曲出奇。以'重守'剔'重勋'，主意提破矣。'英主''出师'，本是直接。却下'岂知'二字，便无显斥之痕。'亘长云'下，宜接'遂使'句矣，却用'六合'两句，横亘在中，又隐然见此举之多事。且'孤军'下，似宜用'重高勋'意作一转落，却又直接'遂使'一句，此中又有无限含蓄。以少陵之才，岂难作条畅文字，而断续如此。其吞吐妙用，但可与会心人道。后作敌凯语，君实导之也。妙以'奉吾君'三字逗出，妙又不露。"④

《陪郑广文游何将军山林十首》杨解："王右仲云：合观十首，分明

---

① （清）杨伦：《杜诗镜铨》，上海古籍出版社 1962 年版，第 732—733 页。

② （清）仇兆鳌：《杜诗详注》，中华书局 1979 年版，第 768 页。

③ 同上书，第 1937 页。

④ （清）浦起龙：《读杜心解》，中华书局 1961 年版，第 16 页。原诗：古人重守边，今人重高勋。岂知英雄主，出师亘长云。六合已一家，四夷且孤军。遂使貔虎士，奋身勇所闻。拔剑击大荒，日收胡马群。誓开玄冥北，持以奉吾君。

一篇游记。有首有尾，中间或赋景，或写情，经纬错综，奇正互用，不可方物。陈秋田云：十首已尽连章之法，而炼字炼句之法亦尽。无一字落空，无一语犯复。世以潦倒凑才，架屋迭床，徒夸繁富耳。”① 此注评价杜甫组诗章法“经纬错综、奇正互用”，并指出世人的章法通病。

古代注中的许多注释都用打比方的方式来将抽象的章法之妙变得形象直观，使读者能够看明白、理解透。如：

《荆南兵马使太常卿赵公大食刀歌》浦解：“愚按：此段本写赵公，却处处不脱宝刀之用，为能顾母也。结处反以刀比赵，又是翻主作宾，变幻不测。而住法两句，仍是一赵一刀，则又有如青鸟家所云双龙合气之奇。”② 以“双龙合气”打比方，来说明章法的巧妙。

《送韦书记赴安西》浦解：“一、二，由韦合己。三、四，一己一韦。五、六，一韦一己。七、八，由己及韦。通首如罗文然。”③ 比作“罗文”。是说此诗所表现的“韦”和“己”前后关合交织，就像是纺织品的经纬纹路。

《寄峡州刘伯华使君四十韵》：“昔岁文为理，……小子独无承。”眉批：“此段追叙世交家学，末二双绾，即束即提，有印泥画沙之妙。”④ 用“印泥画沙”比说行文之妙。

鉴赏性注释都带有极为强烈的颂赞色彩。如：

《自京赴奉先县咏怀五百字》杨解：“张上若云：文之至者，但见精神，不见语言。此五百字真恳切至，淋漓沉痛，俱是精神，何处见有语言？岂有唐诸家所能及！”⑤

《洗兵马》：“已喜皇威清海岱，常思仙杖过崆峒。三年笛里关山月，万国兵前草木风。”杨伦旁批：“插入四句，尤极抑扬顿宕之致。”⑥

《十二月一日三首》其三杨伦眉批：“卢德水云：末章尤空奇变化，其虚实实虚，有无无有之间妙极。历乱而怀人叹老，抱映盘纡，此老杜七

① （清）杨伦：《杜诗镜铨》，上海古籍出版社 1962 年版，第 67 页。

② （清）浦起龙：《读杜心解》，中华书局 1961 年版，第 306 页。

③ 同上书，第 346 页。原诗：夫子欻通贵，云泥相望悬。白头无藉在，朱绂有哀怜。书记赴三捷，公车留二年。欲浮江海去，此别意茫然。

④ （清）杨伦：《杜诗镜铨》，上海古籍出版社 1962 年版，第 809 页。

⑤ 同上书，第 112 页。

⑥ 同上书，第 215—216 页。

律之神境。”①

## 第三节　鉴赏的方法

文艺学的研究方法在诗歌注释中主要体现在诗歌鉴赏和批评上。就总的情形来说，诗歌的鉴赏和批评并不能超出文学鉴赏和批评的范畴。所以讨论诗歌注释中的文艺学方法，还得从文学的整体方法来观照。

西方的文学批评，从古希腊到19世纪，主要的文学研究方法，是亚里士多德创立的形而上学的抽象的哲学思辨法（或曰逻辑演绎法）和培根创立的形而下学的逻辑归纳法。其他方法还有历史归纳法、一般社会学方法、针对美感经验的心理分析法，甚至一些自然科学方法。我国传统的文学批评方法，强调直观和经验，并同个体伦理、社会伦理、自然伦理紧密联系，所以主要是经验主义的现象描述法、伦理道德的社会学方法。从19世纪末至20世纪，大多数学科都经历了一个把研究对象的概念不断扩大和加深的过程，进入系统性方法论阶段。系统性要求多侧面、多角度、多层次、立体地观察事物。在文学研究领域，则要求把文学作为一个系统，运用多种方法进行多侧面、多层次、多角度的研究。尽管如此，不管是我国传统的文艺学方法，还是西方的传统文学研究方法，都具有泯灭不了的长处：重视哲学对文学的指导作用、注重文学艺术与外部世界的联系，从哲学、社会、历史、心理学角度探讨文学的价值功能等等，为后人积累了大量的研究资料。本书此节将杜诗注释中的文艺学方法作一个简单的概括，其意义也正在于整理、归纳、认识传统诗歌批评在注释学范畴中的表现方式，为诗歌注释学的建立打好基础。

杜诗注本中，运用文艺学的方法解决诗歌注释问题是以艺术审美结果为核心的，通过解剖艺术感染力产生过程中的各环节来解释影响诗歌艺术水平的文艺学因素。通常有如下几种方法：功效描述法、境界标示法、原理解析法、欣赏赞叹法、影响揭示法、批评指正法。

### 一　功效描述法

古代注释通过将诗歌审美的客观结果或诗歌在生活中产生的特殊效果

① （清）杨伦：《杜诗镜铨》，上海古籍出版社1962年版，第579页。

呈现给读者，使读者直观地认识诗歌的艺术魅力，从而提升对诗歌艺术的评价。

这类注释大多侧重于客观效果。如：

《蜀相》仇注："吁！汉运告终，天啬其寿，使不能尽展其才，以光复大业。读二三君子之诗，未尝不流涕叹息也。"[①] 作品具有令读者"流涕叹息"的功效。

《戏作花卿歌》仇评："《唐诗纪事》：有病疟者，子美曰：吾诗可以疗之。'夜阑更秉烛，相对如梦寐。'其人诵之，未愈。曰：更诵吾诗：'子璋髑髅血模糊，手提掷还崔大夫。'诵之，果愈。"[②] 虽然此事有些玄虚，但在方法上，仇兆鳌是用治好病这一功效来显示杜诗艺术之高超的。

《谒先主庙》仇评："善作诗者，必构全局。全局既定，则议论得展，而意义层出矣。此篇，若无起段之激昂悲壮，则开端少力量。若无后段之感慨淋漓，则收结少精神。能以吊古之情，写用世之志，足令千年上下，英雄堕泪，烈士抚膺，不独记叙庙貌处，见其古色斑斓，哀音凄怆也。"[③] 用"千年上下……哀音凄怆"的审美功效来标榜诗作水平。

《喜闻官军已临贼境二十韵》浦评："旅农评云：可作军中露布读。"[④]

《建都十二韵》浦评："是诗可作一篇谏止南都疏读。"[⑤]

《赠裴南部》浦评："公此诗，一纸辩诬状也。先表之，次原之，终慰之。"[⑥] 认为此诗有"辩诬状"的功用。

《寄彭州高三十五使君虢州岑二十七长史参三十韵》杨伦眉批："琐屑怪幻，一一俱能写出。"[⑦]

《乾元中寓居同谷县作歌七首》杨伦眉批："申凫盟云：七歌顿挫淋漓，有一唱三叹之致，是集中得意作。"[⑧]

---

① （清）仇兆鳌：《杜诗详注》，中华书局1979年版，第738页。

② 同上书，第846页。

③ 同上书，第1356页。

④ （清）浦起龙：《读杜心解》，中华书局1961年版，第715页。

⑤ 同上书，第728页。

⑥ 同上书，第736页。

⑦ （清）杨伦：《杜诗镜铨》，上海古籍出版社1962年版，第272页。

⑧ 同上书，第296页。

对有些作品的注释，注释者通过描述读者的审美感受引导读者体验作品的艺术感染力，领会诗歌的艺术水平，侧重于主观情绪。

《送韦十六评事充同谷防御判官》："挺身艰难际，张目视寇雠。"仇解："《杜臆》：挺身张目句，读之令人发指。"①

《郑驸马宅宴洞中》浦解："写来都有阴凉之色，令人忘暑。"②

《秋尽》浦评："草堂已是客居，今则吐蕃出没于岭畔，知道倔强于剑南，虽客居亦不得安处矣。悲更何如！"③ 有"悲更何如"的感受。

《哭王彭州抡》浦解："今彼榇不来，我身不往，欲临送而不能再也。并及妻儿，朋情更长。末则寄声地下，言君既以客葬，吾亦将以客老矣。卒读后，悲从中来。"④

《寄李十二白二十韵》杨伦眉批："结到当下，无限悲怆。"⑤

《乾元中寓居同谷县作歌七首》其四杨伦眉批："李子德云：呜咽悱恻，如闻哀弦。淡至矣，而文采烂然。雄至矣，而声色俱化。"⑥

## 二　境界标示法

境界标示法，是通过揭示作品所达到的艺术境界，或标举作品的艺术地位和价值层次，来达到解释作品的目的。

《送从弟亚赴河西判官》仇解："申涵光曰'疏通略文字'，便是英雄本色，若两脚书橱，济得甚事？"⑦ 仇兆鳌将一般作者比作"两脚书橱"，而杜甫是"英雄本色"，以显示杜甫境界之高。

《和前附岑参诗》："鸡鸣紫陌曙光寒，莺啭皇州春色阑。金阙晓钟开万户，玉阶仙仗拥千官。花迎剑佩星初落，柳拂旌旆露未干。独有凤凰池上客，阳春一曲和皆难。"仇解："杨万里曰：七言褒颂功德，如贾至诸公唱和大明宫，乃为典重。和其诗者惟此最佳。胡应麟曰：八句皆精工整密，字字天成，比王似胜。然令上官昭容坐昆明殿，穷岁月较之，未易坠

① （清）仇兆鳌：《杜诗详注》，中华书局1979年版，第354页。

② （清）浦起龙：《读杜心解》，中华书局1961年版，第598页。

③ 同上书，第627页。

④ 同上书，第761页。

⑤ （清）杨伦：《杜诗镜铨》，上海古籍出版社1962年版，第283页。

⑥ 同上书，第298页。

⑦ （清）仇兆鳌：《杜诗详注》，中华书局1979年版，第369页。

其一也。周敬曰：皇紫假对。星露二字，实诗眼，通篇心灵脉融语秀，作廊庙古衣冠法物，令人对之，魂肃神敛，不特《早朝》诸什，此为首唱，即举唐七律，取为压卷何让。"①“压卷”是最高的艺术品位。

《诸将五首》浦评："五诗纯以议论为叙事，讦谟壮彩，与日月争光，出秋兴之上。"② 说此诗达到了“与日月争光”的境界。

《晓发公安》浦评："信手信心，一气旋转，不烦绳削，化境也。"③

《佐还山后寄三首》其二杨伦眉批："蒋云：直如白话，韵言化境。"④

上二例所用“化境”也是极高的艺术境界。

《蜀相》杨伦眉批："邵云：牢壮浑劲，此为七律正宗。"⑤ 评价此诗达到了“牢状浑劲”的境界，是“正宗”。

《题壁上韦偃画马歌》杨伦眉批："李云：朴老绝伦。"⑥ 此注认为是诗达到了“朴老绝伦”的境界。

## 三　艺术解析法

这是一种通过分析作品的艺术手法和构思技巧，阐发作品艺术成就的成因，以解释作品的方法。

《秋日夔府咏怀奉寄郑监审李宾客之芳一百韵》浦评："顾予观是诗制局运机之妙，在于独往独来，乍离乍合，使人不可端倪。如篇首数语，层层伏案，此十面之埋伏也。……此陈仓之暗度也。……此栈道之烧绝也。……此临晋之疑兵也。……此诸侯之皆会也。……此又云梦之伪游也。……此直鸟尽而弓藏矣。故知善用多多，犹在善能将将，千古唯龙门有此笔阵。杜老以排偶律切之体，与之分道扬镳，不亦异乎！"⑦ 逐段分析了此诗的技法，给读者的理解提供了感性的门径。

《送王十五判官服侍还黔中得开字》浦评："杨慎曰：‘青青’自好，

---

① （清）仇兆鳌：《杜诗详注》，中华书局 1979 年版，第 433 页。

② （清）浦起龙：《读杜心解》，中华书局 1961 年版，第 650 页。

③ 同上书，第 678 页。

④ （清）杨伦：《杜诗镜铨》，上海古籍出版社 1962 年版，第 267 页。

⑤ 同上书，第 316—317 页。

⑥ 同上书，第 326 页。

⑦ （清）仇兆鳌：《杜诗详注》，中华书局 1979 年版，第 776 页。

'白白'近俗，有似童谣'白白一群鹅'之句。愚谓正好在此两字活泼。'江鱼'白白，跳跃闪烁如生，群鹅白白，则呆而俚矣。"[①] 分析"生动"的缘由。

《寄彭州高三十五使君虢州岑二十七长史参三十韵》杨伦眉批："结到太平聚首，仍扣定论文，章法最密。"[②] 分析此诗的致密章法。

《寄张十二山人彪三十韵》杨伦眉批："此处叙收复之事，只用两句该括，详略各极其至。"[③] 分析详略的处理。

《积草岭》杨伦眉批："此及上首俱于题外生波。蒋云：将到未到，中间又添一段波折。"[④] 指出"题外生波"的艺术技巧。

《王十五司马弟出郭相访兼遗营草堂资》杨伦眉批："且诉且谢且祝，只如白话自妙。"[⑤] 分析"妙"的所在。

### 四　欣赏赞叹法

注者有时候以个性化感受、颂扬性语言，表达对作品和作者的服膺推崇之情，从而实现对作品艺术水平的解释。

《白盐山》仇注："《杜臆》：山高者基必大。此山卓立群峰之表，乃蟠根于积水之边，望若悬空，是不任地而近天矣，岂非夔府一奇观哉！且绕山而上，千家成邑，积水之中，万估船来，又蜀中一都会也。向者春望此山，虽有断壁红楼之句，今秋亲历其地，苦心刻画，而始得此山真面目，但恐词人取句，未必能传耳。此诗细玩，始知描写之工。后来选者不及，论文笑自知，信矣。"[⑥] 仇兆鳌的解说，充满赞誉的激情。

《蜀相》浦评："后来武侯庙诗，名作林立，然必枚举一事为句。始信此诗统体浑成，尽空作者。"[⑦] 说此诗于"名作林立"中"尽空作者"，叹赏之情溢于言表。

---

① （清）浦起龙：《读杜心解》，中华书局1961年版，第630页。

② （清）杨伦：《杜诗镜铨》，上海古籍出版社1962年版，第273页。

③ 同上书，第280页。

④ 同上书，第294页。

⑤ 同上书，第313页。

⑥ （清）仇兆鳌：《杜诗详注》，中华书局1979年版，第1352页。

⑦ （清）浦起龙：《读杜心解》，中华书局1961年版，第615页。

《寄李十二白二十韵》杨伦眉批："用事精切，回护语何等浑妙。"[1]"何等浑妙"表露出杨伦的叹赏之情。

《龙门阁》杨伦眉批："一副栈道图。何云：写艰难险峻，乃尔细丽。"[2]"乃尔"的叹服语气是明显的。读者鉴赏此诗时自然也会受到注释的感染。

《琴台》杨批："蒋云：千古情种，风流佳话，尽此二语。"[3]

## 五 影响揭示法

通过介绍作品对后世已经产生的影响，阐释作品艺术。对后世影响的大小，是某一作家或某部作品艺术水平的表现，也是衡量艺术价值的尺度之一。在古代注释中，杜甫对后世的影响，既是注释内容的一部分，也是鉴赏和批评的方法。

《野人送朱樱》浦解："通体清空一气，刷肉存骨，宋江西诗派之祖。"[4]

《戏为六绝句》其六浦解："金源元好问《论诗》三十首，托体于此。"[5]

《江村》杨伦眉批："诗亦潇洒清真，遂开宋派。"[6]

《春水生二绝》杨伦眉批："邵云：绝句别致自老。山谷好学此种。"[7]

《早起》杨伦眉批："方虚谷云：此等句千锻百炼，乃晚唐之祖。"[8]

《入奏行赠西山检察使窦侍御》杨伦眉批："此段纵横长短，拉杂写来，此公之变体，开卢仝刘叉一种诗派。"[9]

《曲江三章章五句》杨解："题仿三百体，诗则公之变调。邵子湘云：

---

① （清）杨伦：《杜诗镜铨》，上海古籍出版社1962年版，第283页。

② 同上书，第306页。

③ 同上书，第352页。

④ 同上书，第626页。

⑤ 同上书，第843页。

⑥ 同上书，第320页。

⑦ 同上书，第344页。

⑧ 同上书，第349页。

⑨ 同上书，第378页。

短章踸踔，空同极学此种。”①

## 六　批评指正法

指出作品的不足，指摘作品的瑕疵，以解释作品艺术。

《台上》：“改席台能迥，留门月复光。”仇注：“萧琮诗：重门月已映。即所谓‘留门月复光’也。旧云留住城门者，非是。主将燕客不待留门，且言留城门而月复光，岂有此句法乎。”②

《送王十五判官扶侍还黔中》仇注：“朱瀚曰：首句逐字无出，次句可入元人院本，三四竟是吴歌，而用事亦俗。五句无聊之极，六句上文不接，但剿袭‘安危须仗出群材’句耳。七八浅易，又似酒肆主人声口。”③

《至后》仇注：“朱瀚曰：此诗疑赝作。复点至字，累坠。日初长，剩语。有何意，可发一笑。金谷铜驼，正是故乡，但可云风景非昔耳。不自觉，冗率。竟以棣萼为兄弟，亦是俚习。七八如村务火酒，薄劣异常。”④

《秋兴八首》其五仇注：“此章下六句，俱用一虚字二实字于句尾，如‘降王母’、‘满函关’、‘开宫扇’、‘识圣颜’、‘惊岁晚’、‘点朝班’，句法相似，未免犯上尾叠足之病矣。”⑤

《破船》浦解：“‘可掘’者，可截补为掘也，终似不雅。”⑥“可掘”指诗句“故者或可掘”，多引人联想到挖坟掘墓，是故浦起龙说终似不雅。

《赤霄行》浦解：“二诗中多名语，微欠蕴藉。”⑦“二诗”指此首与前首《莫相疑行》。浦起龙认为“多名语”，是指此诗中出现“孔雀”、“牛”、“泉”、“赤霄”、“玄圃”、“淘河”、“飞燕”、“华屋”、“皇孙”、“莲勺”、“卫庄”、“葛亮”等表人或事物名称的词语。

---

① （清）杨伦：《杜诗镜铨》，上海古籍出版社1962年版，第45页。

② （清）仇兆鳌：《杜诗详注》，中华书局1979年版，第1017页。

③ 同上书，第1019页。原诗：大家东征逐子回，风生洲渚锦帆开。青青竹笋迎船出，日日江鱼入馔来。离别不堪无限意，艰危深仗济时才。黔阳信使应稀少，莫怪频频劝酒杯。

④ 同上书，第1199页。原诗：冬至至后日初长，远在剑南思洛阳。青袍白马有何意，金谷铜驼非故乡。梅花欲开不自觉，棣萼一别永相望。愁极本凭诗遣兴，诗成吟咏转凄凉。

⑤ 同上书，第1493页。

⑥ （清）浦起龙：《读杜心解》，中华书局1961年版，第114页。

⑦ 同上书，第293页。

《陪李七司马皂江上观造竹桥即日成往来之人免冬寒入水聊题短作简李公》浦解："诗似拙。'结构同'三字无着。借用'华表'，终欠自然。'合欢'字，亦无根，亦费解。"①

《客居》眉批："杜诗晚年五言多率意之作，如此种诚不免唐颓。"②

诗歌注释的文艺学方法是灵活自由的，但还没有人对此作过研究，所以没有可资借鉴的资料。此章所列六种方法，是针对诗歌注释的实际，尤其是四家注杜的实际成果归纳出来的，名目也是我们自行创设的。因为是初创，所以只能粗呈梗概，以完善诗歌注释元素体系的结构，文艺学方法本身的深度和广度，还有待于进一步的研究。

## 第四节　批评

文学批评的内容在杜诗注释中是从无到有，由少而多的。在注释中进行自由的评论，从宋代就逐渐出现。张忠纲《杜集叙录》介绍宋代吴泾《杜诗九发》时引李昴英《吴荜门〈杜诗九发〉序》云："草堂诗名辈商评尽矣！反复备论为一书者鲜。莆田吴君泾思覃句中，意索言外，寻音响，溯脉络，举纲目、工部胸襟气象模写曲尽，皆前人所未到。余味之隽永，深叹其用功之精。"③ 可见至少在此书之前，对杜诗进行评论的，片言只语者多而备成一书者少。只可惜吴泾此书已佚，未知其评论如何。就现存成书来看，一般认为评杜首倡于刘辰翁。由其门人高楚芳刊行的《集千家注批点杜工部集》是删次《集千家注杜诗》各家之注，而附以刘须溪的评点内容成书。刘评本一出，后世学者毁誉不一，辩驳不已，掀起了一浪接一浪的评杜波涛。后来注家大致分为两种：一种强调以客观的态度，只作注释，不作个性化的评价，最起码不作否定性的评价；另一种是强调实事求是，既作注释，又加批评，杜诗之善者，极力褒扬，其不善者，亦不袒讳。虽然还有一类极力贬杜者，但为数不多，且以注本体现其

① （清）仇兆鳌：《杜诗详注》，中华书局1979年版，第623页。原诗：伐竹为桥结构同，褰裳不涉往来通。天寒白鹤归华表，日落青龙见水中。顾我老非题柱客，知君才是济川功。合欢却笑千年事，驱石何时到海东。

② （清）杨伦：《杜诗镜铨》，上海古籍出版社1962年版，第583—584页。

③ 张忠纲等：《杜集叙录》，齐鲁书社2008年版，第101页。

贬杜意图的绝少几无。本节就古代注中涉及诗歌批评的诸种因素略作归纳。

## 一 评作家作品的特色、影响及继承关系

因为杜诗的现实主义精神凸显，其关注民生、表现战乱之中满目疮痍的社会现实，形成了沉郁顿挫的诗史风格，自宋代以来日益得到重视，并最终被推为诗歌范本，所以宋以后至明清的注杜作品都十分注重对杜诗特色及垂范后世的影响力加以阐说。

### （一）指出杜诗特色

此类注释用以指明杜甫的创作习惯或语言特性及杜诗的结体习尚。

《陪李金吾花下饮》仇注：“赵注：偏称，言偏宜。公诗常用‘偏’字，如偏劝、偏醒、偏秣。”① 粗略统计，杜诗用“偏”字30余处。

《遣怀》仇注：“赵汸曰：天地间景物，非有所厚薄于人，惟人当适意时，则情与景会，而景物之美，若为我设。一有不慊，则景物与我漠不相干。故公诗多用一‘自’字，如‘寒城菊自花’、‘故园花自发’、‘风月自清夜’之类甚多。”② 杜诗用“自”字360余处，作为介词使用的只是少数。

《水槛遣心二首》仇注：“远注：公诗喜用送字，如送老、送此生之类，然亦有本。谢朓诗‘远近送春日’，沈约诗‘送日隐高阁’，亦曾用之矣。”③ 杜诗用“送”70余处，除了具体的赠送、送别之意，如此出所言之“送”有20余处。

上三例指出杜甫的用字喜好。

《酬孟云卿》仇注：“五六应首联，是夜饮之情。七八应次联，是别离之感。上下自相照应。公诗常有此格。”④ 揭示杜甫律诗颈联承首联、尾联承颔联的模式倾向。

《泛舟送魏十八仓曹还京因寄岑中允参范郎中季明》：“见酒须相忆，将诗莫浪传。”仇注：“公诗多伤时语，故嘱其莫浪传以取忌。”⑤ 揭示杜

① （清）仇兆鳌：《杜诗详注》，中华书局1979年版，第244页。

② 同上书，第606页。

③ 同上书，第812页。

④ 同上书，第480页。

⑤ 同上书，第984页。

甫语言的感情特征。

《渝州候严六侍御不到先下峡》仇注："顾注：杜诗一字一句皆有来历，如'尽室畏途边，''尽室'出《左传》，'畏途'出《庄子》。此诗云雨散、长短吟，俱本古诗。"① 指出"无一字无来历"的特点。

《槐叶冷陶》浦解："此等题必要说到奉君，亦是杜老习气。"② 指出杜甫"一饭不忘君"的"习气"。

《绝句六首》浦解："绝句截中四者殊少。惟公独多。后人六言诗，往往用此体。"③ 指出杜诗绝句大多截取律诗中间四句的特点。

（二）指出杜诗对前人的继承

解释杜甫在诗风、语言等方面接受前人经验的情况。

《戏为六绝句》其一仇注："杨慎曰：庾信之诗，为梁之冠绝，启唐之先鞭。史评其诗曰绮艳，杜子美称之曰清新，又曰老成。绮艳、清新，人皆知之，而其老成，独子美能发其妙。"④ 这是指出杜甫对庾信的继承。

《暂如临邑至嶆山湖亭，奉怀李员外，率尔成兴》："鼍吼风奔浪，鱼跳日映山。"杨伦旁批："沈谢句法。"⑤ 这里指出对沈约、谢朓的学习。

《雨二首》其一："青山淡无姿。"杨伦注："全用江淹句。"⑥ 指出对江淹的继承。

《暇日小园散病，将种秋菜，督勤耕牛，兼书触目》眉批："逼似陶语，入后又近古乐府。"⑦ 此条指出对陶渊明和古乐府的继承。

《提封》杨评："邵子湘云：洞房八章，皆追忆开元天宝时事，语含讽刺，而蕴藉不露，深得小雅诗人之遗。"⑧ 此注指明对小雅的继承。

《新婚别》杨伦眉批："李安溪云：小窗嚅喁，可泣鬼神，此《小戎》《板屋》之遗调。"⑨ 杨伦指出了杜甫对《诗经》的继承。

---

① （清）仇兆鳌：《杜诗详注》，中华书局 1979 年版，第 1222 页。

② （清）浦起龙：《读杜心解》，中华书局 1961 年版，第 173 页。

③ 同上书，第 827 页。

④ （清）仇兆鳌：《杜诗详注》，中华书局 1979 年版，第 899 页。

⑤ （清）杨伦：《杜诗镜铨》，上海古籍出版社 1962 年版，第 14 页。

⑥ 同上书，第 627 页。

⑦ 同上书，第 777 页。

⑧ 同上书，第 828 页。

⑨ （清）杨伦：《杜诗镜铨》，上海古籍出版社 1962 年版，第 222 页。

（三）指出杜诗对后世的影响

说明杜甫及其诗歌在风格上被后世诗人学习和借鉴、继承的情况。

《可惜》仇解："申涵光曰：'可惜欢娱地，都非少壮时'，是'欢娱恨白头'注脚。下云：'宽心应是酒，遣兴莫过诗。'语近浅率矣。如《定官后》诗：'老夫怕趋走，率府且逍遥。'词亦近俚。此皆开长庆一派，非盛唐气象也。"[①] 指出杜甫对白乐天一派诗歌创作的影响。

《绝句漫兴九首》其九仇评："申涵光曰：绝句，以浑圆一气，言外悠然为正，王龙标其当行也。太白亦有失之轻者，然超轶绝尘，千古独步。惟杜诗别是一种，能重而不能轻，有鄙俚者，有板涩者，有散漫潦倒者，虽老放不可一世，终是别派，不可效也。李空同处处摹之，可谓学古之过。"[②] 指出对李梦阳的影响。

《谒文公上方》浦解："诗有似偈处，为坡公佛门文字之祖。"[③] 这是对苏轼的影响。

《火》浦解："韩、孟联句，欧、苏禁体诸诗，皆源于此。"[④] 对韩愈、孟郊、欧阳修、苏轼的影响。

《湖城东遇孟云卿复归刘颢宅宿宴饮散因为醉歌》浦解："长吉酷效此种，却入鬼窟。"[⑤] 对李贺的影响。

《别常征君》浦解："开出郊岛一辈诗。"[⑥] 对孟郊、贾岛的影响。

《因许八奉寄江宁旻上人》杨伦眉批："王阮亭云：清空如话，东坡半山七律多祖此。"[⑦] 对苏轼、黄庭坚的影响。

《陪王使君晦日泛江就黄家亭子二首》其二杨伦眉批："妍丽亦开温李。"[⑧] 对温飞卿、李商隐的影响。

《赠崔十三评事公辅》杨评："此诗独作涩体，句法亦多离奇，开卢仝、孟郊一种诗派，然学之易入奥僻。"[⑨] 对卢仝、孟郊的影响。

---

① （清）仇兆鳌：《杜诗详注》，中华书局1979年版，第804页。

② 同上书，第792页。

③ （清）浦起龙：《读杜心解》，中华书局1961年版，第101页。

④ 同上书，第129页。

⑤ 同上书，第254页。

⑥ 同上书，第491页。

⑦ （清）杨伦：《杜诗镜铨》，上海古籍出版社1962年版，第186页。

⑧ 同上书，第502页。

⑨ （清）杨伦：《杜诗镜铨》，上海古籍出版社1962年版，第611页。

以上所揭示的是杜甫对后世作家个人风格的影响。有些注文揭示杜甫对一代文学的影响，如：

《病后过王倚饮赠歌》浦解："开宋派。"①

《漫成二首》其二浦解："二诗似启宋调。"②

《三绝句》其三浦解："三绝与七绝，直开宋元家数。"③

《捣衣》杨评："刘须溪云：此晚唐所竭力仿佛之者。"④

《水阁朝霁奉简云安严明府》眉批："邵云：清丽另是一格，宋元人多效之。"⑤

## 二　评艺术成就

### （一）用词品评

中国传统诗歌注重炼字，炼字就是词语的选择使用，其本质是从某个意义可能被容纳的多种语词结构中挑选语音格式和表达效果均臻最佳的一种作为诗中语言。杜甫《重题郑氏东亭》杨伦注曰："顾修远云：此诗得力处全在诗腰：数实字着一欹字，如见巉岩错落；着一曳字，宛然藻荇交横。曰冲岸，则跳突排涌唯恐堕岸；曰护巢，则疾飞急赴唯恐失巢；并鱼鸟精神俱为写出，此诗家炼字法也。"⑥ 古代诗人是非常乐于在炼字上面花费功夫的。常常"为求一字稳，耐得半宵寒""吟安　个字，捻断数茎须"。有时竟然"二句三年得，一吟双泪流"。有的走路时都在吟炼，以致撞了官员的车驾。诗人们的这种美学追求，必然带给诗歌一种奇异的审美效果。诗歌的注释则要从经过这样锤炼出来的作品当中把诗人浸润其中的美感提炼出来，呈现给读者。杜甫就是一个具有严格的自我要求的诗人，他声言"语不惊人死不休"，并以"诗是吾家事"的高度自觉把诗歌创作当成自己的职业来对待并留下了大量珍贵的诗歌精品。历代注杜者都把许多精力放在对佳词妙句的诠解上，四家注杜时更是如此。例如：

《滕王亭子二首》其二仇注："叶梦得曰：此诗'粉墙犹竹色，虚阁

---

① （清）浦起龙：《读杜心解》，中华书局1961年版，第236页。

② 同上书，第414页。

③ 同上书，第841页。

④ （清）杨伦：《杜诗镜铨》，上海古籍出版社1962年版，第257页。

⑤ 同上书，第581页。

⑥ 同上书，第219页。

自松声'，若不用'犹'、'自'两字，则凡亭子皆可用，不必滕王也。此皆工妙至到，人力不可及，而此老独雍容闲肆，出于自然，略不见用力处。"① 指出"犹"、"自"二字的使用使得放到任何亭子都适合的句子有了专属性。

《哭王彭州伦》仇注："胡应麟曰：杜警句，众所脍炙外，排律中如'远山朝白帝，深水谒夷陵'，'蛟龙缠倚剑，鸾凤夹吹箫'，用字皆极工而不觉。"②

《重题郑氏东亭》浦解："第六着一'归'字，便暗引结联。鸟归而人亦动归思矣。第八着一'残'字，便暗收全局。兴残而目遇皆残境矣。"③ 点出"归"、"残"二字使用的独到效果。

《忆弟二首》其一"忆昨狂催走，无时病去忧。"浦解："'忆昨催走'，逃乱也。'无时去忧'，伤离也。着'狂'字、'病'字，句似拙而转深。"④

《天末怀李白》浦解："钟云：'赠'字说得精神，若用予字则浅矣。"⑤ 将"赠"、"予"进行对比，使读者领会"赠"字的妙处。

《赠韦七赞善》："洞庭春色悲公子，鰕菜忘归范蠡船。"浦解："结本欲言去者喜，留者悲耳，诗反以'悲'字嵌在'公子'边，以'忘归'贴在己'船'边，转饶别趣。"⑥ 揭示杜甫反常用字带来的独特意趣。

《夜宴左氏庄》杨解："黄白山云：夜景有月易佳，无月难佳。三四就无月时写景，语更精切。上句妙在一暗字，觉水声之入耳；下句妙在一带字，见星光之遥映。"⑦ 杨伦对"暗""带"二字的妙用进行了评论，令读者会心。

《废畦》杨伦眉批："黄白山云：风霜曰缠，日月曰夹，霜露曰拥，常字新用，俱出意外。"⑧ 盛赞杜甫用词的特殊搭配及所产生的新鲜感。

① （清）仇兆鳌：《杜诗详注》，中华书局1979年版，第1090页。

② 同上书，第1540页。

③ （清）浦起龙：《读杜心解》，中华书局1961年版，第342页。

④ 同上书，第379页。

⑤ 同上书，第402页。

⑥ 同上书，第678页。

⑦ （清）杨伦：《杜诗镜铨》，上海古籍出版社1962年版，第7—8页。

⑧ （清）杨伦：《杜诗镜铨》，上海古籍出版社1962年版，第260页。

《云安九日，郑十八携酒，陪诸公宴》："旧摘人频异，轻香酒暂随。"杨注："陶开虞曰：着一频字，上下数十年存没离合之感具见。暂字见樽酒匆匆，过此行踪漂泊，不知又作何状也。"① 引用陶开虞的评语给读者指示"频"、"暂"二字的妙处。

（二）句子品评

句子是诗歌表意的基本单位，一首诗中并不是每一句都很出色，往往一句绝佳，满篇生辉。"黄河远上白云间，一片孤城万仞山，羌笛何须怨杨柳，春风不度玉门关。"句句精彩，但提神者，末句而已。一首《卖炭翁》，若无"可怜身上衣正单，心忧炭贱愿天寒"一句，主题便得不到深化。注释者在此类句子上，颇费心力。当然并非所有品评句子的注释，都只针对诗中的妙句佳句，有时候也兼顾有特色的句子甚至有不足的句子。品评句子，或明其佳处，或指其风格，或言其作用，或论其感染力。

品评句子主要是指出句子的佳处。此类注释常常与说明诗歌结构、诗法等结合起来。

例如：

《自阆州领妻子却赴蜀山行三首》其二浦解："三、四，鲜秀可爱。结语不独顾题有法，亦觉情致欲活也。"② 评价杜诗三、四句的语言美感。

《狂夫》浦解："上四，鲜秀悦目，本无愿外之私。"③ 鲜秀悦目是说"万里桥西一草堂，百花潭水即沧浪。风含翠筱娟娟净，雨裛红蕖冉冉香。"四句的审美体验，"本无愿外之私"意思是对动乱中的异乡游子来说，能够安详恬淡已经是最大的愿望了。这是诗句美感深蕴的意义。

《过宋员外之问旧庄》："淹留问耆老，寂寞向山河。"杨伦眉批："王西樵云：二语感愤情事，无所不包。"④ 指出此二句具有十分广大的意义空间。

《送贾阁老出汝州》："西掖梧桐树，空留一院阴。"杨伦眉批："起句

---

① （清）杨伦：《杜诗镜铨》，上海古籍出版社1962年版，第571页。

② （清）浦起龙：《读杜心解》，中华书局1961年版，第474页。原诗：长林偃风色，回复意犹迷。衫裛翠微润，马衔青草嘶。栈悬斜避石，桥断却寻溪。何日干戈尽，飘飘愧老妻。

③ 同上书，第616页。

④ （清）杨伦：《杜诗镜铨》，上海古籍出版社1962年版，第7页。

妙在破空而来，入结联则常调耳。”① 分别指出起句和结联的不同感受。

有的评句子的作用：

《除架》仇沧柱云：“唐人工于写景，杜诗善于摩意。‘宁辞青蔓除’，能代物揣分；‘岂敢惜凋残’，能代物安命。”② 指出杜诗的特长，并以两个例句的语义功能来证实，见解高远。

《九日登梓州城》：“伊昔黄花酒，如今白发翁。”浦解：“同是‘黄花酒’也，向尝与朝士家人同把，今大不然矣。只一句，全神都现，盖以七句对射此一句也。”③ 此一评论使首句在全诗中的地位和作用赫然显现。

评句子的感染力的也较多：

《蜀相》：“出师未捷身先死，长使英雄泪满襟。”仇兆鳌小序：“有此两句之沉挚悲壮，结作痛心酸鼻语，方有精神。宋宗忠简公临殁时诵此二语，千载英雄有同感也。”④ 点明此联“痛心酸鼻”的感染力。

《两当县吴十侍御江上宅》杨评：“申凫盟云：‘余时忝诤臣’四句，真情实语，声泪俱下。”⑤

《承闻河北诸道节度入朝欢喜口号绝句十二首》其一：“汹汹人寰犹不定，时时战斗欲何须？”杨伦旁批：“大声唤醒群迷，一言带十斗血泪。”⑥

（三）整体品评

整体品评从对象上来看，不针对一词一句，而是针对整首诗，从品评着眼点来看，也呈现出纷繁复杂的状况：从艺术表现到内容安排，从词句组织到文法修辞，从审美感受到对比咀嚼，可以说具有充分的自由和广阔的空间。

《秋兴八首》其七钱评：

今人论唐七言长句，推老杜昆明池水为冠，实不解此诗所以佳。

① （清）杨伦：《杜诗镜铨》，上海古籍出版社1962年版，第179页。
② （清）仇兆鳌：《杜诗详注》，中华书局1979年版，第615—616页。
③ （清）浦起龙：《读杜心解》，中华书局1961年版，第435页。
④ （清）仇兆鳌：《杜诗详注》，中华书局1979年版，第737页。
⑤ （清）杨伦：《杜诗镜铨》，上海古籍出版社1962年版，第286页。
⑥ 同上书，第754页。

> 杨用修曰：……观织女机丝四句，则知兵火凋残之状。此亦强作解事耳。叙昆明之盛者，莫如孟坚、平子，一则曰“集乎豫章之馆，临乎昆明之池，左牵牛而右织女，若云汉之无涯。”一则曰：“豫章珍馆，揭焉中峙，牵牛立其左，织女处其右，日月于是乎出入，象扶桑与濛汜。”此用修所夸盛世之文也。余谓班、张以汉人叙汉事，铺陈名胜，故有云汉日月之言，公以唐人叙汉事，摩挲陈迹，故有机丝夜月之词。此立言之体也。何谓彼颂繁华而此伤丧乱乎？菰米莲房，补班、张铺叙所未见，沉云坠粉，描画素秋景物，居然金碧粉本。昆池水黑，故赋言黑水玄阯，菰米沉沉，象池水之玄黑，极言其繁殖也。用修言兵火残破，菰米漂沉不收，不已倍乎。……紧承上章“秦中自古帝王州”一句而申言之，时则曰汉时，帝则曰武帝。织女石鲸、莲房菰米、金堤灵沼之遗迹，与戈船楼橹，并在眼中，而自伤其僻远而不得见也。于上章末句，克指其来脉，则此中叙致，褶（zhě）叠环锁，了然分明。①

《前出塞九首》其九仇评：“张綖曰：李杜二公齐名，李集中多古乐府之作，而杜公绝无乐府，惟此前后《出塞》数首耳。然又别出一格，用古体写今事，大家机轴，不主故常，昔人称‘诗史’者以此。”② 品评杜甫乐府诗的特色。

《院中晚晴怀西郭茅舍》仇评：“卢世曰：此诗举束缚蹉跎，无可奈何意，一痕不露，只轻轻结语云：‘浣花溪里花饶笑，肯信吾兼吏隐名。’既悲老趋幕府，为溪花所笑，将欲驾言吏隐，又恐为溪花所疑。几多心事，俱听命于花，深乎深乎！”③ 品评全诗表意的“深”。

《清明二首》其一仇评：“朱瀚曰：‘朝来’率尔，‘新火’、‘新烟’重复，‘绣羽’字面尘坌（bèn），‘衔花’、‘骑竹’，属对不伦，‘他自得’、‘我无缘’、‘还难有’、‘亦可怜’，纯是暮气，岂少陵顿挫本色。正自孤舟老病，牵情楚女腰肢，甚无谓矣。出言有章者，不应如是。‘城旧处’、‘井依然’，神理安在？‘钟鼎山林’、‘浊醪粗饭’，堆积陈腐，

① （清）钱谦益：《钱注杜诗》，上海古籍出版社1979年版，第510页。

② （清）仇兆鳌：《杜诗详注》，中华书局1979年版，第126页。

③ 同上书，第1172页。

'各天性'、'任吾年'，与'他自得'、'亦可怜'等，同一庸软耳。"[①] 这是古代注中少见的否定性评价。仇兆鳌引用朱瀚的评语，而朱瀚在辨别杜诗伪作方面致力甚多。如此条，就是怀疑此二首是赝作，所以找了诸多问题。

《北征》浦解："《北征》为杜古眉目。直抒胸臆，浑灏流转，不以烹词炼句为工。宋元而后，论赞盖详。"[②] 盛称《北征》"直抒胸臆，浑灏流转"的美学风范。

《倦夜》浦解："黄生曰：前幅刻画夜景，无字不工，结处点明，章法紧峭。愚按：此诗绝不明言所以，而羁孤老倦之态，溢于言表。"[③] 黄生从用字到章法对此诗给予极高的评价，浦起龙又以按语对其表达效果予以阐发。

《孤雁》浦解："'飞鸣声念群'，一诗之骨。'片影'、'重云'，失群之所以结念也。惟念故飞，'望断'矣而飞不止，似犹见其群而逐之者；惟念故鸣，'哀多'矣而鸣不绝，如更闻其群而呼之者。写生至此，天雨泣矣。"[④] 评价写物的艺术效果。

《寄岳州贾司马六丈、巴州严八使君两阁老五十韵》杨评："李子德云：叙事整赡，用意深苦，章法秩然，五十韵无一失所，如左马大篇文字，精神到底，卓绝百代矣。"[⑤] 杨伦从叙事、用意、章法、用韵四个方面评价了此诗。

（四）评写作技巧

诗歌的写作技巧既有文体限制，又有作家个人特点。就文体而言，诗歌的简短要求特殊的切入角度和精粹的语言运用，富有表述的凝练性和跳跃性。如杜诗"豺构哀登粲，麟伤泣象尼"。包含如下信息：王粲有《登楼赋》，其《七哀诗》中有"豺狼方构患"的句子。孔丘乃"祷于尼山"而生，其首象尼父之丘。西狩获麟，孔子乃反袂拭面而泣曰"吾道穷矣"。这些材料，在杜甫的笔下，就被浓缩为十字一联。"岐王宅里寻常见，崔九堂前几度闻。正是江南好风景，落花时节又逢君。"二人一生交

① （清）仇兆鳌：《杜诗详注》，中华书局 1979 年版，第 1970 页。
② （清）浦起龙：《读杜心解》，中华书局 1961 年版，第 42 页。
③ 同上书，第 477 页。
④ 同上书，第 523 页。
⑤ （清）杨伦：《杜诗镜铨》，上海古籍出版社 1962 年版，第 278 页。

往，时地悬隔，括于一诗，诗歌表达的跨越性于此可见。就诗人的个性因素而言，不同的诗人，有不同的技巧选择。同是分别，王维《渭城曲》“劝君更尽一杯酒，西出阳关无故人”。以只身孤影表关心，高适《别董大》则“莫愁前路无知己，天下谁人不识君”。以豁达示劝慰；岑参《逢入京使》“故园东望路漫漫，双袖龙钟泪不干”。情不自禁地以流泪达真情，王勃《送杜少府之任蜀州》则主张“无为在歧路，儿女共沾巾”。以不流泪明决绝。写作技巧涉及对仗、用事、属辞、情景、布置、色彩、动静、虚实、雅俗、格调等，千汇万状，变化灵活，杜诗注本中，注释者随诗作评，并没有系统地总结杜诗的表现技巧的意图。而且由于注者大都崇尚杜诗，所以其评论都是正面的、肯定的。

有不少是评论杜甫使事用典的艺术：

《寄李十二白二十韵》：“苏武元还汉，黄公岂事秦？楚筵辞醴日，梁狱上书辰。”杨伦眉批：“用事精切，回护语何等浑妙。”[①] 评价此篇的“用事”和“回护”技巧。

《诸将五首》其一：“昨日玉鱼蒙葬地，早时金碗出人间。”此句使用了茂陵玉杯和崔女金碗两个典故，杨注：“胡应麟曰：此盖以金盌字入玉碗语，一句中事词串用，两无痕迹。如《伯夷传》杂取经子镕液成文，正此老炉锤妙处，非独以上有玉鱼字故避重也。按：杜诗用事处多仿此。”[②] 杜甫此诗用事“事词串用，两无痕迹”的高超技巧。

《白帝城楼》：“急急能鸣雁，轻轻不下鸥。”杨注：“五六用事不觉，着二虚字，有化工肖物之妙。”[③] 评用事的技巧。

《课小竖锄斫舍北果林枝蔓荒秽净讫移床三首》其二：“薄俗防人面，全身学马蹄。”注：“上句以人面隐兽心，下句以篇题括篇意皆杜诗用事入化处。”[④] 评用事的技巧。

有些属于表达的技巧：

《两当县吴十侍御江上宅》：“寒城朝烟淡，山谷落叶赤。阴风千里来，吹汝江上宅。”杨伦眉批：“张云：开首写惨淡之景，迁客忧危寂寞

---

① （清）杨伦：《杜诗镜铨》，上海古籍出版社 1962 年版，第 283 页。

② 同上书，第 639 页。

③ 同上书，第 724 页。

④ 同上书，第 815 页。

行径俱已传出，写景即是写情。”① 评情景交融的技巧。

《覆舟二首》其二眉批：“张云：‘以姹女代丹砂字，以凌波代沉舟字，语绝工巧。当姹女凌波之日，正神光照夜之年，深以见求仙之无益也。’帝未必升天，而使者已独上天矣，可谓滑稽之雄。”② 评幽默的技巧。

《秋风二首》其二眉批：“此首全是虚写，笔端变化不可捉搦，最属老杜胜场。”③ 评“虚写”的技巧。

《秋日夔府咏怀奉寄郑监审李宾客之芳一百韵》杨评：“张上若云：此诗才大而学足以副之，故能随意转合，曲折自如；其忽自叙，忽叙人，忽言景，忽言情，忽记事，忽立论，忽述见在，忽及已前，皆过接无痕而照应有法。”④ 评叙述、写景、抒情、议论融合使用的技巧。

《雨四首》其一眉批：“黄白山云：雪诗中偏写月，雨诗中偏写日，俱以反攻逆击见奇，用笔极其变幻。”⑤ 评“反攻逆击”的反衬技巧。

有些是组织构篇的技巧：

《游龙门奉先寺》仇评：“四明王嗣奭《杜臆》曰：人在尘溷中，真性沦隐，若身离尘表，其情趣自别。而又宿于其境，对风月则耳目清旷，近星云则心神悚惕。已上六句，步紧一步，逼到梦将觉而触于钟声，道心之微忽然呈露，犹之剥复交而天心见，勿浅视此深省语也。”⑥ 充分肯定了杜甫“步紧一步”的“逼”的技巧。

《江阁对雨有怀行营裴二端公》仇注：“诗眼贵亮，而用线贵藏。如《何氏山林》之五，沧江、碣石、风笋、雨梅，银甲、金鱼，皆散钱也，而以一兴字穿之，是线在结也。如秦州《遣怀》，霜露、菊花、断柳、清笳、水楼、山日、归鸟、栖鸦，亦散钱也，而以愁眼二字联之，是线在起也。此诗，地日、山云、雷殷、水文、亦散钱也，而以

---

① （清）杨伦：《杜诗镜铨》，上海古籍出版社1962年版，第285页。

② 同上书，第659—660页。原诗：其一：巫峡盘涡晓，黔阳贡物秋。丹砂同陨石，翠羽共沉舟。羁使空斜影，龙居闷积流。篙工幸不溺，俄顷逐轻鸥。其二：竹宫时望拜，桂馆或求仙。姹女临波日，神光照夜年。徒闻斩蛟剑，无复爨犀船。使者随秋色，迢迢独上天。

③ 同上书，第780页。

④ 同上书，第808页。

⑤ 同上书，第857页。

⑥ （清）仇兆鳌：《杜诗详注》，中华书局1979年版，第3页。

阴晴二字冠之，雨来二字收之，是线在起结也。”[①] 评论此诗对“线”的安排技巧。

《饮中八仙歌》浦解：“沈德潜曰：前不用起，后不用收，中间参差历落，似八章，仍是一章。格法古未曾有。愚按：此格亦从季札观乐、羊欣论书，及诗之《柏梁台》体化出。”[②] 此评论不仅指出杜诗的“格法”，而且指出渊源。

《严中丞枉驾见过》浦解：“‘元戎’特笔提起。‘元戎’而‘小队’，脱尽官样，偏饶野兴，即此卸出‘野亭’。‘瞻使节’，了还‘元戎’。‘任流萍’，便就‘野亭’申说。以下径单顶‘任流萍’，直至结句‘何人’字，暗兜‘元戎’。格奇而法。”[③] 高度评价了杜甫此诗“提”、“卸”、“了还”、“申”、“顶”、“兜”的技巧。

有的注释是说明杜甫对仗的技巧的：

《陪王汉州留绵州泛房公西湖》：“豉化莼丝熟，刀鸣鲙缕飞。使君双皂盖，滩浅正相依。”仇评：“三四对法错综，亦律中带古。”[④]

《题张氏隐居二首》其二：“霁潭鳣发发，春草鹿呦呦。”杨伦眉批：“顾修远云：巧对蕴藉不觉。”[⑤]

《诸将五首》其二：“龙起犹闻晋水清，胡来不觉潼关隘。”杨伦旁批：“对法奇变不测，有龙跳虎卧之观。”[⑥]

## 三　评前人注释

在清以前，经宋、元、明三代积累，注杜著作已经十分丰富。虽然有些注本已经散佚，有些注本流传区域不广，但从钱谦益开始，可资参考的前人注本仍然有相当多的数量。有清一代，注杜著作更是层见叠出。按照张忠纲《杜集叙录》的搜集，从钱谦益《钱注杜诗》由泰兴季振宜刊刻到仇兆鳌《杜诗详注》康熙四十二年刊刻，36 年间杜诗注本就增加了近 100 种。从仇兆鳌到浦起龙《读杜心解》浦氏宁我斋刻本印行，22 年间

---

① （清）仇兆鳌：《杜诗详注》，中华书局 1979 年版，第 2078 页。

② （清）浦起龙：《读杜心解》，中华书局 1961 年版，第 227 页。

③ 同上书，第 626 页。

④ （清）仇兆鳌：《杜诗详注》，中华书局 1979 年版，第 1007 页。

⑤ （清）杨伦：《杜诗镜铨》，上海古籍出版社 1962 年版，第 3 页。

⑥ 同上书，第 640 页。

注本增加了近50种。从浦起龙到杨伦《杜诗镜铨》九柏山房刻本诞生，67年中增加了近130种。注者在作注时，都会尽可能多地搜罗已有注本，以求自己的注本高于前代。那么注释中就不可避免地出现对前人注释的评价。

《客至喜崔明府相过》钱注：“近时杨慎曰：韦述《开元谱》曰：‘倡优之人，取媚酒食。居于社南者，呼为社南氏，居于社北者，呼为社北氏。’杜诗正用此，后人改社作舍。按舍南舍北，公之所居也，若云社南社北，则倡优之所居，安得取以自况乎？杨氏引据穿凿，其文义舛误若此！”① 钱氏批评杨慎的观点，表现出二人对杜甫此诗基本意义理解的巨大差异。杨慎认为此诗写妓女所居之地，钱谦益则以杜甫正派之人不当涉猎狭邪而批评杨慎。

《九日登梓州城》钱注：“‘兵戈关塞’，指徐知道以兵守剑阁也。鹤注牵引朝义、党项，愚矣。”② 钱牧斋认为黄鹤把“兵戈关塞”释为史朝仪和党项部落是缺乏智见的。

《黄草》：“秦中驿使无消息，蜀道兵戈有是非。”钱注：“鹤曰：‘秦中驿使’，谓李之芳奉使见留也，‘蜀道兵戈’，谓徐知道据剑阁也，当时公在梓阆，非夔州诗也。按鹤说良是。但又引来瑱、裴茂之战以解首二句，为曲说耳。”③ 钱谦益指出黄鹤对“秦中驿使”和“蜀道兵戈”的解释非常正确，但对首二句的解释是迂曲之见。

《行次昭陵》仇评：“黄生曰：……唐仲言云：明皇任杨、李乱政，故有灾犹降、喘未苏之叹，因思向者之安抚而不可得，是以向山隅而流恨。旧作隋末之乱者非。按：此说甚是。盖从文物四句读下，便见今日之朝廷，事事与之相反。开元之治，媲美贞观者，今已扫地。有志之士，皆为当路沮抑而不得进，安得不望昭陵而兴悲乎？后来杜牧亦有‘乐游原上望昭陵’之句，盖昭陵之时，士无不遇之叹也。”④ 此条涉及数人：旧注将《行次昭陵》的主题理解为隋末之乱，唐仲言否定了旧注，认为是刺杨李乱政，黄生认为唐仲言是正确的。仇兆鳌则在肯定黄生的基础上，从诗中找到依据，进一步予以发挥，使诗意彰明。

---

① （清）钱谦益：《钱注杜诗》，上海古籍出版社1979年版，第383页。

② 同上书，第415页。

③ 同上书，第416页。

④ （清）仇兆鳌：《杜诗详注》，中华书局1979年版，第411页。

《赠李十五丈别》仇评：

黄生曰：此诗北回、南入二句，杜田谓李丈访勉于梁州，是也。黄鹤谓由黔南以入豫章，故下有“解榻秋露悬”句，是就用陈蕃事，其固已甚。夫由蜀入豫章，一水之便，反迂道以入黔阳，何为者耶？如“解榻再见今”，前以之赠杨监矣，岂必泥于江西乎？《钱笺》偏信鹤说，反以杜田为误，彼盖依据史文耳。史载勉为梁州都督，在肃宗初年，及宝应元年，党项、奴剌寇梁州，勉弃郡走，后历河南尹，徙江西观察使。大历二年来朝，拜京兆尹。钱氏误认访勉在江西，故于北回、南入，程途不合。且此诗已称汧公，而《新书》记封爵在大历十年，钱氏既知其谬矣。则本传所载前后历官之岁，又安可尽信乎？据诗言“南入黔阳天”，知大历初年勉尚在梁州也。如此类，正当援诗以正史，不当据史以释诗矣。①

此例情况也较复杂，先是杜田、黄鹤各执一词，钱谦益采信鹤说而以杜田为非。黄生分析了钱谦益误信史书而未察李勉履历前后的致误原因，又据诗中已称勉为“汧公”证明钱氏所据《新唐书》所记不确，并提出像这种情况下，“当援诗以正史，而不当据史以释诗”的见解。仇兆鳌认为黄生是正确的，所以引用了这段精彩的批评文字。

再如：

《望岳》浦起龙注：“越境连绵，苍峰不断，写岳势只‘青未了’三字，胜人千百矣。‘钟神秀’在岳势前推出；‘割昏晓’就岳势上显出。‘荡胸’、‘决眦’，明逗‘望’字。末联则以将来之临眺，剔现在之遥观，是透过一层收也。仇氏详注以远望、近望、细望、极望分配四联，未见清楚。”② 浦氏批评仇兆鳌把《望岳》表现的内容归纳为“首联远望、颔联近望、颈联细望、尾联极望”是没有读明白。

《燕子来舟中作》浦解：“读‘远看人’三字，自然泪落。‘巢君室’，本用成语，诗却借以‘君’指燕，言寄尔迹处，无常所也。乃知下句‘此’字，明是自指，或改‘君’为‘居’，致不成语，只坐‘君’

① （清）仇兆鳌：《杜诗详注》，中华书局 1979 年版，第 1346—1347 页。

② （清）浦起龙：《读杜心解》，中华书局 1961 年版，第 1—2 页。

字看不活泛耳。”[1] 浦起龙的注语不点名地批评有些注家未读懂“君”字而错解诗意甚至将“君”改成“居”的荒唐行为。

《小寒食舟中作》题解：“三、四、第七，与沈云卿诗偶相类，固非蹈袭，亦非有意损益也。黄鲁直、范元实辈，斤斤辩之。前人诗话，多着相处，勿为所惑。”[2] 浦氏批评他人之注时习惯于讥刺的口吻。如此条一个“辈”字，就很典型。

《送严侍郎到绵州同登杜使君江楼宴得心字》：“城拥朝来客，天横醉后参。”浦注：“《晋书》：参十星，一曰参伐。按：七月见参，夜向阑矣。诸注俱引参分在蜀为证，不知经星之现，各有时序，设在五六月间，亦用参横，为识者嗤矣。注之误人如此。”[3] 指明星宿出现的时间，否定“参分在蜀”的理解思路，并感叹错误的注释对读者解诗的害处。

《风疾舟中伏枕书怀三十六韵奉呈湖南亲友》浦解：“仇本以是诗为绝笔。玩其气味，酷类将死之言。宜若有见。”[4] 对仇氏之见予以肯定。

## 四 评诗病

诗歌的病患名目较多，尤其是律诗，可谓戒律森严，动辄触病。古人论诗病甚多，然而有些认识是不太统一的。仅沈约的四声八病，就让后人欲说还休，欲罢不能。仇兆鳌对此有较系统的认识。他在《郑驸马宅宴洞中》讲评中说：

> 沈约标律诗八病，有平头、上尾、蜂腰、鹤膝等名，不可不知。若大韵、小韵、正纽、旁纽，尚非所重。所谓平头者，前句上二字，与后句上二字同声，如古诗“今日良宴会，欢乐难具陈”。今欢同声，日、乐同声，是平头也。又如“朝云晦初景，丹池晚飞雪”，“飘披聚还散，吹扬凝其威”，四句上二字皆平声，是平头也。又如周王褒诗“高箱照云母，壮马饰当颅。单衣火浣布，利剑水精珠”，四句叠用四物，而每物各用一虚一实字面，亦平头也。又如杜挚诗“伊挚为媵臣，吕望身操竿。夷吾困商贩，宁戚对牛叹。食其处监

① （清）浦起龙：《读杜心解》，中华书局 1961 年版，第 680 页。

② 同上书，第 681 页。

③ 同上书，第 732 页。

④ 同上书，第 816 页。

门，淮阴饥不餐”，叠引古人，皆在句首，是亦平头也。所谓上尾者，上句尾字与下句尾字，俱用平声。虽韵异而声则同，是犯上尾。如古诗“西北有高楼，上与浮云齐”，楼与齐皆平声，又如“庭陬有若榴，绿叶含丹荣”，榴与荣亦平声也。又一句尾字与三句尾字连用同声，是亦上尾。如古诗“客从远方来，遗我一书札。上言长相思，下言久离别”，来、思皆平声。又如“新制齐纨素，皎洁如霜雪。裁为合欢扇，团圆似秋月”，素、扇皆去声，亦犯上尾矣。其在七律，如杜诗“春酒杯浓琥珀薄”与“误疑茅堂入江麓”，同系入声。王维诗“新丰树里行人度”与“闻道甘泉能献赋”，去声同韵，皆犯上尾也。又如杜《秋兴》诗“西望瑶池降王母，东来紫气满函关。云移雉尾开宫扇，日绕龙鳞识圣颜”，王母、函关、宫扇、圣颜，俱在句尾，未免叠足，亦犯上尾。若“林花著雨胭脂落，水荇牵风翠带长。龙虎新军深驻辇，芙蓉别殿漫焚香”，前联拈落、长二字于句尾，后联移深、漫二字于上面，便不犯同矣。《蔡宽夫诗话》云：蜂腰鹤膝，盖出于双声之变。若五字首尾皆浊音，中一字独清，则两头大而中间小，即为蜂腰。若五字首尾皆清音，中一字独浊，则两头细而中间粗，即为鹤膝矣。今按张衡诗“邂逅承际会”，是以浊夹清，为蜂腰也。如傅玄诗“徽音冠青云”，是以清夹浊，为鹤膝也。旧注以“客从远方来”、“上言长相思”为鹤膝，意不分明。所谓大韵者，如微、晖同韵，上句第一字不得与下句第五字相犯。阮籍诗“微风照罗袂，明月耀清晖”，是也。所谓小韵者，如清、明同韵，上句第四字不得与下句第一字相犯。诗云“薄帷鉴明月，清风吹我襟”，是也。所谓正纽者，如溪、起、憩三字为一纽，上句有溪字，下句再用憩字。庾阐诗“朝济清溪岸，夕憩玉龙泉”，是正纽也。所谓旁纽者，如长、梁同韵，长上声为丈，上句首用丈字，下句首用梁字，是亦相犯。诗云“丈夫且安坐，梁尘将欲起”，此旁纽也。在七律如杜诗“远开山岳散江湖”，山、散为正纽。如“丈人才力犹强健”，丈、强为旁纽矣。此外又有双声叠韵之法。《南史》：王元谟问谢庄曰：“何者为双声？何者为叠韵？”答曰：“互、护为双声，䃭、碻为叠韵。”《学林新编》曰：双声者，同音而不同韵。叠韵者，同音而又同韵也。如李群玉诗“方穿诘曲崎岖路，又听钩辀格磔声”，诘曲、崎岖，乃双声。钩辀，格磔，乃叠韵也，蔡宽夫曰：如杜诗“卑枝低结子，接叶暗巢莺”，即叠韵也。僧皎然《诗评》曰：沈休文酷裁八病，碎用四声，故风雅殆尽。后人天机不高，多为沈法所媚，懵然随流，溺而不返矣。①

仇兆鳌此段注文讨论的仅仅是声律上的诗病，就诗歌创作的全部环节和全部因素而言，诗病绝非仅此数端而已。严格地说，四声八病仅仅是修辞的问题，而且仅仅是修辞中的语音修辞和词语修辞，而诗歌创作其他更多的方面，如主题的提炼、材料的筛选、表达方式的择取、辞格的选择、典故的使用、意境的创造、结构的安排等等，任何一个方面都有可能存在病患。所以注本中对诗病的指摘，不仅局限于四声八病。宋以来的杜诗注释因为有一个附加目的，就是要让杜集肩负起诗歌创作教材的任务，所以尽管古代注本考虑到尊杜，不忍轻言杜诗病患，但仍有许多地方坚持实事求是的精神，直言不讳地指出不足，或寻找角度巧妙地讨论诗歌中存在的问题。此节分类列举如下：

**用事不佳**

《又呈窦使君》仇注：“鄢陵刘逴曰：子美五言律，多创立法度，迥异诸人，变化无穷，诚可师资，但有脍炙群口，实非当效者。……如‘暖老须燕玉，充饥忆楚萍’，属用事过僻。”②

《送王十五判官扶侍还黔中得开字》仇注：“朱瀚曰：首句逐字无出，次句可入元人院本，三四竟是吴歌，而用事亦俗。”③

《牵牛织女》：“牵牛出河西，织女处其东。”浦注：“牵牛织女四字宜倒转，牵牛三星如荷担，在河东，织女三星如鼎足，在河西。公涉笔偶误耳。”④

《魏将军歌》：“万岁千秋奉明主，临江节士安足数。”浦注：“纂朱注：《汉·艺文志》有《临江王》及《愁思节士歌》四篇。景帝废太子为临江王，后自杀，时人悲之，故为作歌。其愁思节士无考，与临江本各为一事，宋陆厥乃作《临江王节士歌》。庾信《哀江南赋》又曰：临江有

① （清）仇兆鳌：《杜诗详注》，中华书局1979年版，第48—50页。

② 同上书，第1006页。

③ 同上书，第1019页。

④ （清）浦起龙：《读杜心解》，中华书局1961年版，第133页。

愁思之歌。皆相延之误，老杜亦袭用之耳。”①

《奉寄章十侍御》：“湘西不得归关羽，河内犹疑借寇恂。”浦解：“《后汉书》：光武收河内，拜寇恂为太守，后由颍川移汝南，颍川盗起，百姓请复借寇君一年。按：借寇乃颍川事，河内误用。”②

《冬日有怀李白》：“更寻嘉树传，不忘角弓诗。”杨伦旁批：“如此用古，亦是断章取义。”③

**累赘**

《留花门》：“连云屯左辅，百里见积雪。”仇注：“楼钥曰：读者谓积雪止言其多，上句言云屯足矣，何必复赘此语。”随即辩道：“惟知回纥之俗，衣冠皆白，然后少陵之意涣然。”④

《至后》仇注：“朱瀚曰：此诗疑赝作。复点至字，累坠。日初长，剩语。有何意，可发一笑。金谷铜驼，正是故乡，但可云风景非昔耳。不自觉，冗率。”⑤

《雨不绝》仇注：“朱瀚曰：题便可怪，摇飏如丝，只是申上细微。泥不乱，语近于率。风乍稀，节外生枝。舞石加乳子，未免冗赘。”⑥

《北征》浦解：“《魏道辅诗话》云：……老杜既以‘诛褒妲’归权人主，复赘‘桓桓’四语，反觉拖带。不如并隐其文为快。”⑦

**俚俗**

《题郑十八著作丈故居》仇注：“朱瀚曰：懒舞、谁拽，恨水、愁亭，语近腐俗。”⑧

《琴台》浦解：“八句凡作四转，但‘凤求凰’近俗。”⑨

《鸡》：“纪德名标五，初鸣度必三。”浦解：“一、二近俚。”⑩

《郑驸马宅宴洞中》：“主家阴洞细烟雾，留客夏簟清琅玕。”浦解：

---

① （清）浦起龙：《读杜心解》，中华书局 1961 年版，第 239—240 页。

② （清）浦起龙：《读杜心解》，中华书局 1961 年版，第 632—633 页。

③ （清）杨伦：《杜诗镜铨》，上海古籍出版社 1962 年版，第 31 页。

④ （清）仇兆鳌：《杜诗详注》，中华书局 1979 年版，第 551 页。

⑤ 同上书，第 1199 页。

⑥ 同上书，第 1332 页。

⑦ （清）浦起龙：《读杜心解》，中华书局 1961 年版，第 43 页。

⑧ （清）仇兆鳌：《杜诗详注》，中华书局 1979 年版，第 470 页。

⑨ （清）浦起龙：《读杜心解》，中华书局 1961 年版，第 418 页。

⑩ 同上书，第 525 页。

“起四字不雅。”①

《拨闷》：“已办青钱防雇直，当今美味入吾唇。”浦解：“美味字俚。”②

注者评判杜诗用词的“俚俗”是以文人的高雅作为心理底线的，凡涉及性、吃喝等日常俗事的地方，皆有不雅之嫌。所以尽管大多言之有理，但也有部分条目不能兼顾生活常趣，现在看来，对这些注释应该理性对待。

**犯重**

《投赠哥舒开府翰二十韵》：“策行遗战伐，契合动昭融。”仇注：“或以昭融指君，与上睿想犯重。或以昭融指天，与下青冥犯重。”③

《鸡》仇解：“远注：指南车有南北定向，如鸡鸣有子午定候。《春秋说题词》：鸡为积阳，南方之象，阳出鸡鸣，以类感也。已上数说，皆指夔鸡漏失司晨，与殊方失次犯重，今从黄生注，直指晓漏开说，更有蕴藉。”④

《园人送瓜》浦起龙于诗末以小字注：“韵复。”⑤ 按：此指诗中有“爱惜如芝草”、“种此何草草”两个韵脚句。

《冬狩行》：“春蒐冬狩侯得同，使君五马一马骢。”浦注“同，韵复”⑥ 此言“韵复”，是因为第四句“清晨合围步骤同”已用“同”字押韵。

《诸将五首》其一浦解：“两愁字复，偶失检耳。”⑦

《大云寺赞公房四首》：“天黑闭春院，地清栖暗芳。”杨伦旁批：“清字复。”⑧ 按此诗为四首之三，其首二句为：“灯影照无睡，心清微妙香。”已有一清字，故曰复。

《除架》：“寒事今牢落，人生亦有初。”杨注：“落字重起句。”⑨ 是

① （清）浦起龙：《读杜心解》，中华书局1961年版，第599页。

② （清）浦起龙：《读杜心解》，中华书局1961年版，第641页。

③ （清）仇兆鳌：《杜诗详注》，中华书局1979年版，第192页。

④ 同上书，第1535页。

⑤ （清）浦起龙：《读杜心解》，中华书局1961年版，第171页。

⑥ 同上书，第284页。

⑦ 同上书，第647页。

⑧ （清）杨伦：《杜诗镜铨》，上海古籍出版社1962年版，第134页。

⑨ 同上书，第260页。

说此句中的落字与此首起句“束薪已零落”的落字犯重。

**艰涩**

《江亭王阆州筵饯萧遂州》仇解：“《杜臆》谓歌既畏其断，舞又愁其长，总因漂泊他乡，写出侘傺无聊之状，其语稍曲。”①

《峡中览物》仇注：“朱瀚曰：……第五似病呈，移字亦晦。”②

《严氏溪放歌行》：“费心姑息是一役，肥肉大酒徒相邀。”浦注：“句晦。”③ 今按：当时必有以酒邀杜出任而杜未允之事，故曰“肥肉大酒徒相邀”。

《雨》浦解：“‘鲛馆’、‘樵舟’二句，毕竟太晦。”④

《陪李七司马皂江上观造竹桥即日成往来之人免冬寒入水聊题短作简李公》浦解：“诗似拙。‘结构同’三字无着。借用‘华表’，终欠自然。‘合欢’字，亦无根，亦费解。”⑤

**朴直**

《秦州杂诗二十首》其九仇注：“《杜臆》：时吐蕃为患，遣使欲与通好，故有使官经阅，下言‘使官向河源’，皆指此事。此章结语，尚嫌直率。”⑥

《赤霄行》浦解：“二诗中多名语，微欠蕴藉。”⑦“二诗”指此首与前首《莫相疑行》。

《王十五司马弟出郭相访遗营草堂赀》浦解：“诗似太朴。”⑧

《江涨》浦解：“亦嫌有朴直处。”⑨

《黄鱼》浦解：“中亦有质俗语。”⑩

**拙劣**

《王十七侍御抡许携酒至草堂奉寄此诗便请邀高三十五使君同到》仇

---

① （清）仇兆鳌：《杜诗详注》，中华书局1979年版，第1075页。

② 同上书，第1289页。

③ （清）浦起龙：《读杜心解》，中华书局1961年版，第283页。

④ 同上书，第501页。

⑤ 同上书，第623页。

⑥ （清）仇兆鳌：《杜诗详注》，中华书局1979年版，第580页。

⑦ （清）浦起龙：《读杜心解》，中华书局1961年版，第293页。

⑧ 同上书，第404页。

⑨ 同上书，第404页。

⑩ 同上书，第526页。

注："今按：邻鸡过墙，语近浅易。绣衣、皂盖，又近拙钝。"①

《高柟》："寻常绝醉困，卧此片时醒。"浦解："第七句不佳。"②

《热三首》其三浦解："黄生云：说冷易佳，说热难工。虽杜亦不免褦襶。愚谓：此等诗，作五古便好，束于短律，便难讨好。"③

《暝》浦解："太着意，恐入拙路。五、六，又似盲诗，亦一病。"④

《题柏学士茅屋》浦解："毕竟不佳。"⑤

《惠义寺园送辛员外》浦解："甚不佳。"⑥

**语病**

《题省中壁》："掖垣竹埤梧十寻，洞门对霤常阴阴。"仇注："旧注：垣之竹、埤之梧，皆长十丈。无此句法。"⑦

《台上》："改席台能迥，留门月复光。"仇注："萧琮诗：重门月已映。即所谓'留门月复光'也。旧云留住城门者，非是。主将燕客不待留门，且言留城门而月复光，岂有此句法乎。"⑧

《自瀼西荆扉且移居东屯茅屋四首》其三："枕带还相似，柴荆即有焉。"浦解："申涵光曰：'即有焉'，不成句法。"⑨

《奉寄高常侍》浦解："公与高，蜀中简寄，非一次矣，起法似太远。'应全未'三字欠妥，'方驾'句夹杂，后半稳当。"⑩

**稚嫩**

《陪诸贵公子丈八沟携妓纳凉晚际遇雨》浦解："结语稚气。"⑪

《暮登四安寺钟楼寄裴十笛》浦解："'翠且重'，欠老成。"⑫

《江陵节度使阳城郡王新楼成王请严侍御判官赋七字句同作》："碧窗

---

① （清）仇兆鳌：《杜诗详注》，中华书局1979年版，第864页。

② （清）浦起龙：《读杜心解》，中华书局1961年版，第420页。

③ 同上书，第500页。

④ 同上书，第563页。

⑤ 同上书，第673页。

⑥ 同上书，第843页。

⑦ （清）仇兆鳌：《杜诗详注》，中华书局1979年版，第441页。

⑧ 同上书，第1017页。

⑨ （清）浦起龙：《读杜心解》，中华书局1961年版，第553页。

⑩ 同上书，第638页。

⑪ 同上书，第353页。

⑫ 同上书，第620页。

宿雾濛濛湿，朱拱浮云细细轻。”浦解：“细细轻，似欠老。”①

**黏实**

《陪郑广文游何将军山林十首》其三：“汉使徒空到，神农竟不知。”仇注：“初疑第五句‘空’字上不应用‘徒’字，后见《许彦周诗话》作‘汉使惭空到’，但‘惭’字又下得太实。”②

《王十七侍御抡许携酒至草堂奉寄此诗便请邀高三十五使君同到》浦解：“使事太黏。”③

**轻率**

此条不同于前列“俚俗”条。俚俗侧重于内容的雅与不雅，而轻率则意在指出语言锤炼的深浅慎率。

《可惜》仇注：“申涵光曰：‘可惜欢娱地，都非少壮时。’是‘欢娱恨白头’注脚。下云：‘宽心应是酒，遣兴莫过诗。’语近浅率矣。”④

《又呈窦使君》仇注：“如《闷》诗句句见闷，则属谜语。惟‘子能渠细石，吾亦沼清泉’，以实字作眼，固所当效。而后联‘柴荆即有焉’，却涉草率语。”⑤

《遣闷奉呈严公二十韵》：“白水鱼竿客，清秋鹤发翁。胡为来幕下，只合在舟中。”仇注：“申涵光曰：胡为二句，语似太率。”⑥

《送严侍郎到绵州同登杜使君江楼宴得心字》：“此会共能几，诸孙贤至今。”浦解：“‘诸孙’句，带笔太率。”⑦

《客居》眉批：“杜诗晚年五言多率意之作，如此种诚不免唐颓。”⑧

**出韵**

《投简梓州幕府兼简韦十一郎官》：“幕下郎官安隐无，从来不寄一行书。”仇注：“《杜臆》：无字出韵，或六鱼、七虞兼用耶。”⑨

《题郑十八著作丈故居》：“穷巷悄然车马绝，案头干死读书萤。”仇

① （清）浦起龙：《读杜心解》，中华书局1961年版，第676页。

② （清）仇兆鳌：《杜诗详注》，中华书局1979年版，第150页。

③ （清）浦起龙：《读杜心解》，中华书局1961年版，第623页。

④ （清）仇兆鳌：《杜诗详注》，中华书局1979年版，第804页。

⑤ 同上书，第1006页。

⑥ 同上书，第1179页。

⑦ （清）浦起龙：《读杜心解》，中华书局1961年版，第732页。

⑧ （清）杨伦：《杜诗镜铨》，上海古籍出版社1962年版，第583—584页。

⑨ （清）仇兆鳌：《杜诗详注》，中华书局1979年版，第1011页。

注："末言'干死读书萤'，出语不韵。"①

**平头**

所谓平头，隋唐间佚名所撰《文笔式》认为就是"五言诗第一字不得与第六字同声，第二字不得与第七字同声。同声者，不得同平上去入四声。"② 按仇兆鳌《郑驸马宅宴洞中》注中所言，平头不专指声调的同一，而且包括短语结构和意义内容的类同。

《题郑十八著作丈故居》："贾生对鹏伤王傅，苏武看羊陷贼庭。可念此翁怀直道，也沾新国用轻刑。祢衡实恐遭江夏，方朔虚传是岁星，穷巷悄然车马绝，案头干死读书萤。"仇注："贾生、祢衡，句首叠用四古人，类四平头。"③

《见萤火》浦解："中四句，犯平头。"④ 中四句是"忽惊屋里琴书冷，复乱檐前星宿稀。却绕井栏添个个，偶经花蕊弄辉辉"。此诗中四句首二字皆为状中结构，所以犯"平头"。

**失粘**

粘指的是律诗两联之间在平仄上的同一关系，指前一联的对句与后一联的出句首二字平仄相同（尤其是第二字）。如果违犯了粘的规定，就叫失粘，也叫失严。《严公仲夏枉驾草堂兼携酒馔》仇注："刘逴曰：律诗自有定体，不可失粘。然盛唐诸家，出奇变化，往往不缚于律，非但杜诗为然。刘氏作失粘，谓上下二句平仄不相粘合。陶开虞作失严，谓声调平仄，失其谨严也。"⑤ 失粘于初唐要求尚不甚严格，尔后日渐严格。注释者对此十分重视，故注者每每指出。例如：

《醉时歌》其四仇注："此诗次联失粘。"⑥

《宣政殿退朝晚出左掖》仇注："此诗后半失粘。"⑦

《宾至》仇评："此诗五六失粘。"⑧

---

① （清）仇兆鳌：《杜诗详注》，中华书局1979年版，第471页。

② 张伯伟：《全唐五代诗格汇考》，凤凰出版社2002年版，第84页。

③ （清）仇兆鳌：《杜诗详注》，中华书局1979年版，第471页。

④ （清）浦起龙：《读杜心解》，中华书局1961年版，第669页。

⑤ （清）仇兆鳌：《杜诗详注》，中华书局1979年版，第904—905页。

⑥ 同上书，第177页。

⑦ 同上书，第435页。

⑧ 同上书，第742页。

《寄题杜二锦江野亭》仇注："此诗第三句失严。"①

《严公仲夏枉驾草堂兼携酒馔得寒字》仇注："（生）又云：仲夏得寒字，殊难押。意中必先成此句，次以上句凑之。三联失粘，想亦由此耳。"②

《咏怀古迹五首》其二仇注："此诗起二句失粘。"③

**叠足**

叠足实际上就是八病中的上尾，按照佚名《文笔式》的定义，上尾就是"五言诗中，第五字不得与第十字同声，名为上尾"。那么表现在七言诗中，就是第七字不得与第十四字同声。另外，两句结尾的短语结构相同，也是叠足。

《郑驸马宅宴洞中》仇注："又如杜《秋兴》诗'西望瑶池降王母，东来紫气满函关。云移雉尾开宫扇，日绕龙鳞识圣颜'，王母、函关、宫扇、圣颜，俱在句尾，未免叠足，亦犯上尾。"④

《送段功曹归广州》仇注："申涵光曰：此诗上六句，句尾皆拈单字，亦犯叠足之病。"⑤

《秋兴八首》其五仇注："此章下六句，俱用一虚字二实字於句尾，如'降王母'、'满函关'、'开宫扇'、'识圣颜'、'惊岁晚'、'点朝班'，句法相似，未免犯上尾叠足之病矣。"⑥

## 第五节　处理误说的方式和方法

继承性是杜诗注释史的主流，注者在注释过程中广泛关注前代和当代已有的注杜文献，尽可能使之为我所用。注释者在寻找个人新见的支撑材料的同时，自然要对照、比较，既要在各家见解之间进行权衡和鉴别，又要在他人与自己之间进行辩难切磋，以求最佳解释。那么，前人的真知灼

① （清）仇兆鳌：《杜诗详注》，中华书局1979年版，第885页。

② 同上书，第904页。

③ 同上书，第1501页。

④ 同上书，第49页。

⑤ 同上书，第929页。

⑥ 同上书，第1493页。

见当然要以继承的方式融入自己的注本，前人的误解和谬见，也必然成为批判和纠正的对象。这就是批判性。学术的进步就是继承性和批判性的平衡过程，每一次暂时的平衡都是一次上升。然后有新的见解、新的发现，引起倾斜和局部颠覆，继而积累成新的平衡。对于杜诗注释来说，每一个注本的出现，都是一次暂时的平衡，也就是批判与继承在一个注释者的真理标准前面显现了稳定性。随着人类整体认知力的变化，和人们对历史上某个状态的认同感的降低，前人的见解不管是否合乎历史事实，都会因为历史事实的不可重现性而被后人怀疑。这种怀疑在某种程度上不是以“历史真实”作为参照系，而是以后人的可能性判断为参照系的。什么是可能性判断呢？可能性判断就是处于某一历史阶段的人根据尚能看到的历史痕迹和当前存在的状态所显示的发展轨迹，及这个轨迹所预示的将来状态，对已经无法看到的、过去时间里的状态的判断能力。这个能力是随着时空的变化而变化的。但过去时间里的状态可能留下来一些还没有被某一代人看见和掌握的痕迹，这些痕迹一旦出现或被发现，则会马上证实或推翻“可能性判断”带来的某种见解。所以我们只能承认人们的认识在变化，甚至可以说在进步，而不可以认为一个特定时间段里的某个认识是绝对比被他否定了的前一时间段里的认识正确。辩证唯物主义主张社会万物的发展是扬弃，但必须认识到：扬弃如农家打麦扬场，先落下来将被保留的不完全是麦粒，也有石砾瓦块；被风吹走而将被弃的，除了尘土，还有包含微量元素的麦衣。所以暂时留下的，可能在以后的时间里要扔掉；暂时弃掉的，可能过一段时间还需捡回来。懂得了这个道理，我们就会明白：尽管人类的认识总的趋向是接近真理，但注释永远是一个过程，而不会是永恒的结果。也就是说继承性和批判性永远不会在某个时间段达到一劳永逸的平衡。批判将会永无止境地进行下去。清代是杜诗注释最繁荣的时代，疑古求真是清代学者的典型风范，人数众多的注杜队伍，改变了前人不少解释，也提出了不少新的见解。对前人注释的批判充满了注本的方方面面，其所采用的方式方法应当是具有很大研究价值的内容。本节要作的是对注本处理前人误说的方式方法进行大致的梳理。

## 一　处理误说的方式

古代注本中辩误的方式很灵活，或列误解而驳之，或并诸说以比较，或先立正说，而后出误说加以否定，或明证据而哂误说。详例如次：

（一）针对误说，直接驳正

许多注释条目都是先列出前人误说，然后提出不同的看法：

《前出塞九首》题注：“王嗣奭《杜臆》：天宝间哥舒翰征吐蕃时事。愚按：征西已久，不必泥定哥舒，与《兵车行》所指之事同。”①

《积草岭》：“山分积草岭，路异鸣水县。”浦注：“蔡曰：此岭之外，东西别行。东同谷，西鸣水也。按：鸣水，今为汉中之略阳县，在同谷东。蔡说非是。”②

《凤凰台》浦解：“《杜阐》以‘无母雏’为肃宗惑良娣戕诸子而发，彼卢氏不尝读至下文耶？下云：‘坐看彩翮长，举意八极周。’是何等说话，不几欲辅广平以行篡逆耶？藉非中风狂易，当不至是。而继作者犹切切焉信之。噫！杜子往矣，群言淆乱。辞而辟之，安在其能廓如也！”③浦起龙词锋雄肆，多讥刺蔑弃之词，语气凌厉。

《收京三首》其二浦解：“朱氏云：肃宗前以良娣、辅国之谮，赐建宁王死。至是广平又为良娣所忌，虽李泌力为调护，而时已还山，公恐复有建宁之祸也。又肃宗于上皇，失在还京后，使良娣、辅国得媒孽其间，以致子道不终。公若深有见其微者。仇氏解末二句，遂云：‘恐罪己之日，又增缺失，是以洒涕耳。’噫！为此说者，不亦薄哉！公尔时身远阙庭，忽闻新诏，此心何等雀跃，旋即逆料其君将必戕子、拂亲，有是理乎？夫黄台瓜之讽，公与泌谅有同心。而其还山与否，尔时恐犹未悉。至上皇为上着黄袍，尚属后事，况媒及兴庆，更隔二年也。总之，彼以上句例下句，解为亿逆，愚以下句例上句，解为愿望。毫厘千里，必有能辩之者。”④

《遣兴五首》其三旧注皆以萧京兆为萧至忠，钱笺：“按萧至忠未尝官京兆，若以萧望之喻至忠，则望之为左冯翊，未尝为京兆尹也。天宝八载，京兆尹萧炅坐赃，左迁汝阴太守。史称京兆尹萧炅，御史中丞宋炅，皆林甫所亲善。国忠皆诬奏遣逐，林甫不能救，则所谓萧京兆者，盖萧炅也。姚汝能《安禄山事迹云》：萧炅为河南尹，以赃下狱。吉温课竟其罪。炅为林甫佐之，由是特恩转太府卿。温后为万年县丞，未几，炅拜京

① （清）浦起龙：《读杜心解》，中华书局1961年版，第6页。

② 同上书，第79页。

③ 同上书，第81页。

④ 同上书，第368—369页。

兆尹。高力士权移将相，炅亲附之，温尤与之善，遂相结为胶漆。其事详《旧书·吉温传》中。炅先代裴耀卿为江淮转运使，林甫引为户部侍郎，出为岐州刺史，转河西节度使，经略吐蕃。开元二十七年，吐蕃寇白单、安人等军。炅击败之。则所谓'赫赫萧京兆者'，亦可想见矣。"①

《垂老别》浦注："考史：是时官军既溃而南，退保东京。史思明还屯邺，杀安庆绪，使其子朝义留守而去。至十月间，思明且济河会汴，势日益偪。则邺城以北，官军安得越境而守之？朱注以'土门'为井陉关。井陉在邺北六七百里，渐近范阳贼巢矣。诗乃反云'势异邺城'，'纵死犹宽'耶？何不考之甚也！至以李光弼救常山为证，犹钱笺之引颜鲁公志，皆系天宝末禄山初反时事，与此何涉。即以'杏园'为汲县镇，虽在邺南，亦恐未合。《唐书》云：子仪自杏园渡河，围卫州。'自'之云者，从此处渡河也。其地在河以南审矣。至旧注以为长安地，朱氏已非之，兹不复辩。大抵即在河阳左近也。"②

《江南逢李龟年》浦解："仇本载黄鹤云：岐王范、崔九涤，并卒于开元十四年。其时并无梨园弟子。公见李龟年，必在天宝十载后。如此则崔九之自注为失实，而解益支离矣。尝考《明皇杂录》，梨园弟子之设，在天宝中。时有马仙期、李龟年、贺怀智，皆洞知律度者。是则龟年等乃曲师，非弟子也。曲师之得幸，岂在既开梨园后哉？明皇特举旧时供奉，为宜春助教耳。则开元以前，李何必不在京师？又公《壮游》诗云：'往者十四五，出游翰墨场。'开元十三、四年间，正公十四五时，恰是少年游京之始。与'岐宅'、'崔堂'更复暗合。世有细心读书人，无信后人之臆解，疑作者之原文也。"③

《冬日洛城北谒玄元皇帝庙》杨伦引毛稚黄曰："此篇旧说皆属讽刺，不知诗人以忠厚为心，如明皇失德致乱，子美于《洞房》《夙昔》诸作及《千秋节有感》二首，何等含蓄温和。况玄元致祭立庙，始于唐高祖，历世沿祀，不始明皇。在洛城庙中，又五圣并列，臣子入谒，宜如何肃将者。且子美后来献三大礼赋，其朝献太清宫，即老子庙也，赋中竭力铺张。若先刺后颂，不应自相矛盾若此。"④

---

① （清）钱谦益：《钱注杜诗》，上海古籍出版社 1979 年版，第 90—91 页。

② （清）浦起龙：《读杜心解》，中华书局 1961 年版，第 56 页。

③ 同上书，第 860 页。

④ （清）杨伦：《杜诗镜铨》，上海古籍出版社 1962 年版，第 28 页。

（二）先立正说，再明他说之失

有些地方，注者首先表明正见，然后指出他人见解的错误。

《游龙门奉先寺》钱注：《太平寰宇记》：阙塞山。《左传》：晋赵鞅纳王，使女宽守阙塞。服虔谓南山伊阙是也。杜预云：洛阳西南伊阙口也。俗名龙门。《元和郡国志》：伊阙山，在伊阙县北四十五里。两山相对，望之若阙，伊水流其间，故名。又炀帝登北邙山，睹伊阙曰：此非龙门耶？《河南总志》：伊阙山，在洛阳县西南三十里。又名伊阙。俗名龙门。又名阙口。傅毅《反都赋》：因龙门以畅化，开伊阙以达聪也。旧注妄引禹贡河东之龙门，今削之。①

《饮中八仙歌》："天子呼来不上船，自称臣是酒中仙。"钱注："范传正新墓碑：他日泛白莲池。公不在宴。皇欢既洽，召公作序。时公已被酒于翰苑中。乃命高将军扶以登舟，优宠若是。《乐史别集序》：'上命李龟年持金花笺，宣赐翰林供奉李白，立进清平调词三章，白欣然承诏，犹苦宿酲未解。因援笔试赋之。'《国史补》：'白在翰林，多沉饮，玄宗命撰乐词，醉不可待。以水沃之，白稍能动，索笔一挥十数章，文不加点。'笺云：'玄宗泛白莲池，命高力士扶白登舟。'此诗证据显然。注家谓关中呼衣襟为船，不上船者，醉后披襟见天子也。穿凿可笑。赵次公云：'白在翰林被酒，扶以登舟，则竟上船矣，非不上船也。'此尤似儿童之语。夫天子呼之而不上船，正以扶曳登舟，状其酒狂也。岂竟不上船耶？"②

《玉华宫》浦解："明是唐时所建，而曰'不知何王'，正以先世卑宫遗意，子孙有愧敬承。若明言贞观之俭，则显形天宝之奢矣。而况本朝旧物，一旦荒凉，又有不忍言者也。朱氏以为宫废为寺，士人不知。士人岂有不知之理，不亦闇于本意欤？"③

《发秦州》："栗亭名更嘉，下有良田畴。"浦注："《九域志》：栗亭在成州东。按：成州即今成县也。其附郭县曰同谷，则栗亭不在秦州审矣。《杜臆》乃谓公在秦州寓此、去东柯谷未远，彼盖误认此段为仍指秦州言耳。仇氏既知此为预述同谷，何仍其说以自矛盾耶？"④

① （清）钱谦益：《钱注杜诗》，上海古籍出版社 1979 年版，第 4 页。

② 同上书，第 23 页。

③ （清）浦起龙：《读杜心解》，中华书局 1961 年版，第 39 页。

④ 同上书，第 74 页。

《信行远修水筒》："浮瓜供老病，裂饼尝所爱。于斯答恭谨，足以殊殿最。"浦解："'浮瓜'、'裂饼'皆以分赐酬劳者。语本对举，言'浮瓜'本以自'供''裂饼'亦吾宿'爱'，今以'答'其'恭谨'见恩意特殊。注多以'裂饼'作裂以与之解，则'浮瓜'句无着，且分裂少许，亦不足酬也。"①

《赠李十五丈别》浦解："'南入黔阳'，钱笺主取道黔阳以入豫章，其言甚合。考《图经》，自夔截江而南，即黔江县界，东达湖广之施州，又东而洞庭，至武昌之蒲圻，即入江西界矣。黄生非之，谓李勉尚在梁州，从杜田访勉于梁州之说，以此为自北而南之路，何不学之甚也！梁州于唐为兴元府，即今汉中府，正在夔北，乃云南耶？彼又误以黔阳为贵州耳，岂知其非耶？仇氏舍钱而采黄，何故？"②

《谢严中丞送青城山道士乳酒一瓶》："鸣鞭走送怜渔父，洗盏开尝对马军。"杨注："句言急于欲饮，兼暗用谢奕引老兵共饮事。旧引羊祜饮陆抗酒事，甚谬。"③

《槐叶冷淘》："碧鲜俱照箸，香饭兼苞芦。"注："朱注：《说文》：卢，饭器也，亦作芦。此芦字必芦字之误。苞如管子道有遗苞之苞。言取冷淘兼香饭苞裹之饭器中，欲以赠人耳。旧注以苞芦为芦笋，既与香饭无干，与上下意亦欠融洽。"④

（三）多家之误，逐一驳正

《绝句六首》其三："凿井交棕叶，开渠断竹根。"仇注："吴若本注：交棕，作井绠也。赵曰：蜀有盐井，雨露之水落其中则坏，新凿井时即交棕叶以覆之。按：二说皆非，汲绠用棕毛，不用棕叶。此井在村中，于盐井无涉。"⑤ 列出吴注、赵注，然后指出各自的错误。

《游龙门奉先寺》浦解："'天阙''云卧'，诸说纷纭。王安石改为

① （清）浦起龙：《读杜心解》，中华书局1961年版，第134页。此二句非对仗，无所谓"'浮瓜'句无着"，浦氏一定未见过西北的"锅盔"（铁锅烧制的球冠形大饼，蜀地亦有），所以认为"且分裂少许，亦不足酬也"。不知所"裂"未必"少"。因此还解为"掰裂"（即"裂以与之"）为当。

② （清）浦起龙：《读杜心解》，中华书局1961年版，第143页。

③ （清）杨伦：《杜诗镜铨》，上海古籍出版社1962年版，第396页。

④ 同上书，第766页。

⑤ （清）仇兆鳌：《杜诗详注》，中华书局1979年版，第1141页。

‘天阋’，蔡兴宗正义作‘天阙’，是欲以虚对虚也。文翔凤云：‘伊阳之北山，如云卧然。’将‘天阙’与‘云卧’俱作地名解，是又欲以实对实也。其说俱不稳。朱注则曰：‘古体诗何必拘拘偶对。’似属超解矣。然此诗中四，却非散体。按‘天阙’字出韦述《东都记》，其说地名无疑。若‘云卧’，正形容宿处之高迥，定属虚用。而‘云’自与‘天’对，‘卧’自与‘阙’对，正以不执死法为文家妙用。彼聚讼者，皆方隅之见耳。”① 此注先否定了王安石和蔡兴宗、文翔凤，又反驳朱鹤龄的意见，最后表明“皆方隅之见”。

《后出塞五首》浦注：“仇氏惑于钱笺‘幽州骑’之注，引《禄山事迹》‘十四载十一月，马步十万鼓行而西’等语，遂谓此诗是举兵犯顺后作。试思反叛既起，鼙鼓动地，抢攘极矣。虽复悔及养痈，亦已事殊曲突。尚何须从容追论如前四章耶？且至此何嫌直陈祸乱，而必托一逃军口语以为隐讽也？况募兵之人已反矣，更何须代从军者作出塞诗也。又钱、朱、卢诸本皆以此诗编秦州诗内。卢元昌以为追讽玄宗宠任禄山，此尤可恨。公诗自玄宗失国后，但有哀痛语、感激语，并无一语涉刺讥者。此风人忠厚之遗也。况公在秦州，系乾元二年。是时肃宗方惑于良娣，不朝南内，父子已成隙矣。公反追述上皇丧败之由，益启时君怼亲之罪，果何心欤？又有名士评此诗，执五章‘跃马二十年’句，以二十年前燕将系张守珪，遂谓前三章诗不指禄山。此无论前事无关，公不必寄诸咏叹。即使五诗两橛，有是体否？彼只认‘良家子’为实有是人耳，不知此特赋家所谓东都宾、西都主人，皆托言也。则是‘二十年’者，亦泛言黩武之久也，何胶柱若是？说杜纷纷，徒增霾雾，冤哉！”② 此条先否定仇兆鳌之说，随后反驳钱谦益、朱鹤龄、卢元昌的观点。

《壮游》浦解：“旧注多谬。‘崆峒杀气’、‘少海旌旗’，分提下两联也，朱注谓是东西皆兵，混甚。‘命子’、‘戎行’，顶‘少海’句，正言广平为元帅耳。仇注谓上皇禅位，肃宗亲征。不知灵武即位事，上文‘两宫’、‘万里’句内，业已叙过，此何复及？至肃宗并无亲征事，旧引黄帝涿鹿之师为证，误矣。‘吴岳’、‘螭虎’，顶‘崆峒’句，明言西师来会凤翔耳。仇以灵武诸将当之，岂未闻吴岳在凤翔耶？‘一不中’，紧承

① （清）浦起龙：《读杜心解》，中华书局1961年版，第2页。

② 同上书，第18页。

来会之军说，不因其耐寒新锐之气，借为东北捣巢之资，是违性而失时，故曰‘不中’。卢氏乃指陈涛之败，此系肃宗未至凤翔以前事，与上联如何接下。”① 先指出朱鹤龄的错误，接下来批驳仇注、旧注、卢注。

《哀江头》浦解：“旧谓：讽玄、肃父子，朱谓：忆明皇在蜀，总属曲说。苏黄门云：《哀江头》即《长恨歌》也。《长恨歌》费数百言而成，杜则不然。潘耒驳之曰：《长恨歌》本因《长恨传》而作，公则安得预知其事。《北征》诗：‘不闻夏殷衰，中自诛褒妲。’公方以妃死卜中兴，岂应于此为天长地久之恨乎！愚谓：潘氏之说亦非也。黄门之意，谓与《长恨》同旨，非谓预知其传而赋之。至以《北征》例此诗，则又迂甚。语有之：‘对此茫茫，百端交集。’告中兴之主，《北征》自应壮语；过伤心之地，《江头》定激哀衷。发情止义，彼是两行。一派头巾气，未可与言诗已矣。”② 此条批驳了旧注、朱注、苏黄门、潘耒四家的观点。

《少年行二首》其一：“莫笑田家老瓦盆，自从盛酒长儿孙。倾银注玉惊人眼，共醉终同卧竹根。”浦注：“杜田《补遗》：《酒谱》云：竹根，饮器也。庾信诗云：‘野炉然树叶，山杯棒竹根。’次公注：醉卧竹傍耳。饮器岂可谓之卧？愚按：杯壶欹倒，俱谓之卧。卧字何害于义？醉后狼藉，正复如是。公正用庾诗，谓饮器之陋者，与首句应。至仇举公诗‘只想竹林眠’以证次公之说，竟是塌地卧耶？谬矣。”③ 先否定杜田、赵次公，又驳仇兆鳌。

（四）列举众说，加以取舍

《塞芦子》浦解：“乃钱笺谓得延州兵一万，塞芦关而入，直捣长安，收复可奏。则是本题三字为不了语矣。且与诗中‘关防’、‘扼寇’之旨不合。朱注以‘塞’为‘壅塞’解，是为得之。但云忧在朔方，专意灵武，则又与诗中‘崤函盖虚尔、延州秦北户’之旨不合。今考当日肃宗在灵武，贼将据长安，而延州当灵武、长安南北之间。隔河东面，则为太原。太原即‘思明’、‘秀岩’诸寇合力来攻之处也。太原失则延州当其冲。脱或无备，贼且横贯而西，南北梗截。上而灵武危，下而长安益不可复矣。故须‘塞断芦子’，预遏贼人西进之路。‘芦子’即在延州北

① （清）浦起龙：《读杜心解》，中华书局1961年版，第162页。

② 同上书，第249页。

③ 同上书，第837页。

也。”① 浦起龙以两点理由否定了钱注。一是钱注使得“塞芦子”一语称为“半截话”，成为未尽之语；二是不合‘关防’、‘扼寇’的诗句。而朱注的“塞”为“壅塞”之见，得到了浦氏的肯定。浦起龙又指出朱注的错误在于“但云忧在朔方，专意灵武”，理由是与诗中“崤函盖虚尔、延州秦北户”一句不符，又以地理位置进行论证，遂臻确解。

《溪涨》：“上有蔚蓝天，垂光抱琼台。”浦注：“杜田曰：《度人经》：诸天皆有隐名。第一太黄皇曾天，郁鑑玉明。蔚蓝即郁鑑也。赵曰：蔚蓝，谓天之青色如此。若如杜说，岂有两字俱易之理。今按：题云山观，乃道观也，杜田得之。放翁亦主杜说。然今人袭讹久矣。”② 列出杜田、赵次公两种意见，肯定了杜田的见解。

《戏作俳谐体遣闷二首》其一：“家家养乌鬼，顿顿食黄鱼。”浦注：“乌鬼，蔡宽夫谓巴、楚间所养之神，漫叟则以为猪，梦溪则以为鸬鹚。邵伯温云：夔近乌蛮，乃乌蛮之厉鬼，设牲酒而嗥之，谓之养。按：邵说近是，然且存而不论。”③

## 二　处理误说的方法

前已讨论处理误说的方式，此处又言方法。方式与方法似乎没有什么本质的区别，但详加比较，二者还是有些不同。《汉语大词典》对二者的解释是：

方式：言行所采用的方法和形式。

方法：（1）测定方形之法。（2）办法；门径。（3）方术；法术。（4）法则。

通常我们说的方法就是义项（2），办法、门径。就注释而言，方式是指一条注释中各个因素（如施体、受体、否定对象、肯定对象、问题、证据等）的分布状态、出现顺序、制约格局。方法则是一条注释中达成注释目标的策略和技术、手段。注本辨正误说的方法有：以时间辨误说、以处所辨误说、以语境辨误说、以情理辨误说、至于那些看起来有问题却又一时难以证明其是非的说法，则采用存疑的方法，就是提出疑问，留给后

① （清）浦起龙：《读杜心解》，中华书局1961年版，第29页。

② 同上书，第99页。

③ 同上书，第566页。

人思考、举证。

（一）以时间辨误说

辨正误说时，利用诗中提供的时间线索和文献记载的时间与可疑注释条目中的时间因素进行比对，找出矛盾或纰漏，获得正确解释。如：

《送元二适江左》钱笺："刘会孟本题下公自注：元结也。考颜鲁公墓碑及次山集，代宗时，以著作郎退居樊上，起家为道州刺史，未尝至蜀，亦未尝至江左。次山《舂陵行》及广德二年道州上谢表，时月皆可据。所谓元二者，必非结也。宋刻善本无此六字，明是后人妄益耳。"① 此注依墓碑、元结作品、表奏，证明"未尝至蜀"且"时月皆可据"，故元二非元结。

《回棹》仇序："此诗旧编在大历五年，黄鹤疑诗中不言臧玠之乱，当是四年至衡州，畏热将回棹欲归襄阳，不果而竟留于潭也。今按：杜诗凡纪行之作，其次第皆历然分明，不当以欲行未果之事载之诗集。考臧玠之乱在四月，公往衡山过耒阳俱在夏日，此云火云垢腻，殆耒阳回棹而作。词不及忧乱者，前后诸诗已详，不必每章叠见也。还依旧编为当。"② 诗中有"火云垢腻"的信息，所以在夏日，而"公往衡山过耒阳俱在夏日"故确定为"耒阳回棹"时。又解释了诗中未言四月臧玠乱事的原因，排除了此诗作于四月之前的可能。

（二）以处所辨误说

注者常常依据诗中的处所信息，将人物行藏和事件发生相关的处所与史地文献的记录相比照，发现可疑注释中不合实际的因素，进而加以指正。

《黄河二首》其一仇注："阚骃曰：县西有卑禾羌海，世谓之青海，唐时其城陷于吐蕃，故此云海西军。或引史宝应元年回纥可汗屯河北，雍王率僚属往见之以证此诗，不知回纥地直朔方，不得云海西军也。鲍钦止注指吐蕃入寇。仍以此说为正。"③ 否定"回纥屯河北"之说，依据就是处所不对——诗中云"海西"而回纥在北方。

《舟中苦热遣怀奉呈阳中丞通简台省诸公》："似闻上游兵，稍逼长沙

① （清）钱谦益：《钱注杜诗》，上海古籍出版社 1979 年版，第 432 页。

② （清）仇兆鳌：《杜诗详注》，中华书局 1979 年版，第 2085 页。

③ 同上书，第 1138 页。

馆。”浦注：“鹤指裴道州虬，人尽因之，盖以五律《对雨怀行营裴二》为据。今按其诗，并无讨玠明文，而《阻水》诗中自注，明有崔漼乞师洪府之事。洪师自袁州来，正在潭之上游也。舍此显证，而强援行营二字以为附会，其误总坐认煞《阻水》篇为绝笔，便节外生枝耳。”① 诗中言“上游”，而袁州正在上游，若指裴道州则不合。

《过南岳入洞庭湖》浦解：“鹤云：自岳州之潭州作，是也。按自岳而南至潭，自应入湖。但南岳更在湖南。题曰《过南岳入洞庭湖》，旧注认为过而后入。仇氏遂以前八为过南岳，中八为入洞庭。诗义、图经，两俱背戾矣。不知过者，将然之事，入者，现在之事。题意盖谓将欲过彼，故入此湖也。”② 根据“南岳”、“洞庭”的方位，指出仇注与“诗义、图经”相矛盾的错误。

（三）以作品语境辨误说

《行次昭陵》钱笺：“‘往者灾犹降’，盖言天宝之乱，乃隋末之灾再降于今日也。‘指挥’‘涤荡’，颂收复之功也。旧本载在天宝初，安得先举昭陵石马之事？《草堂诗笺》次于《北征》之后，当从之。”③ 语境中有“指挥”、“涤荡”，所以定在天宝乱后，而非天宝初。

《春日江村五首》其二浦解：“‘自林泉’，即《寄题草堂》诗所云‘卜居必林泉’者，明言初次营屋也。下半泛言置草堂后历来游眺之事，非专指目前也。解者俱泥定严公再镇后说，使与下首犯复，且未玩‘逢’字、‘发’字本义也。其误在看呆‘有六年’句。”④ 语境中的“自林泉”、“逢”、“发”，表明是“初次营屋”，故不可“呆看‘有六年’”。

《秋日夔府咏怀奉寄郑监审李宾客之芳一百韵》：“身许双峰寺，门求七祖坛。”注：“《旧唐书》：道信与弘忍并住蕲州双峰山东山寺，故谓其法为东山法门。姚宽《西溪丛语》引《宝林传》云：能大师传法衣在曹溪宝林寺，宝林后枕双峰。咸淳中，魏武帝元孙曹叔良住双峰山宝林寺左，人呼为双峰曹侯溪。则曹溪亦称双峰矣。按：曹溪在岭南，下云：南征尽站鸢，似当指韶州之双峰为是。”⑤ 此注依据下文有“南征尽站鸢”

① （清）浦起龙：《读杜心解》，中华书局 1961 年版，第 220 页。

② 同上书，第 802 页。

③ （清）钱谦益：《钱注杜诗》，上海古籍出版社 1979 年版，第 322 页。

④ （清）浦起龙：《读杜心解》，中华书局 1961 年版，第 483 页。

⑤ （清）杨伦：《杜诗镜铨》，上海古籍出版社 1962 年版，第 806 页。

之句，故“当指韶州之双峰”。

（四）以情理辨误说

对于一些涉及日常生活的内容或不宜用文献资料中的时间、处所等来判断的可疑注释，注者就用人情事理来加以衡量，指出其错误。

《山寺》：“穷子失净处，高人忧祸胎。”仇注：“此借修寺托讽。发愿布施，意在祈祐神天，若移此奉佛之心，以抚恤军士，岂非弘济才乎。盖穷子多行秽不净，高见者宜防祸于未萌，穷子指士卒。朱注谓讽章不修臣节，如穷子离净处而甘粪秽，将来自蹈祸机，如子璋、知道之破灭也。恐无此当席骂主之理。”①

《军中醉歌寄沈八刘叟》仇注：“《杜臆》以此章为倒叙，从既醉已后，溯军中初饮之事。但饮只数杯，何至酒渴而潄，坐眠方醒乎，首尾不相合矣。又卢注谓座中不见两君，故数杯便觉沉冥，此说亦非，军中设宴，原非幽人同席，何必以不见为怅耶。此须依《杜臆》作十字句，言数杯之后，君不见我沉冥乎。”②

《望岳》仇序：“府主，指衡山太守，前梓州诗‘达书贤府主’、夔州诗‘城中贤府主’可证。朱注解作洞府之主，即指岳神。下句‘牲璧忍衰俗’，几欲责备神灵矣，于理不合。”③

（五）存疑

对于有争议的问题，如果没有充分的证据确定是非，或二说皆可，无须定择的，注者采用存疑的方法。

《送重表侄王砅评事使南海》：“隋朝大业末，房杜俱交友。”浦注：“《唐书》：珪母李，尝语珪曰：‘而必贵，但不知所与游者何如人？’会玄龄、如晦过其家，李窥大惊，敕具酒食，喜曰：‘二客公辅才，汝贵不疑。’按：诗意与此事合，但史言珪母李，诗则谓珪妻杜，兹属疑案与？”解中又云：“夫人、尚书事迹，或执史而驳诗，或信诗而疑史，余未敢定

① （清）仇兆鳌：《杜诗详注》，中华书局1979年版，第1060页。

② 同上书，第1147页。

③ 同上书，第1985页。

所从。所闻异辞，所传闻异辞，小心汲古之士，存疑焉尔。”①

《饮中八仙歌》：“苏晋长斋绣佛前，醉中往往爱逃禅。”浦注：“师氏注：晋得胡僧慧澄绣弥勒佛一本，宝之，曰：‘是佛好饮米汁，愿事之。’按：师注，朱氏驳其为伪，然《虞山集》袭用之，存考可也。”②

《示獠奴阿段》：“曾惊陶侃胡奴异，怪尔常穿虎豹群。”杨注：“旧注：陶侃家僮千余人，尝得胡奴，不喜言。侃一日出郊，奴执鞭以随。胡僧见而惊礼曰：此海山使者也。侃异之，至夜失奴所在。此事见今本刘敬叔《异苑》，或以伪撰疑之，更引陶岘《甘泽谣》事，谓侃字或当作岘，亦恐未合，姑存疑。”③

① （清）浦起龙：《读杜心解》，中华书局1961年版，第212—213页。兹按：此事本不矛盾，有何疑案？珪母为李，珪妻为杜，李婆杜媳，关系无碍。珪母“敕具酒食”，儿媳剪发待客，又有何龃龉？婆媳相伴，则窥客评说之事，二人必在一处，属之珪母，亦可属之珪妻。若李氏言此事，必珪母为主；若杜氏言其事，必以珪妻为主。此人之常情，不当泥于一人而生聚讼。

② 同上书，第227页。

③ （清）杨伦：《杜诗镜铨》，上海古籍出版社1962年版，第593页。

# 结　论

本书通过对钱谦益、仇兆鳌、浦起龙、杨伦四家注本的细致梳理，参考自宋代以来的多种杜诗注本，对杜诗注释的各个注释点的内容、术语、方式方法进行了分类归纳，通过大量的例证，总结出了诗歌注释的注释元素，分为内容系统和功能系统，即下面两个表格：

## 一　古代注释的内容系统表

<table>
<tr><th rowspan="2">部类</th><th colspan="4">注释元素</th></tr>
<tr><th>一级</th><th>二级</th><th>三级</th><th>四级</th></tr>
<tr><td rowspan="14">语言学类</td><td rowspan="2">字</td><td>音</td><td></td><td></td></tr>
<tr><td>形</td><td></td><td></td></tr>
<tr><td rowspan="8">词</td><td rowspan="6">释词性</td><td>释基本义</td><td></td></tr>
<tr><td>释引申义</td><td></td></tr>
<tr><td rowspan="4">释语境义</td><td>偶用义</td></tr>
<tr><td>活用义</td></tr>
<tr><td>通假义</td></tr>
<tr><td>指涉义</td></tr>
<tr><td>释词性</td><td></td><td></td></tr>
<tr><td>释词用</td><td></td><td></td></tr>
<tr><td rowspan="4">短语</td><td>释基本意</td><td></td><td></td></tr>
<tr><td>释语境意</td><td></td><td></td></tr>
<tr><td>释语用意</td><td></td><td></td></tr>
<tr><td>释指涉意</td><td></td><td></td></tr>
</table>

（续表）

| 部类 | 注释元素 | | | |
| --- | --- | --- | --- | --- |
| | 一级 | 二级 | 三级 | 四级 |
| 语言学类 | 句子 | 解释内容 | | |
| | | 阐发意思 | 基本意思<br>深层意思<br>语用意思 | |
| | | 说明语法 | | |
| | | 指明功能 | | |
| | | 解释读法 | 停连 | |
| | | | 语气 | |
| | | 揭示诗人心理 | | |
| | | 提示逻辑关系 | | |
| | 释方言俗语 | | | |
| 文章学类 | 释诗旨 | 章旨 | | |
| | | 总旨 | | |
| | 释修辞 | 使事用典 | | |
| | | 辞格 | | |
| | 释构造 | 段落与层次 | | |
| | | 过渡与衔接 | | |
| | | 伏笔与照应 | | |
| | 释诗法 | 诗体 | | |
| | | 诗韵 | | |
| | | 诗格 | | |
| | | 诗律 | | |
| | 其他 | 释表达方式 | 记叙 | |
| | | | 描写 | |
| | | | 抒情 | |
| | | | 议论 | |
| | | 释关键词句 | 一句之眼 | |
| | | | 一段之眼 | |
| | | | 一诗之眼 | |
| | | | 组诗之眼 | |

（续表）

| 部类 | 注释元素 | | | |
|---|---|---|---|---|
| | 一级 | 二级 | 三级 | 四级 |
| 文献学类 | 人事名物制度 | 释人 | 前代人物 | |
| | | | 当代人物 | |
| | | | 神话传说中的人物 | |
| | | | 虚构人物 | |
| | | | 人伦 | |
| | | 释物 | 动物 | |
| | | | 植物 | |
| | | | 物品 | |
| | | | 食品 | |
| | | | 灵异之物 | |
| | | 释天文地理 | 天文 | |
| | | | 地理 | |
| | | 释社会 | 制度 | |
| | | | 民俗 | |
| | | | 宗教 | |
| | | | 民族 | |
| | | 释事件 | | |
| | | 释时间 | | |
| | | 释理据 | | |
| | 文本 | 发凡起例 | | |
| | | 校勘 | 异文 | |
| | | | 讹误 | |
| | | | 乙倒 | |
| | | | 错简 | |
| | | | 衍脱 | |
| | | | 辨伪 | |
| | | | 佚诗来源 | |
| | 释编年 | 编年 | | |
| | | 创作背景 | | |

（续表）

<table>
<tr><th rowspan="2">部类</th><th colspan="4">注释元素</th></tr>
<tr><th>一级</th><th>二级</th><th>三级</th><th>四级</th></tr>
<tr><td rowspan="20">文艺学类</td><td rowspan="5">诗法理论</td><td rowspan="3">指明赋比兴</td><td>赋</td><td></td></tr>
<tr><td>比</td><td></td></tr>
<tr><td>兴</td><td></td></tr>
<tr><td>释体裁规则</td><td></td><td></td></tr>
<tr><td>指出具体技法</td><td></td><td></td></tr>
<tr><td rowspan="4">鉴赏</td><td>赏析语言</td><td></td><td></td></tr>
<tr><td>赏析意境</td><td></td><td></td></tr>
<tr><td>赏析艺术</td><td></td><td></td></tr>
<tr><td>赏析章法</td><td></td><td></td></tr>
<tr><td rowspan="10">批评</td><td rowspan="3">艺术源流</td><td>特色</td><td></td></tr>
<tr><td>承前</td><td></td></tr>
<tr><td>启后</td><td></td></tr>
<tr><td rowspan="5">评艺术成就</td><td>用词品评</td><td></td></tr>
<tr><td>句子品评</td><td></td></tr>
<tr><td>综合品评</td><td></td></tr>
<tr><td>评作品价值</td><td></td></tr>
<tr><td>评写作技巧</td><td></td></tr>
<tr><td>评前人注释</td><td></td><td></td></tr>
<tr><td>评诗病</td><td></td><td></td></tr>
</table>

## 二 古代注释的功能系统表

<table>
<tr><th rowspan="2">部类</th><th colspan="3">功 能</th></tr>
<tr><th>元素</th><th>术语</th><th>方式、方法</th></tr>
<tr><td rowspan="7">语言学</td><td>释音</td><td>音×；不音×；并读；读×；读作×；读如×；叶×；叶××切；××声；××切；××反；×声；读×声；与×同音；音同×；如字；音（韵、读）从×。</td><td>方式：<br>字下注音；注中注音；解中注音<br>方法：<br>反切法；直音法；谐音法；叶音法；定调法</td></tr>
<tr><td>词义</td><td>×（也）；为；谓之；之谓；谓；谓（以）×为×；如（即、乃）××之×；即；曰；言；犹；犹言；×乃×字义、×是×之意；犹云；状×、言××之状；××之义；××貌；××之意、犹××意；作×字用（看、解）；××之词。</td><td>直训；<br>增字足义；<br>以释音别词义；<br>以用例归纳词义；<br>以翻译显示词义；<br>以对仗明词义；<br>以追溯渊源解释词义</td></tr>
<tr><td>释词性</td><td></td><td>通过解释语意指明词性；<br>通过组织短语或造句指明词性；<br>通过标明活用；<br>通过说明用法指出词性；<br>通过添加宾语表明动词；<br>通过上下位概念来解释词性</td></tr>
<tr><td>语句</td><td>犹、犹之；言；犹言；犹云；谓；句谓；指；是；所谓；所谓……（者）指…也；×之谓；×词、×之词；×语、×之语；×之意；即（乃）×（之）意（义）；有×（之）意；作×意会、作×解；（曰）×（者），×（也、耳）；×（之）状；状×；若曰。</td><td>直表法；<br>置换法；<br>溯源法；<br>译解法；</td></tr>
<tr><td>通假</td><td>同×；×同、与×同；×通；通×、通作×；××通用（写）、×与×通；读如（为）×、作×字用。</td><td></td></tr>
<tr><td>语法</td><td></td><td>直表法；补足法；解意法</td></tr>
<tr><td>方言</td><td>当日（时）方言；××间语（呼）；俗云（曰）；俗谓；俗呼（为）；俗名；×谓之×；×人谓（以、名、呼、目）×曰（为、云）×；×呼为（云、曰、名曰）；×人方言（语）；凡×曰（谓）×；方言。</td><td>直训法；<br>引用法</td></tr>
</table>

（续表）

<table>
<tr><th rowspan="2">部类</th><th colspan="3">功　能</th></tr>
<tr><th>元素</th><th>术语</th><th>方式、方法</th></tr>
<tr><td rowspan="3">文章学</td><td>释旨意</td><td></td><td>直表法；驳正法；互成法；引证法；</td></tr>
<tr><td>章法</td><td>点；提、提掇；笼；包；兜；绾；收、束；起；领；引；兴；应、呼应；顾；顶；冒；带；挑、逗、拖；申；根；伏；剔；蹑；摄；度、渡；贴；黏；合；拈；蒙；承；接；因；了；切；撇；反；还；关生；映切；张本；转；过脉；波折；作地；为…作引；与…作章法；相间成章。</td><td></td></tr>
<tr><td>结构</td><td>层；节；段；截；××句；代句。</td><td>代句法：<br>句数；词语＋句数；词语＋方位；区间；符号＋句数；位置＋句数；联序。</td></tr>
<tr><td rowspan="2">文献学</td><td>异文</td><td>一作×；刊作×；别（本）作×；俗作×；作×；一本（作）×；旧作×；一云（曰）×；×（人）作×非（亦是）；×（书）作×；改作×；当作。</td><td>依词语意义；依押韵；依时间、地点；依诗人写作习惯；依诗歌的结构要求；依构词法；依人伦行辈；依平仄；依对仗；依典故；依避复。</td></tr>
<tr><td>辨编年</td><td></td><td>以人物行踪、履历辨编年；依据前后诗篇辨编年；以地名辨编年；以时节辨编年；以史实辨编年；以情理辨编年。</td></tr>
<tr><td rowspan="2">文艺学</td><td>鉴赏</td><td></td><td>功效描述法；境界标示法；<br>原理解析法；欣赏赞叹法；<br>影响揭示法；批评指正法。</td></tr>
<tr><td>批评</td><td></td><td>方式：针对误说，直接驳正；先立正说，再明他说之失；多家之误，逐一驳正；列举众说，加以取舍。<br>方法：以时间辨误说；以处所辨误说；以作品内容辨误说；以情理辨误说；存疑。</td></tr>
</table>

此书以这个系统作为框架，归纳了杜诗古代注释的内容、功能及其系统，即术语和方法，分语言学、文章学、文献学、文艺学四章，较为详细地整理了诗歌注释内容的各个元素，并列举了大量的例证予以支撑。

本研究仅仅是个初创，还有许多地方存在不足，如：

第一，因为注释元素既有相对确定性，又有开放性，所以对它的归纳还不是很全面，四级元素开掘还不到位，随着研究者对诗歌的认识的深入和注释学本身的进一步发展，元素系统开放性的一面会逐渐突出，后续的研究会有新的发现和开拓。

第二，学科本身的交叉性，语言学、文章学、文献学、文艺学四个部类的划分有些地方不是很彻底，界限不是很清晰，各部类注释元素之间的牵连和重叠还没有完全解决，还有待进一步琢磨。但既属初创，此病难免。随着研究的深入和认识的澄清，相信会有一个能够被大多数学者接受的结论。

第三，有些内容在功能方面只能暂时归纳出术语，或只能归纳出方法。如释编年这一项目，就没有归纳其术语。这一方面是注释本身发展的程度和诗歌注释实践的现状所囿，另一方面也是研究者研究能力有限所致，还有待进一步探讨。

第四，因为对注释内容和功能归纳系统的工作前人所作仅是提纲挈领，所以缺乏足够的参考资料，因此概括出来的概念多属个人一己之见，一些命名和提法可能不是很恰当。比如“直表法”“代句法”之类，皆属首创，其合理性还需要一个被推敲和认可的过程。

第五，对注本解释诗法、注释章法的术语的归纳概括性还不够，这受研究者本身传统诗歌功力的限制，一时还不能充分理解其深刻的内涵，不敢大胆归并。正因如此，这两部分术语显得很庞杂。

第六，本书力求例证的典型性，也尽量注意所选例文虽欲兼顾诸家，但仍以四家注为主，并以时代顺序即首列钱谦益，其次仇兆鳌，其次浦起龙，其次杨伦，各本例文又依页码次序排列。但因古代注释各有侧重，加之检索工作量巨大，求备不易，所以有些条目诸家例文数量未能做到平衡，甚至某家阙如。尽管不影响结论，但终成微憾。

第七，受写作目的的制约，本书采用“元素 + 例证”的内容安排体例，这或多或少地带来了文面形式的呆板，导致论文缺乏生动活泼的形式美。

当然还有其他不足，诚恳期待专家学者帮助指正、完善。毕竟以四个部类整理注释的内容系统和功能系统还是一件首创的工作，其困难是难以回避的。然而相信这也是一件有价值的工作。

# 参考文献


## 第一类　基本理论著作

1. 郭芹纳：《训诂学》，高等教育出版社 2005 年版。
2. 郭绍虞：《中国诗歌批评史》，中华书局上海编辑所 1961 年版。
3. 洪诚：《训诂学》，江苏古籍出版社 1984 年版。
4. 陆宗达：《训诂简论》，北京出版社 2002 年版。
5. 齐佩瑢：《训诂学概论》，中华书局 1984 年版。
6. 孙雍长：《训诂原理》，语文出版社 1997 年版。
7. 周大璞：《训诂学初稿》，武汉大学出版社 2008 年版。
8. 靳极苍：《注释学刍议》，山西人民出版社 1989 年版。
9. 汪耀楠：《注释学纲要》，语文出版社 1997 年版。
10. 周光庆：《中国古典解释学导论》，中华书局 2002 年版。
11. 邓新华：《中国古代诗学解释学研究》，中国社会科学出版社 2008 年版。
12. 董洪利：《古籍的注释》，辽宁教育出版社 1993 年版。
13. 陈嘉映：《语言哲学》，北京大学出版社 2006 年版。
14. 杨慧林：《圣言·人言》，译文出版社 2002 年版。
15. 潘德荣：《文字·诠释·传统》，上海译文出版社 2003 年版。
16. 姜望琪：《当代语用学》，北京大学出版社 2003 年版。
17. 郭芹纳：《诗律》，商务印书馆 2004 年版。
18. 王力：《汉语诗律学》，上海教育出版社 1979 年版。
19. 王力：《诗词格律》，中华书局 2000 年版。
20. 启功：《诗文声律论稿》，中华书局 2000 年版。
21. 王夫之：《清诗话》，上海古籍出版社 1963 年版。

22. 姜书阁：《诗学广论》，中国社会科学出版社 1982 年版。
23. 陈良运：《中国诗学批评史》，江西人民出版社 2001 年版。
24. 陈良运：《中国诗学体系论》，中国社会科学出版社 1992 年版。
25. 易闻晓：《中国古代诗法纲要》，齐鲁书社 2005 年版。
26. 蒋绍愚：《唐诗语言研究》，中州古籍出版社 1990 年版。
27. 钱仲联：《韩昌黎诗系年集释》，上海古籍出版社 1984 年版。
28. 张伯端：《撰仇兆鳌集注悟真篇集注》，上海古籍出版社 1989 年版。
29. 杨义：《李杜诗学》，北京出版社 2001 年版。
30. 胡可先：《杜甫诗学引论》，安徽大学出版社 2003 年版。
31. 孙微：《清代杜诗学史》，齐鲁书社 2004 年版。

**第二类　工具书、综合资料**

1.（唐）慧琳、（辽）希麟：《正续一切经音义》，上海古籍出版社 1986 年版。
2.（清）纪昀：《钦定四库全书总目》，中华书局 1997 年版。
3.（清）张玉书等：《佩文韵府》，上海古籍书店 1983 年版。
4.（清）汤文璐：《诗韵合璧》，上海书店出版社 1982 年版。
5.（清）汤祥瑟：《诗韵全璧》，上海古籍出版社 1995 年版。
6.（清）段玉裁：《说文解字段注》，成都古籍书店 1990 年版。
7. 黄焯：《经典释文汇校》，中华书局 2006 年版。
8. 王力：《诗词格律》，中华书局 1997 年版。
9. 王力：《古代汉语》，中华书局 1999 年版。
10.《诗韵》，上海古籍出版社 1983 年版。
11. 洪业：《杜诗引得》，上海古籍出版社 1982 年版。
12. 华文轩：《杜甫卷》上编（唐宋之部），中华书局 1964 年版。
13. 周采泉：《杜集书录》，上海古籍出版社 1979 年版。
14. 郑庆笃等：《杜集书目提要》，齐鲁书社 1986 年版。
15. 张忠纲等：《杜集叙录》，齐鲁书社 2008 年版。
16. 洪迈：《容斋随笔》，岳麓书社 1994 年版。
17. 宗福邦等：《故训汇纂》，商务印书馆 2003 年版。
18. 张伯伟：《全唐五代诗格汇考》，凤凰出版社 2002 年版。
19. 谭其骧：《中国历史地图集》，中国地图出版社 1982 年版。

### 第三类　杜甫基本研究著作

1. 徐仁甫:《杜诗注解商榷》，中华书局 1979 年版。
2. 徐仁甫:《杜诗注解商榷续编》，四川人民出版社 1986 年版。
3. 郑文:《杜诗檠诂》，巴蜀书社 1992 年版。
4. 刘明华:《杜诗修辞艺术》，中州古籍出版社 1991 年版。
5. 杨慧杰:《杜诗品评》，台湾东大图书公司 1990 年版。
6. 闻一多:《唐诗人研究》，巴蜀书社 2003 年版。
7. 宋开玉:《杜诗释地》，上海古籍出版社 2004 年版。
8. 陈冠明、孙素婷:《杜甫亲眷交游行年考》，上海古籍出版社 2006 年版。
9. 于年湖:《杜诗语言艺术研究》，齐鲁书社 2007 年版。
10. 杨连民:《钱谦益诗学研究》，社会科学文献出版社 2007 年版。
11. 郝润华:《〈钱注杜诗〉与诗史互证方法》，黄山书社 2000 年版。
12. 郝润华:《杜诗学与杜诗文献》，巴蜀书社 2010 年版。
13. 吴淑玲:《仇兆鳌及〈杜诗详注〉研究》，博士学位论文，河北大学，2005 年。

### 第四类　杜集及重要注本

1.（宋）王洙:《杜工部集》，书韵楼丛刊本，上海古籍出版社 2003 年版。
2.（宋）鲁訔、蔡梦弼:《草堂诗笺》，台湾广文书局 1980 年版。
3.（宋）郭知达:《九家集注杜诗》，杜诗丛刊本，台湾大同书局 1976 年版。
4.（宋）阙名:《分门集注杜工部诗》，杜诗丛刊本，台湾大同书局 1976 年版。
5.（宋）徐居仁、黄鹤:《集千家注分类杜工部诗》，杜诗丛刊本，台湾大同书局 1976 年版。
6.（宋）黄希、黄鹤:《补注杜诗》(四库珍本)。
7.（宋）无名氏:《集千家注杜工部诗集》，四库全书荟要本，吉林出版有限责任公司 2005 年版。
8.（宋）刘辰翁、（元）高楚芳:《集千家注批点补遗杜工部诗集》，杜诗丛刊本，台湾大同书局 1976 年版。

9.（元）范梈：《杜工部诗范德机批选》，杜诗丛刊本，台湾大同书局 1976 年版。

10.（元）张性：《杜律演义》，杜诗丛刊本，台湾大同书局 1976 年版。

11.（元）虞伯生：《杜律虞注》，杜诗丛刊本，台湾大同书局 1976 年版。

12.（元）赵汸：《杜律赵注》，杜诗丛刊本，台湾大同书局 1976 年版。

13.（明）王维桢：《杜律颇解（附李律颇解）》，杜诗丛刊本，台湾大同书局 1976 年版。

14.（明）邵宝：《刻杜少陵先生诗分类集注》，杜诗丛刊本，台湾大同书局 1976 年版。

15.（明）单复：《读杜诗愚得》，杜诗丛刊本，台湾大同书局 1976 年版。

16.（明）王嗣奭：《杜臆》，中华书局 1963 年版。

17.（明）金圣叹：《杜诗解》，上海古籍出版社 1984 年版。

18.（明）付振商：《杜诗分类》，四库全书存目丛书本，齐鲁书社 1997 年版。

19.（明）赵统：《杜律意注》，四库全书存目丛书本，齐鲁书社 1997 年版。

20.（明）林兆珂：《杜诗钞述注》，四库全书存目丛书本，齐鲁书社 1997 年版。

21.（明）张綖：《杜工部诗通附本义》，杜诗丛刊本，台湾大同书局 1976 年版。

22.（明）闵映璧：《杜诗选》，杜诗丛刊本，台湾大同书局 1976 年版。

23.（明）汪瑗：《杜律五言补注》，杜诗丛刊本，台湾大同书局 1976 年版。

24.（明）邵勋：《唐李杜诗集》，杜诗丛刊本，台湾大同书局 1976 年版。

25.（明）郭正域：《批点杜工部七言律》，杜诗丛刊本，台湾大同书局 1976 年版。

26.（明）颜廷榘：《杜律意笺》，杜诗丛刊本，台湾大同书局 1976 年版。

27.（明）邵傅：《杜律集解》，杜诗丛刊本，台湾大同书局 1976 年版。

28.（明）唐元竑：《杜诗攟》，杜诗丛刊本，台湾大同书局 1976 年版。

29.（清）吴瞻泰：《杜诗提要》，杜诗丛刊本，台湾大同书局 1976 年版。

30.（清）朱颢英：《朱雪鸿批杜诗》，杜诗丛刊本，台湾大同书局 1976

年版。
31. （清）卢元昌：《杜诗阐》，四库全书存目丛书本，齐鲁书社 1997 年版。
32. （清）吴见思：《杜诗论文》，齐鲁书社 1997 年版。
33. （清）张溍：《读书堂杜诗注解》，齐鲁书社 1997 年版。
34. （清）张远：《杜诗会粹》，齐鲁书社 1997 年版。
35. （清）黄生：《杜诗概说》，四库全书存目丛书本，齐鲁书社 1997 年版。
36. （清）周春：《杜诗双声叠韵括略》，商务印书馆据艺海珠尘本影印本，1936 年版。
37. （清）边连宝：《杜律启蒙》，齐鲁书社 2005 年版。
38. （清）施鸿保：《读杜诗说》，中华书局 1962 年版。
39. （清）佚名：《杜诗言志》，江苏人民出版社 1983 年版。
40. （清）梁运昌：《杜园说杜》，书目文献出版社 1995 年版。
41. ［朝鲜］李植：《纂注杜诗泽风堂批解》，杜诗丛刊本，台湾大同书局 1976 年版。
42. ［日］津阪孝卓：《杜律详解》，杜诗丛刊本，台湾大同书局 1976 年版。
43. （清）钱谦益：《钱注杜诗》，上海古籍出版社 1979 年版。
44. （清）朱鹤龄：《杜工部诗集辑注》，河北大学出版社 2009 年版。
45. （清）仇兆鳌：《杜诗详注》，中华书局 1979 年版。
46. （清）仇兆鳌：《杜诗详注》，四部精要本，上海古籍出版社 1992 年版。
47. （清）浦起龙：《读杜心解》，中华书局 1961 年版。
48. （清）杨伦：《杜诗镜铨》，上海古籍出版社 1962 年版。
49. 王学泰：《杜工部集》，辽宁教育出版社 1997 年版。
50. 李寿松、李翼云：《全杜诗新释》，中国书店 2002 年版。
51. 林继中：《杜诗赵次公先后解辑校》，上海古籍出版社 1994 年版。

**第五类　杜诗研究的部分著作、论文**

1. 杨连民：《钱谦益诗学研究》，社会科学文献出版社 2007 年版。
2. 丁功谊：《钱谦益文学思想研究》，上海古籍出版社 2006 年版。

3. 蒋寅：《〈杜诗详注〉与古典诗歌注释学之得失》，《杜甫研究学刊》1995 年第 2 期。
4. 郝润华：《论〈钱注杜诗〉对清代诗歌诠释学的影响》，《西北成人教育学报》2000 年第 2 期。
5. 郝润华、段海蓉：《〈钱注杜诗〉诠释方法略论》，《新疆大学学报》2003 年第 2 期。
6. 郝润华：《从经学到诗歌诠释学——以〈钱注杜诗〉为中心考察》，《河南师范大学学报》2005 年第 2 期。
7. 吴淑玲：《仇兆鳌思想概说》，《保定师范专科学校学报》2005 年第 1 期。
8. 李海燕：《论〈读杜心解〉的阐释特色》，《文史博览》2005 年第 14 期。
9. 蒲惠民：《论杜甫绝句的创新》，《陕西师范大学学报》（哲学社会科学版）1997 年第 2 期。
10. 张忠纲：《杜甫佚句摭拾》，《文献季刊》2007 年第 1 期。
11. 刘俐李：《近八十年汉语韵律研究回望》，《语文研究》2007 年第 2 期。
12. 王启涛：《杜诗疑难词语考辨》，《杜甫研究学刊》1997 年第 2 期。

# 后　记

中年问道下咸阳，身入名门染御香。

侍驾常临秋水岸，移席每坐春风堂。

诗研杜子听唐韵，酒梦周公试陕腔。

驽钝颇知师爱厚，云程漫漫愧鹰扬。

公元二零零七年，四十二岁的我有幸成为郭芹纳先生的博士研究生。说有幸，是因为这是郭老师最后一次招收博士研究生，而且正赶上郭老师的国家社科基金项目获准立项。入学后郭老师就将这个国家项目中杜诗注释部分的研究任务交给了我，我也将这个任务作为我的毕业论文来做。四年中，我将主要精力放在杜诗历代注本的阅读上，尽管四年的时间还无法全部、细致地读完所有注本，但总算积累了大量的资料。阅读过程中我根据逐渐明晰的感受，数次调整写作重点和论文框架。经郭老师同意，由最初的“杜诗四家注之比较研究”变为“杜诗四家注之内容系统与功能系统研究”。毕业之后，进一步调整论文写作重点，将论题修改为“古代诗歌注释元素——基于四家注杜的研究”，论文结构也相应地进行了大幅度调整。

在论文写作过程中，郭芹纳先生给予我精心的指导，前后改动了九稿。这每一稿，都保存在我的电脑文件中，每一稿中郭老师的批注都使我隐约看到先生在灯下系着护腰一字一句斟酌损益的身影。现在论文要出版了，我首先要献给我的导师郭老师，因为这署着我的名字的书浸润更多的是郭老师的心血！

在毕业论文答辩前，我无法知道名讳的五位评阅人给予我极大的鼓励和肯定，并提出了不少宝贵的修改意见。答辩委员会主席李浩、委员赵望秦、贾二强、黑维强等先生也认真地给予进一步完善的建议。在此向诸位表示深深的谢意！

读博期间，邢向东先生、胡安顺先生特许我旁听方言学和音韵学课程，对我此篇论文的完成帮助很大。张文轩先生、杜敏先生、郝润华先生在研究方法上给了我有益的指导和启发，特申谢意！

毕业后的书稿修改过程中，我的妻子侯桂秀女士付出了大量的劳动，翻检、调整、补充、覈对、增录例文和注释，完成十万多字，特作说明并致谢忱。

杨永发

二零一五年正月十五日